Celero
Verlag

SCIENCE-FICTION

RALF OSWALD

Azraels Auftrag

Science-Fiction-Roman

Celero
Verlag

SCIENCE-FICTION
im Celero Verlag, Weilersbach

1. Auflage 2007

Überarbeitung: Sandra von Ipolyi
Umschlag: Ralf Oswald
Künstlerische Beratung: Ma Ning, Erlangen

ISBN 978-3-9808998-3-3

Für Simone

Je stärker das
Bewusstsein verfeinert wird,
desto größer wird die Übereinstimmung
mit der natürlichen Welt.

Der XIV. Dalai Lama

Einleitungsbericht - zweite Varianz

Ich war einer von achthundertzwanzig Mönchen, die sich zum kollektiven Freitod entschlossen hatten.

Wie lange dies nun her ist? Ich erinnere mich nicht mehr genau, nach den ersten fünfhundert Jahren habe ich mit dem Zählen aufgehört.

Aber ich erinnere mich noch genau an die ersten Tage meiner Ausbildung:

»Habe ich es dir nicht schon hundertmal gesagt?«, dröhnte seine Stimme durch die Hallen des alten Klosters.

Die Steinkacheln des Bodens schimmerten in einem dunklen Grau, auf dem der Morgennebel einen Film hinterlassen hatte. Wie üblich blieben die stahlbewehrten Holzpforten selbst in der fünften Jahreszeit geöffnet, um eine mentale Einheit mit der Umgebung zu erleichtern.

Ich zuckte zusammen. Durch halb geschlossene Augen erkannte ich, dass er sich mit großen Schritten näherte. Ob er mich meinte oder einen meiner Mitschüler? Für den Bruchteil einer Sekunde blinzelte ich.

»AZRAEL.«

Natürlich meinte er mich. Er hatte es immer nur mit mir.

»Antworte mir: Was tust du da?«

Mein Herz begann zu rasen, als ich ihn näher kommen sah. Mit einem kurzen Blick auf den Optiksensor erhöhte ich die Raumhelligkeit um fünf Stufen und wollte mich vom Meditationsbänkchen erheben, doch meine beiden Beine waren inzwischen taub. Ein Stechen durchfuhr meine Oberschenkel, als ich versuchte, wenigstens aufrecht zu knien. Mit beiden Händen griff ich an die Waden und begann sie zu massieren.

»Ich übe, mein Lehrer«, antwortete ich hastig. »Ich habe meditiert!«

Er stand nun direkt vor mir und blickte auf mich herab. Seine dunkelbraune Kutte wurde von einer bronzefarbenen Schärpe zusammengehalten, welche ihn als einen der Medioren auszeichnete.

Seine Kiefer mahlten aufeinander, dann sagte er mit ruhiger Stimme: »Lüg mich nicht an. Du hast mit offenen Augen geträumt, mehr nicht!«

»Aber nein«, empörte ich mich und spürte die stechenden Schmerzen in den Beinen, als das Blut wieder zu zirkulieren anfing, »ich habe gedacht, ich könnte ...«

»Knie dich aufrecht hin!«, fiel er mir ins Wort. Mit der geöffneten rechten Hand deutete er nach oben und auf seinem Gesicht zeigte sich erstmals ein leichtes Lächeln.

»Azrael, meinst du, irgendwelche Sonderrechte zu haben, nur weil du der jüngste Schüler bist?«

Erneut zuckte ich zusammen und kniete so aufrecht wie ich nur konnte, während der Zentralcomputer die Tempelglocke drei Mal läutete, um den Anbruch der dritten Tagesphase einzuleiten.

»Du dachtest also?«, ergänzte er. »Wie oft habe ich dir schon gesagt, du sollst nicht denken? Du sollst nur deinen Geist beobachten. Achte einfach darauf, was er macht. Wohin er geht. Schau nur zu, aber begleite ihn nicht.«

»Aber Meister Talan, das versuche ich doch«, brachte ich gequält hervor. Meine Beine brannten mittlerweile wie Feuer, doch ich traute mich nicht, aufzustehen.

»Azrael, Azrael, merkst du es denn nicht?«, schüttelte er den Kopf. »Genau das ist es ja. Du möchtest es zu sehr«, fuhr er fort, hob seine linke Hand hoch und griff nach dem lederumwickelten Stab, der hinter seinem Rücken hervorragte. »Genau das ist dein Problem. Umso mehr du dich anstrengst, dein Ziel zu erreichen, desto weiter wird es sich von dir entfernen. Erst wenn du alle Wünsche aufgegeben hast, kannst du das torlose Tor durchschreiten. Und erst dann kannst du die Einheit erkennen.«

Mit diesen Worten zog er den Züchtigungsstab aus der Rückentasche und hielt den Griff andächtig mit beiden Händen fest. Sein Mundwinkel zuckte kurz und seine Augen nahmen einen verklärten Glanz an.

»Azrael«, ergänzte er scheinbar warmherzig, »lass mich dir dabei helfen. Sitz still!« Dabei sah er mir in die Augen.

Ich spürte, wie ich zu zittern begann. Aber ich würde ihm nicht den Gefallen erweisen, zu jammern.

Fünf Mal sauste der biegsame Stab durch die Luft und klatschte auf meine Oberschenkel.

»Das wird dir helfen, mit Andacht zu knien«, ergänzte er mit diabolischem Grinsen. »Du wirst dich nun wesentlich besser auf deine Übung konzentrieren können.«

Dann drehte er sich um und ging mit langsamen Schritten in Richtung des Altarraums davon.

»Azrael, glaub mir, später wirst du mir dankbar sein. Und nun beginnst du noch einmal von vorne. In einer Stunde bin ich wieder bei dir.«

Ich sagte kein Wort und starrte stur auf den alten Brunnen, der im Innenhof des Klosters von neuen Nebelschwaden umhüllt wurde. Das beständige Gurgeln des Wasserstrahls war das einzige Geräusch, was im Moment zu hören war.

Doch das bekam ich nur am Rande mit. Mein Geist zog sich zurück und beobachtete nur noch. Den eisigen Wind, der von den schneebedeckten Gipfeln herabwehte, bemerkte ich zwar, schenkte ihm aber keine weitere Beachtung. Der Gedanke, der mir immer wieder durch den Kopf ging, wurde aufmerksam beobachtet, ohne dass er mich mitriss:

»Irgendwann werde ich ihn töten!«

Im nächsten Frühjahr wurde ich sieben.

Ich kann mich deshalb so gut daran erinnern, weil unsere Wissenschaftskaste entdeckte, dass Uvellar, die größere unserer beiden Sonnen, sich in den nächsten vierzigtausend Jahren in eine Quantennova verwandeln würde. »Nun gut«, dachte ich, »vierzigtausend Jahre sind eine lange Zeit, und unser Volk, die L'Amarc, wird sich währenddessen einiges einfallen lassen müssen.

Irgendwann, in ferner Zukunft.«

Doch dann begannen die Getaree, so nannten sich die Mönche unserer Kaste, den zweiten Teil ihrer Entdeckungen zu erläutern.

Wir nannten unsere Hauptsonne übrigens Uvellar, den Erheller. Unsere Wissenschaftsmönche, denen ich seit einem Jahr angehörte, kannten sich damals noch sehr wenig mit diesen Phänomenen aus, doch sie wussten eines: die temporale Wechselwirkung, die Uvellar mit Denaan eingehen würde, sollte eine Katastrophe auslösen.

Denaan ist unsere kleine, blaue Sonne. Denaan, die Sanfte. Die quantentemporale Wechselwirkung, die sich zwischen den beiden Sonnen in vierzigtausend Jahren ereignen würde, sollte dazu führen, dass sich Denaan bereits schon in fünf Jahren in eine Supernova verwandeln wird, die alle 17 Planeten des Systems verschlingen sollte.

Ich weiß, was ihr nun denkt. Wie kann etwas, das in vierzigtausend Jahren stattfinden wird, sich in fünf Jahren auswirken?

Ich habe es damals auch nicht verstanden.

Man hatte mir erklärt, dass es irgendetwas mit der Umkehrung von Ursache und Wirkung zu tun habe. Und dass ich es nicht unbedingt verstehen müsse!

Aber JEDER von uns musste alles geben, um eine Lösung zu finden.

Nach weiteren vier Jahren geschah es dann plötzlich, dass tatsächlich eine Entdeckung gemacht wurde, die alles veränderte, wobei die Lösung nicht in der Unendlichkeit des Universums entdeckt wurde, sondern im Kleinsten, was uns schon immer vor Augen war. Das war der Ausgangspunkt der Wende.

Die restlichen Erkenntnisse waren nicht sofort da, sondern formten sich innerhalb der nächsten acht Monate. Nach kosmischen Gesichtspunkten geschah es innerhalb eines Blinzelns.

Die grundsätzliche Einsicht überkam uns wie eine Ohnmacht. Das gesamte Wissen, was fast alle unsere Fragen lösen konnte, war schon immer direkt vor unseren Augen gewesen.

ALLES war mit einem Mal bekannt, so furchtbar einfach. Es war die ganze Zeit direkt vor unserer Nase, wir haben es einfach nur nicht gesehen. Zugegeben, die Antworten über die Entstehung des Universums oder den Sinn des Lebens gehörten nicht dazu, doch es gab nicht mehr vieles, das mit dem neuen Wissen nicht beantwortet werden konnte.

Die neue Erkenntnis war wie ein Rausch.

Als ob sich eine geheime Kammer in unseren Zellen öffnete, um dieses gehütete Wissen mit einem Mal zu offenbaren.

Ich kann es gar nicht genauer beschreiben – es war, als ob unser Geist zum ersten Mal erwacht ist.

Und es war genau dieser Zeitpunkt, in dem wir unsere Bestimmung erkannten.

Der Augenblick, in dem wir unseren AUFTRAG erhielten! Ihr möchtet wissen, was der Auftrag ist und von wem wir ihn bekamen?

Das wüssten wir auch gerne. Es gab keinen, der uns sagte, was wir zu tun hatten und wie wir es zu tun hatten, niemanden, der uns irgendetwas erklärte, geschweige denn, warum dies alles notwendig sein sollte.

Wir wussten es einfach.

Wir hatten das Gefühl, dass tief in uns etwas Besonderes erwacht war, um uns mit der neuen Erkenntnis, dem Auftrag, zu erfüllen.

Doch der Auftrag konnte nicht von hier aus erfüllt werden. Genau genommen von gar keinem Ort aus.

Das gesamte Volk der L'Amarc musste sich hierzu in einer geistigen Gemeinschaft vereinen, doch durfte dazu kein hinderlicher Körper mehr im Wege stehen.

Alles würde vollkommen sein. Die Mönche waren so stolz, als sie die Rettung vor dem Untergang verkündeten. Niemand würde in einem Jahr qualvoll sterben müssen, jeder Einzelne würde gerettet werden. Umso mehr waren die Mönche geschockt, als die wenigsten der L'Amarc sich mit dem Gedanken anfreunden konnten.

Erste Befürchtungen wurden laut ausgesprochen: »Getaree, was ist, wenn das mit der Nova nie eintritt? Seht doch, kein einziges Zeichen deutet darauf hin, dass auch nur irgendetwas geschieht! Alles ist stabil. Und wir sollen alle den Freitod wählen? Wie könnt ihr so sicher sein?«

Die Mönche taten alles, um ihr Wissen zu vermitteln. Doch Wissen und Einsicht sind zwei unterschiedliche Sachen. Selbst die engsten Familienangehörigen der Wissenschaftskaste der Mönche waren kaum zu überzeugen.

Der geistige Übergang musste in einem einzigen Moment geschlossen vollzogen werden. Absolut zeitgleich sollte der Initialschock erfolgen, damit sich die geistigen Individuen zu der großen Gemeinschaft verbinden konnten, und dazu hatte man geplant, sich an einem bestimmten Ort zu versammeln.

Fünf geostationäre Satellitensysteme würden einen fünfhundert Meter durchmessenden Gluonenstrahl auf sie richten. Unmittelbar beim ersten Kontakt mit dem Strahl würde sich jede biologische Zelle aufspalten, und der Geist wäre frei.

Erhitzte Debatten erfolgten. Streitgespräche wurden sogar mit körperlicher Gewalt ausgetragen. Familien zerbrachen, bevor sich überhaupt etwas Konkretes ereignete. Schließlich einigte man sich darauf, einfach den

Willen der jeweils anderen zu akzeptieren.

Schließlich nahmen achthundertzwanzig Getaree Abschied von Bekannten, Freunden und Familien. Und dreihundertachtzigtausend L'Amarc verabschiedeten sich von einem verbohrten Haufen, die den Freitod gewählt hatten.

Wie geplant wurde es dann auch durchgeführt. Es geschah im späten Herbst, die Monde standen im Sternbild des Reitenden Kriegers, als sich die Mönchskaste zum Übergang versammelte.

Die Berechnungen der Wissenschaftler bestätigten zum hundertsten und tausendsten Mal, dass sich das temporale Quantenfeld in einer Woche hier einfinden würde.

Dann geschah alles sehr schnell. Die Satelliten hatten sich schon Stunden zuvor an ihrer bestimmten Position eingefunden, die Abstrahlpole waren geöffnet, die Zieloptiken waren ausgerichtet, als der Erste Mönch den Impuls aktivierte.

In elftausend Metern Höhe nahmen fünf Satelliten miteinander Verbindung auf und synchronisierten ihre strahlend roten Niobat-Laser.

Über zehn Meter durchmessende Strahlen spannten sich von einem Satelliten zum anderen, als sie miteinander in Verbindung traten, wobei glühend rote Linien ein Muster an den Himmel zeichneten, die den neuen, roten Stern in fast der Hälfte des Inselkontinents erkennbar machten.

Der eigentliche Vorgang war vollkommen geräuschlos, als sich der Gluonenstrahl bildete. Zuerst wurde der Bereich zwischen den Satelliten von einem rot-violetten Licht erfasst, dann raste ein fünfhundert Meter durchmessender Strahl auf die Nadel der Vereinigung herab.

Viele Gedanken wurden ausgetauscht, wie es wohl sein würde – im Moment des Übergangs. Doch keiner hatte mit dem gerechnet, was nun geschah. Wir standen alle in dieses seltsame Licht getaucht.

Und es geschah – nichts!

Blicke wurden gewechselt, erste Stimmen wurden laut, die schon Zweifel aufkommen ließen. Jedoch war es der Erste Denker, dessen Blick auf die Siedlung im Tjadoor-Tal geheftet war, der es zuerst bemerkte.

Das Umgebungslicht hatte sich verändert!

Erst tauchte Uvellar am Himmel über dem Hochplateau auf, gefolgt von Denaan. Nach wenigen Minuten standen die beiden Sonnen hoch am Himmel, um auf ihrer natürlichen Bahn folgend wieder im Meer zu versinken. Alles war wie im Zeitraffer zu sehen.

Der zweite Tag folgte, anschließend der dritte. Dies war der Zeitpunkt, an dem das fremdartige Geräusch einsetzte. Erst war es ein sehr tiefes Dröhnen, das sich sehr schnell mit einem Heulen vermischte. Das Geräusch schien direkt aus dem Canyon zu kommen.

Der vierte Tag verging innerhalb einer halben Minute, immer schneller bewegten sich die Sonnen über das Firmament. Das Stöhnen und Jaulen wurde unangenehm laut, einige der Denker hielten sich bereits die schmerzenden Ohren zu.

Dann bemerkten die ersten L'Amarc auf dem Plateau die umherfliegenden Schatten. Sie bewegten sich zu schnell, um irgendetwas genau erkennen zu können. Manchmal hatte man den Eindruck, ein schmerzverzerrtes Gesicht zu erkennen, ein anderes Mal schien es, als ob die Schatten die Namen einzelner Mönche riefen. Andere erkannten in den Schemen die Gesichter ehemaliger Freunde.

Immer lauter wurde das Heulen, immer schneller das Wandern der Sonne.

Augenblicklich wurden beide Sonnen am Himmel angehalten. Uvellar war in ein irreales Glühen getaucht. Im selben Moment löste sich ein Abbild von Uvellar und raste auf Denaan zu. Die Wiedergabe stülpte sich über die blaugelbe Scheibe, flackerte noch dreimal und verschwand.

Denaan explodierte in einer Wolke aus Licht.

Sie sprang uns förmlich entgegen. In einem Sekundenbruchteil füllte der gleißende Ball den gesamten Himmel, dann war es dunkel, und ein letztes Aufschreien von vielen hunderttausend Stimmen wurde hörbar, dann war alles vorbei.

Wir wussten nicht mehr, was geschehen war.

Eine Sekunde später, oder auch eintausend Jahre danach, wurden wir uns zum ersten Mal der Gemeinschaft bewusst. Und wir erkannten, dass die meisten von uns im Moment des Übergangs gestorben waren.

Wir erlebten die Verbliebenen nach wie vor als Individuen.

Beschützt, geborgen, kraftvoll und ... körperlos.

Doch zu diesen neuen Empfindungen mischte sich ein weitaus stärkeres Gefühl – jeder Einzelne von uns war wahrnehmbar.

Man konnte zu jedem Einzelwesen oder zu allen gleichzeitig reden – zu allen fünfunddreißig ehemaligen Mönchen.

Und da war noch eine weitere Information, die es vorher nicht gab:

Wir waren nicht mehr die L'Amarc.

Die L'Amarc gab es nicht mehr.

Ausgelöscht von einem temporalen Phänomen im Augenblick des Übergangs.

Der Tod unseres Volkes stellte gleichzeitig die Geburt dessen dar, was wir nun darstellen.

Wir waren die WÄCHTER!

Uns allen war ab diesem Moment bewusst, welche Aufgabe wir zu erfüllen hatten. Natürlich hatten wir tausende Fragen. »Wieso gerade wir? Gibt es noch andere Wächter? Gab es vor uns schon welche? Wer steckt hinter dieser Ernennung? Gibt es einen Gott?

Und – sind wir nun in seinem Auftrag tätig?«

Ich kann mich noch gut erinnern, dass die Diskussion,

die kein überzeugendes Ergebnis erbrachte, mehrere Jahre andauerte, doch letztendlich war jeder der Überzeugung, dass eine Antwort auf diese Fragen nur nebensächlich ist. Die Beantwortung würde niemandem etwas nutzen. Fakt jedoch ist, dass unsere neuen Kräfte benötigt werden.

Von wem? Das sei erst mal dahingestellt. In jedem Fall ist es entscheidend für die Existenz des Universums.

Unser gesamtes Universum wird von den beiden tobenden Urkräften beherrscht, die um die jeweilige Vorherrschaft ringen. Zerstörung und Erschaffung, Hitze und Kälte, Liebe und Hass. Ich glaube, ihr nennt sie YIN und YANG.

Das Gleichgewicht der Gegensätze.

Immer dann, wenn die Kräfte des Universums im Ungleichgewicht sind, ist es notwendig, dass wir eingreifen müssen. Die meiste Zeit können wir die Korrekturen von unserem Kontinuum ausführen. Wir bringen Ordnung in das Chaos. Wir behüten den normalen Lauf der Ereignisse.

Das ist unsere Aufgabe als Wächter.

Jeweils fünf von uns waren für einen bestimmten Abschnitt zuständig und bildeten eine unabhängig tätige Einheit.

Jeder der Fünf hatte eine andere Aufgabe. So gab es jeweils einen Koordinator, einen Bewahrer, einen Destruktor, einen Zweifler und einen Angleicher, und in diesem Zusammenspiel ließen sich die meisten Diskrepanzen korrigieren, indem wir entsprechende Maßnahmen einleiten konnten.

Aber manchmal sind die Störungen so umfassend, dass wir einen aus unseren Reihen aussenden müssen, um direkt vor Ort tätig zu werden.

Doch keiner von uns kann dort alleine etwas Entscheidendes bewirken, nur mit einem entsprechenden Partner können wir die Ereignisse zum ursprünglichen Lauf des Schicksals zurückführen. Doch darf dieser Partner keiner der Unseren sein.

Entsprechend dem Gleichgewicht der Gegensätze bekommt jeder von uns einen auserwählten Mitstreiter an seine Seite gestellt. Wie zwei Seiten einer Münze bilden wir dann eine Einheit. Nach dem gewöhnlich kurzen Einsatz trennen sich wieder unsere Wege, und die Erinnerung unserer Partner an uns und den Auftrag verlischt.

Selten bleibt ein Schatten der Erinnerung übrig, dann entstehen unglaubliche Berichte über faszinierende Wesen wie »Dschinns«, »Luzifer«, »Die Geflügelten«, »Dämonen«, oder »Elfen«.

Natürlich ist es immer sinnvoll, so schnell und effektiv wie möglich während des Auftrages zu handeln.

Auch wenn dies manchmal bedeutet, Ereignisse einzuleiten, die manch einer als grausam und schrecklich empfinden würde.

Den Stamm der Na-Gaas mit Waffen zu versorgen, damit sie sich endgültig gegen den wesentlich kräftigeren Neandertaler durchsetzen konnten, war überaus notwendig.

Das mit der Sintflut war auch so eine Sache.

Ebenso unerlässlich war der plötzliche Zerfall des ägyptischen Reiches, die Alternativen hierzu waren einfach unglaublich.

Der Untergang der Mayas durch die vierzehnmonatige Dürrekatastrophe war nicht ganz so geplant, dafür war die Schwarze Pest im so genannten Mittelalter ein voller Erfolg.

Und das sind nur ein paar kleine Beispiele, die sich auf einem Planeten zugetragen haben, der sich in unserem Verantwortungsbereich befand. Wären wir gescheitert, hätte dies schreckliche Konsequenzen nach sich gezogen.

Nach jedem erfolgreichen Einschreiten in den Quantenstrom eröffnete sich ein alternatives Raum-Zeit-Gefüge und es entstand ein zusätzliches Universum, das dem, wie wir es bisher kannten, wie ein Ei dem anderen ähnelte.

Doch an dieser Stelle trennen sich ihre gemeinsamen Wege in eine weitere Zukunft, und ein neues Universum entstand, das, entsprechend unseren Anpassungen, einer alternativen Zukunft entgegenging.

Woher ich das alles wissen will?

Nun, das ist ganz einfach – ich bin in gewisser Weise dafür verantwortlich, denn ich war es, der die Umstände für die Veränderungen einleitete und auch den Rest durchgeführt hat.

Mir hat diese Sache anfangs immer großen Spaß gemacht. Darin war ich echt gut. Ich bin übrigens der Destruktor in unserem Team.

Doch seit einiger Zeit werde ich immer wieder von Zweifeln heimgesucht. Von sehr starken Zweifeln.

War es wirklich in Ordnung, sich auf diese Art und Weise in die normalen Geschehnisse einzumischen?

Gerade diesmal ist das Ungleichgewicht stärker als je zuvor. Der harmonische Ausgleich von YIN und YANG ist aufs Extremste gefährdet.

Eine gewaltige Kraft stört den Ausgleich so gravierend, dass sich gigantische Konsequenzen für das gesamte Universum ergeben.

Meistens ist es so, dass die Kraft, welche ich persönlich als »Das Böse« bezeichne, die Ursache zu einer Störung darstellt, welche ich zu bekämpfen habe.

Diesmal ist es jedoch anders.

Diesmal ist es »Das Gute«, was die Entwicklung des Universums gefährdet.

Nein, ich war mir seit dieser Zeit meiner Sache nicht mehr sicher. Ich konnte mir einfach nicht mehr vorstellen, dass dies im Sinne des Universums sein sollte, und so hatte ich mir in den letzten hundert Jahren einen Plan zurechtgelegt, und der Zeitpunkt, ihn zu verwirklichen, schien nun zu kommen. Ich würde sehr vorsichtig vorgehen müssen, denn ich stand alleine mit meiner Überzeugung da.

Daher passte es mir eigentlich sehr gut, dass diesmal

ausgerechnet unser schwächster Vertreter geschickt werden sollte.

Früher war es mir egal, wie feinfühlig man ein Partnerwesen für den jeweiligen Auftrag kontaktiert hatte. Job ist Job, außerdem erinnern sie sich hinterher sowieso nicht mehr daran. Man rekrutiert sie und fertig.

Doch diesmal würde ich unserem schwachen Vertreter etwas unter die Arme greifen. Ich bin ja kein Unmensch. Und außerdem, wie bereits angedeutet, passte es mir diesmal ganz gut.

Also leitete ich dieses Mal sehr sachte, geradezu behutsam, die erste Kontaktaufnahme ein.

The Base

Ein gewaltiger Blitz erhellte das Cockpit.

Ein zweites Piepsen erklang, wieder blinkte der Warnanzeiger und eine unsichtbare Stimme schnarrte monoton: »MISSILE! MISSILE! MISSILE!«

»Verfluchter Mist«, rief Mika und riss den Stick nach links und brachte dadurch den Kampfjet in Rückenlage. Gleichzeitig zog er den Stick scharf zu sich heran und leitete kopfüber einen Sturzflug ein.

»Wahrscheinlich eine AMRAAM«, meldete Carlos. »Entfernung achthundert Meter, schnell näher kommend.«

Er blickte über seine Schulter nach hinten. Was er sah, ließ ihm einen Schauer über den Rücken laufen.

»Cara del curo, verdammt!« Die fremde Rakete war immer noch an ihren Fersen.

Carlos drückte einige Schalter auf der rechten Konsole. Mehrmals war ein dumpfes Klack-Boff zu hören. Carlos wusste, dass in diesem Moment kleine Kartuschen aus dem Spender in der rechten Tragfläche nach hinten ausgestoßen wurden. Drei Sekunden später würden mehrere kleine Magnesiumsonnen mit über dreitausend Grad ein neues Ziel darstellen.

Carlos zählte mit: »Drei, zwei, eins ...«, eine kurze Pause erfolgte, in der ein blendendes Licht entstand. »Mierda!«

Abrupt änderte Mika erneut die Flugrichtung und schob gleichzeitig den Schubregler bis zum Anschlag nach vorne. Donnernd erwachten die Nachbrenner zum Leben und leiteten einen rasanten Steilflug ein.

Der fremde Lenkflugkörper war immer noch an ihren Fersen.

»AMRAAM immer noch auf Verfolgungskurs. Abstand dreihundert Meter.«

Carlos schluckte hörbar.

»Noch zweihundert Meter ... ACHTUNG, KONTAKT IN FÜNF SEKUNDEN!«

Mika riss den Steuerknüppel nach hinten. Sofort bäumte sich der Jet auf und begann, senkrecht nach oben zu steigen.

»Kontakt in DREI ... ZWEI ... EINS ...«

Die sich schnell nähernde Rakete erkannte den heißen Triebwerksausstoß des Jets, deaktivierte ihre letzte Sicherungssequenz und explodierte.

Eine kleine Sonne begann zu leuchten und eine gewaltige Glutwolke breitete sich aus.

Das Letzte, was Mika sah, war das gewaltige Licht!

Doch kurz vorher erkannte er noch, wie sich in den Glutwolken ein Gesicht zu formen begann.

Große, längsgeschlitzte Pupillen blickten ihn an. Weißes Haar wurde von glühenden Turbulenzen durcheinander gewirbelt. Blaue Lippen wurden aufgerissen und formten die letzten Worte, bevor die lodernde Glutwolke alles zerriss:

»MIIKAAA, HILF MIR!«

8. Mai, 04:25 Uhr
Ramstein Airbase, Baracke 523 Süd

Mika zuckte hoch, als die letzten Ausläufer eines gewaltigen Blitzes den Raum erhellten. Schweiß stand auf seiner Stirn, sein Atem ging rasselnd, und während sich seine Hand am Tisch festkrallte, versuchte er zu erkennen, wo er sich befand.

»Was für ein Alptraum«, dachte er.

Der Staffelarzt hatte zwar gesagt, dass sich die Symptome bald ändern würden, nun, im Prinzip hatte er ja Recht behalten.

Sie sind schlimmer geworden!

Ein gedämpfter Donner grollte über den Stützpunkt. Vor wenigen Minuten war Mika am Tisch eingeschlafen und hielt immer noch die Fotos in der Hand.

Eigentlich spendete die Kerze viel zu wenig Licht, um irgendwelche Einzelheiten deutlich erkennen zu können, doch das war auch gar nicht notwendig, schon hundert Mal zuvor hatte er die Bilder gesehen, er kannte jede Einzelheit, jedes kleine Detail.

Mikas Atem wurde wieder ruhiger.

Sehr langsam, beinahe schon andächtig, griff er nach dem obersten Bild des Stapels, den er in der linken Hand hielt, und steckte es nach hinten.

Die Eiswürfel in dem Whiskeyglas waren schon lange geschmolzen. Auf unbestimmte Art und Weise stellte das Glas einen Fremdkörper in dem Raum dar. Es handelte sich um ein sehr aufwendig geschliffenes, achteckiges Kristallglas, in dessen Boden von unten der Kopf einer

Meduse eingraviert war.

Das flackernde Kerzenlicht bewirkte, dass sich goldgelbe Lichtreflexe in den Facetten brachen, und es hatte den Anschein, als ob der Kopf von einem lodernden Flammenkranz umrahmt wurde. Hin und wieder brachen sich violette Reflexionen einiger weit entfernter Blitze im Glas, doch außer der Meduse schien dies keiner zu bemerken.

Das Subnotebook in der Ecke war als MP5-Player eingerichtet und trällerte gerade den Oldie »Behind Blue Eyes« von Limp Bizkit, doch das nahm Mika nicht bewusst wahr.

Er hob den Kopf an und sah durch das schmucklose Fenster nach draußen. Am Horizont war ein schwach leuchtendes Band zu sehen, begrenzt von Gewitterwolken. Bald würde die Sonne aufgehen, doch wie es aussah, würde man durch das aufziehende Gewitter nichts davon merken. Wieder zeigte sich am Horizont für mehrere Sekunden ein ungewöhnliches Wetterleuchten.

»Es wird einen Sturm geben«, dachte Mika. »Wie damals.«

Erneut nahm er das oberste Foto und steckte es bedächtig nach hinten. »Wie lange ist es nun her? Heute ist ... Dienstag, nein, schon Mittwoch. Also ist es dreihundert...achtundsiebzig Tage her.« Es folgte ein kurzer Blick auf die Uhr: »... und zwei Stunden.«

Ein verzerrtes Lächeln bildete sich auf seinen Lippen.

»Es ist doch schon seltsam, wie innerhalb einer Sekunde alles ganz anders werden kann. Alles, was mir einmal was bedeutet hat, ist weg.«

Er griff nach dem Whiskeyglas und hielt es fest in der Hand.

»ALLES WEG! Und das hier ist nun mein Zuhause«, stellte er fest.

Mikas Blick löste sich von dem Lichtspiel am Horizont und begann, im Zimmer umherzustreifen. Schmucklose, funktionelle Vierkantstahlmöbel, wie sie wahrscheinlich in der gesamten Armee benutzt wurden.

Zumindest hatte er nie etwas gravierend anderes gesehen. In der Ecke stand eine selbst gekaufte Ikea-Kommode, Modell Oereson oder so ähnlich, auf der die Tag und Nacht eingeschaltete Kaffeemaschine stand.

Längst hatte sich der letzte Kaffee in einen braunen Belag verwandelt, der in einer neuen Schicht die Glaskanne überzog. Über der Kommode hatte Mika ein paar Filmposter aufgehängt, das größte davon war eine sehr seltene Version des Films GLADIATOR, welches er auf einer Filmbörse in München erstanden hatte.

Damals war er mit Anne dort gewesen. Und wieder musste Mika schlucken, um die aufsteigende Enge im Hals loszuwerden.

»Anne ...!«

Er begann zu lächeln. Sein glasiger Blick starrte ins Leere, als sich vor seinem inneren Auge das Bild einer dunkelhaarigen Frau zeigte. Braune Augen blickten ihm entgegen.

Wie vermisste er diese Augen.

Sie wurden langsam größer und schienen Mika regelrecht aufzusaugen. Doch schienen sich die Pupillen zu verändern. Sie zogen sich spaltförmig zusammen, bis sich eine katzenartige Pupille gebildet hatte.

Mika zuckte zusammen, und im selben Moment verschwand das Bild vor seinen Augen und zeigte wieder die Frau, die er liebte.

In seinen Gedanken hielt sie zwei Eintrittskarten für die Bavaria Filmstudios hoch und wedelte damit vor seiner Nase, um sie grinsend hinter ihrem Rücken zu verstecken.

Oft hatte sie ihn aufgrund seines Filmticks aufgezogen. Mika hatte das Ganze nie als Spleen gesehen, sondern immer nur als sein Hobby bezeichnet.

»Spleen ...!

Du solltest erst mal sehen, was mein ›Mitbewohner‹

hier abzieht!«

Mit diesem Gedanken blickte Mika in die entgegengesetzte Ecke des Raumes, wo sein Stubenkamerad seine Ecke etwas individueller dekoriert hatte.

Ein kompletter, lederner Brustharnisch und ein aufwendig verzierter Helm eines Samurais hingen an der Wand. Darunter hing ein dreifach geteilter Waffenständer, in dem sich jedoch nur zwei Schwerter befanden – Katanas, wie er sie nannte.

Den Abschluss bildete eine kleine Kommode, dasselbe Ikea-Modell wie Mika selbst eines hatte, nur in schwarz, die er in so eine Art Schrein verwandelt hatte: zig bunte Teelichter, Buddhastatuen, Blütenblätter, Teeschalen, aus denen er einen ungenießbaren grünen Pulvertee trank, und Essstäbchen von Wongs Heimservice dekorierten die flache Kommode. »Das kann man einen Tick nennen«, dachte Mika.

Mikas Gedanken gingen zurück zu Anne und dem Wochenende, das sie zusammen in München verbracht hatten. Die Kiddies bei der Oma zu lassen, um seit langem wieder mal alleine zu sein, war eine tolle Idee gewesen.

Mika blätterte in seinem Bilderstapel weiter.

Zwei blonde Mädchen im Alter von fünf und sieben blickten ihm aus dem Bild entgegen. Das Foto hatte Anne ihm zugemailt, als sie zusammen mit den Kids am 10. Juni ihre Eltern in Madrid besucht hatten. Mikas Lächeln hatte sich in eine starre Maske verwandelt, als er an das Datum dachte.

Riesig erschienen die Schlagzeilen vor seinen Augen: 11. JUNI, TAG DES UNTERGANGS.

Mika starrte auf das Foto.

Vor seinem inneren Auge bildete sich im Hintergrund des Fotos eine leuchtende Kugel. Grell, so weiß, dass sie alles überstrahlte, sah er, wie die beiden Mädchen im Vordergrund wie auf einem Röntgenbild erschienen, faustgroße Blasen bildeten sich auf dem gesamten Körper, bis schließlich ein gewaltiger Sturm einsetzte.

Fleischfetzen wurden von dem Glutsturm weggerissen und verdampften, das übrig gebliebene Skelett glühte noch einmal auf und fiel dann in einer Aschewolke zusammen.

Mikas Fingerknöchel traten hervor, als sich sein Griff um das Glas verstärkte. Sein Gesicht hatte sich in eine wütende Grimasse verwandelt, als er im Geist auf dem Foto im abklingenden Licht den riesigen Atompilz aufsteigen sah.

Abermals spürte er eine unbändige Wut in sich aufsteigen.

»Anne! Rachel ... Gabrielle! TOT!«

Sie wurden ihm genommen innerhalb einer Sekunde. Nie wieder würde er sie in den Armen halten können.

Es gab doch noch so viel, was er mit ihnen vorhatte. Ja, er hatte sich auch vorgenommen, viel mehr Zeit mit ihnen zu verbringen. Die Kleine war schon so aufgeregt auf ihren ersten Schultag. Anne wollte dazu etwas ganz Besonderes vorbereiten.

Und dann wollten sie nächsten Sommer zusammen in die Toskana fahren, eventuell noch weiter.

Und er würde ihnen Rom zeigen. Ganz gewiss. Das Kolosseum, das Amphitheater, er würde Anne zeigen, wo die Gladiatoren wirklich gekämpft hatten.

Und wenn dann die Kinder im Bett wären, würde er mit ihr noch ein Glas Rotwein genießen, mit Blick von der sommerlichen Terrasse über die gesamte Stadt.

»Anne ... ich wollte, ich könnte das alles aufholen. Ausnahmslos zurückdrehen. Ich würde alles tun, um es ungeschehen zu machen!«

Mikas Augen wurden glasig.

»Anne, du fehlst mir so sehr ...!«

Die Flamme der Kerze begann zu flackern, als die Tür geöffnet wurde, doch Mika merkte nichts von all dem. Im offenen Türrahmen zeichneten sich gegen den erleuchteten Flur die Konturen eines Mannes ab, der ein Schwert in der

Hand hielt. Leise schloss er die Tür hinter sich, dann bewegte er sich ebenso geräuschlos durch das Zimmer.

In einer fließenden Bewegung führte er das Schwert nach vorne, verharrte in dieser Stellung für wenige Sekunden, dann nickte er und legte das Schwert behutsam in den leeren Halter. Anschließend drehte er sich mit einer geschmeidigen Bewegung um und bewegte sich auf Mika zu.

Noch immer saß Mika bewegungslos da, nur seine linke Hand mit den Fotos zitterte ein wenig.

Plötzlich zuckte er zusammen, als er auf seiner linken Schulter eine Hand spürte.

»Hey, Amigo, quäl dich doch nicht länger«, sagte eine sanfte Stimme. »Du kannst daran nichts mehr ändern.«

»Carlos ... was weißt du schon! Lass mich einfach in Ruhe, hörst du? VERSCHWINDE EINFACH! Du hast absolut keine Ahnung und verstehst das nicht. Du hast keine eigene Familie«, entgegnete Mika mit rauer Stimme. Er spürte ein Brennen in seiner Kehle.

Der Griff auf Mikas Schulter wurde stärker.

»Doch, Amigo – doch ... ich denke schon, dass ich es verstehe. Meine Schwester lebte in Madrid. Das war meine eigene kleine Familie. Ich hatte sonst niemanden.«

Ein verzerrtes Grinsen überzog Carlos' Lippen und seine Augen schienen in große Ferne zu blicken. In Gedanken versunken blieb er noch einige Sekunden stehen, seine Hand immer noch auf Mikas Schulter liegen lassend. Dann schluckte er und drückte mit geschlossenen Augen Mikas Schulter.

»Komm, ruh dich doch noch ein wenig aus. Du weißt nicht, wann es wieder weitergeht.«

Carlos ging um den Tisch herum und stand Mika gegenüber.

Große braune Augen blickten Mika verschmitzt an.

»Sag mal, Amigo, wird dein Alkoholproblem nicht langsam zu einer sehr teuren Angelegenheit?«

»Was meinst du damit?«, fragte Mika gereizt und sah von seinen Fotos auf.

»Na ja, jeden Abend kippst du dir einen Mordsbecher Whiskey ein, hältst ihn den ganzen Abend fest und kippst ihn dann in den Ausguss. Also, wenn das mal kein Alkoholproblem ist, dann weiß ich nicht!«

Mika sah Carlos an und musste dann zum ersten Mal seit längerer Zeit wieder grinsen.

»Also, ich lege mich auf jeden Fall noch hin«, entgegnete Carlos mit übertriebener Geste. »Ich bin im Moment ein wenig geschafft!«

»Geschafft? Was war denn los?«, feixte Mika.

Auf diesen Moment schien Carlos nur gewartet zu haben.

»Mika, du glaubst gar nicht, was mir eben passiert ist«, begann Carlos mit überschlagender Stimme. Schnell zog er den zweiten Stuhl unter dem Tisch hervor und setzte sich.

»Nachdem ich mit der Schwertübung fertig war, habe ich wie immer noch ein wenig meditiert, und dann ... BAFF ... Mika, das war absolut ungewöhnlich!«

Dabei fuchtelte er wie wild mit beiden Händen.

Er war zwar oft eine richtige Nervensäge, aber irgendwie mochte Mika diesen kleinen Spanier.

Kurzgeschnittene schwarze Haare und der typische südländische Teint ließen ihn zu einem Musterbild eines Südländers werden, wenn nicht da seine fernöstliche Leidenschaft wäre, die dieses Klischee sofort wieder zerstört.

Ein weiterer Blitz erhellte das gesamte Zimmer.

Erschrocken zuckte Carlos hoch und sagte: »Ja, und genau damit hatte es auch zu tun!«

Mika dachte erschrocken an seinen Alptraum. Ein unheimliches Gefühl beschlich ihn. Neugierig beugte er sich nach vorne.

AI, die Existenzebene der Wächter

Wenn ihr in einer sternenklaren Sommernacht kurz vor Mitternacht genau nach oben schaut, erkennt ihr dort einen kleinen, hellen Fleck.

Ich könnte vermutlich mit bloßem Auge erfassen, dass dieser Fleck die Form eines Pferdekopfes hat, doch ihr benötigt höchstwahrscheinlich eines eurer großen Teleskope, um das rote und blaue Wogen in seiner ganzen Pracht zu erkennen.

Genau dieser Nebel ist seit Jahrtausenden unser Zuhause. Nein, wir leben dort nicht auf irgendeinem Planeten oder etwas Ähnlichem, genau genommen existieren wir irgendwo zwischen den Sternen.

Wo genau, wollt ihr wissen?

Nun, es gibt keine reellen Augen mehr, mit denen wir sehen könnten. Keine Arme, mit denen wir etwas ertasten könnten. Doch dafür haben wir eine ganze Reihe neuer Sinne, mit denen wir unermesslich mehr können als nur sehen, hören und fühlen.

Und aus diesem Grund war uns bewusst, dass wir uns über den gesamten Nebel verteilten. In gewissem Sinn waren wir der Nebel. Und wir nannten den Bereich AI, was so viel wie »unendlich« bedeutet.

Und obwohl wir sehr viele Möglichkeiten hatten, untereinander Informationen auszutauschen, gingen die meisten der Wächter aus nostalgischer Gewohnheit dazu über, einfach nur mit einer Art körperlosen Sprache zu reden.

Und so erfüllte eine tiefe Stimme das Kontinuum: »Wir

können von hier aus nicht mehr handeln. Wir müssen einen von uns aussenden«, entschied der Erste Wächter.

Keiner von uns erwiderte ein Wort. Es stand auch niemandem zu, die Entscheidung des Koordinators in Frage zu stellen.

»Eleeya, du wirst gehen.« Der Erste Wächter nickte langsam, um seine Bestimmung zu unterstreichen.

Ausgerechnet Eleeya!

»Es wird sehr komplex werden, daher schicken wir dich zuerst auf die Zwischenebene. Dein Auftrag ist zu umfangreich, daher können wir nichts dem Zufall überlassen. Du wirst die tiefste aller möglichen Anpassungsstufen durchlaufen.«

Der Angleicher der Wächter versteifte sich für einen kaum spürbaren Augenblick, dann blickte Eleeya zu Boden und zitierte monoton: »Ich verstehe. Ich werde all meine Erinnerungen verlieren. Jede Kenntnis über die jetzige Anordnung würde eine weitere Abweichung nach sich ziehen. Jedes Wissen über den Quantenfluss verändert wiederum den jetzigen Endzustand.«

Der Erste nickte und fuhr fort: »Ja, jedes Wissen über den Auftrag würde unweigerlich zum Scheitern führen. Es wird sehr schwierig werden. Daher wird es ähnlich sein wie beim letzten Mal, als Azrael geschickt wurde.«

Ich erkannte meine Chance:

»Erster, genau aus dem Grund wäre es doch besser, wenn ich gehe. Ich weiß noch genau, wie das geht. Ich kann das!«

Der Erste beachtete mich gar nicht.

»ELEEYA, du wirst neu lernen müssen«, leitete der Koordinator die rituellen Worte ein. »Du wirst deine Fähigkeiten schrittweise wiederentdecken. Wir dürfen dir nichts über deinen Auftrag mitteilen. Rein gefühlsmäßig wirst du schließlich erkennen, was zu tun ist. Das ist die einzige Basis, die wir dir mitgeben können und, Eleeya ... wir werden bei dir sein.«

Man sah Eleeya deutlich an, dass sie mit dieser Entscheidung nicht gerechnet hätte.

»Der YANG-Zerfall liegt bei 38 % und ist immer noch fallend. Die YIN-Komponente hat einen neuen Höchststand erreicht, Koordinator«, meldete Larc mit zittriger Stimme und blickte zum Ersten.

Der Erste wirbelte herum. »Hmm. Ist die Anreicherung des CHI in der Zwischenwelt-Blase denn noch nicht abgeschlossen, Azrael?«

Mir war vollkommen klar, wie ungewöhnlich hoch das Ungleichgewicht war. Jede Verschiebung über 58 % war schon extrem. Und nun das hier! Kein Wunder, dass da jeder nervös war.

Für einen kurzen Moment gingen meine Gedanken zurück zu der Überlegung, die mich seit vielen Jahren immer stärker beschäftigte.

»Ist dies richtig, was wir da machen? Was wäre, wenn wir uns nicht einmischen würden oder wenn es uns nicht gäbe? Würde jemand anderes diese Aufgabe ausführen? Wie kann ich Gewissheit bekommen? Kann ich erreichen, dass dieses Mal eine natürliche Übersättigung eintritt? Was wäre, wenn man die Abläufe künstlich verzögern würde, um somit sämtliche Reserven aufzubrauchen?«

»Azrael!«, dröhnte die Stimme des Bewahrers durch den Raum. »Azrael, träumst du wieder? Der Erste hat dich etwas gefragt. Was macht die Zwischenwelt-Blase? Und wie weit ist das Konzentrat?«

Ich schreckte aus meinen Gedanken auf und stammelte: »Das Meditationskonzentrat? Es ... es ist fertig. Es steht bereit, Talan. Ich habe Probleme mit der Zwischenwelt-Blase. Aber ich denke, wenn ich ein wenig von den Reserven abziehe, sollte es reichen.«

»Ausgerechnet ER musste diesmal in unserer Vollendungsgruppe sein«, dachte ich.

»Es sollte reichen? Sollte ...? Könnte ...?« Das verschwommene Abbild eines verzerrten Grinsens strömte mir entgegen. »Kannst du dich vielleicht etwas gewählter ausdrücken? Sag nur nicht, dass du den Speicher anzapfen möchtest!«

Das mentale Abbild seiner Grimasse wurde von einem gelben Licht begleitet.

»Es reicht, Talan«, schaltete sich der Erste Wächter ein. »Du siehst doch selbst, wie schnell die Unter-Kraft fällt. Unter diesen Umständen muss es in der Tat mehr als notwendig sein. Das solltest du inzwischen erkannt haben.«

Talans Erscheinungsbild festigte sich erneut und nahm einen diabolischen Ausdruck an.

»Aber die Dualismus-Harmonie ist nicht genug ausgeglichen, Erster«, ergänzte er schleimend. »Die Synchronisation ist gefährdet. Glaube mir, wir benötigen diesmal keine Zwischenwelt. Schick sie einfach hin, so, wie sie ist. Das reicht vollkommen aus, alles andere dauert viel zu lange. Wir machen es direkt und unkompliziert. Wir müssen einfach nur schnell genug handeln. Oder noch viel einfacher: Ich werde gehen. Ich benötige keine Anpassung.«

Der Erste Wächter nickte langsam. Es entstand eine Pause von mehreren Sekunden, dann warf er ein: »In einem hast du Recht, Talan. Es geht offenbar noch viel zu langsam. Aber eines hast du nicht bedacht. Du bist Wächter der 7. Stufe, für deinen Transfer müssten wir noch sehr viel mehr Gegenkraft einleiten.«

»Aber es lässt sich nicht noch mehr CHI einleiten. Es muss auch so gehen. Wir müssen einfach nur schneller sein«, stöhnte Talan. »Das TAO beginnt schon wieder sich anzupassen. Noch mehr, und die Wechselzyklen erreichen uns wesentlich früher als geplant. Die Quantenstörung wirkt sich bereits jetzt schon aus.«

»Dieser Idiot merkt gar nicht, wie sehr er sich selbst widerspricht«, dachte ich und las monoton meine gedanklichen Instrumente ab: »Der YIN-Aufbau ist weiterhin fortschreitend. Der YANG-Verfall liegt bei unter

33 %. Wir benötigen einfach mehr CHI, dann kann ich die Blase erstellen.«

Larc wurde von einer starken Unruhe erfasst. »Ich spüre bereits die erste Ereignisverzerrung im Normalraum. Wir müssen jetzt handeln«, hauchte der Zweifler.

Talan warf mit einem wilden Funkeln in den Augen die Arme nach oben.

»Ja, es reicht«, brüllte er. »Wir fangen jetzt an! Azrael schafft das niemals, er hat einfach nicht das Potenzial für diese Aufgabe. Wir müssen auf der Stelle selbst mit eingreifen.«

»Talan, das hast du nicht zu entscheiden«, warf der Erste Wächter mit gefährlich ruhiger Stimme ein. »Azrael, beeil dich mit der Zwischenwelt-Blase. Und du, Larc, bereite die Matrix zum sofortigen Übergang vor. Wir können sie nicht vollständig vorbereiten. Eleeya muss von Zwischenwelt aus die Anpassung durchführen.«

»Aber dazu ist sie im Moment doch gar nicht in der Lage! Das hat es noch nie gegeben«, gab Talan zu bedenken.

Der Erste nickte ernst. »Ich weiß. Sie benötigt unsere gesamte Unterstützung. Und sie wird lernen müssen – sehr schnell lernen!«

Ich schloss meine Augen. »Erster, die YIN-Komponente liegt bereits bei über 69 %. Es wird eng.«

Wenn das nur gut ging!

8. Mai, 04:30 Uhr
Flight-Operation-Center Ramstein

»Ich sehe auch, dass es die einzige Alternative zu sein scheint. Aber trotzdem ist mir bei dem Gedanken nicht ganz wohl.«

Graue Augen blickten über den Rand der schmalen Lesebrille.

»Ob dir dabei wohl ist oder nicht, spielt im Moment wahrscheinlich die geringste Rolle«, kam die Antwort aus der Richtung des Kaffeeautomaten. Oberst Yoharu stand mit einem dampfenden Kaffeebecher in der Hand mit dem Rücken zum Einsatzleiter und blickte hinaus auf den nächtlichen Flugbetrieb.

Am Horizont zeichnete sich blutrot das erste Licht des Tages ab, doch der restliche Himmel war von schweren Wolken bedeckt. In weiten Bereichen des östlichen Horizonts war eine Art Wetterleuchten zu beobachten, das den gesamten Himmel rot-violett aufglimmen ließ. Hin und wieder zuckten bereits jetzt schon gewaltige Blitze in einer Entfernung von weniger als 10 km und ließen für einen kurzen Moment die Nacht zum Tag werden.

»Hajime, wie lange kennen wir uns jetzt? Zehn Jahre, oder etwa schon elf? Du willst mir doch nicht etwa vormachen, dass es dir egal ist!«

Es entstand eine kurze Pause.

Oberst Yoharu führte den klobigen Becher zum Mund, setzte dann jedoch wieder ab, ohne einen Schluck zu trinken. Er drehte sich um.

»Oh nein, mein Freund. Das habe ich nicht gesagt.

Tatsache ist, dass sich mir bei dieser Vorstellung die Nackenhaare sträuben.«

Er sprach sehr langsam. Ein feines Lächeln zeichnete sich ab, als er Major Gallinaro zunickte. Mit erhobener Braue fuhr er fort: »Doch dies sind nur meine ewig plappernden Gedanken, also nichts wirklich Wichtiges.«

Massimo verstand recht gut, was sein langjähriger Freund damit ausdrücken wollte, doch wie immer bei solchen Gelegenheiten war er sich nicht sicher, ob die nach außen getragene Ruhe seines Stützpunktkommandanten echt oder nur aufgesetzt war.

»Wir müssen uns einfach der Tatsache stellen, dass wir keine andere Möglichkeit haben. Also stellen wir uns dem Tao und lassen uns leiten.«

Er nahm einen tiefen Schluck Kaffee aus dem Becher, der blau-gelbe Reste des Wappens eines längst geschlossenen Geschwaderstützpunktes in Pferdsfeld zeigte.

»Und das bedeutet, dass wir alle verfügbaren Kräfte zusammenschließen. Sofort. Ich möchte, dass jede verfügbare Maschine rausgeht. Ich möchte keine Zeit mit irgendwelchen Diskussionen verschwenden.«

Die Tür flog auf und zwei weitere Personen kamen herein.

»Moin ...«

»Hi zusammen.«

Stumm, aber mit einem höflichen Lächeln wies Oberst Yoharu mit ausgestreckter Hand auf zwei Stühle am Ende des Tisches.

Mit zerzausten Haaren nahmen die beiden Offiziere am Tisch Platz. Der Mann knöpfte einen vergessenen Knopf an seinem Hemd zu und die Frau versuchte, einige widerspenstige Strähnen hinters Ohr zu klemmen.

Mit einem kurzen Nicken bemerkte Major Gallinaro: »Major Lagrange ... Major Bringmann.« Auch die anderen fünf Männer am Tisch nickten ihnen stumm zu.

»Entschuldigen Sie bitte, dass ich ihre Schichtruhe unterbrochen habe«, begann Oberst Yoharu lächelnd. »Möchten Sie etwas Kaffee?«

Massimos italienisches Temperament sorgte dafür, dass er sich zu verkrampfen begann. Er fragte sich, wie sein Freund in dieser Situation so ruhig bleiben konnte. Die neuesten Informationen deuteten darauf hin, dass sie wahrscheinlich kurz vor dem Untergang des bekannten Europa standen, und dieser Mann begann ein Kaffeekränzchen. Seine Finger begannen nervös auf den Tisch zu trommeln, doch ein kurzer Seitenblick Oberst Yoharus ließ ihn sofort damit aufhören.

»Meine Damen, meine Herren«, begann er, »wir sind hier zu dieser ungewöhnlichen Stabsversammlung, weil wir vor 20 Minuten vom Bundesnachrichtendienst eine höchst alarmierende und beängstigende Information erhalten haben. Die Stützpunkte in Madrid und Sizilien sind ebenfalls informiert und sind im Moment über das neue SkyCom-Netz dazugeschaltet.«

Mit diesen Worten deutete er auf die zwei 78-Zoll-TFT-Displays an den Wänden, auf denen jeweils fünf bis sechs Personen zu sehen waren. Mit einer kaum merklichen Verzögerung sah man die Beteiligten kurz nicken oder die Hand heben. Oberst Yoharu ging einen Schritt auf den Tisch zu und deutete mit ausladender Geste auf den Einsatzleiter.

»Meinen Stellvertreter, Major Gallinaro, brauche ich niemandem mehr vorzustellen.«

Sein kurzes, tiefes Nicken begleitete seine Worte. »Major, würden Sie bitte die Ergebnisse zusammenfassen?«

Major Gallinaro betätigte kurz einen Knopf am Steuerpult der Com-Anlage. Automatisch begann die Kamera in seine Richtung zu schwenken und veränderte das Zoom. Der auf dem Tisch stehende kleine Kontrollmonitor zeigte das Bild eines hageren Mannes,

Mitte fünfzig, mit lebhaften, wachen Augen.

»Guten Morgen. Wir haben um exakt null-vierhundertfünf Zulu eine Meldung vom BND weitergereicht bekommen. Die Nachricht hat uns nicht mehr vollständig erreicht, irgendeine unbekannte elektromagnetische Störfront scheint sämtliche Signale aus dieser Richtung zu verschlucken. Trotzdem konnten wir das Wichtigste entschlüsseln. Einem unserer Mitarbeiter, die seit Jahren im Ausland tätig sind, ist es gelungen, in Kontakt zu einer Zelle der Gotteskrieger in Indien zu kommen.

Er hat es geschafft, sich an einigen kleinen Aktivitäten zu beteiligen, und ist dann durch Zufall auf eine unglaubliche Sache gestoßen.«

Major Gallinaro legte eine dramatische Pause ein und fuhr zwei Sekunden später ohne eine weitere Unterbrechung mit seinem gesamten Bericht fort.

Nach zwei Minuten machte er abermals eine kurze Pause. »Machen wir uns nichts vor, meine Herren. Die primären Ziele sind die größten Stadt- und Industriegebiete in Deutschland, Italien, Frankreich und Spanien. Und um es ganz deutlich zu sagen: Sollte unser Feind Erfolg haben, befinden wir uns in der nächsten Woche in der Steinzeit. Zumindest diejenigen, die es überleben werden.«

Ein Raunen ging durch die Menge, erste Ausrufe wurden laut und innerhalb der nächsten Sekunden begann eine unkontrollierte, lautstarke Diskussion.

»Meine Herren ...«, begann Oberst Yoharu, doch seine Worte gingen im Tumult unter.

»Entschuldigung ...!« Keine Reaktion erfolgte.

Ein peitschender Knall erfüllte den Raum und im Konferenzzimmer herrschte Todesstille. Wie erstarrt blickten die Führungsmitglieder auf den schmächtigen Japaner, der seine Dienstwaffe wieder sicherte und ins Halfter zurückschob.

»Ich hoffe, ich habe nun wieder ihre Aufmerksamkeit«,

fuhr er mit ruhigem Ton fort. Wieder spiegelte sich ein Lächeln auf seinen Lippen, doch jeder im Raum spürte die Entschlossenheit des Kommandeurs.

»Ich sagte bereits, ich dulde keine Diskussion an dieser Stelle«, sagte er mit sehr ruhiger Stimme, doch in seinen Augen lag ein gefährliches Funkeln.

Er faltete seine Hände hinter seinem Rücken zusammen und ging zwei Schritte näher an den Tisch heran.

»Ich habe Sie hier versammeln lassen, um Sie mit den aktuellen Informationen vertraut zu machen. Wir werden ab sofort nur noch einen einzigen Plan verfolgen. Wir werden alles, was zur Verfügung steht, in die Luft schicken. Die Geschwader, die sich bereits in der Luft befinden, bleiben oben. Schicken Sie jedes zur Verfügung stehende Tankflugzeug rauf und versorgen Sie den Rest aus der Luft.

Mir ist egal, ob irgendwelche Maschinen nicht ganz einsatzbereit sind. ALLES geht raus, haben Sie mich verstanden?«

Er sah in die Runde und blickte einem nach dem anderen fest in die Augen. Jeder nickte.

»Ziel ist es, den feindlichen Pulk so früh wie möglich abzufangen. Wenn die Informationen von unserem Mittelsmann stimmen, ist die gegnerische Staffel bereits dabei, ihre Maschinen vorzubereiten. Setzen Sie sich sofort mit ihren Einheitsführern zusammen und veranlassen Sie alles Weitere. Ich erwarte, dass in spätestens 30 Minuten hier keine Maschine mehr auf der Platte steht. Ist das für jeden klar?«

Wieder war nur ein kollektives Nicken zu beobachten.

»Gut – wegtreten!«

Hastig wurden die Stühle nach hinten geschoben, als die Offiziere fast zeitgleich aufstanden.

»Major Gallinaro, Major Bringmann, Sie bleiben bitte noch kurz hier.«

Yoharu verschränkte die Arme erneut hinter seinem Rücken und begann im Raum auf und ab zu wandern.

Als der Letzte der anderen Offiziere den Raum verlassen hatte, sagte er: »So, jetzt noch mal zurück zu der Überlegung von eben.« Yoharu blieb dicht vor den beiden Offizieren stehen.

»Ich benötige für diesen Einsatz einen Staffelführer, der mehr ist als nur ein guter Koordinator. Er soll brillant sein, unkonventionelle Ideen haben, aggressiv und mutig zugleich sein. Jemanden, der weiß, was er tut und handelt, bevor er sich erstmals komplett abgesichert hat. Ich kann hier keinen Vorschriftenhengst gebrauchen. Ich hoffe, euch ist klar, dass unser aller Überleben davon abhängt.«

Massimo nickte seinem Freund zu. Beide zusammen warfen einen Blick auf Major Bringmann.

»Was meinen Sie, Ana?«

Ana war sich darüber voll bewusst, dass Oberst Yoharu sie persönlich ansprach. Ana überlegte kurz, dann warf sie den Kopf in den Nacken, ihre dunklen Haare hatten sich bereits wieder selbständig gemacht. Erst wurden ihre Augen für den Bruchteil einer Sekunde größer, dann zogen sich ihre Augenbrauen zusammen.

»Nein, das kann doch nicht dein Ernst sein.« Ein ungläubiges Grinsen machte sich auf ihrem Gesicht breit.

»Sie haben ...«, stockte sie kurz, »Sie haben doch nicht etwa vor ...? Ja ... zugegeben, er ist sehr gut, aber ...«

Hajime und Massimo warfen sich einen kurzen Blick zu.

»Also, selbst wenn ich mir nur vorstelle, dass er die gesamte Staffel anführen soll ...«, fuhr Ana fort.

»Ja, auch ich empfinde ähnlich«, entgegnete Oberst Yoharu lächelnd und legte die Hand auf Major Bringmanns Schulter. »Aber ich befürchte, dass wir keine andere Wahl haben. Wir müssen handeln – JETZT! Lassen Sie uns alles Weitere kurz besprechen.«

Mit diesen Worten drehte er sich um und sah aus dem Fenster. Im selben Moment zuckten kaskadenartige Leuchterscheinungen über den Horizont und färbten den

Raum in ein rot-violettes Licht. Ein entferntes Donnergrollen war zu hören.

»Ich hoffe nur, dass uns dieses seltsame Gewitter keinen Strich durch die Rechnung zieht!«

AI, die Existenzebene der Wächter

Dieser Bereich der Sternenansammlung hatte schon verschiedene Namen getragen, eine davon war unter anderem NGZ0082. Das riesige Doppelsternsystem, das sich im Zentrum befand, hatte sich bereits vor einigen Millionen Jahren verändert.

Aus irgendeinem Grund kollabierten damals zwei Sonnen und bildeten ein System mit den zwei größten bekannten Schwarzen Löchern, die sich mit enormer Geschwindigkeit gegenseitig umkreisten.

Seit Jahrmillionen saugten diese Löcher sämtliche Materie an, die sie bekommen konnten: Sonnen, Planeten und gigantische Mengen an kosmischem Staub, welche im Bereich des Ereignishorizonts rot und blau glühten. Für einen außenstehenden Betrachter wirkte die Szene so, als ob sämtliche Bewegungen für immer eingefroren wären. Und irgendwo in diesem Bereich führten wir nun unser Gespräch weiter.

»Die Ausbildungsblase muss jetzt erstellt werden, Azrael. Das Transfer-YIN ist bereits dabei, seine Modulation zu erhalten«, erklärte der Koordinator der Wächter.

»Erster«, erwiderte ich, wobei sich meine Stimme fast überschlug, »was wir haben ist noch zu wenig. Aber ich bin gleich so weit. Die Energie ist bereits vorbereitet, sie stammt aus Ebene vier.«

»Es ist nicht zu wenig«, fauchte Talan. »Tu einfach nur, was der Erste dir aufgetragen hat. Tu es jetzt und lass endlich dein ewiges Gejammer.«

Gereizt blickte ich ihn an, für einen kurzen Moment gingen meine Gedanken in eine andere Richtung, doch dann lenkte ich meine Aufmerksamkeit wieder auf meine geistigen Instrumente. Alles, was ich jetzt gegen ihn unternehmen würde, könnte meinen Plan gefährden.

»Destruktor, du hast den Bewahrer gehört!« Der Erste sah erst mir, dann den anderen Vertretern der Fünfergruppe in die Augen.

»Erster, es ist zu wenig«, klagte ich sorgenvoll, doch der Koordinator tat so, als ob er mich nicht hörte.

»Direkt nachdem Azrael die Ausbildungsblase erstellt hat, beginnen wir mit der Überführung. Haltet die Transfermatrix bereit.«

Mit diesen Worten blickte er Eleeya tief in die Augen. Der Angleicher der Gruppe nickte dem Ersten Wächter zu: »Ich bin gleich so weit.«

Der Erste atmete mit hörbarem Seufzen aus, bevor er die endgültige Anweisung gab: »Azrael, Achtung ... jetzt!«

Hätten Astronomen vor mehreren Hunderttausend Jahren diesen Raumausschnitt beobachten können, wäre ihnen etwas sehr Seltsames aufgefallen. Zwischen den beiden Schwarzen Löchern ging eine Veränderung vor. Die optischen Auswertungen hätten eine schwach leuchtende Blase bemerkt, die sich schnell ausdehnte und bei einer Ausdehnung von etwa 2000 km flackernd zum Stillstand kam.

Ich sah erst ungläubig zu, was sich dort abspielte, und spürte eine tiefe Wut in mir aufsteigen.

»Wenn er meinen Plan kaputtmacht, bringe ich ihn um.«

Doch dann fiel die Blase wieder in sich zusammen, letzte Lichter flackerten, und erneut breitete sich Schwärze aus. Ich fühlte eine innere Befriedigung.

»Gut so«, dachte ich, »das läuft wie gewünscht. Ich darf mir nur nichts anmerken lassen.«

»Das war zu wenig! Viel zu wenig«, röhrte ich

aufbrausend. »Ich hab's euch doch gleich gesagt. Wir müssen viel mehr an Energie einbringen. Wir müssen unsere Tao-Reserven aufbrechen.«

»Nein, das geht nicht! Dieser temporale Ausschnitt ist für andere, unerwartete Anpassungen vorgesehen. Wir haben dieses Spektrum erst wenige Male verwendet – wir haben nicht mehr viel davon«, äußerte der Zweifler mit hoher Stimme und sah mich blinzelnd an.

»LARC, ich befürchte, dir ist die Tragweite nicht ganz bewusst. Die Ereignisverzerrung weist jetzt bereits den Wert Grün auf. Wir können nicht die üblichen Verfahren anwenden. Ich sage es nochmals: es ist zu wenig!«, fuhr ich ihn an.

»Und du, Azrael, scheinst dir nicht darüber bewusst zu sein, dass du schon wieder versagt hast«, funkelte Talan mich an. »Und außerdem: es waren noch nie solch gigantische Energiemengen notwendig, nur um ein virtuelles Kontinuum zu erstellen. Wieso diesmal?«

Es reichte.

»WIESO DIESMAL?«, schrie ich. »Dieser Idiot vermasselt mir noch alles«, zuckte mir durch meine Gedanken. Am liebsten würde ich ihm einen Schlag zwischen seine verhassten Augen versetzen, doch ich musste vorsichtig sein. Wenn es klappte, was ich vorhatte, wäre ich ihn wahrscheinlich sowieso los.

Ich grinste ihn schief an und leierte: »Ich habe es zwar schon mehrmals erwähnt, aber GUUT, TAALAAN, jetzt noch mal ganz langsam, nur für dich! Versuch einfach im Hier und Jetzt zu sein, dann verstehst du es auch: Die momentane Zeitlinie ist in Gefahr! Es hat seit ewigen Zeiten nicht mehr ein solches Ungleichgewicht gegeben. Sämtliche Muster verändern sich bereits. Ich spüre eine mächtige Verlagerung der Quantenstrings.«

»Hüte deine Zunge, Azrael. Ich spüre es ebenfalls. Nicht nur du bist dazu in der Lage. Der YIN-Wert liegt bei nahezu 82 %«, verhöhnte mich Talan. »Natürlich deutet alles auf eine minimale Veränderung des Zeitstroms hin ...«

»... so minimal, dass nichts mehr so sein wird, wie es war. Eine parallele Existenzebene wird unsere ersetzen«, ergänzte ich wütend.

»Ja, ja, ja! Dies geschieht doch fast stetig, jeden Augenblick«, warf Talan ein.

»Doch wird diesmal die Veränderung so gewaltig sein, dass sie das gesamte bekannte Universum auslöscht, so als ob niemals etwas existiert hätte«, unterbrach ich ihn. »Und daher, genau aus diesem Grund, sind nun riesige Energiemengen notwendig. Hat es jetzt gefunkt?«

Die Energiesignatur, die ich in diesem Moment Talan entgegenschickte, ähnelte einer erhobenen Hand, wobei sämtliche Finger sich an den Fingerspitzen berührten und nach oben zeigten.

Plötzlich hörte ich die Stimme des Ersten Wächters: »Destruktor, reiz ihn nicht. Jetzt ist nicht der geeignete Zeitpunkt. Halte inne! Unsere Zeit wird kommen!«

Mir rutschte das Herz in die Hose. »Was war das?«, fragte ich mich. Der Erste hatte mit seiner Flüsterstimme gesprochen, wie immer, wenn er nur zu bestimmten Wächtern reden wollte. Verstohlen blickte ich mich um, doch niemand sonst außer mir schien etwas gehört zu haben.

8. Mai, 04:45 Uhr
Ramstein Airbase, Baracke 523 Süd

Carlos ließ sich mit einem tiefen Seufzer aufs Bett fallen und hatte sich noch nicht richtig hingelegt, als das Telefon auf dem Doppelschreibtisch klingelte. Ein Telefonanruf um diese Zeit war äußerst ungewöhnlich. Wenn es etwas Wichtiges gewesen wäre, hätte man sie sowieso direkt per Inter-Com verständigt.

Carlos blieb liegen und auch Mika zeigte keine Reaktion. Dann kam aus Carlos' Seite des Zimmers ein kurzes: »Telefon!«

Mika blickte hoch und antwortete: »Hör ich. Du bist dran.«

»Bin ich nicht.«

»Das ist doch kindisch, Himmel noch mal. Du bist nicht mal neunzehn! Du hast zu gehorchen.«

»Perdone, Sir«, kam die brummelnde Antwort von Carlos.

Das elektronische Summen des Telefons schien lauter zu werden.

»Carlos ...«, erhob Mika langsam seine Stimme.

Endlich erfolgte eine Reaktion und Carlos ging mit lautem Seufzen zum Telefon. Mit einem kurzen Hieb aktivierte er die Freisprecheinrichtung.

»Katholische Militärseelsorge, guten Morgen.«

»Wer? Sind Sie es, Leutnant Rodriguez?«

Carlos nickte, tippte mit dem Zeigefinger der rechten Hand in die Luft und ergänzte seine Antwort mit einem kurzen: »Si!«

Mika verzog den Mundwinkel zu einem leichten Grinsen. Er fragte sich, wie lange sie dieses Spiel noch durchziehen konnten.

»Leutnant Rodriguez, es ist wichtig. Ist Hauptmann Keller bei Ihnen?«

»Si, si!« Irgendetwas in der Stimme des unbekannten Anrufers ließ Carlos hellhörig werden und seinen Unsinn sofort einstellen. »Wer ist denn da bitte?«

»Hier ist Flightcontrol ...«

»Flightcontrol, hier Keller«, schaltete sich Mika sofort ein. »Ich höre mit. Was ist los? Und wieso melden Sie sich über das Telefon?«

»Hauptmann Keller, ich bin noch im Konferenzzimmer, nicht im Einsatzstab. Alarmstart in zwanzig Minuten.«

»Alarmstart? Eine weitere Übung? Oh, super. Wie haben die Mechaniker so schnell die ganzen Fehler abstellen können? Haben unsere Warte endlich die angeforderte Verstärkung erhalten und rund um die Uhr gearbeitet!«

Es erfolgte eine kleine Pause. »Nein, wieso?« Wieder eine kurze Pause. »Wir haben die Information, dass Ihre Maschine bis auf ein paar vernachlässigbar kleine Details einsatzbereit ist.«

»Was soll denn das nun schon wieder?«, polterte Mika los. »Ich glaube, ich höre nicht richtig. Soll ich etwa umsonst unseren Arsch riskieren, nur weil ...«

»Hauptmann Keller. Dies hier ist keine Übung. Ihre Maschine wird sich schon in der Luft halten. Und außerdem lautet der Befehl von Oberst Yoharu: jede Maschine geht raus. JEDE! Ich habe nicht vor, mit Ihnen zu diskutieren! Dies ist eine eindeutige Order, haben Sie mich verstanden? Geben Sie mir bitte nur noch eine einzige Bemerkung und wir sehen uns vor dem Geschwadergericht wieder!«

»Hoo, immer langsam. Keine Übung? Ich wundere mich doch nur, weil ...« Mika ging ein bestimmter Gedanke durch den Sinn. »Moment mal, irgendwas geht doch hier ab! Was ist los?«

»Jetzt nicht! Keller, Sie werden den Einsatz leiten. Eine genaue Erläuterung und Einweisung erhalten Sie in der Luft, dann werden Sie sehen, wie extrem wichtig dies ist.«

»O. k., schon gut, reden Sie weiter.«

»Die GT 034, 036, 037, 038 und 040 werden mit Ihnen rausgehen. Weiterhin die SS 025, 026, 028 und 029. Bitte informieren Sie die Besatzungen selbst, Sie sind ja alle im gleichen Stockwerk.«

Mika sah zu Carlos hoch und nickte ihm kurz zu. Die GT-Serien waren eine Kurzbezeichnung für German-Trainer, auch Twin-Seater genannt. Es handelte sich hierbei um zweisitzige Trainingsmaschinen, währenddessen die SS-Typen, die so genannten Single-Seater, reine einsitzige Kampfjets waren.

Carlos zeigte mit einer knappen Daumen-hoch-Geste, dass er verstanden hatte. Mit schnellen Schritten ging er auf den Flur der Baracke hinaus.

Er nahm den Halonfeuerlöscher von der Wand ab, hielt die Löschsonde in den daneben hängenden Feuerlöscheimer und drehte kurz das Hauptventil auf. Mit einem lauten Fauchen zischte das weiße Halon heraus und das Echo im Flur bewirkte den Rest. Das Geräusch hätte Tote wecken können. Kurz danach begann Carlos schon mit seinem Sammelruf: »... Pete, Tom, Frank, Emilio ...«, doch zu diesem Zeitpunkt flogen bereits die ersten Türen auf.

»Ahh, mein Gott, was war das?«, kam es aus dem Telefon.

»Och, nichts weiter. Das wollen Sie, glaube ich, nicht wissen. Also, weiter. Ich führe die Bande an, jeder geht mit, alles Weitere oben.«

»Ja, genau. Über den Alpen wird sich Ihnen ein weiteres Geschwader anschließen, zum größten Teil MiG-29 und TOMCATS, genaue Anzahl unbekannt, wahrscheinlich fünfzehn. Neunzehn weitere Maschinen werden sich über der Türkei anschließen. Mehr sind in der kurzen Zeit nicht einsatzbereit.«

»Mehr nicht, sagen Sie?« Mika schwante Böses. »Wollen Sie eine ganze Stadt in die Steinzeit bomben?«

»Seltsam, dass Sie auch diesen Begriff verwenden. Aber nein, wenn wir nicht aufpassen, passiert genau das mit uns. Aber ich habe bereits genug gesagt. Machen Sie sich fertig, die Zeit läuft.«

Carlos kam wieder ins Zimmer zurück und sprach laut, dass ihn die Einsatzleitung gut verstehen konnte. »Alles klar, die Jungs ziehen sich an.«

»Wie gesagt, es gibt keine Einsatzbesprechung, Sie erhalten Ihre Order an Bord.«

Dann war nur noch ein kurzes Klicken in der Leitung zu hören. Mika drückte die Auflegen-Taste am Telefon.

»Also dann, El Lobo, du hast es gehört, deine Siesta fällt aus.«

»Ich habe dir schon hundertmal gesagt, nenn mich nicht El Lobo«, entgegnete Carlos in gespieltem Ärger.

»Ruhig, ganz ruhig, Schwarzer ...«, antwortete Mika und ahmte einen Pferdeflüsterer nach. Carlos musste grinsen.

»Ist ja schon gut, Carlos.« Mikas Hand klatschte im Vorbeigehen auf Carlos' Schulter.

»Jetzt wollen wir doch mal sehen, was sie euch so in Getafe beigebracht haben.«

Mika griff in seinen Spind und hängte einen Kleiderbügel nach außen an die Tür. »Irgendwie werde ich den Eindruck nicht los, dass du denkst, ich hätte von nichts eine Ahnung.«

»Was? Wie kommst du denn darauf? Du sprichst doch nicht etwa unsere riesige Personalknappheit an? Und dass uns erfahrenen Piloten fast minderjährige Partner zugewiesen wurden? Nein, nein, so etwas würde ich nie andeuten«, grinste Mika. Er wusste, dass er damit Carlos aufziehen konnte.

»He Dad, jetzt hör mir mal genau zu: du weißt, wie lange ich schon auf der Kadettenschule war. Ich habe fast genauso viele Dienstjahre hinter mir wie du!«

»Aha, ist das so«, nickte Mika mit gespieltem Ernst. »Dann hat man dich also mit ... hmm ... mit drei Jahren eingezogen. Man, die spanische Luftwaffe ist ganz schön hart!«

Er blickte zu Carlos auf und versuchte ein ernstes Gesicht zu behalten, doch in seinen Augenwinkeln zeigten sich bereits erste Lachfältchen.

Carlos blickte zurück und sagte erst kein Wort. Dann verzog er den Mund zu einem schiefen Grinsen und antwortete: »Na ja, nicht ganz. Ich war elf.«

»Ah ...«, war die knappe Antwort.

»Aber meinen ersten Jet bin ich bereits mit vierzehn geflogen!«

Mika sagte kein Wort. Nur seine linke Augenbraue zuckte nach oben.

»O. k., das war ein Simulator, aber ein sehr reeller! Aber wirklich, Mika, ich bin so weit! Ich habe seit über sechs Jahren echte Flugerfahrung. Und ich habe sehr hart gelernt!«

Mika ahnte, worauf das Gespräch wieder rauslaufen würde.

Carlos gestikulierte nun wild mit den Händen.

»Mika, ich kann den Typhoon auch von meinem Sitz aus steuern. Ich bin so weit, glaub mir! Du kannst ja jederzeit eingreifen, wenn du meinst!«

»Carlos, beeil dich und zieh dich an. Wir haben mehrmals darüber geredet. Deine Ausbildung ist noch nicht abgeschlossen, deswegen üben wir ja zusammen mit dem Twin-Seater!« Mika sprach sehr langsam. »Aber ich werde noch mal darüber nachdenken, ob wir vielleicht heute mal eine Ausnahme machen können. Aber nur für eine kurze Strecke«, fügte Mika hinzu.

Carlos begann mit ernstem Gesicht zu nicken und erwiderte: »O. k., na gut!« Anschließend drehte er sich wieder seinem Spind zu. Er konnte den ernsten Gesichtsausdruck nicht länger halten und grinste inzwischen wie ein Honigkuchenpferd.

Mika schlüpfte in seine Anti-G-Hose.

»Aber du hast noch eine Menge zu lernen. Vieles ist noch immer neu für dich. Nimm nur mal das hier zum Beispiel. Textiles, pneumatisches Hightech«, sagte er und deutete auf seine Hose. »Ich weiß, so was gibt es nicht da, wo du herkommst.«

Carlos ging auf die Neckerei ein: »Mika, was du nicht weißt, ist, dass der Schnitt der Hose von einem spanischen Modedesigner stammt. Mode von Busogosh! Aber woher soll ein einfacher Junge aus Bayern so was wissen?«

Carlos war ebenfalls in die Hose geschlüpft und schloss die letzten Klettverschlüsse.

»Ja, du hast Recht, das mit dem Modedesigner stimmt in der Tat«, erwiderte Mika. »Doch ist Busogosh nur ein Anagramm für Hugo Boss. Kein Wunder, dass es super ist. Die Modelinie ist ja auch in Deutschland entwickelt worden, nur vertrieben wird's in Spanien!«

»Im Ernst? Ich dachte immer ...«

»Denk nicht so viel, vertrau mir einfach einmal.«

Mika nestelte grinsend an den letzten Verschlüssen seiner Jacke. »Zumindest bin ich froh, dass es bald losgeht. Weißt du noch, vorgestern? Als wir ohne Kühlung noch 20 Minuten auf der Platte gestanden haben? Nicht zum aushalten.«

»Och, ich fand es gar nicht so schlimm. Wie ein leichter Frühlingstag in Madrid. Ich habe dir immer gesagt, wie du damit umgehen musst, Amigo.« Carlos hielt den Kopf leicht schief und zeigte grinsend auf Mika. »Du musst einfach eins werden mit der Umgebung. Denke immer daran, dass die Hitze ein Teil von dir ist ...«

»Oh nein, jetzt kommt das schon wieder. Lass gut sein.

Passt schon.«

»Nein, im Ernst, ich glaube, das wird dir noch mal sehr hilfreich sein ...«

»Ja, ja, glaube ich dir. Übrigens, hast du mal rausgeschaut, wie das Wetter wird?« Mika überprüfte nochmals seine Tasche mit den Listen, Checkprozeduren und dem Rest, den er für den Flug benötigte.

»Da braut sich so richtig was zusammen.«

»Ja, schon, aber das macht gar nix. Kannst du dich nicht mehr an die entsprechende Lerneinheit im Desktop-Trainer erinnern, Topic 34 oder so ähnlich?«

Carlos deutete auf das kleine Plakat an der Wand. In großen roten Buchstaben stand dort »Desktop-Trainer, Knowledgeware for Fighters«, auf dem Bild war die Silhouette von zwei Piloten vor dem Eurofighter zu sehen. Das Ganze wurde von einem kleinen, blauen EADS-Logo abgerundet.

»Alles Hightech, zigfach getestet und blitzschlaggeprüft. Da kann nichts passieren.«

»Klar hab ich aufgepasst. Aber du weißt auch, dass dieser Teil des Lernprogramms aus England stammt.«

»Oha ... ja, du hast Recht«, erwiderte Carlos in gespieltem Entsetzen, als er sich an die vielen Unstimmigkeiten der englischen Lerneinheiten erinnerte.

»Na, immerhin haben wir ja einen erfahrenen Piloten, der im Zweifelsfall um die Blitze herumfliegen kann, wenn's so weit ist.«

Er klopfte Mika auf die Schulter. »Wie sieht's aus, Dad, noch nicht fertig?« Mika schaute hoch und band gerade seinen linken Stiefel zu.

»Ich wurde fertig geboren«, brummte er.

»Ja, das weiß hier jeder, wie fertig du bist«, feixte Carlos und vergrößerte lachend seinen Abstand zu Mika.

Er konnte sich gerade noch unter der heranfliegenden Chipstüte wegducken, die bis vor einer Sekunde auf dem Tisch lag. Plötzlich wurde die Tür aufgerissen und Tom streckte seinen Kopf herein.

»Hey, was is' 'n hier los? Geht hier 'ne Party ab oder so?«

»Klar doch«, grinste Mika, »wir feiern aber oben weiter!«

Er zeigte mit dem Daumen in den Himmel. Tom winkte kurz ab: »Wir gehen schon mal vor.«

»Wieso vorgehen? Wir sind auch fertig, gell Mika?«

Carlos deutete mit einladender Hand auf die offene Tür. Mika löschte im Hinausgehen noch die Kerze. Für eine Sekunde kehrten seine Gedanken zurück.

»Anne ... später! Ich verspreche es dir, ich bin später wieder bei dir.«

AI, die Zone der WÄCHTER

Er hat zu mir geflüstert, nur zu mir, überschlugen sich meine Gedanken. Sollte er etwas von dem, was ich vorhatte, wissen? Würde er mich verraten?

Mit großen Augen starrte ich ihn an, doch er tat so, als wenn nichts wäre.

»Destruktor, lass dir was einfallen, um Talan zu beruhigen«, flüsterte er ein weiteres Mal.

Ich nickte unmerklich. Nein, er würde mich wahrscheinlich nicht verraten, sonst hätte er es ja bereits machen können. Aber wie viel wusste er? Und was hatte er vor?

An Talan gewandt fuhr ich fort: »Bewahrer, ich möchte nicht überheblich wirken. Es war nur als Scherz gemeint. Aber sieh, die YIN-Variable liegt mittlerweile bei über 88 %. Ich muss ganz einfach extreme YANG-Potenziale einsetzen, damit ich dem entgegenwirken kann. Du verstehst, jedes neue YIN würde jetzt den Prozess nur noch verstärken!«

Ich merkte, ich war so richtig in meinem Element. Ich erklärte Talan den Zusammenhang der Elemente aus meiner Sicht. Die Quantenströme waren mein Ding, ich wusste, dass Talan sich kaum damit auskannte. Also übertrieb ich hier ein wenig, ließ dort einiges weg und gab ihm das Gefühl, dass er nun die Umstände für das, was ich vorhatte, verstand.

»Du siehst, Meister Talan, es ist absolut notwendig«, säuselte ich.

Talan sagte kein Wort, doch seine Augen deuteten ein

schwaches Nicken an.

»Achtung«, rief ich, »ich verknüpfe den temporalen Ausschnitt aus dem Depot mit dem Ereignis-YIN der Blase ... jetzt!«

Hätten Astronomen damals, so vor circa einhunderttausend Jahren, nochmals genauer hingesehen, hätten sie bemerkt, dass sich zwischen den beiden Schwarzen Löchern wieder ein heller werdendes Flackern gebildet hätte.

»Seht ihr«, rief ich, »die Modulation nimmt zu. Es funktioniert. Der YANG-Einfluss ist auf 43 % gestiegen und ist konstant. Das ist jetzt gut so.«

»Warte, es könnte bereits reichen«, sorgte sich Larc und schaute auf die Werte. »Sollen wir eine temporale Korrektur um weitere fünf Einheiten einleiten?«

»Jetzt fang du bloß auch noch an«, bedachte ich den Zweifler mit finsterem Blick.

»Nein, nein, das ist gut so, wie es ist«, sagte ich mit fester Stimme und unterstrich meine Worte mit einer entschiedenen Geste. »Die Modulation ist nun ausreichend und die YANG-Anpassung war erfolgreich. Fertig. Die Blase wird stabil sein.«

Ich setzte ein schiefes Grinsen auf und zeigte bedeutsam in eine temporale Richtung, die über hunderttausend Jahre entfernt war.

Hätten Astronomen nun nochmals die Gelegenheit, den Raumausschnitt vor 108 075 Jahren beobachten zu können, wäre ihnen diesmal etwas sehr Ungewöhnliches aufgefallen. Zwischen den beiden Schwarzen Löchern ging eine Veränderung vor. Man hätte eine Blase bemerkt, die sich schnell ausdehnte und bei einer Ausdehnung von etwa 2800 km zum Stillstand kam. Eine grell leuchtende Wolke war entstanden, die sich innerhalb weniger Sekunden bis auf ein Glimmen im Inneren abgekühlt hatte. Und wäre dann einer dieser Astronomen auf die Idee gekommen, sich das Ganze in einer sehr langsamen Zeitlupe anzuschauen, wäre er vielleicht hinter die Geheimnisse der Entstehung eines Universums gekommen.

»O. k., die steht wie eine Eins«, johlte ich und rieb prahlerisch meine irrealen Hände.

»Das Materieskript kann nun überführt werden.« Ich blickte in Richtung des Angleichers. »Wie sieht's aus, Eleeya? Bist du jetzt so weit?«, fragte ich und zuckte besorgt mit meiner linken Augenbraue.

Eleeya würde das nächste Problem werden.

»Hoffentlich verbockt sie nicht alles«, fing ich an zu zweifeln. Aber andererseits, genau ihre Unerfahrenheit konnte mir auch sehr hilfreich werden.

Ramstein, Headquarter der Neuen Allianz

Zwölf Piloten verließen die baufällige Baracke und bewegten sich in schnellem Schritt auf den Abstellbereich für die Transportwagen zu.

Noch vor einigen Jahren wurden die Piloten bei ihren Einsätzen von entsprechenden Fahrern zwischen der Baracke und dem Flugfeld transportiert. Doch das ist lange her, zu viel hat sich in der Zwischenzeit ereignet. Man konnte froh sein, wenn überhaupt genug Wartungspersonal zur Verfügung stand. Das Problem wurde kurzerhand gelöst, indem die Piloten selber zu fahren hatten.

Das Schlimme daran ist, dass sich der Einsatzstab anfangs mehr Sorgen um die Erhaltung der Transportfahrzeuge machte als um die Kampfjets, die den Piloten anvertraut wurden.

Carlos ging neben Mika an der Spitze der kleinen Truppe. Er sah mit einem kurzen Seitenblick zu Mika rüber und beschleunigte seinen Schritt. Ohne darauf weiter einzugehen blieb Mika direkt an Carlos' Seite. Wieder schaute Carlos kurz zu Mika und wurde dabei minimal schneller.

»Versuch's erst gar nicht«, kam es von Mika, »ich bin dran!«

»Glaubst du doch selbst nicht«, kam es von Carlos.

»Jetzt geht's aber los! Gedächtnisschwund oder wie? Du warst das letzte Mal dran.«

»... und ich war am Telefon. So!«

Mit diesen Worten öffnete Carlos die Fahrertür des

schwarzen Hummers.

In gespielter Verzweiflung rollte Mika mit den Augen.

»Los, los, einsteigen, vier Mann kommen mit uns mit.«

»Oh Gott, das ist wieder die gefährlichste Phase des ganzen Fluges!«, stöhnte Pete und stieg als Erstes in das geräumige Geländefahrzeug.

Mika brummte irgendetwas Unverständliches und schwang sich auf den Beifahrersitz.

»Wir treffen uns am Hangar ...«, rief Carlos gegen das grölende Geräusch des startenden Motors der zweiten Truppe zu.

»Wer zuletzt ankommt, zahlt die nächste Dönerrunde!« Carlos warf einen kurzen Blick nach hinten. »Alle drin? O. k., festhalten ...«, grinste er über beide Ohren Mika an.

Der schloss die Augen und schüttelte nur den Kopf.

Mit quietschenden Reifen beschleunigten die 350 PS den Geländewagen in Richtung Hangar. Inzwischen hatte ein feiner Nieselregen eingesetzt. Stärker als zuvor war am östlichen Horizont das leuchtende Band zu sehen, in dem sich die Sonne nun schwach abzeichnete. Doch das Ungewöhnlichste war, dass auch in diesem Bereich immer wieder Leuchterscheinungen tobten und die Airbase in ein unwirkliches Licht tauchten.

Mika schaltete das Funksprechgerät ein. »Transportcar 1 an Flightcontrol, Eurofighter Staffel 1 und 2 sind unterwegs zum Hangar.«

Starkes Knistern war zu vernehmen und verschluckte den ersten Teil der Antwort. »... Flightcontrol, verstanden. Ich sehe Sie. Wer ist am Steuer?«

»Leutnant El Lobo, der spanische Rächer!«

Lautes Lachen war am anderen Ende zu hören. Carlos blickte finster zu Mika rüber und hob die rechte Faust.

»Bitte um Erlaubnis, den Taxiway zu benutzen!«

»Kommt nicht in Frage, bleiben Sie auf dem vorgeschriebenen Weg.«

»Hey Flightcontrol, wir haben es eilig.«

»Ich weiß, aber Sie befahren nicht den Taxiway. Haben Sie mich ... chhrkrrk?« Der Rest des Satzes ging in einer Störung unter. Ein weiterer Blitz erhellte die morgendliche Szenerie.

Carlos nahm Mika das Mikrofon aus der Hand und bestätigte: »Roger, wir befahren NICHT den Taxiway. Ende.« Dann warf er das Mikro zurück auf Mikas Schoß und blickte kurz zu ihm rüber.

Carlos ging mit quietschenden Reifen in eine lang gestreckte Kurve und bog vor der Lagerhalle 2 scharf rechts ab.

»Was gibt denn das? Du hast die Jungs doch gehört! Willst du dir doch eine einfangen?«, fragte Mika und klammerte sich am Haltegriff fest.

»Was denn?«, tat Carlos unschuldig. »Du hast sie doch gehört: Befahrt nicht den Taxiway.« Carlos sah im Rückspiegel die Gesichter der anderen Piloten.

»Haben sie doch gesagt, nicht wahr, Jungs? Das habt ihr doch auch so gehört, oder?« Lautes Murmeln wurde deutlich.

»Ja klar, haben wir«, kam es von hinten.

Wieder riss Carlos das Steuer scharf nach links und beschleunigte. Mika traute seinen Augen nicht, als er die Wartungsrampe schnell näher kommen sah.

»Carlos, mach keinen Quatsch«, forderte er.

»Angst, Amigo?«

Mika warf einen grimmigen Blick zu seinem Copiloten. »Halt einfach die Klappe und fahr«, erklärte er.

»O. k. Jungs, alle festhalten ...«, rief Carlos.

Der Hummer beschleunigte mit voller Fahrt auf die Rampe zu. Mit fast 110 km/h traf der Wagen auf die Rampe. Man hörte, wie mit einem dumpfen Schlag alle vier Stoßdämpfer mit gnadenloser Kraft bis zum Anschlag zusammengepresst wurden. Wie von einem Katapult abgeschossen, raste der Wagen die 2,50 m hohe Rampe hinauf, um daraufhin in einen endlos erscheinenden Sprung überzugehen.

»Hey-hey-hey ...«, grölte Carlos. Der riesige Geländewagen setzte mit einem Schlag wieder auf dem Boden auf und befand sich auf dem Grünstreifen, der sich parallel zum Taxiway befand. Mit unveränderter Geschwindigkeit sauste er auf der Rasenfläche weiter.

»Tower an Transportcar 1, sind Sie noch recht bei Trost? Ich glaube, ich spinne. Ich habe doch gesagt, Sie sollen nicht den Taxiway nehmen. Das wird noch ein Nachspiel haben. Was denken Sie sich eigentlich ... chhhrkkrr ...krr.«

»Flightcontrol, hier Transportcar 1, wir konnten Ihre letzte Mitteilung nicht ganz verstehen. Außerdem haben wir wie angeordnet den Taxiway nicht befahren. Over!«

»Ich glaube, ich spinne. Wartet nur …«, doch dann war bei Flightcontrol eine andere Stimme im Hintergrund zu vernehmen, die sagte: »… Massimo, das stimmt, Sie haben den Taxiway nicht befahren. Hier, ’ne Zigarette für dich.«

Sekunden später war aus dem Lautsprecher ein tiefes Ausatmen zu vernehmen und nach einer kurzen Pause sagte eine sehr, sehr ruhige Stimme: »Hier Flightcontrol – Over!«

»Carlos, irgendwann übertreibst du es.«

»Ich?«, war verwundert zu hören. »Das sagt mir gerade der Richtige. Du bist doch mein großes Vorbild, Amigo«, grinste Carlos.

Mika sah kurz zu Carlos rüber und verdeckte dann mit der rechten Hand sein Gesicht.

Der Hummer schlidderte in die Kurve und beschleunigte wieder die letzten hundert Meter auf den Hangar 305 zu.

»So, gleich haben wir es«, feixte Carlos.

»Freuen wir uns nicht zu früh, wir sind noch nicht da. Könnte ja sein, dass sich unser junger Freund für eine Ehrenrunde entschließt«, erklang es von den Rücksitzen.

»Nein, bitte nicht«, war ein Stoßgebet zu hören.

Vor dem Hangar waren bereits zwei Typhoons platziert, ein dritter wurde gerade von dem Schleppfahrzeug aus dem Hangar gezogen. Mit unveränderter Geschwindigkeit schoss der Hummer auf die Typhoongruppe zu.

»Ähm, Carlos«, war von hinten zu hören, »... du weißt schon, dass das da vorne meine Mühle ist, oder?«

»Klar doch, die mit der beigen Heckflosse. Nicht zu übersehen. Warum?«

»Och, nur so ...«

Dreißig Meter vor den Typhoons trat Carlos voll in die Bremse des Hummers und riss einen Sekundenbruchteil später das Lenkrad herum. Mit quietschenden Reifen begann sich das Fahrzeug auf dem nassen Untergrund um seine eigene Achse zu drehen und verlor bei gleichzeitiger Vorwärtsbewegung rasch an Geschwindigkeit. Mit einem letzten Ruck kam der Hummer exakt zwischen den beiden Typhoons zum Stehen und stand schließlich akkurat in derselben Richtung.

»Soo, Jungs, aussteigen«, sagte Carlos. Nach einem kurzen Blick auf die Windschutzscheibe korrigierte er sich, »nein, wartet noch einen kurzen Moment!«

Mika ahnte, was jetzt wieder kommen würde und verdrehte die Augen.

»REGEN!«, gab Carlos als einzige Erklärung. Er legte den Rückwärtsgang ein und fuhr den Hummer rückwärts durch das weit geöffnete Tor in die Flughalle.

»So, in Ordnung, jetzt alle aussteigen!«

Die Piloten sahen sich verwundert an, als sich Mika kurzerhand nach hinten umdrehte. Mit einem schiefen Grinsen rümpfte er kurz die Nase und wedelte mit der flachen Hand ein paar Mal vor seinem Gesicht. Dann deutete er mit dem Daumen auf Carlos und sagte in verschwörerischem Ton:

»... er hasst Regen!«

Verschiedene Blicke wurden gewechselt, doch ohne eine weitere Bemerkung stiegen alle aus dem Fahrzeug aus.

Mika drehte sich um und sah nach draußen aufs Vorfeld. Was er sah, faszinierte ihn jedes Mal aufs Neue.

Carlos näherte sich und blieb rechts neben Mika stehen: »Ist die Lady nicht herrlich?«

»Ja, da bin ich mal einer Meinung mit dir.« Das Licht der aufgehenden Sonne beleuchtete schräg von vorne die drei vor der Halle geparkten Eurofighter. Unterstrichen wurde das Bild von den schwarz-violetten Gewitterwolken, die den Rest des Himmels ausfüllten.

Für einen kurzen Moment dachte Mika an seinen Abendschulbesuch über fotografische Spezialeffekte, als er von Carlos aus den Gedankengängen gerissen wurde.

»Schade, dass der neue Joint-Strike-Fighter nie fertig gestellt werden konnte.« Verwundert drehte sich Mika um.

»Warum schade? Der wäre mir eh zu unförmig gewesen.«

»Der hätte aber wesentlich besser sein sollen.« Carlos bemerkte Mikas Blick.

»Habe ich jedenfalls im Aerokurier gelesen!«

»Besser? Besser als der Typhoon? Spinner. Und seit wann ist der Aerokurier ein Science-Fiction-Magazin? Abgesehen davon steht und fällt alles mit einem Top-Piloten.«

»Und wer soll das sein?«

Mika grinste: »Ganz sicher nicht unsere spanischen Hilfsmonteure.« Mit dieser Bemerkung deutete er in verschiedene unbestimmte Richtungen. Sehr theatralisch fuhr er fort: »Egal, ich muss mich eben damit abfinden, dass mir nur ein einfacher Padawan-Schüler zugewiesen wurde.«

»Ah, so ein Unsinn! Aber mit einem hast du Recht: Der Typhoon ist dadurch das modernste Kampfflugzeug der Neuen Allianz geworden.«

Mika schlug Carlos auf die Schulter.

»Right, El Lobo. Und mit dem reißen wir jetzt der Vereinigung den Hintern auf.«

Mika warf einen kurzen Blick in die Runde. Als er erkannte, dass die Warte noch beschäftigt waren, griff er in seine Beintasche und zog einen scheckkartengroßen Gegenstand heraus.

»Aber zuerst«, begann er, wobei Carlos die Augen verdrehte, »ein Foto für unser Familienalbum.«

»Pete, Tom, Frank, kommt mal hier rüber, es geht ganz schnell ...« Ein kollektives Stöhnen wurde laut.

»Los, auf, jetzt stellt euch nicht so an.« Mit deutlicher Unlust stellten sich die Piloten in einer kleinen Gruppe auf. Mika winkte seinem ersten Wart zu, der sich aus dem Hintergrund näherte.

»Hi Carlos«, winkte er ihm zu. Von rechts kam ein kurzes: »Was? Ach so, hallo Carlos.«

»Buenos Dias Signore Piloteuros!«, antwortete der spanische Bordmechaniker den beiden. »Hektik, Hektik, grande Arbeit. Nix fertig. Geht nix«, gestikulierte er wild mit den Händen.

Mika erinnerte sich an die Zeit vor 10 Monaten, als die beiden spanischen Monteure ihnen zugeteilt wurden. Anfangs war Mika schon etwas verwirrt, es gleich mit zwei Carlos' zu tun zu haben. Außerdem gab es noch einen Carlos in der Werkzeugausgabe, einen weiteren in Franks Team.

Mika fragte seinen Copiloten: »Sag mal Carlos, hat eigentlich die Hälfte der spanischen Jungs denselben Namen?« Carlos tat so, als ob er die Frage nicht richtig verstehen würde.

»Wieso derselbe Name? Ich bin Carlos Pablo Juan Jose, das da ist Carlos Enrike Jesus Alberto. Bei Frank arbeitet Carlos Paolo Phillipe Julio und in der Kantine arbeitet Carlos Lorenzo.«

Mika sah herüber und zuckte mit der Augenbraue. »Was, nur zwei Namen?«

»Si, find ich auch ungewöhnlich ...«, antwortete Carlos in gespieltem Ernst.

Mikas Gedanken kehrten zu seinem Mechaniker zurück, der sehr verzweifelt wirkte.

»Ja, Carlos, passt schon. Ich bin auch nicht glücklich darüber, aber ich habe mich mit den Jungs von der Flightcontrol gerade eben schon angelegt. Die wollen, dass alles rausgeht, was sich irgendwie in der Luft halten kann. Carlos, hör mal, kannst du mal bitte ein Foto von uns machen?« Carlos Enrike strahlte.

»Du weißt, wie man die Kamera bedient?« Mika übergab die kleine Kamera.

»Si, si, Signore Mika. Hieer klikka!«

»Ja, richtig. So Jungs, jetzt haltet mal einen einzigen Augenblick still und sagt Cheese. O. k. Carlos, fertig?«

»Si, si!«

»Na dann los!«

Es klickte zweimal, dann klatschte Mika in die Hände. »O. k. Jungs, das war's dann«, spöttelte Mika, »ihr wart großartig. Superklasse.«

»Ich hab das Wort vergessen, das ich gerade sagen sollte. Ich hab dann einfach Marmelade gesagt. War das in Ordnung?«

»... und ich habe Käse gesagt.«

»Ihr macht mich fertig ...«, entgegnete Mika und schüttelte grinsend den Kopf.

Die Piloten bewegten sich nun schnell auseinander und gingen auf ihre Maschinen zu. Jeder wusste, was zu tun war. Jeder kannte die einzelnen Handgriffe beim Pre-Flight-Check ganz genau.

Die Regel war, dass die Warte die Arbeiten ausführten und der Pilot hinterher nochmals bei einem letzten Rundgang die sichtbaren Ergebnisse überprüfte.

Mika ging auf seinen Mechaniker zu und legte ihm die Hand auf die Schulter.

»So, Junge, läuft alles? Oder wo klemmt's noch?«

»Oh, nixda laufed. Engine grande male. Carlos sagen, bueno Tarda muss her. Nullo, nienda Zeit.«

»Ich verstehe«, sagte Mika und nickte. Vor einer Woche hatten sie in der gesamten Staffel die verbesserten Eurojet-Triebwerke eingebaut. Rein theoretisch eine tolle Sache, wenn man alleine an die gigantische Leistung denkt. Doch da gab es im Moment noch tausend kleine oder größere Probleme, die entsprechende Zeit zur Abstellung benötigten.

»Wie viele NO-GOs werden jetzt noch angezeigt?«

»Zwei-zwanzig, Katastrophe grande!«

»Hmm, das ist wirklich nicht gut«, nickte Mika. »Kann die Mühle wenigstens ohne größere Probleme in die Luft gehen?«

»Hmm, denken schon! Aber Probleme mit Chauda.«

»Womit?«

»Hiddsa – Tempratura ...«

»Ah, verstehe«, Carlos überlegte kurz. »Gibt es sonst noch was, was ich wissen sollte?«

Der Mechaniker Carlos grinste kurz.

»Ja, dein USB-Intercom sich nun lassen auch auf Vordermann schicken.«

Ein Leuchten ging durch Carlos' Augen.

»Oh, endlich mal gute Nachrichten. Ja, das wird uns wirklich weiterhelfen«, lachte er und klopfte seinem Mechaniker auf die Schulter. »Klasse. Vielen Dank! Wir müssen mal ein Bier zusammen trinken, wenn wir wieder zurück sind.«

»Si, Signore! Allecantario!«

Mika verstand zwar nicht immer alles, was die beiden miteinander besprachen, aber er hatte im Vergleich zu so manchem anderen hier in der Base richtig Glück gehabt.

Ein weiteres Problem war das am Stützpunkt bestehende Verständigungsproblem. Es gab nicht genügend qualifizierte Mechaniker, welche für die komplizierten Arbeiten geeignet wären und die gleichzeitig deutsch oder englisch sprechen konnten.

Er hatte mit Carlos und Lorenzo noch Glück gehabt,

beide konnten zumindest das Wichtigste verstehen und sich grob ausdrücken. Im Zweifelsfall war sein Copilot ja noch da, der sich in seiner Muttersprache mit den Mechanikern unterhalten konnte. Aber wesentlich wichtiger war die Tatsache, dass es sich bei beiden um begnadete Mechaniker handelte.

Wesentlich schlechter hatten es da seine Kollegen Peter und Tom getroffen. Seit dem Zusammenbruch der UdSSR orientierten sich die meisten Ost-Staaten neu, viele hatten sich der ehemaligen EU und NATO angeschlossen, in der Hoffnung, auch wirtschaftlich davon zu profitieren.

Doch die unerwarteten Entwicklungen in letzter Zeit führten dazu, dass für den Flugbetrieb wesentlich mehr Techniker und Ingenieure benötigt wurden, als in der kürze der Zeit aufgetrieben werden konnten, und so wurde ohne größere Eingangstests fast jeder angeworben, der sich auch nur annähernd für bestimmte Aufgaben qualifiziert hatte.

Und so hatten Peter und Tom zwei Warte aus Litauen und Zentralrussland zugewiesen bekommen, die im Bewerbungsgespräch auch einen recht guten Eindruck hinterlassen hatten. Vor allen Dingen schätzte man ihren Einfallsreichtum, mit wenigen Mitteln sehr effizient zu arbeiten.

Doch es war schon ein extrem ungewöhnlicher Zustand: die Mechaniker verstanden nur wenige Worte Deutsch, und Peter und Tom verstanden jeweils ein paar Brocken der jeweiligen Landessprache, die man ihnen in einem Schnellkurs verpasst hatte.

Gerade als Mika darüber nachdachte, hörte er auch schon ein lauter werdendes Gespräch von nebenan.

»Ich habe euch schon hundert Mal gesagt, ihr sollt die Remove-Before-Flight-Bänder nicht zusammenrollen. Die soll man ja gerade sehen!«

»Hruuschka, nagoi bsallischda chroback dnjepa!«

»Das ist mir egal, ob sie euch im Weg sind. Wenn ich noch mal sehe, dass ihr ... PETE, komm mal schnell her!

Schau dir das an«, schrie Tom, »die wollen uns umbringen!« Mit diesen Worten zog er einen 20 cm langen Schraubenzieher aus dem Triebwerksraum.

»Fruusda nasseja, jolanda daja nas Jana!«

»Und das soll ich euch glauben?« Ein metallisches Scheppern war zu hören.

»Verdammter Mist, hätte ich in der Schule doch nur besser aufgepasst, dann wäre ich jetzt nicht hier.«

Mika hörte nicht mehr zu und begann schon einmal mit dem eigenen Check, obwohl die Maschine noch in der Halle stand.

Lorenzo hatte mittlerweile den Schlepper herangefahren und war damit beschäftigt, die Schleppstange am Bugrad zu befestigen.

»Carlos«, fragte Mika, »bist du mit der Aufmunitionierung fertig oder fehlt noch was?«

»Alles fertig, Aschramm nei, Saitwainder nei, BehKah27 completo mit 150 Schuss.«

»Sehr gut«, lobte Mika.

»Achtung, zurücktreten, fahren aus Hangar auf Platte!«

Mika trat unter dem Typhoon hervor und sah noch, wie sein erster Wart ins Cockpit kletterte und den Daumen nach oben streckte. Lorenzo nickte und bewegte den Schlepper im Schritt-Tempo nach draußen. Er fuhr eine kleine Kurve und platzierte den Typhoon mit der Bezeichnung GT-034 an vorderster Position auf dem Hallenvorfeld.

Wieder wurde die gesamte Umgebung in ein unwirkliches, rot-violettes Licht getaucht. Doch diesmal war ein erster, lang gezogener, grollender Donner zu hören. Mika schaute besorgt nach oben.

»Führen heute APU-Start durch«, meldete Lorenzo, als er die Schleppstange entfernte.

Normalerweise war der mobile Startwagen dafür verantwortlich, die benötigte Druckluft zu produzieren, welche letztendlich das eigentliche Triebwerk startete. Doch dies machte nur Sinn, wenn nur einer oder zwei Jets in den Einsatz gehen sollten. Heute waren es zwei Staffeln mit jeweils sechs Jets, dafür reichte einfach die Zeit nicht aus. Und daher wurde der eingebaute Kompressor aktiviert.

Lorenzo blickte zu seinem Mechanikerkollegen im Cockpit und ließ den rechten Arm kreisförmig über seinem Kopf rotieren.

Carlos aktivierte den APU-Schalter auf der rechten Konsole. Im selben Moment begann ein jaulendes Kreischen, das immer lauter und immer höher wurde.

Lorenzo nickte und sprang zurück in den Schlepper, um ihn zur Seite zu fahren.

Die interne APU hatte ihre Endgeschwindigkeit erreicht. Mechaniker-Carlos bereitete den Start der Turbinen vor. Er bewegte den zweigeteilten Schubregler auf der linken Konsole in Position IDLE und leitete den Start der linken Turbine ein.

Mit donnerndem Getöse erwachte das linke Triebwerk und die Luft hinter den Auslassdüsen begann zu flimmern. Wenige Sekunden später wurde auch das zweite Triebwerk aktiv. Ab diesem Moment war eine normale Unterhaltung nicht mehr möglich. Tief in der Brust war das ultratiefe Wummern der verschiedenen Resonanzfrequenzen zu spüren.

Die neu erschaffene Raum-Zeit-Blase

Nachdem ich diesmal mehr Energie einleiten konnte, war die Quantenerschaffung in der Vergangenheit erfolgreich. Während eines kosmischen Wimpernschlags, also innerhalb der letzten 100 000 Jahre, hatte sich die geschlossene Raum-Zeit-Blase stabilisieren können.

In den nächsten achtzigtausend Jahren begannen die ersten Aminosäureketten ihr experimentelles Spiel, wie es sich schon an Tausenden anderen Orten vollzogen hatte.

Die unterschiedlichen Katalysatoren, die ich hinzugefügt hatte, bewirkten innerhalb weniger Jahrtausende die Entwicklung einer kompletten Flora und Fauna. Und seit etwa hundert Jahren warteten einige fertige DNS-Stränge auf ihren Einsatz.

Dann ging alles sehr schnell. In den letzten Monaten verbanden sich die DNS-Stränge mit einer Art Protoplasma, das große Ähnlichkeit mit organischen Zellverbänden aufwies.

Der danach eingeleitete Wachstumsprozess ließ einen Körper entstehen. Seine äußere Form hatte sich fast vollständig entwickelt. Doch es war lediglich eine leere Hülle ohne Bewusstsein. Alle notwendigen Verbindungen waren vorhanden, wartend, lauernd. Und so verbrachten sie die letzten Tage, bis endlich das Meditationskonzentrat eintraf.

»Eleeya, bist du so weit?«, wiederholte ich meine Frage.

Ihr geistiges Abbild nickte mir entgegen, ein zartes Lächeln formte sich.

»Ja, ich bin so weit. Aktiv kann ich sowieso nichts mehr dazu beitragen.«

Ich warf ihr ein Petzauge zu.

»Du ahnst nicht, wie Recht du damit hast. Also, dann los.«

Der Prozess begann und es war wie immer.

Eleeyas Gedankenkonzentrat wurde auf die Reise geschickt. Für uns Zurückgebliebene erschien es, als würde sich ihr Geist in sich zurückziehen, bis niemand mehr ihre Anwesenheit vernahm.

Die gewaltige Entfernung, die Eleeyas Bewusstsein überbrückte, hatte keine Auswirkungen. Doch der Schock bei ihrer Ankunft war riesig. Eben noch war sie Teil eines geistigen Verbundes, in dem ihr eine Vielzahl von Sinnen und Verständigungsmöglichkeiten zur Verfügung standen. Doch nun musste sie in der speziell für sie erschaffenen Trainingswelt lernen, mit weniger Sinnen zurechtzukommen.

Den größten Teil ihrer Erinnerungen hatte ich isoliert, quasi eingefroren. Nur rudimentäre Begriffe waren geblieben. Dafür hatte ich ihr eine Art Pseudoerinnerung mitgegeben, die es ihr ermöglichen würde, sich entsprechend ihres Auftrages zu entwickeln.

Als Eleeyas Bewusstsein ihren neuen Körper erreichte, funktionierten alle Sinnesorgane und ihre Übermittlungswege perfekt.

Schlagartig erfasste ihr Bewusstsein die Flut der neuen Eindrücke. Das gesamte Erkennen und Wahrnehmen war vorhanden. Ihr Bewusstsein versuchte verzweifelt, es auf unterschiedlichste Arten zu interpretieren.

Das Ergebnis war ein surrealer Traum, durch den sie sich bewegte. Schrittweise würde sie ihre Sinneseindrücke wieder zuordnen können. Und dann würde ihr Bewusstsein auch das befreien, was sich durch den Schock komplett zurückgezogen hatte – ihr eigenes Ich.

Hangar 313, Pre-Flight-Check

Mechaniker-Carlos stieg aus dem Cockpit und begann zusammen mit Mika den Pre-Flight-Check zu beenden. Mit einem Mal war das gesamte Hallenvorfeld von einem Zittern erfüllt, als innerhalb weniger Sekunden die Triebwerke der restlichen fünf Typhoons zu brüllendem Leben erwachten.

Carlos und Mika traten aus der Halle heraus und bewegten sich auf die Rampe zu, die Lorenzo soeben ans Cockpit des Typhoons herangeschoben hatte. Mika spürte einen Seitenblick von Carlos, der sich nun minimal schneller bewegte.

»Vergiss es«, schrie Mika. »Vielleicht mal in zwei Jahren!«

»Was?«

»Komm erst gar nicht auf die Idee«, brüllte Mika.

Carlos ergriff als Erster die Leiter und brüllte zurück: »Erster! Sorry«, grinste er. Unschuldig fügte er hinzu: »Ich hab keine Ahnung, was du meinst.«

Mit diesen Worten kletterte Carlos die Leiter an der angestellten Rampe herauf. Die Typhoons besaßen zwar eingebaute Teleskopleitern, doch handelte es sich hierbei nur um eine einzige ausfahrbare Stange, die aus dem Rumpf nach unten ausgefahren wurde. Und an dieser Stange waren in abwechselnden Richtungen links und rechts kleine Steigflächen angebracht. Es war eigentlich nur eine Einstiegshilfe für den Notfall.

Direkt hinter Carlos stieg Mika die Leiter empor.

Carlos kletterte über den Rand der Bordwand und

machte es sich auf dem Rücksitz bequem.

Mika kletterte den Rest der Leiter hinauf und stieg vorne ins Cockpit ein. Er brummte verstimmt, als er merkte, dass sein Sitz wieder verstellt war. Daher aktivierte er auf der linken hinteren Konsole erst mal die Servomotoren, die den Schleudersitz auf die richtige Höhe und Position bewegten.

Ja, das war schon besser. Die Füße ruhten entspannt auf den vorderen Pedalen, seine linke Hand umfasste bequem den Schubregler. Gewohnheitsmäßig umfasste seine rechte Hand den Steuerungshebel des Eurofighters, der zwischen seinen Beinen platziert war. Der Stick bildete zusammen mit dem Multifunktions-Schubregler auf der linken Konsole die Haupt-Bedienkomponente des Typhoons, in Fachkreisen auch HOTAS genannt: Hands On Throttle And Stick.

Mika griff seinen Helm mit dem Aufdruck DAYWALKER und nickte seinem Wart kurz zu.

Carlos' Helm trug den Aufdruck RAVENMOON.

Wenige Sekunden später war im Helm eine Stimme zu vernehmen: »GT 034, 036, 037, 038, 039, 040 – hier Flightcontrol. Begeben Sie sich zügig zur Startposition auf Landebahn 03, Start in Nord-Ost-Richtung. Nehmen Sie den Taxiway 3-Bravo. Angeführt werden Sie von DAYWALKER in GT-034. Nach erfolgter Aufstellung übernimmt er das Kommando. GT-034: Take-Off nach eigenem Ermessen. Ihre Waypoints bekommen Sie per MIDS übertragen. Genaue Einweisung erhalten Sie dann in der Luft.«

»Ach, selbst die Waypoints haben wir noch gar nicht?«, wunderte sich Mika.

»Nein. Dazu war ...«

»Ja, ich weiß, dazu war noch keine Zeit. Ist schon gut. Solange ihr wisst, wo es hingeht, ist es ja gut.«

Carlos schalte sich dazu. »Mika, lass gut sein ...«

»Ist doch wahr ... da soll man sich mal nicht aufregen!«

Im selben Moment war ein starkes Prasseln im Com zu vernehmen. Mika hatte gerade den Blick zum Tower gewandt und sah dadurch eine riesige Blitzkaskade in großer Entfernung, die fast ein Viertel des Horizonts überspannte. Obwohl die Entfernung noch viel zu groß war, erklang kurz darauf der zornige Donner. Anders als erwartet war es kein rollendes Grollen, sondern vielmehr ein sehr trockenes Knistern, das eher an die elektrischen Schaltungen in einem alten Frankensteinfilm als an ein gewöhnliches Gewitter erinnerte.

»Wow, Carlos, hast du das gesehen?«

»Mhhm ...«

»Meinst du, die Engländer hätten auch solche Dinger mit einbezogen?«

»Mh-mh ...«

Mika war sich nicht sicher, ob dies ein Ja oder ein Nein sein sollte, doch irgendwie wollte er die Antwort gar nicht mehr so genau wissen.

»O. k., los geht's.« Mika aktivierte den hydraulischen Schließvorgang des Canopys. Der laute Warnsummer begann in kurzen Intervallen zu tönen. Es klang fast so, als ob man irgendwo in Italien im Feierabendverkehr stand und jemand ungeduldig auf seine Hupe schlug. Mit einem klickenden Schmatzen fuhren die Verriegelungsbolzen aus und verschlossen das Canopy.

Ganz sachte schob Mika den Schubregler mit der linken Hand nach vorne, die rechte ruhte in seinem Schoß.

Der Avionikcomputer erkannte durch verschiedene Sensoren, dass das Flugzeug mit seinem gesamten Gewicht sicher auf der Erde stand, und hielt daher sämtliche Systeme im so genannten Weight-On-Wheel-Modus.

Direkt vor Mika waren im Armaturenbrett drei digitale Multifunktionsinstrumente installiert, welche an die Displays tragbarer DVD-Player erinnerten. Entsprechend dem Weight-On-Wheel-Modus stand das äußerst rechte DISPLAY im Triebwerks-Anzeige-Format, auf dem man deutlich die leichte Schubzunahme beider Triebwerke ablesen konnte.

Mika löste mit einer Bewegung die Feststellbremse und der Typhoon begann sich langsam in Bewegung zu setzen.

Die Bordmechaniker hatten mittlerweile ihre Schallschutzkopfhörer aufgesetzt, was sie von weitem wie eine Karikatur von Mickymaus erscheinen ließ.

Mika und Carlos zeigten ihren beiden Warten noch mit der Hand einen kurzen Gruß, woraufhin sie wie Honigkuchenpferde zu grinsen begannen, was noch mehr an Micky erinnern ließ.

Die GT-034 rollte langsam von der großen Betonplatte auf den parallel zur Landebahn verlaufenden Zubringerweg, dem so genannten Taxiway. Mika leitete eine kleine Rechtskurve ein, indem er das rechte Pedal sanft durchdrückte.

Carlos hörte im Com ein knappes »Showtime ...«, als auch schon die Triebwerke kurz aufjaulten.

Die Stoßdämpfer des Bugrades entlasteten sich und ließen die Nase leicht nach oben wippen.

»Immer schön ruhig, Mika«, feixte Carlos. Im selben Moment spürte er, dass die Maschine stark beschleunigend an Fahrt aufnahm. Carlos verfolgte auf seinem rückwärtigen DISPLAY, dass die digitale Anzeigenadel zur Triebwerksleistung schnell zu klettern begann.

Auf dem Display las er die relative Bodengeschwindigkeit ab: 10 mp/h, 15 mp/h, 20 mp/h, 35 mp/h ... als auch schon über Com eine schreiende Stimme zu hören war:

»Hey, geht's euch noch ganz gut? Falls ihr es übersehen habt, das hier ist noch nicht die Rollbahn ...«

»Flightcontrol, Sie haben doch selbst gesagt, wir sollen uns zügig bewegen.«

Eine kurze Pause erfolgte.

»Sollen wir langsamer machen? Wir tun doch alles, was Sie sagen ...«

In 500 m Entfernung stellte Massimo im Tower seinen

dampfenden Becher Kaffee ab, als er merkte, dass sein Sodbrennen wieder einsetzte.

»Flightcontrol?« Kurze Pause.

»Macht doch, was ihr wollt«, erklang es vom Tower durch zusammengebissene Zähne.

Der Startpunkt befand sich vom Hangar aus gesehen genau auf der entgegengesetzten Seite der Rollbahn. Das bedeutete eine Fahrt von annähernd 3 km.

Carlos hatte es schon vorher bemerkt und sprach nun erstmals Mika darauf an. »He Amigo, hast du auch bemerkt, dass der gesamte Stützpunkt in Aufruhr ist? Schau doch mal dort drüben zu den Tomcats. Wie ein Ameisenhaufen! Und dort drüben bei Rollbahn 01 steigen gerade die ersten Tornados auf. Hast du eine Ahnung, um was es hier geht?«

Mika sah hinüber und bemerkte es ebenfalls. »Ich sehe es.« Kurz ging sein Blick zurück auf den Taxiway.

»Nein, keine Ahnung, was hier los ist. Aber ich denke, wir werden es früh genug erfahren.«

»Leider ...«

Carlos sah in seinen Rückspiegel und sah die Landescheinwerfer der nächsten beiden Typhoons auf dem Taxiway.

»TOM-TOM und MADANDY sind bereits hinter uns.«

»Ja, gut.« Mika nahm den Schub zurück, als er in 200 m Entfernung das Checkteam mit ihrem VW-Transporter an der Auffahrt zur Startbahn stehen sah. Beide Blinkleuchten des Transporters waren eingeschaltet.

»O. k., dort vorne ist der Last-Chance. Den haben wir schneller erreicht, als ich dachte.«

»Ach! Hast du vielleicht auch bemerkt, dass unser Bugrad bereits zweimal abgehoben hat?«

»Ach was ...«, kam es zurück.

Ein seltsames Zwielicht hatte sich inzwischen eingestellt. Die Sonne war bereits vollständig aufgegangen, doch die Wolken im Osten hingen bereits so tief, dass die

Sonne auch gleich wieder verschwinden würde. Der restliche Himmel war ein Gemisch aus violetten und tiefschwarzen Quellwolken. Immer noch fiel ein feiner Nieselregen.

Mika bremste leicht ab, indem er beide Pedale gleichzeitig trat und schwenkte dann in die Einfahrt zur Startbahn ein.

In fünfzig Meter Entfernung stand das Last-Chance-Team, einer von ihnen hielt die rot beleuchteten Winkerkellen nach oben. Gleichmäßig bewegte er die Kellen vor und zurück.

Der Typhoon näherte sich mit Schrittgeschwindigkeit, wobei die Turbinen mit annähernd Leerlaufdrehzahlen drehten. Als er sich bis auf fünf Meter genähert hatte, überkreuzte der Mechaniker die Kellen, um sie kurz darauf gleichmäßig in Richtung Boden zu stoßen. Mika betätigte die Feststellbremse, sofort ging das Team an die Arbeit.

Nach circa einer Minute war alles geschehen und Mika bekam das Zeichen zur Weiterfahrt. Mit leichtem Wippen und kurz aufjaulendem Grölen bewegte sich der Typhoon auf die Startbahn und nahm seine endgültige Startposition ein.

Ein absolut ungewöhnliches Panorama zeigte sich, als die Piloten in ihrer GT-034 in Warteposition standen. Links von ihnen war das gelb-orange Licht einer Sonne zu sehen, die sich nicht mehr lange gegen die extremen Wolkenformationen durchsetzen konnte. Und rechts zeichnete sich ein gigantischer Regenbogen ab, der sogar ein zweites und drittes Bild erzeugte – und direkt vor ihnen nichts als Schwärze.

»Wow, das erinnert mich an meinen Traum heute Nacht«, erklärte Mika. »Wir waren auf einer extrem seltsamen Insel, und da waren Elfen und ...«

»He Amigo, ich hab dir doch gleich gesagt, das es gefährlich ist, sich die komplette Herr-der-Ringe-Trilogie an einem einzigen Abend reinzuziehen. Aber du wolltest ja wie immer nicht auf mich hören. Und so was kommt dann dabei heraus. Oh je, ich habe einen Partner mit extremen Realitätsverlusten! Kann ich nicht besser mit Tom fliegen? Wir haben schnell getauscht, und er ist mir sowieso noch was schuldig«, feixte Carlos und ergänzte noch kurz: »Übrigens ... Elben!«

»Was ist?«

»Elben! Die nennt man Elben, nicht Elfen. Ich kenne jemand, der mir lang und breit den Unterschied erklärt hatte.«

Mika musste grinsen. Sein Blick wanderte wieder nach vorne.

Genau in diesem Moment sah er am linken Horizont einen gewaltigen Blitz entstehen. Der Blitz fächerte sich sofort in extrem viele Verzweigungen auf, die gemeinsam nach rechts über den horizontnahen Himmel züngelten. Ein gewaltiges Knistern und Prasseln war im Com zu vernehmen. Immer wieder vereinigten sich die Teilblitze in rasender Geschwindigkeit, um sich daraufhin in einem Vielfachen wieder zu trennen.

»Flightcontrol, hier GT-034. Ich nehm mal an, ihr habt das gerade auch gesehen?«

Keine Antwort erfolgte.

»Also, dann nehm ich einfach mal an, dass wir auch weiterhin da durch sollen?«

Wieder erfolgte keine Antwort.

»O. k., war ja auch nur eine Frage ...«

»Ich weiß«, wandte sich Mika zu Carlos, »die Engländer haben sich auf viel Schlimmeres vorbereitet.«

»Mh-mh«, kam es zurück, wobei die erste Silbe deutlich höher betont wurde.

Mika drehte den Kopf nach hinten links zu den Mechanikern hinüber. Inzwischen war der letzte Typhoon bei der abschließenden Kontrolle. Mika sah, dass die letzte Tätigkeit fast beendet war, als sich einer der Mechaniker wild gestikulierend vom Fahrwerksbereich löste.

Er fuchtelte wie wild mit den Armen und unterhielt sich schreiend mit seinem Kollegen. Er hielt etwas sehr Kleines, Rotes in der Hand, so viel konnte Mika erkennen. Der Mechaniker wedelte wie besessen mit der rechten flachen Hand vor seinem Gesicht und vollzog anschließend noch ein paar kreisende Bewegungen in Kopfhöhe. Sein Kollege nickte, stieß mit der rechten flachen Hand schräg nach oben und sofort danach steil nach unten. Schließlich winkte er ab und gab dem Piloten das Zeichen zur Weiterfahrt. Daraufhin verschwanden beide in ihrem Transporter.

Mika hätte schwören können, dass sich der kleine Gegenstand in ihrer Hand zu einem langen, roten Band ausrollte.

»Sag mal, was war das denn für eine USB-Interlink-Geschichte, von der dir vorhin unser Mechi-Carlos erzählt hat?«

»Aah, gut, dass du mich daran erinnerst«, entfuhr es Carlos, »ich hätte es doch glatt vergessen.« Mit diesen Worten kramte er in seiner rechten Beintasche und fingerte einen zwei Euro großen Gegenstand hervor.

Plötzlich ging erneut ein Prasseln durchs Com, doch nun wesentlich stärker als vorher.

Mika sah aus den Augenwinkeln, dass sich zeitgleich von rechts und links riesige Blitzausläufer bildeten und sich vor ihm in einer geschätzten Entfernung von zwanzig Kilometern zu einer leuchtenden Entladung vereinigten. Anstelle des Fernsehturms, der in der Nähe des Kaiserslauterner Betzenberges stand, loderte nun eine 50 m hohe Fackel. Das grollende Donnern war trotz der laufenden Turbinen deutlich zu hören.

»Staffel GT-034, hier Flightcontrol. In Ihrer Flugrichtung hat sich ein größerer Gewitterausläufer gebildet ...«

»Ach, hab ich noch gar nicht bemerkt ...«

»Wir haben soeben eine aktuelle Auswertung des Wetterradars erhalten. Mit größerem Gewitterausläufer ist gemeint, dass sich innerhalb der letzten fünfzehn Minuten eine gewaltige Gewitterfront entlang Ihrer Flugroute gebildet hat, und zwar auf eine Länge von über zweitausend Kilometern. Und sie wächst weiter. So eine extreme Schlechtwetterfront hat es schon seit einigen Zeiten nicht mehr gegeben. Inzwischen befinden sich die vordersten Ausläufer schon über der Türkei.«

»Über der Türkei? In welche Richtung schicken Sie uns eigentlich?«

»Erstmal Richtung Bodensee. Aber das erfahren Sie alles, wenn Sie oben sind.«

»Falls wir oben sind«, unkte Mika.

»So, o. k. Jungs, dann mal los. Tut einfach das, was wir auch machen ...«, richtete Mika seine Worte an seine Kollegen.

Eine unbekannte Stimme fragte: »Was genau meinst du denn damit – macht einfach das, was wir auch machen?«

Er bekam keine Antwort.

»Bereit, Kumpel?«, fragte Mika seinen Copiloten.

»Bereit, wenn Sie es sind, Sir«, kam die Antwort auf das regelmäßige Ritual.

Mika hob am linken, seitlichen Armaturenbrett einen Sicherungsbügel hoch und bewegte den darunter liegenden Drehschalter in die andere Position. Sofort änderten einige Kontroll-Lampen ihre Farbe.

»Carlos hatte Recht«, dachte Mika. »Er ist so weit. Wir haben es zigmal geübt.«

»Na, dann überprüf noch mal deine Instrumente«, forderte Mika.

Carlos wusste nicht, was Mika damit meinte. Er hatte doch eben gerade erst alles überprüft und ...

Carlos Gedanken stockten kurz. »Grün – sie leuchtete eindeutig grün!« Sein Herz begann wild zu schlagen. Er konnte es noch gar nicht fassen! Ganz eindeutig waren sämtliche Steuerkontrollen auf das hintere Cockpit übertragen worden.

»Der Typhoon gehört Ihnen, Sir«, meldete Mika formal. »Bringen Sie uns zum Waypoint 1.«

Solange sie noch entsprechend weit vom eigentlichen Einsatzort entfernt waren, sollte es damit absolut keine Probleme geben, wenn er Carlos die Führung des Jets überließ. Technisch wusste er bereits alles, und er hatte auch enormes Talent, wenn da nicht hin und wieder sein etwas zügelloses Temperament wäre. Außerdem konnte Mika zu jeder Zeit wieder übernehmen.

Nach einer kurzen Pause ergänzte er: »Und mach mir keine Schande, Kumpel!«

»Nein, SIR!«, antwortete Carlos erregt. Er strahlte übers ganze Gesicht, doch davon war durch die Sauerstoffmaske nichts zu erkennen. Carlos legte seine linke Hand auf den zweigeteilten Schubregler und verharrte für eine knappe Sekunde.

»Na gut, dann wollen wir mal schnell rauf ...«, jodelte er und schob mit einem Ruck den Schubregler nach vorne in die Position MaxDry. Augenblicklich erwachten die Turbinen zu einem neuen Leben. Tiefe Vibrationen erreichten das Cockpit. Im rechten DISPLAY kletterten die Leistungsnadeln der beiden Triebwerke langsam höher.

20 Prozent, 30 Prozent, 45 Prozent orgelten die Turbinenschaufeln in den beiden Eurojet-Triebwerken. Noch hielt die Feststellbremse den Typhoon an Ort und Stelle fest.

Ein unbestimmtes Gefühl beschlich Mika. »Was genau meinst du mit ›schnell rauf‹? Was hast du denn jetzt wieder vor?«, hakte er nach.

50 Prozent, 55 Prozent ...

»Oh nein, das wirst du nicht tun ... dafür sind die Triebwerke noch gar nicht getestet worden ...«

Bei 70 Prozent schob Carlos die beiden Schubregler über die kleinen Einrastungen hinweg mit einem Ruck nach vorne in Position Maximum Reheat.

Mit donnerndem Brüllen erwachten die Triebwerke zu

endgültigem Leben, als sich die beiden Nachbrenner entzündeten. Ein zwei Meter langer Feuerstrahl schoss aus den Triebwerksöffnungen. Carlos löste die Feststellbremse und der Typhoon nahm mit einem gewaltigen Aufbäumen der Nase unter extremer Beschleunigung Fahrt auf.

Mika wurde brutal in den Sitz gepresst, als er plötzlich Carlos Stimme hörte.

»Angst?«

Mika keuchte kurz und entgegnete: »Halt einfach die Klappe ... und flieg.«

Der Typhoon hatte gerade seine Minimalgeschwindigkeit zum Abheben erreicht, als Carlos den Flight-Stick vollständig zu sich heranzog.

Sofort reagierten die internen Avionikcomputer auf seinen Steuerwunsch und leiteten in einem winzigen Sekundenbruchteil die entsprechenden Maßnahmen ein: Veränderung sämtlicher Steuerungsflächen, Anpassung der Schub-Gewichtsumkehr, Verteilung der Mengenlasten an Treibstoff innerhalb der verschiedenen Tank-Hohlräume und vieles mehr.

Der Typhoon verlor fast unmittelbar an Vorwärtsschub und bäumte sich senkrecht auf. Einzig allein die neuen, extrem leistungsfähigen Eurojet-Triebwerke verhinderten einen Absturz.

»Magst du H. I. M.?«, fragte Carlos.

Mika wurde ein wenig stutzig.

»Wen?«

»Na H. I. M.!« Mika wusste anfangs nicht, was Carlos meinte. Die Triebwerke arbeiteten zurzeit mit 110 Prozent Volllast, ein Zustand, den sie nicht lange aushalten würden, da enorme Mengen an Treibstoff verbraucht wurden.

Der Typhoon stand senkrecht wie ein Spaceshuttle in der Luft und nahm rasend schnell Fahrt auf. Auf einem leuchtenden Feuerstrahl schraubte sich der Typhoon senkrecht in die Höhe.

Im selben Moment ertönte aus dem Interlink in großer

Lautstärke das Lied »Wicked Game« und hatte Mühe, sich gegen das Donnern der Triebwerke durchsetzen zu können.

Als Mika schließlich bemerkte, dass die Triebwerke mit diesem extremen Manöver locker zurechtkamen, legte sich ein breites Grinsen auf sein Gesicht.

»Klar mag ich H. I. M. Und das also hat Carlos dir eingebaut?«

»Uns, mein Junge, uns. Läuft rein über Interlink, unsere Flightcontrol bekommt nichts davon mit.«

»Und was ist, wenn die Blackbox ausgewertet wird?«

»Wenn die mal ausgewertet wird, kann es dir eh egal sein«, grinste Carlos.

»Und du bist sicher, Flightcontrol hört nichts?«

»Also, ich denke, Carlos ist ein begnadeter Techniker. Der weiß, was er tut. Nein, ich denke, das passt schon alles. Na ja, eigentlich war von ihm auch nichts anderes zu erwarten. Wir Spanier sind halt in allen Punkten spitze!«

»Sag mal, Carlos, du bist sicher, dass du Spanier bist? Hast du deine leiblichen Eltern jemals kennen gelernt?«

Im Com war irgendetwas zu hören, dass wie ›El torrgo ne da lapetha‹ klang.

Carlos legte den Kopf in den Nacken und schaute nach oben. Der Anblick, der sich aus dieser Perspektive bot, war atemberaubend. Carlos sah direkt auf die schräg unter ihm liegende Ramstein Airbase, die sehr schnell kleiner wurde.

Eine weitere gewaltige Blitzentladung tauchte die Landschaft in ein sehr fremdartiges Licht, dann trat die GT-034 auch schon in die dichte violette Wolkenmasse ein.

Im Tower standen 15 Menschen mit offenen Mündern, die einen solchen Start von sechs Typhoons noch nie zuvor erlebt hatten.

Zwischenwelt, Transfer- und Ausbildungsort der Wächter

Das Bewusstsein schlug die Augen auf.

Sonnenaufgang – es war ein gutes Licht. Golden, warm und klar. Wie immer, wenn die Grashalme an der Reihe waren, Licht zu erzeugen. In goldenen Wellen verließen die Lichtimpulse den Boden. Es war so ähnlich, als wenn der Wind durch reife Weizenfelder streicht. Nur war die bewegende Kraft in Wirklichkeit kein Wind. Und die Grashalme waren eigentlich auch alles andere als Gras, aber das fiel in dem surrealen Traum nicht weiter ins Gewicht.

Zufrieden ließ das Bewusstsein seine Sinne umherwandern und eine gewisse Sorglosigkeit stellte sich ein.

Doch da war etwas, ganz tief im Hintergrund.

Eine Art Rufen.

Nichts, was man genauer bestimmen konnte. Eine Art Sehnsucht. Ja, irgendein Drang. Es tat gut, ihm zu folgen. Etwas musste erreicht werden. Nur was? Es schien zuerst nebensächlich zu sein, doch war es genau diese Kraft, diese Sehnsucht, welche das erste Handeln auslöste.

Das Bewusstsein löste sich von dem herrlichen Anblick und ging einfach los. Knietief wandelte es durch die goldenen Wellen. Hin und wieder streiften die Arme über die Halme, was einer zärtlichen Berührung und dem hellen Klingen von Glocken gleichkam. Es war noch kein Zeitgefühl vorhanden.

Irgendwann erreichte es erstmals eine Wegegabelung. Das war der Moment, in dem sich ein erstes Verlangen bildete. Ein undeutlicher Wunsch, etwas erreichen zu wollen. Ein Drang, einem bestimmten Weg zu folgen.

Dem Weg. Die Richtung, in die er verlief, schien nicht ausschlaggebend zu sein. Tief in seinem Innern verborgene Türen begannen, sich einen Spalt weit zu öffnen. Es erkannte, dass das Ziel beim Beschreiten des Weges nicht darin bestand, einen bestimmten Ort zu erreichen. Dunkle Erinnerungen ließen erahnen, dass die Antwort irgendwo bei dem Beschreiten selbst zu finden wäre. Eine Art Wispern war zu vernehmen, angenehm, aber drängend. Es schien von oben zu kommen.

Zögernd konzentrierte das Bewusstsein seine Sinne auf diese Region, in die es vorher noch nie geschaut hatte. Die Ebene vor ihm wölbte sich weit nach oben. Je höher es sah, desto steiler schien der Anstieg. Langsam kam eine gewisse Erkenntnis durch. Das Bild, das sich bot, war eine Landschaft aus sehr großer Höhe betrachtet. Es befand sich im Innern einer riesigen Kugel.

Kurz darauf erreichte es einen kleinen Teich, an dem es sich niederließ und zu trinken begann. Das goldene Wasser tat so gut und stärkte es wie niemals zuvor. Als es sich von der Wasseroberfläche löste, erkannte es zum ersten Mal sein Spiegelbild darin. Das leicht verzerrte Gegenstück löste sich von der Oberfläche und umschloss das Bewusstsein in Form einer goldenen Kugel.

Da gab es nun zwei Kugeln. Eine äußere Blase aus goldenem Licht, und eine kleine in ihrem Inneren. Und plötzlich wuchs die Erkenntnis, dass es unbedingt die umhüllende Blase erreichen musste.

Es kratzte sich an seinen Unterarmen. Die gegenüberliegende Seite der Blase, ja, das war es!

Zum ersten Mal war so etwas wie ein Ziel zu erkennen. Aber es war so weit entfernt, viel zu weit.

Und dieses Jucken in den Armen ...! Unter der geröteten Haut der dürren Arme zeichneten sich die beiden Unterarmknochen ab.

Es ballte die rechte Hand zur Faust, um sie anschließend wieder zu öffnen. Sie war total aufgequollen! Alles war viel zu stramm. Es drehte die Handfläche nach oben und sah sich den Daumen genauer an. Der Daumenballen war am stärksten angeschwollen. Es ballte nochmals die Hand zur Faust und drückte sie mit aller Kraft zusammen, als sich mit einem schmatzenden Geräusch der Daumennagel abhob. Der anfängliche leichte Schmerz wich einer wahren Erleichterung. Die Haut am Daumen begann weiter aufzuplatzen wie die Oberfläche einer reifen Frucht. Zwei Zentimeter, drei Zentimeter.

Es spannte den Arm an. Mit einem Schlag riss die gesamte Haut bis zum Ellbogen auf. Ein Schwall klarer Flüssigkeit floss heraus. Als es die Hand nach hinten abwinkelte, löste sich einer der Unterarmknochen vom Ellbogengelenk. Wie ein zusammengefalteter Zollstock begann sich das neue Gebilde auszustrecken. Die Haut riss weiter auf. Erst bis unter die Achselhöhlen, dann entlang des Rückens bis in die Mitte der Schulterblätter.

Fasziniert betrachtete das Bewusstsein diesen schmerzfreien Vorgang. Es blickte auf den linken Arm, an dem dieselbe Verwandlung bereits eingesetzt hatte. Als es nun die Arme langsam ausstreckte, spannte sich ein feuchter Strang zwischen den Schulterblättern und der Spitze des erweiterten Fingers, der ehemals ein Unterarmknochen war.

Erste Gedanken begannen sich zu bilden: »Welche Erleichterung! Wie angenehm. Endlich frei ...!«

Und noch während es die beiden Arme zu der gesamten Länge ausstreckte, bemerkte es den hauchdünnen Film, der sich aufspannte. Überrascht und glücklich zugleich betrachtete es die feuchten, zerbrechlichen Schwingen, die in sämtlichen Regenbogenfarben schillerten.

Die Stimme des Sommerwindes wurde lauter, umstreifte die schillernden Flügel und begann sie zu trocknen. Mit weit ausgebreiteten Schwingen stand es da, den Kopf in den Nacken gelegt.

Und schließlich stieß es sich mit einem Satz ab, dem Ruf entgegen. Opalisierende Schwingen glitzerten im Sonnenlicht.

Und endlich, als es die Hülle der äußeren Kugel durchstieß, sah es, dass es nicht nur diese eine Kugel gab. Es gab Hunderte davon, Tausende, Millionen! Wie Seifenblasen waren sie da, jede für sich, doch alle miteinander verbunden. Es erkannte, dass dies erst der Anfang war!

Und ein einziges Wort fand seinen Weg an die Oberfläche. Es lautete Eleeya.

»... ELEEYA ...«, hallte der Ruf durch ihren Geist.

Schlagartig war sie sich ihrer selbst bewusst. Ihre Reise war abgeschlossen.

Ihr war nun klar, wer sie war, und wieso sie hier war.

»Sie ist angekommen«, raunte ich, »ihr Bewusstsein beginnt sich zu formen.«

Die Antwort war ein Nicken der verbliebenen Wächter.

»Und du bist sicher, dass ihre alten Erinnerungen ausreichend isoliert sind?«, fragte der Erste.

Empört über so viel Mangel an Vertrauen zuckte meine Augenbraue nach oben.

»Alles ist weg, komplett eingefroren«, leierte ich herunter, »bis einschließlich der 5. Stufe.«

»Nun gut, ich möchte nur sichergehen, dass sich nicht noch einmal etwas Ähnliches ereignen kann.«

Ich begann, auf meiner Oberlippe zu knabbern, als ich an den Vorgang vor achtzig Jahren dachte. Aber nein, das war etwas komplett anderes. Diesmal würde nichts schief gehen – davon war ich überzeugt.

Waypoint 12
4000 Fuß über Rheinland-Pfalz

Noch immer bohrte sich der Typhoon senkrecht durch die tiefschwarzen Wolken. Im Cockpit herrschte Nacht, ein sanftes türkis-grünes Licht beleuchtete die Konsolen. Passend dazu leuchteten die Beschriftungen der einzelnen Schalter in etwas satterem Grün.

»Ist dir was aufgefallen, Mika?«

»Was meinst du denn?«

»Achte mal auf das Wetter. Normalerweise sollten uns die verschiedenen Windböen ordentlich hin- und herrütteln.«

Mika sah kurz nach draußen in die undurchdringlichen Wolkenfetzen und warf dann einen kurzen Blick auf seine Instrumente. »Stimmt, du hast Recht. Hier bewegt sich fast kein Lüftchen. Ist wirklich sehr ungewöhnlich.«

Ein kurzer Summton erklang dreimal hintereinander, der an das Wecksignal eines alten Radioweckers erinnerte. Links und rechts unterhalb des Head-Up-Displays blinkten in kurzen Intervallen die beiden Attention-Getter in Grün.

Mika presste den rechten der beiden Signalgeber, woraufhin das grüne Blinken der zweigeteilten Komponente sofort erlosch. Ebenso befand sich der linke Attention-Getter wieder im Ausgangszustand.

Mika warf einen Blick nach rechts unten auf das Dedicated-Warning-Panel. In der leuchtend roten Schrift der Dioden stand dort MIDS PROCEED, DATALINK O. K.

Mit einem kurzen Bestätigungsdruck deaktivierte Mika

die Leuchtanzeige. »Ah, soeben kam unsere Flugroute. Die Waypoints werden gerade vom Navigationscomputer aufgearbeitet.«

Im selben Moment erwachte auch schon das mittlere DISPLAY zum Leben, als der Flightcontrol-Computer die Daten auswertete und die entsprechenden Zeichen platzierte. Sah man bis eben nur eine Karte im Maßstab 1 : 50 000, war nun die elektronische Karte mit verschiedensten Symbolen überfüllt, die mit durchgezogenen oder gestrichelten Linien miteinander verbunden waren.

»Mal sehen, wo sie uns eigentlich hinschicken werden«, entgegnete Carlos und aktivierte einige Tastschalter. Sofort erwachte das kleine Display zum Betrachten und Anpassen der Waypoints zum Leben.

Die Waypoints stellten verschiedene Streckenpunkte dar. Wie Stecknadeln, die in eine Landkarte gesteckt sind, markierten sie Streckenpunkte mit unterschiedlichen Bedeutungen, angefangen von einfachen Orientierungspunkten bis hin zu Punkten mit taktischer Bedeutung, die mit einem Auftrag verbunden waren. Dies konnten zum Beispiel Rendezvous-Manöver oder Kampfaufträge sein. All diese Waypoints waren nummeriert und auf dem Display mit einer dünnen Linie miteinander verbunden.

Carlos schaltete das linke DISPLAY ins Waypoint-Format um. Mit dem linken Zeigefinger, der auf seinem Schubregler ruhte, bewegte er den Cursor über die digitale Tabelle, welche die einzelnen Waypoints im Detail beschrieb. »Hey, über dem Bodensee findet ein Rendezvous statt. Dort werden wir uns ein paar anderen Jungs anschließen.«

»Mhhm ...« Carlos scrollte weiter in der Liste. »Dann geht's weiter nach ... dann über ...« Carlos wurde still. Verwirrt sagte er: »Hey, du wirst es nicht glauben. Die schicken uns nach Pakistan!«

»Pakistan?«, entfuhr es Mika. »Was geht denn da ab?«

»Ich hab nicht die geringste Ahnung.«

Das Head-Up-Display, auch HUD genannt, war eine Prismenglasscheibe, die sich direkt über dem vorderen Armaturenbrett befand. Der Blick des Piloten ging direkt durch die geneigte dicke Glasscheibe hindurch. Aus den Tiefen des Cockpits wurden von unten die verschiedensten Anzeigen auf die Scheibe projiziert. Für den Piloten wirkte es, als ob die leuchtend grünen Linien, Symbole und Schriftzeichen direkt vor ihm in der Luft stehen würden.

Die Daten, die hier vermittelt wurden, informierten über Flughöhe, Steiggeschwindigkeit, Flugrichtung, die Lage des nächsten anzusteuernden Waypoints und vieles mehr. Im rechten Bereich des Richtungsbandes blinkte ein kleines grünes Dreieck, das dem Piloten vermittelte, dass der nächste Waypoint sich irgendwo rechts im Verhältnis zur aktuellen Flugrichtung befand.

Carlos würde später darauf zusteuern. Im Moment wollte er erst mal raus aus dieser dichten Suppe.

8000 Fuß, 8050 Fuß, 8100 Fuß. – Das Donnern der Eurojet-Triebwerke war hier im Cockpit unter dem Helm und dem Einfluss der schallabsorbierenden Gehörschutzstopfen nur noch ein dumpfes Prasseln.

Bei 8500 Fuß bemerkte Mika zum ersten Mal wieder hellere Wolkenfetzen. »Denk diesmal an deinen Blendschutz.«

»Ist doch schon lange unten«, log Carlos und klappte hastig die verspiegelte Displayschale vor seine Augen.

Dann ging es sehr schnell. Noch zwei-, dreimal flackerten die ersten Lichtfetzen durch die Wolkenfront, dann durchbrach der Typhoon mit einem Schlag die Wolkendecke.

Mika und Carlos blickten direkt in einen tiefen, stahlblauen Himmel.

Gleißender Sonnenschein fiel von der Seite ein und überflutete das Cockpit mit gelbem Licht.

»Fast hätte ich vergessen, wie schön das ist. Es ist jedes

Mal dasselbe, und doch ist jeder Moment anders, Kumpel.«

»Hast du wieder deine romantische Phase?«, grinste Carlos und zog den Stick leicht zu sich ran. Gleichzeitig leitete er eine leichte Schräglage ein.

Der Typhoon legte sich erst in Rückenlage, um sich dann in Flugrichtung leicht zu rollen, um in eine sehr gestreckte Kurve im Rückenflug zu gehen.

Das Com begann kurz zu rauschen. »Achtung, Platz da, wir kommen ...«, war von NEO zu hören.

Im selben Moment schoss die GT-037 aus der undurchdringlichen Wolkenmasse und zog durch ihren Sog eine stark wirbelnde Nadel der Wolkenmasse hinter sich her. Im Abstand von jeweils weiteren zwei bis drei Sekunden erreichten alle Typhoons aus Mikas Staffel die gewitterfreie Zone in 8500 Fuß Höhe.

»O. k. Jungs, dann stellt euch mal brav auf«, kam die Anordnung von Mika.

Doch auch ohne diese waren die fünf anderen Piloten bereits dazu übergegangen, ihre Position im Formationsflug einzunehmen.

Mika warf nochmals einen kurzen Blick auf das Waypoint-Format und sah sich die Daten des zweiten Waypoints genauer an. Höhe 12 000 Fuß, Zeitpunkt des Waypoints null-achthundert Zulu.

Ein Blick auf Mikas Armbanduhr zeigte, dass es in Ramstein fünf vor sechs war. Es blieben also fast fünf Minuten, um den Waypoint 2 zu erreichen und sich mit der Staffel der Single-Seater zu verbinden. Es blieb also noch mehr als genug Zeit.

Carlos zog den Schubregler zurück hinter die erste spürbare Einrast-Markierung und schaltete somit den Nachbrenner aus. Dann drosselte er die Triebwerke weiter bis auf 15 Prozent Leistung, da er mit seinen Treibstoffvorräten sehr gut haushalten musste. Zwar hatten die neuen Eurojet-Triebwerke trotz erheblicher Schubverbesserung einen wesentlich geringeren Verbrauch, doch ist dies noch nie im richtigen Einsatz bestätigt worden.

Zusätzlich zu dem normalen Kerosin wurden aus dem speziell dazu umgebauten Zentraltank fünf Prozent zerstäubter Wasserstoff zur Zündung gebracht. Die Turbinenschaufeln erreichten 40 Prozent schnellere Umdrehungszahlen, was in den Testphasen zu zahlreichen Materialbrüchen geführt hatte. Doch das schien durch die neuen Aluminium-Keramiklager behoben. Einzig allein die immense Stauwärme führte noch hin und wieder zu Problemen.

Mika schaltete das linke DISPLAY ins Fuel-Format um. Ein Querschnitt durch den Typhoon war zu sehen. Die stark stilisierten Konturen zeigten symbolisch jeden einzelnen Tank, angefangen von den verschiedenen Flügeltanks bis hin zu den unterschiedlichen Rumpf- und Zusatztanks.

In leuchtendem Blau wurde der Füllstand jedes einzelnen Tanks angezeigt, begleitet von entsprechenden Digitalanzeigen. Selbstverständlich ließen sich auch verschiedene Statistiken zum Verbrauch abrufen.

Carlos programmierte den Autopiloten zu einem Steigflug von 11 000 Fuß in drei kompletten Kreisen mit einem Durchmesser von jeweils 4000 m innerhalb der nächsten 3 Minuten. Dann verschränkte er die Finger ineinander und drückte seufzend die Handflächen nach außen.

»Aah, fliegen ist doch echt harte Arbeit«, und ließ den Blick umherwandern. Noch niemals zuvor hatte er etwas Ähnliches gesehen. Ja, er ist schon des Öfteren über extremen Schlechtwetter-Bereichen geflogen. Doch soweit er sich erinnerte, war es von oben immer eine sehr zerklüftete Oberfläche, die in ständiger Bewegung war. Berghohe Wolkentürme formten sich auf, um unmittelbar darauf in sich wieder zusammenzubrechen und tiefe Täler zu bilden.

Doch das hier war anders. Ganz anders. So weit er auch sehen konnte, erstreckte sich eine einzige gewaltige schwarze Ebene, die nahezu flach und unbewegt schien. Sie wirkte irgendwie unecht, undurchdringbar wie die Grenzfläche zu einer anderen Welt.

»Hast du so etwas schon mal gesehen?«, fragte Carlos.

»Hmm, ja. Ich glaube, in irgendeinem Kubrik-Film. Oder ... nein, nein, warte! War es einer dieser begnadeten Emmerich-Filme? Nein, es war irgendwo anders. Hmm ... ja, so was Ähnliches habe ich zuletzt gesehen ...«, plötzlich verstummte Mika mitten im Satz.

Der Typhoon hatte seine erste Schleife fast vervollständigt, als Mika in südöstlicher Richtung eine ungewöhnliche Bewegung ausmachte. In einer Entfernung von nur dreihundert Metern bemerkte er, dass sich ein kreisrunder Bereich mit einem Durchmesser von fast fünfzig Metern langsam nach unten stülpte. Gleichzeitig war eine rotationsförmige Bewegung auszumachen, die im Innenbereich wesentlich schneller war als außen.

»Mein Gott, ist es das, wofür ich es halte?«

»DAYWALKER an Staffel Blau«, gab Mika in standardisierter Ansprache durch, »Störobjekt auf 10 Uhr. Ausweichmanöver Bravo.«

Carlos drückte sofort den Stick nach rechts und zog ihn gleichzeitig zu sich heran.

Der aus dem Nichts entstandene rotierende Strudel aus schwarz-violetten Wolken wurde im Innenbereich schnell in die Tiefe gezogen, als der Typhoon in geringer Entfernung daran vorbeizog. Die Avionik reagierte sofort und ließ den Typhoon in einer Steilkurve nach rechts wegziehen. Die gesamte Staffel folgte diesem Ausweichmanöver.

Zum ersten Mal wurde die Maschine leicht durchgeschüttelt und sackte in einem kleinen Luftloch mehrere Meter durch, um sich unmittelbar darauf wieder zu stabilisieren. Auch die nachfolgenden Typhoons erfuhren erstmals seit dem Start die Auswirkungen von heftigen, aber harmlosen Turbulenzen in diesem Flug.

»Ich habe so was noch nie in echt gesehen, aber wenn du mich fragst, Amigo, sieht das nach einem waschechten Hurrikan aus. Ich fasse es nicht ...!«

»Staffelführer Blau, hier Staffelführer Rot«, meldete sich plötzlich eine Stimme im Com. »Wir befinden uns etwa 3000 Fuß über Ihnen in Warteposition. Haben jetzt erstmals Sichtkontakt zu Ihnen. Wir haben den Auftrag, uns um null-achthundert Zulu an dieser Position der Typhoon-Staffel anzuschließen.«

»Hi SCOOB, ich dachte, ihr wärt erst hinter uns gestartet. Was macht ihr denn schon hier?«

»Wer ist SCOOB?«, war nach kurzer Pause zu hören. Mika kam kurz ins Grübeln.

»Jetzt mal langsam, Jungs. Wer seid ihr?«

»Hier ist Staffelführer BRAVEHEART, Staffel Violett. Ich kommandiere die 7 Tornados und 9 Tomcats, die ich hier im Schlepptau habe. Und ich nehme an, dass ich mit DAYWALKER spreche, oder?«

»Passt schon.«

»Was?«

»Ja, Roger!«

»DAYWALKER, hier SCOOB«, meldete sich eine andere Stimme. »Wir haben eure nette Plauderei mitgehört. Wir sind gerade aus der Suppe aufgetaucht und befinden uns im Steigflug zu Waypoint 2. Sind da vielleicht noch andere unterwegs, von denen wir wissen sollten? Kann es sein, dass unsere Flugplanung vergessen hat, uns ein paar kleine Details mitzuteilen?«

»Kommt mir auch irgendwie so vor. Hallo, McFlight, irgendjemand zu Hause?«

Vielfaches Lachen war im Com zu hören.

Plötzlich meldete sich eine wütende Stimme im Com.

»Mika, hier Flightcontrol. Bei Waypoint 2 werden sich die sechs Single-Seater-Typhoons sowie eine weitere gemischte Staffel aus Tornados und Tomcats anschließen. Wie ich höre, habt ihr euch ja bereits kennen gelernt. Du wirst in diesem Einsatz Leader der gesamten Staffeln sein.«

Mika war im ersten Moment etwas verwirrt.

»Ist dort wirklich Flightcontrol?«, fragte er ungläubig. »Wie war das noch mal mit der Funkdisziplin?«

Vor Mikas innerem Auge erschien nochmals das am Schwarzen Brett hängende Schreiben mit dem offiziellen Briefkopf der Flugleitung – An Hptm. Mika Keller, 2. Geschwader, New Alliance, Ramstein – Hiermit erhält Hptm. Mika Keller den 3. Verweis wegen mangelhafter Disziplin im Funkverkehr. Begleitet wird diese Maßnahme mit einem Soldeinzug von 300 Euro und einem Abzug von 5 Tagen Urlaub. Gez.: OTL. Hajime Yoharu, Einheitsführer.

Wieder meldete sich die Stimme: »Lasst die verdammte Funkdisziplin aus dem Spiel. Es ist absolut wichtig. Wir haben nicht mehr viel Zeit ...!«

Irgendetwas in der Stimme ließ Mika verstummen.

Carlos schaltete sich dazu: »Ana, bist du das? Gerade du bist doch die penibelste Einsatzleiterin, die ich kenne. Warum dieser lässige Ton?«

»Ja, Carlos, ich bin's. Und jetzt hört mir alle genau zu. Ich will, dass wir uns absolut klar verstehen. Vergesst die verdammte Funkdisziplin! Ich möchte, dass jeder genau kapiert, um was es hier geht, ohne Wenn und Aber. Ich sage das hier nur einmal. Es könnte nämlich sonst das Letzte sein, was ihr falsch versteht! Klar?«

Es waren genau diese einfachen, unverblümten Worte, die jedem ein mulmiges Gefühl in der Magengegend vermittelten.

»Wir haben vor genau 45 Minuten vom Nachrichtendienst eine unglaubliche Mitteilung bekommen. Demzufolge ist heute Morgen um null-siebenhundert Zulu eine Staffel von 39 Bombern verschiedenster Bauart aus den Gebirgshangars in Pakistan gestartet.

Die verschiedenen Aufklärungsberichte der letzten Wochen haben mit einem Mal einen Sinn ergeben. Es gab Gerüchte, dass die weltweite Terrorgruppierung der

Gotteskrieger einen gewaltigen Anschlag plant. Es gab bisher aber absolut nichts Konkretes. Doch nun hat es sich bestätigt: eine Schwadron der Gotteskrieger hat sich mit selbstgebauten Atomgranaten auf den Weg gemacht. Man sagt, die Piloten seien allesamt Selbstmordkrieger, Ruhm und Ehre seien ihnen und ihren Familien gewiss.

Und genau dies wurde vor wenigen Minuten von unseren verdeckten Aufklärern übermittelt. Das war das Letzte, was sie per Satellit übermitteln konnten, bevor man sie entdeckt hat!

Also, nochmals: Es befinden sich circa 39 Bomber im Anflug auf Europa. Jeder dieser Bomber transportiert einen Atomsprengkörper mit unbekannter Sprengkraft. Unsere Spezialisten gehen aber davon aus, dass selbst der kleinste davon locker ausreicht, um z. B. Hamburg mitsamt Umgebung in einem Rutsch auszuradieren. Es handelt sich um Sprengkörper einfachster Bauart. Das bedeutet, dass sie keinen komplizierten Sprengkopf oder Ähnliches haben. Es ist also ohne weiteres möglich, die feindliche Flotte vom Himmel zu fegen, ohne dass auch nur eine einzige Bombe hochgeht. Sie müssen in jedem Fall verhindern, dass auch nur ein einziges Flugzeug durchbricht.«

Schweigen.

»Aber ... aber woher haben sie die Atombomben? So was kriegt man doch nicht an jeder Ecke?«, fragte eine unbekannte Stimme.

»Ach, nein?«, entgegnete Ana. »Ich will es Ihnen sagen: es handelt sich bei der kleinsten Bombe um mindestens 55 kg angereichertes Plutonium, zum Teil aus unseren eigenen Atomkraftwerken. Woher wir das wissen? Nun, das Plutonium hat eine gewisse Signatur, die ... aber das ist jetzt nebensächlich.

Sie fragen sich, wie die Jungs an unser Plutonium kamen? Glaubten Sie im Ernst, dass wir unseren eigenen Müll einfach so zu den Endlagern ins Ausland schicken konnten und damit wäre die Sache erledigt?

Nun, immerhin wissen wir jetzt, was mit dem Plutonium passiert ist. Und zwar sind damals vor vier Jahren sämtliche Plutoniumvorräte aus dem Iran auf unvorstellbare Weise aus dem Land geschmuggelt worden.

Rein theoretisch hätte man das Plutonium z. B. auch ganz anders rausschmuggeln können, und zwar, indem man es in andere Metalle eingeschmolzen hätte oder einfach in etwas versteckt hätte, das noch viel giftiger wäre, in Sondermüll z. B. Aber hier kommt wieder ein Märtyrertum zum Einsatz, das für uns nur schwer nachvollziehbar ist.«

Ana legte eine kurze Pause ein.

»Wie es aussieht, hatten sich Hunderte von Freiwilligen gefunden, ihrer ›Heiligen Sache‹ zu dienen, indem sie das Plutonium einfach in kleine Gummisäckchen verpackt haben und dann schluckten.

So entkamen sie jeder Überprüfung am Flughafen und am Zoll. Alle Sicherheitsbehörden suchen dort nur nach Waffen, Metallen oder nach Rauschgift. Bei Plutonium springt aber kein Scanner an.«

»Aber ...«, unterbrach Carlos aufgebracht, »nicht nur, dass Plutonium extrem giftig ist. Was ist mit der immensen Radioaktivität?«

»Ja, was ist damit? Denken Sie mal kurz nach. Ja, ich glaube, Sie verstehen langsam. Das Plutonium in direktem Kontakt mit dem Körper zersetzt die ersten Zellen nach zwei bis vier Stunden. Übelkeit setzt ein. Die Zellwände brechen, und Blut und alle möglichen Körperflüssigkeiten beginnen neue Wege zu finden. Gleichzeitig erhält man von innen den schlimmsten Sonnenbrand, den man sich vorstellen kann. Aber ...«, fuhr Ana fort, »zu diesem Zeitpunkt haben ›die Helden der Gotteskrieger‹ bereits jedes Land in Europa erreicht. Dass sie sterben, ist nicht der Rede wert. Auf diese Art und Weise sind insgesamt über 2000 kg Plutonium nach Pakistan geschleust worden.«

Ein lautes Schlucken war zu hören.

»Aber, o. k., jammern ist nun zu spät. Wir müssen jetzt

handeln. Waypoint 4 liegt über dem Bodensee. Dort werden Sie sich mit der spanischen und italienischen Staffel verbinden. Es werden in etwa fünfunddreißig weitere Maschinen verschiedener Typen sein. Die jeweiligen Staffelführer sind bereits eingewiesen und zum Teil schon in Warteposition. Die Leader Gelb und Orange nehmen dort mit Ihnen Kontakt auf, Hauptmann Keller.«

»Wieso mit mir, ich dachte, wir sollten uns mit denen verbinden?«

»Wie immer Sie möchten. Aber Sie werden den gesamten Einsatz leiten. Leader Gelb und Orange warten auf ihre Anweisungen.«

Die Frequenzanzeige blinkte kurz und bestätigte, dass das Gespräch nun über Interlink nur zwischen Flightcontrol und der GT-034 weitergeführt wurde.

»Mika, uns ist bekannt, dass du nicht gerade das Musterbild eines Piloten darstellst. Aber was wir hier brauchen, ist auch kein Musterbild, sondern jemand, der auch in extremen Situationen das Ziel nicht aus den Augen verliert. Und das notfalls auch unter Einbindung sehr unkonventioneller Methoden. Und was das im Einzelnen bedeutet, brauche ich ja nicht nochmals zu wiederholen.«

Carlos musste schmunzeln.

»Mika, wir können euch von hier aus nicht mehr weiterhelfen – deine Handlungen vor Ort werden das Einzige sein, was uns nun noch retten kann.«

Spätestens jetzt ahnte Mika, wie hoffnungslos und verzweifelt die Jungs im Tower sein mussten. Er als Leader des europäischen Geschwaders. Na super!

Wieder wechselte die Frequenzanzeige.

»Staffel Gelb und Orange sind bereits in der Luft aufgetankt worden. Staffel Violett trägt die neuen Zusatztanks. Sollte einem der Sprit knapp werden, stehen an Waypoint 7 und 9 jeweils drei Tankflugzeuge bereit. Aber denkt daran, wichtiger als eine ausreichende Spritreserve ist, dass ihr die Gotteskrieger aufhaltet. Um jeden Preis. Ihr wisst, was ich meine. Viel Glück. Ende.«

Noch lange hallten die Worte nach, dann war nur noch das gleichmäßige Rauschen der Triebwerke zu hören.

Dann meldete sich Mika. »O. k., Jungs, hier DAYWALKER. Ihr habt die Lady gehört. Also dann! SCOOB schließt sich uns direkt an, Kontakt ist der rechte äußere Flügelmann. Staffel Violett folgt im Abstand von 500 Fuß. Nächste Kontaktaufnahme über Funk bei Waypoint 4, ansonsten ist Funkstille zu bewahren. Alles klar?«

»Roger and Out«, kam es zweifach zurück.

Die Sonne befand sich schon ein gutes Stück über dem Horizont und beleuchtete schräg von vorne die neunundzwanzig Kampfjets, die sich wie ein großer Vogelschwarm in Richtung Süden bewegten. Doch anders als bei Zugvögeln wichen sie nicht dem Winter aus, sondern versuchten, einen solchen zu vermeiden. Einen sehr, sehr langen Winter.

Zwischenwelt

Ein lang gezogener Schrei überzog die Ebene. Dichte Wolken standen am Himmel, beleuchtet von zwei untergehenden Sonnen. Eine körperlose Stimme war zu vernehmen. Der Wind trug ein Flüstern über die Ebene:

»Eleeya ...«

Ein kleines Mädchen, mochte sie drei oder vier Jahre alt sein, lag in Tüchern eingehüllt im Gras und öffnete schreiend ihre Augen.

Es war das erste Mal, dass diese riesigen, kobaltblauen Augen das Licht dieser Sonne erblickten. Es schreckte hoch und stützte sich, immer noch schreiend, auf den Unterarmen nach hinten ab. Plötzlich wurden in den bewegten Wolkenmassen zwei düstere Augen erkennbar. Die Stimme erklang wieder, diesmal lauter, drängender!

»... Eleeya!«

Das Mädchen stockte. Mit weit aufgerissenen Augen blickte es in den Abendhimmel hinauf. In diesem Moment klärten die Wolken auch etwas auf, und die riesigen Augen am Himmel wurden deutlicher. Ein gütiges Gesicht war nun zu erkennen.

»Eleeya, mein Mädchen, kannst du mich hören?«

Das Mädchen war mit einem Mal sehr aufgeregt und ein Lächeln zeigte sich auf seinen Lippen: »Vater?«

Das Gesicht des Wesens, so wie es aussah, als es vor vielen tausend Jahren noch einen Körper besaß, zeigte ein entgegenkommendes Lächeln.

Langsam wurden auch ein Oberkörper und Arme erkennbar. Ein älterer Mann in einem togaähnlichen

Gewand blickte auf das Mädchen herab und streckte ihm eine offene Hand entgegen. Das um den Stirnkranz verbliebene schneeweiße Haar fiel schulterlang herab.

Um den Hals trug er ein faustgroßes Medaillon mit zwei ineinandergreifenden Spiralarmen, die sich umeinander drehten.

»Ja, mein Mädchen!«, antwortete er. Das kleine Mädchen lachte. Kleine, spitze Ohren mit ein paar Haarbüscheln an den Enden stellten sich auf.

»Vater ...!«, quietschte es. »Eleeya war so allein – hatte Angst! Vater ...!«

Die linke ihrer zierlichen Augenbrauen zuckte leicht nach oben. »Jetzt keine Angst mehr, nicht mehr allein! Vater ist bei Eleeya! Vater!«

Der Erste Wächter schmunzelte: »Langsam mein Mädchen, langsam – ja, ich bin bei dir. Hör gut zu, Kleines, eins darfst du nie vergessen: ich werde immer in deiner Nähe sein und auf dich Acht geben. Und wann immer du mich wirklich brauchst, werde ich bei dir sein!«

Eleeya lächelt. »Mhhhm ... ja!« Sie streckte die kleinen Arme in den Himmel. »Vater, komm zu mir.«

Der Ausdruck des Ersten Wächters wurde ernster, als er sich nach vorne beugte. »Eleeya, mein Mädchen, du weißt doch noch, was ich dir damals erzählt habe? Es geht nicht – ich muss hier bleiben, ich kann nicht weg von hier. Aber – wir werden jeden Tag zusammen sein.«

Eleeya ließ die Ohren nach hinten fallen und blickte traurig zu Boden. »Ja, Vater, ich erinnere mich.«

Der Erste Wächter verengte leicht die Augen. Verschmitzt zog sich anschließend ein Mundwinkel leicht nach oben.

»Aah, jetzt komm, Eleeya, das ist doch nicht so schlimm. Wir werden noch viel Zeit miteinander verbringen.« Ein lächelndes Gesicht blickte herab.

»... mhhhm ...«, kam schniefend zurück.

»He, komm, Eleeya, lass uns spielen. Schau mal, ich

zeig dir jetzt was. Doch sieh dich erst mal genau um.«

Und zum ersten Mal ließ Eleeya ihren Blick in dieser neuen Welt umherwandern. In einer Welt, die für sie während der nächsten dreizehn Jahre zur Heimat werden würde.

Eleeya stand auf einem leicht hügeligen Plateau. Die zwei tief stehenden Sonnen warfen von den Pflanzen und Buschgruppen lange Schatten. Unterschiedliche Blüten bewegten sich leicht im Wind. Die Pflanzen bereiteten sich bereits auf die bevorstehende Dunkelheit vor und fingen an, ihre Blüten zu schließen.

Von wenigen dunkelroten Wolkenschleiern umgeben, begann bereits die größere der beiden Sonnen im Meer zu versinken.

Eleeya stand an einer Steilklippe und sah von dem Hochplateau nach unten auf die Brandung. Die Klippe fiel fast senkrecht hinab. In einem Kilometer Tiefe war eine Tierherde unterwegs, um nach der abendlichen Tränke den Nachtplatz aufzusuchen.

Trotz der Größe der Tiere waren sie nur als undeutliche, kleine Punkte auszumachen, die sich im aufziehenden Abendnebel langsam bewegten.

Es sah im ersten Moment so aus, als würde das Hochplateau mitten im Meer stehen, doch dann bemerkte Eleeya and der Bewegung der Wassermassen, dass dies nicht ganz stimmte. Sie wusste, was ein Fluss war, und erkannte daher sofort, dass das Hochplateau mit einer Fläche von dreihundert mal vierundert Metern genau in der Mündung eines riesigen Flusses stand, der sich an dieser Stelle ins Meer ergoss. Eleeya ließ ihren Blick weiter umherwandern, war aber auf den unglaublichen Anblick nicht gefasst.

»Oohhh ...«, kam es staunend über ihre Lippen. Die großen, katzenartigen Pupillen weiteten sich zu schwarzen Ovalen. Vor Eleeya erhob sich eine riesige Steilwand in die Höhe. Nahezu dreitausend Meter stiegen die Wände senkrecht hinauf, nur hin und wieder von einigen kleineren Nebenplateaus unterbrochen.

Aber das Gewaltigste war der Canyon. Wie es schien, hatte sich der nahezu fünfhundert Meter breite Fluss durch den drei Kilometer tiefen Canyon gegraben und das Hochplateau, auf dem Eleeya nun stand, dabei einfach vergessen.

In sanften Schwüngen trat der Fluss aus dem Canyon und ließ den Blick etwa zwei Kilometer tief in den Canyon eindringen, bevor eine weitere Biegung den Rest verdeckte. Aber bereits nach einem Kilometer zeigte sich ein zweites Naturschauspiel, indem sich ein fast einhundert Meter breiter Fluss dreitausend Meter in die Tiefe stürzte.

Über mehrere Katarakte verteilt strömten gewaltige Wassermassen in die Tiefe. Enorme Gischtwolken stoben am Grund auf und tauchten den gesamten Grund in ein blass schimmerndes Licht. Orange gefärbter Dunst erfüllte den Canyon und tauchte die Einzelheiten in ein sehr weiches Licht.

Ein Vogelschwarm trat aus dem Canyon aus und bewegte sich über Eleeya hinweg aufs offene Meer zu. Eleeyas Mund stand immer noch offen, als der Erste Wächter sagte: »Schön, nicht wahr?«

»Mhhhm, jaa ...«

»So, mein Mädchen, jetzt pass genau auf und schau mal dort rüber«, sagte Vater und deutete mit ausgestreckter Hand aufs Meer hinaus. Eleeyas Blick folgte der Hand.

»Was ist denn da? Da ist doch nichts ...«

Kurze Pause. Sie zog die Augenbrauen dichter zusammen, als sie versuchte, mehr zu erkennen.

»Mhhh?«, murmelte sie ungläubig und griff sich durch die fingerlangen, schneeweißen Haare.

In einer Entfernung von dreihundert Metern begann sich ohne Vorwarnung eine Art Beule auf dem Meer zu bilden, die langsam zu rotieren begann. Als ob eine unbekannte Anziehungskraft das Wasser an dieser Stelle konzentrieren würde, wurde aus der Beule eine kleine Wassersäule, die sich immer schneller um sich selbst drehte.

Das Licht der untergehenden Sonne ließ das umherspritzende Wasser funkeln, als ob es Tausende Diamanten wären.

Die Wassersäule spaltete sich plötzlich in zwei Säulen auf, die einander spiralförmig umschlungen. Ein lautes Brausen begleitete die Wassermassen. Die eine Wassersäule begann tiefrot zu leuchten, die andere erstrahlte in tiefem Blau.

»Uahhh ...«, kam aus Eleeyas Mund, die kurz danach zu ihrem Vater hochblickte.

Der nickte zweimal und deutete dabei wieder nach vorne.

Die Wassersäulen erhoben sich inzwischen mehrere hundert Meter aus dem Meer empor. Die Säulen tanzten in einem Abstand von einhundert Metern brausend und fauchend umeinander, als Eleeya eine weitere Form in ihnen ausmachen konnte.

Sie reckte den Kopf nach vorne. Aus den Wassermassen hatten sich zwei Lebewesen geformt. Zwei riesige Drachen, in Rot und Blau, umkreisten einander in einem wilden Tanz, ihre Flügel schlugen fauchend durch die Luft.

»Uiiii.«

Und dann ging alles sehr schnell.

Ihre ursprüngliche Substanz war anfangs noch eindeutig als leuchtendes Wasser zu beschreiben, doch inzwischen bestanden sie aus Hunderten und Tausenden kleiner Lichtfunken. Die beiden Drachen lösten sich voneinander, stiegen in einer großen seitlichen Kurve aufwärts. An ihrem höchsten Punkt angelangt, begannen sie in rasendem Tempo auf Eleeya zuzufliegen.

Der rote Drache näherte sich von links, der blaue von rechts.

»Aaah, Vater ...«, begann sie mit zittriger Stimme.

»Keine Angst, mein Mädchen. Es passiert dir nichts.

Schau genau hin, es wird dir gefallen.«

Eleeya war sich nicht ganz sicher, ob sie den Worten vertrauen konnte.

Doch Vater hatte sie noch nie belogen. Sie musste jetzt einfach stark sein.

Die Drachen hatten sich bis auf fünfzig Meter genähert. Eleeya spürte bereits die Luftwogen der schlagenden Flügel. Beide Drachen rissen ihr Maul auf. Große, scharfe Zähne wurden sichtbar.

Aber nein, sie zeigten nicht böse die Zähne – sie lachten Eleeya an und beide riefen in jeweils tiefer und hoher Stimme ihren Namen: »Eleeeyaaa ...!«

Und dann waren sie auch schon heran. Prasselnd stießen die beiden Drachen fünf Meter vor ihr zusammen. Eleeya begann zu schreien.

Riesige Mengen an blauen und roten Funkenmassen stoben auseinander. Knisternd und brausend lösten sich die beiden Drachen in einem gewaltigen Funkenregen auf.

Doch dann sah Eleeya genauer hin. Ihre Mundwinkel verzogen sich erst leicht, dann begann sie zu grinsen. Sie wurde umringt von Tausenden roten und blauen Schmetterlingen, die um sie herum in der Luft tanzten.

»Hey, hey ... toll ...« Eleeya warf die Arme in die Luft und bewegte sich tanzend mit den Schmetterlingen im Kreis. »Mehr ...«, rief sie, »... mehr, Vater, mehr ...!«

Der Erste Wächter lächelte: »Ja, mein Mädchen, davon gibt es noch eine ganze Menge – lass uns anfangen – morgen.«

»Nein, nicht morgen ...«

»Doch, doch, du bist müde, mein Mädchen. Das war ein harter Tag für dich.«

Im selben Moment merkte Eleeya, wie ihre Augenlider immer schwerer wurden. Müde ließ sie sich im Gras nieder. Ein paar Schmetterlinge hatten sich auf ihrer Hand niedergelassen und schlugen mit den Flügeln.

»Eleeya, du musst nun schlafen gehen.«

»Mhhhm ...« Eleeya legte sich ins Gras. Ein riesiger orangefarbener Mond begann über der Hochebene aufzugehen und würde dafür sorgen, dass es nicht dunkel wurde.

»Schlaf gut, mein Mädchen.«

»Vater, bleib bei mir ...«

»Ich bleibe noch ein wenig, bis du schläfst, Kleines. Doch dann muss ich gehen. Du weißt ja, dass ich noch viel zu tun habe. Aber ... ich bin immer in deiner Nähe.«

Entspannt ließ sich Eleeya in den Schlaf gleiten.

AI, die Ebene der Wächter

»Das Transskript ist eingetroffen und hat sich aktiviert«, hallte die Stimme des Ersten Wächters durch den Raum.

»Die Gedankeninitialisierung war erfolgreich. Ein erster Kontakt des Angleichers mit dem Pseudo-YANG trat ein. Die Reaktion war äußerst positiv«, ergänzte der Erste Wächter.

Azrael badete mit allen Sinnen in seinen virtuellen Instrumenten. »Ich habe es doch gesagt. Aber es hält nicht lange vor. Der Zeit-String hat sich bereits verschoben und die Quantenperipherie wird wieder umspringen.«

»Nein, wird sie nicht. Das gibt sich«, warf Talan ein. »Warten wir noch einen kleinen Moment. Seht ihr auch dort den kleinen Wirbel, der sich auf die Peripherie zubewegt? Er wird eine Anpassung herbeiführen. Das war bisher immer so gewesen.«

Die Sinne der Wächter konzentrierten sich auf die kleine Anomalie. Im selben Moment konnten sie beobachten, wie plötzlich die Ränder der Anomalie zu flackern begannen, dann zuckte der gesamte Wirbel und einen Augenblick später deutete nichts mehr auf das Vorhandensein einer Anomalie hin.

Das Äquivalent eines Seufzers war zu vernehmen.

»Na? Jetzt überzeugt? Wir müssen das Tao erhöhen. Wir beginnen am besten mit der verschachtelten Dualisierung.« Azrael deutete auf ein paar Anzeigen seiner Instrumente.

Larc nickte langsam. »Ja. Wir müssen es auf jeden Fall versuchen.«

Talans Bewegungen waren im Moment erstarrt. »Dann ... dann müssen wir eben etwas anderes versuchen. Wir können nicht mehr einleiten. Wir brechen bereits jetzt unsere Reserven an. Ich werde den anderen Wächtergruppierungen davon berichten. Ihr gefährdet ja das gesamte Kontinuum! Das lasse ich nicht zu!«

Ein mentales Nicken des Koordinators erfolgte. »Sie wissen es bereits. Und einige sind der Meinung, dass wir bereits jetzt schon zu viel Energie verschwendet haben, weil wir nicht gleich auf Azrael gehört haben. Sie sind der Meinung, dass dein Handeln zu einer Gefährdung geführt hat. Und weitere lasse ich nicht zu. Nein. Unser Vorgehen ist beschlossen! Azrael, bereite dich vor.«

Ich sah, wie Talan die Fäuste ballte. Sein Gesicht verzog sich schmerzerfüllt.

»Wie gut das tat«, dachte ich.

Zwischenwelt, Eleeyas Ausbildungsort

Ein Zwitschern war das Erste, was sie wieder hörte. Langsam erwachte sie aus einem traumlosen Schlaf. Wie aus weiter Ferne war ein Pfeifen zu vernehmen, das sich unter die Geräusche der erwachenden Zwischenwelt mischte.

Plötzlich bemerkte sie eine Berührung an ihrem Arm. Eleeya zuckte hoch und riss die Augen auf. Zwei Sonnen standen am Himmel, die kleinere der beiden war komplett aus dem Meer gestiegen und warf ihr Licht auf Zwischenwelt.

»He, Langschläfer, aufwachen. Es ist schon lange hell.«

Erschrocken drehte sich Eleeya um und sah in einem Meter Entfernung einen Jungen sitzen.

Er stocherte mit einem Stock auf dem Boden herum. Sein Alter war schwer zu schätzen, doch Eleeya ahnte, dass er so um die zwölf Jahre alt war. Sein kinnlanges Haar wurde von einem bronzefarbenen Stirnreif gehalten. Im hinteren Bereich begann sich das Haar bereits schneeweiß zu verfärben, ein sicheres Zeichen dafür, dass die Wandlung fast abgeschlossen war.

Er grinste. »Hi Schwesterchen. Ich soll dich von Dad grüßen. Ihm ist was Wichtiges dazwischengekommen.«

Eleeyas erstauntes Gesicht wandelte sich in ein breites Grinsen: »Azrael ...«, quietschte sie und wollte nach ihm greifen, als ihre Hand durch sein Bein hindurchgriff.

Grinsend hob der Junge seine Augenbraue und sagte: »Hm, geht nich', weißt du doch.«

Eleeya hielt kurz inne und lachte dann fröhlich. »Ja, ist ja schon gut, weiß ich doch«, entgegnete sie und stand auf. »Bin froh, dich zu sehen. Mein Bruder ist wieder da.«, quiekte sie übermütig. »Azrael. Wo warst du?«

Die Pseudoerinnerungen passten sich schnell an und erlaubten weitere Modifikationen.

»Hatte zu tun – reine Männersache! Verstehst du eh nicht«, erklärte er wichtig.

»Pöh«, machte Eleeya und zog einen kleinen Schmollmund.

»Dad hat gesagt, wir sollen schon mal ohne ihn anfangen, Schwesterchen«, sagte Azrael und erhob sich vom Gras.

Er trug eine seltsame Mischung aus Toga und Kimono, welche in der Taille von einer Kordel gerafft wurde, die mehrmals um ihn geschlungen war. Azrael blickte verschmitzt auf Eleeya herab.

»So, Schwesterchen, hör gut zu – denn ich«, und damit deutete er in einer übertriebenen Geste auf sich selbst, »ich erkläre dir jetzt mal, wie das Ganze so funktioniert.«

Eleeya schaut verwirrt hoch. »Mhhhm ...«

Dann wurde Azrael plötzlich ernster. »Also, Eleeya, alles, was du siehst, wird von einer gewaltigen Kraft durchströmt. Pass auf, stell dich gerade hin.«

Eleeya postierte sich neben Azraels Abbild und stellte sich in übertriebener Karikatur in Pose.

»Und nun?«

Azrael betrachtete sie prüfend. Dann zuckten seine Ohren und seine rechte Hand schoss nach vorne.

»Autsch«, schrie Eleeya auf, als sie einen Klaps auf ihrem Hintern spürte. »Ich dachte, du kannst mich nicht anfassen?«

»Schwesterchen, dafür langt's noch allemal. Und jetzt streng dich an und schau genau hin. Stehe ich etwa so da, als ob ich die Windeln voll hätte?«

Eleeya blickte finster zurück und korrigierte ihre

Haltung.

»Na also. Jetzt noch mal!«

Eleeya stellte sich erneut gerade hin und schob das Becken nach vorne.

»Besser so? Is' so richtig?«

»Ja, so ist gut, und nun mach mir nach. Hebe deine Arme, genau so.«

Eleeya machte es nach.

»Und nun ... atme ... ein ... und aus. Stell dir vor, dass du durch deinen Bauchnabel einatmest«, hörte sie Azraels Stimme. »Und schau nicht mich an! Sieh gerade aus. ... Und beim Ausatmen verlässt die verbrauchte Luft deinen Körper durch eine Öffnung in der Mitte deines Kopfes.«

Azrael bewegte die Hände wie gegen einen unsichtbaren Widerstand nach unten.

»Ja, gut so. Stell dir vor: strahlende, goldene Luft durchströmt dich, erfüllt dich mit der Kraft und verlässt dich wieder. Halte sie nicht fest, nimm sie einfach auf, lass sie durch dich strömen und lass sie gehen. Klammere dich an nichts fest. Nimm einfach an, was kommt. Nichts bleibt, alles ist im Fluss. Die Luft, die du atmest, ist rein, golden und klar ...«

»Azrael?«, war zögernd zu hören.

»Ja, was ist?«

»Azrael, ich hab Hunger«, warf Eleeya mit quengelnder Stimme ein.

»Oh man, ich fass es nicht«, grunzte Azrael und brach seine Bewegung ab. »Bin ich deine Amme oder was?«

Doch dann sah Azrael auf das kleine Mädchen herab, den Kopf gesenkt, die Ohren ganz nach hinten an den Kopf angelegt. Mit riesigen blauen Augen sah sie zu ihm auf.

»Na gut. Dann iss was. Zehn Minuten Pause.«

Ein Strahlen huschte über ihr Gesicht, das unmittelbar darauf auch schon wieder verschwand.

»Azrael, was kann ich denn hier essen ...?«

Azrael verdrehte die Augen und stöhnte. Er reckte die

rechte Hand nach oben und ließ dann die ausgestreckte flache Hand im Handgelenk leicht nach vorne abknicken. Ein kurzes Blitzen entstand in der Luft, dann war die flüchtige Erscheinung auch schon vorüber.

Im selben Moment waren die scheinbar lückenhaften Pseudo-Erinnerungen aktiv und Eleeya wusste von den unterschiedlichsten Obst- und Gemüsesorten, die hier wuchsen. Sie kannte den Platz der kühlen Quelle, die gurgelnd einen kleinen Teich füllte. Sie erinnerte sich an den Ort der magmabeheizten Becken, in dem man verschiedene Sachen erwärmen konnte, genauso deutlich wie an die Nistplätze der großen Vögel, die jeden Tag neue Eier ablegten, ohne sich jemals zum Brüten niederzulassen.

»Danke, Azrael.«

»Ja, is' schon gut. Aber dann geht's weiter.« Das Abbild von Azrael setzte sich wieder auf den Boden und begann, gelangweilt mit dem kleinen Stock auf dem Boden zu kratzen.

Zwischenwelt, vier Jahre später

Das Licht wechselte. Der vor zwanzig Minuten herabprasselnde Wolkenbruch hatte nicht wirklich zu einer Abkühlung beigetragen.

Die beiden Sonnen brannten gnadenlos, um in kürzester Zeit die gesamten Niederschlagsmengen wieder in Wasserdampf zu verwandeln.

Dichte Nebelschwaden hingen in der Luft und Eleeyas kinnlanges Haar klebte an ihrer Stirn. Das Band aus dünnen Schnüren, welches sie um ihren Kopf gewickelt hatte, hielt die widerspenstigsten Strähnen aus dem Gesicht. Sie trug ein ärmelfreies, kurzes Kleid, das entfernt an ihre alten Tücher erinnerte. Mehrere braun-grüne Schnüre aus einem nicht näher zu bestimmenden Pflanzenmaterial hielten es einigermaßen in Form. Die hauchdünnen Flügel hingen schlaff herab. Eleeya hatte die Unterlippe vorgestülpt und prustete die Luft nach oben aus.

»Anstrengend, hmm?«, fragte Azrael das circa achtjährige Mädchen. Eleeya gab keine Antwort und warf nur einen bösen Blick zurück.

»He, komm, bist du etwa immer noch eingeschnappt?«

Immer noch keine Reaktion.

»Aber du musst doch zugeben, dass das komisch war«, feixte Azrael verschmitzt.

Er war inzwischen mehr gealtert als Eleeya und war nun circa sechzehn oder siebzehn Jahre alt. Das Haar fiel offen bis auf die Schulter herab und wurde von dem bronzefarbenen Stirnreif gehalten. Es war derselbe Reif wie vor vier Jahren, nur war diesmal auf der Vorderseite in Silber und Gold eine stilisierte Doppelspirale eingelassen, ähnlich der Brosche des Ersten Wächters. Einer Modeerscheinung zufolge war das Haar bis auf einen Streifen im hinteren Bereich des Kopfes blauschwarz gefärbt.

»Also, ich fand es lustig, als mit einem Mal die fünf Haie hinter dir hergeschwommen sind.«

Eleeya begann zu brodeln.

Azrael verfiel wieder in ein Kichern. »Und als dann noch direkt vor dir der Oktopus auftauchte ...«, weiter kam er nicht, weil er wieder von einem Lachanfall gerüttelt wurde. Er schlug sich glucksend auf die Schenkel.

Eleeya kochte über. Wütend knurrend drehte sie sich zu Azrael um. Ihre Ohren lagen eng am Kopf nach hinten an und ihre Zähne mahlten aufeinander.

Azrael stand immer noch gekrümmt vor Lachen da und zeigte mit ausgestreckter Hand auf Eleeya.

In diesem Moment erhob Eleeya die Arme, schrie wuterfüllt auf und warf beide Hände in Azraels Richtung. Und dann geschah etwas absolut Ungewöhnliches. Ein Funkeln umgab Eleeyas Hände.

Azraels Lachen erstarb mit einem vernehmbaren Klatschen. Er drehte sich um seine eigene Achse, stolperte und fiel dann der Länge nach hin. Über ihm züngelten, wie winzig kleine Schlangen, rote Blitze, die seinen Körper krampfhaft zusammenzucken ließen. Es dauerte nur wenige Sekunden, dann war alles vorbei.

Azrael blieb bewegungslos liegen. Er lag verdreht auf der Seite, die katzenartigen Augen weit geöffnet.

Erschrocken presste Eleeya die Hände vors Gesicht und näherte sich langsam ihrem reglosen Bruder. Starre Augen blickten nach oben.

Eleeya schluchzte.

»Azrael, was ist denn los?« Sie ging neben ihm in die Knie und berührte seine Schulter, doch ihre Hand ging ohne Widerstand einfach hindurch.

»Hey, sag doch was.«

Azrael zuckte noch einmal zusammen. Dann blinzelte er und seine beiden Ohren stellten sich auf. Er schielte auf Eleeya und sagte dann: »Was ...!«

Langsam schüttelte er seinen Kopf und stemmte sich nach oben. »Hey, Schwesterchen, eigentlich sollte so was gar nicht möglich sein.«

Eleeya nahm die Hände vor dem Gesicht weg, sichtbar erleichtert.

»Na warte. Wenn ich das Dad erzähle, er wird's kaum glauben«, grinste er.

Eleeya, sichtbar befreit, fing an zu kichern. Sie nutzte die Gelegenheit, nahm allen Mut zusammen und sagte: »So, und wenn wir schon einmal dabei sind. Ich möchte diesen Fetzen hier nicht mehr.«

Sie deutete auf ihre Bekleidung.

»Du kommst immer mit so tollen Sachen daher und wie laufe ich hier durch die Gegend?«

»Aber Schwesterchen, deine Sachen sind doch noch gut, ich weiß nicht, was du hast?«

Eleeya legte einen grimmigen Blick auf, der aber durch das leichte Grinsen nicht so ernst wirkte.

Nach einer kurzen Pause entgegnete Azrael: »Nun gut, einverstanden. Ich zeige dir, wie das mit den festen Materialien funktioniert.«

Eleeyas Grinsen wurde breiter.

»Jetzt werde aber nicht übermütig – herstellen musst du dir die Sachen dann schon selber. Ich zeige dir nur, wie es geht. Und glaube nicht, dass dadurch deine Übungszeit kürzer wird. Betrachte es als einen vorgezogenen Teil deiner Ausbildung.«

Ein noch breiteres Grinsen entblößte zwei Reihen weißer Zähne. »Danke, Azrael.«

»Is' schon gut. Ich glaube, mein Schwesterchen wird langsam erwachsen. Das geht mir etwas zu schnell.«

»Aber du hast doch gesagt, ich soll schnell lernen!«

»Aber nicht das mit den Kleidern. Diese Marotte von euch Frauen mit den schicken Klamotten kommt noch früh genug.«

»Das verstehe ich nicht. Bisher hast du doch immer solche schönen Sachen angehabt.«

»Das ... ist etwas vollkommen anderes. Das verstehst du nicht. Aber jetzt lenke nicht ab. Wir haben heute noch viel vor uns. So, auf! Stell dich ordentlich hin.«

AI, das gedankliche Konzentrat der Wächter

»Die Zeit ist zwar gegen uns, aber sie hat enorme Fortschritte gemacht. Du wirst es nicht für möglich halten, aber sie hat die Quantenbarriere überschritten«, meldete Azrael.

»Die Quantenbarriere? Sie hat doch noch nicht einmal die zweite Stufe erreicht, oder täusche ich mich?«, fragte Larc.

»Nein, nein, du täuschst dich nicht«, antwortete der Erste Wächter. »Die Theta-Konfiguration hat es eindeutig belegt.«

Ich nickte in die entsprechende Richtung des Ersten. Sehr alte Erinnerungen begleiteten mich. Doch dann riss ich mich zusammen und deutete mit meiner imaginären Hand auf ein virtuelles Schaubild.

»Hier sieht man es ganz genau«, sagte ich und markierte eine bestimmte Ansammlung an Kurvendiagrammen.«

»Und hier sieht man es auch«, erwiderte Talan mit einem falschen Lächeln und deutete auf das imaginäre Äquivalent meines blauen Auges.

Der Erste Wächter lächelte leicht: »Wir haben uns in der Tat schon gefragt, wie lange sie sich das von dir gefallen lassen würde.«

Er hob abwehrend die Hand, als er meinen Einwand spürte.

»Ja, ich weiß, du solltest dir etwas einfallen lassen, um die Thetafront zu beschleunigen.«

Talan meldete sich mit grimmigem Ausdruck zu Wort. »Ja, Erster, aber ohne den Fluss zu gefährden. Ihr solltet euch einfach mehr an die alten Regeln halten.«

»Die alten Regeln?«, prustete ich. »Ich weiß einfach nicht mehr, was ich davon halten soll. Denk doch an die Dremenach-Krise im Sektor Grün-Blau. Es waren über 23 Milliarden. 23 Milliarden Lebewesen! Und nun sind alle ausgelöscht, einfach weg«, und mit diesen Worten wischte ich mit der rechten Hand durch den Raum. »Das soll im Sinne des TAO gewesen sein? Ich habe mittlerweile extreme Probleme, daran zu glauben. Und ich weiß, dass es anderen Wächtergruppierungen auch so geht ...«, ließ ich den Satz unbeendet.

Eine Gruppe Gedankensplitter anderer Wächter hatte sich um Talan geschert, was höchst ungewöhnlich war. Jede Wächtergruppierung war eine komplett selbständig handelnde Einheit. Dadurch gab es so etwas wie Einmischungen in andere Bereiche nicht. Talan sah sich um und ballte seine Fäuste.

»SCHLUSS DAMIT! Es reicht«, donnerte die Stimme des Ersten Wächters durch das Kontinuum. »Keine Worte mehr! ICH WILL NICHTS MEHR HÖREN! Ihr habt einen klaren Auftrag!«

Und auf einer tieferen Ebene gab er mir, ohne dass es andere bemerkt hätten, unterschiedliche Zeichen. Es war fast so, als ob der Koordinator seinen Zeigefinger an die geschlossenen Lippen gelegt hätte.

Zwischenwelt, ein Jahr später

»So, Eleeya, nun weißt du, was die Bausteine sind. Die Bausteine, aus denen unser Kosmos gemacht ist. Du kennst die einfacheren, kleinen, aber auch die größeren. Du weißt, dass alle Bausteine von hellen oder dunklen Wölkchen umgeben sind.

Je mehr Wölkchen, desto größer die Bausteine. Aber jetzt kommt was ganz Besonderes: Du kannst die Bausteine verändern. Dazu musst du nur die Wölkchen verändern. Hier ein paar wegnehmen, da ein paar neue hinzufügen, oder sie ganz umwandeln. Aber du kannst sie nicht einfach nehmen. Sobald du auch nur versuchst, die Wölkchen genauer anzusehen, sind sie weg.

Willst du sehen, wo sie sind, siehst du kein einziges mehr. Verstanden?«

Eleeya legte den Kopf schief und sah Azrael wortlos an.

»Pass auf – lass uns mit ihnen spielen! Schau einfach nicht hin. Kümmere dich nicht um sie. Tu so, als wären sie Luft für dich. Versuch einfach nicht mehr, etwas über die Wölkchen erfahren zu wollen. Es gibt keine. O. k.? Befreie deinen Geist von diesem Wunsch. Und jetzt gehen wir noch einen entscheidenden Schritt weiter:

Eleeya, hör auf, überhaupt etwas zu wollen. Schalte alle Überlegungen ab. Alle Wünsche, alle Fragen.

Nicht denken! Es gibt kein Selbst mehr.

Lass dich einfach von der Kraft durchströmen.

Erfühle und erkenne einfach, was die Bausteine wollen.

Nimm, was sie dir zu geben scheinen, und gib ihnen,

was sie brauchen. Sei einfach ein Teil von ihnen ... und beobachte! Schalte deinen Geist aus. Nicht bewerten, nicht kommentieren. Sei einfach da!

Beobachte einfach, und du wirst erkennen, dass sie ein Teil von dir sind. Lass dich ganz von diesem Zustand durchfließen. Es gibt keine Grenzen mehr. Öffne dich und schau in dich: Sie sind du – und du bist sie! Ihr wart nie voneinander getrennt.«

Türkei,
11 000 Fuß Höhe über Grund

Ein kurzer Blick auf das Waypoint-Format bestätigte Mikas Vermutung, dass sie in wenigen Minuten den Rendezvous-Punkt am Waypoint 4 erreichen würden. Nach der Erfahrung mit dem plötzlich auftauchenden Hurrikan hatte Mika selbständig die Flughöhe der gesamten Staffel um 2000 Fuß erhöht. Noch immer hatte sich die Gewitterlage unter ihnen nicht verändert. In zäher Gleichmäßigkeit zeigten sich die Wolkenmassen und bildeten eine scheinbar undurchdringliche Oberfläche.

Mika schaltete das rechte Display in das so genannte Elevation-Format. Eine Art Trichter veranschaulichte die Radarkeule des Typhoons. Mika verkleinerte den Winkel des Trichters.

Damit wurde zwar der Erfassungsbereich des Radars schmaler, aber die Reichweite umso größer. Er änderte ein paar Einstellungen durch kurzes Antippen der Schalter, die jedes der drei Displays einrahmten.

Im selben Moment, als Mika die Taste betätigte, begann die Keule, wie der suchende Strahl einer Taschenlampe, nach oben und unten zu schwenken.

»Hast du was Neues?«, fragte er Carlos.

»Außer ein paar unbedeutenden Blips ist rein gar nichts zu sehen. Ich verstehe das nicht.«

Mika klopfte in alter Gewohnheit kurz auf die Displayscheibe, als ob dies etwas ändern würde.

Carlos warf einen kurzen Blick auf seine Uhr. 08:12:05 zeigten die grünen Balken der Digitalanzeige.

»Nein, kann ich auch nicht verstehen. Wir müssten doch schon seit einiger Zeit die beiden Geschwader mit dem Langstreckenradar erfassen können. Und wie auch immer ich die Einstellungen des Radars verändere – ich kriege nur diese blöde Störwolke drauf.«

»Egal, wir sind sowieso gleich da. Ich könnte sie ja schon mal vorher anfunken, was meinst du?«

»Nein, lass es«, erklärte Carlos. »Dazu gibt es keinen Grund. Denk außerdem an die eindeutige Order, so wenig wie möglich zu funken, je weiter wir uns nähern. Du wirst doch die eine Minute noch warten können, oder?«

Mika gab keine Antwort.

»Ist dir langweilig, Amigo? Soll ich mit dir noch ein kleines Spielchen machen wie mit den Kiddies auf einer langen Urlaubsfahrt ...«

Mika schnaufte.

»Also, ich kenne da ein sehr schönes. Es heißt: Ich sehe was, was du nicht siehst!«, hakte Carlos nach.

Er achtete nicht weiter auf Mikas Antwort und spielte weiter mit seinen Passiv- und Aktiv-Ortern. Anschließend aktivierte er das Infrarot-Radar und regelte den Kontrast nach.

»Carlos«, hakte Mika mit sehr ruhiger Stimme nach. Ich glaube, wir sind gleich am Waypoint 4. Ich kann ihn bereits sehen.«

»Ja, klar«, kam automatisch Carlos' Antwort, als er ungläubig sein Display betrachtete.

Doch dann kam ihm wirklich in den Sinn, was Mika gesagt hatte.

»Wie meinst du das, du kannst den Waypoint 4 sehen?«

»Na, dann wirf mal einen Blick auf 11 Uhr.«

Carlos reckte den Hals nach links und wollte sich nach vorne beugen, doch die Gurtsysteme hielten ihn fest auf seinem Platz. Er traute seinen Augen nicht, als er auf die Wolkendecke heruntersah. Plötzlich konnte er auch das Bild verstehen, was ihm das Infrarot-Radar zu vermitteln versuchte.

In einer Entfernung von circa fünf Kilometern wurde die Wolkenoberfläche von einem gewaltigen Objekt beherrscht. Ein riesiger, mehrere hundert Meter durchmessender Strudel ließ ein trichterförmiges Loch in der undurchdringlichen Wolkendecke entstehen. Ein gewaltiger Hurrikan hatte sich geformt. Selbst von hier aus konnte man in seinem Randbereich kolossale Blitze zucken sehen, die mehrere Sekunden züngelten, um unmittelbar danach dem nächsten Blitz Platz zu machen.

Ohne ein weiteres Wort zu verlieren, aktivierte Mika den befohlenen Com-Kanal: »Leader Orange, Leader Yellow, this is DAYWALKER on GT-Zero-Three-Four, Squadron Leader of the German Aircrafts. Please confirm visual contact.«

»DAYWALKER, thisa isa GILGAMESH, Lieda of se merdsched Orange anda Yellow Squadron. Nice tu sii ya!«, war im Com zu vernehmen.

Mika erkannte sofort die Stimme von seinem langjährigen italienischen Freund Fabio.

»Hi GILGAMESH, ich sehe euch nicht. Wo seid ihr?«

»Wir haben eine sehr große Kurve um das Ding gezogen und sind in etwa vier Kilometer von euch entfernt auf fast drei Uhr. Hier gibt es so gut wie keine Turbulenzen, dabei müsste ein Hurrikan von dieser Größe uns kräftig durchrütteln.«

Mika und Carlos blickten nach rechts, und dann sahen sie das Geschwader auch: Fast dreißig punktgroße Flugobjekte befanden sich unter ihnen im Anflug.

»GILGAMESH, lasst uns so schnell wie möglich von hier verschwinden. Geht auf keinen Fall noch näher ran, irgendetwas stimmt an diesem Ding nicht«, antwortete Mika. »Orange und Yellow, nehmen Sie direkt Kurs auf Waypoint 5. Und steigen Sie umgehend auf 10 000 Fuß auf.«

»Roger«, kam die Antwort.

Mika leitete sofort die Kursänderung ein.

Die entsprechenden Bordcomputer übertrugen die Anweisungen simultan auf die nachfolgenden Flugzeuge. Das europäische Geschwader zog in einer lang gestreckten Kurve nach links weg.

Die italienische Staffel war zwar näher an der Spirale des Hurrikans, aber die relative Entfernung von 3500 m und der rasche Anstieg sollten mehr als ausreichend sein.

Das dachte jeder.

Doch dann geschah das absolut Unerwartete. Der gewaltige Trichter schwappte in einer zeitlupenartigen Bewegung nach oben, dann stülpte sich der gesamte Trichter in einer einzigen, langsamen Bewegung nach außen und bildete somit eine nach oben gerichtete Beule, die kurz darauf in sich zusammenbrach.

Mika schrie noch eine Warnung aus, doch er ahnte noch nicht einmal, was nun geschehen würde. Fünfhundert Meter vom Ort des Zusammenbrechens entfernt bildete sich ein neuer, viel gewaltigerer Strudel mit einem Durchmesser von nahezu achthundert Metern.

Erst saugte er rasend schnell gigantische Luftmassen in die Tiefe, doch dann geschah noch etwas viel Unfassbareres. Mit heftiger Geschwindigkeit begann sich der gigantische tödliche Trichter abermals nach außen zu stülpen.

Riesige Blitze begleiteten das wahnsinnige Schauspiel, bei dem in einer einzigen wirbelnden Bewegung das gesamte italienische Geschwader erfasst wurde.

Selbst aus dieser Entfernung sah man, wie die ersten Maschinen einfach in der Luft zerbrachen. Bei anderen Jets wurden komplette Tragflächen abgerissen, oder die gigantischen Blitze ließen die Flugzeuge in einem lautlosen Feuerball aufgehen, der schnell flackernd in die Tiefe gezogen wurde.

AI,
das Machtzentrum der Wächter

»Azrael, es gibt einen erneuten CHI-Zusammenbruch bei Delta 04. Der Wahrscheinlichkeitsraum beginnt zu flackern. Irgendetwas wirkt sich extrem störend auf die YIN-Komponente aus. Was geschieht hier?«

Ich blickte verstört von meinen Spektralanzeigen auf.

»Ich erkenne, dass ein Quantensprung mit 25 Mikrospins ausgelöst wurde. Zweifler, wo kommt die Störung her?«

Die Augen von Larc weiteten sich. Schnell schaltete er verschiedene Vergleichskonzentrate dazu, um anschließend erschaudernd zurückzutreten.

»Mein Gott«, flüsterte er. »Der YIN-Einbruch wurde von hier ausgelöst. Hier, in AI ...«

»Wer könnte an so etwas auch nur denken?«, empörte sich der Erste Wächter. »Oh ja, Talan! Diesmal bist du zu weit gegangen.«

»Ich?«, sauste der Bewahrer auf, »ich war die gesamte Zeit hier bei Euch. Nein, ich würde so etwas niemals machen.«

»Talan, wir haben doch eben gesehen, wie du sogar mit anderen Kontakt aufgenommen hast. Wer sind deine Verbündeten?«, rief Larc. »Ich kann es nicht fassen. Mir ist egal, welche Probleme du mit Azrael hast, das hier geht zu weit, das gefährdet uns alle.«

»Seid ihr denn alle von Sinnen? Ich sage es nochmals, ich war es nicht«, erwehrte sich Talan verzweifelt.

»Erster, wir müssen auf die TAO-Reserven

zurückgreifen. Wir müssen jetzt handeln, sonst bricht uns die gesamte Zeitlinie weg«, entgegnete ich beschwörend.

Wissend nickte der Erste Wächter und begann bereits damit, die Zweite Kammer zu öffnen. Gleißend helle Strahlen fingerten durch den entstandenen Spalt hindurch.

Etwas, das nicht beschrieben werden konnte, zeigte sich in verschiedensten Metaphern.

Etwas, das eigentlich nicht gehört werden konnte, stimmte ein brausendes Lied an und ein goldenes Licht erfüllte AI.

Zwischenwelt, der neu erschaffene Übungsraum

Der Tag neigte sich dem Ende entgegen. Eleeya saß am Rande der Hochebene und blickte hinaus aufs Meer. Ein sanfter Wind strich ihr durchs schulterlange Haar, als ihr Blick von etwas abgelenkt wurde. Erst nahm sie eine Bewegung neben sich wahr. Als sie sich dann langsam umdrehte, begann ihr Puls zu rasen.

Ihre Augen weiteten sich stark und die hauchzarten, libellenartigen Schwingen spreizten sich nach oben ab.

»Vater, Vater ... da bist du ja endlich«, schrie Eleeya vor Freude. Lachend lief die Elfjährige dem Ersten Wächter entgegen.

Etwa einen Meter vor dem Abbild des Ersten blieb Eleeya stehen und breitete beide Arme aus.

»Hi Dad«, winkte Azrael herüber. Der Erste Wächter nickte liebenswürdig lächelnd zurück.

Aufgeregt begann Eleeya zu plappern: »Vater, schau nur, was Azrael mir alles beigebracht hat.«

Der Erste Wächter verschränkte die Hände vor dem Bauch und sah Eleeya lächelnd an. Aufmunternd nickte er und stellte beide Ohren auf.

Azrael stellte sich neben ihn und verschränkte die Arme vor seinem ledernen Brustharnisch, der das einzige kämpferische Symbol über seinem dunkelroten Gewand darstellte. Voller Stolz blickte er zu dem Ersten Wächter herüber und begann auf den Zehenspitzen zu wippen. Im selben Moment wurde ihm die Ausstrahlung deutlich und er stellte sich einfach nur breitbeinig hin. Der einsetzende

Wind bewegte sein schulterlanges Haar.

Eleeya hob, wie sie es von Azrael gelernt hatte, beide Arme in den Himmel. Es war nicht die Bewegung, es war ihre geistige Haltung, welche um ihre Hände kleine Elmsfeuer entstehen ließ. Eleeya atmete tief ein, um dann den Atem in den Unterbauch zu pressen. Als ob der Atem einen Ballon aufblasen würde, vergrößerten sich die beiden kleinen, knisternden Elmsfeuer. Bei der dritten Bewegung hielt Eleeya eine leuchtende, blaue Kugel zwischen den Händen. Sie starrte hinauf zu dem leuchtenden Ball, in dem sich unentwegt kleine Blitze bewegten und trotz der beiden strahlenden Sonnen am tiefblauen Himmel einen bläulichen Schimmer auf ihr Gesicht warfen.

Sehr langsam bewegte sie die Hände nach unten, die Handflächen nach innen gerichtet. Die Hände befanden sich in einem Abstand von fünfzig Zentimetern, in dessen Zentrum sich die fünf Zentimeter große, leuchtende Energiekugel befand.

Während sie die Hände in Hüfthöhe bewegte, murmelte sie leise: »Frrusendaah, Mahdschoor.«

Aufmerksam beobachtete der Erste jeden Schritt. Ihre Hände begannen um den leuchtenden Ball zu wandern. Die linke Hand wanderte nach unten, die rechte nach oben. Immer noch hielten beide Hände das Objekt in einem Abstand von fünfzehn Zentimetern fest umschlossen. Eleeya wirkte sehr konzentriert. Ihr Gesicht zeigte keine Regung.

Schließlich begannen ihre Hände auf komplizierte Weise so um den imaginären Ball zu wandern, als wenn sie ihn von sich wegstoßen wollte. Beide Handflächen zeigten nun von ihrem Körper weg. In einer Entfernung von zwanzig Zentimetern vor ihren Händen drehte sich die Energiekugel. Dann begann Eleeya, beide Hände zu verschränken, und riss sie mit einem Ruck auseinander. Für einen Sekundenbruchteil stand sie mit weit ausgebreiteten Armen da, um direkt danach mit einer schnellen Bewegung beide Hände zusammenklatschen zu lassen.

Von beiden Händen ging in diesem Moment ein Blitzen aus, dann war die Leuchterscheinung verschwunden. Und vor Eleeya saß ein winziges Felshörnchen, das nicht genau wusste, wohin es flüchten sollte.

Bevor es eine Entscheidung treffen konnte, wurde es von Eleeya gepackt. Ein breites Grinsen überzog ihr Gesicht. Zart hielt sie das kauernde Felshörnchen mit einem leichten »Jjjaaaha!« hoch, um es dann wieder an sich heranzuziehen. Ohne sich ihrer Bewegungen bewusst zu werden, begann sie, das Felshörnchen zärtlich mit dem Zeigefinger zu streicheln. Sie wiegte den Oberkörper hin und her und begann mit einem übermütigen Tanz.

»Und das habe ich schon viel, viel öfter gemacht«, sprudelte es aus ihr hervor, »und das kann ich auch umgekehrt, nur mache ich das nicht so gerne, weil ich nicht weiß, was dann mit den Tieren ... Azrael sagt, das wäre nicht schlimm, ihnen geht es auch danach gut, aber ich weiß nicht so richtig. Und ich kann auch einen Sturm in ein Feuer verwandeln ... und Sandkörner in Schnee umwandeln ...«

Völlig übermütig tanzte sie vor dem Ersten Wächter auf und ab.

Er lachte laut. »Ruhig, mein Mädchen, ruhig ...« Er breitete beide Arme zu einer körperlosen Umarmung aus, als Eleeya sich ihm näherte. Eng umschlungen hielt er das Mädchen mit wohldosierten Pseudo-Impulsen in seinen Armen.

»Das ist ja überwältigend, was du da kannst!« Anerkennend nickte er Azrael zu, der ein schiefes Grinsen auflegte. Immer noch hielt er seine verschränkten Arme vor seiner Brust.

»Das ist wirklich ganz hervorragend, Kleines.« Der Erste streichelte Eleeya sanft über das Haar. Seine Stimme wurde etwas leiser. »Ich bin stolz auf dich, mein Mädchen. Du hast Außerordentliches geleistet!« Mit beiden Händen hielt er Eleeyas Kopf umschlossen. Eleeya drückte ihre Wange gegen die Hand des Ersten Wächters und lächelte.

»Vater ...«, sagte sie voller Freude.

Der erste Wächter sah Eleeya etwa zwei Sekunden lang wortlos an. Dann ließ er seine Hände langsam fallen.

»Ich bin stolz auf dich.« Seine rechte Hand bewegte sich ein Stück nach oben, als er den Kopf leicht zur Seite neigte.

Verschmitzt hob sich leicht die linke Augenbraue, als er sagte: »Ich habe da was für dich!«

Eleeya begann zu stocken.

»Was meinst du damit, Vater?«

»Ein Geschenk, mein Mädchen. Ich habe ein Geschenk für dich. Du hast hervorragend gelernt.« Eleeyas Augen weiteten sich.

Der Erste griff in seine Tunika und führte seine Hand wieder nach außen. Aus der geschlossenen Hand drang ein goldfarbenes Leuchten hindurch. Er hob die Hand vor Eleeyas Gesicht und öffnete sie. In seiner Handfläche lag ein blau-rotes Symbol, wie sie es schon zuvor an Azraels Stirnreif oder auf Vaters Amulett gesehen hatte.

»Dies, mein Mädchen, ist ein uralter Teil unserer Vergangenheit, unserer ursprünglichen Rasse. Alle Hoffnungen und Wünsche für die Vergangenheit und für die Zukunft sind hierin enthalten.«

Das umgebende goldene Licht verschwand und hinterließ in den Tiefen der roten und blauen Spirale ein tiefes Glühen.

»Du hast dich in der Tat als würdig erwiesen, mein Mädchen. Trage es in dem Wissen, dass es da jemanden gibt, der dir beisteht. Jemanden, der dir hilft und der dich beschützt. Jemanden, der dir die Kraft zurückbringt, sollte sie dir einmal fehlen.«

Eleeyas Augen wurden groß.

Ihr Mund öffnete sich zu einem wortlosen »Ooh.«

Der Wächter griff mit der linken Hand nach dem

kleinen Medaillon, das in seiner geöffneten rechten lag, und führte es zu Eleeyas Stirn. Als das Medaillon die kleine Bronzekette berührte, begann es zu leuchten, um sich mit Eleeyas Stirnkette zu verbinden.

Schielend blickte Eleeya nach oben. Ein sehr breites Grinsen überzog ihr Gesicht. Sie sah zu Azrael rüber, der die Unterlippe vorstülpte und wortlos nickend den rechten Daumen nach oben streckte. Ihr Blick wanderte voller Stolz zwischen den beiden Wächtern hin und her.

Die Brise, die aus dem Canyon wehte, hatte für eine angenehme Abkühlung an diesem warmen Spätsommertag gesorgt. Im Laufe des Mittags hatten sich in der feucht-warmen Atmosphäre erste leichte Schleierwolken gebildet, die sich gegen Nachmittag zu hohen Wolkenbergen auftürmten. Die Sonne warf bereits tiefere Schatten, und die leichte Brise wurde gelegentlich von kurzen, aber kräftigen Böen begleitet. Ein langes, klagendes Heulen kam aus dem Canyon herüber und kurz darauf wurden die Blätter der nahen Bäume durch den aufbrausenden Wind heftig geschüttelt.

Eleeyas Lächeln fror ein wenig ein und sie warf einen kurzen Blick auf den Wasserfall im Eingang des Canyons. Das Brausen des etwa zwei Kilometer entfernten Wasserfalls war zu einem normalen Geräusch der Umgebung geworden.

Wieder war das lang gezogene, traurige Heulen des Windes zu hören.

Der Erste Wächter bemerkte Eleeyas Ablenkung. Er drehte seinen Kopf in Richtung des Hochplateaus. »Ich habe dies vor sehr, sehr langer Zeit zum ersten Mal gehört.«

Er wurde sehr nachdenklich, dann sah er zu Eleeya. »Das sind die Windgeister«, sagte er mit mildem Lächeln.

»Ja, das weiß ich«, antwortete Eleeya mit eingeschüchtertem Blick. Sie sah kurz zu Azrael, der mit unbewegter Miene dastand, dann ging ihr Blick wieder zu

Vater zurück.

»Azrael hat mir davon erzählt!«

Eine kleine Pause entstand, als der Erste den Mundwinkel verzog und eine Augenbraue hob.

»Hmm, aha! Was hat dir denn Azrael über die Windgeister erzählt?«

Eleeya sah unsicher zu Boden. »Er hat gesagt, das sind die Windgeister. Und, dass sie mich beobachten. Und sie kommen, um mich zu holen, wenn ich nicht genug übe und ihm nicht gehorche!«

»So, so, dass hat Azrael also gesagt«, erwiderte der Erste Wächter und warf einen strengen Blick zu Azrael. Der zeigte ein verlegenes Grinsen, hob beide Augenbrauen an und zuckte langsam mit beiden Schultern.

Der Erste schüttelte verzagt seinen Kopf, ein Seufzen entwich seinem Mund. Dann blieb sein Blick wieder auf Eleeya haften.

Sie sah immer noch zu Boden. Man spürte deutlich, dass ihr die Situation sichtlich unangenehm war.

Zaghaft hob der Erste seine rechte Hand und berührte damit auf seine Art Eleeyas Kinn.

Eleeyas Blick hob sich. Sie sah ihrem Vater in die Augen. Anders als ihre oder Azraels Augen zeigten seine etwas Besonderes.

Ja, zwar hatten auch sie diese typisch spaltförmigen Pupillen, die sich in der Dunkelheit fast kreisrund öffneten. Aber seine Augenfarbe war nicht Indigoblau, sondern ein warmes, sehr dunkles Braun. Wie zwei tiefe Brunnen schienen sie in eine unbeschreibbare Unergründlichkeit zu führen. Außerdem schienen seine Augen sehr viel weiser zu sein, was aber auch an den zahlreichen Falten um sie herum liegen mochte.

Aber da war noch etwas anderes. Sie konnte es nicht beschreiben, aber seine Augen hatten etwas Geheimnisvolles und gleichzeitig sehr Warmes an sich. Sie fühlte sich sicher in seiner Nähe.

»Na ja, mit einem hat Azrael Recht. Die Windgeister, sie beobachten dich. Aber du brauchst dich nicht vor ihnen zu fürchten«, lächelte er. Sein Abbild bewegte sich zu einem größeren, flachen Stein in der Nähe. Langsam setzte er sich hin.

Sein Blick streifte die untergehenden Sonnen und wanderte dann langsam am Horizont entlang. Als ob er die Landschaft zum ersten Mal sehen würde, betrachtete er das Plateau, auf dem sie standen, und bewegte sich langsam auf das entgegengesetzte Ende der Plateaunadel zu. Mehrmals wanderte sein Blick langsam nach rechts und links und endete schließlich auf dem gewaltigen Massiv, das zum viertausend Meter emporragenden Hochplateau gehörte.

Und auf dem gewaltigen, tiefen Taleinschnitt des Flusses, der aus dem Canyon strömte.

»Komm her, mein Mädchen. Setz dich zu mir. Ich werde dir nun etwas erzählen.«

Dichte Wolken leuchteten in einem dunklen Braun-Orange. Ein weiteres sehr dunkles Brausen setzte ein, das von einem um zwei Oktaven höheren Jaulen begleitet wurde. Eleeya bewegte sich etwas schneller auf den Ersten zu, der ihr die Hand entgegenstreckte.

Er lächelte ihr sanft zu und deutete dann langsam auf die Flussmündung, die tausend Meter tiefer die Plateaunadel umfloss.

»Der Fluss dort unten ist der Tjadoor. Und das dort«, sagte er mit weicher Stimme und deutete mit ausladender Geste auf das Hochplateau, »ist das Schellmaar-Massiv.«

Sein Blick wanderte kurz nach oben, als suchte er dort etwas.

»Ich werde dir nun eine kleine Geschichte von deinen Vorfahren erzählen.«

Eleeya ließ sich vor dem Felsen im Gras nieder. Der Erste wurde ernster und nickte zweimal leicht vor sich hin. Dann begann er:

»Wir nannten uns selbst L'Amarc, was in der alten

Sprache ursprünglich so viel bedeutete wie ›Die Erwählten‹ oder ›Die, die Erleuchtung erhielten‹. Niemals hätte sich jemand vorgestellt, wie sehr dies einmal der Wahrheit nahe kommen würde.« Und der Erste Wächter erzählte die gesamte Geschichte der L'Amarc und was mit ihnen geschehen war.

Obwohl Eleeya hin und wieder für eine Frage den Atem anhob, unterbrach sie ihn kein einziges Mal.

Nach einer halben Stunde war der Erste Wächter fertig und ein trauriger Glanz lag in seinen Augen.

»Wir waren nicht mehr die L'Amarc. Die L'Amarc gab es nicht mehr, ausgelöscht von einem temporalen Phänomen im Augenblick des Übergangs. Wir waren nun die WÄCHTER!«

Ernst ruhte der Blick des Ersten auf Eleeya. Seine Hand hob sich und legte sich auf ihre Schulter.

Eleeya war sehr betroffen von der Geschichte.

Dann formte sich ein Gedanke. Eleeya legte den Kopf leicht schief und fragte den ersten Wächter mit großen Augen: »Vater, du hast gesagt, die Ursache für die Quantenverwerfung hätte vierzigtausend Jahre in der Zukunft gelegen. Aber dann sagtest du, dass in dem Moment, als der Übergang stattfand, die Nova explodierte.«

Der Erste schaute sehr ernst zurück. Keine Miene verzog sich auf seinem Gesicht.

»Vater ... könnte es nicht sein, dass der Übergang selbst der Auslöser für alles war?«

Der Erste Wächter erhob sich von seinem steinernen Sitzplatz und drehte sich zur untergehenden Sonne um. Schützend hob er die rechte Hand als Blendschutz vor die Augen, als er zur Sonne blickte. Er begann mit tiefer, ernster Stimme zu reden. »Das, mein Mädchen, fragen wir uns seit der ersten Minute unserer Existenz als Wächter. Ob nicht wir selbst die Ursache für das Untergehen der L'Amarc waren. Haben wir das alles zu verantworten?

Haben wir ... unser Volk umgebracht?«

Er nickte ernst. »Ja ... hin und wieder kam dieser Zweifel auf.« Sein Gesicht hellte sich auf. »Aber wir wissen mit jeder Spur unseres Daseins über den AUFTRAG Bescheid, dass es nicht unsere Schuld sein kann. Es ist ein ewiger Kreis, ein Ausgleich der beiden Grundkräfte unseres Universums. Und das ist auch der tiefe Sinn, der hinter unserem Auftrag steckt.«

Eleeya bemerkte nicht, dass Azrael im Hintergrund die Augen verdrehte.

Westliches Schwarzes Meer, 14 000 Fuß über Grund

Mika redete seit zehn Minuten kein Wort. Noch vor kurzer Zeit überschlug sich seine Stimme, um durchs Com verzweifelt Befehle zu schreien. Doch schnell stellte sich heraus, dass bis auf sieben Maschinen die gesamte Staffel Orange und Yellow vernichtet wurde.

Und das noch nicht mal im Kampf, sondern durch ein wahnwitziges Naturschauspiel innerhalb weniger Sekunden. Die sieben Jets konnten sich nur mit einem verzweifelten Flugmanöver aus der unmittelbaren Gefahrenzone bringen. Es gab zwei Beinahekollisionen, ein anderer Jet geriet in unkontrolliertes Taumeln, nachdem er in dreißig Metern Abstand die Turbulenzzone seines Flügelmanns durchquerte.

Mika erkannte das gesamte Vorgehen nur aus dem Augenwinkel und gab für alle eine neue Flughöhe von 16 000 Fuß durch, die sofort einzunehmen sei. Dann konnte erstmals eine endgültige Bestandsaufnahme nach dem schrecklichen Unglück gemacht werden.

Das Ergebnis sah nicht gerade berauschend aus. Sechsunddreißig Kampfjets unterschiedlicher Bauart befanden sich auf Abfangkurs gegen einen Gegner, der nach geschätzten Angaben in etwa genauso viele Flugzeuge bereits in der Luft hatte.

»Sag mal, da ist doch irgendwas«, meldete sich Mika seit langem wieder mal zu Wort.

»Was meinst du, Amigo?«

»Na, dieses komische Gewitter, die bescheuerten Blitze

... und dann das Ding eben. Das ist doch nicht normal.«

Carlos gab nicht sofort eine Antwort. Dann meinte er: »Ja, weißt du, ich hatte da mal eine Sendung im Fernsehen gesehen, ›Welt der Wunder‹ oder etwas Ähnliches auf Discovery. Und da hatten sie genau so was beschrieben. Das, was früher mal El-Niño-Phänomen genannt wurde, würde sich früher oder später auch hier in Europa zeigen.«

Er sah auf die aufgewühlte, schwarz-grüne Wolkenoberfläche, die selbst von hier oben auf heftige Turbulenzen hindeutete.

»Dann lass mich doch mal zusammenfassen. Also, wie war das noch gleich? Lass mich kurz überlegen. Weißt du, ich werfe die vielen Routineeinsätze immer etwas durcheinander. Ach ja, genau – der gesamte Stützpunkt wurde heute Morgen aufgescheucht, und wir werden losgeschickt, um unseren atomaren Untergang zu verhindern. Wir starten inmitten einer 3000 km großen Gewitterfront, wie wir sie noch nie gesehen haben. Unser Radar spinnt komplett – und zwei Staffeln werden einfach so innerhalb von fünf Sekunden von einem Hurrikan verschluckt ...«

Carlos presste die Lippen zusammen. Er wusste, was Mika meinte. Er erinnerte sich auch daran, was Mika, wenn auch nur als Smalltalk gemeint, vorhin geäußert hatte. Sein ungewöhnlicher Traum von der fremdartigen Insel und so. Carlos war seit drei Uhr diese Nacht wach gewesen. Eine kleine, ganz willkommene Anpassung an den Schichtdienst der letzten Wochen.

Carlos hatte nach dem Üben der 32er Schwertform noch eine halbe Stunde meditiert, um seine aufgewühlten Gedanken zu beruhigen. Während dieser Sitzmeditation, Zazen genannt, geht es einfach nur darum, nicht zu denken, um so direkt wie möglich im Hier und Jetzt zu verweilen. Beziehungsweise die eigenen Gedanken von einer außenstehenden Position aus zu beobachten.

Doch was Carlos diesmal beobachten konnte, war

höchst ungewöhnlich. Anstelle das zu beobachten, was man das »ICH« nennt, also das vertraute anhaltende Wirrwarr an Gedanken, Gefühlen, erlebten oder konstruierten Situationen, war da noch etwas. Carlos vernahm sanft die Anwesenheit anderer Gedanken, Wünsche, Vorstellungen.

Es war fast so, als hätte er ganz zaghaft einen Kontakt zu einem anderen Denken, zu einem anderen ICH. Und die Gedanken und Visionen dieses Ichs sahen eine fremdartige Insel unter einem fremdartigen Himmel, dann war das Gefühl auch schon weg.

Zu diesem Zeitpunkt nahm Carlos es nur wahr, ohne es zu bewerten oder darüber zu urteilen. Doch als Mika von seinem Traum erzählte, war die Erinnerung wieder da.

»Ja, Amigo, mir ist das auch nicht so ganz alltäglich, wenn du weißt, was ich meine.« Ein kurzes Brummen war von Mika zu hören. »Sag mal, du hast mir doch vorhin von einer Insel erzählt, von der du geträumt hast ...«

Mika hörte skeptisch zu, er vermutete einen Aufhänger, damit Carlos ihn aufziehen konnte. »Ja, hab ich ...«

Das Säuseln der Triebwerke und ein leichtes Windgeräusch waren alles, was unter dem Helm zu hören war.

»Beschreib doch mal kurz, wie die ausgesehen hat«, fragte Carlos unschuldig.

Mikas Skepsis wuchs. Er überlegte kurz, ob er überhaupt darauf antworten sollte. Sorgfältig wählte er seine Worte.

»Ich habe sie eigentlich nicht genau gesehen, es war eher ein Gefühl, das sich eingestellt hat.«

Carlos hörte still zu, und Mika fuhr zögernd fort: »Berge. Die Insel war irgendwie bergig – glaube ich. Ein bisschen wie in ›Jurassic Park‹, aber höher, glaube ich.«

Mika bemerkte nichts davon, dass Carlos leicht nickte, als hätte er eine ähnliche Antwort erwartet.

»Waren die Berge vielleicht eher wie eine riesige, steil ansteigende Klippe? Mit einem Einschnitt in der Mitte?«

Mikas Augen wurden größer und sein Mund öffnete sich langsam. »Ja ...«, sagte er langsam, »ja, genau das war es, was ich gesehen habe. Aber woher weißt du ...«

Weiter kam er nicht, weil Carlos ihn unterbrach. »Weil ich sie auch gesehen habe. Heute Morgen, bei meiner Zen-Meditation. Es dauerte nur einen Sekundenbruchteil, alles war in ein dunkles, rotes Licht eingetaucht ...«

Mika erkannte im selben Moment ein weiteres Detail aus seinem Traum.

»... und alles war auch sehr vertraut.«

Mika war noch ganz in Gedanken gefangen und ließ seinen Blick nach links wandern. Ein helles Blitzen ließ ihn aufschrecken. Links von ihm, in einer Entfernung von etwa zehn Kilometern, trat zuckend ein strahlendes Bündel Blitze aus der Wolkenfront aus und bewegte sich nach rechts über den Horizont.

»Hey, sieh doch«, schrie Mika und umklammerte den Stick.

Carlos hatte die Entstehung des riesigen Blitzes von Anfang an mitverfolgt. Fast wie in Zeitlupe bewegte sich der Blitzausläufer über den Horizont, da bemerkte Mika, dass sich, wahrscheinlich zur selben Zeit, rechts von ihm ein zweiter Blitz gebildet hatte, der sich nach links am Horizont entlang bewegte. Beide Blitze trafen sich vor ihnen in einer kleinen Lichtexplosion, doch damit war das Schauspiel noch nicht beendet.

Als hätten sich beide Blitze an dieser Stelle nur getroffen, um sich zu vereinen, verließ ein neuer, noch stärkerer Blitz das Leuchtgebilde und bewegte sich zuckend und flackernd auf den Typhoon zu.

»Ich glaub's nicht«, rief Mika, »Carlos, ich übernehme die Steuerung ... festhalten!«

Mika stieß den zweigeteilten Schubregler nach vorne in die Anschlagposition. Einhundertdreißigtausend PS erwachten donnernd zum Leben und eine titanenhafte Hand drückte den Typhoon nach vorne. Im selben Moment riss Mika den Stick nach hinten und legte ihn nach rechts. Gleichzeitig trat er das rechte Pedal durch. Mika schätzte die Entfernung zum Blitz nur noch wenige hundert Meter.

Der Typhoon legte sich unmittelbar in eine extrem starke Rechtskurve. Unbarmherzige Beschleunigungskräfte pressten den Atem aus den Lungen. Er hörte Carlos ächzen. Sofort reagierten die anzuginternen Drucksysteme und umschlangen wie ein überdimensionales Blutdruckmessgerät die Unter- und Oberschenkel, wodurch verhindert wurde, dass die Beschleunigungskräfte das Blut in die Beine quetschten.

Carlos schätzte den Andruck auf weit über 10 G. Unbewusst bemerkte er, dass die Bordcomputer noch nicht auf den neuen Leistungswert der verstärkten Triebwerke angepasst waren. Normalerweise justierten die Bordcomputer die Steuerflächen derart, dass selbst extremste Steuerbefehle so weit gedämpft wurden, damit die Beschleunigungskräfte 8 G nicht überstiegen. Denn was nützte ein kampfstarker Jet, wenn die Crew das Bewusstsein verlieren würde?

Aber die Computer gingen immer noch von den alten Triebwerken aus und berechneten dadurch falsche, viel schwächere Werte. Carlos spürte bereits ein Flimmern vor Augen, der Anfang des gefürchteten Blackouts, wenn das Gehirn nicht mehr mit genug Blut versorgt werden kann. Er bemerkte noch, wie ein Ausläufer des vorbeisausenden Blitzes die linke Tragfläche traf. Ein Prasseln durchzog das Com und der Typhoon schüttelte sich, dann war der Blitzeinschlag vorbei.

Zeitgleich schnarrten beide Warnsummer. Der Fehlermonitor blinkte wie ein kleines Weihnachtsbäumchen auf einem Trucker-Armaturenbrett. Gleichzeitig erklang die synthetische, weibliche Stimme des Typhoons, welche in kritischen Situationen aufgezeichnete Sprachmeldungen ins Com einspielte: »WARNING! WARNING! WARNING ...!«

»Woa«, stöhnte Mika, »hast du das gesehen?«

Weiter kam er nicht, als er den Glutball direkt über sich ausmachte. Durch seine neue Fluglage konnte er die nachfolgenden Staffeln sehen. Der gigantische Blitz hatte ihn verfehlt. Doch er hatte sich den nächsten Jet hinter ihm ausgewählt. Die gesamte Energie des Blitzes entlud sich in einem einzigen Moment. Scheinbar waren die getesteten Blitzschutzsysteme niemals von einer derartigen Energiemenge ausgegangen.

Der Blitz hat einige Isolatoren komplett verdampft und innerhalb eines Sekundenbruchteils 20 000 Gallonen Kerosin entzündet. Der Jet direkt hinter Mika stürzte als lodernde Wolke nach unten. Eine Sekunde später konnte man die dünnen Feuerstrahlen der Raketenantriebe sehen, welche die Schleudersitze der Besatzung aus dem Wrack katapultierten.

»Shit, verdammt noch mal, das waren Karl und Juan«, schrie Mika und hämmerte auf den Warnsummer. »Hoffentlich haben sie selbst nichts abgekriegt.«

Der schrille Impulston verstummte.

Mika überflog die Warnmeldungen.

»Gesamte Staffel, hier DAYWALKER«, meldete er sich über Com, »Achtung!«

Weiter kam er nicht. Ein Rütteln ging durch den Typhoon. Abermals schrillte der Warnmelder auf, begleitet von der Stimme:

»WARNING! RIGHT FLAME OUT. WARNING! RIGHT FLAME OUT!«

»SHIT!«

Die Warnmeldung hatte soeben den Ausfall des rechten Triebwerks bestätigt. Flugtechnisch bereitete der Ausfall eines Triebwerkes noch keine größeren Probleme, ein Triebwerk reicht theoretisch aus.

Doch sollte dann das zweite Triebwerk auch nur kurz husten, würde schlagartig die gesamte Hydraulik ausfallen. Sämtliche Steuerflächen wären dann mit einem Mal vollständig eingefroren. Nichts, aber auch gar nichts würde sich dann mehr bewegen.

Die Folge wäre unweigerlich ein unkontrollierter Sturz. Den Piloten blieben dann nur noch fünf Sekunden zur Aktivierung des Notausstiegs.

Ein kräftiger Zug an der gelb-schwarzen Schlaufe, die sich am Sitz zwischen den Beinen befand, würde innerhalb einer halben Sekunde sämtliche Gurtsysteme straff ziehen. Arme und Beine würden dadurch dermaßen fixiert, dass sie nicht beim Ausstoß irgendwo anecken würden. Im selben Moment würde das komplette Dach abgesprengt und ein Raketenmotor das komplette Martin-Baker-Rettungssystem herauskatapultieren.

Mika deaktivierte die Sicherungssperre am Schubregler und zog die rechte Hälfte des Schubreglers zurück in die Stellung Engine Off.

Carlos sagte kein Wort. Schon oft hatten sie solche Manöver trainiert. Trotzdem hatte er das Gefühl, als poche sein Herz im Hals.

»Ganz ruhig, Mädchen ...«, hörte Carlos Mikas Stimme. Ein Tastendruck brachte die elektronische Triebwerkanzeige auf das rechte Display. Mika wartete zwei Sekunden und leitete den Startvorgang des rechten Triebwerks ein.

»Komm schon, gleich haben wir's doch«, redete Mika wie ein Pferdeflüsterer zum Typhoon. Stockend erwachte das Triebwerk zu neuem Leben. Behutsam schob Mika den Schubregler vor ins erste Drittel.

Sein Blick wanderte auf das rechte Display. Der digitale Zeiger kletterte langsam im Uhrzeigersinn.

»So, Jungs«, meldete sich Mika zurück, als wäre nichts geschehen, »hier DAYWALKER. Ich weiß nicht, wie es euch geht, aber das Ganze geht mir zu weit. Wir haben hier über den Wolken keine vernünftige Radaranzeige, und aus irgendeinem Grund scheinen wir diese irren Blitze anzuziehen. Egal was der Tower sagt, ich übernehme die gesamte Verantwortung, wir teilen uns jetzt auf. Ich leite die Staffel Ramstein, wir gehen unter die Wolkendecke. Vielleicht ist dort auch die Radarortung besser. In jedem Fall stellen wir sicher, dass sich unsere Freaks nicht an uns vorbeischleichen können. DAYWALKER an MADANDY, du übernimmst den Rest. Ihr vergrößert euren Abstand zur Wolkenoberfläche um weitere 5000 Fuß. Gleichzeitig werden wir alle den Abstand zum Nachbarn auf 1000 Fuß vergrößern. Dazu wird das Verfahren Delta angewandt.

Staffel Ramstein, wir gehen nacheinander unter die Wolkenfront, halten unten eine Flughöhe von 200 Fuß und werden im Konturenflug weiterfliegen. Die größten Formationen sind sowieso schon hinter uns. In weiteren fünf Minuten sollten wir dann Waypoint 10 erreicht haben. Ändern Sie manuell die Höhe von Waypoint 10 und allen weiteren auf jeweils 400 Fuß. Innerhalb der nächsten fünf Minuten dürften wir dann das Schwarze Meer erreicht haben. Ich nenne den Teil, der mir unter die Wolkendecke folgt, DOWN-Staffel, die anderen Jungs, die oben bleiben, sind demnach die UP-Staffel. Noch Fragen?«

»DAYWALKER, hier MADANDY! Sollen wir euch noch ein paar Gotteskrieger übrig lassen oder sind alle für uns?«

Ein kurzes Gelächter war im Com zu hören. Mika musste grinsen.

»Tu dir keinen Zwang an«, erwiderte er, »mach's einfach wie auf den LAN-Partys.«

»Hab ich befürchtet, dass du das sagst«, war abschließend zu hören.

Zwischenwelt, temporaler Übungsort

»Eleeya, zeig mir doch noch mal, wie du das mit dem Erdhörnchen gemacht hast«, wollte der Erste Wächter wissen.

Stolz stellte sich Eleeya vor ihn und begann mit der Einleitung der Kräfte.

»Halt, warte einen Augenblick«, unterbrach er. »Beschreib doch an diesem Punkt deine Gedanken, angefangen bei der ersten Leerung.«

Eleeya erklärte es so gut es ging mit ihren Worten. Der Erste nickte langsam.

»Mhm, mhm«, war zu hören. »Gar nicht schlecht, du hast das gut gelöst«, antwortete er. »Für den Anfang.«

Eleeya blickte unsicher hoch.

»Du weißt doch, mein Mädchen, dass du einen ganz bestimmten Auftrag auszuführen hast.«

»Ja, schon, aber was genau ist es denn, was ich machen soll?«

»Geduld, Kleines, Geduld. Das bekommst du gesagt, wenn du so weit bist.« Er korrigierte sich sofort: »Wenn es so weit ist.«

Azrael bemerkte den riesigen Unterschied dieser kleinen Korrektur und presste die Lippen aufeinander, sagte aber nichts.

»Du weißt, dass dir ein Wesen an die Seite gestellt wird, das dein Partner sein wird. Dein Partner bildet einen Gegensatz zu dir. Erst zusammen bildet ihr ein Ganzes. Eure unterschiedlichen Kräfte und Fähigkeiten werden sich ergänzen und miteinander verbinden. Ihr beide werdet mehr sein als nur die Summe eurer Fähigkeiten. Viel mehr. Zusammen bildet ihr eine Einheit. Deine TAO-Hälfte ist bereits auf dem Weg zum Übergangspunkt. Sie wartet bereits auf die letzten Ereignisse.«

Eleeya bekam vor Aufregung auf das Bevorstehende große Augen. Sie wusste, dass sie die Hälfte ihrer Ausbildung bereits hinter sich hatte.

Der Erste Wächter wendete sich nun an Azrael: »Sie muss ab sofort in der torlosen Konfrontation ausgebildet werden. Beginne mit den sieben Stimmen, steige aber direkt bei der Öffnung des Geistes ein. Und gehe dann auf den Ruf ein.«

Azrael ließ die Arme fallen. Sein Mund öffnete sich, als er tief Atem holte.

»Den Ruf? So weit ist sie doch noch gar nicht. Das dauert doch mindestens noch ...«, er überschlug ein paar Werte im Kopf, »mindestens noch drei Jahre, bis sie diesen Punkt erreicht.«

Erregt gestikulierte er mit den Händen. »Pah!« Er warf die Arme in die Luft und wanderte wie ein Tiger im Käfig auf und ab. »Nie! Niemals im Leben. Sie lernt zwar schnell, aber, sie kann doch nicht ...«

Der Erste blickte ihm ruhig hinterher.

Eleeya hatte bereits einige Schritte auf Azrael gemacht und stellte sich ihm in den Weg.

»Was ist? Was kann ich nicht? Sag es mir. Was ist?«

Azrael war bereits am Ende seines vier Meter langen Käfigs angelangt und wendete auf der Stelle. Seine Haare wirbelten umher, dann nahm er erneut seinen Gang auf.

Eleeya stand mitten vor ihm. Azraels Erscheinung flimmerte ein wenig wie sehr heiße Luft, als er einfach durch Eleeya hindurchzugehen schien.

»Uhh«, entfuhr es Eleeya, die verwirrt stehen blieb.

»Azrael«, setzte der Erste ein, »du weißt, was auf dem Spiel steht. Aber was du nicht weißt, ist, dass sich im

YANG-Fluss eine Störung der Stufe Acht ereignet hat.«

Azrael blieb stehen.

»Was sagst du da?«

Er drehte sich zum Ersten um. Sein Kopf neigte sich zur Seite und seine Augen verengten sich.

»Acht? Weißt du, was das heißt?«

»Was heißt denn das?«, wollte Eleeya ungeduldig wissen.

Der Erste machte ein paar Schritte auf Azrael zu und legte ihm die rechte Hand auf die Schulter.

Lange sah er ihn an, dann sagte er: »Ja, ich weiß sehr genau, was das bedeutet.« Wieder nickte er sehr langsam. »Es ist mittlerweile deutlich zu spüren, aber es bewegt sich noch im Dunklen.«

Eleeya stampfte mit dem Fuß auf.

»Hallo, hey, ich bin auch noch da. Ich bin da! HIER! Seht ihr mich überhaupt noch? REDET MIT MIR!«, schrie Eleeya. »Und hört endlich auf, so zu tun, als wenn ich Luft für euch wäre!«

Azrael und der Erste sahen sich kurz an. Azrael schmunzelte als Erster. Jeder von beiden dachte daran, wie sehr Eleeya genau mit dieser Bemerkung der Wahrheit nahe kam. Azrael sah erst zu Eleeya, dann zu dem Ersten. Innerhalb Sekundenbruchteilen wurden durch den Blick verschiedene Informationen ausgetauscht.

Dann setzte Azrael an: »Hör zu, Schwesterchen! Es ist etwas geschehen, das alles verändert hat. Dein Auftrag ist in Gefahr.«

Eleeyas Ohren stellten sich seitlich ab.

»Was genau geschehen ist, kann ich dir an dieser Stelle noch nicht sagen. Hab einfach Vertrauen! Aber deine Ausbildung muss wesentlich rascher erfolgen als geplant.«

Eleeya staunte, als sie den Inhalt der neuen Information verarbeitete. »Was bedeutet das, dass ich schneller lernen muss?« Ein neuer Gedanke kam Eleeya. »Vater hat gesagt, es dauert noch sieben Jahre.« Sie sah zum Ersten hoch, der seine Lippen aufeinander presste und dabei seine Augen schloss.

»Vater, wann ist es so weit? Wie lange habe ich noch Zeit?«

Der Erste öffnete seine Augen und sah Eleeya an. Er sagte dabei kein Wort.

Eleeyas anfängliche Unsicherheit wich einem Gefühl, das eine Mischung aus Angst und Verzweiflung war. Ihr Gesicht nahm einen weinerlichen Ausdruck an, die Augenbrauen zogen sich zusammen. Sie näherte sich dem Ersten Wächter zwei weitere Schritte, bis sie direkt vor ihm stand. Eleeya blickte zu ihm hoch und flüsterte: »Wie lange?«

Sie stand mehrere Sekunden ohne jede Regung, dann hob der Erste seine Hände und fasste Eleeya bei den Schultern.

Er schaute ihr tief in die Augen und sagte: »Ein Jahr! Es dauert nicht mehr ganz ein Jahr, mein Mädchen!«

Eleeya zuckte zusammen und drehte sich mit offenem Mund zu Azrael um. Ihr Blick wanderte zurück zum Ersten, als erhoffte sie eine andere Antwort. Tränen stiegen in ihre Augen.

»Ein Jahr?« Ihre Ohren legten sich eng nach hinten an und ihre Stimme wurde weinerlich. »Das schaffe ich nicht, Vater. Das kann ich nicht. Das ist zu viel.« Tränen rollten über ihre Wangen, als sie ihm erneut ins Gesicht schaute.

»Ich bin dem gar nicht gewachsen«, weinte sie und ihr Blick wanderte zu Azrael.

Der hatte sein Gesicht zu einer nachdenklichen Grimasse verzogen und biss sich auf die Unterlippe.

Sie spürte einen leichten Druck an den Schultern.

»Oh doch, mein Mädchen«, war die sanfte Stimme zu hören. Du kannst das.« Sie spürte eine leichte Berührung unter ihrem Kinn und sah, wie sich Vaters offene Hand unter ihr Kinn schob. Die Berührung wurde stärker und schien ihr Kinn anzuheben.

»Ich war noch niemals so sicher wie bei dir. Das ist übrigens auch der Grund, warum du den Auftrag erhalten hast. Und dann will ich dir noch was sagen. Die Reproduktion einer Matrix, wie du es vorhin gemacht hast, hat vor dir noch keiner im Alter unter fünfzehn geschafft. Und du bist erst mal gerade elf«, lächelte er und klopfte auf ihre rechte Schulter.

Ein Blinzeln ging durch Eleeyas Gesicht, als sie sagte: »Ich bin elf-dreiviertel. Bald bin ich schon zwölf!«

»Soo?«, schmunzelte der Erste. »Ja, tatsächlich, du hast Recht. Na, das verbessert das Ganze ja nochmals.«

»He, Schwesterchen, los, auf, wisch dir dein Gesicht ab.« Azrael bewegte sich auf Eleeya zu. »Wenn Dad sagt, du schaffst das ohne Probleme, dann schaffst du das auch«, sagte er und schlenderte so dicht an Eleeya vorbei, dass er sie mit dem Ellbogen anstieß. Er zwinkerte dem Ersten zu, was Eleeya nicht mitbekam.

»Aua, du hast mich angerempelt«, empörte sie sich.

Azrael lächelte dem Ersten zu.

»Warum stehst du mir auch im Weg rum? Du bist einfach zu langsam. Du musst vorausahnen, dass du im Weg stehst. Und dann einfach ausweichen, klar?«

»Vater, hast du gesehen, was Azrael gerade gemacht hat?«

»Was denn, mein Mädchen?«

»Er hat mich absichtlich fast umgeworfen.«

»Aah, das hat er bestimmt nicht extra gemacht. Azrael, sei brav zu ihr.«

Azrael schaute grinsend zurück. »So, Schwesterchen, jetzt halte Dad nicht auf, er hat noch eine Menge zu erledigen. Und für uns wird es auch Zeit, anzufangen.«

»Anfangen? Aber die Sonne geht unter. Es ist schon spät.«

»Nun hör mal, hast du nicht eben selbst gesagt, dass du schon fast zwölf bist? Und dann darf man länger aufbleiben. Stimmt doch, Dad, oder?«

Der Erste winkte, schief lächelnd, mit der Hand ab. »Hör zu, Eleeya. Ihr müsst ab sofort schon ein wenig mehr üben.« Er sah sie an und legte den Kopf schief. »Aber ich weiß, dass du das locker schaffst.« Er blinzelte ihr zu und ergänzte dann: »Und ich passe schon auf, damit Azrael es nicht übertreibt. Einverstanden?«

»Mhhhm ...«, kam es zurück.

»Du übertriffst in der Tat alle Erwartungen, die wir hatten«, winkte Vater zum Abschied. Ein Flackern durchzog das Abbild des Ersten Wächters, das sich schnell verflüchtigte.

Schwarzes Meer, 11 000 Fuß über Grund

»DOWN-Staffel, macht euch fertig, wir tauchen ab auf mein Kommando. Im Abstand von zehn Sekunden folgt die nächste Maschine. Sinkrate 20 Fuß pro Sekunde. Es dürfte unterwegs nichts Ungewöhnliches geben, achtet aber trotzdem auf euer Radar. DAYWALKER Ende.«

Mika justierte den Autopiloten und leitete das computergesteuerte Abtauchmanöver ein. Seine Augen verfolgten die Anzeigen der Multifunktionsinstrumente.

»Ich hab Hunger, Amigo«, sagte Carlos und fing an, mit der Hand nach unten zu greifen.

Umständlich erreichte er seinen rechten Unterschenkel. Ohne den Blick von den Instrumenten abzuwenden, ertastete seine Hand schließlich den Klettverschluss seiner rechten Beintasche. Wie schon in den Anfangszeiten der Fliegerei wurde hier das verstaut, was man als Notverpflegung kannte. In der Regel handelte es sich um einige sehr nahrhafte Konzentratwürfel, Wasserreinigungstabletten und Ähnliches.

»Ich kann nicht verstehen, dass du jetzt ans Essen denken kannst«, entgegnete Mika.

»Jetzt hör mal zu! Wenn ich Hunger habe, kann ich mich nicht konzentrieren. Und wenn ich mich nicht auf meinen Job konzentrieren kann, weil mich etwas ablenkt, werde ich irgendwie stinkig, o. k.?«

»Hmmm.«

Carlos fingerte ein goldfarbenes Päckchen heraus, etwa halb so dick wie eine Zigarettenschachtel.

»Auch was?«

»Was ist?«

»Ob du auch was zum Essen magst«, wiederholte Carlos.

»Also, ich finde das unmöglich, dass du jetzt hier anfängst, das Cockpit voll zu krümeln und dergleichen. Warte doch bis nachher.«

»Ja oder nein?«

Eine kurze Gedenkpause folgte.

»Ja, ist gut«, kam als endgültige Antwort.

Carlos öffnete die Folienverpackung. Der Inhalt wurde sichtbar: zwei Schokoriegel.

Mit der linken Hand öffnete Carlos den Verschluss seiner Sauerstoffmaske, schob sich einen Schokoriegel in den Mund und reichte die Verpackung mit dem verbliebenen Riegel nach vorne.

»Hier, Amigo«, und streckte seinen Arm so gut es ging nach vorne über den Rand der Martin-Baker-Schleudersitze.

Mika streckte seine Hand nach hinten, ohne sich umzudrehen.

Carlos streckte seine Hand mit dem Schokoriegel nach vorne. Es fehlte nicht mehr viel, dann würde er ihn erreichen können. Doch die Gurte hielten ihn fest an seinem Sitz gefesselt. Er versuchte es nochmals, indem er sich mit vollem Schwung nach vorne reckte, um von den Gurten unsanft festgehalten zu werden. Nochmals und nochmals.

»Aahhh ... hmhh ... ohhh ...«, hörte Mika Carlos ächzen.

»Alles klar bei dir, Kumpel?«

»Mist ... ich komm nicht dran ...«

»Warte, ich werfe ihn nach vorne«, entgegnete Carlos.

»Nein, nicht, warte noch«, rief Mika, doch Carlos war schneller.

Er warf die kleine Packung einfach in hohem Bogen nach vorne. Doch anstelle in Mikas Schoß zu landen, knallte sie wie eine kleine Billardkugel erst oben an das Glas der Kanzel, prallte an das Sonnenvisier von Mikas Helm und fiel auf den Boden des Cockpits.

»Na toll, Kumpel, super gemacht! Ich sage extra noch WARTE, doch nein, der Herr konnte wieder nicht warten. Und wie soll ich da jetzt rankommen? Oh, kleinen Moment, ich hab's gleich«, war zu hören.

Mika übersteuerte mit einem kurzen Druck des Sticks und einem schnellen Rechts-Links-Tritt in die Pedale den Autopiloten. Eine halbe Sekunde später flog der Jet in Rückenlage.

Es machte ein leises Kla-Tack, und Mika sah den Schokoriegel über sich am Canopy kleben. Er griff danach und sagte dann: »Gut, hab ihn.«

Ein Ruck, und der Typhoon flog wieder in normaler Fluglage.

Mika begann nun ebenfalls, auf dem Riegel herumzukauen. Er wurde ein wenig stutzig. »Sag mal, wo hast du die Dinger denn eigentlich her?«, fragte er.

»Gell, die sind gut!«, erwiderte Carlos stolz. »Weißt du, die habe ich von meinem slowenischen Zwischenhändler! Und echt günstig. Fünfhundert Stück für achtzig Euro. Ein Wahnsinnsschnäppchen. Es kommt zwar mal vor, dass der eine oder andere schon etwas zäher ist, aber das macht nichts.«

»Mhhm«, antwortete Mika und betrachtete nachdenklich den roten Schriftzug auf goldenem Grund:

Der Doppelkeks,
umhüllt von feiner Vollmilch-Schokolade –
RAIDER

Erste Wolkenfetzen sausten am Typhoon vorbei und auch schon im selben Moment waren Turbulenzen spürbar.

»So, es geht los. Könnte etwas unruhig werden«, gab Mika durch.

»Mhhm ... dasch ischt Oh-Köh«, war schmatzend zu

hören.

Das Rütteln wurde stärker und hin und wieder war ein kurzes Aufheulen der Triebwerke zu vernehmen. Wieder ein Rucken, dann ein sehr heftiger Schlag.

»Uhh, das geht ordentlich ab.«

»Mhhm ...«

Es dauerte keine zwei Minuten, dann durchbrach der Typhoon die untere Wolkenfront. Der sonnige Streifen am Horizont war verschwunden. Eine geschlossene Wolkendecke bedeckte den Himmel. Es herrschte eine bedrohliche Stimmung. Starkes Wetterleuchten erhellte den Himmel und beleuchtete kaum erkennbare Rinnsale auf dem Canopy.

»He, dein Lieblingswetter«, frohlockte Mika.

»Hör nur auf«, antwortete Carlos grimmig. »Übrigens, kannst du dir vorstellen, bei so einem Wetter mit zwei Chicks unterwegs zu sein, und dann ...«

Mika verdrehte die Augen. Er ahnte, welche Story jetzt wieder käme.

Im Rückspiegel sah er hinter ihnen die Positionslampen des zweiten Typhoons aus der dichten Wolkendecke gleiten. In einiger Entfernung zu seiner Rechten war wieder das Wetterleuchten zu beobachten. Mika blickte nach links aus dem tief geschnittenen Cockpit.

Da unten war Wasser. Nichts als Wasser.

Verdeckt von einigen Wolkenfetzen erstreckte sich eine bis zum Horizont reichende Wasserfläche, wo eigentlich Land sein sollte.

»Das unter uns könnte bereits das Schwartsche Meer sein!« Carlos hatte immer noch mit der zähen Karamellfüllung zu kämpfen.

»Ja, das sehe ich auch. Aber das sollte es nicht. Unseren Instrumenten zufolge sind es noch einige hundert Kilometer. Es sei denn ...«, ließ er den Satz unbeendet.

»He, du hast dich doch nicht etwa verflogen, oder? Ich meine, ich kann dich doch nicht dauernd kontrollieren.«

Carlos' Gedanken kehrten zu dem kleinen »Zwischenfall« vor fünf Wochen zurück. »Ruck, zuck sind wir wieder fünfhundert Meilen vom Kurs ab.«

»Ich glaube nicht, dass uns Flightcontrol diese Geschichte zweimal hintereinander abkauft. Aber im Ernst, Carlos. Was geht hier ab? Was zeigt denn die Radaranzeige?«

Carlos schaute nochmals auf das mittlere DISPLAY. »Hey«, staunte Carlos, »im Moment geht gar nichts. Ich spiele mal ein paar andere Einstellungen durch.«

Mika kannte die diversen Justiermöglichkeiten des Bordradars selbst in- und auswendig. »Ja, und, was gibt's?«

Carlos änderte noch einige Einstellungen. »Hm, warte, hier geschieht gerade etwas. Also, das ist mehr als seltsam. Ob du es glaubst oder nicht, langsam kann ich wieder mehr erkennen. Es ist noch immer sehr schwach, aber ich sehe verschiedene zivile Maschinen, einige Vogelschwärme und ganz schwach unsere Staffel über den Wolken. Zwar sind die Signalwerte sehr unterschiedlich, die Reichweite ist nur sehr gering, aber es funktioniert wieder.«

»Seltsam. Ich sehe es jetzt auch. Noch vor einer Minute erhielten wir nur blindes Rauschen.«

Er aktivierte das Com: »DAYWALKER an gesamte Staffel. Schalten Sie Ihr Radar um auf das Betawellen-Band. In diesem Sektor scheint es wieder einigermaßen zu funktionieren.«

Es dauerte keine zehn Sekunden, dann meldeten sich schon die Ersten. »DAYWALKER, hier SCOOP. Ich kann den Radarempfang bestätigen. Roger.«

»Hier CRAWLER, bestätige ebenfalls Funktion.«

»DAYWALKER, hier MADANDY. Ich muss euch enttäuschen, doch unser Radar bleibt blind. Es empfängt nur ein paar wilde Blips, die in raschem Tempo kommen und gehen.«

»Hier TOPPER, bei uns gibt es ebenfalls keine

Änderung.«

»Gesamte Staffel, hier ist RAZOR. Bin gerade beim Abtauchen durch die Wolkendecke. Ich kann bereits erkennen, dass verschiedene Blips nach und nach eine Signatur bekommen. Sie springen zwar noch sehr stark und sind kaum zu gebrauchen, aber es sieht aus, als würde das Bild stabiler werden.«

Zahlreiche Funksprüche in ähnlicher Art folgten.

In Mika verstärkte sich ein bestimmter Verdacht.

»DOWN-Staffel, hier DAYWALKER. Ich werde mal was versuchen. Mir nicht folgen, ihr haltet weiterhin Kurs und Höhe. Ende.«

»Carlos, halte mal das Radar im Auge.« Mika deaktivierte den Autopiloten und drückte den Stick sacht nach vorne. Sofort begann der Typhoon einen Sinkflug einzuleiten. Die Geschwindigkeit betrug annähernd zweifache Schallgeschwindigkeit.

Trotz des geringen Fallwinkels verlor der Typhoon rasch an Höhe.

»Ich fasse es nicht«, meldete sich Carlos, »das Bild wird stabiler. Und ... warte mal kurz ... ja, auch die Reichweite vergrößert sich. Je weiter wir von dieser Wolkendecke wegkommen, desto stabiler arbeitet das Radar. Woher hast du das gewusst?«

Mika kontrollierte ebenfalls die Radaranzeige im linken DISPLAY. »Gewusst hab ich's nicht, eher irgendwie geahnt. Ich gehe mal bis auf 50 Fuß runter.«

»Ja, ist gut.«

Als der Typhoon nur noch einhundert Meter über der Wasseroberfläche war, zog Mika den Stick rasch zu sich heran. Der Typhoon stellte die Nase auf, fiel aber aufgrund der Trägheit noch einige Meter weiter. Sanft ließ Mika den Stick wieder in die neutrale Stellung zurückgehen und nahm minimal den Schub zurück.

Langsam näherte sich der Jet der Wasseroberfläche. Das Flightcontrol-System erkannte sofort einen kritischen

Zustand und aktivierte die weibliche Stimme der Bordelektronik, um entsprechende akustische Warnungen auszugeben. »PULL UP! PULL UP! PULL UP!«, erklang die fordernde Stimme. Gleichzeitig erklangen wieder die Warnsummer, begleitet von rotem Blinken.

»Ooh, halt doch den Mund«, stöhnte Mika und deaktivierte die Warnungen durch einen kurzen Bestätigungsdruck.

Niemand wusste so genau, warum man eine weibliche Stimme zur Wiedergabe der Warnmeldungen gewählt hatte. Einige sagen, dass dieser nervige, nörgelnde Tonfall eine erhöhte Aufmerksamkeit bewirkt. Andere behaupten das genaue Gegenteil. In jedem Fall hatte die unbekannte Lady sehr schnell ihren Namen erhalten: Nörgelnde Nora!

In einer Höhe von fünfzehn Metern stabilisierte Mika den Sinkflug. Die hohe Geschwindigkeit verursachte neben den Turbulenzen hinter dem Kampfjet eine starke Sogwirkung. Hinter dem Typhoon schoss eine fast fünfzig Meter hohe Wasserfontäne aus der Oberfläche empor und bildete eine stehende Mauer, die dem Typhoon folgte.

»Und?«, fragte Mika. Es blieb still im Kopfhörer, nur der kleine MP5-Player speiste seine Hits ins Interlink.

»Es funktioniert. Sehr gut sogar«, kam nach einigen Sekunden. Richte doch mal die Scankeule neu aus. Elevation auf 1880, Azimut auf 930. Erfassungswinkel fünf Grad.«

Mika justierte mit geübten Fingern das Tacan-Radar neu aus. Langsam zeichnete sich ein neues Bild ab. Mikas Augen wurden größer. Für eine Sekunde hatte er keine Worte. Was er sah, ließ ihn erstarren.

»Carlos,« rief er, »Speicher die Radaraufzeichnungen sofort ab. Erstell eine interpolierte Ansicht und übertrage die Werte an die Staffel.«

Währenddessen begann er bereits, den Typhoon steil nach oben zu ziehen.

»Gesamte Staffel, hier DAYWALKER. Wir haben

Kontakt. Ab sofort herrscht Alarmstufe ROT. Unser Langstreckenscanner hat einen größeren Pulk unbekannter Flugmaschinen ausgemacht. Sie befinden sich in einer Entfernung von etwa vierhundertachtzig Kilometern und bewegen sich mit Unterschall. Das bedeutet, dass wir in etwa acht bis zehn Minuten visuellen Kontakt haben werden. Wir konnten in etwa fünfzig Maschinen ausmachen, doch die Ortung ist zu ungenau, da sie wahrscheinlich einen sehr geringen Abstand untereinander haben.«

»Hier UP-Staffel«, meldete sich MADANDY. »Warum sehen wir nichts auf dem Radar?«

»Keine Ahnung, ich vermute, es hängt mit der Wolke zusammen. Aber das Warum spielt jetzt keine Rolle. Ihr werdet meine Daten gleich erhalten.«

»War anfangs nicht von circa fünfunddreißig Zielen die Rede?«

»Dachte ich auch. Scheinbar haben die anderen Jungs es sich anders überlegt und noch ein paar oben draufgesetzt. Es kann aber sehr wahrscheinlich sein, dass nicht alle Flugzeuge eine A-Bombe an Bord haben. Der Rest könnte Begleitschutz sein.«

»Na gut, ein paar mehr oder weniger macht auch nichts. Wir können ja teilen.«

»Oh, nett von dir«, grinste Mika. »So, Jungs, aufpassen. Wir werden euch ein virtuelles Signal übermitteln, das der Bordcomputer dann auswertet. Wenn unser Feind nicht eine extreme Kursänderung durchführt, sollte das ausreichen, damit euer Radar das Ziel interpolieren kann. Haltet in jedem Fall die Augen auf. Es wird keine weitere Zielabsprache geben. Ich sage es noch mal: Jeder kämpft für sich. Greift euch, was ihr kriegen könnt. Feuer frei nach eigenem Ermessen.«

Mika grinste.

»MADANDY, vergiss das Mitzählen nicht!«

Zwischenwelt, früh am Morgen

Mit wehendem Mantel stand Azrael mit dem Rücken zum Canyon und blickte auf das tiefgrüne Meer hinaus. Dann drehte er sich ruckartig um und warf die Arme nach oben.

»Nein, du machst es falsch«, tobte er. »Ich sage es dir zum hundertsten Mal. Du wünschst es dir zu sehr. Du bist in Gedanken nicht selbstlos.«

Es war immer noch ziemlich frisch an diesem Morgen. Denaan war bereits seit einiger Zeit am Himmel, doch durch die dichte Schicht aus Wolken und Nebel war nur ein schwach leuchtender Fleck zu sehen. Die kalte Jahreszeit war diesmal sehr anhaltend gewesen und brachte auf der Hochebene sogar etwas Schnee. Doch man merkte, dass sich die Vegetation bereits auf die wärmere Jahreszeit eingestellt hatte.

Azrael blickte über seine rechte Schulter. Sein Blick wanderte die Steilfront des Hochplateaus hinauf, auf deren zahlreichen Absätzen immer noch etwas Schnee lag.

Mit großen Schritten ging er auf den am Boden liegenden Kadaver zu, der entfernt Ähnlichkeit mit einem Säugetier hatte. Es war mehr eine Art halbflüssiger Zellhaufen, aus dem fünf unterschiedlich ausgebildete Armstümpfe ragten. Zwei riesige, teilweise ineinander verschmolzene Gebisse zierten den feucht schimmernden Rücken des flunderförmigen Experiments.

»Und nun das hier. Schau dir das an«, rief er und trat mit dem rechten Fuß gegen den organischen Haufen. Wie ein Gelatineklumpen wabbelte das unförmige Etwas mehrfach, bis es wieder zur Ruhe fand. Er warf die rechte Hand hoch, die Handfläche ausgestreckt. Dann knickte er einfach seine Hand im Gelenk etwas ab und deutete dadurch von oben herab auf den Klumpen.

»Ich predige es dir immer und immer wieder. Warum tue ich das hier. Es ist reine Zeitverschwendung. Hörst du mir eigentlich überhaupt noch zu?«

Eleeya würdigte Azrael mit keinem Blick. Sie stand einfach teilnahmslos da und zog das lange Kapuzencape enger um sich. Man merkte ihr an, dass sie fror. Ihr Blick war aufs Meer gerichtet.

»HE, ELEEYA ...!«

Langsam blinzelte Eleeya und drehte sich wie in Zeitlupe zu Azrael um. Sie legte einen etwas verwirrten Gesichtsausdruck auf.

»Hmm? Was ...?« Sie zog die Augenbrauen zusammen. Ihre Ohren stellten sich seitlich ab, als sie den Kopf leicht neigte.

»Oh, entschuldige, Brüderchen, ich habe nicht zugehört. Kannst du das bitte vielleicht noch mal wiederholen?«

Azrael stapfte auf sie zu und blieb einen halben Meter vor ihr stehen. Eleeya reichte ihm mittlerweile bis fast an die Schulter. Wie alt war sie inzwischen? Elf, oder vielleicht schon zwölf? Er wusste es nicht mehr genau.

Die Brise, die vom Meer herüberwehte und nun wärmere Luft herantrug, ließ ihr schulterlanges weißes Haar wehen. Eleeya strich sich eine größere Strähne, die ihr immer wieder ins Gesicht wedelte, hinter ihr Ohr und legte es eng an den Kopf an. Sofort hielt die Strähne wie mit einer kleinen Spange befestigt. Sie schob ihr Kinn vor, legte den Kopf schief und schaute ihn mit einem Grinsen an.

Azrael schnaufte innerlich. Schon öfters in letzter Zeit hatte sie sich solche Sachen einfallen lassen, die ihn zur Weißglut trieben. Früher war sie durch seine Wutausbrüche sehr eingeschüchtert geworden und hatte oft sogar mit den

Tränen kämpfen müssen.

Doch in den letzten Jahren hatte sich ihr Charakter stark geändert. Ja, gewiss, sie war stärker geworden. Aber Azrael war in erster Linie aufgefallen, wie trotzig und launig sie bei solchen Gelegenheiten wurde. Irgendwie verstand sie es immer besser, seine Wut gegen ihn selber zu lenken. Doch diesmal sollte sie damit kein Glück haben. Er konnte sich auch anpassen. Ja, damit würde sie nicht rechnen. Azrael kochte.

Er legte ein zuckersüßes Lächeln auf und sagte in leisem Ton: »Schau mal, ich versuche doch nur, dir zu helfen.« Azrael legte beide Hände auf ihre Schultern.

»Ich weiß ja, wie schwer du es hast.« Innerlich biss er sich fast die Zunge ab. Auch er legte den Kopf leicht schief und säuselte: »Ich kenne keinen, der so gut ist wie du. Du machst das ganz fantastisch – wirklich!«

Der erwartete Effekt trat ein. Eleeya fühlte sich nämlich gar nicht mehr der momentanen Situation gewachsen. Mit Wut und Schnauzereien kam sie mittlerweile gut zurecht. Was konnte er ihr dann schon? Er wollte doch etwas von ihr. Und wenn sie nicht das lernen konnte, was Vater ihnen aufgetragen hatte, würde es auch auf ihn zurückfallen. Also!

Azrael senkte den Kopf und sah sie lächelnd an. »Schwesterchen, glaub mir, ich habe schon viele unterrichtet. Und ich habe eine Menge gesehen. Aber ganz im Ernst, alles, was du hier vollbringst, lässt sich mit keinem Maßstab mehr messen!«

Jetzt nur nicht übertreiben, dachte er.

Eleeya war verwirrt. Sie öffnete den Mund, als ob sie etwas sagen wollte.

Azrael fuhr fort: »Aber ich weiß, dass du es besser kannst. Noch viel besser. Ich habe blindes Vertrauen in dich.«

Eleeya blickte kurz zur Seite, dann fixierte sie wieder Azraels Augen. »Aber ...«, begann sie, »aber ich habe doch genau gemacht, was du gesagt hast.« Mit einem Mal war ihr gesamtes gleichgültiges Verhalten gewichen. Auch sie benutzte jetzt beide Hände und begann, ihre hervorsprudelnden Worte zu unterstreichen.

»Die Zeitverteilung habe ich exakt überprüft. Die verschiedenen Strömungen im Chi-Fluss habe ich keinen Moment aus den Augen verloren. Ich wollte alles so richtig machen. Ich habe sogar verschiedene Zwischeninterpolationen durchgeführt ...«

»Was hast du«, fragte Azrael zart, immer noch lächelnd.

»Na, ich habe zwischendurch die Matrix in unterschiedlichen Varianten überprüft, damit auch ja alles funktioniert.«

Azrael sah sie schweigend an. Seine Gedanken rasten. »Das habe ich noch nie gemacht«, dachte er. »KEINER hat so etwas bisher versucht!«

Er erwachte aus seiner Starre und wiegte ganz leicht ihre Schultern vor und zurück, dann zupfte er kurz an einer Haarsträhne.

»Ja, Kleine. Ich glaube, genau das ist es.« Er ließ sie los und sein flimmerndes Erscheinungsbild schritt einfach durch sie hindurch. Er ging noch ein paar Meter weiter, als Eleeya sich zu ihm umdrehte und fragte:

»Was meinst du? Was ist was?«

Azrael blieb stehen. Sein langes Haar war am oberen Hinterkopf beginnend zu einem Zopf geflochten, in dem mehrere metallene und lederne Verzierungen eingearbeitet waren. Ein sehr breites, purpurnes Band war wie ein Schal mehrfach um seine Schultern geschwungen und hing an den Enden trotzdem noch fast bis an die Waden herab.

Darunter trug er eine lange Tunika in einem ähnlichen, etwas helleren Farbton. Verschiedene dunkelbraune Lederverstärkungen, die an Schultern, Unterarmen und im Brustbereich angebracht waren, wirkten wie eine Art Rüstung. Aufwendige Verzierungen aus Messing und einem schwarzen, glänzenden Material schmückten die

Lederverstärkungen.

Azrael stellte sich breitbeinig hin und verschränkte kurz die Arme. Aus dieser Bewegung heraus griff er sich mit der rechten Hand nachdenklich ans Kinn. »Ja, ich glaube, das ist der Grund. Du möchtest es perfekt machen, nicht wahr?«

Eleeya war immer noch verunsichert und vermutete eine Fangfrage dahinter. Daher sagte sie nichts und hörte einfach weiter zu, innerlich lauernd, ob nicht doch der nächste Ausbruch bevorstand.

»Du weißt, was du kannst. Das mit der Zwischeninterpolation habe ich übrigens vorher noch nie gehört«, lächelte er. »Ich wusste gar nicht, dass so etwas an dieser Stelle geht. Nicht übel – für einen Anfänger!« Verdammt, warum hatte er so etwas vorher nie versucht?

Eleeya wurde verlegen und begann ebenfalls zu lächeln.

»Aber schau, Schwesterchen, genau da fängt das Problem an. Du versuchst, das alles perfekt zu machen. Du möchtest alles im Griff haben. Du möchtest den Fluss so steuern, wie du es gelernt hast.«

Azrael drehte die Handflächen nach oben. »Eleeya, siehst du es denn nicht?« Azrael strahlte sie an.

»Du hast alle Fähigkeiten, die notwendig sind. Aber du hast den selbstlosen Weg vergessen. Du versuchst, alles immer unter Kontrolle zu halten. Und genau das führt zu deinem Scheitern. Wir haben zu viel gelernt und das Wesentliche wieder außer Acht gelassen. Besinn dich doch nochmals auf die Anfänge deiner Ausbildung.

Konzentriere dich mit jeder Faser auf deine Aufgabe. Schau sie dir in Gedanken genau an. Ganz genau – aus jeder erdenklichen Richtung. Achte auf jedes Detail. Bleib hierbei ganz neutral. Nicht werten, nicht beurteilen, nicht kommentieren – nur beobachten. Nimm alles auf, was ist – und dann lasse los!

Übergib dich dem Fluss. Versuche nicht selbst, etwas zu regeln. Es wird dich regeln. Du bleibst einfach nur als

Beobachter zurück, der sich des Beobachtens nicht mehr bewusst ist.

Es gibt dann niemanden mehr, der beobachten kann, und auch nichts mehr, was beobachtet werden kann. Alles ist eins. Und es geschieht einfach.«

Eleeya wusste genau, was Azrael meinte. Konnte es wirklich sein, dass ...?

Ihre Gedanken begannen zu kreisen. In der Tat hatte Azrael Recht, sie wusste wirklich die ganzen Details, kannte sie sogar in- und auswendig. Und bei den normalen Übungen klappte alles tadellos. Azrael war davon sehr überzeugt. Ja, da strengte sie sich auch gar nicht mehr an, das ging einfach von selbst. Fast ohne ihr Zutun. Aber immer dann, wenn sie etwas besonders gut machen wollte!

Lächelnd hob sie ihren Kopf. »Ich glaube, ich weiß, was du meinst.«

Azrael sah aufmerksam zurück. »Und? Hab ich es dir nicht schon tausendmal gesagt?« Er zeigte ein strahlendes Lächeln.

»Ja, schon, doch diesmal bist du so ... so ...«, Eleeya suchte nach Worten, »... so nett! Und du erklärst es auch so schön!«

Azrael stand da und präsentierte weiße Zähne. Er musste aufpassen, dass daraus keine Grimasse wurde.

Nett! Ja, nett wollte er schon immer sein, ging ihm ironisch gemeint durch den Sinn. Er schenkte Eleeya ein kurzes Nicken, gefolgt von einem Schulterzucken. »Jetzt nur nichts kaputtmachen«, dachte er.

»Na, was meinst du? Wollen wir es noch mal versuchen? Ich bin sicher, du schaffst es ohne Probleme«, versicherte Azrael.

Eleeya strahlte.

In diesem Moment lichtete sich der Nebelvorhang und ließ Uvellars wärmende Strahlen durch. Denaan bereitete sich bereits auf das alljährliche Himmelsphänomen vor, das den symbolischen Übergang in die warme Zeit einleitete.

An zwei Tagen im Jahr schob sich die kleinere der beiden Sonnen vor ihren größeren Begleiter und erzeugte fantastische Leuchterscheinungen. Für zwei Tage wurde das gesamte Schellmaar-Massiv in ein unwirkliches gelbviolettes Licht getaucht.

Eleeya schaute blinzelnd in den Himmel. Neun Mal hatte sie bereits schon dieses Schauspiel gesehen, doch diesmal war etwas anders.

Uvellar schien fast doppelt so groß zu sein. Dadurch stand Denaans bläuliche Scheibe bereits jetzt schon innerhalb Uvellars roter Fläche. Das Rot erschien wesentlich intensiver und leuchtender als sonst.

Eleeya hielt als Blendschutz die Hand vor die Augen und blinzelte zwischen einem winzigen Spalt zwischen den Fingern auf die beiden Sonnen.

»Azrael, sieh mal«, sagte sie. Azrael hatte den Blick bereits ungeschützt auf die beiden Sonnen gerichtet. Er erkannte, dass Denaans blaues Licht flackerte.

Er ermittelte den Wert mit Hilfe einiger Zell-Resonanz-Vergleiche. Das Thetaband erreichte eine Frequenz von fünfzehntausend Schwingungen in der Minute. Die umgekehrte Vereinigung hatte bereits eingesetzt. Azrael wusste, was dies zu bedeuten hatte. Zeitgleich beriet er sich mit den Wächtern und informierte sie über die entsprechenden Entwicklungen.

AI

»Die Chi-Fluktuation setzt bereits ein. Die temporale Verwerfung hinterlässt bereits ihre Spuren«, erklärte der Zweite Wächter.

»Wir haben nicht so bald damit gerechnet, Talan. Können wir den YIN-Part überhaupt so weit isolieren?«, fragte Larc. »Im Prinzip haben wir immer noch einige CHI-Reserven bei Eins-Null-Drei. Ich möchte aber nicht darauf zurückgreifen. Wie groß ist der Meridiandurchfluss im Moment?«

Der Erste Wächter blickte in die Runde.

Talan schaute ungläubig auf die gedankliche Anzeige. Ein grimmiges Lächeln überflog sein Gesicht.

»Ich hatte ihn vorhin erst kontrolliert«, erwiderte er, »doch er ist innerhalb der letzten zwei Einheiten auf zweiunddreißig rot gestiegen.«

Der Erste nickte erneut. »Das sollte ausreichen.«

Zwischenwelt

Azrael sah zu Eleeya. »Ich befürchte, es gibt keinen neuen Versuch«, sagte er mit ernstem Ton.

Eleeya erkannte, dass irgendetwas sich verändert hatte. Auch ihr Lächeln zog sich zurück. »Was ist geschehen, Azrael?«

»Etwas Wichtiges«, doch die Antwort kam nicht von Azrael.

Eleeya drehte sich um.

»Vater!«, grinste sie und lief auf ihn zu. Der Erste Wächter strahlte eine besondere Ruhe aus. Aus sanften Augen blickte er Eleeya an, ein schmales Lächeln spiegelte sich auf seinen Lippen.

»Es ist so weit, mein Mädchen. Deine Ausbildung ist nun beendet. Dein Auftrag beginnt.«

Eleeya blieb wie angewurzelt stehen. Wie lange hatte sie bereits versucht, sich diesen Augenblick vorzustellen. Wahrscheinlich würde es etwas ganz Besonderes sein. Jahrelang hatte sie gelernt und sich auf diesen Moment vorbereitet. Ihr ganzes bisheriges Leben auf Zwischenwelt diente nur einer einzigen Aufgabe, und zwar der Erfüllung ihres Auftrages. Innerlich fieberte sie immer wieder diesem Auftrag entgegen, doch nun war es so weit. Sie wusste, dass ihre Ausbildung im letzten Jahr war, doch dass es so rasch geschehen würde, hatte sie nicht gedacht.

Und es war ganz anders, als sie es sich in unterschiedlichen Visionen vorgestellt hatte. Nichts fieberte in ihr. Nichts erschien ihr ganz besonders, überragend, einzigartig. Es war kein ganz besonderer Moment. Es war alles ganz vertraut, so normal, so gewöhnlich.

Sie nickte dem Ersten zu. »Wann?«, fragte sie knapp.

Der Erste streckte beide Arme nach vorne, um ihre Hände zu ergreifen. Dann erwiderte er ruhig: »Morgen. Morgen früh.«

Eleeya war selbst überrascht von ihrer inneren Ruhe. Gelassen nickte sie ihrem Vater zu. Dann wanderte ihr Blick wieder hoch zu Denaan, die das Tjadoor-Tal in ihr blaues Licht tauchte. Der Blick des Ersten folgte Eleeya.

Er erinnerte sich an eine Zeit, die fast schon unmessbar lange zurücklag. An einen Abend, an dem Denaan schon einmal dieses Licht gezeigt hatte. In seinen Augen spiegelte sich etwas wie Sehnsucht und Traurigkeit. Nach einigen Sekunden löste sich sein Blick und richtete sich wieder auf Eleeya. Die Augen des Ersten blitzten und das bekannte Lächeln kehrte zurück auf sein Gesicht.

»Eleeya, mein Mädchen, komm, setz dich zu mir. Es ist Zeit, dir mehr zu erzählen. Ich werde dir heute Abend sagen, was genau dein Auftrag ist. Ich werde dir nichts darüber erzählen, wie du es zu machen hast. Alles, was dazu notwendig ist, weißt du bereits. Dann ist es deine Entscheidung, was du tun wirst.«

Waypoint 12, Schwarzes Meer, 11 000 Fuß Höhe über Grund

Auftrag: Waypoint passieren – Besonderheiten sind nicht zu erwarten.

»O. k., Amigo, alle Offensiv- und Defensiv-Waffensysteme sind bereit. ASRAAM, AMRAAM, GUN sowie CHAFF und FLAIR. Kümmere du dich nur um das Fliegen und überlass diesmal die Waffen mir alleine.« Carlos' Tonfall war sehr bestimmend geworden.

Mika versuchte, Carlos ein wenig aufzuziehen. »Ja, aber ich möchte auch etwas Spaß haben ...«

»Vergiss es, du bist noch nicht so weit«, feixte Carlos.

Immer wieder wanderte Mikas Blick zur Radaranzeige, um die aktuelle Entfernung zum Ziel abzulesen. Sofort danach wanderte sein Blick über den vorderen Himmel, ob nicht doch schon etwas zu erkennen war.

Anders als in den älteren Luftkämpfen war nun die Kampfentfernung für die Luft-Luft-Waffensysteme so groß, dass das feindliche Flugzeug nur als winziger Fleck auszumachen war, wenn überhaupt. Sollte man die feindliche Maschine deutlich sehen, war es bereits schon viel zu spät.

Daher zählten frühzeitige und korrekte Auswertungsdaten durch Radar und Infrarot.

»Entfernung noch einhundertzwanzig Kilometer«, sagte Mika. »Kannst du irgendwas anderes erkennen?«

»Negativ«, war die knappe Antwort. Carlos spielte wie wild mit den Radarscannern und ging mehrere Anzeigeformate durch. »Das Signal wird deutlicher, einzelne Blips werden vom Waffenkontrollcomputer bereits erkannt und zugeordnet. Einhundertzehn Kilometer.«

Mika aktivierte das Com: »UP- und DOWN-Staffel, reduzieren Sie die Geschwindigkeit auf Unterschall. Abstände beibehalten. Ich möchte nicht, dass wir aus Versehen mit einem Schlag am gesamten Feindgeschwader vorbeifliegen.« In seiner Stimme war deutlich sein Hass zu hören. »Abstand noch einhundert Kilometer. Also, runter vom Gas und Augen auf. Viel Glück. DAYWALKER Ende.«

»Das ist er also jetzt«, dachte Mika, »der Moment. Der Moment, auf den ich seit so langer Zeit gewartet habe.«

Abstand neunzig Kilometer. Mikas Blick wanderte suchend über den Himmel.

Ein gewaltiger Blitz erhellte das Cockpit.

»Noch knapp siebzig Kilometer«, las Carlos vom Radarscanner ab. »UP-Staffel, ich nehme an, Sie empfangen inzwischen auch ein echtes Signal. Sehen Sie bereits etwas?«

»Negativ«, kam sofort die Antwort. »Die Anzeige ist immer noch gestört, doch wir erkennen bereits, dass ihr die Glücklichen sein werdet, die den ersten Kontakt haben. Das Signal kommt von unten, Entfernung sechzig Kilometer.«

Sechzig Kilometer! Mika starrte auf das Display. Jeden Augenblick müsste er etwas erkennen können. Die Sicht war doch besser als erwartet, und ein so großer Pulk würde auf diese Entfernung mit bloßem Auge zu erkennen sein.

»UP-Staffel, hier RAVENMOON«, meldete sich Carlos. »Da muss sich euer Radar irren. Ich bekomme hier angezeigt, dass das Signal eindeutig von oben kommt. Bitte justiert euer Radar neu auf Alpha-Null-Eins.«

»RAVENMOON, hier GRINGER«, kam die direkte Antwort. »Habe dies bereits dreimal durchgeführt. Das Signal ist zwar durch die Gewitterfront immer noch gestört, doch es kommt eindeutig von unten.«

40 Kilometer. Mikas Pulsschlag war inzwischen über 120. Er merkte, dass seine rechte Hand, die den Stick umfasste, im Handschuh feucht wurde. Seine Kiefer waren fest aufeinander gepresst und mahlten.

Was war los? Nervös huschte sein Blick auf die herabzählende Entfernungsanzeige des linken Multifunktionsdisplay. Fünfunddreißig Kilometer. Sein Blick zuckte nach vorne. Nichts. Kein einziger Schatten war zu sehen, keine Bewegung.

»Carlos, verflucht, sie müssten doch direkt vor uns sein. Ich sehe nichts. Was geht hier ab, Kumpel?«

»Keine Ahnung. Ich habe bereits die ersten Hotspots erfasst, sie werden automatisch vom Radar mitverfolgt.«

Der Waffenkontrollcomputer zeigte für die Zielerfassungen mehrere voneinander abweichende Ergebnisse an.

»Irgendetwas stimmt hier nicht. Das Signal scheint irgendwie direkt aus der Gewitterwolke zu kommen!«

Seine Gedanken rasten. Genau das war das entsprechende Stichwort gewesen. Warum war ihm das nicht früher eingefallen! Es war zwar absolut ungewöhnlich, aber er hatte heute schon viel mehr erlebt. Mit einem Hieb aktivierte Mika die Com-Verbindung.

»Achtung – gesamte Staffel. Der Feind befindet sich in der Gewitterfront. Wahrscheinlich fliegt ein Teil in der untersten Wolkenschicht, der andere in der obersten Schicht, daher die unterschiedlichen Signale. Ich könnte mir vorstellen, dass sie nicht tief eingetaucht sind, innerhalb des Wolkenmassivs sind die Turbulenzen zu gewaltig, aber in den Randbereichen könnte es gehen. Perfekte Tarnung. Achtung: Sie werden in weniger als einer halben Minute Kontakt haben.«

Im selben Moment ertönte ein neues Signal. Ein hohes, schnelles Piepsen bestätigte, dass ein fremder Radarstrahl sie erfasst und sich eingeloggt hatte.

»Mika, wir wurden anvisiert«, schrie Carlos.

»Wahrscheinlich wird bereits in diesem Moment auf uns gefeuert. Ich schicke dem fremden Leitstrahl einen Willkommensgruß entgegen.«

Carlos betätigte mit dem Daumen der rechten Hand den Waffenauswahlschalter am Stick und wählte die Lenkflugkörper als aktives Waffensystem. Dann zog er mit dem Zeigefinger den Auslöser durch. Eine kurze, kaum wahrnehmbare Erschütterung ging durch den Typhoon, dann löste sich von der Unterseite der rechten Tragfläche der erste automatische Lenkflugkörper. Erst langsam, dann immer schneller werdend, entfernte er sich vom Typhoon.

Mika hatte den Jet in eine enge Linkskurve gezogen.

Große Beschleunigungskräfte pressten Carlos in den Sitz, als ihm plötzlich eine beängstigende Vorstellung durch den Sinn ging. »Mika, hast du schon mal daran gedacht, was passiert, wenn die A-Bomben schon vorher scharf sind?«, keuchte er.

»Keine Ahnung«, ächzte Mika und brachte den Typhoon in eine sanftere Rechtskurve.

»Ich meine, hoffentlich zündet keiner dieser Chaoten seine A-Bombe vorher«, unkte Carlos.

»Kumpel, denk erst gar nicht daran ...«

»O. k., Mika.« Carlos' Blick wanderte zwischen seinen Displays hin und her. Ein flaues Gefühl breitete sich in seinem Magen aus. »Hoffentlich lösen wir nicht die kritische Masse aus, wenn wir einen abschießen!«

»CARLOS!«

»Ist ja schon gut ...«

Ein zweites, schnarrendes Piepsen erklang. Wieder blinkte der Attention-Getter und eine unsichtbare Stimme schnarrte monoton: »MISSILE! MISSILE! MISSILE!«

»Mist, verfluchter«, rief Mika und riss den Stick scharf nach links. Gleichzeitig zog er ihn scharf zu sich heran und leitete kopfüber einen Sturzflug ein.

»Wahrscheinlich Sidewinder«, meldete Carlos. »Entfernung vier Kilometer, schnell näher kommend.« Er blickte über seine Schulter nach oben. Was er sah, ließ ihm einen Schauer über den Rücken laufen. Die ersten feindlichen Maschinen lösten sich aus den Wolkenfetzen und trennten sich von dem größeren Pulk. Wie es aussah waren fast zwei Drittel der feindlichen Staffel im Schutz der unteren Wolken an sie herangetreten und nahmen nun den Kampf auf.

»Missile auf fünf Uhr, Entfernung eintausendeinhundert Meter. Schnell näher kommend. siebenhundert ... fünfhundert ... ich aktiviere jetzt CHAFF.«

Der Tunnel

Der Zeitpunkt war ganz eindeutig viel zu früh. Wie nur sollte sie dazu jetzt schon in der Lage sein?

Eleeya begann zu zittern und zog den grauen Kapuzenumhang enger um sich. Das grobe Material der Pflanzenfasern begann zu scheuern, doch ihre Gedanken rasten zu sehr, um dies zu bemerken. Eleeyas Blick war auf die Gischtkronen gerichtet, die mehrere hundert Meter unter ihr die Klippen umspülten. Das Wasser der Bucht zeigte sich heute Morgen in einem schmutzigen Grau. Obwohl die beiden Sonnen bereits aufgegangen waren, war es empfindlich kalt für diese Jahreszeit. Nebelschwaden zogen von unten herauf und überzogen alles mit einer feuchten Schicht.

»Ich kann es noch nicht«, begann sie zu schluchzen. »Ich bin doch gerade elf geworden!« Erste Tränen begannen über ihre Wange zu laufen. Eleeya spürte, wie sich ihr der Magen verkrampfte.

»Verdammt noch mal, jetzt reiß dich gefälligst zusammen«, schnauzte Azrael sie an. »Du benimmst dich ja gerade so, als ob du eben erst angefangen hast!«

»Azrael«, fiel die ruhige Stimme des Ersten Wächters ein, »lass sie. Gib ihr ein wenig Zeit.«

Die riesige Scheibe Uvellars leuchtete wesentlich schwächer als gewöhnlich. Blutrot stand die größere der beiden Sonnen am Himmel. Aber das Besondere daran war, dass sich heute Morgen Denaan direkt vor die rote Scheibe Uvellars geschoben hatte.

Ein blauer Strahlenkranz umloderte Denaan und die

blaue Sonne schien deutlich zu pulsieren. Wie ein schlagendes Herz pochte Denaan, die Sanfte, am Himmel. Und bei jedem Schlagen lief eine Erschütterung durch Uvellar.

Whumm ... Whumm ... Whumm ... schlug das riesige Herz.

»Hab keine Angst, mein Mädchen. Es ist gleich so weit. Achte auf die Sonnen, Eleeya, sie werden dir den Augenblick verraten.« Die Stimme des Ersten Wächters wirkte besonders sanft.

Eleeya drehte sich um und wischte sich unbeholfen mit einem Zipfel des Umhangs ihre Tränen ab. Der Erste Wächter hatte sich bis auf wenige Meter genähert.

»Was ist, wenn ich versage, Vater?«, fragte Eleeya und schaute in seine gutmütigen braunen Augen. »Was ist, wenn ich irgendetwas nicht richtig mache?«

Der Erste legte ihr seine beiden Hände auf die Schultern und sah sie lange an. »Was ich dir noch nicht erzählt habe, mein Mädchen, ist, dass wir Wächter bereits die Zukunft kennen«, log er. »Daher weiß ich es ganz genau. Du wirst nichts falsch machen. Es wird alles so werden, wie es sein soll.«

Ein zartes Lächeln bildete sich auf Eleeyas Lippen.

Azrael stand im Hintergrund und zog die linke Augenbraue hoch. Es war zwar jedes Mal dasselbe. Wie konnte man nur so naiv sein. Anderseits handelte er auch immer ähnlich, wenn er geschickt wurde. Nun, die Zukunft war keineswegs bekannt.

Und dieses Mal deutete sogar alles auf eine gewaltige Verschiebung des Flusses hin. Nichts würde dann mehr so sein wie es einmal war. Das konnte bedeuten, dass es ein paar unbedeutende Planeten mehr oder weniger im Universum gab.

Es konnte auch heißen, dass seine Familie vor undenklicher Zeit niemals einen Sohn Namens Azrael bekommen würde, sondern eine Tochter (ein furchtbarer

Gedanke). Oder es würde nur eine einzige, winzig kleine Veränderung geben, wie zum Beispiel ein minimal anderer Wert für das planksche Wirkungsquantum. Es würde dann einfach kein Universum mehr geben.

Eleeya blickte unsicher zu Azrael hinüber.

Azrael wusste, welche enorme Verantwortung sie zu tragen hatte. Auf seinem Gesicht zeigte sich ein schiefes Grinsen. Er drehte die geschlossene rechte Hand und spreizte den Daumen nach oben ab. Dann nickte er Eleeya langsam zu und sagte: »Na gut, Schwesterchen, zeig jetzt Dad mal, was du von mir gelernt hast.«

Azrael stellte sich neben sie und verschränkte die Arme vor seinem ledernen Brustharnisch, der über seinem langen Gewand das einzige kämpferische Symbol darstellte. Voller Stolz blickte er zu dem Ersten Wächter herüber und begann auf den Zehenspitzen zu wippen. Doch bereits im selben Moment wurde ihm seine Ausstrahlung deutlich und er stellte sich einfach nur breitbeinig hin. Der einsetzende Wind ließ sein schneeweißes Haar leicht wehen.

Eleeya nickte kurz zurück, indem sie das Kinn einfach nach oben anhob. Ihr Blick wanderte zurück zum Ersten Wächter, um letztendlich wieder zu den beiden Sonnen zurückzukehren.

Jahrelang hatte sie gelernt und sich auf diesen Augenblick vorbereitet. Wie oft hatte sie versucht, sich diesen Moment vorzustellen. Es sollte etwas ganz Besonderes sein. Ihr ganzes bisheriges Leben auf Zwischenwelt diente nur einer einzigen Aufgabe, und zwar der Erfüllung ihres Auftrages. Innerlich fieberte sie immer wieder diesem Auftrag entgegen, nun war es so weit.

Und es war ganz anders, als sie es sich in unterschiedlichen Visionen vorgestellt hatte. Sie hatte Angst.

Hoch über ihr war das Pfeifen eines Falken zu hören, der auf der Suche nach seiner Beute große Kreise zog.

Eleeyas Blick ging zurück zum Ersten Wächter. Sie schluckte und spürte, wie ihr Mund und ihre Kehle trocken wurden. Dann senkte sie ihren Blick und nickte.

Der Griff des Ersten Wächters um Eleeyas Schultern wurde fester, und mit einem liebenswürdigen Lächeln nickte er zurück. »Ich habe absolutes Vertrauen in dich, mein Mädchen!«

Wieder schien eine Faust sich um Eleeyas Magen zu legen. Sie drehte sich um und blickte hinaus aufs Meer. Trotz der frischen Brise war die Wärme des Doppelgestirns zu spüren.

Mit einer kurzen Bewegung löste sie die Kordel, welche das lange Cape zusammenhielt und legte es auf einem Stein in der Nähe ab.

Auch sie trug heute eine der alten Kämpfermonturen, so wie sie Azrael ihr beschrieben hatte. Im Grunde war es eine mehrteilige Kombination aus kurzem Rock, ebenso kurzem Oberteil, Arm- und Knieschützern. Das Material ähnelte weißem Leder. Aufwendige Verzierungen aus einer messingähnlichen Substanz standen in einem guten Kontrast zu ihrer dunklen Haut. Waffen oder etwas Ähnliches trug sie jedoch keine.

Langsam schritt sie an den Rand der Felsnadel und warf einen Blick auf die Brandung unter ihr. Obwohl die Gischt fast einen Meter hoch war, wirkte sie aus dieser Höhe unbedeutend. Die Ebbe war heute außergewöhnlich stark und die Korallenbänke ragten mehr als zehn Meter aus dem Wasser.

Eleeya blieb eine Zeit lang so stehen, ohne dass sie an etwas Bestimmtes dachte. Sie nahm einfach nur den Moment in sich auf – eine mentale Vorbereitungsphase, wie sie Azrael ihr gezeigt hatte.

Sie fühlte den grasbewachsenen Boden unter ihren Füßen, den Wind auf ihrer Haut. Ein paar Felshörnchen piepsten in der Nähe und über ihr schwebte mit langsamen Flügelschlägen ein Metork, der Ausschau nach etwas Essbarem für seine Jungen hielt. Es war ein sehr ruhiger, schöner Morgen.

Eleeya hatte das Gefühl, als könne sie das Pulsieren Denaans bereits auf ihrer Haut spüren. Silberne Spinnfäden durchzogen plötzlich den Himmel in Uvellars Nähe, gleichzeitig setzte ein kaum wahrnehmbares Säuseln ein.

»Sie beginnt, dich zu rufen«, sagte der Erste Wächter.

»Ja, ich höre sie ...«, antwortete Eleeya.

Die Spinnweben begannen sich zu bewegen und tanzten wie Millionen kleiner Blitze um die beiden Sonnen herum. Gleichzeitig sah man nun zum ersten Mal mit bloßem Auge, dass Denaan pulsierte. Man sah es nicht nur, man spürte es sogar. Immer deutlicher war das pochende Whumm, Whumm, Whumm zu vernehmen.

Eleeya bereitete sich auf den Ruf vor. Sie stellte sich leicht breitbeinig in die meditative Ausgangsstellung. Ihr Kopf hing entspannt nach unten, die weißen Haare wehten im Wind. Langsam hob sie beide Arme seitlich hoch und begann mit der Wiederholung ihres letzten Rituals, das sie mit Azrael gelernt hatte. Nur mit dem Unterschied, dass es nun keine Übung mehr war.

Das Spiel war vorbei. Alles hing nun von ihr ab.

Eleeya war bereits dabei, einen geistigen Zustand anzunehmen, in dem all diese Gefühle nicht mehr so wichtig erschienen. Egal ob es nun die Übernahme ihres Partners oder aber einfach nur das Betrachten einer kleinen Blüte war, es machte keinen Unterschied mehr. Es gab kein Wichtiger oder Besser mehr. Es war alles ein und derselbe Zustand.

Beide Arme waren nach vorne gerichtet, die Handflächen waren einander zugewandt. Plötzlich hüllten sich ihre Hände in ein bläuliches Licht. Dasselbe silbrig leuchtende Geflecht, das die beiden Sonnen umflutete, bildete sich zwischen ihren beiden Händen. Gleichzeitig wurde der Wind stärker. Aus dem Säuseln wurde ein Singen wie von hundert verschiedenen Stimmen.

Langsam öffnete Eleeya ihre Augen.

Mit rasender Geschwindigkeit bildeten sich am

gesamten Himmel große Quellwolken. Wie ein Magnet schienen die beiden Sonnen die Wolken anzuziehen. Dunkle, undurchdringliche Gewitterwolken konzentrierten sich um die Sonnen, hielten aber trotzdem noch genug Abstand, um ihre leuchtenden Umrisse erkennen zu lassen. Das Innere der beiden Sonnen schien zu brodeln. Die Hochebene von Tjadoor verdunkelte sich, große Teile des Himmels glühten in dunklem Schwefelgelb.

Eleeya blieb einen Moment so stehen, dann vergrößerte sie den Abstand zwischen ihren Händen. Wie zuckende Gummibänder überbrückten die Leuchterscheinungen den Abstand.

Gleichzeitig ging aber am Himmel eine seltsame Veränderung vor sich. Die beiden Sonnen begannen zu pulsieren wie niemals zuvor. Blitze begleiteten die unwirkliche Aufführung. Der Wind auf der Hochebene wurde stärker, immer noch verdichteten sich die Wolken zu einer gelb-schwarzen Mauer und ließen nur ein Fenster offen, durch das Uvellar und Denaan zu sehen waren. Dann fing das eigentliche Schauspiel an.

Es wirkte, als ob Eleeya ein kleines Gewitter zwischen ihren Händen hielt. Langsam bewegte sie das zuckende Bündel nach unten.

Am Himmel bildete sich für einen kurzen Moment eine neue Sonne. Sämtliche blitzartigen Entladungen hatten sich auf einen kleinen Bereich zusammengezogen und begannen nun, sich nach unten auszudehnen, um eine Verbindung zum Boden aufzunehmen.

Eine Säule entstand, eine Säule aus zuckendem Licht und brodelnder Energie. Näher und näher bewegte sich der energetische Schlauch auf die Wasseroberfläche zu. Es wirkte fast so, als hätte sich eine Brücke zwischen den beiden Sonnen und Zwischenwelt gebildet. Die ersten energetischen Wirbel begannen sich schneller zu drehen und neue Energiemassen tobten durch den energetischen Schlauch. Der Wind hatte sich mittlerweile zu einem kleinen Sturm gewandelt, begleitet von einem singenden und klagenden Brüllen.

Doch von all dem bekam Eleeya nichts mit. Wie Azrael es ihr erklärt hatte, rückte sie einzig und allein ihr Vorhaben in den Mittelpunkt: »Empfange das Transskript deines dualen Partners und überführe ihn nach Zwischenwelt.« Tief in ihrem Geist trat ihr ICH zurück und beobachtete nur noch. Sie sah Bilder kommen und gehen. Sie hörte Worte, erzeugt durch ihre eigenen Gedanken, mit denen sie sich aber nicht mehr identifizieren konnte. Ihr momentaner Zustand bemerkte, wie Teile ihres Gehirns Fragen formulierten, wie »Wie mag das Transskript aussehen?« oder »Ich muss es schaffen!«

Doch es gab in diesem Zustand nichts mehr, das auf den Namen Eleeya hörte.

Unsichtbare, geistige Fühler tasteten umher und erkannten, dass sich durch den Tunnel ihnen etwas näherte. Die Fühler hatten bereits begonnen, den ersten Kontakt zum Transskript herzustellen, doch dann geschah etwas Unerwartetes! Als ob sich die Fühler an etwas sehr Heißem verbrannt hätten, zogen sie sich sofort zurück.

War das im Sinne der Wächter? Sie hatten doch immer etwas von einem Partnerwesen gesagt, ihrer zweiten Hälfte, der zweiten Seite der Münze mit dem sie sich zu einer Einheit verbinden würde – mit ihrem YANG-Part.

Tief im Innern erstarrte das, was einmal auf den Namen Eleeya gehört hatte, als sie die gigantischen Ausmaße dessen erkannte, was sich ihr durch den Transskript-Tunnel näherte.

Das Ding war monströs, so fremdartig und furchterregend zugleich! Verwirrung und Angst begannen sich in ihr breit zu machen.

Es war riesig ... es war gewaltig. Niemals zuvor hatte sie auch nur etwas Ähnliches gesehen!

Waypoint 12,
8000 Fuß über Grund

Carlos' Herz raste. Mit schnellen Bewegungen betätigte er auf seinem rechten Instrumentenbrett einige Schalter, im selben Moment wurden aus einem Behälter unter der rechten Tragfläche mehrere kleine Päckchen nach hinten ausgestoßen.

Keine Sekunde später zog Mika den Typhoon mit donnerndem Nachbrenner senkrecht nach oben, unmittelbar bevor die Päckchen zerbrachen und Millionen kleiner Stanniolpapierschnipsel, ähnlich Lametta, freigaben.

Das aktive Annäherungsradar der sich schnell nähernden Rakete erkannte im selben Augenblick ein neues, größeres Ziel, welches das alte überlagerte.

Carlos legte den Kopf steil in den Nacken und sah nach hinten. Er presste kurz seine Zähne aufeinander, als er wahrnahm, wie ein sehr kleiner, länglicher Gegenstand ebenfalls schnell seine Richtung geändert hat.

»Shit, verfluchter Mist«, schrie er. »Sie ist immer noch dran! Entfernung 200 Meter, schnell näher kommend!«

Der Auswertungscomputer des Lenkflugkörpers hatte erkannt, dass das große Ziel abrupt abbremste, währenddessen sich ein kleineres Ziel mit extremer Richtungsänderung weiterbewegte. Und daraufhin hatte er im wahrsten Sinn des Wortes eins und eins zusammengezählt und seine Schlüsse daraus gezogen.

Carlos drückte einige Schalter. Mehrmals war ein kurzes Klack-Boff zu hören. Carlos wusste, dass im

Moment kleine Kartuschen aus dem Spender in der rechten Tragfläche nach hinten ausgestoßen wurden. Drei Sekunden später würden mehrere kleine Sonnen mit über dreitausend Grad ein neues Ziel darstellen.

Carlos zählte mit: »Drei, zwei, eins ...«, eine kurze Pause erfolgte, in der ein blendendes Licht entstand, »... Pellegratto-Nathdina!«

Mika wusste, was das zu bedeuten hatte. Abrupt änderte er erneut die Flugrichtung und stieß gleichzeitig den Schubregler nach vorne bis zum Anschlag. Donnernd schalteten sich die Nachbrenner ein und leiteten einen rasanten Steilflug ein.

Die fremde Rakete war immer noch an ihren Fersen.

»Das ist keine Sidewinder-Rakete, es ist wahrscheinlich eine AMRAAM. Verfluchter Mist. Sie ist immer noch auf Verfolgungskurs. Abstand noch 400 Meter ... 300 Meter ... ACHTUNG, KONTAKT IN ACHT SEKUNDEN! Ich aktiviere jetzt DASS!«

Diesmal war fast kein Geräusch zu vernehmen. Von einem hauchdünnen Stahl-Titanseil gehalten, wurde eine weitere kleine Kartusche nach hinten ausgestoßen. Mit rasender Geschwindigkeit wurde von einer kleinen Spule im Innern des rechten Außenpylonen das Seil abgespult und vergrößerte den Abstand zum Typhoon. In einer Entfernung von achtzig Metern wurde der Täuschkörper hinter dem Typhoon hergezogen und behielt dadurch dieselbe Geschwindigkeit und auch denselben Richtungswechsel bei. Sekundenbruchteile vorher wurde die integrierte Magnesiumverbindung gezündet. Achtzig Meter hinter dem Typhoon begann eine kleine Sonne zu leuchten.

Die sich schnell nähernde Rakete erkannte den heißen, bewegten Triebwerksausstoß, berechnete, dass sie sich nun nahe genug angenähert hatte und explodierte.

Achtzig Meter hinter dem Typhoon breitete sich eine gewaltige Glutwolke aus.

»AHH ... verflucht, das war knapp«, schrie Carlos.

Der Typhoon wurde von den heißen Gasmassen durchgeschüttelt wie ein welkes Blatt im Wind. Gleichzeitig spürten die Piloten ein Stottern eines Triebwerks, das kurz darauf komplett aussetzte.

Wieder schnarrte der Alarmsummer BEEP ... BEEP ... BEEP! Wie an einem Tannenbaum gingen vielfache Warnleuchten an, die Multifunktionsdisplays zeigten alarmierend rote Balken mit der Aufschrift RH ENG OFF und die Bordelektronik rief monoton: »RIGHT ENGINE OFF! RIGHT ENGINE OFF! RIGHT ENGINE OFF!«

»Shit, Shit, Shit«, schrie Mika.

Der enorme Hitzeschock führte dazu, dass sich das modifizierte Eurojet-Triebwerk quasi »verschluckt« hatte.

Sofort leitete er einen Neustart des Triebwerks ein. Gleichzeitig drückte er die Nase des Jets nach unten und ging in einen rasanten Sturzflug über.

Er hatte nur eine einzige Möglichkeit, indem sich das Triebwerk so schnell wie möglich abkühlte.

»Oh, Lady, jetzt nur nicht schwach werden«, jammerte Mika. Noch immer befand sich der Typhoon im Sturzflug. »Komm, komm, komm«, betete er, als er erneut die Startsequenz durchlaufen ließ, während das andere Triebwerk mit dreiviertel Maximum auf die Oberfläche des Schwarzen Meers beschleunigte.

Mika setzte alles auf eine Karte. Das Triebwerk musste abkühlen, bevor eventuell das zweite Triebwerk auch seinen Geist aufgab. Rasend schnell näherte sich die Wasseroberfläche.

»PULL UP! PULL UP! PULL UP!«

Ein Rucken und Klopfen war zu spüren, während die Anzeigen im rechten DISPLAY den geglückten Startversuch des rechten Triebwerks bestätigten.

»Jaa, brav so«, säuselte Mika und leitete den Sturzflug in eine steile Aufwärtskurve um. Langsam fuhr das Triebwerk wieder hoch. Die Anzeigen stiegen auf zehn Prozent, fünfzehn Prozent, zwanzig Prozent. Sehr behutsam schob Mika die rechte Hälfte des zweigeteilten Schubreglers nach vorne.

»Also, wenn wir daheim sind, stehe ich als Erstes beim Flugbetriebsleiter auf der Matte. Ich bin zu alt für so einen Mist!«

Carlos sagte kein Wort dazu. Er wäre schon froh, wenn sie überhaupt nach Hause kommen würden. Er vermied es, an die Alternativen zu denken und überprüfte erneut das Radar, auf dem soeben ein Ziel weniger dargestellt wurde.

»Hey, Mika, wir haben einen erwischt«, jubelte Carlos.

Mika spürte ein heißes Brennen in seiner Magengegend. Seine Augen wurden zu schmalen Schlitzen und er murmelte: »Es werden noch mehr werden, Kumpel, verlass dich drauf. Sie sollen jetzt mal unser Feuer fressen, diese Drecksäcke!«

Mikas aggressiver Tonfall machte Carlos nachdenklich. »Was meinst du, was sind das für Typen, diese Gotteskrieger?«

»Kumpel, das ist mir scheißegal! Erstens haben wir unseren Auftrag, und zweitens ...«, stockte er. Mit einer ruckartigen Bewegung drückte er den Stick an den linken Anschlag. Er spürte, wie seine Hand im Handschuh sich feucht anfühlte. Augenblicklich verschwand der violett-schwarze Himmel über dem Cockpit und der Typhoon schoss wieder auf das Meer zu.

»Was ist zweitens?«, fragte Carlos gepresst.

Mika knallte die Hebel des Nachbrenners nach vorne und zog den Typhoon wieder nach oben. »Anne«, keuchte er. »Ich bin es Anne schuldig! Die Ärsche haben unser Leben zerstört. Und ich werde nun helfen, diese Gottesplage wegzuradieren!«

Carlos wusste, wie sehr sich Mika verzehrte. Aber er musste ihn irgendwie ablenken. »Amigo, dazu haben wir ausreichend Gelegenheit. Der Waffencomputer hat uns neue Ziele zugewiesen. Die anderen räumen auch schon fleißig auf. Hey, Amigo, ich kann erkennen, dass es jetzt nur noch zweiunddreißig sind.«

Er strahlte über beide Ohren und justierte seine Anzeigen. »Oh ... verdammter Mist«, erklang es nach wenigen Sekunden, »zwei von der UP-Staffel hat es erwischt.«

Mika sagte kein Wort dazu. Mit verbissenem Gesichtsausdruck kehrte er in einer lang gezogenen Schleife zum Kampfplatz zurück.

Erneut startete er den Nachbrenner und ein weiterer Schub beschleunigte den Typhoon nach vorne. Das feindliche Geschwader hatte sich bereits zwanzig Kilometer weiterbewegt, doch er würde es bald eingeholt haben. Inzwischen hatte er den Typhoon nahe an die Wolkenuntergrenze herangebracht und näherte sich schnell dem feindlichen Geschwader.

Dann beobachtete Mika etwas sehr Seltsames. Es sah so aus, als ob sich vor ihnen in einer Entfernung von etwa zehn Kilometern Tausende kleiner Blitze an der Wolkenunterseite versammelten. Kleine und kleinste Äste aus blauem Licht verbanden sich miteinander und begannen, einen Teppich aus Licht zu weben. Schnell breitete sich diese Leuchterscheinung in alle Richtungen aus.

»Was ist das denn jetzt schon wieder?«, rief Mika. »Kumpel, siehst du das?«

»Hmhm«, antwortete Carlos mit großen Augen. Seine Gedanken kreisten um die erfolgreichen Abschüsse, die ihr Geschwader bisher erreicht hatte. Sehr wahrscheinlich waren auch Atomgranaten dabei gewesen, die sich inzwischen, ohne gezündet zu haben, dem Grund des Schwarzen Meers näherten.

»Mein Gott, was geschieht hier?«, hauchte Carlos.

Innerhalb von Sekundenbruchteilen hatten sich die züngelnden Blitze zu einem unüberschaubaren Netz ausgeweitet und einen großen Pulk der Gotteskrieger erreicht. Die gewaltigen elektrischen Entladungen leckten über die Außenhaut der Jets, und die feindlichen

Maschinen begannen für einen kurzen Moment von innen heraus zu glühen.

Wie in Zeitlupe begann sich das glühende Wabern auszudehnen, gespeist von den enormen Energien der Blitze.

Mika wusste, dass es keinen Sinn mehr machte, einen Ausweichkurs einzuschlagen.

Über dreißig Atombomben detonierten zur selben Zeit.

Das Letzte, was die Piloten sahen, war das gewaltige Licht!

Zwischenwelt

Verwirrung und Angst begannen sich in ihr breit zu machen. War dies im Sinne der Wächter? Sie hatten doch immer etwas von einem Partnerwesen gesagt, ihrem YANG-Part.

Doch was war dieses monströse Ding?

Erneut tasteten ihre Fühler dem Transskript entgegen. Der Festigungsprozess stand unmittelbar bevor. Schon sehr bald würden sich die Energien in ihre neue Matrix schreiben, die Überführung wäre dann beendet.

»Nun, die Wächter werden schon wissen, was sie tun«, schrie ein Teil in ihr. »Wenn die Wächter es ja so möchten!«

Behutsam nahm Eleeya mit dem fremdartigen Konzentrat Kontakt auf. Es war so abstoßend, so unerwartet fremdartig!

Doch tief in ihrem Inneren erklangen gequälte Schreie auf: »Nein, nein, nein ...! Etwas ist nicht in Ordnung.«

Eleeyas Geist zögerte. Sie erinnerte sich an Vaters Worte: »Du wirst wissen, was zu tun ist, mein Mädchen.«

Niemand war da, der sie drängte. Sie hatte alle Zeit, die sie benötigte. Sollte das Transskript doch warten! Nie wieder würde sie es zulassen, noch einen toten Materieklumpen zu erzeugen.

Eleeya hielt das geistige Transskript auf einer Art Warteschleife fest und betrachtete es genauer. Sie spürte ein sehr lebendiges Zappeln und Wogen, aber irgendetwas war ganz anders, wie sie es sonst kannte.

Eleeyas geistiger Zustand ähnelte dem Vorhaben, als

ginge jemand um ein unbekanntes Objekt herum, um es von allen Seiten genauestens zu betrachten. Dann sah sie es genauer.

Das wartende Transskript bestand nicht nur aus dem geplanten YANG-Part. Der allergrößte Teil seines Inhalts bestand aus einem zusätzlichen YIN-Part. Zwei verschiedene Elemente sind vermischt worden. Das war der Grund für seine Fremdartigkeit.

Nachdem Eleeya dies erkannt hatte, machte sie sich sofort daran, die Elemente voneinander zu trennen. Es bereitete keinerlei Schwierigkeiten, den größten Anteil, der nur aus toter Materie zu bestehen schien, vom Rest zu separieren. Es ähnelte einem Werkzeug oder einer Waffe, nur wesentlich komplexer. Aber letztendlich handelte es sich nur um einfache, unbelebte Materie. Jedes Felshörnchen war ungleich komplizierter.

Ein weiterer Gedanke schoss ihr plötzlich durch den Sinn: Vielleicht war es die Zeremonienwaffe ihres YANG-Begleiters?

Eleeya suchte in der Matrix der vermeintlichen Zeremonienwaffe nach Informationen, fand aber schnell heraus, dass es darin große Lücken gab. Was immer dieses Ding auch war, es war kaputt.

Eleeyas Geist ging weiter um das Konzentrat herum, als sich erneut eine weitere Idee meldete. Vielleicht könnte sie das Ding ja reparieren, indem sie die fehlenden Teile ersetzte? Sie hatte so etwas ja auch schon ein paar Mal mit ihrer Gürtelschnalle getan. Nun gut, vielleicht war das hier etwas komplizierter und würde ein wenig mehr Zeit benötigen. Doch Zeit spielte in ihrem momentanen Zustand keine Rolle.

Wichtiger war, dass sie ihren YANG-Partner endlich überführte. Es war für ein Lebewesen nicht gut, länger als notwendig in diesem Zwischenzustand zu verharren. Außerdem könnte sie dann in den Gedanken des Partners die Informationen finden, um die fehlenden Teile der

Zeremonienwaffe zu ersetzen.

Eleeya zog ihre Fühler der Aufmerksamkeit von dem Ding ab und wandte sich dem YANG-Partner zu.

Das war also ihr Gegenpart, ihre mentale Ergänzung. Auch hier wanderte Eleeya mehrere Male um das Konzentrat herum und ließ ihre weit ausgestreckten Fühler darüber gleiten. Noch immer hatte sie keine Vorstellung davon, wer oder was es war. Ihr zukünftiger Partner konnte genauso gut ein alter Mann wie auch eine junge Frau sein.

Es war noch nicht einmal gesagt, dass ihr Gegenpart überhaupt menschlich sein musste. Ihre Gedanken gingen zu ihrer letzten missglückten Übung zurück, als sie die Gestalt erkannte, die innerhalb ihrer Partnermatrix steckte.

Sie erkannte eine circa zwei Meter durchmessende, amöbenähnliche Gestalt mit zwei großen, zähnebewehrten Öffnungen im Rücken, welche wahrscheinlich den Mund darstellten. Und acht fleischige Beine, die den Körper fortbewegten. Verschiedene Gedanken gingen Eleeya durch den Sinn. Sie machte sich keine Gedanken über seine Fremdartigkeit, fragte sich aber, welchen Charakter er oder sie haben würde.

Eleeya begann, Schicht für Schicht die Matrix zu durchforsten. In den einzelnen Bausteinen, die hier hinterlegt waren, erkannte sie die zwei Münder. Und auch die acht Gliedmaßen. Aber irgendetwas passte nicht. Die äußere Form schien ursprünglich ganz anders gewesen zu sein.

Eleeya wurde stutzig. Hinter jedem Objekt lag eine Art Echo, das sich nicht nur auf die Münder beschränkte. Eleeya erkannte zwei Lungen, zwei Herzen, vier Augen ... und dann traf sie die Erkenntnis wie ein Schlag!

Es handelte sich nicht um ein einziges Lebewesen. In dieser einen Matrix schienen zwei verschiedene Lebewesen zu stecken. Ja, das war es! Zwei organische Einheiten, die innerhalb des Transskripts bereits teilweise miteinander verschmolzen waren.

Obwohl sie anfangs davon überzeugt war, dass sie für die Überführung alle Zeit der Welt hatte, wusste sie nun, dass sie keine Sekunde verlieren durfte.

Rein organisch gesehen konnte man die Trennung auch noch sehr viel später durchführen, aber die geistigen Inhalte der beiden Wesen würden sich untrennbar zu einer Einheit verbinden. Die beiden einzelnen Individuen würden sterben, und eine neue Persönlichkeit wäre geboren.

Eleeya zwang sich zur Ruhe. Dann tastete sie nach der ersten Einheit. Ganz sachte, ganz behutsam begann sie mit der Separation.

AI,
geistiges Zentrum der Wächter

»Mehr ... wir brauchen alle Reserven«, rief Larc. »Wir müssen den Chi-Fluss erhöhen, oder das Transskript bricht zusammen.«

»Wir haben alles verbraucht. Es gibt nur noch eine Möglichkeit«, antwortete Azrael. »Wir können den fehlenden Part aus dem Quantenstrom ableiten.«

Talan sah Azrael ungläubig an: »Aus dem Quantenstrom? Das kannst du unmöglich ernst meinen. Ist dir klar, was das bedeutet? Bist du dir bewusst, welche temporalen Verwerfungen das nach sich ziehen kann? Es kann alles verändern!«

Azrael warf Talan einen scharfen Blick zu. »Oder auch gar nichts. Wir wissen es nicht.« Sarkastisch fügte er hinzu: »Und wenn es so sein sollte, wirst du es gewiss als Erster erfahren, glaub mir!«

»Nein, das lasse ich nicht zu. Wir haben als Wächter unseren ganz eindeutigen Auftrag. Ich werde nicht dulden, dass auch nur irgendetwas den Auftrag gefährdet!«

Azrael erwiderte in gefährlich leisem Ton: »Soso, das duldest du also nicht. Und die Konsequenzen sind dir also egal, wie?«

Der Erste Wächter hatte sich langsam erhoben.

Larc schaltete sich ein: »Ich habe in letzter Zeit sowieso den Eindruck, dass alles nicht mehr richtig im alten Fluss ist. Ich habe den Eindruck, dass unser Handeln immer mehr von unserer alten Linie abweicht. Aber wir können dies nicht weiter zulassen. Der Auftrag gebietet es aber so.

Wir haben uns dem zu beugen.«

»Haben wir uns dem also zu beugen? Du hast eine gewaltige Verantwortung mit dem, was du machst. Hast du schon einmal ernsthaft darüber nachgedacht? Man kann auch einfach seine Augen davor schließen und sich hinter dem Auftrag verstecken! Wir sind das Gesetz, und es macht dir einfach Spaß, deine Macht einzusetzen. Du willst also Gott spielen, habe ich nicht Recht?«, fragte Azrael sehr leise.

Talan zuckte hoch: »Sag es, Dritter, bist du noch einer von uns? Ist der Auftrag auch noch dein Auftrag? LOS, SAG ES!«

Azraels Nackenmuskeln spannten sich, als er den Kopf nach vorne schob. Die Ohren legten sich ganz langsam nach hinten, als er am Arm eine Berührung des Ersten Wächters vernahm. Der Körperkontakt wirkte zufällig. Unmerklich langsam bewegten sich die Ohren wieder nach oben und stellten sich ab.

Azrael stockte einen kaum vernehmbaren Moment, dann änderte sich schlagartig seine Miene zu einem leichten Lächeln.

»Schade, Talan, dass du von mir einen solchen Eindruck hast«, entgegnete er mit leicht resignierter Stimme. »Natürlich stehe ich auf unserer Seite. Selbstverständlich glaube ich an den Auftrag. Der Auftrag ist unser Schicksal. Aber genau das ist der Grund, weshalb wir nun eine absolut ungewöhnliche Maßnahme einleiten müssen.«

Der Erste Wächter schob sich nach vorne. »Meine Freunde, ihr habt Recht, aber was Azrael vorschlägt, ist im Moment unsere einzige Möglichkeit«, sagte er und zeigte ein beruhigendes Lächeln. »Wir müssen handeln, bevor der Fluss ganz versiegt ist. Wir benötigen die Reserve. Larc, aktiviere die Quantenbrücke.«

»Die Quantenbrücke ... ist bereit«, zögerte Larc. »Die energetische Verwirbelung hat den gesamten Strom zerrissen. Ich nehme an, dass wir für den zweiten YANG-

Part dieselbe Menge an Chi nochmals benötigen.«

»Ich hoffe, wir sehen uns alle gleich wieder«, knurrte Talan.

Azrael blickte hoch. »Ich denke schon. So groß wird die Anpassung schon nicht sein!«

Er sah Talan direkt in die Augen und veränderte dabei einige Parameter in der Flusskonstante.

Im nächsten Moment war bereits alles geschehen.

Der Quantenstrom hatte sich geteilt, das alte Universum starb und wurde zeitgleich durch ein neues Universum ersetzt. Es war, als hätte es nie etwas anderes gegeben. Der Unterschied zwischen dem alten und dem neuen Universum war so gut wie nicht erwähnenswert. Ein unbedeutender Spiralarm des vierten Bereiches ist kurz nach seiner Entstehung vor rund zweiunddreißig Milliarden Jahren in sich zusammengebrochen, als hätte es ihn nie gegeben.

Das war auch schon alles. Alles war wie immer. Weitere Veränderungen waren niemandem bekannt. Nicht sofort.

Zwischenwelt

Carlos schien zu schweben, zu träumen. Vertraute Empfindungen wallten auf. In wahllosen Sequenzen träumte er von seiner Einschulung in Madrid, den häufigen Familienfeiern, die zu jeder Gelegenheit in großem Rahmen durchgeführt wurden. Er sah das Gesicht von Tante Donna vor sich, seine Neffen Paolo und Frederic, die Hochzeit seiner Schwester. Wie glücklich sie doch war.

Er sah die Szene, als Kurt dem Pfarrer den Ring reichen wollte und ihn vor lauter Nervosität fallen ließ. Doch zum Glück rollte er nicht weit, sondern blieb am Schuh von Pfarrer Meier liegen. Er hob ihn auf und sagte trocken zu dem Ring: »Du willst doch nicht jetzt schon weglaufen?« Obwohl es in seiner Kirche ansonsten eher still und bedächtig zuging, war das folgende Lachen groß.

Carlos' Gedanken gingen weiter zu seiner Frau und er erinnerte sich an ihr Hochzeitskleid. Welche Farbe hatte es noch mal? Er sah es im Moment nicht richtig.

Welches Kleid trug seine Schwester auf der Hochzeit? Die Erinnerung daran war irgendwie verwaschen.

Dafür dachte er an die vielen Nächte, in der seine kleine Tochter nicht einschlafen konnte. Manchmal huschte sie in ihr Bett, um eine Geschichte erzählt zu bekommen. Seine beiden Mädchen ... zusammen mit seiner Frau waren es sogar drei.

Und wieder kehrte erbarmungslos das Bild vor sein geistiges Auge zurück, auf dem in einem gigantischen Glutball innerhalb Sekundenbruchteilen seine Familie verdampft wurde. Carlos wurde wach und schlug die

Augen auf.

Er erkannte, dass hier irgendetwas nicht stimmte.

Das Erste, was er wahrnahm, war ein düsterer ockerfarbener Himmel. Seine Augen nahmen die Umgebung sehr unscharf wahr, nur langsam setzte die Schärfe ein. Er spürte eine seltsame Leichtigkeit, als würde er schweben. Er spürte seinen Körper kaum, alles schien zu vibrieren. Aber darauf achtete er weniger. Seine Gedanken rasten. Wie im Rausch nahm er verschiedene Gedanken wahr, die er nicht richtig einordnen konnte.

Schwindel setzte ein. Carlos lag auf dem Rücken am Boden. Langsam spürte er in seinen Armen und Beinen, wie das sanfte Kribbeln sich verzog und er seine Gliedmaßen wieder bewegen konnte. Vorsichtig drehte er sich auf die Seite.

Sein Blick wanderte über ein fremdartiges Meer. Noch sehr unscharf sah er am Himmel die Sonne durch die düsteren, schwefelfarbenen Wolken schimmern. Kleine Blitze kündeten von einem entfernten Gewitter. Sein Kopf schien zu explodieren. Wo war er? Was war geschehen?

Abrupt wurden die Gedanken unterbrochen, als Carlos' Blick an einer Erscheinung hängen blieb, die in einer Entfernung von circa fünfzig Metern schräg über ihm am Himmel stand.

Es war sein Typhoon!

Noch ungewöhnlicher war die Lage.

Wie an einer dünnen, unsichtbaren Schnur schien er an seiner vorderen Spitze aufgehangen zu sein. Schwerelos stand er senkrecht im Raum und drehte sich langsam um seine eigene Achse. Doch das Ungewöhnlichste war die Oberfläche.

Es war alles andere als die normale lackierte Kohlefaseroberfläche, die in einige hundert abschraubbare Klappen und Deckel unterteilt war.

Die Hülle von dem Ding, das wie ein gigantischer Tannenzapfen vor ihm hing, schien aus einem einzigen

Stück zu sein. Glänzend, wie aus Glas gegossen, bewegten sich dicht unter der Oberfläche Tausende pulsierender Lichtbahnen. Es sah aus wie ein Tiefseelebewesen, das aus biologischem Material sein eigenes Licht erzeugte.

Carlos stützte sich auf den Ellbogen auf. Der rasende Kopfschmerz wurde immer schlimmer. Etwas stimmte nicht. Was war geschehen, wo war er? Sein Kopf schien zu explodieren.

»... auf einer Filmbörse in München!« Benommen ließ er den Blick weiter wandern. »Meine Schwester wohnt in Madrid.« Wilde Gedankenfetzen durchrasten seine Wahrnehmung. Wo war er?

Doch ganz plötzlich war eine andere Frage da. Eine Frage, die wesentlich wichtiger erschien. Eine Frage, die entscheidend war: Wer genau war er?

Er hörte einen lang gezogenen Schrei. Dann spürte er, dass er derjenige war, der schrie. Der Schrei kam von ihm. Von ihm ... von Mika – Mika Keller, Hauptmann der Neuen Allianz!

Es war wie bei einem Ertrinkenden, der im letzten Moment von einer Strömung an die Oberfläche getrieben wird.

»Ich bin Mika ... ich bin Mika«, sprach ein Teil zu ihm.

Im gleichen Maße verschwand das andere Ich, verschwand Carlos aus seinem Bewusstsein.

Mika rang nach Atem. Carlos, was war mit ihm geschehen? War er tot? Wo war er hier gelandet? Mit beiden Händen stützte er sich auf dem weichen Boden ab.

Ein Schatten bewegte sich auf ihn zu.

»Carlos?«

Benommen blickte Mika nach oben. Noch immer war sein Blick unscharf. Doch mit dem, was er nun erkannte, hatte er nicht gerechnet. Er blickte in ein fremdes Gesicht.

Auf den ersten Blick schien es einem jungen Mädchen zu gehören, doch jeder weitere Blick ließ diese Illusion zerplatzen.

Große, katzenartige Augen blickten ihn an. Das Gesicht war umrahmt von weißen Haaren. Im ockerfarbenen Licht leuchteten diese fremdartigen Augen wie aufflammende Glut. Große, spitze Ohren ließen Mika an etliche Filme erinnern, in denen Dämonen oder andere Charaktere aus der Unterwelt mitspielten.

Ihr Kopf legte sich schief.

Blaue Lippen öffneten sich und Mika vernahm eine sehr weiche, fremdartige Stimme: »... duu biiist jetzt hiiier! ... schlaaafe ...!«

Ein letzter Gedanke ging ihm durch den Kopf, bevor er ohnmächtig wurde. Jetzt wusste er es. Er befand sich in der Hölle. Er war tot!

ELEEYA

Der Partikelstrom versiegte und Eleeya brach zusammen. Im selben Moment war sie sich auch bewusst, dass es vorbei war. Sie hatte es geschafft. Niemand hatte sie darauf vorbereitet, dass so etwas geschehen könnte.

Sie hatte es tatsächlich geschafft! Sie blieb am Boden liegen und atmete flach. Immer wieder ging ihr derselbe Gedanke durch den Kopf: »Geschafft ... Geschafft ...!«

Sie spürte eine leichte Berührung an ihrer Schulter. »Eleeya, mein Mädchen ...«

Eine erste Bewegung ging durch ihren Körper. Ihr Kopf drehte sich in die Richtung, aus der sie die Worte vernommen hatte. Langsam versuchte sie, ihre Augen zu öffnen.

»Vater ...«, hauchte sie, »Vater, ich habe es geschafft!«

Sie spürte ein Streicheln auf ihrer Wange.

»Ja, mein Mädchen, das hast du. In der Tat, das hast du. Du hast Großartiges geleistet. Ich bin so stolz auf dich!«

Ein entspanntes Lächeln formte sich auf ihrem Gesicht. Eleeya versuchte, sich aufzustützen.

»Langsam, Kleines, streng dich nicht zu sehr an. Du bist sehr erschöpft. Komm, ich helfe dir.«

Eleeya fühlte, wie ihr unter die Arme gegriffen wurde. Es war nun wesentlich leichter, aufzustehen. Ihr Blick wanderte hoch zum Himmel. Denaan war inzwischen weitergewandert und strahlte wie gewohnt in blauem Licht. Die Wolken, die sich vorhin aus heiterem Himmel gebildet hatten, lösten sich bereits auf.

»Vater, warum hast du nicht erwähnt, dass es zwei

Partner sind, die mir zugeteilt wurden? Und was genau ist dieses Ding, das mit ihnen durch den Tunnel kam?« Eleeya drehte sich zum Ersten herum und sah ihn lange an.

Ihr Vater schaute sehnsüchtig hoch zur Sonne. Sein Blick schien in einer anderen Zeit zu verweilen. Ein Lächeln kehrte zurück auf sein Gesicht.

»Die Dinge scheinen sich zu wandeln. Ich kann dir nur sagen, dass wir es selbst nicht wussten, was geschehen würde. Wir gehen aber davon aus, dass die«, er suchte nach Worten, »die ... Dinge sich selbst richten werden. Wie es aussieht, bedeutet es für dich, dass dein YANG-Part aus zwei Teilen zu bestehen scheint.«

Eleeya schwieg nachdenklich. Nach einiger Zeit sagte sie: »Und was ist mit dem dritten Teil, diesem Ding?«

Der Erste Wächter nickte kurz, indem er den Kopf anhob und erwiderte: »Der dritte Part, wie du ihn nennst, hat eine eindeutige YIN-Signatur, wie du selbst auch schon erkannt hast.«

»Ja, aber was bedeutet das?«

»Hmm, noch wissen wir es nicht genau. Wir vermuten aber, dass es ein direkter Teil von dir werden wird.«

»Das verstehe ich nicht.«

Der Erste begann, ein paar Schritte auf und ab zu gehen. »Schau, Kleines, wir haben gesehen, was du gemacht hast. Du hast erkannt, dass sich in der Lebensform-Matrix zwei Personen befinden, und hast sie erfolgreich wieder voneinander getrennt. Weiterhin hast du erkannt, dass die Nicht-Lebensform unvollständig ist. Du hast in den Gedanken der beiden YANG-Partner gelesen, was diese Maschine ist und was sie kann. Und dann hast du, so gut du es konntest, die fehlenden Komponenten der Maschine ergänzt. So, wie du es für richtig erachtet hast.«

»Ja, schon, aber das ist alles so fremd, so neu. Ich habe das, was sie Typhoon nennen, aus ihren Gedanken neu erstellt ...«

»Ja, das war sehr gut«, kommentierte der Erste.

»... und auch das neue, verbesserte Eurowerk, mit dem sich die Maschine so schnell durch die Luft bewegen kann.«

»Ganz hervorragend ...«, nickte Vater.

»Aber da gibt es so viel, was ich nicht verstehe. Ich habe keine Ahnung, was ... ›Data Module 22664B beschreibt die Ausbaufähigkeit der Komponenten 524-1883-D‹ bedeutet. Ich kann mir nur vorstellen, dass man später mehr daraus machen kann, und habe dafür gesorgt, dass ich auch nachträglich die Struktur und Funktion verändern kann.«

»Eleeya, das ist genau das, was wir so beeindruckend gefunden haben. Du improvisierst. Du kannst mit sehr wenigen Anhaltspunkten ganz intuitiv etwas Neues erreichen. Und genau darum geht es im Prinzip bei deinem gesamten Auftrag. Wir weisen dir nur die grobe Richtung, der Rest kommt von dir.«

»Ja, mhm, aber da ist noch eine große Sache, die ich nicht verstehe. In dem Teil, das sie Typhoon nennen, soll es noch ein Ding geben, das mit den Führern dieses Luftwagens spricht. Nora wird sie von ihnen genannt. Sie bezeichnen sie als ihre Bordelektronik.

Ich bin noch niemals einem ähnlichen Wesen begegnet. Ich weiß nicht, wie ich so etwas nachmachen soll.

Nora spricht mit ihnen, und sie warnt sie vor Gefahren, die sie nicht sehen. Und sie hilft ihnen, wenn sie etwas übersehen haben oder es nicht alleine durchführen können«, überschlug sich Eleeyas Stimme. »Sie denkt an so viele Kleinigkeiten. Ist immer wach. Sie passt auf sie auf.«

Der Erste Wächter sagte nichts und schaute Eleeya nur lange an. Sein Lächeln wurde breiter, als er nickte.

»Was?«, fragte sie. »Was ist?«

»Mein Mädchen, erkennst du es denn nicht? Denke doch an die YIN-Ausrichtung des Fahrzeuges, das sie Typhoon nennen. Eleeya, du selbst wirst Noras Part übernehmen. Der Typhoon wird zu einem Teil von dir werden. Du wirst diejenige sein, die alles überwacht, du wirst es sein, die alles sehen wird – du wirst sie beschützen. Ihr drei zusammen seid paradoxerweise die zwei Seiten der Dualität.«

Eleeyas Augen hatten sich vor Staunen geweitet. »Aber ... aber wie soll ich denn das machen? Ich habe doch gesehen, dass es nur zwei Sitze gibt.«

»Kleines, du brauchst keinen Sitz«, sagte der Erste, »komm, lass es dir erklären.«

Er legte den Arm um Eleeyas Schulter. »Lass uns ein wenig spazieren gehen, ich will dir nun erzählen, wie das geht. Eigentlich ist das ganz einfach, wissen tust du es schon. Also, pass auf ...«

Erwachen

Carlos hatte einen seltsamen Traum. Er hatte geträumt, er sei Mika. Wusste alles, was er wusste und fühlte alles, was er fühlte. Und gereist waren sie. Sehr, sehr weit gereist – in ein fernes Land, in dem er noch niemals zuvor war. Doch nur noch ganz vage war dieses Gefühl des Verbundenseins noch vorhanden.

Carlos öffnete langsam die Augen und blickte in den Nachthimmel. Aus irgendeinem Grund war ihm sofort klar, dass er diese Reise tatsächlich durchgeführt hatte. Es war nichts Erschreckendes an diesem Gedanken. Carlos sah einen sternenübersäten Himmel, wie er fremdartiger nicht sein konnte. Ein riesiger, rot-blauer Spiralnebel nahm fast ein Drittel des Himmels ein.

Wo war Mika? War ihm etwas geschehen oder war er auch hier? Dann fiel ihm ein, dass Mika in seiner Nähe liegen und noch schlafen würde. Ein kurzer Blick nach hinten bestätigte dieses Wissen.

Carlos überlegte kurz. Das Letzte, an das er sich erinnern konnte, war das gleißende Licht, welches das Cockpit des Typhoons durchflutete. Und danach befand er sich hier. Er fragte sich, wie viel Zeit seitdem vergangen war. Es konnte nur wenige Sekunden her sein, doch tief in seinem Inneren sagte ihm etwas, dass diese Vorstellung nicht zutraf.

Er stand auf Kyo'T Ador, der Nadel der Vereinigung. Woher wusste er das? Ein seltsames Gefühl breitete sich in Carlos aus.

Einerseits wusste er, dass er niemals zuvor von solchen

Orten gehört hatte. Anderseits schien es, als wäre dieses Wissen schon immer in ihm vorhanden gewesen.

Langsam stand er auf. Das Erste, was ihm an sich selber auffiel, war die seltsame Kleidung, die er trug. Es handelte sich um eine Art Overall. Sehr weich und anschmiegsam legte sich das fremdartige Material um seine Muskeln. Carlos strich mit der Hand über seinen Arm.

Das Material fühlte sich irgendwie warm und lebendig an. Doch sobald Carlos versuchte seinen Unterarm fester zu umschließen, bemerkte er, wie das samtige Material sich veränderte. Je härter der Druck wurde, desto glatter und fester wurde das tiefblaue Material.

Einzig alleine die metallisch wirkenden Verstärkungen an den Gelenken und am Halsansatz wirkten zu jeder Zeit kühl und glatt.

Eine Brise wehte vom Meer herüber. Die Luft war sehr warm, es würde bald Sommer werden, ging Carlos durch den Kopf. Langsam wanderte sein Blick in die entgegengesetzte Richtung. Im Licht der Monde war das Schellmaar-Massiv zu sehen. Langsam ging Carlos zur entgegengesetzten Seite der Hochnadel.

Eine dunkle Gestalt zeichnete sich gegen das Schellmaar-Massiv ab. Sie stand am Rand der Zatar-Büsche, die in wenigen Monaten herrlich fruchtige Beeren hervorbringen würden. Langsam ging Carlos auf sie zu.

Ihr langer Umhang bewegte sich im Wind. Die große Kapuze war über den Kopf gezogen. Keine Regung war zu erkennen.

Carlos hatte sich bis auf etwa sechs Meter genähert. Eine minimale Drehung ihres Kopfes ließ erkennen, dass die Gestalt etwas gehört zu haben schien. Carlos blieb stehen. Weitere Sekunden vergingen, während er die Figur vor sich weiter musterte.

Schließlich sagte er: »Wer bist du?«

Sehr langsam begann die Gestalt, sich zu bewegen. Erst hoben sich die Arme, um mit einer geschmeidigen

Bewegung die Kapuze nach hinten zu streifen.

Langes weißes Haar trat hervor. Der Kopf der Figur drehte sich weiter zur Seite, so dass ein perfektes Profil im Gegenlicht des Schellmaar-Massivs zu erkennen war.

Carlos bemerkte, dass es das Profil einer jungen Frau war. Langsam drehte sich die Frau weiter zu ihm um. Eine sehr zarte und weiche Stimme erklang: »Wheer iich bhiin?«

Carlos merkte, wie er sich zu verkrampfen begann.

Die fremdartig wirkende Frau drehte sich weiter um. Der Wind spielte mit ihrem schlohweißen Haar. Langsam bewegte sie sich auf Carlos zu. Wieder öffneten sich ihre Lippen und sie sagte: »Iich biin Eleeya!« Dann blieb sie etwa zwei Meter vor ihm stehen.

Vor Carlos stand ein Mädchen, mochte sie vielleicht zwölf oder dreizehn Jahre alt sein. Trotz des Mondlichts erkannte Carlos sofort das markanteste Merkmal – ihre Augen! Schon seit seiner Kindheit war er an Katzen gewöhnt. Daher erkannte er die Ähnlichkeit auf den ersten Blick.

Große, längsgeschlitzte Pupillen blickten ihn an. Sie legte ihren Kopf schief und verzog den Mund zu einem zarten Lächeln.

Carlos wusste, dass irgendetwas sehr Seltsames geschehen war. Er befand sich in einer fremdartigen Welt, besaß Informationen, die er überhaupt nicht haben sollte und stand nun einem fremdartigen Mädchen gegenüber.

Carlos wusste nicht mehr, an was er glauben sollte. Er merkte, dass sich seine Gefühle zu überschlagen begannen. Es war aber weniger der Umstand, dass er keine Ahnung hatte, wie er an diesen seltsamen Ort kam oder was ihn hier erwarten würde.

Carlos war gefangen von diesen Augen, die ihn aus unergründlichen Tiefen ansahen. Er merkte, wie sein Herz schneller zu schlagen begann.

Doch was hier vor ihm stand, war ein Mädchen! Sie

könnte seine Tochter sein! Was war los mit ihm? Und dann ging ihm durch den Sinn, dass es sich ja genau genommen noch nicht mal um ein Mädchen handelte.

Carlos stand einfach stumm da und sah Eleeya an. Eine stärkere Windböe wirbelte ihre schneeweißen Haare zur Seite. Was Carlos nun sah, ließ seinen Mund leicht aufklappen. Das nächste Ungewöhnliche waren ihre Ohren. Es waren lange, spitze Ohren die in einem spitzen Haarbüschel endeten. Wie bei einem Luchs bildeten die weißen Härchen den Abschluss.

Genau so hatte er sich immer eine Fee oder Ähnliches vorgestellt. War dieser Ort vielleicht der Himmel? Er konnte sich Schlechteres vorstellen!

Eleeya war amüsiert, als sie bemerkte, wie ihr Gegenüber ihre Ohren musterte. Er selbst hatte nur sehr kleine, runde Ohren, doch das war nicht weiter schlimm. Eleeya drehte die Ohren leicht nach außen und bewegte sie dann auf und ab, als würde sie damit winken.

Carlos bemerkte, dass er sie anstarrte. Schnell schloss er wieder den Mund und blinzelte ein paar Mal. Ärger stieg in ihm auf. Er ließ sich hier gehen wie ein Schuljunge! Er hatte sich geschworen, dass ihm so etwas nie wieder passieren würde.

Sein Unterkiefer schob sich nach vorne, dann brummelte er etwas, das wie »Perdonna dennja chotta« klang, und schlug klatschend mit dem Rücken der rechten Hand in seine geöffnete linke.

Abrupt setzte er sich in Bewegung und hastete an ihr vorbei. Er merkte nicht, wie Eleeya zusammenzuckte.

Eleeya hatte sich diese erste Begegnung anders vorgestellt. Sie hatte ihn nun verärgert, das spürte sie ganz deutlich. Was hatte sie falsch gemacht? Eleeya drehte sich zu ihm um. Dies war also die eine Hälfte ihres YANG-Parts. Schwarze Haare, dunkelbraune Augen, runde Pupillen – so etwas hatte sie noch nie zuvor gesehen. Er wirkte so fremdartig und exotisch und ... gutaussehend!

Das musste es gewesen sein. Sie hatte ihn angestarrt! Wie konnte sie nur einen solchen Fehler machen? Wie kam sie auch nur auf die Idee, sich ihm derart nähern zu können? Kein Wunder, dass er verärgert war!

Eleeya würde es einfach mit mehr Zurückhaltung versuchen. Sie mussten ja keine Freunde werden. Es ging nur um den Auftrag.

»Dhaiiin Naame?«, erklang plötzlich hinter Carlos. Er blieb stehen und drehte sich um.

»Was?«

»Wie iist dhaiin Naame?«, war in ihrer ungewöhnlichen, aber sehr weichen Aussprache zu hören.

»Carlos. Ich heiße Carlos«, sagte er. Was sollte er jetzt tun? Hingehen und ihr die Hand schütteln? Winken? Unmöglich! Die gesamte Situation erschien ihm mit einem Mal sehr eigenartig.

Eleeya hob kurz den Kopf an und sagte: »Sei gegrüßt, Carlos. Ich denke, du hast ein paar Fragen.« Dabei wollte sie ihm einladend ihre Hand entgegenstrecken, bemerkte aber noch rechtzeitig ihren Fehler und zog sie schnell zurück.

»Komm, lass uns ein wenig gehen. Ich werde dir einiges erklären.«

»Was ist mit Mika?«, fragte Carlos und deutete auf seinen Freund.

Eleeya drehte den Kopf und sah zu dem zweiten YANG-Part hinüber. Mika war also sein Name. Dann entgegnete sie: »Mika geht es gut. Sein Übergang war etwas schwieriger, er musste sich länger erholen.«

Eleeya bewegte sich auf Mika zu.

»Doch ich denke, er ist nun so weit. Ich werde ihn aufwecken. Aber es muss sehr behutsam geschehen.«

Mit diesen Worten streckte sie Mika ihre Hand entgegen.

Mika fühlte sich wohl. Ausgeschlafen. Er bemerkte noch

einen Rest Müdigkeit, der sich aber schnell verzog. Jemand rief seinen Namen.

»Miiihka ... Miikaa ...«. war wie aus weiter Ferne zu hören.

Nur undeutlich erinnerte sich Mika an seinen letzten Traum. Er hatte geträumt, Carlos' Gedanken und seine wären miteinander verschmolzen gewesen.

Langsam, ganz behutsam wurden ihm neue Erkenntnisse bewusst. Er war nicht mehr über dem Schwarzen Meer, er befand sich mit Carlos auf Zwischenwelt.

All diese Begriffe waren nun da, aber das Verständnis fehlte.

Mika öffnete seine Augen. Über ihm sah er im Morgenhimmel noch den großen Spiralarm leuchten. Er spürte bereits die wärmenden Strahlen Uvellars auf seinem Gesicht. Es würde ein schöner Tag werden.

Dann spürte er eine Hand auf seiner Schulter: »Hey, Amigo, Zeit zum Aufstehen!«

Carlos saß im Schneidersitz neben ihm und grinste ihn an. Neben ihm saß noch jemand.

Mika kannte das Gesicht, er erinnerte sich daran, es in seinem Traum gesehen zu haben. Doch es wirkte nun gar nicht mehr erschreckend.

Mika setzte sich langsam auf. »Hi, Kumpel«, erwiderte er und griff sich an die Schläfen. »Wer ist das Eselsohr neben dir?«

Carlos blickte zur Seite: »Das ist unser YIN-Part, sie vertritt die Wächter!«

»Was ist? Die Wächter? Ist sonst noch alles klar bei dir?«

Carlos grinste: »Klar, Amigo. Mehr weiß ich auch noch nicht. Aber das wird sie uns gleich alles erzählen.«

»Na, da bin ich aber gespannt!«

Unsicher bewegte Eleeya den Kopf. Ihre Ohren hingen seitlich herab. Sie hob ihre linke Hand und legte sie auf ihren Bauch.

»Iich bhiin Eleeya«, war leise zu hören.

Mika nickte kurz und erwiderte: »Mika ...« Dabei ergriff er ihre rechte Hand, drückte sie kurz und schüttelte sie ein paar Mal.

Eleeya wollte am liebsten in sich versinken!

Mika stand auf und sah sich um. Zum ersten Mal erblickte er die perfekte Schönheit dieser fremden Landschaft, welche durch die aufgehenden Sonnen in ein rosafarbenes Licht getaucht war. Das fremde Meer mit den kleinen Inselgruppen, das Schellmaar-Massiv, das Tjadoor-Tal und schließlich den schwerelos hängenden Typhoon, oder was immer dieses Ding auch sein mochte. »Na, dann erzähl mal. Ich bin ganz Ohr!«

Eleeya blickte zu Carlos rüber.

Der winkte kurz mit seiner rechten Hand und meinte: »Er meint es nicht so!«

Eleeya stand auf. Noch immer trug sie ihr langes Cape, und es war bereits sehr warm. Ihren Blick auf Carlos gerichtet öffnete sie das Verschlussband am Hals.

Dann streifte sie das Cape ab und faltete es zusammen. Unter dem Cape trug sie immer noch ihre Zeremonientracht aus weißem Leder, wie es ihr Azrael beschrieben hatte. Weiße Arm- und Beinschienen vervollständigten die Tracht. Ihre hauchzarten, libellenartigen Flügel entfalteten sich und schimmerten in allen Regenbogenfarben.

Carlos erhob sich ebenfalls. Er bemerkte, dass sein Mund zum zweiten Mal innerhalb kurzer Zeit offen stand. Sein Blick ging zu Mika, der seine rechte Augenbraue hochzog. »Mist«, dachte Carlos, »jetzt zieht er mich wieder auf.«

Schnell lenkte er ab, indem er zu Mika sagte: »He, Amigo, ich weiß nicht, wie es dir geht, doch mir knurrt der Magen.«

Mika überlegte kurz. »Ja, stimmt. Ein kleiner Snack käme nicht schlecht.« Im selben Moment erkannte er in seinen neuen Erinnerungen, dass sich in seinem Anzug ebenfalls entsprechende Notverpflegungen befinden sollten.

Voller Vorfreude auf einen Schokoriegel schaute er auf die rechte Beintasche, doch dann bemerkte er, dass sich keine Öffnung im Material befand. Aber ganz deutlich spürte er, dass dort etwas war.

Mika griff mit der Hand an die Stelle, wo sich normalerweise eine Tasche befinden sollte. Im selben Moment ging eine Veränderung mit dem Anzug vor sich. Auf der glatten Oberfläche entstand erst ein kleiner Spalt, der sich sofort vergrößerte.

»Oha ...«, entfuhr es Mika. Er griff in die Beintasche. Doch anstelle eines Schokoriegels hielt er etwas anderes in der Hand.

Ungläubig hielt er den Gegenstand hoch und drehte ihn vor seinem Gesicht.

Der Gegenstand war etwa 10 cm lang und verjüngte sich von einem Ende zum anderen. Es handelte sich eindeutig um einen Gegenstand pflanzlichen Ursprungs.

Noch immer hielt er die orangene Rübe hoch, musterte das Grünzeug, das aus dem dicken Ende herausragte, und sagte: »Ich glaube, das Ganze wird noch sehr interessant werden.«

Zwischenwelt, ein Tag später

Die Gruppe hatte sich auf dem dreißig Meter durchmessenden Ausläufer der Nadel versammelt. Ein drei Meter breiter Steg, in etwa vierzig Meter lang, verband das Plateau mit der Nadel. Der Steg bestand aus massivem Fels. Fast vierhundert Meter fiel er senkrecht nach unten ab.

»Ich kann mir nicht helfen«, sagte Mika nach einiger Zeit. »Es scheint so, als ob wir uns im Moment mit der Situation abfinden müssen. Obwohl das Ganze wie ein schlechter Traum wirkt, klingen deine Erklärungen glaubwürdig.«

Mika schüttelte den Kopf und legte eine Pause ein. »Die Geschichte mit den Wächtern und dem ominösen Auftrag hört sich an wie das Drehbuch zu einem neuen Roland-Emmerich-Film.« Er stieß mit seiner Stiefelspitze einen kleinen Stein zur Seite. »Na gut, Eselsohr, wir machen mit«, ergänzte er und blickte zu Eleeya herüber.

Für einen Augenblick ging ein Funkeln durch ihre Augen und die Lippen formten ein Lächeln.

»Aber ich will dir eins sagen – irgendetwas in mir schreit förmlich, dass hier etwas nicht in Ordnung ist. Ich kann es nicht näher beschreiben, es ist nur ein Gefühl. Sollte ich irgendetwas Konkretes bemerken, das mein Gefühl bestätigt, kannst du das Ding alleine durchziehen. Ist das klar?«

Eleeya sah Mika an. Ihr Mund öffnete sich, als wollte sie etwas sagen. Doch dann hob sie ruckartig ihr Kinn, um anschließend den Kopf wieder zu senken. Ihr Blick heftete sich auf Mikas Füße.

»O. k.«, fuhr Mika fort. »Na gut. Und wenn ich dich richtig verstanden habe, sollen wir jetzt anfangen, mit dem Ding da hinten zu üben.« Dabei nickte er mit seinem Kopf in Richtung der glänzenden Maschine, die nun in einem Meter Höhe reglos über dem Boden schwebte.

»Mhhhm!«

»Das können wir uns schenken. Du hast gesagt, dass an dieser Mühle bis auf ein paar winzige Kleinigkeiten alles so ist, wie wir es kennen. Also, fliegen wir doch einfach los, den Rest lernen wir dann unterwegs! Lass uns den Job schnell beenden und dann nichts wie weg von hier!«

»Nein, ich denke, das ist noch nicht notwendig, ich glaube, das bekomme ich alleine hin«, sagte Eleeya.

Mika verzog fragend sein Gesicht und blickte Carlos an. Was war jetzt los? Hatte sie mit ihnen gesprochen?

»Ja, da hast du Recht. Aber dennoch sollte ich es ihnen zeigen!«, ergänzte sie.

Mika stieß Carlos am Arm an und nickte stumm in Eleeyas Richtung, die davon nichts mitbekam. Dann wedelte er mit seiner rechten Hand ein paar Mal vor seinem Gesicht hin und her. Carlos zuckte nur mit den Schultern.

»He, Eleeya, sag mal, mit wem redest du denn da dauernd?«

Eleeya drehte sich zu ihren beiden Partnern um. Auf ihrem Gesicht zeichnete sich ein verwirrter Gesichtsausdruck ab. »Oh, nur mit Azrael!«, sagte sie und ergänzte dann in die andere Richtung: »Ja, weiß ich selbst!«

Mika schüttelte ein paar Mal den Kopf. Dann klatschte er kurz in die Hände und ging auf den Typhoon zu.

Im Vorbeigehen schlug er Carlos auf die Schulter und sagte: »So, das war's! Komm, Kumpel, wir hauen hier ab. Ich habe keine Lust, mir von einer schizophrenen Göre sagen zu lassen, wo es langgeht!«

Carlos setzte sich in Bewegung und folgte Mika. »Ich gebe dir ja Recht, aber rede nicht so über sie!«

»Mika, Carlos – was ist los? Habe ich etwas getan, was euch verärgert hat?« Ihre Ohren hingen schlaff herab. Eleeya wirkte mit einem Mal sehr hilflos.

Mika erreichte den Typhoon als Erster. Inzwischen hing der neu erschaffene Jet nicht mehr wie eine viel zu große Weihnachtskugel in der Luft, sondern befand sich in der normalen Lage.

Einen kleinen Unterschied zum Original gab es dennoch.

Das Abbild des Kampfjets hatte kein Landefahrwerk. Es schien, als wäre es aus irgendeinem Grund vom Konstrukteur vergessen worden. Um dieses Manko auszugleichen, war etwas anderes hinzugefügt worden: In einer Höhe von einem Meter fünfzig schwebte der Jet einfach in der Luft.

Als Mika dies zum ersten Mal gesehen hatte, suchte er nach der physikalischen Erklärung dafür. Er hielt Ausschau nach verborgenen Haltedrähten, starken Magnetfeldern oder Ähnlichem, fand jedoch nichts. Er nahm es für das Erste einfach hin, er würde die Erklärung für dieses Phänomen schon finden.

Mika trat unter die linke Tragfläche. Er wusste in- und auswendig, in welcher der kleinen Wartungsklappen der kleine Schalter verborgen war, mit dem man von außen das Kabinendach öffnen und die Cockpitleiter herunterlassen konnte.

Doch da war nichts! Keine Klappe, keine Öffnung – nichts. Eine makellose, glatte Oberfläche überzog jeden Quadratzentimeter der neuen Hülle.

»Wo sind sie?«, fragte Mika schroff.

Langsam näherte sich Eleeya. »Wo ist was?«

»Na, die Schalter für das Canopy und die Cockpitleiter!«

»So etwas braucht ihr nicht«, antwortete Eleeya. Wieder

hielt sie inne, dann nickte sie und sagte: »Na gut, wenn du meinst!«

»Carlos, ahnst du, was ich gleich mit der Göre machen werde?«, fragte Mika und fletschte die Zähne.

Carlos sagte nichts. Seine Aufmerksamkeit war auf etwas anderes gerichtet.

Auf etwas, das er in ähnlicher Form zum ersten Mal über Ramstein gesehen hatte. Er tippte Mika auf die Schulter und deutete zum Himmel.

Innerhalb weniger Sekunden tauchten vor den Sonnen gigantische Wolkenmassen auf. Es dauerte keine halbe Minute, dann hatten Gewitterwolken den Himmel verdunkelt. Starke Windböen begleiteten dieses Schauspiel.

Mikas Haare wurden verwirbelt, unsicher schaute er um sich. »Was geht denn jetzt ab?«, fragte er.

Carlos war von dem Spektakel viel zu beeindruckt, um eine Antwort geben zu können.

Eleeya verfolgte sichtlich gelangweilt das ganze Geschehen.

Erstes Donnergrollen war bereits zu hören, als sich am Horizont mehrere Blitze gleichzeitig bildeten. Die Blitze schienen am gesamten Horizont zu entstehen. Dann ging etwas sehr Ungewöhnliches vor. Wie gesteuert begannen alle Blitze, sich in einigen hundert Metern vor ihnen zu vereinigen, und rasten auf sie zu.

Mika und Carlos hielten schützend die Hände vor ihre Augen.

Unmittelbar danach nahm die gleißende Helligkeit ab und im Zentrum des Lichts wurden die Umrisse einer Gestalt erkennbar.

Das grelle Licht wich einem düsteren Glühen. Langsam gewöhnten sich die Augen wieder an die normale Helligkeit.

Eine Gestalt bewegte sich auf sie zu. Die schemenhaften Umrisse ließen auf einen Mann schließen.

Außer einem wehenden Umhang waren aber keine

weiteren Details zu erkennen. Etwa fünf Meter vor den Piloten blieb die Gestalt stehen.

Es war ein Mann, geschätzt Anfang dreißig. Er zeigte dieselben ungewöhnlichen Erscheinungen wie Eleeya: katzenartig geschlitzte Pupillen und schneeweißes Haar. Auch er hatte dieselben spitzen Ohren wie Eleeya, nur waren seine wesentlich länger.

Breitbeinig stand er vor ihnen und hakte seine beiden Daumen in den breiten Ledergürtel, an dem mehrere waffenartige Gegenstände hingen.

Mit dunkler, aber sehr weicher Stimme sagte er: »Schwesterchen, ich hab dir doch gleich gesagt, dass es ohne das hier nicht geht!«

Mika und Carlos sahen sich nur kurz an, sagten jedoch nichts.

»Hi, Jungs, ich bin Azrael«, war seine sanfte Stimme zu vernehmen. Er bewegte sich sehr langsam auf Mika zu, blieb etwa einen Meter vor ihm stehen und sah ihm lange in die Augen. »Und du, Kumpel, wirst mit der Göre erst mal überhaupt nichts machen. Ist das klar?«

Ein Grinsen huschte über Mikas Gesicht. Die ganze Szene war so kurios, wie sie sonst nur in einem sehr schlechten Film vorkam.

Die Gestalt redete weiter: »Und falls so etwas doch notwendig sein sollte, mache ich das selbst!«, ergänzte er. Dabei entblößte er zwei Reihen strahlend weißer Zähne.

Mika konnte sich nicht mehr halten und begann laut zu lachen.

»Hey, Azrael, was soll das denn? Benimm dich!«, war von Eleeya zu hören.

Azrael sah wieder zu Mika. Er nickte in der Art, wie es Mika schon zuvor bei Eleeya gesehen hatte, indem er einfach seinen Kopf kurz anhob.

»Das eben war beeindruckend, nicht wahr?«, sagte er grinsend. »Ich hätte mich auch einfach so zeigen können, aber ich habe mir gedacht, dass du auf solche Effekte stehst!«

»Ja, war ganz gut«, grinste Mika zurück, »nur an den Partikeleffekten kannst du noch ein wenig arbeiten!«

Carlos näherte sich und sagte: »Azrael? Ein ungewöhnlicher Name.«

»Ja, geht mir mit eueren genauso«, kam als Antwort zurück.

»Azrael, kannst du uns etwas genauer erzählen, was hier abgeht?«

»Nun, deswegen bin ich hier«, entgegnete Azrael.

Carlos bemerkte, dass seine Gestalt irgendwie durchlässig wirkte. Azrael ging zwei Schritte auf Eleeya zu und stellte sich neben sie.

Dann legte er seinen Arm um ihre Schulter und sagte: »Mein Schwesterchen kann einen durch ihre Art schon hin und wieder etwas aufbringen, gell?«

Azrael erntete einen vernichtenden Blick und fuhr fort: »In Ordnung, hört zu! Ich will versuchen, es euch so einfach wie möglich zu erklären. Wir brauchen eure Hilfe!«

Mika und Carlos sahen sich kurz an und sagten fast gleichzeitig: »Und warum habt ihr uns dann nicht ganz einfach gefragt?«

»Oh, das tun wir doch hiermit«, antwortete Azrael unschuldig.

»Und was ist, wenn wir nun doch einfach NEIN sagen?«, fragte Mika.

Eine kurze Zeit war nur das Rauschen des Windes zu vernehmen. Dann erwiderte Azrael: »Nun, glaube mir, das ist absolut in Ordnung. Kein Problem. Wir schicken euch dann einfach wieder zurück!«

Carlos ahnte als Erster, was dies genau bedeutete, als er fragte: »Wohin? Wohin schickst du uns zurück?«

»An genau den Ort, zu genau der Zeit, als wir euch hierher brachten!«, war die Antwort.

Mikas Blick verdunkelte sich. Dann sagte er zu Azrael: »Also eine Millisekunde früher, bevor sich das Cockpit auf

7000 Grad aufheizen wird!«

Azrael nickte langsam: »Ja, genau dorthin!« Lange sah er Mika an, dann ging sein Blick weiter zu Carlos. »Aber glaubt mir, es wäre auch ohne unser Eingreifen geschehen. Obwohl es auf den ersten Blick vielleicht so aussieht, haben wir damit nichts zu tun. Fast nichts. Die Dinge sind ein wenig ... komplizierter als es scheint!«

»Also haben wir gar keine andere Wahl?«, fragte Carlos.

Azrael legte ihm die Hand auf seine Schulter und sagte sehr ernst: »Oh doch, mein Freund, glaub mir, man hat immer eine Wahl!«

Dann zwinkerte er Carlos zu und ergänzte: »Ich schlage vor, ihr lasst euch das Ganze nochmals in aller Ruhe durch den Kopf gehen. Ich kann euch nur mit aller Überzeugung versichern, dass ihr für das Wohl des Universums eintreten werdet, auch wenn dies ein wenig abgedreht klingt. Ich darf euch an dieser Stelle noch nichts Konkretes sagen. Später werdet ihr in allen Details informiert. Ich kann euch jedoch sagen, dass uns ein sehr mächtiger und gefährlicher Feind gegenübersteht. Und ihr seid die Einzigen, die ihn stoppen können. Mir ist klar, wie dies im Moment klingen muss. Ich bitte euch nur, Vertrauen zu haben. Egal, wie ihr euch später entscheiden werdet, wir werden es respektieren und akzeptieren. Wir werden euch zu nichts zwingen, was ihr nicht selbst wollt!«

Mit diesen Worten drehte sich Azrael um und ging auf den Klippenrand zu. Mit jedem Schritt schien seine Erscheinung undeutlicher zu werden.

Dann blieb er stehen und drehte sich halb um: »Ach ja, was ich noch sagen wollte. Falls ihr euch entscheidet, uns zu helfen, hört einfach darauf, was die Göre euch zu sagen hat!«

»Azrael!«, war ein empörter Aufschrei zu hören.

»Eigentlich ist sie gar nicht so verkehrt, wenn ihr sie erst mal ein wenig näher kennen gelernt habt.« Azraels

Gestalt ging weiter auf den Rand der Nadel zu.

Im selben Maße wurde sein Erscheinungsbild noch diffuser. »Und falls doch Probleme auftreten sollten, ruft mich einfach!« Mit diesen Worten war nichts mehr von Azrael zu sehen.

»Wie sollen wir dich rufen?«, fragte Mika mit lauter Stimme. Doch es war niemand mehr zu sehen.

Die letzten Wolken begannen, sich zu verziehen. Wie aus großer Ferne waren Azraels Worte zu vernehmen: »Ihr kennt doch meinen Namen, oder?«

Dann herrschte Stille. Nur das lang gezogene Pfeifen eines Steinfalken hoch über ihnen war zu hören.

Carlos ging auf Mika zu, der immer noch vor der Erscheinung des neuen Typhoons stand.

Unter ihnen zogen im Tjadoor-Tal Nebelschwaden auf.

Eleeya stand ein paar Meter abseits und beobachtete die beiden schweigend.

Carlos blieb vor Mika stehen und fragte ihn: »Na, Amigo, wie siehst du das Ganze?«

Mika blickte schweigend zurück, dann drehte er sich um. Sein Blick wanderte über das Schellmaar-Massiv.

Dann streckte er sich, dehnte beide Arme nach außen und sagte: »Ich schätze, unsere Alternativen sind nicht so berauschend. Abgesehen davon – vielleicht haben wir hierbei noch ein bisschen Spaß.« Dabei hob er den rechten Arm und berührte zum ersten Mal die Oberfläche der fremdartigen Maschine. Ein Lächeln umspielte seine Lippen.

»Ein klein wenig neugierig bin ich schon«, ergänzte er und drehte sich zu Carlos um.

Carlos sagte nichts und nickte nur zurück.

Dann wandte Mika sich zu Eleeya und ging auf sie zu. Man merkte, wie Eleeya sich versteifte. Sie wusste nicht, was jetzt wieder auf sie zukommen würde.

Mika blieb vor ihr stehen und sagte: »Nun gut, lass uns einfach noch mal von vorne anfangen. Also, ich bin Mika!

Dann zeig doch mal, was diese Kiste hier so alles draufhat – Eselsohr!« Mit diesen Worten gab Mika Eleeya einen leichten Knuff an die Schulter und grinste sie an.

Eleeya spürte deutlich die Wärme, die Mika ihr nun entgegenbrachte.

Ganz plötzlich musste sie an Azrael denken, wenn er sie im Spaß aufziehen wollte. Klar, Azrael konnte schon ein ziemliches Ekel sein, aber er konnte auch sehr nett sein! Vielleicht war es mit Mika ähnlich. Sie wusste es nicht genau.

Eleeya stellte die Ohren auf und grinste, jetzt konnte der Auftrag richtig beginnen. Voller Stolz überlegte sie sich, wo sie mit der Einweisung anfangen konnte.

»Mhhm, gut«, begann sie. »Du hast eben gefragt, wie du in den Typhoon kommst. Ganz einfach.«

Eleeya ging an Mika und Carlos vorbei und stellte sich unter den vorderen Rumpfteil. Circa drei Meter über ihr war das blau-schwarz verspiegelte Cockpit, über dessen Oberfläche beständig Lichtimpulse huschten.

Mika trat ebenfalls unter die Maschine und nickte. Er kannte die Formen seiner GT-034 in- und auswendig, doch obwohl er keinen gravierenden Unterschied erkennen konnte, wurde sein Blick immer wieder von der Oberfläche des neuen Typhoons angezogen.

Carlos erging es ähnlich, nur blieb sein Blick nicht so sehr am Typhoon, sondern an ihrem Lehrer haften.

Mika drehte den Kopf und schaute zum ersten Mal in die Ansaugöffnungen der beiden Triebwerke.

Er hatte mit einigem gerechnet, was er hier vorfinden würde, doch mit diesem Anblick hätte er im Traum nicht gerechnet. »He, Carlos, komm mal schnell her«, rief er, »das musst du gesehen haben. Wenn ich es dir nur erzähle, glaubst du es nicht!«

»Was ist los?«, fragte Carlos neugierig und ging auf die Ansaugöffnung zu.

Eleeya ließ die Ohren hängen, weil sie ahnte, dass

gleich wieder etwas geschehen würde.

Carlos spähte in die Ansaugöffnungen. Erst sagte er gar nichts. Er stand nur da und sah in den Triebwerkschacht. Ungläubig wandte er sich an Mika. »Da ist nichts!« Wieder blickte er in die Öffnung, sein Blick traf auf das dahinterliegende Schellmaar-Massiv, dann schüttelte er seinen Kopf. »Da ist rein gar nichts!«

Mika schüttelte ebenfalls ungläubig den Kopf und meinte: »Die Mühle mag zwar schweben, aber die bewegt sich mit Sicherheit keinen Meter. Nettes Mobile für den Garten!«

Eleeya schaltete sich ein: »Was meint ihr denn? Ich kann euch nicht folgen?«

»Herzchen, wo ist das Triebwerk?«

»Das WAS?«

»Genau hier«, sagte Mika und fuchtelte mit der Hand in der Stauraumöffnung herum, »hier befinden sich normalerweise zwei Eurojet-Triebwerke! Wo sind die? Wie zum Teufel soll dieses Ding hier sich vorwärts bewegen?«

Mika stieß mit der flachen Hand gegen die Lufteinlassöffnungen. Der gesamte Typhoon schaukelte graziös hin und her, um sich direkt wieder zu stabilisieren.

Eleeya dachte an die unverständlichen Informationen, welche die Maschine für sie bereithielt. Das war also die Aufgabe dieser beiden Eurowerke! »Hmm, das konnte ich damals nicht so richtig erkennen!«, entgegnete Eleeya. »Aber das macht nichts. Ich habe mir anderes einfallen lassen.«

»Da bin ich aber gespannt«, entgegnete Mika und rollte die Augen.

Eleeya vermied es, ihn anzusehen, und sagte dann: » Ja, ich werde einfach die Luftgeister rufen. Sie machen das dann schon.«

Mika blickte mit geweiteten Augen und zusammengepresstem Kiefer auf Carlos. Dann nickte er heftig. Nach zwei Sekunden streckte er die Arme nach oben: »Ich sage jetzt gar nichts. Keinen Ton. Kumpel, ich bin für diesen Mist nicht zu haben. Mach du das.«

Carlos riss die Augen auf und zuckte im selben Moment mit den Schultern. Er sollte mit ihr reden? Dann sah er zu Eleeya herüber, die ihn mit großen Augen anstarrte. Carlos atmete tief durch. Ein gefrorenes Lächeln zeichnete sich auf seinen Lippen ab, dann sprach er sie an: »Jaa, Eleeya ... die Luftgeister! Das ist schon eine tolle Sache ...!«

»CARLOS!«

»Schon gut!« Carlos atmete erneut tief durch. Innerlich zählte er bis drei, dann fragte er: »Weißt du, wir kommen von weit her. Bei uns gibt es keine Luftgeister. Kannst du uns ... ein wenig mehr ... über sie erzählen?«

Mit großen Augen starrte er sie an.

»Also ... die Luftgeister ... sind überall um uns herum. Sie beobachten uns, sie sind da, wenn wir sie brauchen«, setzte Eleeya stockend an. »Ich rufe sie und sage ihnen, sie sollen zu uns kommen. Dann gehen sie durch den Tunnel und verlassen ihn wieder am anderen Ende.«

»Wie rufst du sie? Und welchen Tunnel meinst du?«

»Oh, den Tunnel hier«, sagte Eleeya und deutete auf den Ansaugschacht. »Und ich rufe sie, indem ich sie erstmals einlade. Sie kommen dann einfach. Ich verspreche ihnen Nahrung, die sie im Tunnel erhalten. Die nehmen sie dann gestärkt auf und verlassen uns wieder.«

Zum ersten Mal schaltete sich Mika wieder ein: »Hm, erklär uns doch mal ganz genau, wie du sie rufst.«

Eleeya war froh, dass sie erstmals das von Azrael erhaltene Wissen weitergeben konnte. »Ja, weißt du, hier vorne am Tunnel erstelle ich eine Teilchen-Modulationseinheit. Die Luftgeister, die sich vor dem Tunnel befinden, werden hereingebeten. Direkt dahinter beginnt bereits anhand einer Energiefütterung die versprochene Nahrungszugabe.

Die Lebensbausteine, aus denen die Windgeister bestehen, werden von noch kleineren Teilchen umworben.

Die Nahrung sorgt dafür, dass sich diese kleinen Begleiter viel, viel schneller um die Bausteine drehen. Gleichzeitig vergrößert sich ihr Abstand zu den Bausteinen. Und die wiederum bewegen sich dann viel schneller. Umso weiter sie in den Tunnel eindringen, desto mehr Nahrung erhalten sie. Man wird hören, wie gut es ihnen bekommt! Sie erhalten umso mehr, je tiefer sie in den Tunnel gelangen. Schließlich verlassen sie ihn so gestärkt, dass sie eine leuchtende Spur nach sich ziehen!«

Mika war inzwischen hellhörig geworden. Er verengte die Augenbrauen und öffnete den Mund. Zu Carlos gewandt sagte er: »Sag mal, ich verstehe zwar nicht viel. Aber erinnerst du dich an den Vortrag von Professor Damark über alternative Antriebstechniken?«

Carlos überlegte, dann fiel ihm die staffelinterne Weiterbildungsstunde ein. Jeder war auf solche Vorlesungen und Weiterbildungen ganz heiß. Intern wurden sie Kaffeetrinker-Lehrgänge genannt! »Ja, kann ich. Doch was genau meinst du?«

»Was ich meine? Ganz einfach. Wenn mich nicht alles täuscht, hat unser Eselsohr hier gerade die Grundprinzipien eines Ionen-Staustrahlantriebs erklärt!« Grinsend schüttelte Mika den Kopf: »Ich fasse es nicht.« Dann drehte er sich zu Eleeya und sagte schlicht: »O. k., gut – mach einfach weiter!«

Eleeyas Blick wanderte zwischen Carlos und Mika hin und her. »Gut. Setzt bitte eure Helme auf.«

Mika fühlte sich an eine Berg- und Talbahn erinnert. Dachte er im einen Moment noch, alles würde gut, zweifelte er im nächsten an ihrem Verstand.

Carlos gingen ähnliche Gedanken durch den Kopf. Doch keiner der beiden sagte ein Wort. Sie standen einfach nur da und sahen Eleeya stumm an.

»Oh, ja, ich glaube, ich habe etwas vergessen«, erwiderte sie verlegen. »Ich denke, es wäre gut, wenn ich euch zuerst etwas mehr über eure Anzüge erzähle.«

Carlos und Mika sahen einander an, erwiderten aber nichts.

Eleeyas Mundwinkel zuckte. »Also, ich habe in euren Erinnerungen gelesen, dass euch eure Anzüge beschützen.«

Mikas Seitenblick streifte Carlos.

»Ja, sie beschützen euch vor Kälte und Hitze.« Eleeya versuchte, irgendein Zeichen von Zustimmung oder Ablehnung erkennen zu können, sah jedoch nichts.

»Und dass die Anzüge euch vor den Kräften beim Schneller-Werden beschützen.«

Carlos nickte leicht, Eleeya begann zu strahlen und fuhr fort: »Genau das können diese Anzüge auch«, sagte sie stolz.

»Wo ist der Helm«, fragte Mika, sichtlich gelangweilt.

»Oh, ganz einfach«, antwortete Eleeya. »Du musst nur deine Hand ... aber passt auf, wir fangen anders an!«

Sie wirkte sehr aufgeregt.

»Also, stellt euch einfach vor, dass alles, was ihr benötigt, zu jeder Zeit da ist. Es zeigt sich aber erst, wenn es wirklich gebraucht wird.«

»Klingt nach der perfekten Küchenhilfe!«

»Mika!«

»Schon gut. Mach weiter ...«

»Also, wenn ihr zum Beispiel eure Handschuhe braucht, dann berührt ihr einfach die silbernen Verstärkungen am Ärmelansatz und sagt ›Handschuhe‹. Na los, versucht es einmal.«

Mika und Carlos sahen sich an wie zwei Erstklässler, denen man beibringt, wie man richtig die Schuhe zu binden hat.

»Na los!«

Mika legte als Erster seine rechte Hand auf die metallisch wirkende Wulst am linken Handgelenk und sagte gelangweilt: »Hand-schu-hee.« Was dann geschah, ließ seinen Mund offen stehen.

Mit einem gurgelnden Geräusch begann eine tiefblaue

Flüssigkeit aus dem Rand des Handgelenkabschlusses auszutreten. Langsam floss die zähe Flüssigkeit erst über die Handrücken, dann über die Innenflächen. Als ob die Flüssigkeit genau zu wissen schien, was sie tun sollte, begann sie schließlich um die Finger zu fließen. Kurz darauf waren beide Hände von der Flüssigkeit umhüllt.

Direkt danach sah man, dass sich die glänzende Oberfläche in eine matte, samtartige Struktur veränderte.

Mika hielt beide Hände vor die Augen und drehte sie. »Wow, Kleine, nicht schlecht!«

Eleeya strahlte.

»Und genau so zieht ihr sie auch wieder aus«, sagte sie. »Und den Helm legt ihr auf dieselbe Art und Weise an. Übrigens, auch der gesamte Anzug lässt sich natürlich auf diese Art und Weise anziehen!«

»Natürlich!«

»Die Taschen lassen sich noch viel einfacher öffnen«, ergänzte sie. »Ihr müsst nur die betreffenden Stellen anfassen, dann öffnen sie sich selbständig. Auch die zwei anderen Öffnungen ...!« Plötzlich verstummte Eleeya. Ihr Gesicht verfärbte sich mit einem Mal bläulich und die Ohren drehten sich nach außen. »... die anderen Öffnungen ...«, fuhr sie fort.

Mika unterbrach sie und sagte: »Kein Problem, das mit den anderen Öffnungen haben wir bereits herausgefunden.«

Sichtbar erleichtert für diese Rettung ging Eleeya wieder zurück unter den vorderen Rumpfbereich.

Carlos lächelte Eleeya zu und sagte: »O. k., Mika, du weißt jetzt, wie es geht. Dann setz mal deinen Helm auf!« Mit diesen Worten griff er an den metallischen Halsansatz und sagte: »Helm!« Er hatte ja mit diesem Effekt gerechnet, doch als es nun geschah, wurde ihm doch mulmig.

Aus dem Halsansatz begann gurgelnd und blubbernd eine Flüssigkeit nach oben zu steigen. In Höhe seines Kinns machte die Flüssigkeit im vorderen Bereich halt und begann nur noch im Hinterkopfbereich nach oben zu steigen. Als sie den Scheitelpunkt erreicht hatte, begann sie nach vorne herunterzufließen. Es erschien, als ob die Flüssigkeit über eine unsichtbare Form floss. Als ob sie genau wusste, wohin sie zu fließen hatte, bildete sie eine glatte, perfekte Form.

Carlos bemerkte, dass die tiefblaue Flüssigkeit in einem Abstand von vier oder fünf Zentimetern vor seinen Augen nach unten wabberte. Und nun erkannte er auch, dass die halbzähe Masse, zumindest von innen nach außen, transparent war. Zwar erschien das Bild noch sehr unscharf, was sich aber schlagartig änderte, als der Formungsprozess zu Ende schien.

Mit einem Mal war das gesamte Blickfeld scharf. Gestochen scharf. Und noch etwas fiel auf. Direkt nachdem sich die dunkle Flüssigkeit verfestigt hatte, passte sich die Helligkeit an.

Es war nicht mehr wie durch eine dunkelblaue Brille zu erkennen, alles war taghell, ohne irgendwelche Einschränkungen.

Was Carlos aber besonders auffiel, war, dass die Sicht durch das Display gestochen scharf war. Ihm war vollkommen klar, dass er eine leichte Sehschwäche von 0,4 Dioptrien hatte. Bisher gelang es ihm recht gut, dies zu verbergen. Staunend glitt sein Blick über den kleinen Waldkamm tief unten im Tjadoor-Tal. Der Waldkamm besaß tatsächlich kleinste Spitzen und Zacken.

Sein Blick ging weiter zu den fichtenartigen Gewächsen, die in zehn Metern Entfernung standen. Sie hatten Nadeln!

Carlos sah hinüber zu Mika, der ebenfalls seinen Helm geschlossen hatte. Nun erkannte er, dass der Helm nur in eine Richtung transparent war.

Was er sah, als er Mika anschaute, wirkte wie eine hochmoderne Samurai-Rüstung. Der eiförmige Helm erinnerte entfernt an den Kendo-Kopfschutz japanischer

Schwertkämpfer, nur sah dieser hier aus wie aus einer Art spiegelndem Metall oder Glas.

Carlos merkte, wie Mika ihn ebenfalls musterte.

»Cool, echt cool ...«, war seinerseits zu hören. Carlos bemerkte, dass trotz des geschlossenen Helmes seine Stimme sehr gut zu hören war. Irgendwie sogar klarer als normal.

Das war auch Mika aufgefallen. Er stellte sich mit durchgedrücktem Kreuz breitbeinig vor Carlos auf und legte ihm die rechte Hand auf die Schulter. Dann begann er, schwer und rasselnd zu atmen, und sagte dann: »chhh-chhh ... Luke ... ich bin dein Vater!«

»Mika, lass den Quatsch«, antwortete Carlos lachend. »Pass lieber auf, was dir Eleeya zu sagen hat.«

Eleeya wusste nicht, ob sie mitlachen sollte oder nicht. Sie verstand nicht, um was es ging, trotzdem erschien ihr die Situation sehr komisch. »Und dann möchte ich euch noch kurz zeigen, wie der Anzug euch vor den starken Kräften der Bewegung schützt.«

Eleeyas Hand wirbelte durch die Luft.

»Dazu habe ich lange überlegt, wie so etwas gemacht werden kann. Doch schließlich ist mir eingefallen, was Azrael mal erzählt hatte. Die Geschichte begann folgendermaßen:

Ein starker, alter Baum und ein Grashalm haben gestritten, wer der Stärkere von beiden sei. Es zog ein starker Sturm auf. Der Baum stemmte sich mit aller Macht dagegen, bis er schließlich zerbrach. Der Grashalm aber hatte sich dem Wind angepasst und beugte sich einfach, wie es der Wind wollte. Nach dem Sturm stand der Halm, als wäre nichts geschehen, und blickte auf die Überreste des riesigen Baums.«

Carlos schüttelte verwundert den Kopf und lächelte Eleeya an: »He, die Geschichte kenne ich!«

Eleeya lächelte zurück. »Ich habe den Anzug in ein Feld gehüllt, das äußere Kräfte aufnimmt und sie wieder abgibt.

Das Einzige, was nach außen hin sichtbar ist, ist Ruhe. Das bedeutet, die Anzüge verfestigen sich. Sie frieren ein. Sie erkennen selbständig, wenn die Kräfte zu stark werden, und nehmen dann automatisch ihre Schutzstarre ein, um den Träger zu schützen. Pass auf, ich zeige es dir. Lass dich fallen!«

Carlos sah sie verwirrt an.

»Was soll ich?«

»Du sollst dich fallen lassen. Jetzt!«

Carlos blieb einfach stehen.

Eleeya schüttelte seufzend den Kopf und ging ein paar Schritte auf Carlos zu. Kurz vor ihm ging sie in die Hocke, griff kurz seinen Arm und schleuderte ihn in hohem Bogen nach hinten.

Außer einem leichten »Ughh ...« war nichts zu hören. Carlos lag flach am Boden und wirkte wie eine Gliederpuppe, deren Arme und Beine eingefroren waren. Ganz langsam schien die Starre aufzutauen und Carlos stützte sich auf dem Unterarm ab.

»Hey, das war toll. Du spürst rein gar nichts«, richtete er sich an Mika.

»Willst du noch mal?«, fragte er.

Carlos verzog sein Gesicht und wischte sich etwas imaginären Staub vom Anzug. »Äh, nein, lass gut sein.«

»So, jetzt passt auf, ich zeige euch, wie man in den Typhoon einsteigt. Es ist ganz einfach. Der Typhoon hört auf eure Stimmen. Stellt euch einfach hier unter das Cockpit und sagt ... LEITER.«

Ein Glühen ging durch den Bereich, wo sich normalerweise die Klappe der Cockpitleiter öffnete. Mit einem schmatzenden Geräusch formte sich aus der glatten Oberfläche ein Zylinder mit einem Durchmesser von zehn Zentimetern, der sich in Richtung Boden verlängerte. In einer Höhe von anderthalb Metern über dem Boden blieb das Rohr stehen. Mehr geschah nicht.

Mika sah das Rohr skeptisch an und sagte: »O. k. – und

wann formen sich die Fußsteigen?«

»Die was?«

Carlos schaltete sich ein. Er fühlte sich an den Schulsport erinnert, als man versuchen musste, an Hanftauen nach oben zu klettern.

»Eleeya, hier fehlen noch die Sprossen der Leiter. Außerdem scheint es, als wäre sie gar nicht komplett ausgefahren. Die reicht mir ja gerade mal bis zur Brust. Wie sollen wir denn da raufkommen, hmm?«

»Oh, ihr müsst doch nicht da hoch. Ihr wollt doch nur ins Cockpit, oder?«

»Ja, schon ...«, entgegnete Mika und griff nach der Stange.

Es war, als ob ein Blitz in ihn einschlug. Er spürte keine Schmerzen, aber es fühlte sich an, als ob ihn etwas zerreißen würde. Vor seinen Augen sah er ein Funkeln, ähnlich wie bei einem Blackout.

Das Nächste, was ihm auffiel, war, dass er nicht mehr stand, sondern saß.

Die Umgebung hatte sich mit einem Mal verändert.

Zwar blickte er immer noch auf das gigantische Felsmassiv, doch wie es schien, befand er sich innerhalb des Typhoons.

»He, Mika, geht es dir gut?«, hörte er Carlos' Stimme im Helm. In der Tat, er fühlte sich etwas verwirrt.

»Ja, Kumpel, passt schon.«

»Ich habe genau gesehen, was passiert ist«, antwortete Carlos. »Du hast dich in einen Haufen Glühwürmchen verwandelt und bist in der Stange verschwunden. Toll. Eleeya, wieso muss man denn erst diese Stange anfassen? Reicht es nicht, wenn wir einfach nur Cockpit sagen, wie bei all den anderen Dingen?«

Eleeya begann zu grübeln. »Nein. Der Typhoon erkennt euch zwar an euren Stimmen, und er kennt eure Struktur, denn ... ihr wart ja schon einmal mit ihm verschmolzen.«

Mit unsicherem Blick fuhr sie fort. »Aber erst wenn er

euch spürt, kann er euch einladen. Und – es funktioniert nur bei euch, bei keinem anderen sonst!«

Eleeya deutete einladend auf das, was im Original mal eine Leiter war.

Es erfolgte eine kurze Pause, dann hörte Mika wieder Carlos' Stimme im Helm: »Na gut, mache ich!«

Im nächsten Moment sah Mika Carlos vor sich im Cockpit auftauchen.

»Wow«, grölte Carlos, »nicht schlecht. Du könntest hier sogar im Regen ein- und aussteigen, ohne dass es hier drinnen nass wird.«

»Kann es sein, dass deine Regenphobie irgendwie schlimmer wird?«, fragte Mika. Er wirkte immer noch sehr euphorisch, doch dann fiel ihm die erste Unregelmäßigkeit auf.

»Sag mal, Carlos, warum sitzt du eigentlich vorne?«

»Keine Ahnung. Vielleicht weil ich die Maschine fliegen werde!«

»Vergiss es!«

Mika sah sich zum ersten Mal im Cockpit um. Irgendwie hatte er etwas Besonderes erwartet, aber nicht das hier.

»ELEEYA!«

Mit einem kurzen Blitzen erwachten die drei vorderen Displays zum Leben. Auf jedem der Displays war Eleeyas Gesicht zu sehen. Obwohl sie in jedem Display von einer anderen Perspektive aufgenommen wurde, schien sie den Betrachter des Displays direkt anzusehen.

Eleeya hatte, als sie Mikas und Carlos' Bewusstsein trennte, in Mikas Gedanken viele Erinnerungen gesehen. Eine davon hatte Mika als sehr erheiternd in Erinnerung. Sie stammte aus einer alten Fernsehserie, wie er es nannte.

»ELEEYA!«

Eleeya grinste Mika an und sagte: »Ja ... Meister!«

Mika ging nicht weiter darauf ein, obwohl ihm die Ähnlichkeit auffiel. »Eleeya, zwei kurze Fragen. Erstens:

Warum sitze ich hinten und zweitens: Wieso fehlen hier drinnen sämtliche Panels?«

»Ich weiß nicht, was du mit Panels meinst. Aber du sitzt hinten, weil du der Führer des Typhoons bist. Du sagst, wo es hingeht!«

Die Antwort passte Mika schon ganz gut, bis auf ein winziges Detail: »Und wieso sitze ich dann hinten?«

Eleeya musste selbst kurz überlegen. Ja, wieso hinten? Langsam erinnerte sie sich wieder. »Du sitzt etwas höher! Weil du der Höhere bist? Himmel noch mal, ich weiß es nicht genau! Auf jeden Fall habe ich in euren Erinnerungen gesehen, wie es sein soll. Genau genommen in Carlos' Erinnerungen. Und in seinen Erinnerungen sitzt er vorne. Da dachte ich dann automatisch ...«

»So Kumpel, das war's dann wohl! Das haben wir jetzt von deinem Wunschdenken! Eleeya, bring das sofort in Ordnung und lass uns die Plätze tauschen.«

Irritiert blickte ihr Gesicht aus den Displays. Der Kopf neigte sich, als sie sagte: »Aber das geht nicht. Das ist ausgeschlossen. Ich kann es im Einzelnen nicht genau erklären, aber nur von vorne können die Waffen gesteuert werden, und nur von deinem Platz kann der Typhoon gelenkt werden. Glaube mir, es geht einfach nicht anders.«

Mika wollte sich an der Schläfe kratzen, merkte aber, wie seine Hand vom Helm gebremst wurde.

»Sag mir doch bitte, warum ist es für dich so wichtig, vorne zu sitzen? Du fliegst den Typhoon. Auch wenn du hinten sitzt.«

Mika war sich im ersten Moment selbst nicht so klar darüber. Ja warum? Dann fiel es ihm aber auch sofort ein: »Na, vorne sehe ich viel mehr.«

Eleeyas Ohren drehten sich leicht. »Ist das alles? Damit du mehr siehst?«

»Das reicht doch, oder?«

»Mika, schau mal geradeaus und pass auf ... wie wäre denn das hier?«, fragte Eleeya.

Reflexartig wollte sich Mika an irgendwelchen Haltegriffen festhalten, doch es gab keine. Mika saß in einer Höhe von vier Metern in der Luft. Es war kein Cockpit mehr zu sehen, keine Displays, rein gar nichts. Wohin er seinen Kopf auch drehte, er saß wie auf einem Hochsitz mitten in der Luft.

»Wenn du möchtest, kann dir dein Helm auch nur ganz bestimmte Sachen zeigen«, erklärte Eleeya. »Ganz wie du möchtest kannst du alles ausblenden, so wie eben, oder aber auch nur bestimmte Teile.«

Nacheinander erschienen mitten in der Luft vor ihm erst halbtransparent die Displays, dann Carlos' Sitz und schließlich der Rest.

»So kannst du selbst entscheiden, was du sehen möchtest und was dich stört. Ist das ausreichend?«

Mika war schwer beeindruckt. »Ja, das reicht fürs Erste.«

Carlos hatte dieselben Effekte gesehen und fragte nun: »Wie schalte ich das ein?«

»Sag es mir einfach, ich mache das dann!«

Carlos nickte unmerklich. Dann fragte er: »Sag mal, wo steckst du eigentlich? Bist du mit uns über Funk oder so was verbunden?«

Eleeya schmunzelte. »Nein, nicht ganz. Ich bin bei euch!«

Carlos drehte sich nach hinten zu Mika um. Irgendwie war der Abstand zu seinem Hintermann nicht so groß, wie er sein sollte. Locker konnte er nach hinten greifen und stupste Mika an den Arm. Dabei hob er zuckend beide Schultern.

»Ähm, vielleicht ist mir was entgangen, aber ich sehe hier nur zwei Sitze.«

Eleeyas Gesicht grinste vom Display. »Ich habe euch doch erzählt, wie ich euch hierher geholt habe. Und was dabei mit eurer Matrix gemacht wurde.« Ihre Augen wurden größer. »Ja, und das Gleiche kann ich auch in umgekehrter Richtung durchführen. Mit mir selber!«, sagte sie stolz.

Wieder blickte Carlos nach hinten, doch diesmal zuckte Mika mit den Schultern.

Eleeya schien dies bemerkt zu haben und antwortete: »Ich kann meine gesamte Matrix in einen energetischen Zustand versetzen. Der Typhoon ist dann so etwas wie ein Trägergefäß, in das ich hineinschlüpfen kann. Ich bin dann mit jeder Faser mit ihm verbunden. Ich weiß alles, was er weiß, und er tut alles, was ich will. Ich bin sozusagen der Geist der Maschine.« Eleeya legte grinsend den Kopf schief und drehte die Ohren nach außen.

Die nächsten Sekunden sagte keiner etwas. Mika durchbrach die Stille als Erster: »Stramm! Harter Stoff! Ich glaube, wenn ich nicht so viel Science-Fiction-Filme gesehen hätte, würde ich jetzt als Erstes versuchen, so schnell wie möglich hier rauszukommen! Andererseits, wenn ich es mir etwas genauer überlege ...«

Carlos hörte sofort auf, seine Hand gegen das Cockpitdach zu stemmen. »Eleeya, jetzt mal im Ernst, wie kommen wir denn hier wieder raus?«

Eleeya lächelte vom Bildschirm zurück, doch es erfolgte keine Antwort. Die Stille im Cockpit wurde nach wenigen Sekunden von Eleeyas Stimme durchbrochen: »Nun, ja ...«

Ihr Lächeln fror ein. »Verdammt«, dachte sie. »Nun gut, auch wenn sie mal eine Kleinigkeit vergessen hatte, man konnte sich ja behelfen.« »Ja ... also ... das ist eine gute Frage. Hmm ... sag es mir einfach, wenn du raus möchtest«, war die einfache Antwort.

»Also irgendwas ist hier nicht ganz konsequent«, entgegnete Carlos. »Wenn ich rein will, muss ich unbedingt die dumme Stange anfassen. Wenn ich raus will, geht das auf einmal auch so?«

»Ich glaube, jetzt sind wir wieder da angelangt, wo wir vorhin stehen geblieben sind«, warf Mika ein. »Mir ist, ehrlich gesagt, diese Cockpitleiter schnurzegal. Es gibt da aber eine winzige Kleinigkeit, die mich etwas besorgt. Ich sehe hier weder Schubregler noch Stick, noch sonst irgendeinen einzigen Schalter. Das Cockpit ist bis auf die drei Monitore vollständig leer. Ich sitze hier einfach in einer hohlen, öden Röhre! Wie soll ich das Ding steuern?«

»Sag es mir ...«

»Was, wenn ich schnell die Richtung ändern möchte?«

Eleeya hatte mit einem verlegenen Grinsen die Augenbrauen zusammengezogen und wiederholte übertrieben langsam die drei Worte.

»Also, ich kann mich auf vieles einlassen, aber das reicht«, brauste Mika auf. »Ich soll dir sagen, wohin ich fliegen will, und du machst es dann so? Ich glaube, du tickst nicht richtig!«

Eleeyas Blick auf dem Display wirkte trotzig. »Aber nichts anderes machst du doch, wenn du den Stick, wie du ihn nennst, bewegst. Du sagst damit deinem Computer, wohin du willst, und er macht das dann. Alles andere regelt doch der Computer, das weiß ich genau! Du selbst steuerst doch gar nicht komplett das Flugzeug.«

»Was? ... Mein liebes Fräulein, jetzt hör mir mal genau zu. Ich glaube, es geht los. Ich werde dir jetzt mal ...«

»Mika«, unterbrach Carlos, »Mika, lass mal gut sein. Warte mal einen kleinen Augenblick!«

Widerspenstig, mit vorgeschobenem Kinn und angelegten Ohren blickte Eleeyas Bild von den drei Displays.

»Eleeya, hör mal, du hast ja vollkommen Recht mit dem, was du sagst«, erwiderte Carlos und spürte einen kurzen Stoß im Rücken. »Aber sieh mal, wir haben gelernt, im Einsatz sehr schnell zu reagieren. Wir tun dann einfach, was notwendig ist, und bedienen die verschiedenen Instrumente. Ein Umweg über das gesprochene Wort dauert viel zu lange. Außerdem sind wir das nicht gewohnt!«

Eleeya musste augenblicklich an Azraels Worte denken:

»Denke nicht, handle einfach!«

»Eleeya, wäre es nicht möglich, wenn du uns genau die Eingabeelemente erstellst, die wir auch kennen? Und anhand dessen, wie wir sie bewegen, steuerst du die Maschine. Wir können dann sehr viel besser das tun, wozu wir hier sind.«

Das war ein überzeugendes Argument. Langsam entspannte sich Eleeyas Blick, als sie fragte: »Aber wie soll das gehen? Ich kann, besonders hier im Inneren, keine Matrixanpassung durchführen.«

»Und was bedeutet das?«

»Ich kann euch eure Schalter und Instrumente nicht geben. Ich kann hier drinnen keine weitere Materie erstellen. Im Moment auf jeden Fall noch nicht!«

Mika war es, der die entscheidende Idee hatte. »Carlos, erinnerst du dich an die virtuellen Experimentalcockpits?«

Carlos überlegte kurz, dann verzog er den Mund zu einem breiten Grinsen. »Ja, könnte gehen.«

An Eleeya gewandt fuhr er fort: »Eleeya, du musst sie auch nicht aus Materie erstellen. Hör zu: ich habe bemerkt, wie du eben das Cockpit transparent gemacht hast.«

Eleeyas Bild von den Displays nickte.

»Es wirkte so, als wäre es teilweise durchsichtig – wie aus Licht erstellt. Kannst du nicht einfach in unsere Helmdisplays ein entsprechendes Bild einblenden?«

Eleeya verdrehte den Kopf. Man sah, dass sie Schwierigkeiten hatte, Carlos' Idee zu folgen.

»Kannst du uns im Helm etwas zeigen, so, dass wir etwas sehen, was es in Wirklichkeit gar nicht gibt? Schau mal, hier zum Beispiel.« Carlos' linke Hand ging an die Stelle, an der sich normalerweise der Schubregler befindet.

»Du weißt, was der Schubregler ist und wie er aussieht?«

Eleeya nickte.

»Kannst du etwas machen, damit ich im Helmdisplay an genau der Stelle«, Carlos wackelte mit der linken Hand,

»den Schubregler sehen kann?«

»Ja, ich glaube schon. Warte mal ... so!«

Inmitten von Carlos' linker Hand entstand mit einem Mal das Abbild des Schubreglers. Carlos neigte den Kopf, doch das Bild änderte nicht seine Lage im Raum. »Sehr gut, klasse ...«, lobte Carlos.

Zum ersten Mal zeigte sich wieder ein Lächeln auf Eleeyas Gesicht.

Carlos bewegte seine Hand aus dem virtuellen Bild des Schubreglers.

»So, Eleeya, du siehst doch, wo im Vergleich zum Schubregler ich meine Hand habe.«

Eleeya nickte.

»Und jetzt mach doch mal Folgendes: wenn meine Hand ihn erreicht hat, beweg das Bild des Schubreglers nach vorne, so als ob ich ihn wirklich nach vorne schieben würde, o. k.?«

Carlos streckte den Zeige- und Mittelfinger aus und näherte sie dem Abbild des Schubreglers. Sobald der Handschuh den Regler zu berühren schien, bewegte er sich nach vorne. »Sehr gut, Mädchen, toll!«

Eleeya stutzte. ... Mädchen ... Es gab nur einen, der sie bisher so genannt hatte. Aber irgendwie gefiel ihr das. Sie lächelte.

»Gut, und jetzt versuch doch noch etwas anderes. Du hast mir eben gezeigt, wie die Schutzstarre des Anzugs funktioniert. Kannst du auf ähnliche Art bestimmte Bereiche des Anzugs erstarren lassen, zum Beispiel nur bestimmte Finger der linken Hand?«

Wieder nickte Eleeya.

»Gut, und jetzt kommt das Wichtigste. Wenn ich nach irgendetwas greife, lass doch die Finger, die das Bild berühren, einfrieren.«

Mika öffnete und schloss nochmals seine linke Hand.

»Also, wenn ich zum Beispiel so greife, würden meine Finger in echt ja auch nicht durch den Stick hindurchgehen.

Also, sag dem Anzug doch einfach, dass er die Finger nicht mehr weiter bewegen kann, sobald ich das Bild berühre. Ich bin sicher, für mich fühlt es sich fast so an, als wenn ich plötzlich etwas Festes greifen würde.«

Mit einem Mal meldete sie sich strahlend zu Wort: »Ja, ich weiß, was du meinst.«

Der Schubregler bewegte sich wie von Geisterhand nach vorne, um dann wieder schnell nach hinten zu gleiten. Patschend schlug er gegen Carlos' linke Hand.

»Hab dich ...«, lachte Eleeya.

Auch Carlos musste lachen.

Mika, der das Ganze von hinten mitverfolgt hatte, musste anerkennend nicken.

»Nicht schlecht, nicht schlecht. Eleeya, ich wette, du weißt haargenau, wie unser altes Cockpit ausgesehen hat. Kannst du auf diese Art, wie du es eben mit dem Schubregler gemacht hast, auch den Rest darstellen?«

Eleeya grinste Mika aus dem Display heraus an und sagte: »Mal sehen ...!«

Plötzlich begann es, rund um Mika herum zu blitzen und zu flackern. Erst waren nur vereinzelte Linien zu erkennen, dann erschien ein Schalter nach dem anderen mitten in der Luft. Innerhalb weniger Sekunden füllte sich das Cockpit.

Mika nickte grinsend, als er die Neuerschaffung der Instrumente beobachtete.

Dann war alles wieder ruhig. Mika hatte zum ersten Mal den Eindruck, in seinem vertrauten Typhoon zu sitzen. Sämtliche Schalter und Regler waren vorhanden und befanden sich an der richtigen Stelle. Einzig allein ein leichtes Glühen deutete darauf hin, dass es sich nicht um reale Objekte handelte.

Probeweise bewegte Mika seine Hand zum Batteriehauptschalter und legte ihn um. Er spürte richtig, wie er den Schalter berührte und fühlte das leichte Knack, das ihm auch als Bestätigung diente, den Schalter richtig gedrückt zu haben.

Doch erwartungsgemäß tat sich nichts.

»Eleeya, das fühlt sich sehr gut an«, lobte er. »Ganze Arbeit, sauber!«

Eleeya wusste nicht, warum es auch hätte schmutzig sein können, aber sie badete sich regelrecht in seinem Lob. »Netter Kerl!«

»Und jetzt macht das Üben auch Sinn. Du musst nämlich erst mal lernen, was die einzelnen Schalter zu bedeuten haben, und wir müssen uns mit den neuen Reaktionen vertraut machen. Doch zuallererst schau dir doch mal den Schalter hier an!« Mika deutete auf einen kleinen Kippschalter unterhalb des rechten Displays.

»Dieser Schalter löst die Cockpitleiter aus. Ich würde vorschlagen, wir einigen uns als Erstes darauf, dass wir dadurch das Cockpit wieder verlassen können.«

»Einverstanden«, sagte Eleeya großzügig.

Carlos ahnte schon, dass dieser Ton sich auch bald wieder ändern sollte.

»Also, dann«, entgegnete Mika und betätigte den Schalter.

Ein Flimmern erfolgte, und bereits einen Sekundenbruchteil später stand Mika wieder draußen vor dem Typhoon. »Natopause. Ich habe Hunger«, erwiderte er.

Seufzend folgte Carlos seinem Beispiel.

Eleeya wartete neben dem Typhoon.

»Echt gut gemacht, Eselsohr«, wiederholte Mika und klopfte auf ihre Schulter.

Eleeya strahlte ihn an.

»Was gibt's denn hier eigentlich noch zum Essen? Hast du hier nicht so was Ähnliches wie Schokolade? Oder, ja, das käme jetzt gut ... wie wäre es mit einem richtigen Steak?«

Eleeya blickte ihn verständnislos an.

»Weißt du, immer dieses Rübenkraut oder der grüne Papp oder auch der weiße Mansch machen mich nicht richtig satt. So langsam sehne ich mich nach einem richtigen Stück Fleisch!«

Eleeya dämmerte es, was er meinte. Zwar hatte sie von ihren besonderen Essgewohnheiten in seinen Erinnerungen erfahren, hatte aber damals bewusst darauf verzichtet, näher hinzuschauen.

Nun wusste sie, was er mit Steak meinte. Sie spürte Übelkeit in sich aufsteigen. Ihr Magen klopfte. Reflexartig hielt sie die Hand vor den Mund und wirbelte herum. Sie musste noch ein paar Mal würgen, schaffte es aber, sich nicht zu übergeben. Langsam drehte sie sich wieder um und sagte: »Widerlich. Du isst Tiere!« Dabei schüttelte sie heftig den Kopf.

Mika sah Carlos an und schüttelte verständnislos den Kopf.

»Ihr beide seid ja pervers!«, zeterte sie weiter.

Jetzt zuckte auch Carlos die Schultern und deutete auf Mika.

»Jaa, o. k., schon guut«, leierte Mika herunter, »Anne war auch Vegetarier, ich kenne mich mit Tofu bestens aus. Ist ja auch viel gesünder!« Gequält verzog er den Mund.

»Meine Schwester auch«, fiel Carlos ein. »Sie sagt, es kommt immer darauf an, wie man es zubereitet. Eigentlich kann man richtig leckere Sachen davon machen.«

»Carlos, halt den Mund!«

»Ja, SIR!« Nach ein paar Sekunden fuhr Mika fort: »O. k., o. k. – ihr habt ja Recht. Ich kann mich außerdem leicht jeder Situation anpassen. So, und was gibt es denn nun Leckeres hier? Soja mit Hähnchengeschmack?«

»Was ist ein Hähnchen?«, wollte Eleeya wissen.

»Ein Hähnchen, das ist ein ...«, fing Mika mit der Erklärung an. Doch dann unterbrach er sich selbst: »Och, nichts weiter. Nur so ein kleines ... Dingsda.«

Carlos blickte Mika verzweifelt an und schüttelte den Kopf. Das konnte noch heiter werden!

NG0082, äußerer Spiralarm

Die Einheit des Schwarms begann, erste Änderungen zu vernehmen. Nichts Konkretes, noch waren keine Details zu erkennen. Nur eine vage Ahnung breitete sich in jedem einzelnen Individuum aus. Diese Informationen wurden vom Schwarm aufbereitet und standen wiederum jedem Individuum zur Verfügung. Erst zögernd, dann deutlicher trafen die neuen Erkenntnisse ein. Der Schwarm fokussierte sämtliche Sinne in diese Richtung.

Loorn8 befand sich auf einem gewöhnlichen Forschungsflug. Seit nunmehr fünf Einheiten war es zusammen mit seinem Zögling »Neun« in den äußeren Randbereichen unterwegs, sonst war niemand an Bord des Nests.

Die Gedanken von Loorn8 gingen zurück zu seinem Zögling. Es drehte sich in seiner Sitzmulde um und sah Neun an.

Neun steckte in seiner Schlafröhre. Der gesamte Körper befand sich innerhalb der weichen, kokonartigen Röhre. Nur die vier Handlungsarme ragten heraus.

Sie hielten sich am Rand der Muldenöffnung fest, um im Gefahrenfall, oder falls sich Beute nähern sollte, den gesamten Leib blitzschnell hervorschießen zu lassen, so wie es seit Hunderttausenden von Jahren in den Genen seiner Vorfahren verankert war.

Stolz blickten die acht Fixations-Augen des Elter auf sein Junges. Wieder gingen seine Gedanken sechs Einheiten zurück, als es den Wurf der Loorn in das Lege-

Kokon einwob. Mehr als vierhundert Eier gingen der Reife entgegen.

Das war Loorn8s erste Vermehrung und würde wahrscheinlich auch die letzte sein.

Nachdem seine Nachkommen geschlüpft waren, suchte es zusammen mit dem Schwarm, der jederzeit mit ihnen verbunden war, das vielversprechendste Junge aus. Jedes Wesen verfügte über zwei Nervenknotenballungen. Zum einen gab es ein rudimentäres Gehirn, das so genannte Handlungshirn. Dieses Gehirn ermöglichte den einfachen Arbeitern der Gemeinschaft, ihre Arbeiten zu bewältigen. Die entsprechenden Informationen waren zum größten Teil aufgrund genetischer Übertragung seit der Geburt vorhanden. Das zweite Gehirn wurde nur bei auserwählten Yaara aktiviert. Ein Teil des Schwarmbewusstseins wurde auf dessen Individualhirn übertragen.

Die restlichen Jungen blieben, ausgestattet mit rudimentären Funktionen ihres Handlungsgehirns, einfache Drohnen, die der Gemeinschaft und dem Schwarm dienten. Ihr Individualhirn blieb brach liegen.

Nur ein einziges Individuum wurde mit seinen gesamten Einzigartigkeiten als Nachfolger des entsprechenden Clans herangezogen, um das Fortbestehen zu gewährleisten.

Neun würde sein Nachfolger sein!

Zwischenwelt, einen Tag später

»Gut, das reicht. Und denke beim nächsten Mal daran, wenn der Steuerhebel ganz nach links gedrückt wird, bedeutet dies, schnellste Kurskorrektur in diese Richtung.« Mika zeigte mit der Hand in die entsprechende Richtung.

»Da hin ... LINKS. Nicht das andere Links! Ja, ich weiß, dass wir dies noch öfters üben müssen«, sagte Mika, als er ein Zucken ihrer Augenbraue bemerkte.

»Aber in jedem Fall weißt du nun, welche Elemente zum direkten Steuern da sind und welche zusätzliche Funktionen einleiten.«

»Ja, ich denke, das habe ich so weit verstanden«, kommentierte Eleeya.

»Na gut. Wollen wir es dann mal versuchen?«

Eleeyas Augen strahlten. Freudig erregt nickte sie. »Mhhhm ...!«

»O. k. Carlos, alles klar, Kumpel?«

»Immer!«

»Also, dann ...!«

Mika aktivierte den internen Kompressor und startete die Triebwerke. Wie er bereits wusste, gab es diese Komponente in Wirklichkeit nicht mehr. Doch hatten sie sich zugunsten der gewohnten Abläufe darauf geeinigt, die entsprechenden Prozeduren beizubehalten.

Ein Säuseln erklang, mehr geschah nicht.

Mika achtete auf die Triebwerksanzeige im rechten Display und bemerkte, dass sich die Leerlaufleistung ohne Zögern aufgebaut hatte. Ganz behutsam schob er den

Schubregler nach vorne.

Das leise Säuseln war stärker geworden, die Instrumente bestätigten fünf Prozent Leistung.

Mika löste mit dem Umlegen des entsprechenden Schalters die Parkbremse und spürte sofort die Vorwärtsbewegung.

Eine große Beschleunigung erfasste den Typhoon und schleuderte ihn über den Rand der Felsnadel.

»Oha«, kommentierte Carlos, »wir sind gerade mal bei sieben Prozent. So langsam ahne ich, was passiert wäre, wenn wir die Triebwerke wie im Original erst mal voll hochgefahren hätten.«

Mika lachte. Er war in seinem Element. Langsam schob er den Schubregler weiter nach vorne.

Die Werte der verschiedenen Instrumente wurden direkt auf das Helmdisplay projiziert. Für Mika wirkte es, als ob die Zahlen direkt vor ihm im Raum stehen würden.

Zwanzig Meter in der Sekunde war die aktuelle Geschwindigkeit. Aus dem anfänglichen Säuseln war jetzt ein Singen geworden.

»Das sind die Luftgeister. Es kommen immer mehr. Hört ihr sie?«

Mika schob den Schubregler ganz sachte weiter nach vorne und zog gleichzeitig den Stick sanft zu sich heran.

Der Typhoon begann mit einem Anstieg.

Die Werte im Display veränderten sich: 40 m/s, 60 m/s, 90 m/s.

Immer schneller raste der Typhoon dahin.

»Carlos, siehst du das? Die Maschine reagiert unmittelbar, fast ohne Verzögerung.«

»Ja, sehe ich. Genial.«

»Ich gebe jetzt mal ein wenig Gas«, ergänzte Mika. Seine Augen leuchteten wie bei einem kleinen Jungen, der gerade unter dem Weihnachtsbaum eine Eisenbahn entdeckt hatte.

Das Singen des Antriebs hatte inzwischen verschiedene

Oberfrequenzen angenommen. Es klang in der Tat wie ein Chor, der schnell neue Mitglieder bekam.

»O. k., auf geht's!«, rief Mika.

»He, lass uns die Sache langsam angehen ...«, weiter kam Carlos nicht.

Mit einem letzten Stoß schob Mika den Regler vom ersten Drittel in die Endposition. Und zum ersten Mal entzündete sich das Äquivalent eines Nachbrenners.

Unmittelbar nahmen die Anzüge ihre Schutzstarre ein.

Aus dem Singen des Antriebs wurde innerhalb weniger Sekunden erst ein Heulen, in das sich ein wahnsinniges Kreischen mischte. Als würden Tausende von Stimmen versuchen, beim Einatmen zu schreien. 100 m/s, 200 m/s, 300 m/s, ein kaum wahrnehmbares Zittern bestätigte das Durchbrechen der Schallgeschwindigkeit.

Anstelle der exakten Geschwindigkeitsangabe in Meter pro Sekunde wechselte die Anzeige und zeigte in gelben Schriftzeichen: MACH 1. Doch kaum hatte das Auge die Ziffer 1 erkannt, änderte sie sich auch bereits in eine Zwei. Dann in eine Drei, bald darauf in eine Vier.

Mika beschlich ein ungutes Gefühl. Er wusste nun, dass er vergessen hatte, etwas Entscheidendes zu fragen. Er hatte zwei Möglichkeiten: Entweder gab er Eleeya per Sprachbefehl die Aufforderung zum sofortigen Abbruch, oder ...

Mika entschied sich für das Oder.

MACH 6, MACH 7...

Mika bemerkte, dass sie im Vergleich zur Geschwindigkeit immer noch sehr niedrig flogen. In irrem Tempo sah er das Meer unter sich vorbeihuschen. »Eleeya, was ist eigentlich die Höchstgeschwindigkeit?«

MACH 9, MACH 10, bald würde der Rumpf doch zu reißen beginnen!

»Och, ich weiß nicht so genau. Ich glaube MACH 28.«

»Mach 28!« Mika dachte, er hätte sich verhört. Der Anzug leistete tadellose Arbeit, trotzdem spürte er, wie das

Blut in seinen Ohren zu rauschen begann. »Wahnsinn«, dachte er. »Selbst das Spaceshuttle beim Eintritt in die Atmosphäre erreicht nur einen Bruchteil.«

Die Luft um den Typhoon hatte längst begonnen, ionisierte Zungen zu bilden, die am Cockpit leckten. MACH 22, MACH 23, MACH 24 ... Das Ganze glich einem Traum.

»Aber einem sehr schönen Traum«, ergänzte Mika. Nie in seinem Leben zuvor hatte er sich mit solcher Geschwindigkeit bewegt. Es war atemberaubend. Der reine Wahnsinn! Dafür lohnte es sich, zu sterben! Aber nicht sofort. Erst nächste Woche. Vorerst wollte er dies hier voll und ganz auskosten.

Je weiter der Typhoon sich der Endgeschwindigkeit näherte, desto schwächer wurde die Beschleunigung. Bei Mach 25 war sie bereits schwach genug, dass die Anzüge die Schutzstarre aufhoben.

Mika grinste in sich hinein, als er etwas Neues ausprobieren wollte. Er zog den Stick bis zum Anschlag zu sich heran.

Sofort reagierte der Typhoon und bäumte sich auf.

Wieder aktivierten sich die Anzüge, um die immensen Beschleunigungskräfte bei der abrupten Richtungsänderung auszugleichen. Doch dauerte dieser Zustand keine halbe Sekunde.

In steilem Winkel zog der Typhoon nach oben.

Mika konnte anhand der Instrumente ablesen, wie sie einen Kilometer nach dem anderen hinter sich ließen und bereits die Randbereiche der Atmosphäre erreichten.

Das jammernde Grölen der Triebwerke wurde leiser, stellenweise setzten auch gewisse Frequenzbereiche komplett aus.

»Wir kommen zu hoch«, sagte Eleeya, »die Luftgeister können uns bis in diese Höhe nicht mehr folgen.«

Carlos schaltete sich ein. »Also, bei dem, was hier abgeht, bleibt einem ja die Spucke weg! Aber der Typhoon ist erdgebunden. Irgendwann fehlt der Sauerstoff.«

»Was meinst du damit, Carlos?«, fragte Eleeya.

»Der Antrieb ist zwar superschnell, so etwas habe ich noch niemals zuvor gesehen ...«

»Danke.«

»Aber er ist halt nur für die Atmosphäre geeignet.«

»Ja, da hast du absolut Recht, Carlos. Du weißt sehr viel, merke ich!«, antwortete Eleeya. »Der Flüsterwind-Antrieb eignet sich nur für die Atmosphäre.«

»Flüsterwind«, flötete Carlos. »Ein schöner Name.«

Mika verdrehte die Augen.

Nach ein paar Sekunden ergänzte Eleeya unschuldig: »Aus diesem Grund haben wir dann ja noch den Sternenfeuer-Antrieb!«

Loorn8, Randbereich des Choldar-Arms

Da war sie wieder. Die dunkle Vorahnung stellte sich abermals ein. Loorn8 scannte die Umgebung, konnte aber nichts erkennen.

Da zu jedem Zeitpunkt jedes Yaara mit dem Schwarm verbunden war, wurde dieser Zustand auch von allen simultan wahrgenommen. Seit Monaten versuchte man nun herauszufinden, woher diese Vorahnungen kamen, doch die besten Wissenschaftler hatten immer noch keinen Anhalt.

Es war eine Art siebter Sinn, eine Art Gabe, die es ihnen erlaubte, bestimmte Wandlungen in der Galaxis wahrzunehmen.

Schon sehr oft hatten sie dadurch vielen befreundeten Rassen weiterhelfen können, die sich unaufhaltsam auf eine Katastrophe zubewegten, ohne davon die geringste Ahnung zu haben.

Und mit diesen Visionen, gepaart mit ihrem immensen Wissen, vermochten ihre besten Wissenschaftler eine Lösung zu entwickeln, noch bevor sich etwas Gravierendes ereignete.

Doch diesmal war es anders!

Es war eine gewaltige Vision. Doch es gab keine Vorstellungen von dem, was sich ereignen würde. Selbst das Gefühl, gegen wen sich diese Wandlung wenden würde, stellte sich nicht ein. Nur eine riesige Wolke der Zerstörung und Vernichtung war zu erkennen.

Loorn8 wandte sich direkt an den Schwarm. Die entsprechenden Verstärkereinheiten, die sein Nest begleiteten, waren so stark, dass man fast keine Verzögerung der Schwarmgedanken spürte.

»Wir sollten mehr Nester einsetzen. Und vor allen Dingen größere Nester. Ich könnte mir vorstellen, dass der Verbund vieler Yaara mehr empfängt als nur ein einzelnes.«

Loorn8 erkannte, dass ihm keine Antwort gegeben wurde. Dies war auch nicht notwendig. Hunderttausend andere Yaara wussten im selben Moment Bescheid und hatten bereits begonnen, die Grenzerkundungen zu verstärken.

17 km über Zwischenwelt, Wiedereintritt

»Eleeya, sag mal, gibt es da eigentlich noch mehr Informationen, mit denen du uns Stück für Stück schocken willst?«, fragte Mika in ruhigem Ton.

Eleeyas Abbild starrte gedankenverloren aus den Displays. »Nein, ich weiß nicht. Ich bin sicher, ihr kennt jetzt wirklich alles!«

»Dein Wort in Gottes Ohr«, kam von Carlos.

»Carlos, außer Mika und mir kann uns sonst keiner hören«, sagte Eleeya in ernstem Ton.

Mika musste grinsen.

Das Kreischen hatte wieder eingesetzt, als der Typhoon die äußeren Schichten der Atmosphäre erreichte. Ein glühender Feuerteppich umrahmte den Jet.

»Sag mal, ist die Hülle eigentlich für so hohe Temperaturen gemacht?«, wollte Mika wissen.

»Nein, ist sie nicht. Ich denke, dass sie bereits bei 1100 Grad schmelzen würde. Aber das macht nichts. Deshalb habe ich ja das äußere Schutzfeld eingeschaltet!«

Große Augen blickten vom Display: »Ups ...!«

Mika trommelte mit seinem Zeigefinger nervös auf der linken virtuellen Ablage. »Nicht aufregen«, dachte er. »Stück für Stück wird sich bestimmt alles zusammenfügen!«

NG0082,
fünf Wochen später

Loorn9 saß neben den Steuerkonsolen und beobachtete sein Elter.

Die vorderen Handlungsarme huschten über die Konsole des Nests und leiteten Testweise die verschiedenen Andocksequenzen ein. Geschickt zupften die kleinen Krallen an den schimmernden Fäden, die mit der Auswertebionik verbunden waren. Es war wichtig, die unterschiedlichen Sequenzen in exakt der richtigen Reihenfolge zur korrekten Zeit zu aktivieren.

»Siehst du, Neun, es ist gar nicht schwer. Sag deinem Handlungshirn ein paar Mal die motorischen Abläufe, dann hast du damit keine Sorgen mehr. Alles, was du dann noch lernen musst, ist die Beherrschung der Melodie.«

Loorn9 wusste, was Elter meinte, aber es erschien alles sehr fremdartig. Es war erst achtundvierzig Einheiten her, dass es die Nestreife erlangt hatte. Loorn9 hob den Kopf an und zeigte seine mahlenden Kieferwerkzeuge. Das Signal, dass ursprünglich den Fütterinstinkt ausgelöst hatte, vermittelte nun nur noch einfache Hilflosigkeit.

»Mein Elter«, begann Loorn9. Niemals hätte es sich gewagt, sein Elter respektlos einfach nur Acht zu nennen.

»Die Andockmelodie ist so schwierig. Oft aber verwechsele ich die Töne oder achte nicht auf die Tempi! Und dann kann ich nicht mehr schnell genug die Obertöne erreichen.«

Acht zwirbelte die vorderen Fühler als Bestätigung für das Gesagte. Es fand den Gedanken belustigend.

»Nun, Neun, genau das habe ich bei meiner ersten Nestprobe auch gedacht. Ich hatte dieselben Schwierigkeiten, bis mir mein Elter einen kleinen Trick zeigte.«

»Welchen Trick?«, fragte Loorn9 hellhörig und wippte in den vier mittleren Beingelenken.

»Mein Elter sagte zu mir Folgendes: Acht, schau dir die Steuerinstrumente genau an. Und dann versuch dir vorzustellen, dass die oberen Bereiche in die fünf Jahreszeiten aufgeteilt sind und die unteren in die siebenundzwanzig Tagesstunden. Du kennst doch die Bedeutung der fließenden Stimmungen?«

Loorn9s Augen begannen zu glänzen. Aufgeregt klapperte es mit den Krallen der hinteren Handlungsarme. »Ja, ich glaube, ich weiß, was du meinst. Die Nachmittagssonne im Spätherbst steht zum Beispiel für die Schwermut. Und freudiges Erwachen im Mittjahr ist zum Beispiel durch die Vormittagssonne vertreten.«

Elter nickte langsam. »Ganz genau. Und wenn du nun die Andockmelodie spielst, versuch dich in ihre Geschichte zu versetzen. Achte auf die Gefühle und die Stimmungen, die erzählt werden. Beachte die ungeduldigen Einleitungen am Anfang der Ouvertüre und schau dann, genau hier, auf den Einfluss der zweiten Sonne im Frühjahr. Nun, was könnte das bedeuten?«, fragte Loorn8.

Loorn9 strahlte, als es langsam den komplexen Aufbau der Melodie erkannte.

Loorn8 zupfte die entsprechenden Saiten des Steuerinstruments, die wiederum als Bestätigung der richtigen Resonanz in unterschiedlichen Farben aufglühten.

»Das ist die Vorbereitung«, platzte es heraus, »die Vorbereitung zur Mittags-Andacht.«

Amüsiert wackelte Loorn8 mit dem hinteren Segment seines zweigeteilten Körpers, der sich nun, gestützt von den vier Handlungsarmen, aus der Steuerschale erhob.

Die Verstärkungseinheiten waren bereits vor längerer Zeit vom Schwarm losgeschickt worden, um die

Randzonen zu verstärken. Bald würden sie eintreffen.

Täglich wurde die Vision einer unbekannten Gefahr stärker. Doch die Gefahr schien sich gegen keinen Schützling der Yaara zu richten.

Konnte es sein, dass sich diesmal etwas Gewaltiges gegen die Yaara selbst versammeln würde?

Die vielen Planspiele führten zu negativen Ergebnissen. Es konnte einfach nicht sein! Schließlich hatten die Yaara keine Feinde! Oder etwa doch?

Langsam schritt Loorn8 über die Mulde hinweg.

»Nun, Neun, es ist dein Instrument. Spiel mir was vor ...«

Zwischenwelt, fünf Tage später

»Und morgen werden wir den ersten Waffeneinsatz üben!«

»Wahnsinn, ich dachte schon, da wird nie etwas draus«, entgegnete Carlos. In gewohnter Manier umrundete er den schwebenden Typhoon, wie es ihm in Fleisch und Blut übergegangen war. Nur gab es diesmal absolut nichts Außergewöhnliches zu sehen. Tag für Tag zeigte sich der Typhoon in seiner makellosen Außenhaut. Nichts deutete auch nur im Ansatz darauf hin, dass mit ihm bereits einige Flugstunden absolviert wurden.

»Verrätst du wenigstens jetzt, um welche Waffen es sich handelt? Irgendwie traue ich deiner pauschalen Bemerkung nicht mehr, alles wäre fast so wie im Original. Beschreib sie doch wenigstens ein wenig!« Mika war bereits einige Meter vorausgegangen und befand sich fast schon auf der anderen Seite des Stegs, als er stehen blieb und sich umdrehte.

Eleeya ging neben Carlos auf dem zwei Meter breiten Felssteg, welcher die Rastplattform mit dem Plateau der Nadel verband.

Fast senkrecht fielen die Wände vierhundert Meter ab, bevor mehrere Subplateaus weitere Ausbuchtungen bildeten. Sie waren nicht breiter als zwanzig Meter. Ganz unten tobte eine starke Brandung an den zerklüfteten Fels.

Carlos dachte an Mikas Bemerkung, als sie erstmals über den schmalen Grat gingen. Dass es gar nicht so schlimm sei, wenn man hier mal aus Versehen abrutschen sollte. Immerhin würde man ja schon nach wenigen hundert Metern liegen bleiben.

Eleeya ging auf den vermeintlichen Scherz nicht ein und sagte nur: »Mhhm – richtig! Die Anzüge müssten euch locker schützen. Möchtest du es mal ausprobieren?«, fragte sie ganz emotionslos.

Mika meinte nur, dass es eine super Idee sei, er aber im Moment ein wenig müde war. Seitdem wurde das Thema nie wieder angesprochen.

Eleeya sah Carlos von der Seite an. »Und genau da liegt schon das Problem. Ich habe bemerkt, dass ihr ein großes Problem habt. Ihr belastet euch im Bewusstsein mit zu vielen Kleinigkeiten, die im Moment nicht dazugehören. Sieh dir zum Beispiel Mika an.«

»Was ist denn mit Mika?«, war von vorne zu hören.

Eleeya tat so, als hätte sie Mika gar nicht gehört und sprach ungerührt weiter: »Denkt doch mal an unsere letzten Trainingseinsätze. Seit Tagen üben wir jetzt schon. Ich versuche euch auf das Unerwartete vorzubereiten.«

Mika winkte ab, ohne sich umzudrehen. Er ahnte schon, was sie jetzt wieder ansprechen wollte.

»Und Mika war beim Training so sehr damit beschäftigt, auf seine Gedanken zu achten, dass er gar nicht mehr an den ausgestoßenen Täuschkörper gedacht hatte. Ich habe ihm noch gesagt, er solle immer darauf vertrauen, einfach nur zu handeln. Immer ganz im Hier und Jetzt sein und nicht irgendwo fern in Gedanken!«

Mika winkte erneut mit der rechten Hand ab und rief: »Pah!« Dann ging er weiter.

»Also, Eleeya, damit konnte wirklich keiner rechnen«, fiel Carlos ein. »Dass sich unser eigener Täuschkörper vor uns versteckt, sich dann von hinten anschleicht und uns angreift. Das war schon eine sehr ungewöhnliche Vorstellung, die du da eben inszeniert hast. Alleine der Gedanke, von etwas Eigenem ...«

»Ha, genau das ist es ja. Ihr seid viel zu gefangen in euren Gedanken – ihr müsst offen bleiben! Offen für alles

Unerwartete.«

»Aber das hier ist doch etwas ganz anderes. Ich muss doch wissen, welche Wirkung die Waffen haben, um abschätzen zu können, was die Waffen überhaupt ausrichten können!«

Ohne etwas zu sagen, schielte Eleeya auf Carlos, der neben ihr ging. Inzwischen waren sie auf der anderen Seite angelangt. Nun, da war etwas dran an dem, was er sagte. Eleeya überlegte sich, ob sie doch etwas erwidern sollte.

Eleeya und Carlos hatten aufgeholt und gingen nun mit Mika in einer Reihe nebeneinander.

Die beiden Sonnen waren schon längst untergegangen, doch das Mondlicht und der riesige Spiralarm erzeugten ein sanftes, pastellartiges Licht.

»Im Prinzip sind die Waffen des Typhoons ähnlich wie eure individuellen Anzugwaffen«, sagte Eleeya.

Die Piloten in ihren Monturen blieben unmittelbar stehen. Die schmächtige Gestalt in ihrer Mitte ging jedoch weiter, ohne etwas zu bemerken.

»Nur haben die Waffen im Typhoon ganz andere Auswirkungen. Es sind ja auch Fernwaffen, im Gegensatz zu euren Nahwaffen.«

Eleeya bemerkte, dass neben ihr niemand mehr war. Sie drehte sich um. Sechs Meter hinter ihr standen Carlos und Mika nebeneinander und starrten sie an.

»Was für Individualwaffen?«, fragte Mika.

Eleeya drehte die Ohren nach hinten und spreizte die transparenten Flügelansätze.

»Wie? Ich verstehe nicht, was du meinst. Ich habe ganz eindeutig in euren Erinnerungen gesehen, dass ihr beide eigene Waffen habt.«

Die beiden Piloten sahen einander schweigend an.

Eleeya ergänzte: »Du, Mika, du hast das Netz der Gladiatoren, das du über deine Gegner werfen kannst, um dann mit dem Dreizack zuzustechen. Und das sind auch zwei der drei Hauptwaffen des Typhoons!« Stolz legte sie den Kopf zur Seite.

»Sag mal, Mädel, kann es sein, dass du da irgendetwas durcheinander gewirbelt hast?«

Trotzig sagte Eleeya: »Nein, habe ich nicht. Das Bild mit dir als Kämpfer, bewaffnet mit Netz und Dreizack, stand ganz klar in deinen Gedanken!«

Mika schüttelte langsam den Kopf.

»Und du, Carlos, hast das ...«

»Warte, warte, warte!«, feixte Carlos übermütig. »Lass mich raten! Ich ahne es schon. Und ich habe da auch schon so eine Idee!«

Carlos stellte sich in übertriebener Heldenpose auf, reckte den rechten Arm in den Himmel und rief: »KATANA!«

Eleeya schrie noch: »Nein, nicht!«

Doch es war schon zu spät. Carlos' rechter Unterarm wurde von einer Flammenwolke eingehüllt. An der Vorderseite seiner Hand erschien eine leuchtende Kugel. Mit einem lauten Fauchen schoss ein glühend roter Strahl in den Nachthimmel. Er hatte fast eine Länge von zwanzig Metern und brach danach abrupt ab, als würde er auf ein unsichtbares Hindernis treffen.

Carlos' Silhouette vor dem Typhoon wirkte wie ein wütender Racheengel.

»Katana – AUS«, schrie Eleeya und kam herangelaufen. »Was hast du dir nur dabei gedacht! Das ist gefährlich. Man fuchtelt nicht einfach so mit der Waffe rum! Hat man dir denn das nicht beigebracht? Ich habe euch doch extra gesagt, ihr sollt mit den Fähigkeiten des Anzugs sehr vorsichtig umgehen. Ihr kennt ihn doch noch nicht richtig! Muss ich euch denn alles dreimal erklären? Ich habe den Eindruck, ihr hört mir gar nicht zu, wenn ich etwas sage.« Wütend fuhr sie fort: »Das Ganze ist doch eine reine Zeit- und Ressourcenverschwendung!«

Grinsend sahen sich Mika und Carlos an.

In der nächsten Sekunde fror ihr Grinsen zu einer

Maske. Ohne ein Geräusch entstand direkt zwischen ihnen ein Flackern und Azrael stand zwischen ihnen.

Er hatte die Arme in die Seite gestemmt und richtete sich zu Eleeya: »Soso, Zeit- und Ressourcenverschwendung. Jetzt siehst du mal, wie das ist«, erklärte er in gespieltem Ernst.

Dann drehte er sich zu Carlos um und schlug ihm ein paar Mal auf die Schultern. Carlos verspürte einen heftigen Druck und fühlte sich an ihr virtuelles Cockpit erinnert.

»Und ihr, Jungs, müsst wirklich ein wenig Acht geben«, ergänzte Azrael. »Ich glaube, ich kann zu etwas Aufklärung beitragen.«

Seine blauen Augen musterten abwechselnd erst Carlos, dann Mika.

»Wie ihr schon vermutet habt, hat Eleeya euch nicht mit euren wirklichen Waffen ausgestattet. Genau genommen wäre es vollkommen egal gewesen, welche Waffen wir euch gegeben hätten. Wir hätten euch sogar einen Gummiball in die Hand drücken können, nachdem wir ihn mit entsprechend zerstörerischen Kräften ausgestattet hätten. Was Eleeya aber getan hat, war wesentlich besser.

Auf diese Weise ist es möglich, dass ihr euch mit euren Waffen einhundertprozentig identifizieren könnt. Es ist der erste Schritt zur perfekten Waffe. Der letzte Schritt wäre dann, dass ihr eins mit der Waffe werdet.«

Aufmunternd zuckte eine Augenbraue nach oben. Dann drehte er sich schmunzelnd zu Eleeya um, warf ihr ein Petzauge zu und verschwand so urplötzlich, wie er auch erschienen war.

»Cooler Auftritt«, kommentierte Mika.

Carlos sah sich nach Eleeya um.

»Na gut, ich habe verstanden, um was es geht. Für den Fall, dass es da noch mehr geben sollte: Kannst du uns eine Art Übersicht von allen Funktionen geben? Irgendwas. Etwas, wo wir selber nachschauen können.«

»Ja klar, das gibt es bereits. Ihr könnt alles auf euren

Armhelds nachlesen.«

Sie bemerkte Carlos' unsicheren Blick.

Eleeya stellte sich direkt vor Carlos, drehte sich nach rechts und sagte zu Carlos: »Gib mir mal deine linke Hand!«

Carlos war verdutzt. »Äh, wieso das denn ...?«

»Na, ich zeige dir, wie es funktioniert!«

Carlos hob seine linke Hand.

Eleeya ergriff sie mit beiden Händen und hob seinen gesamten Arm hoch, so dass er waagerecht lag. Ihre linke Hand hatte seine linke Hand unterstützt.

Carlos begann zu schwitzen.

Sie drehte den Kopf zu ihm und sah ihn aus zwanzig Zentimeter Abstand an. Verdammt! Warum musste gerade jetzt das Heizaggregat des Anzugs versagen?

»Ihr aktiviert es, indem ihr die ganze Hand auf den Unterarm legt. Mika, siehst du es auch?«, fragte sie.

»Ja, ich sehe es ganz deutlich«, sagte Mika grinsend und beobachtete Carlos' Mimik.

»Und dann sagt ihr Armheld.«

Sofort bildete sich über dem Arm ein leuchtendes, durchscheinendes Display, auf dem in rascher Folge ein paar Zeichen erschienen. Im selben Moment begann die zwanzig mal dreißig Zentimeter große Fläche, sich leicht um den Unterarm zu wölben.

Eine kurze Melodie erklang und ein buntes, wellenförmiges Symbol, ähnlich einer bewegten Flagge im Wind, zeigte sich.

Mika stöhnte: »Oh Gott, ER verfolgt uns sogar bis hierhin!«

»Das habe ich aber genau so in euren ...«

»Ja«, unterbrach Mika sie, »genau so in unseren Erinnerungen gesehen. Passt schon. Mach einfach weiter.«

Carlos bewegte sich noch immer keinen Millimeter.

»So, wenn ihr nun mit dem rechten Zeigefinger hier auf irgendetwas deutet, könnt ihr damit verschiedene Sachen anzeigen lassen.«

Eleeya bewegte ihren Zeigefinger kreuz und quer über das in der Luft stehende, transparente Display, auf dem sich entsprechend ihrer Fingerbewegung ein grünes Dreieck bewegte.

»Und wenn ihr den Daumen abknickt, öffnen sich tiefere Einsichten!«

Auf dem Display schob sich vom unteren Rand ein kleiner Balken ein, der die Beschriftung »Start« trug. Ein weiteres Element erschien auf dem Display. Verschiedene Namen waren untereinander zu lesen. Einstellungen, Steuerung, Anwendung ...!

»Seht ihr, wie das geht?«

»Danke, alles klar, wir haben so was schon mal gesehen. Kein Problem.«

»Hmm«, nickte Eleeya. Dann verdrehte sie ihren Kopf und sah Carlos aus zwanzig Zentimeter Entfernung in die Augen. »Auch alles klar?«

Als er keine Antwort gab, fragte sie zusätzlich.

»Carlos?«

»Ja, ja, alles klar! Alles in Ordnung«, sagte er mit belegter Stimme.

Eleeya blickte auf seine linke Hand und sagte dann: »Carlos, du zitterst ja. Geht es dir nicht gut?«

»Oh, nein, ich meine, ja, mir geht es gut. Ich ... nun ... ich habe nur riesigen Hunger. Weißt du, den ganzen Tag nichts gegessen und so ...«

»He, das geht aber nicht. Warte, ich werde uns etwas zu Essen besorgen.«

Mit diesen Worten verschwand Eleeya und ließ die Gruppe stehen.

Einige Sekunden später sagte Mika: »He, Kumpel, du kannst den Arm runternehmen!«

»Was? Ja, na klar. Ich habe wirklich großen Hunger«, wechselte Carlos das Thema.

»Na klar doch.« Mika knuffte Carlos am Oberarm.

Langsam setzten sie sich in Bewegung und folgten Eleeya, die an ihrem Lagerplatz bereits mit einigen Vorbereitungen begonnen hatte.

»Sag mal, Kumpel, wir sind doch erst ein paar Wochen hier. Noch keine zwei Monate.«

»Hmm.«

»Als wir sie zum ersten Mal gesehen haben, war sie doch zwölf, höchstens dreizehn Jahre alt.«

Carlos' Blick streifte Mikas Augen, er sagte aber kein Wort.

»Und nun wirkt sie wie mindestens fünfzehn oder eher schon sechzehn. Hast du mal bemerkt, wie sie sich verändert hat? Ich meine nicht nur, wie lang ihre Haare in der kurzen Zeit geworden sind. Hast du mal darauf geachtet, wie ihre ... und, na ja, du weißt schon, was ich meine!«

»Nein, keine Ahnung«, log Carlos. »Und überhaupt, ich hab im Moment andere Sachen im Kopf«, ergänzte er hastig, um endlich das Thema zu wechseln.

Mika stupste im Gehen Carlos leicht von der Seite an und erwiderte nur trocken: »Ach, ist das so?«

NGZ0082

Gut gelaunt über den Erfolg surrte Loorn9 die Andockmelodie vor sich hin. Nachdem es verstanden hatte, wie es vorgehen musste, waren die komplizierten Melodie- und Tempiwechsel kein Problem mehr. Die Simulation gaukelte einen komplexen Andockvorgang vor, bei dem verschiedene Nestsektoren sich zu einem größeren Außenposten verbanden.

Jede Zupfsequenz wurde von dem haptischen Interface an die nestinterne Bionik weitergeleitet und von dem virtuellen Schwarm in entsprechende Befehle umgewandelt.

»Neun, das war sehr gut!«, lobte das Elter seinen Zögling. »Die neuen Schwarmeinheiten befinden sich kurz vor dem Austritt aus dem Tunnel. Dann kannst du mir zeigen, wie sie auf dein Lied hören.«

Neuns Mahlkiefer zuckten vor Aufregung.

Elter fügte in neckischem Tonfall hinzu: »Falls sie sich bei deinem Lied nicht die Ohren zuhalten müssen!«

In gespielter Empörung senkte Loorn9 seinen Körper bis auf Bodennähe herab, so dass die Gelenke der vier Handlungsarme in spitzem Winkel nach oben ragten. Sprungbereit wiegte es den zweigeteilten Körper nach vorne und zwitscherte: »Nun, dann fällt dies ja auch auf meinen Lehrer zurück!«

Loorn8 sagte kein Wort.

Mehrere Sekunden Stille folgten, nur das Rauschen der Energieerzeuger lag in der Luft.

Unsicherheit beschlich Loorn9. War es zu weit

gegangen? Hatte es Elter erzürnt?

Doch dann erklang auch schon das befreiende, zirpende Aneinanderreiben der hinteren Handlungsarme. Elters Lachen entspannte mit einem Schlag die gesamte Situation: »Neun, Neun, ich denke, ohne dich wäre es sehr einsam und langweilig!«

Loorn9 berührte zärtlich Elters Fühler. »Nein, langweilig wäre es ohne dich. Langweilig – und einsam. Ich könnte mir nicht vorstellen, was ich ohne dich täte!«

Loorn9 ahnte nicht, wie bald sich diese Frage beantworten würde!

Zwischenwelt, 500 Meter über Grund

»So langsam habe ich das Gefühl, als ob ich nie etwas anderes geflogen wäre«, sagte Mika.

»Ist das nun gut oder schlecht?«, hakte Carlos nach.

Eleeya merkte nicht, wie sie zunehmend in den Mittelpunkt eines bevorstehenden Scherzes rückte.

»Nun, du weißt ja, wie viele kleine Macken der alte Typhoon hatte.« Keine Reaktion. »Und mit der Zeit lernt man auch, mit größeren Macken umzugehen. Weißt du, irgendwann wird das alles ganz normal!«

»Ja, klar, ich verstehe dich nur allzu gut. Aber weißt du, mir hat mal jemand gesagt, dass die meisten Fehler nicht aufgrund technischer Mängel entstehen. Die meisten Fehler entstehen zwischen den Ohren.«

Mika nickte. »Und je größer diese sind, desto gravierender die Fehler. Schon klar!«

Ein gewaltiger Ruck durchzog die Maschine, übergangslos ging der Typhoon in einen Steilflug über und beschleunigte.

Mika begann zu lachen: »O. k., Eleeya, ist ja schon gut, war nicht so gemeint.«

»War es doch ...«, ergänzte Carlos feixend.

Die Anzüge waren unmittelbar in die Schutzstarre übergegangen, bevor Mika eine Kurskorrektur einleiten konnte.

Bewegungslos beobachtete er die Anzeige im Display: Mach 3, Mach 4 ...

»Eleeya, du weißt, wir fliegen nicht hoch! Es dauert

nicht mehr lange, dann klatschen wir ins Wasser!«

Keine Reaktion erfolgte.

»Eleeya«, meldete sich Mika, deutlich beunruhigter als vorher, »das war Carlos' Idee, nicht meine.«

»WAS? Stimmt doch gar nicht!«

Die Höhenanzeige im Helmdisplay änderte sich so rasch, dass die letzten Ziffern nur noch als undeutliche Schlieren zu erkennen waren.

4000 m, 3600 m, 3200 m ...

»Eleeya, lass gut sein, ich verspreche, mich zu bessern!«

2800 m, 2200 m ...

In das Säuseln des Flüsterwind-Antriebs hatten sich bereits jammernde Kaskaden gemischt. Rasend schnell nahm die Geschwindigkeit zu.

»Eleeya, komm, mach keinen Quatsch und zieh die Kiste hoch!«, rief Mika.

Das Display änderte permanent seine angezeigte Geschwindigkeit und Höhe.

Die überwältigende Beschleunigung war eine Sache, doch sie fand im Moment nicht dieselbe Beachtung wie die rasend schnell abnehmende Höhe: 1800 m, 1600 m, 1400 m ...

»Eleeya, ich kenne den Vogel mittlerweile ganz gut. Wenn du nicht sofort hochziehst, klatschen wir auf. Das war's dann!«

1200 m, 900 m, 600 m ...

»ELEEYA!«

500 m, 300 m, 100 m ...

»ELEEEYAAAA!«

Mit nahezu fünffacher Schallgeschwindigkeit schlug der Typhoon auf die Wasseroberfläche des fremden Meeres auf.

Wassermassen stoben auf und bildeten eine gigantische Wasserfontäne, die immer höher stieg. In vierhundert Metern Höhe schien sie sich zu stabilisieren.

Gleichzeitig hatten die explosionsartigen Energien wie in Zeitlupe eine Senke geformt, die sich nun umstülpte um einen immensen Wasserberg zu formen. Schockwellenartig breitete sich die Flutwelle aus. Der Einschlag eines riesigen Meteors konnte nicht schlimmer sein.

Doch zu diesem Zeitpunkt befand sich das Objekt, das die Detonation der Wassermassen auslöste, bereits mehrere hundert Meter unter Wasser.

»Woah!«, keuchte Mika. »Was war denn das? warum leben wir denn überhaupt noch?«

Carlos blickte nach oben aus dem Cockpit heraus. Ein Schwall sprudelnder Luftblasen umspielte den Typhoon. Die Displays zeigten etwas sehr Ungewöhnliches an, und zwar ein Minuszeichen vor der Höhenangabe.

Minus zweihundertfünfzig Meter, minus zweihundertfünfundfünfzig Meter! Deutlich war zu erkennen, dass der Sinkprozess sich jeden Moment stabilisieren würde. Auch die Geschwindigkeit war unmittelbar nach dem Eintauchen auf etwas mehr als dreißig Meter pro Sekunde abgebremst worden.

Die Anzüge hatten die immensen Andruckkräfte neutralisiert und die Piloten aus der Schutzstarre entlassen.

Noch immer war von Eleeya kein Wort zu hören.

»He, Amigo, schau mal raus. Achte mal auf die Blasen!«

Mika hob den Blick von den Instrumenten und versuchte, etwas an den brausenden Schlieren zu erkennen, die in dieser Tiefe nur noch relativ wenig Licht empfingen.

Dann sah er es auch!

»Kumpel, ich glaube, ich weiß, was du meinst. Es sieht so aus, als ob die Luftblasen gar nicht direkt über die Hülle gleiten, sondern erst in einem Abstand von, na ja, vielleicht einem halben Meter.«

»Mhm, als ob uns noch etwas anderes umhüllen würde.«

»Eleeya«, fragte Mika, »du hast doch erst neulich etwas

von einem Schutzfeld gesagt. Ist das hier dieses Schutzfeld?«

»Ah, hallo Mika, ich war gerade einen Moment in Gedanken«, antwortete Eleeya zuckersüß. »Ich habe gar nicht mitgekriegt, was passiert ist. War etwas?« Sie blickte die Piloten aus allen drei Displays an. Ein verschmitztes Glitzern lag in ihren Augen. »Hmm, ja, das ist das Schutzfeld. Es umhüllt bei Bedarf den Typhoon und verhindert, dass etwas hindurchkommt.«

»Eleeya, wir wollten doch nicht, dass du dich ärgerst«, betonte Carlos.

»Nein, echt nicht. Es ist halt nur so rausgerutscht, weißt du? Nichts gegen dich persönlich!«

»Oh, ich habe mich doch nicht geärgert«, war eine sanft modulierte Stimme zu hören, »ich weiß doch, dass ihr das nicht tun würdet.«

Langsam wussten Carlos und Mika nicht mehr, was sie hier spielte.

»Das war nur die Einleitung zu eurem neuen Unterricht«, lächelte sie liebevoll.

»Was kommt denn noch? Glaub mir, ich kann mit der gesamten Steuerung umgehen.«

»Oh, ist das so?« Immer noch war ein weiches Lächeln in den Displays zu sehen. Dann begann Eleeyas Abbild sich zu vergrößern, als ob eine unsichtbare Kamera weiter heranzoomte. Letztendlich waren auf dem linken und rechten Display nur noch je ein Auge zu sehen, das mittlere Display zeigte einen Teil ihres Mundes.

»Dann sag mir doch mal, großer Lenker, warum hast du den Typhoon nicht einfach hochgezogen, so wie du es wolltest?«

»Scherzkeks, wie denn? Du hast ja auf stur gestellt!«

»Iiich? Nein, mein Guter. Mh-mh, habe ich nicht. Irgendetwas hat nicht so richtig funktioniert, wie es sollte, das war alles.«

»Ja, und das, was nicht funktionierte, lag bestimmt

zwischen deinen Ohren ... Autsch!«

Mika spürte den kurzen elektrischen Schlag. Er tat nicht besonders weh, vielmehr kam er einfach sehr überraschend.

»Oh, Entschuldigung, das habe ich vorhin schon bemerkt. Scheinbar gibt es Probleme mit statischen Entladungen. Das muss am Schutzschirm liegen. Ich sehe mir das nachher mal genauer an!«

Das mittlere Display wechselte und zeigte ihr gesamtes Gesicht, mild und lächelnd. Nur die beiden äußeren Displays zeigten eine Großaufnahme ihrer Augen. Carlos hätte schwören können, dass der Ausdruck der Augen nicht zu dem des gesamten Gesichts passte.

Mika tat so, als wäre nichts geschehen und sagte: »Also, sag mir, wie hätte ich es denn anstellen sollen, wenn der Anzug uns fesselt und die Sprachkommandos nicht funktionieren?«

»Aha, eine sehr gute Frage«, lobte Eleeya. »So kommen wir weiter. Nun, das Problem ist nicht, ob die Sprachkommandos funktionieren oder nicht. Das Problem besteht darin, dass diese Variante viel zu langsam ist.

Stell dir doch mal einfach folgende Situation vor: Du möchtest irgendeine Handlung ausführen. Als Erstes entsteht bei dir ein Gedanke, etwas Bestimmtes tun zu wollen. Tief in deinem Geist wird der Wunsch erst einmal in Worte geformt. Die Worte werden ausgesprochen, von meinen Ohren gehört und wiederum in einen verständlichen Gedanken umgewandelt. Bis jetzt weiß ich nur, was du möchtest, auch ich habe noch keine Handlung eingeleitet. Viel zu viele Umwege, viel zu viel Zeit, die verloren geht. Vor allen Dingen in extremen Situationen, wo es auf jeden Sekundenbruchteil ankommt, ist dieser Weg zu langsam.«

Mika ahnte, was Eleeya meinte. Er hatte in verschiedenen Fachzeitschriften über experimentelle Versuche in dieser Richtung gelesen. In den Berichten sprach man von neuronalen Interfaces.

»Du sprichst von einer Steuerung mit Hilfe meiner Gedanken, habe ich Recht?«

Im Display war Eleeyas Hand zu sehen. Sie formte das Zeichen, das sie des Öfteren schon bei Mika und Carlos gesehen hatte, wenn sie etwas bestätigen wollten.

»Ja, aber ...«, begann Mika. Erste Überlegungen setzten ein. Sehr schnell kam er auf die wesentlichen Probleme.

»Aber was passiert, wenn ich rein zufällig an den Befehl denke? Was ist, wenn mir eine bestimmte Situation in den Sinn kommt, in der dieser Befehl enthalten ist? Weißt du, was ich meine?«

Wieder erschien dasselbe Zeichen.

»Ich denke aus Versehen den Begriff EJECT und katapultiere uns in null Komma nichts raus.«

»Mhm, ja, genau das ist es. Deine Gedanken sind schnell und sie plappern in jeder Sekunde. Du musst als Erstes lernen, den unnötigen Gedankenfluss zu reduzieren ...«

»Den unnötigen Gedankenfluss. Ja, super ...«

»Und zweitens wirst du lernen, dass es für die Steuerung nur ganz bestimmte Gedanken geben wird. Es werden keine Befehle im üblichen Sinn sein. Also keine Worte zum Beispiel. Oft werden einfachere Gefühle oder Töne verwendet. Es ist wie ein neues Vokabular für dich. Du wirst quasi eine neue Sprache lernen. Und als eine Art Sicherung kommt noch hinzu, dass eine Aktion immer mit zwei Gedankenimpulsen verknüpft ist.«

»Und das soll schneller sein, als irgendetwas zu rufen?«

»Oh ja, du wirst es sehen! Gewaltig schneller!«

»Wann geht's los?«

»Von mir aus sofort. Aber vielleicht bringst du den Typhoon erst mal wieder in die Luft. Immerhin hast du ihn ja hier versenkt.«

Der Typhoon beschleunigte unmittelbar und stieg steil zur Wasseroberfläche hoch.

Mika spürte augenblicklich eine Woge in sich aufsteigen, die ihren Ursprung in seinem Magen zu haben schien.

Wieder war ein freundliches Lächeln im DISPLAY zu sehen, als Eleeya leicht den Kopf zur Seite neigte.

Mika beschloss, den Mund zu halten, und lächelte schief zurück.

Dann drehten sich Eleeyas Ohren nach außen. »Und ... pass beim nächsten Mal besser auf, ob nicht doch wieder etwas einfach so mal rausrutscht!«

Es war absolut friedlich und still. Kleine Wellen bewegten die Oberfläche des Meeres. Am Himmel zog ein Fischgreifer seine Runden und hielt Ausschau nach der ersten Mahlzeit des Tages. Geschickt nutzte er die Thermik und ließ sich in Spiralen nach oben gleiten.

Ohne erkennbaren Grund begann er, sich mit heftigen Flügelschlägen zu entfernen. Kurze Zeit später war er nur noch als kleiner Punkt am Horizont zu erkennen.

Für wenige Sekunden schien das Meer zu vibrieren und größere Wellen bildeten sich auf der Wasseroberfläche. Dann schien das Wasser sich an dieser Stelle in einen kochenden Tümpel zu verwandeln.

Mit einem gewaltigen Tosen brach der Typhoon durch die Wasseroberfläche und schraubte sich in den Himmel. Die Wassersäule, die er dabei mit sich riss, schien ihn bis in eine Höhe von mehreren hundert Metern zu verfolgen und brach dann in sich zusammen.

Gedankenverloren genoss Carlos das seltene Schauspiel.

Ein sehr kurzes Blitzen ließ seine Aufmerksamkeit wieder zurückkehren. Hätte er gerade geblinzelt, wäre es ihm noch nicht einmal aufgefallen.

»War das eben der Schutzschild, der sich deaktiviert hat?«

»Ja, ich habe ihn eben ausgeschaltet«, antwortete

Eleeya.

Carlos betrachtete die rechte Tragfläche. »Coole Sache, wir sind nicht einmal nass geworden!«

Dann kam ihm eine Idee. »Sag mal, Eleeya, wäre es nicht möglich, so etwas auch in die Anzüge zu integrieren?«

»Kumpel, lass es. Ich glaube, dir hätte in deiner Jugend ein bisschen mehr Regen nichts geschadet«, schaltete sich Mika ein. »Du weißt ja, Regen hilft beim Wachstum.«

»Vete al diabolo!«

»Ja, du mich auch«, grinste Mika.

»Nein, im Ernst, ich denke, so ein eigenes Schutzschild könnte mal sehr hilfreich sein. Oder was meint ihr?«

Eleeya grübelte: »Ich finde den Vorschlag gar nicht schlecht. Ja, das könnte ich noch hinzufügen.«

Nach einer kurzen Pause ergänzte sie: »Mhhm, doch, das sollte funktionieren. Ich muss aber noch ein paar Kleinigkeiten testen. Aber ich mach das schon!«

»Was denn für Kleinigkeiten?«, fragte Carlos.

»Ich muss nach einer sicheren Methode suchen, wie der Anzug immer eure Körperhaltung erkennt, um darum herum das Feld zu erzeugen. Stell dir vor, das Feld von Mikas Anzug wäre nicht groß genug und würde einfach Mikas Gehirn durchtrennen. Furchtbarer Gedanke ...«

Nach einer halben Sekunde ergänzte sie: »Obwohl ich sicher bin, dass es keinem wirklich auffallen würde.«

Mika musste still in sich hineinlachen. Ja, sie konnte wirklich schnell lernen.

»Also, Carlos, zurück zu dir. Auch du wirst lernen müssen.«

»Soll ich auch fliegen?«

»Vergiss es!«, war zu hören.

»Nein, Carlos, du bist für die Waffen zuständig. Obwohl es auf den ersten Blick ähnlich erscheint, wird deine Technik eine ganz andere sein.«

Langsam nickte sie Carlos zu. »Genau genommen ist es

gar keine Technik«, erklärte sie. Die Steuerung der Waffen erfolgt zwar auch ausschließlich mit Hilfe deines Geistes«, begann sie in verschwörerischem Ton, »doch werden es nicht deine Gedanken sein, welche die Waffen betätigen.«

»Wessen Gedanken dann?«, fragte Carlos verwirrt.

»Gute Frage«, antwortete Eleeya langsam. »Dein Unterricht hat soeben begonnen.«

»So ein Blödsinn«, knurrte Mika.

»Was war das?«

»Weißt du, ich kann deinen esoterischen Stuss nicht mehr aushalten. Wenn du etwas erklärst, dann erklär es richtig oder lass es.«

»So? Esoterischer Mist? Aber funktionieren tut es schon, oder wie?«

»Ich sage ja gar nichts gegen die Ergebnisse, mir geht manchmal einfach dein Gequatsche auf den Wecker!«

»Und mir deines erst!!«

»Ich kann mir einiges verkneifen, aber deinen Stuss höre ich ja fast ununterbrochen!«

»DU MUSST JA NICHT ZUHÖREN«, konterte Eleeya.

»Soll ich mir etwa die Ohren zuhalten?«

Eleeya rollte die Augen. »Mir scheint, dass es mit deinem Gedächtnis nicht besonders gut steht. Du selbst hast mir doch den Interlink-Schalter erklärt«, antwortete Eleeya in leierndem Ton. »Schon wieder vergessen, he? Aber wem erzähle ich das eigentlich! Pass auf, ich werde es dir nochmals zeigen«, sprach ihr Abbild vom Display, »vielleicht versucht der Herr wenigstens diesmal, sich ein klein wenig zu konzentrieren? Mir ist klar, dass dich dies nahezu überfordern wird, aber ...«

Mitten im Satz nickte sie Mika zu und sprach weiter, aber kein einziger Laut war mehr zu hören. Mika bekam lediglich mit, wie sich ihre Lippen bewegten.

Dann war plötzlich im mittleren Display ihr erhobener Zeigefinger zu sehen. Im rechten DISPLAY wurde der

Interlink-Schalter abgebildet, der sich nun wie von Geisterhand in die Stellung Aktiv bewegte.

»... und auch wieder einschalten«, war Eleeyas Stimme zu hören. »Ich schlage vor, wir testen das doch mal gleich etwas intensiver.«

Mika hasste es, wenn ihn jemand belehren wollte. »JA, GUT. GERNE! Ich denke, das ist sowieso die beste Einrichtung, die du hier eingebaut hast.«

»Also, Carlos dann wollen wir ...« Der Rest des Satzes wurde abgeschnitten. Nur Eleeyas Lippen auf dem Display bewegten sich weiter. Schlagartig änderte sich aber der Inhalt des Satzes. »... ärgere ich mich ja selbst über mich. Ich denke, es ist falsch, wenn ich mich zu sehr mit ihm streite. Ich möchte nicht, dass unser Auftrag darunter leidet. Und ... ich fühle mich auch nicht wohl dabei.«

Carlos zuckte kurz mit der Augenbraue, da er nicht sofort folgen konnte. Doch dann bemerkte er, dass es um Mika ging.

Nun gut, er hatte ja schon öfters den Eindruck, als würde Eleeya sich von ihm angezogen fühlen. Mika sah gut aus, hatte keine Scheu, sich locker mit ihr zu unterhalten, und vieles mehr. Im Vergleich zu ihm hatte er nichts vorzuweisen und sollte sich besser gleich damit abfinden.

»Hm, und wie kann ich da helfen?«

»Ich denke, es wäre gut, wenn ich ihm eine kleine Freude bereiten könnte. So eine Art Entschuldigung! Vielleicht wäre er dann nicht mehr so zornig auf mich. Wir würden uns dann bestimmt auch viel besser verstehen!«

»Ja, bestimmt«, dachte Carlos.

»Ja, ich glaube, da gibt es tatsächlich etwas. Erst gestern hatte er darüber gesprochen. Es ist dein Essen ...«

»WAS ist mit meinem Essen? Ist es etwa nicht gut?«, zischte sie.

»Nein, nein ...«, begann Carlos beschwichtigend. » Also, wie soll ich es sagen? Na gut – JA! Ja, es ist das

Essen! Es ist nur so, dass wir diese Art Essen nicht gewohnt sind. Es ist alles zu ... zu weich!«

»Hm! Und was ist mit den Rüben? Und den Nüssen?«

»Das ist etwas anderes. Ich denke da eher an ... wie soll ich es beschreiben?« Carlos grübelte nach den richtigen Worten.

»Faseriger, das ist es! Und eiweißhaltiger! Und das Ganze mit etwas mehr ... Geschmack.«

Eleeyas Ohren legten sich nach hinten, als sich ihre Augenbrauen zusammenzogen.

»Nein, ich meine, vielleicht mit anderen Gewürzen!«, korrigierte Carlos.

Ihr Kopf neigte sich, sie sagte aber kein Wort.

»Pass auf, ich versuche, es anders zu beschreiben. Denk doch einfach mal an die Pilzkolonie am Rand der kleinen Baumgruppe. Neulich hatten wir doch das Thema, als du etwas von Neuschaffungen der Energiematrix erzählt hast. Du hast uns erklärt, dass es für dich im Grunde genommen kein Problem wäre, diese Pilze zu erschaffen, indem du das CHI in eine andere Form überführst. Ist das richtig?«

Eleeya nickte.

»Prima. Nun stell dir doch einfach mal vor, dass du bei der Erstellung die einzelnen Molekülketten nicht einfach nur verteilst, sondern sie nach ganz bestimmten Mustern ausrichtest. Nimm doch mal den Aufbau von einem organischen Muskel als Vorbild.«

Eleeyas Gesicht wurde von einem Hauch Ekel verzogen, als sie erkannte, auf was Carlos hinauswollte. Schließlich ließ sie sich aber auf den Gedanken ein. Immerhin handelte es sich ja nur um Pflanzen.

Carlos' Erklärungen gingen noch eine Zeit lang so weiter, bis er sich sicher war, dass Eleeya ihn verstanden hatte.

»Und so was schmeckt euch?«, fragte sie und rümpfte dabei leicht die Nase

»Nun ja, ich denke schon«, antwortete Carlos. Eine

dumpfe Ahnung beschlich ihn, ob Eleeya ihn auch wirklich verstanden hatte.

Sieben Stunden später schwebte der Typhoon wieder über der Felsplattform in seiner Ruhelage. Denaan war bereits untergegangen und Uvellar tauchte die Landschaft in ein sehr warmes, gleichmäßiges Licht. Die Schatten waren bereits lang, bald würde Uvellar hinter dem Horizont verschwinden.

»Hast du eine Ahnung, was sie vorhat?«, fragte Mika. Seit über einer Stunde sehe ich sie in der Nähe des Lagerfeuers herumfuchteln, ich kann aber nicht erkennen, was sie macht.«

»Nö, keine Ahnung. Ich weiß nichts.«

Mika schaute langsam zu Carlos, der neben ihm auf dem Boden saß und wie jeden Abend auf der virtuellen Tastatur seines Armhelds tippte.

»He, komm schon, du weißt doch was?«

Carlos schaute nicht hoch und sagte nur: »Hm? Ich? Nein, nein!« Irgendwie klang es nicht so überzeugend.

»Ich sehe nicht genau, was sie macht. Manchmal lodert das Feuer kurz auf.« Mika schüttelte ungläubig den Kopf. »Ich hatte sogar den Eindruck, als ob zwei Pilze davongelaufen wären.« Mika lachte über seinen vermeintlichen Scherz. »Siehst du, das kommt davon, wenn man den ganzen Tag nichts gegessen hat!«

»Hmhm ...!«

Mika stand auf und bewegte sich in Eleeyas Richtung. »Eleeya, kann ich was helfen ...«

»BLEIB WO DU BIST«, fauchte es ihm entgegen.

Mika machte auf der Stelle kehrt und setzte sich wieder. »Hoi, ist die aber wieder drauf!«, flüsterte er. »Meinst du, ich hätte sie heute zu sehr geärgert?«

»Schon möglich ...«, war die schroffe Antwort.

Wieder sah Mika Carlos an. »Auch etwas schlecht drauf?«

Carlos' Blick blieb auf sein Display geheftet. »NEIN! Mir geht's GUT!«

»Hmm!« Mika hob nur beide Augenbrauen, nickte und setzte sich neben Carlos, ohne ein weiteres Wort zu sagen.

Etwa zehn Minuten später stand Eleeya auf und kam zu den beiden Piloten rüber.

»Essen ist fertig.«

»Was gibt's heute?«, fragte Mika witzelnd. »Ist heute Schleimchen oder Breichen dran?«

Eleeya ging nicht darauf ein.

»Nein, ich habe für dich was Besonderes gemacht«, antwortete sie stolz. »Hühnchen! Hühnchen Tengri ... Tenki-Tanni? Carlos? Wie heißt das noch mal?«

»Sie hat dir Hühnchen Teriyaki zubereitet.«

»Was hast du?«

Eleeya grinste Mika an.

»Ja, ich dachte, ich könnte mich vielleicht für den Streit vorhin entschuldigen. Ich ... dachte mir, dass wir uns vielleicht besser vertragen sollten. Und, dass ich hiermit den Anfang mache.«

»Dachtest du also ...«, ahmte Carlos in Gedanken nach.

Grinsend ging Mika zur Feuerstelle.

Er traute seinen Augen nicht. Auf den abgetrennten, großen Blättern des Tadeebaums war ein Gericht zubereitet, dass ihn zumindest vom Erscheinungsbild her an sein Lieblingsgericht erinnerte.

»Wow, ich kann es nicht glauben. Das sieht ja herrlich aus. Aah, und wie das duftet. Ist das wirklich richtiges Hähnchen?«

Mika setzte sich an seinen Platz und sah zu Eleeya, die lächelnd vor ihm stand. Aufmunternd nickte sie ihm zu. »Na los, probier schon!«

Mikas Blick wanderte zwischen dem herrlich duftenden Gericht und Eleeya hin und her.

Dann ergriff er die Stäbchen, nahm ein mundgerechtes Stück des vermeintlichen Hähnchens und steckte es sich in den Mund. Mit dem, was nun geschah, hatte er nicht gerechnet. Für den Bruchteil einer Sekunde verspürte er die Wärme und einen undefinierbaren Geschmack.

Unmittelbar danach geschah das Schreckliche.

Seine Geschmacksnerven schienen zu explodieren. Die Nervenbahnen sendeten die lebensbedrohlichen Informationen an das Gehirn weiter, um es auf den toxischen Schock vorzubereiten.

Flüssiges Blei breitete sich in Mikas Mundhöhle aus, und im selben Moment erzeugte Mikas Organismus Unmengen an körpereigenen Opiaten, um den gigantischen Schmerz zu betäuben. Tränen traten in seine Augen. So fühlte es sich also an, zu sterben!

»Aahhh«, stöhnte Mika mit letztem Atem, zu schwach zum Schreien.

Eleeyas Augen wurden größer.

Mikas Bewegungen schienen eingefroren zu sein. Doch dann sah man, dass er seinen Kopf in den Nacken legte und seine Kiefer langsam weitere Kaubewegungen ausführten.

Ganz langsam kehrte das Leben wieder in Mika zurück.

Erste Gefühle waren wieder in der Mundhöhle vernehmbar. Ein sanftes Prickeln stellte sich ein. »Aaahm ...!« Langsam meldeten sich wieder Geschmacksknospen zurück, eine nach der anderen, und berichteten dem Sinneszentrum erstaunliche Eindrücke.

»Ahhh, Wahnsinn! Eleeya, das ist ... fantastisch!« Kauend stand er auf. Ein Grinsen zeichnete sich auf seinem Gesicht ab, das immer breiter wurde. Verstohlen wischte er sich die letzten Tränen aus den Augen, als er sich vor Eleeya stellte. »Das ist ja so ... gigantisch toll! Und das hast du für mich gemacht?«, lachte Mika. »Eleeya, ich glaube, ich muss dich heiraten«, flachste Mika.

Mit diesen Worten umarmte er sie, hob sie hoch und wirbelte sie herum.

»He, nicht doch, lass das«, lachte sie auf.

»Nichts da! Das gibt mindestens den goldenen

Kochlöffel oder so!«

Carlos saß in zehn Meter Abstand, immer noch an den Baumstamm gelehnt und tippte, vertieft in sein Display.

»He Kumpel, komm rüber! Das musst du probiert haben. Das ist sagenhaft.«

»Hm, nein, später vielleicht. Keinen Hunger«, kam es gelangweilt aus Carlos' Richtung.

Mika setzte Eleeya ab und kam übermütig zu Carlos rüber.

»Das war doch deine Idee, nicht wahr?«

»Mhmh ...«

»Wahnsinn, Kumpel!« Mika hockte nun vor Carlos.

»Super! Und dich heirate ich gleich mit!«, sagte er und versuchte Carlos hochzuheben.

Total überrascht über diesen Temperamentsausbruch riss Carlos die Arme nach oben. Mika hatte Carlos gerade mal einen halben Meter hochgehoben, als er plötzlich aus dem Gleichgewicht gerissen wurde.

»He, nicht ...«

Aber es war bereits zu spät. Lachend brachen sie in sich zusammen.

»Du bist vielleicht ein Idiot«, schimpfte Carlos lachend.

»Na und? Ist das neu für dich?«, kam die prompte Antwort. »So, jetzt aber hoch mit dir. Du musst das unbedingt probieren, bevor es kalt geworden ist. Aber sei gewarnt – es ist vielleicht einen winzigen Tick zu scharf – aber es ist gut!«

Später am Abend lehnte Carlos wieder gegen seinen Baum und tippte. Es war eine sehr ungewöhnliche Art zu schreiben. Man hatte den Eindruck, als ob er nur sehr wenig schreiben würde, um dann umso länger über irgendetwas nachzudenken.

Mika und Eleeya saßen am Feuer und hatten ein lockeres Gespräch.

Hin und wieder ging Eleeyas Blick zu Carlos, doch er

war zu vertieft in seine Aufzeichnungen, um etwas davon zu bemerken.

Langsam stand Eleeya auf und schlenderte in Carlos' Richtung. Er bemerkte sie erst, als sie zwei Meter vor ihm stand.

»Hi«, brachte sie ihm lächelnd entgegen.

Carlos sah hoch und blickte wieder in diese tiefen Augen.

»Hmch«, begann er, musste sich aber erst räuspern. »Hi!«

Was wollte sie von ihm? Verunsichert stand er auf. Noch immer hielt er seinen linken Arm mit dem holographischen Display vor seinem Körper, so als ob es ein Schild wäre.

»Wie geht's?«, fragte sie.

»Oh, gut. Ja.«

In einiger Entfernung war das Unken einer Nachteule zu hören, die dies für eine günstige Zeit hielt, um mit der Futtersuche zu beginnen.

»Und dir, wie geht's dir?«

»Und wie geht's dir?«, dachte er. »Du benimmst dich wie ein Idiot. Dir fällt doch wohl noch was Besseres ein als dieser Mist.«

»Das war gut heute, das Training – ein gutes Training heute!« – »Na also! Läuft doch«, dachte er.

Eleeya zeigte ein breites Lächeln.

»Ich frage mich, was du da eigentlich dauernd machst?«, sagte sie und deutete auf seinen linken Unterarm.

»Was? Och das!« Carlos' Arm zuckte hinter seinen Rücken. Kindisch!

»Ja, das! Weißt du, ich schreibe ein bisschen.«

Eleeya kam ein Stück näher und versuchte, einen Blick aufs Display zu werfen, doch er hatte seinen Arm bereits wieder angehoben. Ihre Augenbraue zuckte nach oben.

Der Wind, der vom Meer hereinwehte, trug das

Geräusch der Brandung herauf.

»Na gut ... Gedichte«, platzte es aus Carlos heraus. »Ich schreibe Gedichte. Eine bestimmte Art Gedichte. Sie nennen sich Tanka, das sind Vorläufer des japanischen Haikus! So, jetzt weißt du es!«

Eleeya drehte die Ohren nach vorne und legte den Kopf schief, ein sicheres Zeichen dafür, dass sie den Erklärungen nicht ganz folgen konnte.

In der Tat, dachte Carlos, das verriet ja noch gar nichts. Noch hatte er nichts über den Inhalt der Gedichte erwähnt.

»Du weißt, was ein Gedicht ist?«

Sie nickte.

»Also, diese Gedichte bestehen aus exakt fünf Zeilen. Mit genau festgelegtem Versmaß. Fünf Silben, dann sieben, wieder fünf, sieben und fünf. Ob es sich reimt oder nicht spielt keine Rolle. Sinn und Zweck ist es, eine bestimmte Jahreszeit mit einem bestimmten Gefühl einzufangen. Das ist im Grunde alles.«

»Das klingt interessant«, sagte sie und warf einen Blick auf das Display. Um etwas besser sehen zu können, kam sie einen Schritt näher und drehte ihm den Rücken zu.

»Zeigst du mir mal eins?«, fragte sie.

Carlos begann zu schwitzen. Jetzt war es so weit. Er hatte sich lächerlich gemacht. Er würde sich bis auf die Knochen blamieren. Egal.

Carlos tippte schnell ein paar Mal auf das Zurückblättern-Symbol. »Klar doch«, erklärte er mit schwacher Stimme. »Das hier zum Beispiel!«

Eleeya ergriff mit ihrer linken Hand seinen Unterarm und führte das Display näher heran.

Carlos erkannte nicht, dass sie das Display auch gut von einem anderen Standpunkt aus hätte ablesen können.

Sie drehte ihr Gesicht zu Carlos und lächelte ihn an.

Carlos wollte am liebsten weglaufen oder zumindest im Boden versinken und lächelte verkrampft zurück.

Dann schaute sie zurück aufs Display. »Ziemlich kleine

Buchstaben!« Eleeya zog Carlos' Handgelenk näher heran. Gerade eben noch hatte er daran gedacht, die Schriftgröße zu ändern, entschied sich aber schnell dagegen.

»Ja, es geht!«

Eleeya schaute wieder aufs Display. Mit melodiöser Stimme las sie leise vor:

»Am Himmel wandert
Das fahle Licht des Mondes
Über das Schellmaar.
Die Frau, die ich gesehen,
War mir im Traum erschienen.«

Es erfolgte eine kurze Pause. Dann drehte sie ihr Gesicht wieder zu Carlos und lächelte: »Ich verstehe, was du meinst. Das ist schön. Sehr schön.«

Carlos verzog sein Gesicht zu einem verkrampften Lächeln. »Diese Augen. Waren sie noch größer als sonst?«
»Och, na ja, ich weiß nicht ...«

»Nein, im Ernst, das ist schön! Bitte, zeig mir noch eins!«

Carlos wollte hastig an den entsprechenden Regler tippen, doch er erkannte im letzten Moment, dass ja Eleeya direkt vor ihm stand. Carlos griff mit seiner rechten Hand um Eleeya herum. Irgendetwas stimmte mit seinem Blutdruck nicht. Sein Herz raste und er spürte ein Klopfen im Hals.

Eine kurze Windböe wehte ein paar weiße Haarsträhnen in sein Gesicht.

»Das da ... das da vielleicht noch. Wenn du möchtest!«

Ein weiteres Lächeln in seine Richtung sollte wohl Ja heißen. Wieder formten Eleeyas Lippen die Worte des holgraphischen Displays.

»Zwei – leuchten am Tag,
Umrahmt von weißen Strahlen.
Die Kraft ist so stark –
Selbst Wolken sie nicht trüben,
Wären sie nachts noch da!«

Irgendwie hatte Carlos den Eindruck, als würde sie noch näher stehen.

»Ooh ... ein Gedicht über die beiden Sonnen Uvellar und Denaan! Wie schön!«

Carlos gab hierzu keinen einzigen Kommentar und verlor sich in den Tiefen ihrer Augen. Wie sie leuchteten! Eine Brise, die vom Meer herüberkam, spielte mit ihren Haaren.

»Ich wusste gar nicht, dass du so was kannst!« Eleeyas zauberhaftes Lächeln wandte sich wieder an Carlos.

Eine stärkere Böe folgte, und eine tiefe Stimme flüsterte direkt neben Carlos' Ohr:

»Hmm, ja, das ist wirklich sehr, sehr schön!«

Eleeya schreckte herum.

»AZRAEL!«

Auch Carlos war zusammengezuckt. Er hatte das Gefühl, dass sein Herz aussetzte! So ungefähr musste es sein, wenn man sich dem weißen Licht am Ende des Tunnels nähert, und kurz bevor man den Tunnel verlässt, sagt eine Stimme: Ich habe wieder einen Puls. Schwester, nochmals einhundert Milliliter Lidokain!

»Hi Schwesterchen, hallo mein Freund«, sagte Azrael und legte seine Arme um beide.

»Azrael, was schleichst du dich hier so an und erschreckst uns?«, fauchte Eleeya ihn an.

Mit einer einzigen geschmeidigen Bewegung hatte sie sich einen guten Meter von beiden entfernt.

»Hör mal, Schwesterchen, kann ich wissen, dass ihr so konzentriert seid?«

Eleeyas Ohren lagen nach hinten an, der Kopf war

gesenkt und mit vorgeschobenem Unterkiefer funkelte sie Azrael an.

Doch schon im nächsten Moment entschied sie sich anders. Eleeya schaffte es innerhalb Sekundenbruchteilen, ein Lächeln aufzusetzen.

Mika war inzwischen von seinem Platz am Feuer aufgestanden und auf die kleine Gruppe zugeschlendert.

»Na, wie geht's?«, begrüßte er Azrael. »Hast du vielleicht etwas Hunger? Wir haben noch etwas übrig! Eleeya hat uns was Hervorragendes gekocht!«

Azrael schaffte es, nicht laut loszulachen. »Eleeya? Euch gekocht?«

Eleeya zeigte Azrael ein strahlendes Lächeln, doch ihre Kiefer waren stark zusammengepresst. »Treib es nicht zu weit ...!«

»Ja, ja, ist ja schon gut«, winkte er grinsend ab. Dann wurde sein Gesicht ernster. Für die nächsten Sekunden sprach er kein Wort, als er einen nach dem anderen lange ansah.

»Es ist so weit, habe ich Recht?«, fragte Mika.

Azraels Augen blieben auf Mika geheftet. Langsam nickte er.

Azrael trug wieder seine mit Metall und Leder besetzte Tunika. Zwei Schwerter waren an seinem Gürtel befestigt und glänzten im Licht der beiden Monde.

»Ja, es ist nun so weit!«, wiederholte er. »Es haben sich ein paar Veränderungen ergeben. Wir können nicht länger warten! Der Feind wird zu mächtig. Wir müssen ihn jetzt vernichten, oder wir werden keine andere Gelegenheit mehr dazu haben. Ich denke, ihr wisst alles, was ihr zu diesem Einsatz benötigt! Ich habe euch ja bereits gesagt, dass es ein paar Regeln gibt, an die wir uns halten müssen.

Wir dürfen euch keine Details geben und wir dürfen auch nicht in den Auftrag eingreifen. Ihr bildet eine Einheit und ihr werdet im entscheidenden Moment richtig handeln!«

»Was für ein Feind? Bisher war nur die Rede von irgendeinem Ungleichgewicht und so. Erzähl uns mehr!«, verlangte Mika.

»Morgen früh werdet ihr Zwischenwelt verlassen. Gegen acht Uhr eurer Zeit wird sich ein Transfertunnel öffnen. Das andere Ende des Tunnels ist in der Nähe der fremden Mächtigkeitsballung. Sie haben begonnen, ihr Zentrum zu verlagern, um einen Angriff vorzubereiten. Doch daraus wird nun nichts. Wir werden diese Konzentration zerschlagen! Und dann ist es vorbei!«

Niemand sprach im nächsten Moment. Carlos war der Erste, der eine Frage stellte: »Was ist dann vorbei?«

»Nun, unser Feind geht dermaßen aggressiv gegen das Gleichgewicht des Universums vor, dass sich katastrophale Folgen für die nächsten Jahrmillionen abzeichnen.

Unser Feind ist eine Lebensform, die sich in der Region NG0082 wie eine Krankheit ausbreitet, anderes Leben unterdrückt und die geplante Entwicklung des Universums so gravierend stört, dass er komplett eliminiert werden muss.

Er zerstört das gesamte Gleichgewicht. Sollte er erfolgreich sein, wären die Konsequenzen schrecklich. Und damit genau dies nicht geschieht, sorgen wir, die Wächter, für den Ausgleich.

Wir müssen diese Plage ausrotten. Zerstören wir ihre Mächtigkeitsballung, kann sich der YANG-Fluss wieder stabilisieren und der Ausgleich wäre dann wieder hergestellt.

Das ist unsere Aufgabe, und das ist nun auch eure Aufgabe.«

Carlos sah in Azraels Augen. Irgendwie wurde er das Gefühl nicht los, dass er etwas Wichtiges übersah. Etwas, das die ganze Zeit schon immer vor seinen Augen gestanden hatte.

Stumm wechselte er ein paar Blicke mit Mika. Der nickte nur langsam und sah dann lange zu Boden.

»O. k.«, warf Carlos ein, »jetzt mal ganz langsam, Junge. Mal sehen, ob ich es richtig zusammenbekomme!«

Carlos begann auf und ab zu gehen und tippte dabei mit der rechten Hand in die Luft. »Durch irgendetwas, das ich bis heute noch nicht richtig verstanden habe, wachen wir an diesem komischen Ort wieder auf. Wir kennen euch erst seit kurzer Zeit und wissen fast gar nichts über euch. Und du erzählst uns etwas vom Wohl des Universums und einem Feind, den wir nicht kennen, den wir aber vernichten sollen. Ist das so weit richtig?«

Azrael schaute Carlos tief in die Augen, sagte aber nichts.

»Wir sollen ein ganzes Volk ausradieren? Einfach so? Pass auf, Amigo! Dieser ganze Mist überzeugt mich ganz und gar nicht! Bevor wir hier nicht mehr erfahren, läuft gar nichts! Entweder erfahren wir alle Hintergründe, oder du kannst deinen Kram alleine machen. Kam das bei dir an?«

Ein provozierendes Grinsen lag auf Mikas Lippen. »Und wenn du darauf abspielst, dass wir jederzeit die Wahl hätten zurückzugehen – zurück an den Ort des hellen Lichtes ... DANN MACHT ES DOCH!«, zischte Mika. »Weißt du, ich habe sowieso alles verloren, was mir wichtig war. Meinst du im Ernst, das wäre ein Drohmittel? Habt ihr das gedacht? Ich weiß zwar, dass ihr meine Gedanken durchkrempelt habt, aber ich glaube, ihr kennt mich noch lange nicht!«

Kurz blitzte etwas in Azraels Augen auf, dann veränderte sich sein Blick. Viele Emotionen spiegelten sich in seinen Augen, ein paar davon ließen sich mit Zuneigung, Verständnis oder Sanftmut deuten.

»Ich verstehe, was du meinst«, antwortete Azrael. Er kam einen Schritt näher heran und legte seine rechte Hand auf Mikas Schulter. Der versuchte im ersten Moment, sie abzuschütteln, was sich aber als erfolglos herausstellte.

Ein Lächeln formte sich auf Azraels Gesicht. »Hört zu, meine Freunde. Ich kann euch gut verstehen. Doch ich kann euch nur eines sagen: Vertraut mir!«

Er legte den Kopf leicht zur Seite. »Passt auf, alles, was ich euch anbieten kann, ist Folgendes: uneingeschränkte Offenheit! Ich werde meine Gedanken und Gefühle vor euch ausbreiten! Es ist ein Geschenk an euch! Meine direkten, beschreibenden Gedanken werden zwar vor euch verborgen bleiben. Ich habe ja bereits gesagt, dass es Dinge gibt, die ihr nicht wissen dürft. Aber ich öffne meinen gesamten kognitiven Bereich vor euch. Ihr werdet sehen, wer ich bin, was ich fühle und für was ich einstehe! Und ihr werdet sehen, dass ich es ernst meine. Ihr werdet meine tiefsten Gefühle erkennen. Und dass ich euch nicht täuschen werde, sondern dass ich meine Wahrheit offenbare. Mehr kann ich nicht tun. Nehmt ihr meine Hand an, so, wie ich sie euch reiche?«

Mika sah Azrael weiterhin an. Ein kurzer Blick wechselte zu Carlos, der leicht nickte. Dann sagte er: »Da bin ich aber gespannt. O. k., machen wir es so. Wir lassen uns darauf ein. Und danach treffen wir die Entscheidung, ob wir weitermachen oder nicht. Ist das in Ordnung für dich?«

Azrael nickte langsam und sagte: »Absolut. Ich habe euch ja bereits versichert, dass ich eure Entscheidung akzeptieren werde, egal, wie sie auch lauten wird!«

Mika und Carlos wechselten erneut einen kurzen Blick. »Gut, einverstanden«, war die knappe Antwort.

»Wie wird das nun ablaufen?«, fragte Mika. »Kommt jetzt so etwas wie ›Meine Gedanken zu deinen Gedanken‹?«

»Nein, das geht viel einfacher.«

Und im nächsten Moment wurde Mika scheinbar von einer Lawine überrollt. Er taumelte. Er versuchte, sich irgendwo festzuhalten, doch Azrael stützte ihn am Arm, um ihn vor dem Umfallen zu bewahren. Mika schwankte weiter.

Doch dann war alles vorbei!

Mika löste seinen Blick und starrte ins Leere.

»Alles klar, Amigo?«, schaltete sich Carlos sorgenvoll ein. Auch er wirkte benommen, doch ihn hatte die Welle der einflutenden Gedanken lange nicht so erschlagen wie Mika.

Mika hob nur die rechte Hand und atmete tief durch.

Innerhalb eines Sekundenbruchteils hatte er Einblick in Azraels Leben erhalten. Er kannte zwar keine einzige Information im Detail, er wusste aber genug über Azrael, um sich ein Urteil über ihn zu bilden.

Innerhalb eines Sekundenbruchteils hatte er Kontakt zu einem fremden Wesen gehabt. Sehr fremd und andererseits auch sehr vertraut!

Viele Eindrücke verwirrten ihn im ersten Moment. Es war ein sehr altes Bewusstsein, alt und weise. Andererseits auch jung und verspielt. Hungrig nach Neuem! Nach Abwechslung! Und hungrig nach Gerechtigkeit!

Tief in seinem Inneren spürte Mika, dass dies keine eingefädelte Show war, sondern dass dies echt war! Doch da war etwas, tief versteckt in einer dunklen Nische seiner Eindrücke, was Mika verwirrte.

Etwas in Bezug auf Eleeya. Sie war eine Gleichberechtigte, gewiss. Eine Wächterin unter vielen. Dass sie nicht wirklich seine Schwester war, hatte er schon erkannt. Doch es blieb nach wie vor ein dunkler Schatten.

Und noch etwas war zu erkennen. Es war eine Art Skepsis. Aber gegen was? Irgendetwas war da, was Azrael selbst hinterfragte. Aber was?

Mika blieb stehen und sah Azrael wieder an. »Einverstanden, Kumpel, wir machen es. Aber – wir halten die Augen auf!«

»Das ist mehr, als ich verlangen kann!«, antwortete Azrael mit einem Nicken.

»Da ist noch eine Kleinigkeit, die ich nicht ganz verstanden habe. Warum diese Geschichte mit dem Tunnel«, fragte Mika. »Wir haben doch diesen superschnellen Sternenfeuer-Antrieb. Warum fliegen wir nicht einfach los?«

Ein amüsiertes Schmunzeln formte sich auf Azraels Lippen: »Meinst du, dieser Ort ist vergleichbar mit eurem Universum? Oder denkst du, er wäre ein Teil eures Universums? Denkst du in der Tat, du wärst wirklich hier?«

Azrael umrundete Mika mit langsamen Schritten. Dann näherte er sich und flüsterte ihm zu: »Denkst du wirklich, das ist Luft, was du hier atmest?«

Irgendwo hatte Mika das schon einmal gehört.

Azrael war wieder stehen geblieben. »Glaub mir, das ist notwendig. Übrigens, in eurem Universum sind seit dem kleinen Vorfall über dem Schwarzen Meer in etwa fünf Stunden vergangen.«

Azrael sah es für einen kurzen Augenblick in Mikas Augen aufblitzen. »Vergiss es, das ist für dich Vergangenheit!«

Mikas Mundwinkel zuckte kurz. »Weiß ich doch!«

»Na gut. Für euch alle geht die Zeit nach dem Transfer durch den Tunnel wieder normal weiter. Auch du, Eleeya, wirst ab jetzt im selben Maßstab altern. Deine Reifungsphase ist abgeschlossen.«

»Reifungsphase?«, wiederholte Carlos.

Azrael zog eine Braue hoch und sagte: »Nun, Eleeya hat nun ein Alter erreicht, das ihr in etwa mit siebzehn beschreiben würdet. Vielleicht ist es euch aufgefallen!« Azrael zwinkerte Carlos kurz zu.

Carlos schien zu einer Salzsäule zu erstarren.

Zum Glück färbte der große Spiralnebel am Himmel sowieso alles in ein rötliches Licht.

Eleeyas Blick, an Azrael gewandt, hatte wieder in den »Kampfmodus« umgeschalten.

Amüsiert klatschte Azrael in die Hände und entgegnete: »Na gut, ihr wisst Bescheid. Morgen früh geht's los!«

Mika schaltete sich nochmals ein: »Noch eine letzte Frage: Wenn wir schon nichts wissen dürfen: hat unser

Feind wenigstens einen Namen?«

Zuerst zögerte Azrael ein wenig. Doch dann vergewisserte er sich, dass die Information belanglos war, und er antwortete: »Ihr Urstamm nannte sich CHRA.« Der kehlige Laut blieb in der Luft stehen.

»Doch sie haben sich vor Tausenden von Jahren verändert. Sie wurden von etwas Bösem kontrolliert, dem YAA. Und seitdem bilden sie die Einheit der YAA-CHRA.«

»Yaara ...«, wiederholte Mika.

Außenposten 25 der Yaara

Die unzähligen Sinneseindrücke der einzelnen Yaara liefen im Schwarmbewusstsein zusammen und ließen eine erschreckende Erkenntnis reifen.

Entgegen allen Gesetzen der Harmonie schien sich die schreckliche Gefahr gegen sie selbst zu richten. Eine grausame, schreckliche Macht würde mit Gewalt gegen das Volk der Yaara vorgehen.

Die Gedanken des Schwarms versuchten, mehr darüber in Erfahrung zu bringen. Wieso sollte jemand gegen die Yaara vorgehen? Niemals hatten sich die Yaara gegen irgendjemanden gestellt. Gewiss, es gab schon des Öfteren mächtige Interessen, die aggressiv auftraten.

Meistens fühlten sich diese Interessengruppen in einer Notlage oder es ging lediglich um banale Sachen wie Ressourcen oder Macht.

Doch bisher konnte der Schwarm jedes Mal den armen, gequälten Wesen helfen. Neue, nahezu unbegrenzte Energiequellen und dementsprechend Rohstoffquellen bereitzustellen war doch kein Problem mehr.

Es bereitete dem Schwarm Freude, wenn er einem Schwächeren helfen konnte.

Erst vor zwanzigtausend Jahren stellte es freiwillig einen Sektor in seinem Außenbereich mit mehreren hundert Sonnen zur Verfügung, um einer anderen Rasse Platz für ihre eigene Ausbreitung zu geben.

Der Schwarm half sogar einige Jahrzehnte, bis die Besiedelung in den wichtigsten Etappen abgeschlossen war.

Ein neuer Freund war gefunden und neue Harmonie hatte sich eingestellt.

Der Schwarm würde dafür eintreten, dass sich das Universum weiterhin in eine Insel des Guten verwandeln würde.

Er musste mehr erfahren. Wie konnte er diesmal helfen?

Zumindest war bekannt, aus welchem Sektor sich die Gefahr nähern würde. Genau in diese Region verlagerte der Schwarm nun die weisesten Individuen des Staates.

Es war wichtig, so früh wie möglich Missverständnisse aus dem Weg zu räumen, um Zorn und Gewalt zu vermeiden.

Er musste einfach einen Weg finden.

07:50 Uhr auf Zwischenwelt

Die Nadel der Erkenntnis warf einen drei Kilometer langen Schatten ins Tjadoor-Tal. Obwohl die beiden Sonnen erst aufgegangen waren, war ihre wärmende Kraft deutlich zu spüren.

»Noch zehn Minuten. Sollen wir schon mal losfliegen?«, fragte Eleeya zum vierten Mal.

»He, ganz cool bleiben«, antwortete Mika. »Wir haben Zeit. Lenk dich doch ein wenig ab und geh nochmals die gesamten Testsequenzen durch.«

»Ja gut ...«

Mika konnte am Ufer des Schellmaar-Massivs kleine Tierherden ausmachen, die sich ins Tal bewegten.

»Fertig! Soll ich vielleicht schon einmal ...«

»Eleeya, du nervst«, leierte Mika. »Wir sind doch gleich so weit.«

Eleeya löschte ihr Abbild von allen drei Displays. Mit einem leisen Tick erschien ihr Gesicht auf dem linken.

Nach einer Sekunde verdunkelte sich das linke Display und Eleeyas Gesicht war auf dem mittleren zu sehen. Ihr Mund formte ein weiteres Tick. Keine Sekunde später erschien es auf dem rechten Display. Tick.

»So, es reicht!«, knurrte Mika und klatschte seine Hand auf den rechten Oberschenkel.

»Batteriehauptschalter ein, Startkompressor ein, Flüsterwindsequenz ein ...«

Der Typhoon erwachte zum Leben. Ein Summen erfüllte die Luft. Langsam änderte sich der vertraute Ton und begann lauter zu werden.

Mika erkannte, dass sich etwas, was ihn an Nebelschwaden erinnerte, auf die Triebwerkseinlässe zubewegte.

»Schau mal, Carlos, siehst du auch diese Schwaden? Als ob sie angesaugt werden.«

»Ja, sehe ich.«

»Das sind keine Nebelschwaden«, meldete sich Eleeya zu Wort. »Das sind die Luftgeister, sie sind gekommen, um uns zu verabschieden!«

Mika konnte noch nie etwas mit esoterischen Beschreibungen anfangen. Jedes Mal, wenn Eleeyas Erklärungen diesen Touch annahmen, spürte er, wie sich seine Kiefermuskeln verhärteten. »O. k., von mir aus. See you later!«, leierte er.

Mika löste die Parkbremse und der Typhoon schwebte über den Rand der natürlichen Landeplattform. Viele Hundert Meter unter ihnen zeigten sich bereits erste größere Wellen. Mit minimaler Geschwindigkeit bewegte sich der Typhoon vorwärts.

»Wo soll denn dieser Tunnel erscheinen?«, fragte Mika und fuchtelte mit der linken Hand in eine imaginäre Richtung.

Carlos' Blick wanderte nochmals über das tiefe Tjadoor-Tal. Dann sah er aufs offene Meer hinaus. »Dort! Ich denke, genau dort«, sagte Carlos und deutete auf die beiden Sonnen.

Mika sah es nun ebenfalls.

Ein Naturschauspiel formte sich, wie es sich bereits mehrere hundert Male zuvor ereignet hatte.

Nur wussten Mika und Carlos nichts davon.

Die glühenden Scheiben der beiden Sonnen hatten sich übereinander gelegt. Es schien, als ob die beiden Sonnen nun an ihrer ursprünglichen Helligkeit verloren hatten. Jedenfalls konnte man mit bloßem Auge hineinsehen.

Aber auch diesen Unterschied erkannten Mika und Carlos nicht, da ihre Helmdisplays in jedem Fall selbständig eine Gradationsanpassung durchgeführt hätten. Aber was sie bemerkten, war das pulsierende Flackern der beiden Sonnen.

»O. k., Carlos, es geht los. Pass auf, da ist noch etwas, was ich dir sagen wollte. Als ich einen Einblick in Azraels Gedanken hatte, ist mir etwas aufgefallen. Ich kann nicht erklären, was es war. Also, grundsätzlich will er uns nicht hinters Licht führen. Aber da ist irgendwas! Ich kann es nicht besser beschreiben! Es gibt mir aber Grund genug ... ach, was soll's. Kumpel, halte einfach deine Augen auf.«

»Mache ich«, antwortete Carlos knapp.

Der Typhoon zog weiter in einer sanft geneigten Flugbahn nach oben.

»In Ordnung, Azrael«, sagte Eleeya. »Mika, du sollst einfach auf die Sonne zufliegen, meint Azrael.«

»So, meint er ...«

»Mhmh!«

Mika hatte längst Kurs auf die seltsame Leuchterscheinung genommen.

»Wie weit ist der Tunneleingang entfernt?«, fragte Mika. »Es ist 07:58 Uhr, und ich würde unser Tor gerne pünktlich erreichen.«

»Oh, die Sonnen sind in etwa sechshundertfünfzig Millionen Kilometer entfernt. Doch das hat nichts mit dem eigentlichen Tunneleingang zu tun.«

Mika spürte wieder Kopfweh aufziehen.

Eleeya merkte, dass ihre Antwort nicht den gewünschten Effekt hatte.

»Flieg einfach nur auf die Sonnen zu. Die Geschwindigkeit ist egal. Such dir irgendeine aus. Pünktlich um 08:00 Uhr wird der Tunneleingang uns aufnehmen.«

»So, die Geschwindigkeit ist also egal! Behalten wir die Geschwindigkeit auch bei, wenn wir aus dem andern Ende wieder rauskommen?«

»Hm, weiß ich nicht.«

»Mika, tu's nicht.«

Mikas Hand lag fest umschlossen über dem Schubregler. »Wo genau kommen wir eigentlich raus?«

»Keine Ahnung. Wenn ich Azrael richtig verstanden habe, irgendwo in der Nähe der feindlichen Stellungen. In weitestem Sinn!«

Mika schob mit einer gleitenden Bewegung den Schubregler in die Position MAX. REHEAT.

Sofort begann der Typhoon mit seinem irrsinnigen Beschleunigungsmanöver. Die Anzüge traten unmittelbar in Aktion, um das Leben der Piloten zu schützen.

07:59:52

»Na super. Da bin ich gespannt, wie du den wieder abfängst!«

»Rede nicht daher, ich weiß genau, wie die gedankliche Steuerung funktioniert.«

»Wissen und Können sind zwei paar Dinge«, feixte Carlos.

08:00:00

Es gab nur einen kleinen Lichtblitz, ganz unspektakulär, dann war alles vorbei.

Mit einem Mal änderte sich das komplette Umfeld.

Es gab keine Zwischenwelt mehr.

Es gab nur noch einen Raumausschnitt, der die Bezeichnung NGZ0082 trug, den Typhoon, und ...

»OAH, SCHUTZSCHILD EINSCHALTEN«, schrie Mika. »Was sind das für Dinger? Wir sind mittendrin. Festhalten, gleich knallt es!«

Ein gewaltiges Rütteln ging durch den Typhoon. Der Schirm begann in verschiedenen Farben aufzuglühen, als er mit zwei kugelförmigen Objekten gleichzeitig kollidierte. Ein hässliches Zischen und Kreischen begleitete den Vorgang.

Die Kugeln gingen sofort in eine glühende Wolke auf. Die große Explosion riss fünf weitere Kugeln in unmittelbarer Nähe mit.

»Ich höre gerade von Azrael, das sind Kampfeinheiten des Feindes. Sie koppeln sich in diesem Augenblick zu etwas Großem und Gefährlichem zusammen. Vernichtet die Kugeln! Jede einzelne von ihnen! Das Überraschungsmoment ist voll gelungen, sagt er.«

Wieder krachte der Typhoon gegen eine kugelförmige Einheit, die unmittelbar danach in Flammen aufging.

»Ihr seid ja wohl etwas wahnsinnig geworden«, schrie Mika und versuchte, den Typhoon zwischen den Lücken hindurchzusteuern. »Tolles Überraschungsmoment! Ich frage mich nur, auf welcher Seite es größer ist!«

»ACHTUNG, DREI UHR!«, schrie Carlos. Zu schnell hatte sich ein größeres Segment genähert, das aus mehreren zusammengekoppelten Kugeln zu bestehen schien. Er schob sich so schnell genau in die neu korrigierte Flugrichtung, dass ein Zusammenprall unvermeidlich war.

»SHIT!«, schrie Mika und riss im selben Moment den Stick scharf nach hinten. Doch es war bereits zu spät.

Mit brachialer Gewalt bohrte sich der Typhoon in den Kugelhaufen. Ein hässliches Knirschen war zu hören, im selben Moment gingen die ersten Kugelsegmente in gleißenden Explosionen auf.

Im nächsten Moment wurde das Innere des Cockpits von einem Licht überflutet, als die Energie auf die restlichen Kugeln des Segments überging und zur Explosion brachte.

Ein Prasseln durchdrang den Jet. Der Schutzschirm des Typhoons versuchte, die verheerenden Energien zu kompensieren, befand sich aber an seiner Leistungsgrenze.

Glühende Zungen leckten über die Innenseite des Cockpits.

»Vorsicht, nichts angreifen!«, schrie Eleeya. »Ein Teil der Energien kann ich nicht mehr abfangen!«

Carlos legte den Kopf in den Nacken und schaute nach hinten. Sie hatten die Glutwolke, die sich langsam dunkelrot färbte, durchstoßen und entfernten sich rasch von ihr.

Zum ersten Mal erkannte Carlos den gesamten Umfang des Objekts, in dem sie sich befanden.

Wie ein wild gewordener Hornissenhaufen stoben die Kugeln auseinander. Man konnte deutlich erkennen, dass sich große Bereiche der Kugeln bereits miteinander verbunden hatten.

»Das Ding ist ja riesig«, rief er, »bestimmt fünfhundert Meter im Durchmesser, eher mehr!«

Carlos drehte sich um, weil er aus dem Augenwinkel weitere Lichter bemerkte.

»Wir werden angegriffen!«, schrie er. Wieder prasselte und knisterte der Schirm. Aus den nahesten Kugeleinheiten tasteten Lichtstrahlen nach ihnen. Bei jedem direkten Treffer glühte der Schutzschirm auf.

»Wir verlieren bei jedem Treffer an Energie.«

»Carlos, bereite das Katana vor.«

»Der Abstand ist für das Katana zu gering! Ich bereite das Netz vor, seine Ladung ist gleich abgeschlossen. Es ist keine Zeit mehr da, um mich in die Waffenmeditation zu versetzen, daher schalte ich in den manuellen Modus. Die drei Kugelcluster dort vorne sind erfasst, außerdem noch diese kleine Einheit, die voll auf uns zuhält. So, fertig – ihre Bewegungsmuster sind im Waffenkontrollcomputer abgespeichert. Achtung – FEUER!«

Aus dem Typhoon löste sich ein leuchtendes Gitter mit zwei Meter großen Maschen. Plötzlich schien das Netz wie ein Rochen durch den Raum zu fliegen und dehnte sich dabei aus.

»Feuer frei auf Cluster zwei«, schrie Carlos und aktivierte den Auslöser.

»... und Nummer drei – LOS!«

Die Energie-Ladekontrollen stiegen rasch an. Siebzig Prozent, achtzig Prozent, neunzig Prozent ...

»Und vier ... LOS!«

Das erste Netz hatte das naheste und gleichzeitig auch

größte Ziel erreicht. Der Verbund aus mehreren hundert kugelförmigen Einheiten versuchte noch ein Ausweichmanöver einzuleiten, doch es war bereits zu spät!

Fast zärtlich schmiegte sich das leuchtende Netz um den Kugelhaufen, der an einen Froschlaich erinnerte. Für eine Sekunde glühten die Fäden des Netzes auf, welches sich inzwischen fest um den Kugelhaufen gezogen hatte, und die gesamte Leuchterscheinung löste sich auf.

Was dann folgte, hatten die beiden Piloten noch niemals zuvor gesehen.

Zuerst sah man kleine Blitze züngeln, dann brachen fast zeitgleich mehrere Explosionen im Innern der Kugeln aus. Keine drei Sekunden später zerbarst der gesamte Kugelhaufen in Tausende kleiner Splitter. Es schien so, als habe sich das Netz einfach durch die Kugeln geschnitten!

Die Explosion erzeugte eine große Druckwelle und wirbelte die verbliebenen Kugeln umher. Das zweite Netz verfehlte aus diesem Grund sein eigentliches Ziel und nahm Kurs auf eine kleine Vierergruppe.

Das Netz Nummer drei hatte ebenfalls dieses Ziel aufgenommen. Die Flugbahn der Netze kreuzte sich. Beide Netze schienen für kurze Zeit in ihren flügelschlagenden Bewegungen miteinander zu verschmelzen, leuchteten noch einmal auf und verschwanden.

»He, hast du das gesehen? Weg! Sie haben sich einfach gegenseitig gelöscht!«, rief Carlos.

»Ja, habe ich. Das sah fast wie eine Wellenüberlagerung aus!«

»Kann schon sein, auf jeden Fall dauert es noch ein wenig, bis ich die nächste Salve abgeben kann. Irgendetwas verzögert den Ladeprozess.«

Das vierte Netz traf eine weitere kleine Gruppe und löste wie schon zuvor eine gewaltige Explosion aus.

»Eleeya, kannst du den Schutzschirm verstärken?«

»Das bringt nicht viel. Er beschützt uns ja vor den Kräften der Explosion. Ich kann aber nicht verhindern, dass die Kräfte uns umherwirbeln.«

Im selben Moment bestätigte sich Eleeyas Aussage und ließ den Typhoon heftig hin und her trudeln.

Plötzlich ging eine Bewegung durch den Kugelhaufen. Auf der Oberfläche entstanden zahlreiche Öffnungen, aus denen sich dünne Tentakel bildeten. Wie die Zunge einer Schlange suchten die leuchtend grünen Arme ihren Weg durch den Raum. Alle Tentakel schienen sich auf ein Ziel abgestimmt zu haben: den Typhoon.

»Was ist denn das schon wieder?«, fluchte Mika. »Egal, auf jeden Fall will ich so schnell wie möglich hier weg!«

Carlos antwortete: »Meine Scans zeigen, dass sich die restlichen Kugeln zusammengeschlossen haben. Sie bewegen sich mit derselben Geschwindigkeit wie wir und beginnen, uns zu umschließen. Sie haben sich uns angepasst. Wir kommen hier nicht so schnell raus!«

Die ersten Tentakel berührten den Typhoon, der sich unter den Entladungen heftig schüttelte.

Immer mehr Tentakel fanden ihr Ziel und überlasteten den Schutzschirm.

Das Toben und Krachen im Cockpit war mittlerweile unerträglich geworden.

»Eleeya, die Energiereserven brechen zusammen. Wir verlieren Saft auf allen Komponenten: Antrieb, Bewaffnung, Schutzfeld, Lebenserhaltung – einfach allem! Tu was!«, schrie Mika.

»Du bist gut! Ich versuche ja schon, es auszugleichen. Ich mache, was ich kann, sonst wären wir schon längst nicht mehr hier, glaub mir das! Aber es wird zu viel!«

Mikas Gedanken rasten. Er schätzte, dass sie keine halbe Minute mehr diesen gewaltigen Angriffen standhalten würden.

Zu groß war der erste Schock! Wie ein wilder Berserker war die fremde Kraft inmitten der Ballung eingebrochen.

Niemals hätte sich der Schwarm ein solches

Aggressionspotenzial vorgestellt.

Er hatte in seinen Planspielen mehrere Auswege gefunden, wie man mögliche Angriffe verhindern konnte.

Der Schwarm war sich sicher, einen Konflikt vermeiden zu können. Dieser Trugschluss hatte bereits jetzt schon vielen tausend Yaara das Leben gekostet. Nur mit Mühe konnte der Schwarm ihre Bewusstseinsinhalte in sich aufnehmen, bevor sie sich auflösten!

Es konnte sich doch nur um ein Missverständnis handeln!

Es wäre für den Schwarm ein Leichtes gewesen, das fremdartige Pfeilschiff einfach zu vernichten. Doch das hätte er niemals tun können. Dafür erachtete er jedes Leben als viel zu wertvoll. Er musste mit dem Angreifer in Kontakt treten.

Aber jede dieser Möglichkeiten setzte eine Kontaktaufnahme voraus. Doch gleichzeitig musste er sich vor seiner Vernichtung schützen.

Er würde etwas anderes versuchen. Das fremde Schiff wütete immer noch in seinem Inneren. Er würde es festhalten. Mit allen Kräften, die er zur Verfügung hatte, würde er das Pfeilschiff hindern, sich zu bewegen.

Er würde das wütende und tobende Etwas lähmen. Er würde es beruhigen.

Und dann würden sie endlich reden können!

Mika wusste, dass der Typhoon nicht mehr lange standhalten konnte. Gleich würde es sie zerreißen.

»Eleeya, wir müssen hier weg«, schrie er, »Sternenfeuer aktivieren!«

»Hier? Nein, das dürfen wir nicht, wir können das nur im freien Raum machen. Ich weiß, dass sich nichts in der Nähe des Sternenfeuers befinden darf, wenn es aktiviert wird.«

»Ja, verdammt noch mal, was soll denn schon passieren? Wenn wir hier nicht bald wegkommen, wird es uns einfach zerreißen«, bellte Mika.

»He, Amigo, ich befürchte, dass an Eleeyas Warnung etwas dran sein könnte. Immerhin handelt es sich bei dem Sternenfeuer um ein waschechtes schwarzes Loch mit genau definierter Masse. Weißt du, was das heißt?«

»Kumpel, nerv mich jetzt bloß nicht. Du hörst dich schon an wie unser Langohr.«

»Im Ernst, Mika, der Typhoon befindet sich wenige Meter außerhalb des Ereignishorizontes des Schwarzen Loches, und ... ach was, hör zu: unsere Mühle wird doch von dem Schwarzen Loch angezogen. Bewegt sich das Schwarze Loch schneller, fliegen wir auch schneller. Sollte aber das Schwarze Loch an Masse zunehmen, indem Materie den Ereignishorizont überschreitet, dann ...«

In diesem Moment ging ein Kreischen durch den Typhoon, als die ersten energetischen Tentakel sich ins Innere des Cockpits vortasteten.

»ELEEYA, AKTIVIER DAS STERNENFEUER – SOFORT!«, schrie Mika.

Und die Sterne verschwanden!

Alles, was sich einen Augenblick vorher noch in einem Umkreis von fünfhundert Metern Umgebung des Typhoons befand, veränderte sich.

Die gleißenden Tentakel verloren an Helligkeit und auch die Kugelschiffe wurden zum Teil transparent.

Unmittelbar darauf bildete sich dreihundert Meter vor dem Typhoon ein kugelförmiges Objekt.

»Der Pulsar ist instabil. Wenn es mir nicht gleich gelingt, ihn zu stabilisieren, werden wir von ihm verschluckt«, schrie Eleeya.

Der ganze Typhoon schien zu vibrieren. Zeitversetzt bildeten sich verschiedene Echobilder der Umgebung.

Mika bewegte seine Hand vor seinen Augen. Was er sah, erinnerte ihn an seinen uralten PC, wenn der überlastete Mauscursor eine lange Schleifspur hinter sich herzog. Dann bemerkte er, wie sich erst die Tentakel und kurz darauf sämtliche Kugelcluster in die Länge zogen.

Bis auf wenige einzelne Kugeln wurden fast sämtliche Schiffe des fremden Verbandes von diesem Effekt erfasst. So, wie Mika und Carlos es sahen, schien alles wie in Zeitlupe vom Pulsar angezogen zu werden.

Fast die gesamte feindliche Flotte befand sich im direkten Einflussbereich des Schwarzen Loches, welches sie in sein Inneres zu saugen schien, erst sehr schnell, dann immer langsamer, bis schließlich alle Bewegungen eingefroren zu sein schienen.

Carlos und Mika konnten sich nicht mehr daran erinnern, wie lange dieser Zustand andauerte, doch mit einem Mal setzte ein Dröhnen ein, das direkt in ihrem Gehirn entstanden zu sein schien, gleichzeitig verschwand alles, was sich um den Typhoon befand, und es wurde still.

»Ich glaube, ich habe es hingekriegt, aber wir werden das Sternenfeuer nicht lange halten können.«

»Aha«, antwortete Mika, ohne zu wissen, was sie genau meinte.

Nun sah man zum ersten Mal deutlich, was sich vor dem Typhoon befand.

Es war eine tiefschwarze Scheibe. Ihr Durchmesser war nicht erkennbar, da man den eigentlichen Abstand zum Typhoon nicht ausmachen konnte. Einzelne Details zeigten sich, und leuchtende Punkte wurden sichtbar, zwischen denen sich Verbindungslinien spannten.

Der Typhoon stürzte zurück in den normalen Raum.

Innerhalb eines Sekundenbruchteils sah man wieder die Sterne. Die Instrumente machten nur noch wenige, verstreute Kugelelemente aus.

Vor dem Typhoon befand sich fast kein einziges Schiff mehr.

»Ich glaube, ich spinne«, schrie Mika. »Seht euch das an, hat das Ding eben fast die gesamte feindliche Flotte gefressen?«

Es entstand eine kurze Pause, dann meldete sich Eleeya:

»Ja, so kann man es nennen. Und es hat sich auch gewaltig daran verschluckt. Du kannst froh sein, dass wir noch am Leben sind!«

»Wie meinst du das, es hat sich verschluckt! Es hat doch die Dinger einfach aufgesaugt.«

»Ach, du meinst also, dass das, was du eben gesehen hast, alles war? Um ein Haar hätte es uns einfach mitgesaugt, du hast ja keine Ahnung, was gerade geschehen ist. Lass dir gesagt sein, dass eure Wahrnehmungen hierfür nicht geeignet sind! Ihr habt doch keine Vorstellung von dem, was sich gerade eben zugetragen hat. Verlang das nächste Mal nichts, was du nicht abschätzen kannst.«

Mika wurde sehr ernst als er sagte: »Die Frage, ob ich es abschätzen kann oder nicht, steht dir in keinem Maß zu! Ich möchte dies nie wieder erwähnen, aber du tust, was ich sage, egal, wie die Konsequenzen aussehen, hast du das verstanden? Wir können gerne im Vorfeld über alles Mögliche reden, doch wenn ich einen Befehl gebe, wirst du ihn ausführen, ist das klar?«

Stille herrschte im Cockpit.

»Ich werde mich hier nicht rechtfertigen, doch denk daran, wenn wir nichts getan hätten, wären wir jetzt in jedem Fall tot!«

In einer Kurve lenkte er den Typhoon zurück zu den restlichen Kugelhaufen.

»He, Kumpel, was machen die Energievorräte?«, fragte Mika. »Sind die Waffen wieder klar?«

Ein kurzer Blick auf die Anzeigen bestätigte Carlos' Annahme.

»Waffen zu einhundert Prozent bereit. Lass uns im nächsten Anflug das Katana einsetzen. Nun haben wir den benötigten Abstand!«

»Einverstanden. Wir erreichen Feuerdistanz in zwanzig Sekunden. Dann mal los!«

Noch war der Cluster mit bloßem Auge nicht sichtbar,

doch das Helmdisplay präsentierte die Vergrößerung.

Von der ehemaligen Flotte des Feindes waren drei Hauptgruppen übrig geblieben. Zwei befanden sich im Vordergrund, eine weitere, wesentlich kleinere, wurde von ihnen verdeckt.

»O. k., nimm dir in der ersten Welle die beiden vorderen vor. Ich tauche wie bei Manöver Delta Vier ab. In der zweiten Welle holen wir uns den Rest. Das klappt ja besser, als ich gedacht habe«, polterte Mika.

Carlos hatte die Waffen bereits mit ihren Zielen gekoppelt.

»Katana eins ... FEUER!«

Ein Rucken ging durch den Typhoon. Aus den beiden Flügelspitzen formten sich zwei Ausläufer. Jeder dieser strahlenden Bahnen hatte eine Länge von nahezu zwanzig Metern. Langsam entfernten sie sich vom Typhoon und beschleunigten.

Nach etwa einhundert Metern wirkte es, als ob sie sich miteinander verflechten würden. Die Farbe änderte sich auch von tiefem Blau in strahlendes Weiß.

»Ladung abgeschlossen! Zweites Katana FEUER!«

Wiederholt lösten sich aus dem Typhoon die Energieerscheinungen.

Die erste Waffe näherte sich dem Ziel, das aus Hunderten einzelner Kugeln bestand. Eine Veränderung ging durch die Waffe. Etwas in ihrem Innern leuchtete auf, und aus einem Band wurden zwei. Dasselbe geschah wieder mit den beiden neuen Einheiten: aus den vieren wurden acht, dann sechzehn, dann zweiunddreißig Lichtbalken! Innerhalb eines Augenblicks hatte die energetische Zellteilung Tausende energetischer Splitter erzeugt.

Für den Feind ging alles viel zu schnell! Jeder einzelne Splitter schien sein eigenes Ziel zu kennen und nahm Kurs auf seine Kugel. Selbst wenn sich die Kugel im Innern befand, nutzte die Waffe die natürlichen Zwischenräume und bewegte sich geschickt tiefer ins Innere. Jeder Stachel traf sein Ziel fast zeitgleich.

Die Einstichstelle leuchtete auf. Dann schien es, als ob eine fremde Kraft die Kugeln aufblasen würde. Ein Lichterspiel tobte im Innern. Doch es gab keine Explosion.

Die Kugeln waren einfach verschwunden!

Der zweite Cluster wurde wenige Sekunden später getroffen. Doch im letzten Moment vor dem Einschlag ging eine Bewegung durch den Kugelhaufen. Ein großes Segment spaltete sich ab und entfernte sich. Zwar änderten die Stacheln sofort ihre Richtung und konnten auch einige der Kugelelemente erreichen, doch der Großteil der abgespaltenen Gruppe wurde nicht mehr erreicht.

Die entkommenen Kugelelemente wurden transparent und verschwanden schließlich vor den Augen der Piloten.

Loorn9

Loorn9 bewegte seine Sitzmulde in die unteren Einheiten. Es waren zu viele Kontrollen, die es allein bedienen musste. Zu zweit war es nicht so schwer, das Nest zu bedienen. Aber nun war es allein und seine Ausbildung hatte noch gar nicht richtig begonnen.

Der Schock saß tief! Noch vor wenigen Minuten hatte sein Elter aus einer benachbarten Nesteinheit Unterweisungen gegeben.

Neuns Gedanken rasten. Was sollte es tun? Das Nest! Was war mit dem Nest passiert? Wo war die Nähe des Schwarms? Was war geschehen?

Es vermisste sein Elter. Immer wenn es sonst nicht weiterwusste, spürte es seine beruhigenden Gedanken. Doch das war nun vorbei.

Elter war tot. Der Schwarmgeist konnte zwar den größten Teil seines allgemeinen Bewusstseins aufnehmen, doch der individuelle Teil würde für immer verloren sein.

Loorn9s Individualgehirn kontrollierte seine zweite Nervenknotenansammlung, das Handlungsgehirn. Es schien fehlerfrei zu arbeiten. Loorn9 musste sich nicht auf seine Bewegungen konzentrieren, diese Funktionen übernahm das Handlungsgehirn. Loorn9 würde sich darauf verlassen können und hatte dadurch Zeit für ein paar geistige Planspiele. Wie konnte es dem Pfeilschiff entkommen? Noch einen direkten Treffer würde das Nest nicht überstehen. Loorn9 wusste, wie wichtig es war, mit den Fremden zu reden.

Wie konnte es herausfinden, welche tiefen Probleme

das Pfeilschiff hatte? Warum hatten die Fremden diese Aggressionen? Wie konnte es ihnen mitteilen, wie sehr die Yaara darunter litten? Es würde alles geben, um ihnen zu helfen.

Typhoon

Mika sah auf die Kontrollen des Helmdisplays.

»Wo sind die Freaks hin? Die dürfen auf keinen Fall entkommen. Dafür sind in diesem Einsatz zu viele Fehler passiert. Die wissen nun genau über unsere Kampftaktik Bescheid. Ich möchte nicht, dass sie Gelegenheit bekommen, sich zu stärken.«

»Was mir aber wirklich Kopfweh macht, ist, dass die nun über einige Schwachpunkte Bescheid wissen, von denen wir bisher selber nichts wussten«, entgegnete Carlos. »Es war pures Glück, dass wir während ihres Angriffs mit den Lichttentakeln unsere Waffe aktivieren konnten. Wir hätten keine weitere Sekunde durchgehalten.«

Wie immer, wenn Eleeya sprach, schien ihre Stimme aus allen Richtungen zu kommen: »Ich glaube, ich habe etwas entdeckt. Hier, in Sektor Rot Drei-Neun. Es sieht aus wie eine Art Echo. Außerdem spüre ich etwas, sehe aber nichts. Aber sie müssen doch irgendwo sein. Hier – jetzt!«

Mika imitierte Eleeya: »Im Hiiier und Jeeetzt ist aber nichts, Eselsohr. Ich befürchte, du musst ein wenig improvisieren. Dann such doch eben nicht hier, sondern einfach woanders.«

Es erfolgte eine Pause, dann hörten Mika und Carlos: »Jaaah ... das ist es!«

»Hey, Eleeya, alles klar?«, fragte Carlos.

»Mika hat Recht. Ich wusste, dass er mich eines Tages besser verstehen wird.« Eleeyas Gesicht erschien im Helmdisplay. Sie lächelte, ihre Ohren standen steil nach oben. »Das ist genial – im Nicht-Hier, im Nicht-Jetzt!«

»Ähm, eigentlich habe ich das ...«

»Mika ...« Eleeyas Gesicht im Display wurde größer, ihre Augen etwas kleiner. »Mika, ist es das, was du meinst? Schau genau hin!«

»Warte mal kurz ...«

Die Spitze des Typhoons begann zweimal zu glühen, begleitet von leisem Brummen. Beim dritten Mal ertönte ein tiefer Klang, der an eine große Glocke erinnerte.

»Ja, das ist es! Raffiniert – sie können ihren Antrieb verschiedenen Raumebenen anpassen. Und dadurch verschwinden sie quasi vor unseren Augen. Jetzt weiß ich, wonach ich suchen muss.«

»Was meinst du, Eleeya? Das versteh ich nicht ganz«, fragte Mika.

»Ganz einfach. Erinnerst du dich an das Spiel, das du mir beigebracht hast?«

»Nein.«

Carlos grinste: »Oh doch, Mika, stell dich nur nicht so an. Dafür erinnere ich mich ganz genau. Schach, das königliche Spiel, das Spiel der logischen Meister. Naive Langohren sind leichte Beute. Etwas, das man vor dem Frühstück ...«

»Halt die Klappe, Carlos, ist ja schon gut. Ich war nicht so gut drauf. Und überhaupt – Eleeya, komm zur Sache!«

»Ja, Mika, pass auf, ich zeige es dir.«

In etwa einer halben Meile Entfernung entstand vor dem Typhoon ein Würfel im All. Rot, Gelb und Blau waren die Hauptfarben. Jede der drei farbigen Richtungsachsen bekam eine Bezeichnung: F, W und T.

Es war immer wieder ungewöhnlich, zu welchen räumlichen Darstellungen die Projektionsdisplays der Helme fähig waren. Selbst wenn man den Kopf bewegte, änderte sich der Standort der Projektion nicht. Der Würfel erschien wie festgefroren.

»Seht ihr? Das ist ein Modell unserer Welt mit ihren drei Dimensionen – Firmament, Weite und Tiefe.«

»Sie meint wieder mal Länge, Breite und Höhe«, erwiderte Mika.

Eine kurze Pause entstand, dann änderte sich die Beschriftung des Würfels auf x, y und z.

»Bitte sehr, my Lady ... auch gut.«

Eleeya ging auf die Bemerkung nicht weiter ein und schwieg. Nur das Säuseln des Antriebs war zu hören.

Carlos ahnte, was nun wieder geschehen würde: »Eleeya, jetzt sei nicht eingeschnappt und mach weiter.«

Die nächsten fünf Sekunden geschah nichts.

»Also gut, der Würfel ist unsere Welt. Doch um meine Idee besser erklären zu können, muss ich das Modell noch einfacher darstellen. Dazu mache ich unsere Welt erst mal flach ... so ungefähr. Mika weiß ja bereits, wie das ist, wenn man einfach nur flach ist.«

»Eleeya, hör du wenigstens damit auf!«, seufzte Carlos.

Der Würfel wurde zum Quadrat mit einem gelb-blauen Schachbrettmuster.

»Wir sind nun die Spielfiguren auf dem Schachbrett. Jede kann sich unterschiedlich bewegen, nur nicht rauf oder runter. Nun achtet mal auf das Brett.«

Das Schachbrett bewegte sich nach oben und hinterließ mehrere leuchtende Kopien. Eine neue Achse war entstanden, beschriftet mit einem roten Buchstaben t.

»Ich verschiebe nun das Brett in der Zeit. Jedes neue Brett in dem Beispiel liegt eine zehntel Sekunde weiter in der Vergangenheit. Und nun achtet mal darauf, was passiert, wenn wir von oben draufschauen.«

Die Projektion änderte die Perspektive und kippte auf den Betrachter zu, so dass alle einzelnen Ebenen sich zu einer einzigen überlagerten. Auf der Ebene entstand ein blaues Dreieck, das sich mit der Spitze voran bewegte.

»Das sind wir.«

Vor dem Dreieck entstand ein grüner Kreis.

»Und das ist das Kugelschiff der Yaara.«

Beide Symbole bewegten sich über das Schachbrett.

Die Projektion veränderte erneut den Blickwinkel, so dass man wieder von der Seite draufsah. Deutlich erkannte man das blaue Dreieck und die grüne Kugel. Doch plötzlich bewegte sich die Kugel nach oben und überquerte die nächste Ebene.

»Und genau das haben die Yaara gemacht: Sie haben sich um den Bruchteil einer Sekunde im Raum verschoben. Sie sind immer noch an derselben Stelle im Raum, nur sehen wir sie nicht mehr.«

Carlos wollte sich am Kopf kratzen, berührte aber nur die Helmschale. »Soll das heißen, sie haben eine Art Zeitsprung gemacht?«

»Nein, eigentlich nicht, sie selbst sind immer noch in ihrer ursprünglichen Ebene, nur ihr Echo wird verschoben.«

»Aha, ja klar.« Mika bewegte die rechte Hand kreisend vor seinen Kopf.

»Aber dann müssten wir doch ihr Echo um eine zehntel Sekunde früher sehen, hier, direkt vor uns«, fragte Carlos.

In Eleeyas Stimme lag ein Schmunzeln: »Nein, denn das liegt ja auch wieder eine zehntel Sekunde früher.«

Carlos spürte Mikas Hand auf der Schulter. »Carlos, jetzt stell dich nur nicht so an. Du musst deinen Geist für neue Einsichten offen halten«, hetzte er. »Und was machen wir nun, Langohr?«

»Ich schicke Sonden aus. Vier Stück. Insgesamt sind es dann genug Messpunkte, mit denen ich die Echos vergleichen kann. Sobald ich das getan habe, weiß ich, wo das Kugelschiff ist.«

»Und dann?«, fragte Carlos.

»Und dann gehen wir ihnen einfach nach!«

Carlos nickte und hob den linken Daumen. »Du machst das schon. Ich werde später darüber nachdenken.«

Mika musste grinsen.

Schon oft hatte Eleeya auf Zwischenwelt bewiesen, dass ihre naive Vorgehensweise zum Ziel führte. Für sie schien es immer nur eine Art Spiel zu sein. Wie immer, wenn sie etwas Neues versuchte, funkelten ihre Augen. Die Ohren legten sich nach hinten, wenn sie an ihrer Unterlippe knabberte. Und wenn ihre Idee dann funktionierte, war ihr klares Lachen zu hören. Ein einfaches und zugleich betörendes Lachen.

Auf Mika wirkte es ungewöhnlich, doch Carlos war vom ersten Moment an fasziniert. Das war damals der Moment, in dem Carlos sich klar wurde, dass er sich in Eleeya verliebt hatte.

»Sonden 2 bis 5 werden geweckt – fertig in 5 Sekunden.«

Mika sah auf die linke Flügelspitze. Die Träger für die Multifunktionssonden waren an beiden Tragflächenenden befestigt.

Ein blaues Elmsfeuer loderte um die Außenträger und begann, sich um sie zu drehen. Ein Singen setzte ein. Immer schneller wurden die Verwirbelungen.

Wie jedes Mal war Mika, als ob er Gesichter in den Wirbeln erkennen konnte. Immer schneller wurde der Feuertanz, das Wimmern wurde zu einem Jaulen.

»Noch zwei, eins, los!«

Unmittelbar hintereinander lösten sich aus dem linken Träger zwei kleine Feuerbälle. Ein dritter und vierter Feuerball in leuchtendem Grün folgten aus dem rechten Träger.

Die vier Sonden positionierten sich in einigen hundert Metern Abstand um den Typhoon.

Mika schaltete sein Helmdisplay auf taktische Ansicht um. Die vier Sonden bildeten eine Raute, in deren Mitte sich das dreieckige Symbol des Typhoons befand.

Eleeyas Gesicht war im Helmdisplay zu sehen. Sie hob ihren Zeigefinger vor die Lippen: »Pssst, gleich wissen sie, was sie zu tun haben und fangen an, miteinander zu sprechen. Ich höre sie schon.«

Ein hoher Ton erfüllte den Raum. Das Cockpit wurde in

ein grünes Licht getaucht. Carlos legte den Kopf in den Nacken und sah nach oben.

Die grüne Sonde hatte sich innerhalb weniger Sekunden auf circa zweihundert Meter ausgedehnt. Es sah aus, als ob in ihrem Inneren ein Gewitter ausgebrochen wäre. Zwei grüne Blitze züngelten nach unten und verbanden sich mit den beiden Sonden, die links und rechts auf gleicher Höhe mit dem Typhoon lagen. Ungefähr einen Kilometer vom Typhoon entfernt bewegten sie sich mit derselben Geschwindigkeit. Auch sie hatten mittlerweile einen Durchmesser von jeweils etwa zweihundert Metern.

Ein zweiter Ton setzte ein, tiefer als der erste. Carlos hatte das Verhalten der Sonden in ähnlicher Form während ihres Trainings auf Zwischenwelt gesehen, doch was er hier sah, übertraf seine Erwartungen.

Die linke Sonde strahlte in leuchtendem Rot wie eine riesige Glaskugel, in deren Innerem ein Feuersturm wirbelt. Carlos sah, dass sich von der linken Sonde eine Flammenzunge nach oben löste und sich auf halbem Weg mit dem grünen Blitz der oberen Sonde verband.

Ein dritter Ton setzte ein und das Cockpit wurde von rechts in ein warmes, orangefarbenes Licht getaucht. In der taktischen Anzeige des Helmdisplays war mittlerweile zu sehen, dass die drei oberen Sonden sich mit ihren Ausläufern verbunden hatten. Ein vierter Ton setzte ein, noch tiefer, noch gewaltiger.

»Die Sonden reden jetzt miteinander. Die Elemente Feuer, Wasser, Erde und Metall warten. Sie warten auf uns. Seid ihr bereit?«

Mika bekam mit einem Mal ein flaues Gefühl im Magen. »Bereit? Wozu bereit? Ich dachte, das wär's jetzt! Ist das hier etwa anders als beim Training?«

»Oh ja, sehr viel anders.«

Carlos schaltete sich ein: »Hey, davon hast du aber kein Wort erwähnt!«

In der taktischen Anzeige bewegte sich von jeweils

einer Sonde eine gestrichelte Linie auf den Typhoon zu.

Eleeyas Gesicht, diesmal ganz unschuldig, erschien im Helmdisplay. »Hm, das habe ich dann wohl vergessen. Achtung, bereit in vier, drei, zwei ...«

» Eleeya ... wart mal ganz kurz.«

»... eins – jetzt!«

Der Ton war überwältigend. Es war mehr als nur ein Klang. Es war ein gigantischer Schlag. Das Geräusch war nicht nur zu hören. Man konnte es spüren. Eine tiefe Vibration mit Tausenden von Obertönen durchdrang jedes einzelne Atom.

Die Zeit schien still zu stehen. Jede Bewegung um den Typhoon hatte aufgehört. Fast jede. Das Einzige, was sich bewegte, war eine Schockwelle, die sich vom Typhoon in alle Richtungen ausbreitete – und das Bewusstsein der Piloten. Carlos und Mika kam es vor wie bei ihrem Übergang nach Zwischenwelt.

Nur wussten sie diesmal, wo sie waren. Sie konnten sich nicht bewegen, aber sie sahen, wie sich die Schockwelle in Zeitlupe ausdehnte. An verschiedenen Stellen der Schockwellenfront zuckte manchmal ein Blitz auf. Gleichzeitig hörten sie ein Flüstern. Im unteren Rand des Helmdisplays war die Zeitanzeige zu sehen: 1218:33:05.

Sie veränderte sich nicht, während die Schockwelle sich vergrößerte. Immer häufiger wurden die Entladungen und aus dem Flüstern wurde ein Raunen: »... wo sind wir ... Abfangkurs ... euer Auftrag dient nun höheren Zielen ... Verweis wegen mangelhafter Funkdisziplin ... den beherrsche ich im Schlaf ... meine Schwester wohnte in Madrid!«

Mit einem Schlag wurde Carlos klar, dass dies seine Gedanken waren. Seine – und Mikas Gedanken. Er sah ihre Gedanken. Es war wie bei der geistigen Verschmelzung nach der Atombombenexplosion.

Nur mit dem Unterschied, dass sie nun alles beobachten

konnten, was um sie herum geschah.

Und im gleichen Moment, als er dies erkannte, begann die Schockwelle sich wieder zusammenzuziehen.

Mit einem Schlag war alles vorbei. Der Typhoon jagte mit hoher Geschwindigkeit an dem nahen Mond vorbei. Es war wieder still, nur der Antrieb war zu hören. Nichts erinnerte mehr an die Sondenaktivitäten.

Stille.

In den ersten Sekunden sprach niemand ein Wort, nur das Säuseln des Sternenfeuer-Antriebs war zu hören.

Carlos unterbrach als Erster das Schweigen: »Eleeya, was war das eben gewesen?«

»Die fünf Elemente haben sich zusammengetan und waren auf der Suche.«

»Welche Suche? Und wieso fünf Elemente? Eben noch hast du von vier Elementen geredet!«

»Der Typhoon war das fünfte Element. Wir waren das Element Luft, wir drei. Besser gesagt: unser Geist. Unser Bewusstsein.«

Der Pulsar des Sternenfeuer-Antriebs begann zu flackern, ein sicheres Zeichen für einen bevorstehenden Übergang.

»Wie meinst du das? Was hatten die anderen vier Elemente für eine Bedeutung?«

»Fünf Elemente bilden das Universum. Wasser, Feuer, Erde, Metall und Luft. Doch das sind nur Begriffe für verschiedene, sehr komplexe Kräfte. Wasser zum Beispiel ist lediglich ein Symbol, es hat nicht wirklich etwas mit Wasser zu tun. Alles ist sehr viel komplizierter, jeder Zustand kann in den nächsten übergehen. Das Ganze bildet einen großen Kreislauf. Das Element Luft stand in diesem Zusammenhang für unser Bewusstsein. Was ihr eben erlebt habt, war eine Wanderung eures Bewusstseins. Eine Bewegung durch Raum und Zeit.«

Im Helmdisplay war wieder eine perspektivische Ansicht des Ebenenmodells zu sehen. Den Mittelpunkt bildete das blaue Dreieck, einige Ebenen höher befand sich die grüne Kugel. Sie blinkte.

»Wir haben das Kugelschiff gefunden, gleich sind wir bei ihm.«

Mikas rechte Hand umfasste den Stick. »Und das sagst du so nebenbei. Wann? Was müssen wir tun?«

»Ihr müsst gar nichts tun, ich habe schon alles vorbereitet. Ich verändere die Brennweite des Sternenfeuer-Antriebs. In Verbindung mit einer Geschwindigkeitsveränderung fällt die Zeit des Jetzt-Raums um 38 Sekunden zurück. Wir sind dann bei unserem Yaara.«

»Das erinnert mich irgendwie an Einsteins Relativitätstheorie. Schwarze Löcher, auf die man sich schnell zubewegt und so. Habe ich nie so richtig verstanden.«

»Einstein? Ein Bekannter von euch?«

»Nicht ganz.«

»Na gut. Achtung, Ebenensprung in drei, zwei, eins ...«

Der Pulsar entfernte sich um etwa zwanzig Meter von der Spitze des Typhoons und flackerte schneller. Im selben Moment bewegte sich der Schubregler in die vorderste Position.

Eleeya meldete sich wieder über das Display. »... fertig. Wir haben die Ebene erreicht. Geschwindigkeit ist wieder normal.« Carlos sah auf den Schubregler. Er konnte sich nicht erinnern, dass er sich zurückbewegt hatte. Jetzt jedoch befand er sich wieder in seiner alten Position.

Jetzt. Sie waren da! Loorn9 wusste, was es tun würde. Die Waffen des Nests waren zu schwach, doch irgendwie musste es das Pfeilschiff anhalten. Erst musste es dafür sorgen, dass es sich nicht mehr bewegen konnte, und dann musste seine Besatzung ihm einfach zuhören.

»Kontakt«, rief Eleeya. »86 000 km hinter uns auf 5 Uhr.«

Im selben Moment wurde im Helmdisplay die virtuelle Richtungsanzeige eingeblendet. Mitten im All erschien ein leuchtender Ring mit Gradanzeigen. Das Band schien festzustehen, egal, wie die Piloten den Kopf auch bewegten. Es war beschriftet mit gelben Ziffern von 60 bis 180. Genau in Flugrichtung leuchtete eine größere 120. Im rechten Gesichtsfeld der Piloten erschien ein gestrichelter grüner Kreis und rechts daneben ein Dreieck, das konstant blinkte. Darunter erschien eine taktische Draufsicht, welche einer Kompassrose mit einer 360-Grad-Einteilung entsprach. Im Moment stand die Zahl 120 oben und beschrieb die Flugrichtung.

Mika umfasste mit der rechten Hand den Stick und zog ihn zu sich ran.

Der Typhoon reagierte sofort mit der Richtungsänderung.

Mika wusste, dass er im Moment nicht den Typhoon direkt, sondern nur die Flugrichtung des Pulsars änderte.

Die Anziehungskraft des künstlichen Schwarzen Lochs riss den Typhoon mit 1000 km/s einfach mit.

Eleeyas Stimme erklang: »Visueller Kontakt ... jetzt!«

Im Helmdisplay wurde aus dem gestrichelten Dreieck ein gefülltes.

»Eleeya, wie weit sind wir entfernt?«, fragte Carlos.

»Immer noch über 80 000 km. In knapp 2 Minuten haben wir ihn erreicht.«

»Empfängt der F. L. I. R. schon etwas?«

»Das Auge? Warte mal, einen Moment.« Eleeya weigerte sich hartnäckig, den Begriff »Forward Looking Infrared Radar« zu benutzen.

Der grüne Kreis erschien im Helmdisplay, in dessen Innern sich ein roter Punkt formte.

»Wir kommen in den nächsten Sekunden in Reichweite der Erfassung.«

Der Punkt vergrößerte sich. Mit viel Fantasie konnte man in dem Symbol nun ein Auge erkennen. Vielmehr eine grüne Pupille mit einer dunkelroten Iris. In dem Bereich, den man als Iris deuten konnte, bildeten sich verzerrte Muster, welche sich stabilisierten und eine Kugel zeigten.

Loorn9 hatte bemerkt, dass das Pfeilschiff es nun direkt ansah, aber es tat so, als ob es das nicht wüsste.

Das Handlungshirn hatte die Beschleunigung mitverfolgt und die Annäherungsrate berechnet. In weniger als 200 Herzschlägen würde es in unmittelbarer Nähe sein. Loorn9s Plan stand fest, aber zuerst würde es sich so verhalten, als ob es vor dem Pfeilschiff fliehen würde.

Sein Planspiel hatte ergeben, dass es nur eine einzige Möglichkeit gab, um dem Ziel näher zu kommen. Es ging dabei nicht darum, ob Loorn9 sterben würde oder nicht. Das war ein rein individualistischer Gedanke, der keine höhere Bewertung erhielt. Der Schwarm war alles, was zählte. Schon im Kokon war der alles verbindende Trieb gewesen, der sein gesamtes Leben beherrschen würde. Alle Yaara waren ein Teil von ihm. Dieser geistige Verbund war der normale Zustand seines Volkes.

Loorn9 erinnerte sich an Elters Erzählungen aus den alten Tagen. Umso gewaltiger war der Schock, als die Yaara erstmals ihre Schiffe testeten und begannen, das All zu bereisen. Niemand hätte jemals damit gerechnet, dass so etwas überhaupt geschehen konnte.

Die Technik und die Bionik waren vorher zur Genüge getestet worden. Es würde keine Fehler geben, darüber war sich der Schwarm sicher. Man hatte ein autarkes Nest konstruiert, mit allen system- und lebenserhaltenden Recyclern. Die Umkehrer der Schwerkraft funktionierten tadellos und die Impulserzeuger hatten schon planetengebunden seit Jahrhunderten ihre Dienste geleistet. Lediglich die Leistung wurde um den Faktor 20 000 erhöht, doch das war kein Problem gewesen. Es hatte vorher einfach nur keine Notwendigkeit dafür bestanden.

Unmittelbar bevor der Jungfernflug erfolgte, wählte der

Schwarm die Besatzung aus. Es sollten insgesamt fünf Auserwählte sein. Eine besondere Ausbildung war nicht notwendig, da der Schwarm zu jeder Zeit jedes Detail übermittelte. Die Erfahrungen und Erkenntnisse jedes Individuums an Bord wurden im selben Moment Bestandteil des Schwarms.

Das bedeutete, dass jedes daheim verbliebene Mitglied zu jeder Zeit jedes Detail der Mission kannte. Es war wie eine unbegrenzte Bibliothek mit dem gesamten Wissen der Yaara, auf das man zugreifen konnte, sollte es notwendig werden. Ausgewählt wurde selbstverständlich das 24-fache Elter, das älteste Mitglied der Gemeinschaft.

Dementsprechend auch das jüngste Yaara, welches gerade erst die Schwarmreife erreicht hatte. Weiterhin ein Mitglied, das sich besonders im Bereich der Recycling-Techniken eingesetzt hatte. Mit dabei war auch ein Mitglied, das einfach nur besonders gerne daran teilnehmen wollte und zum Abschluss natürlich das Yaara, welches das Nest pflegen würde.

Der Nestpfleger hatte die wichtigste Funktion. Es war gleichzeitig die Aufgabe des Koordinators.

Die anderen vier dienten nur zur üblichen Redundanz, falls etwas Unvorhergesehenes geschehen sollte. Genau dieses Unvorhergesehene geschah.

Es war schrecklich. Das Grausamste, was jemals in der Existenz der Yaara geschehen war. Das Nest, das sich erstmals vom Heimatplaneten entfernte, hatte den Schwerkraftbereich schon längst verlassen. Alles lief planmäßig, was gleichbedeutend mit dem war, dass niemand irgendetwas Ungewöhnliches erwartet hatte. So ging jeder der daheimgebliebenen Yaara seiner normalen Beschäftigung nach.

Das Nest näherte sich dem achten Sonnenbegleiter, als irgendetwas Ungewöhnliches gespürt wurde. Erst bemerkten sie es nur zaghaft, doch dann ging es rasend schnell. Es wurde dunkel, obwohl die Luminatoren weiterhin ihr Licht verteilten.

Sie erfroren fast, obwohl sich die Temperatur nicht änderte. Das Universum erstarrte mit einem Schlag, als die Verbindung zum Schwarm erlosch. Das stetige Flüstern verschwand, der Schwarm existierte nicht mehr. Das älteste Yaara fiel unmittelbar in ein Koma, aus dem es nie wieder erwachte.

Zwei weitere begannen auf der Stelle, übereinander herzufallen. Ihre Kiefer verbissen sich ineinander und sie begannen, sich gegenseitig ihr Vorverdauungsenzym einzupumpen. Es dauerte noch 20 Herzschläge, dann lösten sie sich voneinander, weil sich ihre Kiefer zersetzten.

Das Jüngste setzte sich in seine Mulde und schaute mit den acht vorderen Fixations-Augen auf den Koordinator des Nests, der von Krämpfen befallen wurde. Sämtliche Glieder zogen sich unkontrolliert zusammen, als die Muskelverkrampfungen das Exoskelett zersplittern ließen. Schließlich wurden die Zuckungen weniger und die vier Handlungsarme zogen sich zum Sterben unter dem Körper zusammen.

Loorn2 saß in seiner Mulde und verstand nicht so recht, was nun vor sich ging. Es hatte schreckliche Angst. Was war mit den anderen geschehen und ... wo war der Schwarm?

Loorn2 hatte erst vor kurzer Zeit die Kokon-Flucht absolviert und somit die Schwarmreife erreicht. Innerhalb kürzester Zeit war der Schwarm zu einem elementaren Bestandteil seiner gesamten Existenz geworden. Doch wo war es nun?

»Bitte, bitte komm wieder.«

Dieser eine Gedanke wiederholte sich fortwährend.

Das Nest hatte nur eine Aufgabe: »Fliege zur 9. Begleiterbahn und kehre heim!

Kehre heim!«

Loorn2 konnte nicht sagen, wie lange es dauerte, bis die automatische Rückkehr einsetzte. Es merkte nur, dass sich mit einem Mal wieder etwas änderte.

Das Alle-Gefühl setzte wieder ein. Erste Gedanken wurden deutlich. Es war wie das Auftauchen an die Oberfläche aus unendlicher Tiefe:

Licht, Luft. Leben! ZUHAUSE!

Der Schwarm war wieder da.

Niemand hatte es für möglich gehalten, dass eine zunehmende Entfernung zum Schwarm eine Trennung vom Schwarmbewusstsein bewirken könnte. Nur die Tatsache, dass Loorn2 noch nicht lange mit dem Schwarm verbunden war, führte zu seinem Überleben.

Und dies war der Ausgangspunkt, an dem die Yaara an künstlichen Schwarmverstärkern bis hin zu virtuellen Schwarmintelligenzen arbeiteten, welche die Fernaufklärer seitdem begleiteten. Loorn9 konnte sich noch genau erinnern, wie sein Elter Loorn8 ihm diese Geschichte immer wieder nach der Aufsaugzeit erzählte.

Voller Stolz auf sein Ur-Elter und der daraus resultierenden Verantwortung erklärte Loorn8, wie wichtig auch die individuelle Denkweise war. Loorn9 gab zu verstehen, dass es verstand, und bewegte die oberen Fühler.

Genau dies würde ihnen nun auch weiterhelfen.

Loorn9 steuerte weiterhin auf den kleinen Mond zu.

Mika beobachtete die Anzeigen im virtuellen Display. »Ist das unser Bastard, Eleeya? Ich kann's kaum fassen, nur knapp zwei Minuten entfernt. Hey, Freak, du weißt noch nichts von deinem Glück, stimmt's? Willst wohl deinen Arsch auf dem Mond verstecken? Carlos, gib mir ein paar Einzelheiten über den Mond.«

Carlos las seine Instrumente ab.

»Dies ist ein Mond vom Typ 8, das heißt, er hat eine Atmosphäre. Sie ist für uns sogar atembar, nur der Luftdruck ist höher. Die Polkappen sind vereist. Der Mond ist zu 15 % mit kleinen Seen bedeckt, der Rest ist mit Pflanzen überwuchert, dadurch ist auch der Sauerstoffgehalt höher. Die Schwerkraft im Vergleich zur Erde beträgt ungefähr 92 %. Der Mond hat eine Rotationsphase von 6 Stunden, dadurch bilden sich, bedingt durch starke Temperaturschwankungen, heftige Stürme. Die Temperatur schwankt zwischen minus 60 Grad an den Polen und plus 50 Grad in den Äquatorregionen. Ich entdecke eine vielfältige Tierwelt. Das ist fürs Erste alles.«

»Denkt dran, dass ich vor Erreichen des Mondes den Sternenfeuer-Antrieb ausschalten muss.«

»Habe ich schon vorbereitet,« erwiderte Carlos. »Noch 50 Sekunden zur Umschaltphase.«

Der Typhoon raste auf den Mond zu, dessen Oberfläche sich in saftigem Grün zeigte, durchzogen von tiefblauen Wasserflächen. Große Bereiche der Landschaft wurden von spiralförmigen Wolkenformationen bedeckt.

»Nett, nicht schlecht! Eigentlich stelle ich mir unter einem Mond immer irgendetwas Graues mit Kratern vor, aber der hier könnte direkt in einem TUI-Katalog auftauchen. Was meinst du, Carlos?«, sagte Mika.

»Nett? Ich möchte nicht bei TUI in der Beschwerdenabteilung sitzen. Ich kann mir das schon lebhaft vorstellen: Sehr geehrte Damen und Herren, unser Fahrzeug ist wegen eines Hitzeschadens bei 60 Grad stehen geblieben. Als ich von der nächsten Servicestation Hilfe geholt habe, war meine Frau eingefroren. Hiermit fordere ich von Ihnen ...«

»Carlos, hat dir irgendjemand schon mal eine lebhafte Fantasie vorgeworfen?«

»Ja, schon damals im Kindergarten, als ...«

»Achtung! Sternenfeuer wird ausgeschaltet in drei, zwei, eins ...«

Mit einem Mal verschwand der Pulsar vor dem Typhoon und Stille trat ein. Mika und Carlos wurden hart nach vorne gepresst. In früheren Zeiten hätten dies automatische Gurtsysteme übernommen, doch nun hatten die Anzüge der Piloten ihre Schutzstarre eingenommen. Für einen Außenstehenden hätte es so gewirkt, als sei nichts geschehen. Die Kräfte, die bei diesem Manöver auftraten, wurden zum größten Teil von den Kraftfeldern der Anzüge absorbiert. Trotzdem keuchten die Piloten, als der letzte Rest Luft aus ihren Lungen gepresst wurde.

Wenige Sekunden später war es vorbei. Eleeya meldete sich: »Ich habe das Sternenfeuer zur Sicherheit etwas früher ausgeschaltet. Es ist in der Nähe von anderen Elementen zu gefährlich. Wir haben keine Ahnung, was geschehen könnte.«

Sie markierte erneut einen Bereich im Helmdisplay.

»Die Entfernung zum Kugelschiff beträgt 5500 km, es taucht gerade in die oberen Atmosphärenschichten ein.«

»Ist der Eintritt in die Atmosphäre ähnlich wie bei unserem Training auf Zwischenwelt?«, erkundigte sich Carlos.

»Wahrscheinlich ja. Ich denke, die Situation auf Zwischenwelt kam dem hier schon recht nahe.«

»Wie meinst du das?«, fragte Mika. »Meinst du, dass die Atmosphäre hier eine andere Zusammensetzung hat?«

»Ah, jetzt ahne ich, was du meinst. Du glaubst also, dass das auf Zwischenwelt eine Atmosphäre war mit richtiger, atembarer Luft?«

»Verdammt noch mal, was sonst soll es ...! Nein, ich frage nicht.« Schon längst hatte er begriffen, dass es mehr gab, als ihm sein Physikstudium erklären konnte, trotzdem reagierte er jedes Mal, wenn er damit konfrontiert wurde, mit Aggressionen, obwohl er wusste, dass es falsch war.

Mika nahm tief Luft. »O. k., Eleeya. Was ist hier anders?«

»Eigentlich bleibt alles wie gehabt. Sobald der Typhoon genug Windgeister rufen konnte, setzt der Flüsterwind-Antrieb ein.«

»Ich verstehe. Und der Übergang in die Atmosphäre? Was genau geschieht dann? Wird der Schirm uns schützen? Kannst du es so erklären, dass auch ich es verstehe?«

Eleeya verspürte plötzlich erstmals so etwas wie

Vertrauen. Mika ging auf sie ein. Er wollte von ihr wissen, was geschieht. Würde er das Wissen diesmal annehmen, oder würde er alles wieder in Frage stellen? Gut, sie würde erneut einen Versuch machen. Sie würde sogar versuchen, sich in seinen Begriffen auszudrücken.

»Mika, ich werde es dir zeigen. Wir kommen sowieso gleich in die obersten Atmosphärenschichten. Du weißt, was Quanteneffekte sind. Du hast mir von einem Experiment erzählt, dass man Schrödingers Hund nennt.«

Mika korrigierte sofort: »Nein, eigentlich war es kein Hund ...«

»JETZT UNTERBRICH MICH NICHT DAUERND. Also, Schrödingers Hund bedeutet, dass zur gleichen Zeit zwei unterschiedliche Zustände existieren können.«

»Hmhm ...«

»Solange man nicht versucht, den Kern zu beobachten, sind zwei unterschiedliche Zustände zur gleichen Zeit möglich. In dem Gedankenexperiment ist der Hund zur selben Zeit tot und lebendig. Oder, ja, auch das hast du erzählt. Nein – das war ja Carlos – aber egal! Vergiss den Hund.«

Ihre Gedanken überschlugen sich, Mika konnte ihr kaum folgen. »Ihr erinnert euch an den Baum? Also, im Wald steht ein Baum. Er fällt um. Wenn nun in diesem Moment keiner, also absolut niemand, in der Nähe ist, und der Baum umstürzt: macht er dann ein Geräusch oder nicht?«

Mika erinnerte sich an das Gespräch. Monoton zitierte er: »Er bricht tosend zusammen und ist absolut stumm zur selben Zeit – solange ...«

»JAA«, rief Eleeya. »Endlich hast du es. Ja, so ist es! Und genau dies geschieht mit uns im Moment. Der Schirm des Typhoons ist eine Art Quantenfeld. In dem Moment, wenn er in die Atmosphäre eintaucht, wird ein Zustand erzeugt, in dem er eintaucht, und ein anderer, in dem er gar nicht hier ist. Der Schirm verhindert eigentlich nur, dass jemand genau hinschauen kann, das ist alles. Wir verglühen und tauchen ohne Schaden in die Atmosphäre, beides zur gleichen Zeit. Ich habe es so angelegt, dass kein Verlangen besteht, etwas beobachten oder kontrollieren zu wollen. Ohne Absichten, ohne Forderung. Das ist alles.«

»Danke, mein Mädchen!«, sagte Carlos.

Eine Pause entstand. Er hatte sie wieder mein Mädchen genannt. Obwohl Eleeya im Moment körperlos war, hatte sie das Gefühl, schlucken zu müssen. Es war, als ob eine unsichtbare Kraft ihren Magen zusammenzog.

Eleeya konzentrierte ihr Bewusstsein auf Carlos. Sie sah ihn an. Nein, sie durfte jetzt nicht träumen. Ihre gesamte Konzentration wurde hier benötigt. Hier, im Kampf. Trotzdem konnte sie nicht vermeiden, dass Gefühle in ihr aufkamen, die sie ablenkten.

»Eleeya, ist was?«, fragte Mika.

»Nein. Nein, alles ist in Ordnung. Ich habe nur gerade etwas überprüft. Die ersten Windgeister sind da. Hört ihr sie?«

Mika drehte den Kopf zur Seite, doch er wurde sich schnell darüber klar, dass dies im Anzug nur wenig bringen würde.

»Unsinn, ich höre nichts, rein gar ...!«

Ein Ruck ging durch den Typhoon.

»Es werden mehr, sie versammeln sich. Gleich hört ihr sie besser. Außerdem liegt unsere momentane Geschwindigkeit immer noch weit über dem Flüsterwind-Maximum, doch das wird sich schnell anpassen.«

Zögernd setzte ein Seufzen ein. Erste Wolkenfetzen huschten vorbei. Es wurde lauter. Mit einem Mal erhob sich ein Schrei. Es klang, als ob Tausende Stimmen heulen würden – immer lauter, in verschiedenen Tonhöhen. Ein Jaulen und Wimmern erfüllte das Cockpit.

Mika spürte, wie sich seine Muskeln verkrampften.

Carlos presste die Kiefer zusammen, so dass es knirschte, und verdrehte die Augen. »Hoffentlich ist es bald vorbei, lass es vorbeigehen ...«

Die Anzüge nahmen ihre Schutzstarre ein, als der Typhoon jäh gebremst wurde. Die Wolkenfetzen verdichteten sich, das Schreien wurde leiser und ging in ein hohes Singen über. Es klang nun mehr wie eine Mischung aus Elektromotor und Gasturbine.

»Flüsterwind-Antrieb arbeitet bei 108 Prozent.«

Die Anzüge wurden weich und erlaubten den Piloten, sich zu bewegen.

»Wo ist unsere Ratte, Eleeya?«, fragte Carlos. »Ich sehe ihn nicht mehr. Er ist doch hoffentlich noch vor uns?«

»Ja doch, ich habe ihn nicht aus den Augen gelassen. Die Entfernung zu ihm beträgt fünfhundert Kilometer und wird kleiner. Er fliegt auf das Zentralgebirge zu.«

Im taktischen Display wurde der grüne Kreis eingeblendet. Gleichzeitig erschien in roten Linien ein dreidimensionales Höhenlinienmodell und zeichnete die Gebirgsformationen nach.

»Er denkt wohl, dass er uns dort abhängen kann. Was meinst du, Carlos?«

»Sprichst du von uns beiden oder nur von dir alleine?«, grinste Carlos.

Mika ahnte, was Carlos gerade dachte. Seit der Verschmelzung mit ihm hatte er so viel über ihn erfahren und bemerkt, wie ähnlich er ihm eigentlich war. Mika spürte sein Grinsen.

»Achte du schon mal auf deine Zielerfassung und überlass das Fliegen denen, die es können!«

»Dreihundert Kilometer Abstand zum Kugelschiff.«

Ein einfaches Symbol im Display beschrieb, dass die vor ihnen liegende Formation eine relative Höhe zum Fuß des Massivs von viertausendachthundert Metern hatte.

»Hey-hey, Mika, hast du gesehen, wie hoch das Ding ist?«, staunte Carlos. »Ich meine, selbst der Mount Everest kommt nicht wie ein Pilz aus dem Boden und erhebt sich wie eine Wand auf fast fünf Kilometer. Das ist ja noch besser als auf Zwischenwelt. Das wirkt selbst aus dieser Entfernung gewaltig.«

»Na, dann pass mal auf ...«

Mika schob den Schubregler nach vorne bis zum Anschlag. Wie das Original machte der Typhoon einen Satz nach vorne, als der Nachbrenner einsetzte, nur lag diesmal die Geschwindigkeit bei 22-facher Schallgeschwindigkeit.

»Entfernung noch einhundertfünfzig Kilometer«, bemerkte Eleeya. »Mika ... da vorne fängt das Gebirge an.«

»Ja und?«

»Och, nur so. Ich dachte, es ist besser, ich sag's einfach noch mal.«

Das taktische Symbol des Kugelschiffverbandes wurde durch gestrichelte Linien ersetzt.

»Entfernung einhundertzwanzig Kilometer. Das Feindschiff ist in den Canyon eingetreten, es besteht keine direkte Sicht mehr. Übrigens, auch die Entfernung zu dem einen Berg da vorne beträgt jetzt nur noch einhundertzehn Kilometer. Meinst du nicht ...«

»Eleeya, halt endlich den Mund«, sagte Mika mit leiser Stimme.

»Pöh – 100 km ... 90 km ... na, Carlos, geht's dir wenigstens noch gut? Ja? 70 km ... also ich fühl mich wohl ... 30 km ... 20 km ...«

In diesem Moment riss Mika den Schubregler nach hinten. Gleichzeitig aktivierte er die Bremsklappen. Er konnte am Stick gerade noch die Blicksteuerung aktivieren, als die Anzüge ihre Starre einleiteten. Mika hatte für das energetische Prallfeld, welches die Funktion der Bremsklappen simulierte, die größte Ausdehnung gewählt. Rund um den Typhoon baute sich das Prallfeld mit einem Durchmesser von 400 m auf.

Eine flache Scheibe, aus deren Mitte das vordere Drittel des Typhoons rausragte, bewegte sich mit Mach 29 auf den Berg zu. Mika wusste, dass die Dichte der Atmosphäre hier viel höher war. Also konnte es auch nur dazu führen, das man schneller abbremsen konnte. Oder? Gewaltige Luftmassen stauten sich vor dem Prallfeld und erzeugten innerhalb Sekundenbruchteilen eine riesige Sturmfront. Die Bezeichnung Typhoon war nie treffender gewesen.

Seine Geschwindigkeit fiel auf unter Mach 5, während die Entfernung zum Rand des Gebirgsausläufers immer geringer wurde.

»Abstand zum Massiv noch 10 Kilometer, Geschwindigkeit Mach 3, abfallend.«

Die ionisierten Luftmassen vor dem Typhoon hatten mittlerweile eine monströse Wolkenfront erschaffen, in der sich erste Blitze entluden. Hinter dem Typhoon bildeten sich durch die Sogwirkung des künstlichen Sturms auf dem Boden starke Verwirbelungen. Der Jet ließ eine Schneise der Verwüstung hinter sich.

»Abstand zum Massiv noch 3 Kilometer«, erklang Eleeyas Stimme. Ihre Stimme zitterte und Carlos ahnte, was in ihr vorging.

Er wünschte sich, er könnte in diesem Moment mehr für sie tun. Sie irgendwie beruhigen, vielleicht sogar im Arm halten ... sie streicheln. Er konnte es einfach nicht länger für sich behalten. Andererseits zeigte sie scheinbar nur für Mika Interesse. »Das sieht man doch.« Aber vielleicht hatte er ja doch eine Chance. Er musste vielleicht mehr mit ihr reden. Aber genau da fing das Problem an.

Carlos' Gedanken wurden plötzlich unterbrochen, als er sah, wie die ersten Ausläufer des Sturms auf den Berg trafen.

Flüchtig sah es so aus, als ob die Bäume wie von einer großen Hand geschüttelt wurden, dann traf die gesamte Wucht der Sturmfront auf das Massiv. In einem Gebiet von nahezu einem Kilometer Durchmesser explodierte der Berg. Bäume zersplitterten in Sekundenbruchteilen und Erdmassen wurden weggeblasen. Man hätte denken können, ein Meteor sei eingeschlagen.

Im Display sah man das dreidimensionale Abbild des

Canyons, in dem das fremde Schiff vor wenigen Sekunden verschwunden war, aber aufgrund unvollständiger Daten wurde der Eingang noch nicht erkannt.

Ein kurzer Blick auf das Entfernungsdisplay informierte Carlos, dass der Typhoon nun Mach 1 unterschritten hatte und sich bis auf zweitausend Meter an den Berg genähert hatte.

Mika hatte in den letzten Sekunden versucht, zwischen den Darstellungsmethoden umzuschalten, um so eine Information zu erhalten, wo sich der Eingang zum Canyon befand. Die Schutzstarre des Anzuges funktionierte tadellos und verhinderte jede Bewegung seiner Träger.

Die Gedankensteuerung war bereits aktiviert und wartete nur auf die entsprechenden Steuereingaben. Wie Mika es im Training gelernt hatte, dachte er einfach an einen bestimmten Ton und verband ihn in Gedanken mit einer bestimmten Stelle des linken Schulterblatts. Sofort schaltete das Display auf Infrarotdarstellung um, doch die thermische Auswertung lieferte aufgrund des Prallfeldes keine brauchbaren Ergebnisse.

Mikas Gedanken formten nur noch die einfachsten Begriffe. Tiefer Ton – Nacken: das elektromagnetische Spektrum stellte sich ebenfalls als unbrauchbar heraus. Tiefer Ton – obere Wirbelsäule: das Display zeigte eine Bodenelementanalyse. In verschiedenen Blautönen hoben sich die Felsstrukturen ab, in sattem Rot war das Vorland zu sehen. Doch einige Farbsprenkel erregten Mikas Aufmerksamkeit. Er regelte den Kontrast höher. Ein orangenes Band war am Boden zu erkennen, das über eine größere Strecke in Wellenlinien verlief, wenige hundert Meter vor dem Massiv nach rechts abknickte, um scheinbar im Massiv zu verschwinden.

Mika blickte auf den virtuellen Flugrichtungsindikator und aktivierte die Blicksteuerung. Nur eine Farbveränderung des Flugrichtungsanzeigers machte darauf aufmerksam, dass ab sofort der Typhoon jedes Ziel ansteuerte, das Mika mit seinen Augen anvisierte. »Noch eine Sekunde geradeaus. ... den Blick gerade halten. Um Gottes Willen nicht zur Seite schauen. Und ... jetzt: nach rechts blicken. Einen unsichtbaren Punkt 100 Meter über dem orangefarbenen Band anpeilen.«

Die Steuerung des Typhoons reagierte unmittelbar. Mit einem Ruck wurde der Typhoon herumgerissen, lediglich die Trägheit ließ ihn noch etliche Meter in Richtung Berg driften. Die Anzüge absorbierten Beschleunigungskräfte von 38 G, währenddessen der Typhoon durch eine Wolke aus Staub auf die Felswand raste, und plötzlich war er da – der Eingang zum Canyon.

Unmittelbar nachdem die Anzüge ihre Schutzstarre aufgegeben hatten, deaktivierte Mika die Blicksteuerung.

Schweiß lief ihm über die Stirn. Die Sensoren erkannten seine Überhitzung und reagierten bereits mit einem kühlen Luftstrom. Mika atmete mit einem Seufzer aus.

»Woher wusstest du, wo der Eingang ist? Meine Anzeigen haben mir rein gar nichts verraten«, fragte Carlos erstaunt.

»Ich habe auf Bodenelementanalyse gewechselt. Was ich gesehen habe, war anscheinend ein ausgetrocknetes Flussbett, in dem vor zigtausend Jahren der Fluss die unterschiedlichsten Sedimente abgelagert hat«, antwortete Mika. »Hab ich mir zumindest mal so gedacht.«

In allen drei Displays erschien Eleeyas Gesicht. Sie zog die linke Augenbraue hoch und stellte die Ohren nach oben.

»Angeber.«

»Mhhhm ...«, gab Mika grinsend von sich.

Von der Staubfontäne war nichts mehr zu sehen.

Der Canyon zeigte sich als etwa 300 Meter breites Labyrinth, das sich gelegentlich bis auf 50 Meter verengte. Mika hatte auf Infrarotsicht umgeschaltet und steuerte den

Typhoon zwischen den mehrere tausend Meter aufragenden Wänden hindurch. Obwohl es heller Tag war, herrschte hier unten fast Nacht, doch das Helmdisplay stellte die Umgebung hell und gestochen scharf dar.

»Eleeya, wir haben keine exakten Daten über den Canyon. Alles, was uns zur Verfügung steht, sind Wahrscheinlichkeitsberechnungen, die von den optischen Auswertungen beim Anflug abgeleitet sind. Das ist nichts Genaues. Was ich aber erkennen kann, ist, dass sich der Canyon bald mehrfach verzweigen wird. Wir kennen nur die ungefähre Geschwindigkeit der Kugel beim Eintritt in den Canyon. Ich nehme an, du weißt auch nicht, welchen Weg unser Freak genommen hat?«

Mika spielte mit Hilfe der holographischen Darstellung mehrere Varianten durch.

»Ich glaube, es wird Zeit für den Täuschkörpereinsatz«, sagte Eleeya.

Loorn9 lenkte sein Nest in die tiefen Schächte der tektonischen Verwerfung. Dies war ein idealer Ort, um sein Vorhaben umzusetzen. Loorn9 wusste, dass es das Pfeilschiff nicht ausmürben konnte, da es sich nicht mehr lange genug zur Wehr setzen konnte.

Aber irgendwie musste der andere Schwarm ja zum Sprechen gebracht werden. Konnte es sein, dass er vielleicht einfach nur krank war und seine Hilfe brauchte?

Loorn9 lockerte die Verbindung zum Handlungshirn und ließ dadurch seine Gedanken vermehrt Teil des Schwarms werden. Nach den extremen Verlusten durch das Pfeilschiff war ihr Nest eines der verbliebenen Schwarmbehüter.

»Loorn9«, hörte es tief in sich. »Du bist eines der Letzten. Du musst versuchen, mit den Anderen Kontakt aufzunehmen. Wir müssen ihnen zeigen, wie sehr wir leiden, dann werden sie es verstehen und ihre Aggressionen einstellen. Möglicherweise wissen sie gar nicht, was sie tun. Halte sie einfach nur fest, doch füge ihnen kein Leid zu.«

Loorn9 kannte diese Gedanken aus früheren Sondierungen. »Selbst wenn du untergehst, rechtfertigt dies keine Zerstörung anderer Lebewesen.«

Bestätigend wackelte Loorn9 mit den Fühlern. Gleichzeitig teilte es seine Bedenken mit, indem es einem möglichen Gegenüber den Mahlkiefer entgegenreckte.

»Nein, dies wäre nicht gut. Aber ich sehe noch eine weitere Möglichkeit.«

Sollte es versagen, gäbe es niemanden, der das Pfeilschiff aufhalten würde. Alle anderen waren zu weit weg. Es lag nun an ihm, entsprechend zu handeln. Loorn9 merkte, dass diese Gedanken den Schwarm beunruhigten. Doch es war davon überzeugt, das einzig Richtige zu tun. Es würde schon aufpassen.

»Eleeya, wir haben den Täuschkörper auf Zwischenwelt nur ein einziges Mal eingesetzt, und das war zur Abwehr.« bemerkte Carlos. »Wir wissen ja nicht einmal, wo unser durchgeknallter Ferengi im Moment steckt!«

»Wer?«, fragte Eleeya.

»Schon gut, macht nix. Wie finden wir den Yaara?«

»Nun, wir suchen nicht selbst, wir lassen ihn suchen. Wir schicken einen Täuschkörper vor und warten, bis das Kugelschiff ihn ansieht. Dann wissen wir, wo es ist.«

»Wie bitte? Verstehe ich dich richtig? Sobald unser Freak den Täuschkörper entdeckt hat, wissen wir also, wo er ist? Und woher, Madame, sollen wir wissen, ob er den Täuschkörper gesehen hat? Und überhaupt, das ist doch reiner Blödsinn«, regte sich Mika wieder auf.

»Mika, wart mal, erinnerst du dich an die Zielerfassung?«, hakte Carlos nach. Ein weiterer Gedanke ging ihm durch den Kopf. »Oder an die Cockpitleiter oder das Schutzfeld und so weiter. Die meisten von Eleeyas Erklärungen erinnern mich an fortgeschrittene Quantentechnologie. Wir haben doch gerade erst mal angefangen, einen Zipfel des Schleiers hochzuheben. Wir ahnen doch noch nicht einmal, was dahintersteckt. Ich kann mich an etwas erinnern, was ich darüber gelesen habe.«

An Eleeya gerichtet fuhr er fort: »Eleeya, erstellst du für diese Aktion hier eigentlich mehrere Täuschkörper? Zwei vielleicht?«

»Ja, genau.«

»Kannst du mir sagen, wie schnell sich die beiden Täuschkörper bewegen?«

»Nein, das geht nicht. Ich weiß nicht, wie schnell sie fliegen.«

»Können wir sie wenigstens auf dem Display verfolgen?«

»Nein Carlos, tut mir leid. Ich kann sie auch leider nicht auf dem Display für euch aufzeichnen, weil ich nicht genau weiß, wo sie sind. Aber ich muss jetzt anfangen. Täuschkörperausstoß in zehn Sekunden.«

Auf der Außenhaut des Typhoons ging erneut eine Veränderung vor sich. Der Schutzschild, über den normalerweise Reflexe in allen Regenbogenfarben huschten, wurde transparent. Auf der Außenhülle zeigten sich wieder die wandernden Lichtbänder, aus denen der Typhoon zu bestehen schien. Die kleinen Lichterkaskaden begannen über die Oberfläche zu kriechen.

»Ausstoß in sechs Sekunden.«

Gleichzeitig begannen alle Lichtbänder synchron zu pulsieren. Mika nahm aus den Augenwinkeln die Veränderung wahr.

»Achtung ... drei, zwei, eins ... meins!« Eleeya grinste.

Carlos und Mika erinnerten sich nun an ein paar belanglose Gespräche auf Zwischenwelt, als sie über Werbung redeten, und konnten sich nun ein kurzes Auflachen nicht verkneifen.

»Ich merke, die Sachen, die sie nicht lernen soll, behält sie am schnellsten«, erwiderte Mika. »Beim nächsten Mal erzähle ich dir was über Fast Food.«

Die Lichterkaskaden hatten den gesamten Typhoon bedeckt und flackerten nun im selben Rhythmus.

Mika war zu konzentriert, um hinschauen zu können.

Carlos starrte wie gebannt auf die zwei Leuchterscheinungen, die sich nun vom Typhoon lösten.

In strahlendem Gelb begannen zwei Abbilder des Typhoons, sich nach links und rechts vom Rumpf zu lösen.

Man konnte durch die Abbilder hindurchschauen. Weitere Lichtkaskaden zuckten durch die Duplikate, die aus purem Licht zu bestehen schienen. Im Unterschied zu dem Täuschkörper auf Zwischenwelt waren bei diesen Exemplaren sämtliche Konturen unscharf. Als würde man die Täuschkörper trotz großer Kurzsichtigkeit ohne Brille ansehen.

Zudem schien jedes Mal, wenn man sich einen Teil des Täuschkörpers genauer ansehen wollte, das Teil an eine andere Stelle zu springen.

Mika warf einen kurzen Blick auf die Erscheinung zu seiner Linken, bevor er den Typhoon mit einer Linkskurve tiefer in den Canyon steuerte.

»Was ist das denn schon wieder? Also, wenn man bei dem Anblick mal kein Kopfweh bekommt.«

»Mika, genau das erinnert mich daran, was ich mal über Quanteneffekte gelesen habe. Man benutzt diese Eigenschaft in der Quantenkryptologie zum Verschlüsseln von Nachrichten.

Wenn zwei Lichtquanten zur selben Zeit erzeugt wurden, sind sie auf eine bestimmte Art und Weise miteinander verbunden. Beide bewegen sich nun in einem angeregten Quantenzustand, was das genau bedeutet, habe ich auch nicht ganz verstanden. Auf jeden Fall sind zur selben Zeit zwei Zustände gleichzeitig vorhanden. Erinnerst du dich an die Schrödinger-Katze? Tot und lebendig zur selben Zeit! Soweit ich mich erinnere, geht es bei den Lichtquanten um die Geschwindigkeit und ihre

Position. Sobald man nun eines der beiden Lichtquanten beobachtet, fällt es aus dem Quantenzustand zurück. Es reicht, wenn es einfach nur angesehen wird!

Das verrückte daran ist, dass die beiden Teilchen irgendwie miteinander verbunden sind, egal, wo sie sich befinden und wie groß ihr Abstand zueinander ist. Sobald nun eines der Lichtquanten beobachtet wird, fällt zur selben Zeit auch das andere in den normalen Zustand zurück, wo immer auch es sich befand und wie groß die Entfernung zwischen beiden war.

In der Einstein-Theorie wird dies ›Spukhafte Fernwirkung‹ genannt. Hat das etwas mit dem Verhalten der Täuschkörper zu tun, Eleeya?«

»Hmm, diese Eins-Sein-Theorie klingt gut«, meinte Eleeya. »Doch leider weiß ich nicht, ob so etwas Großartiges mit den Täuschkörpern zu tun hat. Ja, mit dem Licht schon irgendwie. Der Typhoon ...«, sie machte eine theatralische Pause, um zu zeigen, dass sie bereit war, sich dem Sprachgebrauch von beiden anzupassen, »besteht doch daraus. Aus Licht und Ähnlichem. Im Moment ist er zwar fest, aber das ist nur eine andere Form. So wie aus Eis Wasser werden kann. Ich nehme einfach eine Kopie von diesem Licht, lasse es durch eure Gedanken reflektieren, und schon existiert das Licht zweimal, durch euer Bewusstsein miteinander verbunden. Ihr seid ein Teil der Täuschkörper, daher seid ihr auch die Einzigen, welche die Täuschkörper ansehen können, ohne dass sie zurückfallen. Doch zurück zu den Täuschkörpern – in jedem Fall wissen wir nicht genau, wo sich die beiden Kopien aufhalten. Sie schwärmen jetzt aus, seht ihr? Es ist wie ein Spiel. Sie haben nur eine Aufgabe, nämlich sich finden zu lassen.«

Die beiden Täuschkörper hatten den Typhoon überholt und entfernten sich mit wachsender Geschwindigkeit. Automatisch passten sie ihren Kurs durch das Labyrinth an.

»Mika, ich verstehe das Ganze ja auch nicht richtig. Ich

gebe dir ja Recht, es klingt wie eine Fantasy-Geschichte, aber es klingt auch wie eine Art Beugung an einem Doppelspalt. Nämlich nur dann bekommen die Teilchen diese verrückte Eigenschaft.«

»Meinetwegen. Ich will endlich unseren Typ finden.«

In etwa fünfhundert Meter sah man die erste Verzweigung des Canyons.

»Welchen soll ich nehmen, Eleeya?«, fragte Mika. »Hast du irgendeinen Vorschlag?«

»Nein, leider nicht. Ich sehe gar nichts. Ich weiß nur, dass diese Verzweigungen gleich immer häufiger werden.«

Die verschwommenen Abbilder der beiden Täuschkörper hatten sich in einem Tanz aus Springen, Driften und Gleiten entfernt und befanden sich kurz vor der Verzweigung.

»Aber wenn wir nicht den Weg kennen, den sie gleich nehmen werden, wie finden wir dann unser Miststück?«

»Doch, doch, den kennen wir dann. Ich sagte es bereits. Sobald einer der beiden Täuschkörper entdeckt wurde, wissen das beide gleichzeitig.« Im Display stellte Eleeya die Ohren auf. »Und gleichzeitig wissen wir, welchen Weg sie genommen haben und wo sie jetzt genau sind. Dann haben wir nämlich unsere Karte, die uns zu ihm führt.«

Im selben Moment, als der linke Täuschkörper als Erster hinter einer Biegung verschwunden war, zuckte Mika zusammen, als er über sich ein gelbes Licht bemerkte.

Carlos legte den Kopf in den Nacken und sah etwa 100 Meter über ihnen den Täuschkörper, der einen Sekundenbruchteil zuvor hinter der Biegung verschwunden war. Erneut überholte er sie und folgte der rechten Verzweigung.

»Sie spielen ein wenig, aber sie sind fleißig, nicht wahr?«, sagte Eleeya.

Mika riss den Stick nach links und dirigierte den Typhoon tiefer ins Labyrinth. »Ich hasse diesen Unsinn!«

Loorn9 hatte sein Nest in die tiefen Verwinkelungen gesteuert. Es blieb nur noch sehr wenig Zeit, das Pfeilschiff lag keine Minute zurück.

Es bremste das Nest stark ab und lenkte es näher an die Schachtwand heran, die fast 700 Kokondicken emporragte. Loorn9 ließ das Nest höhersteigen, bis schließlich ein kleiner Vorsprung ausreichenden Halt zu bieten schien.

Vier Verankerungsfäden würden diesmal ausreichen, dachte Loorn9. Das Nest sollte nicht lange daran halten.

Mit diesem Gedanken wurde gleichzeitig das Handlungsgehirn informiert, wodurch es unverzüglich mit den entsprechenden Ausführungen begann.

Die Manöver konnten mit den zwei vorderen Handlungsarmen erledigt werden. Loorn9 bemerkte seine flinken Hände nur nebenbei, als es in Gedanken das geplante Szenario durchging.

Mit einem Ruck schoben sich die vier seidig glänzenden Nestanker aus dem Schiff und tasteten nach der Felswand. Selbständig suchten die Anker nach einem passenden Halt und begannen dann, das Nest an die Wand heranzuziehen. Loorn9 musste kurz an sein Heimatnest denken, in dem Loorn8 es aufgezogen hatte. Es lag ebenfalls an einer hohen Felswand.

Als die Anker das Schiff an der Felswand befestigt hatten, öffnete sich an mehreren Stellen die Oberfläche des Nests. Wie eine sich öffnende Blüte, die gegen die Felswand gerichtet war, faltete sich die Hülle auf.

Gleichzeitig begann die aufgeklappte Hülle sich zu verformen und nahm eine ähnlich zerklüftete Oberfläche wie die Felsen der Umgebung an. Auch die Farbe passte sich an. Das Ganze dauerte keine 5 Herzschläge, dann war der Mimikry-Prozess abgeschlossen.

Das Kugelschiff hatte sich der Felsstruktur angepasst. Auf den ersten Blick konnte niemand etwas Ungewöhnliches erkennen.

Jagdinstinkte aus grauer Vorzeit erwachten in Loorn9.

Bereit sein – lauern – warten. Loorn9 spreizte alle vier Arme über der Sitzmulde und ließ den Körper absinken. Die vier Gelenke ragten in spitzem Winkel nach oben, als Loorn9 seinen Körper in der Sitzmulde bettete.

Bald würden sie hier sein!

»Es kann nicht mehr lange dauern, bis wir die Yaara aufmischen«, sagte Mika. »Eleeya, bereite schon einmal die Waffen vor.«

»Mache ich. Welche Waffen soll ich für dich aufwecken?«

Carlos konnte es nicht mehr hören. Oder reagierte er einfach nur zu empfindlich? »›... für dich ...!‹ In fast jedem Satz, den sie zu Mika spricht, sind diese besonderen Betonungen. ›Ja, Mika ... nein, Mika ... was kann ich sonst noch für dich tun, Mika?‹« Carlos bemerkte wieder das heiße Gefühl, beginnend im Rückgrat – das seinen Magen verkrampfen ließ.

Früher hatte Carlos öfters Wutanfälle bekommen, in denen er sich kaum beherrschen konnte. Nicht umsonst hatte er seinen Staffelnamen erhalten: El Lobo, der spanische Berserker! Doch durch einige seiner Meditationsübungen hatte er gelernt, seine Wut schon während der Entstehung wahrzunehmen.

Er hatte auch gelernt, damit bewusst umzugehen. Dadurch konnte er die Wut einfach als solche wahrnehmen und sie wie einen alten Bekannten begrüßen, ohne dagegen anzukämpfen oder sich von ihr kontrollieren zu lassen. In vielen Fällen konnte er durch diese Technik seine Wut bereits im Entstehen eindämmen.

»Hey, Chicca, hör noch mal genau zu: MIKA fliegt das Ding und ICH bediene die Waffen. Ist das klar? Oder hast du das inzwischen auch wieder vergessen? Wenn du dich schon in Sachen einmischst, die dich nichts angehen, dann frag das nächste Mal. Comprende? Also, mach zwei SIDEWINDER fertig!« »So viel zum Thema Kontrolle«, dachte Carlos.

Mika spürte, was vor sich ging. »Carlos ... nicht jetzt.«

»Wie? Was soll ich tun?«, fragte Eleeya verwirrt. »Zeit-Finder?«

Carlos merkte sofort, dass es hier keine Waffen mit der Bezeichnung SIDEWINDER gab. »Mach das Katana fertig«, schnauzte er.

»Das Katana? Ist dafür der Abstand nicht zu gering in diesem Canyon?«, fragte Eleeyas Abbild. Dabei drehte sie den Kopf und ließ die Ohren herabhängen.

Deutlich war zu hören, wie Carlos schnaufte.

»Tu bitte, was Carlos sagt«, schaltete sich Mika ein.

»Und aktivier zusätzlich noch den Netzwerfer«, ergänzte Carlos. Eleeya hatte ja Recht. Hier im Labyrinth war das Katana kaum zu gebrauchen.

»Carlos, du bist sehr aufgewühlt. Du musst dich auf den Zielvorgang vorbereiten«, säuselte Eleeya.

»DAS WEISS ICH SELBST!«

»Carlos, dann sag es ihr doch endlich.«

Für einen Moment war nur das Singen des Antriebs zu hören.

»Was soll er mir sagen?«

»NICHTS!« Carlos glaubte, er habe sich verhört. Hätte er Mika doch nur nie etwas von seinen Gefühlen zu Eleeya gesagt.

»Soll ich es ihr sagen?«

»DU HÄLTST SOFORT ... du hältst sofort deine Klappe, Mika! Wag dich ...«

»Was soll er sich wagen, Carlos?«

Abermals schnaufte Carlos, sagte aber für mehrere Sekunden kein Wort. »Eleeya ... sei jetzt ruhig! Ich muss mich vorbereiten. Kam schon irgendein Zeichen von den Täuschkörpern?«

»Nein, noch nichts.«

Carlos murmelte etwas, das wie »el niño travieso« klang.

Eleeya blendete in Carlos' Helmdisplay seine Biowerte ein und umrahmte rot die Werte für Herzschlag und Blutdruck.

Mit einem Schlag auf die Reset-Taste löschte Carlos die Anzeigen.

»Schlimmer noch als spanische Frauen«, ging es ihm durch den Kopf.

Der Aktivlähmer konnte nur ein einziges Mal eingesetzt werden. Loorn9 war sich darüber im Klaren, dass es die einzige Möglichkeit war, die Fremden aufzuhalten, ohne sie zu verletzen. Es hatte von seiner jetzigen Position die drei Schächte, die in diesen kleinen Kessel mündeten, gut im Blick.

Das Pfeilschiff war auf seiner Spur, früher oder später musste es hier vorbeikommen.

Das Handlungsgehirn wartete auf den Zeitpunkt, um die Waffe auszulösen.

Loorn9 starrte in Richtung des linken Schachtes, als es einen gelben Lichtschein wahrnahm. Aus dem Schacht schoss ein verschwommenes Gebilde, das aufflammte und sich in ein solides Objekt verwandelte. Das Pfeilschiff war nun hier.

Der Geruchsalarm des Nests aktivierte sich.

Das Handlungsgehirn feuerte im selben Moment den Aktivlähmer ab, der sich wie eine Luftverwirbelung auf das Pfeilschiff zubewegte.

Aus dem rechten Schacht raste ein zweites Objekt heran, auch ein Pfeilschiff. Irgendetwas stimmte hier nicht. Und wieso gab es zwei davon?

Der Aktivlähmer durchdrang den Täuschkörper ohne irgendeine Auswirkung.

Loorn9 erstarrte.

Zwei gelbe Pfeilschiffe jagten auf das Nest zu.

»Meine Schwestern, bitte verzeiht mir, ich befürchte, ich habe versagt«, sendete Loorn9 an den Schwarm.

Kurz vor dem Nest zogen beide Flugkörper steil nach oben weg, ohne eine Waffe abgefeuert zu haben. Zwischen den beiden Schiffen bildete sich eine leuchtende Röhre, die viele hundert Meter nach oben ragte.

Die beiden Flugkörper schraubten sich gemeinsam um die Lichtsäule nach oben. Immer enger wurden die Spiralen, bis sich die beiden Schiffe berührten. Es entstand ein Lichtblitz und beide Erscheinungen verschmolzen zu einem einzigen Objekt, welches sich danach auflöste.

»Ich lebe noch!«, dachte Loorn9. »Aber was genau war dies eben?«

Langsam dämmerte ihm die Wahrheit.

Dies war eine Falle. Die Wahrscheinlichkeit, sich weiterhin verstecken zu können, lag unter 0,5 %, und über 81 %, hier unten vernichtet zu werden. Aber es gab noch eine andere Handlungsalternative mit 18 % Wahrscheinlichkeit auf Erfolg.

Loorn9 veranlasste sofort die Flucht-Startsequenz und setzte damit das Nest in Bewegung. Die Haftanker rissen an den Sollbruchstellen zur Außenhaut ab und hingen wie schlaffe Tentakel an der Felswand herunter. Noch während das Nest seine Geschwindigkeit steigerte, schlossen sich die blütenartig geöffneten Elemente der Außenhaut wieder zusammen.

»Wir haben ihn«, rief Eleeya.

Im selben Moment flammten in den Displays die taktischen Ansichten auf. In den Helmdisplays erschienen räumliche Gitterstrukturen, welche die Originalansichten überlagerten. Die Darstellung erinnerte an eine Art dreidimensionales Röntgenbild.

»Entfernung zum Ziel 2200 Meter, Kontakt in 35 Sekunden. Carlos, bitte ... bereite dich vor«, sagte Eleeya.

Carlos war sich der Bedeutung bewusst.

Es war jetzt keine Zeit mehr für störende Gedanken. Sofort drehte er den MASS-Schalter von Stand-by auf

LIFE, ein Vorgang, der im originalen Typhoon die Waffensysteme aktivierte.

Doch was nun geschah, war etwas völlig anderes. Entscheidender als die Waffenwirkung war der Zielvorgang, der nicht durch Computer, sondern durch Carlos' Geist koordiniert wurde. Der Vorgang ähnelte der tiefen Konzentration beim ZEN-Bogenschießen.

Innerhalb weniger Sekunden versetzte sich Carlos in Meditation, so wie sie es auf Zwischenwelt geübt hatten. Der Anzug stimulierte die Alpha- und Thetawellen seiner Gehirnstrukturen, was seinen Zustand vertiefte.

Carlos atmete, die Augen waren leicht geöffnet. Er konzentrierte sich auf einen einzigen Punkt, an dem sein Atem vorbeiströmte. Er nahm noch einige Gedanken wahr, die sich bildeten, ohne dass er sich von ihnen mitreißen ließ. Er beobachtete seine Gedanken, die nicht mehr ein Teil von ihm selbst waren: zusammenhanglose Wortfetzen, Wiederholungen und Gedankenschleifen, die das Gehirn fortwährend produzierte, beruhigten sich allmählich.

Sein ICH löste sich auf.

Bald gab es keine Gedanken mehr, nur reine Aufmerksamkeit, einfaches Hier-Sein, Erkennen, Wahrnehmen. »Einatmen ...«, durch Carlos' Augen wurden Informationen aufgenommen, welche die Displays lieferten. »Ausatmen ...«, klare Informationen, ungefiltert von Gefühlen oder Gedanken.

Das Eins-Sein stellte sich ein. Das Ziel war klar erkennbar. Genauso klar da wie der Typhoon mit seinen Waffen, wie der Canyon, wie alles.

Aber es gab zwischen diesen Dingen keinen Unterschied, alles war eins. Die Waffe, der Schütze und das Ziel waren eins, sie waren niemals voneinander getrennt.

Die Waffe musste den Weg zu ihrem Ziel nicht mehr finden, denn sie war nie von ihm entfernt gewesen, Waffe und Ziel waren seit Beginn aller Zeiten niemals getrennt.

»Die Zielerfassung ist abgeschlossen«, meldete Eleeya.

»Carlos hat den Erfassungsmodus erreicht.«

»Irgendwie ist mir das ein wenig unheimlich. Kriegt er, während er sich irgendwo im Nirwana rumtreibt, überhaupt mit, was um ihn herum abgeht? Wird er im richtigen Moment die Waffen auslösen?«, fragte Mika besorgt.

»Nein, Carlos löst den Schuss nicht aus. Aber sei ganz beruhigt, sein Finger wird sich genau im richtigen Moment bewegen.« Eleeya grinste.

Das Display zeigte eine rückwärts laufende Zahlenangabe: – 00:08 ... 00:07 ... 00:06.

»Mika, gleich sind wir da. Der Kugelraumer hat begonnen, sich in Bewegung zu setzen. Ich glaube, er will tiefer in den Canyon rein.«

Der enge Schacht endete abrupt und gab den Blick in einen etwa 500 m durchmessenden Kessel frei. Mika sah sofort die taktische Markierung im Display.

»Was ist das denn?«, fragte Mika ungläubig.

Ein unförmiges Objekt, das an einen Felsbrocken erinnerte, beschleunigte auf die gegenüberliegende Schneise. Im selben Moment hatte sich das Netz aktiviert und schoss auf das fremde Schiff zu. Elegant wie ein Rochen bewegte es sich durch die Luft und raste dem fremden Objekt hinterher.

»Ich glaube, wir haben ihn in einer Art Tarnmodus erwischt. Wahrscheinlich haben ihn die Täuschkörper aufgeschreckt.«

»Hätten die Täuschkörper ihm was anhaben können?«, fragte Mika.

»Nein, ich glaube nicht. Im Gegenteil. Hätte er sich ruhig verhalten, bezweifele ich, ob wir ihn überhaupt bemerkt hätten.«

Als das Netz nur noch wenige Meter vom Ziel entfernt war, begann die gitterartige Struktur zu glühen. Noch im Flug legte es sich um das unförmige Flugobjekt und zog sich dann zusammen.

An den Stellen, wo das Netz die Außenhaut berührte,

verdampfte die Hülle einfach. Die Außenhülle, die sich noch nicht geschlossen hatte, sprengte sich mit einem Ruck ab und entblößte den Kern des ehemaligen Kugelelements, der sich schnell entfernte. Die Hülle blieb wie ein brennender Mantel zurück, während der Rest des Kugelschiffs im Canyon verschwand.

Loorn9 bereitete die Fluchtgeschwindigkeit vor. Gerade dachte es, wie es das Nest außer Reichweite bringen konnte, als das richtige Pfeilschiff in den Kessel eintrat. Sofort löste sich vom Pfeilschiff eine Leuchterscheinung, die auf das Nest raste.

Loorn9s Gedanken verfielen in Panik, nur das Handlungsgehirn leitete routiniert mit allen Armen gleichzeitig die Fluchtsequenz ein, um den Mond zu verlassen.

Das leuchtende Gitter befand sich unmittelbar hinter dem Nest, als es anfing, es zu umarmen. Die noch nicht geschlossenen Außenhäute begannen sich aufzulösen.

Das Handlungshirn analysierte, dass eine unversehrte Flucht nicht mehr möglich war. Mit wenigen Bewegungen leitete es den Häutungsprozess ein und aktivierte die Fluchtgeschwindigkeit.

»Mika, die kleine Kugel ist rasend schnell. Sie hat den Canyon bereits verlassen und steigt weiter. Der Yaara will den Mond verlassen.«

»O. k., dann raus hier.« Mika riss den Stick zu sich heran und schob den Schubregler nach vorne. Der Typhoon bäumte sich auf und stieg senkrecht nach oben.

»Eleeya, ich brauche den Sternenfeuer-Antrieb. Wann kannst du ihn bereitstellen?«

»Das ist innerhalb der Atmosphäre viel zu gefährlich. Warte, bis wir die oberen Luftschichten erreichen, dann könnte es ausreichen.«

Nach einer Weile fügte er hinzu: »Wir fliegen bereits in

einer Höhe von über dreitausend Metern, trotzdem sind es noch weitere zweitausend Meter bis zum Canyonrand – beeindruckend. Aber ich bin froh, dass wir von diesem Mond wegkommen. Sag mal, nun wäre doch das Katana bestimmt wirkungsvoller als das Netz.«

»Richtig, es wäre nicht nur vorteilhafter, es ist hier geradezu ideal.«

»Meinst du, wir sollten Carlos informieren, dass ...«

»Glaub mir, er weiß es bereits«, schmunzelte Eleeya.

Mika kippte die Flugachse des Typhoons um 90 Grad, so dass er parallel zur Schachtwand flog. Die Anzeigen sagten ihm, dass sie in wenigen Sekunden das Massiv verlassen würden.

Mika steuerte den Typhoon in einer Rückwärtsrolle aus dem Canyon. Kopfüber rasten sie über das riesige Gebirgsmassiv, bis Mika den Typhoon wieder in eine normale Fluglage brachte.

»Unser Freak ist schneller, als ich dachte. Ich will nicht, dass wir ihn verlieren.«

»Das Yaara-Schiff ist dabei, die Atmosphäre zu verlassen.«

»O. k. Wann haben wir es deiner Meinung nach eingeholt?«

»Wenn es weiterhin so stark beschleunigt, verlieren wir es.«

»Hmm ... wie lange sind wir noch im Bereich der Atmosphäre?«

»Einen Moment ... ich schätze, höchstens vierzig bis fünfzig Sekunden.«

»Das Risiko gehe ich ein – aktivier sofort das Sternenfeuer!«

Eine Sekunde später formte sich vor dem Typhoon der bekannte Tunnel.

Schon lange nicht mehr war Loorn9 einer so gewaltigen Anspannung ausgesetzt. Der gesamte Schwarm erzitterte mit ihm. Gleichzeitig gingen aber ermutigende und tröstende Gedanken zurück, wodurch die lähmende Panik wich.

Loorn9 konnte mitverfolgen, wie das Handlungsgehirn die letzte, alles entscheidende Sequenz einleitete.

Das komplette Nest würde sowieso nicht mehr aus eigener Kraft heimkehren können. Sollte Loorn9 überleben, würde der Schwarm ein Erkundungsnest schicken und alle verwertbaren Ressourcen bergen.

Wenn es dann noch einen Schwarm gab.

»Ich erkenne, dass das Katana aufgeladen ist«, meldete Eleeya.

Im selben Moment löste sich vom Typhoon der zerstörende Strahl.

Die Instrumente erkannten die zerstörerische Energie, die sich von dem Pfeilschiff näherte. Es gab nun keine andere Möglichkeit mehr. Das Handlungshirn kappte alle Anschluss- und Versorgungsleitungen zur Energiequelle, welche das Nest versorgte.

Doch zuvor nahm es ein paar Einstellungen am Regulator vor, wobei die Energiequelle ihre gesamte Energie in einer hundertstel Sekunde abgeben würde. Dann löste sich die Energiequelle aus der Halterung und glitt durch den zentralen Versorgungsschacht nach außen.

»Oh mein Gott, Eleeya, was ist das?«, schrie Mika, als er die glühende Kugel sah, die vom Yaara-Schiff auf sie zuraste.

»Das ist eine sehr dichte Energiematrix. Ich kann nichts tun. Der Schutzschirm hat sich noch nicht vollständig aufgebaut. Wir ...«

Der Reaktor des Kugelraumers war keine dreihundert Meter entfernt, als er sich entlud.

Licht.

Gewaltiges Licht. So hell, so schön. Das Wechselspiel der Photonen war einfach unbeschreiblich.

Doch so faszinierend es auch war, er konnte nicht länger hier bleiben. Er musste loslassen und zurückkehren!

Ein Zustand, der mehrere hundert Jahre dauerte, oder aber auch nur den Bruchteil einer Sekunde, löste sich auf. Wie in Zeitlupe wurde er sich seines Ichs wieder bewusst.

Carlos, ja, das war er. Verwirrung. Irgendjemand schrie. Carlos erkannte, dass er es war. Und sofort setzten die Schmerzen ein.

»Mika, Mika, wir sind getroffen. Wir stürzen.« wimmerte Eleeya. »Wir fallen. Und das Sternenfeuer lodert noch!«

Wie aus weiter Entfernung nahm Mika Eleeyas Stimme wahr, begleitet von einem unmenschlichen Schreien. Was war geschehen? Die Auswirkungen der Adrenalinschübe ließen ihn seine Umgebung wieder klarer erkennen.

»Eine Explosion«, ging ihm durch seine Gedanken. »Das war eine Kernexplosion gewesen. Und wir leben noch!«

»CARLOS, was ist los, Kumpel? Sprich mit mir!«

Carlos antwortete nicht, nur seine Schreie waren zu hören.

»Was ist mit Carlos los? Eleeya, kannst du ihm irgendwie helfen?«

»Mika, ich kann nichts mehr erkennen. Der Typhoon ... ich weiß nicht, was geschehen ist. Er ist sehr stark beschädigt. Ich konnte gerade noch die Bildung des Schutzschildes einleiten. Zu schnell ... es ging alles so schnell! Er hat sich aber nicht vollständig ausdehnen können«, wimmerte Eleeya.

Der Typhoon begann, sich in einem wilden Tanz um den instabilen Pulsar zu drehen. Die Aufwärtsbewegung hatte inzwischen gestoppt und ging in ein Trudeln über.

Mika sah nach draußen und erkannte zum ersten Mal

das Ausmaß der Zerstörung: Anstelle der linken Tragfläche flackerten verschiedenfarbene Elmslichter. Der gesamte Bereich der Flugzeugnase fehlte, angefangen von der Spitze bis zum Beginn des Cockpits.

Um die Hülle des Typhoons zuckten Blitze. Die zerfaserten Ränder des Wracks loderten in einem blauen Licht. Innerhalb von Sekundenbruchteilen erkannte Mika, dass sich das Feuer weiter nach hinten fraß. Carlos Schreie gellten durchs Cockpit.

»Carlos ... ich konnte Carlos nicht mehr richtig schützen!«, schrie Eleeya. Ihre Stimme überschlug sich fast: »Ich kann nichts mehr sehen ... VATER! WAS SOLL ICH MACHEN? HILF MIR!«

»ELEEYA, jetzt beruhige dich!«, schrie Mika. »Was ist mit Carlos, und kannst du das Feuer löschen?«

»Carlos ist sehr stark verletzt«, schluchzte Eleeya. »Er befand sich in der ungeschützten Übergangszone des Schildes. Nein, ich kann das Feuer nicht löschen. Mika, ich muss Carlos durch den Notausstieg vom Typhoon trennen, der gesamte Bereich vor ihm wird sich innerhalb der nächsten Sekunden auflösen. Carlos wird dabei sterben!«

Mit diesen Worten aktivierte Eleeya den Notausstieg. Der vordere Bereich des Canopys wurde erst durchsichtig und löste sich dann in nichts auf.

Ein grelles Leuchten erfüllte das Cockpit und Carlos' Sitz sowie das Dach der Kanzel lösten sich auf, so dass Carlos nach oben herausgeschleudert werden konnte.

»Der Anzug wird ihn schützen, ich kann im Moment nicht mehr tun«, wimmerte sie.

»Eleeya, reiß dich zusammen. Löse dich vom Typhoon, ich benutze dann auch den Notausstieg und wir sammeln uns unten. Dann helfen wir Carlos.«

Das ansonsten so beruhigende Säuseln des Sternenfeuers hatte sich in ein Brausen verwandelt.

Der Typhoon und der Pulsar hatten nun einen Abstand von etwa 400 Metern und drehten sich um einen imaginären Mittelpunkt ihrer Verbindungsachse. Obwohl der Pulsar bald in sich zusammenbrechen würde, besaß er im Moment noch eine gigantische Anziehungskraft. Staub- und Wasserteilchen in der Atmosphäre folgten dem ungeheuerlichen Karussell und erzeugten einen donnernden Tornado, bis sie schließlich vom Pulsar eingefangen und absorbiert wurden.

»Mika, ich bin verletzt! Ich ... ich kann mich im Moment nicht vom Typhoon lösen.«

Eleeyas Worte waren leise, ein Zittern durchlief ihre Stimme.

»Wie stark bist du verletzt. Kannst du etwas mehr sagen? Was kann ich tun?«

»Der Typhoon ist ein Teil von mir, ich ein Teil von ihm. Mehr weiß ich im Moment nicht. Mika, das Sternenfeuer leuchtet noch. Wenn wir es jetzt abschalten, fallen wir wie ein Stein. Wenn wir es nicht abschalten, wird es alles auffressen, mit dem es in Kontakt kommt, schließlich wird es den gesamten Mond auffressen. Mika, kannst du versuchen, es zu dirigieren? Reagiert es noch ein wenig auf deine Steuerung?«

Schlagartig verstand Mika, Eleeya hatte Recht. Ihre einzige Hoffnung lag darin, dass sie den Typhoon irgendwie landen mussten, dann konnten sie sich um Carlos kümmern. Mika riss den Schubregler zurück und zog den Stick scharf nach links, die Reste des Typhoons vollzogen eine Schlingerbewegung. »Ja, gut – es funktioniert, Eselsohr.«

»Hmhm«, ein kurzes, glucksendes Lachen war zu hören, gefolgt von einem Schniefen.

»Komm, Mädchen, das kriegen wir hin. Erzähl mir, wann kannst du das Sternenfeuer ausschalten?«

»Ich weiß es nicht genau, ich glaube, ich könnte es in ein paar Sekunden schon versuchen. Oder auch gleich, wenn du möchtest.«

»Und wir dann einfach runterfallen und ich niemanden

mehr zum Ärgern habe. Das könnte dir so passen.« Mika wusste nicht, ob diese Art Galgenhumor hier angebracht war. Auf jeden Fall führte er dazu, dass Eleeya abgelenkt wurde.

»Du kannst mich gar nicht ärgern, weißt du? Darüber stehe ich!«

»Leicht dahergeredet, ich glaube, da musst du schon etwas mehr zeigen. Wie hoch sind wir?«

»Ich weiß es nicht, ich ... ich kann nichts mehr erkennen.«

»Dann schätz doch mal. Du weißt, wie schnell wir fallen, und du weißt ungefähr, wie hoch wir waren.«

»Hmm, wir fallen in einem großen Schwung. Ich schätze, wir werden ungefähr in der Gegend aufkommen, wo der Mond seine Drehachse hat. Wir fallen sehr schnell. Ich denke, in knapp einer Minute sind wir unten. Auch ohne, dass wir etwas machen.«

»O. k., das hilft ja schon mal. Aber glaub mir, von ganz alleine wird das nicht geschehen. Habe ich dir schon mal erzählt, dass ich zur Topelite gehöre? Wir haben damals gelernt, auf einer Fläche von einem Tennisplatz zu landen. Ohne Bordcomputer und ohne irgendwelche Hilfsnavigationen, einfach so mit unserem Können.«

Die Displays funktionierten zwar nicht mehr, aber Mika sah vor seinem inneren Auge, wie Eleeya die linke Augenbraue hob.

Das Nest hatte zur berstenden Energieeinheit genügend Abstand, doch gegen den Lichtspeer, den das Pfeilschiff im letzten Moment abgeschickt hatte, war es machtlos.

Der Speer durchdrang die Außenhaut wie in Zeitlupe, auf der Oberfläche entstand ein glühender Bereich, welcher sich rasend schnell vergrößerte. In wenigen Herzschlägen würde das Nest endgültig zerstört sein.

Der erste Teil des Plans hatte funktioniert, es durfte nun nicht zu Ende gehen.

Loorn9 trennte mit einem Hieb der Handlungsarme die Nestverbindung, und im selben Moment detonierten zahllose Kleinstsprengladungen und schälten den inneren Kern des Nests frei. Erstmals konnte Loorn9 nun das Geschehen direkt durch die transparente Teilkuppel betrachten, als die Nestwände abblätterten.

Die glühenden Reste des Nests hinter sich lassend bewegte sich der Kern auf den Mond zu.

Loorn9 hielt kurz in seinen Gedanken inne.

Es war ein schöner Anblick. Weit unter sich sah es die beiden Sonnen hinter dem Rand des Mondes verschwinden. Seine Augen nahmen das schillernde Schauspiel wahr, welches das Pfeilschiff verursachte, als es in die Atmosphäre eintrat. Schnell bewegte sich der innere Kern auf die grüne Vegetationsballung des Mondes zu.

Die Distanz zwischen der errechneten Landestelle des Kerns und dem wahrscheinlichen Absturz des Pfeilschiffs würde zu groß sein, um sie zu Fuß zu überbrücken. Loorn9 dachte über eine Lösung nach, als direkt über ihm ein weiterer Gegenstand in die Atmosphäre eintrat.

In einer Höhe von fünfundzwanzig Kilometern über dem Mond hatte Carlos' Anzug die Situation des Notausstiegs erkannt und eine entsprechende Schutzstarre eingeleitet.

Um die für das System günstigste Form zu erreichen, legte der Anzug die beiden Hände über Kreuz auf die Schultern, der Kopf wurde überstreckt in den Nacken gelegt. Wie durch einen dichten Nebel nahm Carlos die Situation wahr.

Seine Arme und seine Brust brannten, doch sein Gesicht fühlte sich an wie in flüssiges Blei getaucht. Wahnsinnige Schmerzen durchfluteten ihn.

Der Anzug hatte bereits damit begonnen, die wichtigsten Nervenknotenpunkte zu stimulieren und dadurch eine partielle Schmerzunterdrückung einzuleiten. Der Schmerz wich einem tauben Gefühl, die Nervenknotenstimulation bewahrte Carlos davor, ins Koma zu fallen.

Carlos' Ausstoß hatte in den obersten Atmosphärenschichten stattgefunden. Die Beschleunigung hatte ihn bis in den luftleeren Raum gestoßen, doch nun bewegte sich der antriebslose Anzug auf einer weiten Parabelbahn wieder auf den Mond zu.

Die ersten Ausläufer der Atmosphäre wurden von der Sensorik wahrgenommen. Das Anzugsystem hatte den größten Teil seiner Energie bei dem Versuch, die gigantische Strahlung zu absorbieren, verbraucht und aktivierte mit den letzten Energiereserven das Schirmfeld, welches in der Form eines nach unten gerichteten spitzen Kegels den Anzug umschloss, als sie die ersten Luftschichten durchstießen. Wie bei einem normalen Wiedereintritt begannen die ionisierten Luftschichten zu glühen.

Der Kegel nahm automatisch die günstigste Form zwischen größtmöglicher Abbremsung und geringstem Reibungswiderstand an und wurde stumpfer. Die ersten Flammen umwaberten den Kegel.

Schmerzen! »Eleeya ... Mika? Wo seid ihr?«, rief Carlos. »Hört mich jemand?« Keine Antwort. Nur das Rauschen und Brausen der dichter werdenden Luftmassen war zu hören. Das transparente Sichtfeld von Carlos' Helm verdunkelte sich und schirmte die mittlerweile weiß-gelben Flammen ab. Carlos sah nichts von dem, aber er ahnte, was vor sich ging.

Ein einziges Mal hatten sie einen Ausstieg aus geringer Höhe getestet, aber nach dem Geräusch der tobenden Luftmassen zu urteilen fiel er mit sehr großer Geschwindigkeit. Ja, er erinnerte sich schemenhaft. Der Typhoon war getroffen worden. Aber was war danach geschehen? Was war mit Mika und Eleeya? Würde er sie jemals wiedersehen? Er hatte noch nicht einmal Zeit gefunden, es ihr zu sagen.

Mit 90 m/s fiel Carlos der Oberfläche des Mondes entgegen.

Rasende Schmerzen durchfluteten ihn.

Voller Sarkasmus dachte Carlos, dass dies nun bereits die zweite Atombombe war, in deren Zentrum er sich befunden hatte.

»Ja, so was nennt man wohl einen kometenhaften Aufstieg. Oder in diesem Fall besser: kometenhafter Abgang!«

Mika hatte es geschafft, die Taumelbewegung abzufangen und erkannte unter sich, in einer Entfernung von geschätzt zehn Kilometern, das voraussichtliche Gebiet, in dem er den Typhoon runterbringen würde.

Ihm fiel es schwer, dafür das Wort »landen« zu benutzen, wenn er Glück hatte, konnte er die Fallgeschwindigkeit auf null reduzieren und dann das Sternenfeuer einfach abschalten. Aber je näher sie der Oberfläche kamen, desto größer wurden die Stein-, Geröll- und Staubmassen, die der Pulsar ansaugte. Unwillkürlich musste Mika an den »Tunguska Meteor« denken.

Mika musste den Typhoon extrem schnell landen, oder die vom Pulsar angezogenen Elemente selbst würden sie wie Geschosse in Einzelteile zerlegen. Bereits jetzt zogen sie eine gewaltige Wolke aus Steinen und Eiskristallen hinter sich her.

Die Höhe betrug nur noch drei Kilometer, und das Flackern des Pulsars deutete darauf hin, dass er sowieso nicht mehr lange stabil bleiben würde.

Nur noch zwei Kilometer bis zum Aufprall.

Mika aktivierte die Bremsklappen, sofort entfaltete sich das Prallfeld vor den Resten des Typhoons und drückte gewaltige Luftmassen vor sich her, wodurch sie stark abgebremst wurden.

Die Ausläufer der gestauchten Luftmassen trafen auf den schneebedeckten Boden und wirbelten eine Wand aus

Eis und Schnee auf.

Nur noch 300 Meter Abstand zur Oberfläche.

Mika ließ den Pulsar auf der Stelle stehen, wodurch der Typhoon wie ein 300 m langes Pendel einer Uhr nach unten sauste.

Für den Bruchteil einer Sekunde gab er zum letzten Mal einen Umkehrschub und rief dann: »Eleeya, jetzt, abschalten!«

Der Pulsar erlosch und das Tosen der hochgerissenen Felsen verstummte langsam.

Mit dem letzten verbliebenen Schwung stieg der Typhoon ein paar Meter auf, blieb für einen Moment bewegungslos in der Luft hängen und fiel dann die letzten Meter hinab auf die Schneefelder.

Wenige Sekunden später war es vorbei. Inmitten des abklingenden Hurrikans lag das Wrack des Typhoons, auf dessen Hülle die hochgerissenen Schmutz- und Eisteile wie faustgroße Hagelkörner schlugen.

Seine Fallgeschwindigkeit betrug inzwischen fast siebzig Meter pro Sekunde, wobei der Kegel des Bremsfeldes von einer fauchenden Flammenwand umhüllt wurde.

Die brennenden Luftmassen zogen inzwischen einen Schweif von fast hundert Metern Länge hinter sich her. Der Anzug hatte erkannt, dass Akupressuren und Nervenstimulationen bei weitem nicht ausreichten, um den grausamen Schmerz zu beruhigen, und hatte opiatverwandte Stoffe injiziert.

Der Anzug hatte sich zum Schutz verhärtet und verhinderte, dass sich Carlos auch nur einen Zentimeter bewegen konnte. Carlos konnte nichts mehr tun, außer den Aufprall abzuwarten. Er hörte zwar das Fauchen des Feuers und der Luftmassen, sah aber nichts von seiner Umgebung.

Warum sah er nichts? Der Schmerz in seinem Gesicht ließ nach, eine angenehme Leichtigkeit breitete sich aus. Carlos war müde, er wollte einfach nur noch schlafen. Er erinnerte sich an entsprechende Berichte, dass in solchen Momenten das Leben in Kurzform an einem vorbeizog.

Doch er sah nichts dergleichen. Vor seinem inneren Auge erschienen tiefblaue Augen mit katzenartigen Pupillen, dann erkante er mehr vom Gesicht: spitze Wangenknochen, und schneeweiße Haare umspielten ein gebräuntes Gesicht. Wie verletzlich sie wirkte. Ihr zarter Gang. Und wenn sie beim Lächeln erst kurz die Lippen zusammenpresste und dabei die Ohren ein Stück nach hinten legte. Ja, überhaupt, diese Ohren. Carlos musste schmunzeln.

Er hatte sich früher viele Gedanken gemacht, wie die Frau, mit der er zusammen sein wollte, aussehen würde. Doch an so etwas hatte er im Traum nicht gedacht. »Was ist mit ihr geschehen? Lebt sie überhaupt noch?«

Sie war stark, das wusste Carlos.

Viel stärker als er. Sie würde bestimmt nicht wie er in Selbstmitleid aufgehen. Vor seinen Augen sah er, wie er sie in den Arm nahm.

»ELEEYAAA ...«, schrie Carlos. Sein Schluchzen wurde vom Fauchen der aufgewühlten Luftmassen übertönt.

Als die Anzeigen der Energiereserven von Orange auf Purpur wechselten, hatte der Schutzschild die Fallgeschwindigkeit auf unter zwanzig Meter in der Sekunde abbremsen können, indem der Kegel flacher wurde, doch davon bekam Carlos nichts mit.

Nach wie vor befand sich die Spitze des Schutzschildes einen Meter unter den Füßen, doch nun erinnerte der Schild an einen nach unten gerichteten Regenschirm.

»Eleeya ...«, rief Carlos nochmals.

Plötzlich mischte sich in die Geräusche der Luftturbulenzen ein Rauschen. Jetzt nochmals, ein Knistern, verbunden mit einem Rauschen. Stille. Wieder ein Knistern, doch diesmal waren ganz eindeutig Bruchstücke einer Stimme zu hören.

»...oo? A...as.«

»Eleeya, bist du das? Hörst du mich?«

»Chr..aa ...arlos ... Ionenwolke ... zu stark ... wird besser. Rede mit mir, damit ... deine Lage messen ...!«

»ELEEYA! Ich bin so froh, dass ihr am Leben seid. Was ist geschehen? Ist Mika was passiert? Sag, geht es ihm gut?«

»Ja, Mika ... gut. Bitte rede weiter ... wissen ... nicht genau, wo du ...«

»Wahrscheinlich irgendwo unter euch. Eleeya, ich muss dir was sagen. Hörst du mir zu?«

»Carlos, wir befinden uns nicht über dir. Der ... Typhoon ... ist sehr stark beschädigt worden. Mika ist eine Notlandung in der Polarregion gelungen. Carlos, ich glaube, ich konnte feststellen, wo der Anzug dich ablässt. Wir werden dir zu Hilfe kommen.«

»Was meinst du damit, dass der Anzug mich ablässt? Ich schlage sehr wahrscheinlich hier irgendwo ungebremst ein!« Carlos versuchte, besonders komisch zu wirken, doch keiner lachte.

»Nein, das lässt der Anzug nicht zu«, sagte Eleeya.

Wie zur Bestätigung merkte Carlos deutlich, dass er langsamer wurde. Der Schirm hatte inzwischen einen Durchmesser von zehn Metern.

»Eleeya«, Carlos' Stimme war sehr leise geworden.

»Ja?«

»Eleeya, ich muss dir was sagen.«

Der Schutzschild bildete nun eine flache Schale, in deren Mitte der Anzug mit überkreuzten Armen schwebte, und hatte ihn auf unter fünf Meter in der Sekunde abgebremst, als der Warnsensor des Anzugs einen Warnton von sich gab und damit meldete, dass der Anzug nur noch wenige Sekunden mit Energie versorgt werden konnte. Nur noch vierhundert Meter trennten ihn vom Dschungeldach.

»Eleeya, ich habe schon befürchtet, ich hätte dich verloren. Ich möchte dich nie verlieren. Ich weiß ... da ist

Mika. Er kann sich sehr glücklich schätzen!«

Es entstand eine kurze Pause.

»Eleeya ... mir ist schon klar, was mit mir passiert ist. Wenn es auch nur annähernd stimmt, was ich mir vorstelle, leuchte ich nicht nur im Dunkeln.« Carlos gelang ein kurzes Lachen, wurde aber direkt von einem Hustenreiz unterbrochen.

Nur noch zweihundert Meter trennten den Schirm von den oberen Wipfeln des fremden Waldes.

»Ich habe bestimmt nicht mehr allzu viel Gelegenheit, wenn ich es nicht jetzt tue.«

»Ich verstehe dich nicht ganz. Was meinst du?«

Carlos musste schlucken. Ein Brennen hatte sich in seinem Magen ausgebreitet.

Carlos' Kehle wurde trocken. »Eleeya ... ich liebe dich!«

Wieder entstand eine Pause.

Das Toben der Luftmassen war inzwischen nur noch ein leichtes Pfeifen, als der Schutzschirm auf das Dach des Waldes traf.

Zweige und Äste zersplitterten, als das Schild die oberste Schicht des Dschungels durchschlug. Mit letzten Energiereserven formte sich der Teller in eine Kugel, um das Durchbrechen durch die Äste zu dämpfen. Carlos stöhnte auf, als das schwächer werdende Dämpfungsfeld die Schläge nicht mehr ausreichend filtern konnte.

Die durchschnittliche Höhe der Baumriesen betrug mehrere hundert Meter. Armdicke Äste wurden von der fallenden Kugel abgeschlagen, doch hin und wieder prallte das Schutzfeld auf Baumausleger mit einem Durchmesser von mehreren Metern, wodurch Carlos wie eine riesige Flipperkugel hin und her geworfen wurde.

Der Warnsummer gab einen langen Ton von sich, dann erlosch das Schutzfeld.

Mit letzter Energie verflüssigten sich der Helm und die Handschuhe und flossen zurück in ihr Reservoir.

Gleichzeitig setzte die Schutzstarre aus und der Anzug nahm seine flexible Form wieder an.

Carlos spürte, dass ihm etwas gegen den Rücken schlug. Dann knallte etwas gegen seinen rechten Arm, er hörte ein hässliches Splittern und spürte gleichzeitig im Oberarm einen dumpfen Schmerz.

Er ahnte, wie sein Arm aussah, und dass nur die vom Anzug verabreichten Opiate den gewaltigen Schmerz abhielten.

Wieder knallte ein Ast gegen seinen rechten Arm, anschließend folgten hunderte peitschenähnlicher Hiebe, doch am schlimmsten war der Aufprall auf den Boden.

Carlos schlug mit den Beinen voran auf dem Waldgrund auf. Im ersten Moment war er dankbar, dass der Fall endlich vorbei war und dankbar für die Ruhe, die nun eintrat. Der Schmerz war gar nicht so unangenehm, genau genommen war es Carlos vollkommen egal, dass er verletzt war, er würde sich nun endlich ausruhen und schlafen können.

»... Carlos, sag doch endlich was. CARLOS!«

Da waren wieder diese Stimmen. Kannte er sie? Das war schon möglich, aber es war so angenehm, noch etwas liegen zu bleiben. Eine wohlige Wärme stieg in ihm auf und ließ ihn noch tiefer versinken.

»LEUTNANT RODRIGUEZ, wenn Sie sich nicht sofort melden, hänge ich Ihnen ein Disziplinarverfahren an den Hals, von dem Sie sich nie wieder erholen werden«, schrie eine Stimme.

Dunkle Erinnerungen zogen durch Carlos' Gedanken. Ah jeh, das durfte er sich nicht erlauben. Ein Diszi! Nicht er! Was sollte seine Familie bloß denken?

»CARLOS!«

Langsam rappelte er sich hoch. Es war so schön, doch er durfte nicht länger liegen bleiben. »Ich bin ja schon da. Ich bin hier, Sir.«

»Carlos! Wie geht's dir? Ich dachte schon – ich bin so

froh, dich zu hören«, rief Mika.

Langsam wurden Carlos' Gedanken klarer. »Oh, Mika ... hey Eleeya, ja ... ich ... bin noch da. Macht euch ... um mich keine Gedanken, mir geht es gut. Touchdown, the Eagle has landet«, versuchte Carlos zu scherzen.

»Ja, allerdings, wir haben jeden Rumms über dein Mikro mitbekommen.« Mika versuchte, betont locker zu wirken.

»Zum Glück hatte ich das tolle Outfit von unserem Langohr.«

Eleeya unterbrach die Verbindung zu Carlos und sagte zu Mika: »Carlos' Anzug war schon sehr stark beschädigt und hatte sehr viel Energie verloren. Alles, was ich noch mitbekommen habe, ist, dass sich die Hauptsysteme des Anzugs bereits während des Falls ausgeschaltet haben. Carlos hat eine sehr starke Betäubung erhalten, sie wird aber nicht lange anhalten.«

»Hey Carlos«, sagte Eleeya. Sie wusste nicht, wie sie reagieren sollte. War das Letzte, was Carlos zu ihr gesagt hatte, eine Auswirkung des Schmerzmittels? Doch wenn sie genau darüber nachdachte, wurden ihr nun nachträglich verschiedene Situationen bewusst, über die sie sich keine Gedanken gemacht hatte. Da war manchmal dieser seltsame Blick bei Carlos. Sie dachte immer nur, er würde sie kritisch mustern, weil sie so viele Fehler machte. Und dann sein Abstand zu ihr. Ja, oft hatte sie den Eindruck, dass er sie ganz eindeutig mied.

»Hey Eleeya«, säuselte Carlos. Er spürte immer noch eine Benommenheit, doch seine Gedanken wurden klarer. »Ich ... wäre gerne bei dir.«

»Carlos, wir werden dir gleich zu Hilfe kommen. Was fühlst du im Augenblick? Wie geht es dir?«

Carlos versuchte, sich auf die Arme zu stemmen, doch irgendwie klappte sein rechter Arm immer wieder weg. »Ich ... ich sehe nichts mehr. Ich kann mich an die Explosion erinnern. Ich weiß nur noch, wie ich in der

Schutzstarre zu mir gekommen bin. Und dann hat mich der Anzug ziemlich unsanft hier abgesetzt. Warum bin ich nicht bei euch?«

»Carlos«, begann Eleeya mit sanfter Stimme, »der Schutzschild des Typhoons konnte dich vor der Explosion nicht mehr ausreichend schützen.«

Eleeyas Stimme wurde stockender, doch das fiel Carlos nicht auf.

»Große Teile des ... Typhoons wurden zerstört. Der vordere Bereich des Cockpits begann sich aufzulösen. Ich musste deinen Notausstieg einleiten, sonst hätte dich die Explosion miterfasst. Kannst du gehen, Carlos?«

»Ich weiß nicht, nein, ich spüre kaum meine Beine«, kicherte Carlos, »aber das macht nichts, denn vom Rest merke ich auch ziemlich wenig, ich fühle mich aber wohl, alles ist so leicht.«

Carlos erinnerte sich, dass er sich schon einmal ähnlich gefühlt hatte, als er damals mit seiner Clique die Zelttour in die Sierras unternommen hatte. »Sag mal, hat mir der Anzug so etwas Ähnliches wie Meskalin verabreicht?«, ächzte Carlos bei dem Versuch, sich aufzusetzen.

»Kaum ist der Kerl wieder einigermaßen bei sich, hat er schon wieder nur Drogen im Sinn. Eleeya, wie weit sind wir voneinander entfernt? Kann Carlos uns auf halbem Weg entgegenkommen, wenn er sich fit genug fühlt? Umso schneller kommt er dann nämlich an neuen Stoff dran. Da ist er nämlich unglaublich zäh, weißt du?«

Carlos musste lachen.

Eleeya unterbrach abermals die Verbindung, so dass Carlos nichts hörte.

»Mika, wir sind circa 1500 Kilometer voneinander getrennt. Selbst wenn wir den Weg zu Fuß zurücklegen würden – Carlos' Verletzungen sind viel zu groß. Ich möchte, dass du Folgendes weißt: wenn er in der nächsten Stunde nicht versorgt wird, stirbt er. Aber bitte, sag es nicht. Uns fällt was ein.«

Mika musste schlucken, als ihm die gesamte Bedeutung klar wurde. »Toll. Ganz super. Und was sollen wir ihm sagen?« Mika spürte eine tief sitzende Welle aus Wut und Abneigung in sich aufsteigen. »Hast du da vielleicht eine Idee?«, seine Stimme wurde lauter.

Eleeya sagte nichts, aber eigentlich wollte Mika auch gar keine Antwort haben.

»Ach, übrigens: Tut uns leid, aber wahrscheinlich wirst du sterben. Zum zweiten Mal innerhalb von 2 Monaten. Hast du dir so was in der Art vorgestellt, ja?« Mikas Stimme ist inzwischen zum Schreien übergegangen.

»Oder ist das jetzt auch so eine Sache, die aus irgendwelchen kosmischen Gründen vorbestimmt sein soll?« Mika beschlich eine verrückte Idee.

»Stecken da eventuell auch deine Leute dahinter? Steht Carlos auf eurer Liste? He? Jedes Mal, wenn etwas euch nicht in den Kram passt, dreht ihr irgendwo dran und ... BUMM!«

Mika schlug mit seiner rechten Faust in die flache linke Hand. »Wenn ich dran denke, welche Scheiße in der letzten Zeit passiert ist. Angefangen beim 11. September, dem 11. März, dann der 11. Juli, der Krieg, dann das Ganze hier? Kommt das etwa alles von euch? Seid ihr das? ANTWORTE MIR!«

Mikas Stimme überschlug sich.

Mit einem Knistern aktivierte sich das linke Display. tränenüberlaufene Augen blickten daraus hervor. Eleeyas Ohren hingen schlaff nach unten, ihre Lippen bebten.

»Das weiß ich nicht. Ich habe keine Ahnung. Aber ich glaube nicht, dass sie so etwas jemals tun könnten«, wimmerte sie. »Ich ... ich möchte helfen. Ich tue, was immer ich kann. Ich möchte doch nichts Schlimmes ... bitte glaub mir das!« Eleeya senkte den Blick, doch ihr lautloses Weinen ging weiter.

Mika öffnete den Helm, dann schlug er mit der flachen Hand auf den Verriegelungsmechanismus der Cockpitabdeckung, wodurch die Kanzel erst transparent wurde und sich anschließend komplett auflöste.

Mika stemmte sich mit einem Ruck aus dem Sitz und kletterte heraus.

Normalerweise schwebte der Typhoon auf seinem Kraftfeld, da es so etwas wie ein Landefahrwerk nicht gab, wobei sich die Pilotenkanzel circa 4 m über dem Boden befand.

Doch nun lag der Typhoon schräg auf dem Boden, so dass Mika mit einem Satz herausspringen konnte.

Er trat gegen einen Eisbrocken, der krachend gegen die Außenhülle flog. Mika war klar, dass er Eleeya nicht fair behandelte, vor allem aber mussten sie jetzt Carlos helfen.

»Mika? Eleeya? Was meint ihr, wann ihr hier sein könnt?«, fragte Carlos, noch immer amüsiert.

Mika richtete sich auf und sagte: »Eleeya, tut mir leid. Das war blöde eben. Ich weiß, dass du nichts Böses willst. Sorry. Wir müssen uns um Carlos kümmern, aktivier bitte wieder die Verbindung zu ihm.«

»Mhhhm ...«, schniefte sie.

»Hey Carlos, wir müssen noch kurz checken, wie wir am besten vorgehen. Meinst du, du kommst diesmal wenigstens ein paar Minuten ohne uns aus?«, scherzte Mika.

»Keine Sorge, ich lauf euch schon nicht weg.« Er hatte es inzwischen geschafft, sich aufzusetzen, und dabei bemerkt, dass sein rechtes Bein in der Hüfte nach hinten wegknickte. Carlos stemmte sich weiter auf die Seite und schaffte es in eine einigermaßen sitzende Position, wobei er ein dumpfes Pochen in der Hüfte verspürte. Mit seiner beweglichen linken Hand tastete er zum ersten Mal nach seinen Augen. Vorsichtig befühlte er den feuchten Rand der Wangenknochen.

Keine Schmerzen.

Dann tasteten seine Finger weiter zu den Augen. Seine Finger mussten doch schon längst etwas merken, viel zu tief griff er schon dorthin, wo er sein Auge erwartet hatte.

Doch dann ertastete er eine weiche, feuchte Masse, die seinen Fingern keinen Widerstand bot. Immer noch keine Schmerzen, aber plötzlich setzte starke Übelkeit ein. Carlos schaffte es gerade noch, sich zur Seite zu beugen, und musste sich übergeben.

Eleeya hatte die Verbindung erneut unterbrochen. »Mika, das sind schon die ersten Auswirkungen, ich befürchte, dass sich Carlos' Zustand schnell verschlimmern wird. Wir haben wahrscheinlich weniger als eine Stunde, um ihm zu helfen. Außerdem wird sich durch die starke Strahlenbelastung das Betäubungssekret viel schneller abbauen. Was dann geschieht, brauche ich dir nicht sagen«, seufzte Eleeya.

»Ich habe jetzt endlich seine Position empfangen können. Carlos befindet sich in einem sehr belebten Gebiet, das kann ich von hier aus erkennen. Er wird nicht mehr lange alleine bleiben.«

»Wie groß sind die Viecher? Können die ihm gefährlich werden?«

»Das kann ich nicht erkennen. Ich kann nur die Signale untereinander vergleichen. Und wenn das stimmt, sind da ein paar dabei, die zweifellos drei bis vier Meter groß sind.«

»Carlos«, meldete sich Eleeya wieder, »kannst du gehen?«

»Hm, nein, ich glaube nicht. Wie's aussieht, sind meine Beine gebrochen. Zum Glück sehe ich nicht, wie meine Beine verdreht sind. Meinem Arm geht's auch nicht so gut. Aber ihr wisst ja, besser arm dran, als Bein ab ...«, kicherte Carlos in einer Art Galgenhumor, was sofort mit einem stechenden Schmerz im Brustraum quittiert wurde.

Es dauerte nur einen winzigen Moment, aber Carlos wurde sich darüber bewusst, dass die Schmerzen bald zurückkehren würden.

»Carlos, ich habe eine Idee«, sagte Eleeya. »Ich werde

eine der Sonden so umgestalten, dass sie dich aufnehmen und zu uns zurückbringen kann. Das wird zwar nicht sehr bequem werden, aber ich denke, es reicht aus.«

»Eine Sonde?«, wunderte sich Carlos und dachte an die 500 m durchmessenden Leuchterscheinungen. »Ist die nicht vielleicht ein bisschen zu groß?«

»Nein, ganz und gar nicht. Ich lasse die Sonde sich einfach zusammenziehen, dadurch verhärtet sich auch das Licht und kann dich tragen. Vertrau mir einfach!«

»Ja, mein Mädchen ... das tue ich. Ich möchte nur noch bei dir sein.«

Mit gesenktem Kopf saß er auf dem Waldboden und lächelte, als Eleeya erkannte, wie Carlos diese Worte meinte. Ja, es stimmte schon, dass sie sich nach Mika öfters umgeschaut hatte. Aber nie hätte sie es für möglich gehalten, dass Carlos ...

Blaue oder hellbraune Augen kannte sie, aber Carlos' dunkle Augen erschienen ihr jedes Mal wie tiefe, geheimnisvolle Brunnen, in denen man sich verlieren konnte. Und dann dieses schwarze Haar, aber am meisten irritierte sie seine kühle und unnahbare Art. So hatte sie sich immer ein höheres Wesen vorgestellt – so schön, so unantastbar, so weit entfernt! Nie dachte sie im Ernst, dass jemand wie sie ...

»Carlos, ich bin bald bei dir«, war Eleeyas Stimme zu hören.

»Carlos, überprüf doch bitte mal, ob du irgendeine Waffe des Anzugs aktivieren kannst«, gab Mika durch.

Carlos nickte, als ob es jemand sehen könnte, und tastete mit der linken Hand nach dem rechten Oberarm. Sofort fühlte er die entsprechenden Vertiefungen in der glatten Anzugoberfläche und legte die Finger auf die Kontaktpunkte.

»Katana«, sagte er und gab damit dem Anzug den Sprachbefehl zur Aktivierung des Molekularschwertes. Um den rechten Arm legten sich zwei Lichtzungen, die mit einem Knistern sofort wieder in sich zusammenbrachen.

»Nein, Mika, wie es aussieht hat der Anzug keine ausreichende Energie mehr. Ich weiß, dass er sich wieder auflädt, aber ich habe keine Ahnung, ob er nicht vielleicht doch zu stark beschädigt ist.«

Im selben Moment spürte Carlos ein Stechen in seinem rechten Bein und griff mit seiner Linken an die entsprechende Stelle.

Zu seiner Überraschung klatschte seine Hand gegen etwas Kleines, Glitschiges, das empört die Flucht ergriff.

»He, Leute, könnt ihr euch ein klein wenig beeilen? Ich glaube, dass ich schon Freundschaft zu einem kleinen Eingeborenen geschlossen habe. Der fand mich echt zum Fressen gut!«

Carlos bemerkte, dass seine Hochstimmung langsam verschwand. Er tastete nach seinem gebrochenen Bein und bemerkte eine feuchte, warme Vertiefung in seinem Unterschenkel.

»Carlos, es dauert etwa eine halbe Stunde, bis wir bei dir sind«, sagte Eleeya. Sie stellte sich gerade vor, was passiert war und versuchte, den entstandenen Gedanken zu verbannen.

Sie musste irgendwas tun, sonst würde Carlos keine zehn Minuten überleben. Aber was? Ihre Gedanken rasten. Unweigerlich wollte sie Vater zu Hilfe rufen, aber sie ahnte, dass sie keine Hilfe im Moment zu erwarten hatte.

Doch dann keimte eine Idee auf.

»Ich werde auf dich aufpassen, Carlos, vertrau mir!« Eleeya dachte an ihre ersten Ausbildungsstunden mit Azrael. Doch, es war eine Möglichkeit.

»Ich kann zwar nicht selbst bei dir sein, aber ich denke, ich kann dir einen kleinen Aufpasser schicken. Carlos, ich werde in deiner direkten Nähe einen kleinen Glühbolt entstehen lassen.«

»Einen was?«, erstaunte sich Carlos.

»Einen Glühbolt – das ist einfach nur eine kleine

Leuchtkugel, der ich von hier aus sagen kann, was sie tun soll. Das hat mir Azrael vor einigen Jahren beigebracht. Aber die Kugel ist eigentlich auch keine Kugel, sondern ...«

Mika hörte nicht mehr zu. Die Verwirrung war wieder perfekt, Eleeya schien wiederum ganz die Alte zu sein.

»Eleeya«, hörte sich Mika in ganz ruhigem Ton sagen. »Das ist echt ganz super. Echt, tolle Sache, die du da vorhast. Tu es einfach, aber bitte erklär es nicht.«

»Ist schon gut.«

Im selben Moment begannen in 1500 Kilometer Entfernung ein paar dünne Lichtfäden über den Boden zu kriechen. Zaghaft bewegten sie sich aus verschiedenen Richtungen auf einen gemeinsamen Punkt zu. Die ersten Fäden streckten neugierig ihre Köpfe in die Höhe. Ein sirrendes Geräusch erfüllte die Luft.

Viele neue Fäden taten es ihnen gleich und verbanden sich in einem immer schneller werdenden Wirbel zu einem Knäuel aus weißem Licht.

Fünf Meter neben Carlos schwebte nun eine kleine summende Lichtkugel.

»Er müsste in deiner direkten Nähe sein. Hörst du ihn summen?«

Carlos legte den Kopf zur Seite. »Ja, ich höre was. Ein ganz leichtes Brummen. Was ist das?«

»Das ist dein kleiner Beschützer«, sagte Eleeya. »Solange die Sonde noch nicht da ist, wird er aufpassen, dass dir niemand zu nahe kommt.«

Unmittelbar danach hörte Carlos ein elektrisches Zischen, gefolgt von einem wütenden Quietschen und dem Knacken kleinerer Äste.

»Carlos, am besten versuchst du, die Zeit mit ein paar Atemübungen zu verkürzen. Außerdem wird dir das helfen, deine Schmerzen zu kontrollieren.«

»Eleeya, ich möchte keine Atemübungen machen. Eleeya – ich möchte mit dir reden. Und außerdem, was soll ich kontrollieren. Mir geht es so weit gut. Ich habe keine Schmerzen.«

»Carlos, es ist sehr wichtig, dass du jetzt mit den Übungen beginnst«, rief Eleeya besorgt.

Carlos stockte kurz, dann fragte er: »Da ist doch etwas. Du weißt doch mehr, als du mir hier erzählen willst. Eleeya«, hauchte Carlos, »sag es mir. Was ist los?«

Eleeya schloss die Augen und presste die Kiefer aufeinander. Sie schluckte, ihre Kehle brannte.

»Carlos, es geht alles in Ordnung. Ich muss mich auf die Sonde konzentrieren. Lass uns später reden.«

Carlos hörte hinter sich in einer Entfernung von circa zehn Metern zweimal kurz hintereinander das bekannte energetische Zischen. »Eleeya – werde ich sterben?«

Tränen schossen in ihre Augen, dann presste sie die Lippen zusammen, atmete tief ein und sagte: »Carlos, das ist ja so ein Blödsinn, wie ich ihn schon lange nicht mehr von dir gehört habe!« Sie konnte das Zittern in ihrer Stimme nicht verbergen.

»Eleeya, ich habe dir noch nie gesagt, wie hübsch du bist. Aber du bist eine verdammt schlechte Lügnerin. Eleeya ... ich möchte bei dir sein, auch wenn es nur diese letzten Minuten – aarh ...«

Carlos zuckte zusammen, als ein kurzer, aber heftiger Schmerz wie ein Blitz durch seinen Arm raste. »Eleeya ... ich liebe dich! Sprich mit mir!«

Mika erkannte, dass Eleeya erneut die Sprachverbindung zu Carlos unterbrach. Er hörte aus seinem Anzuglautsprecher ihr leises Weinen.

»Hey, Kumpel, ich bin zwar nicht ganz so attraktiv wie unser Langohr, aber immerhin stehst du auf meiner Dating-Liste ganz oben. Pass auf, Junge: Eleeya hat es im Moment echt verdammt schwer, die Sonde zu erstellen, da kannst du nicht mit solchen Sachen kommen. Warte bis nachher. Du weißt, dass der Typhoon stark beschädigt ist, und sie muss sich wirklich voll darauf konzentrieren. Aber nun zu deiner

Frage von eben: ja, du wirst sterben. Aber nicht heute und nicht hier auf diesem blöden Mond.«

Mika ging vor dem Wrack des Typhoons auf und ab, während heftige Windböen Eiskristalle hochwirbelten. Er sah hoch und blickte in den stark verdunkelten Himmel. »Carlos, du bist stark verletzt und deine Strahlenbelastung ist extrem hoch. Dein Anzug hat dir ein sehr starkes Schmerzmittel verabreicht, aber die Bestandteile des Mittels bauen sich schneller ab, als sie es eigentlich sollten. Wir können dich hier behandeln. Du weißt selbst, was diese Langohren so drauf haben, aber dazu musst du hier am Typhoon versorgt werden. Dazu bleiben uns etwa drei Stunden, aber Eleeya meint, dass sie die Sonde schon in 20 Minuten bei dir haben kann.«

»Wird sie die Sonde auch hier in meiner Nähe entstehen lassen?«

»Weiß nicht«, überlegte Mika. »Hey, Eleeya, geht das?«

Der Rest eines kurzen Räusperns war zu hören, dann sprach sie mit erheiternder Stimme: »Nein, ich kann die Matrix nicht so weit übertragen. Die Sonde werde ich hier rufen und sie dann zu dir schicken. Sie wird ungefähr 10 bis 15 Minuten benötigen, bis sie dann bei dir ist.«

»Wie ist das Wetter bei dir, Carlos?«, fragte Mika mit einem Blick auf den dunklen Himmel.

»Das Wetter? Och, leicht bewölkt«, log Carlos. »Höchsttemperaturen bis 35 Grad, weitere Aussichten: Heiter bis wolkig. Wieso meinst du?«

Mika stellte sich in den Windschatten des Typhoons und aktivierte wieder seine Handschuhe. Sofort floss die dunkelblaue Flüssigkeit aus den Handgelenkwülsten über seine Finger und verfestigte sich. Der Anzug erkannte eine Unterkühlung und reagierte sofort mit einer partiellen Temperaturerhöhung.

»Ich schätze, dass sich hier ein Sturm zusammenbraut«, sagte Mika. »Erinnerst du dich an die wandernden Sturmfronten? Ich denke, die Sonne wird hier bald untergehen, was bei den kurzen Rotationszeiten hier ein paar nette Stürme auslöst.«

»Ja, ich erinnere mich. Also, im Moment ist es hier ziemlich ruhig, bis auf das umgebende Zirpen, Schnalzen, Jaulen und was weiß ich. Nein, von Sturm ist nichts zu merken. Denkst du, der Sturm kommt auch hier hin?«

Mika vernahm über seinen Lautsprecher ein lautes Knacken.

»Carlos, was war das?«, fragte er.

Eleeya schaltete sich ein und sagte: »Carlos, hör zu, ich glaube es ist besser, wenn du nicht mehr sprichst. In deiner Region herrscht noch Nacht. Ich denke, dass einige Lebensformen auf Beutefang unterwegs sind. Mach dir keine Sorgen, der kleine Glühbolt wird sie verscheuchen. Aber du musst sie ja nicht auch noch anlocken.«

Carlos lauschte auf die umgebenden Geräusche des fremden Dschungels. Direkt nach seinem Absturz war es total still gewesen, doch nun ging hier, wie es schien, jeder wieder seinen normalen Beschäftigungen nach. Carlos hörte ein lang anhaltendes Brüllen, direkt danach Jaulen, das von einem anderen Tier zu stammen schien und in einem Wimmern erstarb. Wieder war das Brüllen des ersten Tiers zu hören, das in ein triumphierendes Bellen überging, doch es schien zum Glück sehr weit entfernt zu sein.

»Ich möchte jetzt nicht allein sein«, sagte Carlos leise.

»Du wirst auch nicht alleine sein. Carlos, ich weiß, dass dein Anzug keine Energie mehr hat. Aber wenn er nicht ganz zerstört ist, hat er vielleicht schon begonnen, sich wieder aufzuladen. Für die primären Schutzfunktionen wird nur sehr wenig Energie benötigt. Versuch doch einfach mal, den Helm wieder aufzusetzen!«

»Ja, mach ich«, sagte Carlos und hob seine linke Hand, um sie auf die Aktivierungsplatte am Halsansatz zu legen. »Aber wozu ... ARGGH ...!«

»Was ist los, Carlos«, rief Eleeya. »Ist was geschehen?«

Carlos war auf den stechenden Schmerz nicht

vorbereitet gewesen. »Nein ... nein, es ist schon in Ordnung. Es ist schon wieder weg«, log Carlos. »Ich glaube, ich habe mir auch meine Schulter gebrochen. Das hatte ich vorher gar nicht bemerkt.«

Wieder entstand eine Pause.

»Carlos, versuche den Helm zu schließen«, drängte Eleeya.

»Ja, warte.«

Der Schmerz war nicht mehr so schlimm, nur ein warmes Kribbeln in seinem Arm deutete darauf hin, dass irgendetwas nicht in Ordnung war. Er kannte das Gefühl von den zahlreichen Zahnarztbesuchen. Tatsächlich ertappte er sich dabei, dass er kurz dachte: »Zum Glück sind es nicht die Zähne.«

»Helm«, sagte er mit krächzender Stimme.

Doch nichts geschah. Carlos räusperte sich und sagte nochmals mit lauter, festerer Stimme:

»Helm!«

Die dunkelblaue Flüssigkeit trat aus dem Nackenwulst aus und begann, um eine unsichtbare Form herum nach oben zu fließen, um die hintere Schale des Helmes zu formen.

»Ich glaube, es funktioniert«, sagte Carlos und achtete auf das ungewohnt langsame Gluckern.

Der Hinterkopf war bereits komplett von der Flüssigkeit bedeckt, als sie vom Scheitel an wieder nach unten zu fließen begann. Doch diesmal legte sie sich nicht um eine unsichtbare, gewölbte Schale, um das Visier zu formen. Es bildeten sich dünne, tastende Finger auf der Suche nach der abzubildenden Form. Die Flüssigkeit floss sehr langsam nach unten. Behutsam tasteten sich die Ausläufer vorwärts, zuckten zurück und schmiegten sich anschließend an die neu gefundene Form.

» O-oh, ich glaube, da stimmt was nicht«, teilte Carlos mit. Die Strukturflüssigkeit strömte wieder schneller, als wenn sie es plötzlich eilig hätte, den Helm zu schließen, und legte sich auf Carlos' Stirn.

»Al carajo ... der Helm legt sich viel zu eng an, ich spüre, wie die Flüssigkeit direkt über meine Stirn läuft.«

Carlos' Herz begann zu rasen.

»Eleeya ... die Helmflüssigkeit klebt auf meiner Haut, sie läuft gleich an meinen Schläfen runter ... Eleeya, ich spüre sie schon auf dem Nasenrücken ...« Carlos' Atem raste.

»Ahh ... ich habe Angst, dass ... HELM-AUS, RUNTER ... NEEEIN.«

Der Rest des Satzes ging in einem Schrei unter. Die Flüssigkeit erreichte die Augen, fand aber dort keinen nennenswerten Widerstand und floss in die Augenhöhlen, in der sich nur noch klebrige Gewebereste befanden.

»Carlos«, schrie Eleeya, »was ist los?«

Voller Panik griff Carlos mit der linken Hand in die Strukturpaste und versuchte, sich die zähe Flüssigkeit aus den Augenhöhlen zu zerren, als der Anzug auch schon die extreme Kreislauf- und Neuronenveränderung registrierte.

Sofort zog sich die blaue Paste zurück und unternahm einen erneuten Versuch, den Helm zu schließen. Diesmal jedoch in einem Abstand von ein bis zwei Zentimetern von der Oberfläche des Gesichts entfernt.

Die Flüssigkeit fand ihr Ziel am vorderen Halskranz, wodurch die Bildung des Helms abgeschlossen war, nur die endgültige Verfestigung blieb aus. Als Carlos merkte, dass der Schmerz aufhörte, hörte er auf, sich den Helm vom Gesicht reißen zu wollen.

Nur ein dumpfes Pochen in den Augen blieb zurück. Die zähflüssige Strukturpaste des Helms befand sich immer noch in Bewegung und formte Carlos' Gesichtskonturen nach, wodurch eine dunkelblau reflektierende Maske mit Carlos' Gesichtszügen entstand.

»Es ist o. k.«, murmelte Carlos. »Es ist o. k. Mein Helm ist nun fast geschlossen, er wird aber nicht fest.«

»Warum hast du geschrien, Carlos? Was ist

geschehen?«, fragte Eleeya.

»Der Anzug war etwas, na ja, etwas heftig vorgegangen. Ich hatte den Eindruck, dass er sich über meine Gesichtskonturen gelegt hat und dort eingedrungen ist, wo früher mal meine Augen waren.«

Mika spürte Übelkeit in sich aufsteigen.

»Carlos, das Wichtigste ist, dass wir mit dir sprechen können, dich aber deine Außenwelt nicht mehr hören kann. Es könnte sonst nämlich sein, dass ein paar der größeren Lebensformen angelockt werden. Ich bin mir nicht sicher, ob dein Anzug, oder vielmehr dein Schutzschirm, noch funktioniert«, sagte Eleeya. »Carlos, du wirst sehen, es wird alles gut werden. Aber ich muss jetzt weitermachen.«

»Ja, ist o. k.«

Wieder legte er den Kopf in den Nacken, als ein paar Äste schräg über ihm knackten. »Mika, ich glaube, ich kriege wieder Besuch«, gab Carlos durch.

»Bleib einfach ruhig sitzen und beweg dich nicht. Der geschlossene Anzug verhindert auch, dass die Viecher eine Witterung aufnehmen können. Den Rest wird der Glühbolt machen.«

Und tatsächlich bemerkte Carlos eine schwache Leuchterscheinung. Nichts Großartiges, nur ein kurzes Aufflackern, gefolgt von einem Aufjaulen, das sich schnell in der Ferne verlor. Ein Ruck ging durch Carlos.

»Ein Aufflackern?«, fragte er sich. »Wie kann so etwas möglich sein?« Carlos drehte den Kopf hin und her. Schemenartige Strukturen wurden ihm bewusst.

Dunkle Umrisse, aber auch helle, fleckige Bereiche über ihm. Doch auf eine nicht erklärbare Art und Weise spürte er, dass diese Wahrnehmung nichts mit seinem Sehvermögen zu tun hatte.

Der Eindruck der Leuchterscheinungen kam aus verschiedenen Richtungen gleichzeitig.

»Mika, ich glaube, hier geht gerade was Tolles ab.«

»Wie meinst du das?«, fragte Mika.

Die Windböen in der Polarregion hatten sich mittlerweile in einen Sturm verwandelt. Es bildeten sich immer wieder gewaltige Wirbel, wenn der Wind die scharfen Kanten des Typhoonwracks umspielte.

Mika ging in die Hocke und drückte sich näher an die Rumpfunterseite unter den Resten der linken Tragfläche.

»Mika, ich habe das Gefühl, der Anzug ist zum Teil immer noch in meinen Augenhöhlen und hat sich dort irgendwie mit meinen Sehnerven verbunden. Mit einem Mal, gerade eben, wurden die Konturen einiger naher Objekte deutlich. Stell dir vor, obwohl ich eigentlich nichts mehr sehen kann, erkenne ich unterschiedliche Farben, und ... ooh ... jetzt, gerade in diesem Moment zeichnen sich sogar die groben Umrisse der Bäume ab. Es ist fantastisch. Als ob das Helmdisplay alles geradewegs in mein Gehirn schickt. Es ist direkt da, so scharf, so klar, alles ist so leuchtend ... und dann die tollen Farben ...«

»He, Kumpel, du bist ganz sicher, dass du nicht schon mal in einem Coffeeshop warst?« Mika war froh, wenn er Carlos die nächsten Minuten so gut wie möglich ablenken konnte.

»Klar doch, war ich, und zwar im Starbucks in Madrid, in der City, direkt an der Jacemetretzo. Toller Laden. Übrigens einer der einzigen, die schon morgens um 7.00 Uhr auf haben.«

»Nein, das habe ich eigentlich nicht gemeint«, grinste Mika. Plötzlich bemerkte er über sich ein Leuchten. Er trat unter dem Tragflügelstummel hervor und sah, dass von den Flügelspitzen das Leuchten hervorging. »Die Sonde«, schoss es ihm durch die Gedanken. »Carlos, du willst mir doch nicht erzählen, dass du schon morgens um sieben Uhr freiwillig unterwegs warst.« Mika entfernte sich vom Typhoon, an dem das Elmsfeuer an den beiden Tragflächen stärker wurde.

»Doch, na klar! Warum denn nicht?«, gab Carlos zurück. »Wir kamen gerade von einer super Party zurück,

Alberto und ich. Und die Chicks wollten noch nicht ins Bett. Sie wären ja so aufgedreht nach dieser Mordsparty. Und sie haben unbedingt gewollt, dass wir mitkommen – aber stell dir vor, die sagten, sie hätten keinen Kaffee daheim. Kannst du dir das vorstellen? Keinen Kaffee – ja, also dann haben Alberto und ich ...«

»Carlos, du bist und bleibst so ein Aufschneider! Für einen Moment noch hätte ich dir die Story fast abgekauft, bis das mit dem super Gigolo kam.«

»Hey, hey, Mika, das war bei der Firmung meiner Nichte, und die beiden Chicks waren meine Mutter und meine Schwester«, empörte sich Carlos. »Ja, was denkst du denn eigentlich von mir? Meinst du denn ...«

»Ist ja schon gut, Carlos«, feixte Mika. »Passt schon, ist o. k., Carlos. Übrigens, hör zu, Eleeya ist dabei, die Sonde zu starten.«

Mika war inzwischen fast einhundert Meter vom Typhoon entfernt, als die flackernde Leuchterscheinung sich in bestimmten Bereichen zu verdichten begann.

Es sah aus, als ob sich nun mehrere Lichtgestalten zu einer Art Tanz versammelt hätten. In einem Abstand von etwa vierzig Metern begannen sie, sich um das Wrack herumzubewegen, gleichzeitig wurde das Brausen des Sturms von einem an- und abschwellenden Dröhnen begleitet.

»Was ist das für ein Gesang bei dir«, wollte Carlos plötzlich wissen. Die Leuchtgestalten bewegten sich immer schneller umeinander und verkleinerten damit auch ihren Abstand zum Typhoon.

»Wie schon gesagt, Eleeya ist gerade dabei, die Sonde zu erstellen. Du kannst dir ja vorstellen, dass sie dabei immer gerne versucht, eine Show abzuziehen«, versuchte Mika, Carlos abzulenken.

»Im Moment schwirren mehrere hundert leuchtende Nebelfetzen um den Typhoon und bilden dabei so eine Art Kugelhülle, bestimmt fünfzig Meter im Durchmesser. Na ja, sieht schon irgendwie toll aus!«

Zu dem sehr tiefen Klang mischte sich nun ein hohes Säuseln.

Carlos war immer noch überwältigt von den neuen Seheindrücken. Er versuchte sich die Situation vorzustellen, wie Eleeya die Sonde erstellte.

Wie die Kugel aussah – und wie Eleeya aussah!

»Eleeya.«

Doch er nahm nur die Konturen der Bäume und Sträucher wahr, die in seiner nächsten Umgebung standen, dann mischten sich in das Bild die Umrisslinien eines Gesichtes – spitze Ohren zeichneten sich ab, dann verblasste das Bild wieder. Carlos fragte sich, ob das von ihm oder von dem Anzug ausgegangen war, als er Mika rufen hörte.

»Carlos, die Kugel hat sich bis auf wenige Meter zusammengezogen.« Mika musste trotz des geschlossenen Helms sehr laut reden, um das Brausen des Sturmes und das heulende Toben der Sonde zu übertönen.

»Carlos, das ist fantastisch. Die einzelnen Leuchterscheinungen im Innern haben sich inzwischen zu einem flackernden Kern zusammengezogen. Das Ganze leuchtet blau-weiß.«

Heftige Sturmböen umspielten den Typhoon und wirbelten haushohe Massen an Schnee und Eis auf, die den Typhoon verschwinden ließen.

»Die Kugel steigt nun in die Höhe. Sie ist nur noch fast 5 Meter groß. Ich glaube, gleich ist es so weit.«

Das Kreischen erreichte seinen Höhepunkt, als sich aus der Kugelmitte heraus in alle Richtungen eine brennende Scheibe ausdehnte. Mit großer Geschwindigkeit schien sich die Flammenwand bis auf mehrere Kilometer Durchmesser auszudehnen, um sich dann innerhalb eines Sekundenbruchteils mit einem donnernden Gong in sich zusammenzuziehen.

Übrig blieb nur eine matt leuchtende Kugel mit einem

Durchmesser von etwas mehr als einem Meter. Die Kugel stieg rasch einige Meter auf und entfernte sich dann ohne ein Geräusch mit schnell wachsender Geschwindigkeit.

»Carlos, dein persönlicher Abholservice ist unterwegs«, meldete sich Eleeya. »Ich schätze, dass die Sonde in fünfzehn Minuten bei dir sein wird. Vielleicht sogar eher.«

Carlos hatte mit seiner linken Hand sein rechtes Bein näher zu sich herangezogen, um eine stabilere Sitzposition zu bekommen.

Dabei erkannte er durch seinen neuen Sinn, dass einige kleine gelbe Punkte mit winzigen Flügeln sich um seine Wunde am Bein versammelt hatten und jagte sie mit einer Handbewegung weg.

Eleeyas Stimme wurde leiser: »Wie fühlst du dich, Carlos? Ich habe im Hintergrund einen Teil eures Gesprächs mitbekommen. Wie geht es dir?«

Das Licht der farbigen Sternenballung reflektierte sich auf Carlos Helmdisplay, als er nach oben schaute und das halbflüssige Material des Displays sein Lächeln nachbildete.

»Doch, ich fühl mich gut«, entgegnete Carlos und lauschte auf den Klang ihrer Stimme: »Jetzt, mit einem Mal wieder.«

Plötzlich wurde er von einem starken Hustenanfall gepackt. Er schmeckte eine süße, zähe Flüssigkeit. Erneute Übelkeit überkam ihn, doch er konnte den Reflex, sich zu übergeben, unterdrücken.

»Du bist ja gleich bei mir«, wollte Carlos sagen, aber er brachte nur ein paar krächzende Worte heraus, der Rest ging ebenfalls in einem Hustenanfall unter. Er räusperte sich, musste nochmals husten und stützte sich mit seiner Hand auf dem Boden ab.

Niemand sah im Display die Tränen, die Eleeya in die Augen stiegen.

»Carlos, versuche dich auszuruhen, ich bin gleich bei dir. Wahrscheinlich hast du dir auch eine Rippe gebrochen«, meinte Eleeya mit warmer Stimme. »Versuch am besten, dich irgendwo anzulehnen, aber leg dich nicht ganz flach hin.«

»Ja ... ist gut«, keuchte Carlos. Eleeya wusste, dass es keine gebrochene Rippe war. Sie kannte sich gut genug aus, um zu wissen, dass die Kräfte bei der Energieumwandlung bereits dafür sorgten, dass sich Carlos' Zellwände aufzulösen begannen.

»Das Ganze geht zu schnell.« Eleeya spürte erneute Tränen aufsteigen. »Viel zu schnell!« Sie biss sich auf die Lippen.

»Vater! Hilf mir doch«, murmelte sie, als sie versuchte, sich an die Wächter zu wenden, doch immer noch, seit dem Moment, da sie den Bereich der Yaara betraten, blieb eine Antwort aus.

Die Zeit verstrich viel zu langsam. Die Sonde musste schneller werden.

»Eleeya«, stöhnte Carlos, »erzähl mir etwas.« Er drehte sich nach rechts, um irgendetwas zu finden, an das er sich anlehnen konnte, doch die nächsten Bäume waren über 6 Meter entfernt.

»Zu weit«, dachte er. Dann drehte er den Kopf nach links und erkannte schräg hinter ihm die violetten Konturen eines 20 cm durchmessenden Baumstumpfes. Mehrere dünne Äste wuchsen aus dem oberen Teil.

»Nur zwei Meter entfernt, das schaffe ich«, ging es ihm durch den Kopf

»Was soll ich dir denn erzählen?«

Carlos beugte sich nach hinten, stützte sich auf dem rechten Ellbogen ab und begann, sich an den Baumstumpf heranzuziehen.

»Carlos, ich habe gerade etwas entdeckt, in deiner Nähe stimmt etwas nicht – pass auf.«

Plötzlich riss im oberen Teil des Stumpfes die Rinde auf und die Zweige bewegten sich steil nach oben. Im selben Moment bemerkte Carlos, dass sich aus seinem rechten

Gesichtsfeld eine leuchtende hellblaue Kugel näherte, nicht größer als zehn Zentimeter.

Die Kugel flog auf den Baumstamm zu und heftete sich mit einem Zischen an das obere Ende, als der Riss in der Rinde sich schlagartig um 30 Zentimeter vergrößerte und aus der Öffnung ein ohrenbetäubendes Brüllen trat. Der vermeintliche Baumstumpf schlug peitschend mit seinen Zweigen nach der Kugel, was von weiteren Zischlauten quittiert wurde.

Es erfolgte ein weiteres Aufbäumen, dann schlug der Stamm der Länge nach hin, doch mehrere Zweige stützten den Körper sofort wieder empor, und wimmernd verschwand das Geschöpf im Dickicht des Dschungels.

Carlos blieb auf der Seite liegen. »Ich will hier raus«, keuchte er. »Ihr werdet nicht glauben, was hier gerade abging.«

»Ich denke, du wirst uns deine gesamten Heldentaten erzählen, wenn du bei uns bist«, antwortete Mika und strich symbolisch mit ausgestrecktem Zeige- und Mittelfinger über die Gurgel, woraufhin die Anzugsensoren die entsprechende Information weitergaben.

Eleeya verstand und baute eine interne Verbindung zu Mika auf.

»Mika«, schluchzte sie, »ich glaube, wir schaffen es nicht in der verbleibenden Zeit. Die Sonde ist zu langsam. Ich kann ihr nicht noch mehr Energie geben.«

Mika hatte sich dem Typhoon wieder bis auf wenige Meter genähert. Die vereinzelten Sturmböen sind inzwischen in ein konstantes Brausen übergegangen, wobei riesige Mengen an Schnee und Eis mitgerissen wurden und von vorne auf das Wrack des Typhoons prallten.

Er fragte sich, wie man diese seltsame Sonde schneller machen konnte. Mika musste sich gegen den Sturm stemmen, um nicht einfach weggerissen zu werden, dann blieb er stehen und blickte zum Typhoon. Eine Idee bildete sich. Sollte es wirklich so einfach sein?

Dichte Schneeflocken prallten von vorne auf den Typhoon, hinter dem Wrack formte sich ein zwanzig Meter langer schnee- und eisfreier Bereich. Eine Art Windschatten, in dem der Sturm vom Typhoon abgehalten wurde. Das Ganze erinnerte Mika an die typischen Aufnahmen, die zu aerodynamischen Studien in Windkanälen erstellt wurden.

»Eleeya, ich habe da eine Idee. Wenn du nicht mehr Energie einbringen kannst, dann müssen wir eben dafür sorgen, dass beim Flug nicht so viel Energie verloren geht.«

»Wie meinst du das?«, fragte Eleeya unsicher.

»Hör genau zu: kannst du die Form der Sonde verändern?«

»Mhhm, ja, ich glaube schon. Ich kann sie aber nicht noch kleiner machen.«

»Ja, das ist ja schon o. k. Versuch doch mal, die Kugel oben und unten flacher zu machen.«

»Ja, es geht. Wie viel flacher?«

»Na ja, ungefähr zwei Drittel weniger als jetzt. Und nun ...«

»Aber dann wird sie gleichzeitig auch ein bisschen dicker!«

»Ja, das passt schon. Sieh einfach zu ...«

»Mika, sie wird schneller«, unterbrach Eleeya mit einem Aufjubeln.

»Ja, warte doch erst mal ab«, grinste Mika, »wäre doch gelacht, wenn das Studium nicht für irgendwas gut gewesen wäre. Und jetzt mach bitte die Sonde in der Breite am Kopfende um die Hälfte schmaler.«

»Am Kopfende? Wo?«, fragte Eleeya unsicher zurück.

»Das Teil, wo vorne ist. In Flugrichtung. Stell dich nicht so an. Und am Fußende, also hinten, machst du sie bitte auch um zwei Drittel schmaler. Sag mir dann, was passiert.«

Eleeya überhörte die kurze Zurechtweisung. Aufgeregt

berichtete sie: »Sie wird länger, UND SIE WIRD SCHNELLER, schneller ... und noch schneller! Mika, das ist klasse. Carlos! Carlos, hörst du?«

Eleeya aktivierte wieder die Verbindung zu Carlos. »Carlos, es dauert nun nicht mehr lange. Mika und ich, nein, eigentlich nicht ich, also nur Mika, hat die Sonde schneller gemacht.«

Ihre Stimme überschlug sich fast, wie immer, wenn sie sehr aufgeregt war. »Die Sonde ist in knapp fünf Minuten bei dir. Hörst du, Carlos?«

Mika hatte inzwischen den Typhoon wieder erreicht und suchte in den Resten des Cockpits Schutz vor dem Sturm.

Eine kurze Pause erfolgte.

»Carlos?« Eleeyas Lächeln auf dem Display fror ein, ihre Ohren begannen seitlich herabzuhängen.

Eleeya wusste, dass Mika wieder vor den Displays saß, und blendete auf dem rechten Display eine vereinfachte topographische Karte ein, dessen Mittelpunkt ein blinkendes Signal zeigte. Mika meinte, sich erinnern zu können, dass die Farbe des Signals noch vor wenigen Minuten ein kräftiges Rot gewesen war. Nun erschien es in einem dunklen Bordeaux.

Und es schien auch langsamer zu blinken.

»Carlos, melde dich«, sagte Mika in festem Ton.

»Hmm? Was? Ich ... bin müde – furchtbar ... müde, Mika. Lasst mich doch einfach ein wenig ausruhen, bis ihr da seid.«

Eleeyas Gesicht zeigte Tränen. Sie wusste, was Carlos' Antwort zu bedeuten hatte.

»Den Teufel werden wir tun«, polterte Mika. »Setz deinen Hintern in eine aufrechte Position und versuch zu erkennen, wann die Sonde eintrifft. Vielleicht musst du Eleeya die letzten paar Meter ein wenig helfen, damit sie deinen Platz findet!«

Eleeya schüttelte den Kopf und hob winkend beide Hände, doch dann nickte sie zum Zeichen, dass sie Mikas

Absicht erkannte.

»Eleeya, wie lange noch?«

»Die Sonde ist in weniger als vier Minuten da. Wir brauchen dich, genau genommen benötige ich deine Hilfe vor Ort. Du kannst mich nicht hängen lassen, hast du gehört?«

»Ja ...«, röchelte Carlos, »ja, mein Mädchen ... ist gut.« Carlos setzte sich behutsam wieder auf, und langsam wich der Nebel in seinen Gedanken, aber auch seine Schmerzen wurden ihm bewusster und meldeten sich in ersten Wellen zurück.

Beim Versuch, sich aufzusetzen, begann Carlos zu stöhnen, er hielt den Atem an, um nicht schreien zu müssen, begann wieder zu husten und hatte das Gefühl zu ertrinken.

Eleeya schluckte und sagte sehr leise: »Carlos, ich weiß, dass deine Schmerzen zurückkehren, die Betäubung lässt nun nach. Die Schmerzen werden bald noch viel schlimmer, doch ich kann dich versorgen, wenn du bei uns bist. Aber so lange musst du auf mich hören. Du kannst den Schmerz in den Griff bekommen, bevor er dich lähmt. Aber dazu musst du genau das machen, was ich dir sage. O. k.?«

Heftige Krämpfe gingen durch Carlos' gesamten Körper.

»Carlos, alles in Ordnung?«, hinterfragte Eleeya.

»Hhh ... jahh«, hauchte Carlos.

Mika erspähte auf dem rechten DISPLAY ein zweites gelbes Symbol, das wesentlich größer als Carlos' Darstellung war und sehr schnell blinkte.

»Eleeya«, bemerkte er leise, »die Karte ...«

»Ich hab es gesehen. Die Sonde ist in drei Minuten da. Und außerdem ...«

Ab diesem Moment konnte auch Carlos wieder das gesamte Gespräch mithören.

»Carlos, in deiner Nähe ist ein weiterer Besucher aufgetaucht. Er nähert sich deiner Position. Dein kleiner

Beschützer wird versuchen, ihn von dir wegzulocken, also bitte, bitte sei ganz ruhig.«

Nur noch Carlos' rasselnder Atem war im Lautsprecher zu hören.

»Carlos, jetzt hör genau zu«, begann Eleeya. Ihre Stimme war ruhig und auf gewisse Art durchdringend.

»Ich weiß, du hast starke Schmerzen. Ich kann dir helfen. Hörst du? CARLOS, verdammt noch mal, du tust jetzt genau das, was ich dir sage.«

Carlos' heftiger Atem war zu hören, gefolgt von einem schwachen: »A-hm.«

»Ich kann dir den Schmerz im Moment nicht nehmen, aber ich kann ihn lindern. Hör mir genau zu. Stell dir nun so deutlich wie möglich vor, was ich sage:

Im Moment gibt es nur dich und den Schmerz. Er ist überall. Carlos, du spürst den Schmerz. Aber es ist nicht irgendein Schmerz, nein ... es ist ... dein Schmerz! Er gehört zu dir. Er ist ein Teil von dir. Versuch nicht, ihn von dir fern zu halten. Er möchte zu dir, zu dir zurück. Wehr dich nicht dagegen.«

Carlos' rasselnder Atem ging wieder in ein Stöhnen über.

Auf dem Display wurde angezeigt, dass sich der gelbe Kreis bis auf circa fünfzig Meter an den roten Kreis genähert hatte.

Eleeya fuhr beschwörend fort: »Carlos, atme jetzt tief in deinen Bauch rein. Ganz langsam ... einatmen.«

Ein kurzes Husten war zu hören.

»Gut so ... mit jedem Atemzug, den du machst, lässt du nun den Schmerz einströmen. Wehr dich nicht dagegen. Kämpfe nicht dagegen an. Bleib einfach ganz ruhig, ganz entspannt ... und nimm deinen Schmerz auf. Und mit jedem Ausatmen verlässt ein Teil deiner inneren Gegenwehr deinen Körper. Einatmen ... nimm deinen Schmerz auf. Akzeptiere ihn. Lass ihn herein – und ausatmen ... deine Angst und deine Abwehr verlassen den Körper und verschwinden. Einatmen ... lass dich ganz von deinem Schmerz durchfließen – ausatmen ... deine Furcht und deine Gegenwehr verschwinden. Der Schmerz ist ein Teil von dir, du bist ein Teil des Schmerzes!«

Carlos spürte, dass seine Schmerzattacken mit einmal weniger wurden. Die wütenden Stiche legten sich langsam. Auf eine nicht erklärbare Weise erschien es Carlos so, als ob er lang vermisste Freunde wieder begrüßte. Er wehrte sich nicht dagegen. Der Schmerz war da, überall! Sein ganzer Körper war ein einziger Schmerz. Aber – es tat nicht mehr so weh. Das donnernde Brüllen wurde leiser. Aufmerksam lauschte er Eleeyas Worten. »Eleeya ...!«

In einiger Entfernung war das Brechen starker Äste zu hören. Jaulend stoben kleinere Tiere in unterschiedliche Richtungen davon. Dreißig Meter trennten noch beide Signale auf Mikas Display. Es sah schon so aus, als ob das fremdartige Lebewesen näher kommen würde, als wieder ein Bellen und Fauchen laut wurde.

Das Signal änderte die Richtung und entfernte sich.

Ein sanftes Lächeln legte sich auf Carlos' Lippen, was vom blau glänzenden Helmdisplay nachgezeichnet wurde. »Es wird ... besser«, murmelte er, »... wird ... weniger. Der Schme...« Der Rest des Satzes ging in einem gurgelnden Geräusch unter, gefolgt von einem starken Hustenanfall.

»Eleeya«, stammelte Carlos, «ich … ich möchte ... bei dir sein.«

Ein weiterer gurgelnder Hustenanfall folgte. Carlos' Stimme war nur noch sehr leise zu hören. »...eya! Ahhh... leey... ELEEYAAA!«

Eleeya biss sich wieder auf die Lippen. «Schhhht, Carlos, bitte – sei leise!«

Der gelbe Kreis hielt inne. Zwei Sekunden später bewegten sich mit lautem Knacken 850 Kilogramm in Carlos' Richtung.

»Eleeya, bitte tu doch was«, entfuhr es Mika.

»Carlos, ich bin ja gleich bei dir. Noch zwei Minuten!

Aber bitte, sei leise. Es scheint so, als ob sich etwas sehr Großes auf dich zubewegt. Bitte, Carlos, sei ganz ruhig! Ich werde versuchen, mit dem Glühbolt das Ding wegzulocken!«

Carlos war sich dem Ernst der Lage voll bewusst. Alles, was zu hören war, war sein rasselnder Atem – und das lauter werdende Brechen von dichtem Unterholz. Carlos versuchte, irgendetwas in dieser Richtung zu erkennen, doch alles, was vom Helm in sein Sehzentrum übertragen wurde, waren rote und blaue Umrisslinien der Bäume und Sträucher seiner direkten Umgebung.

Das Bersten von Ästen wurde lauter und näherte sich Carlos, dann brach das Geräusch abrupt ab, nur ein Schnaufen und das Rascheln einiger Blätter war zu hören.

»Carlos, sei jetzt bitte ganz leise«, flüsterte Eleeya. In einer Entfernung von etwa zehn Metern hörte Carlos plötzlich ein Aufstampfen, gefolgt von einem rhythmischen Klopfen.

Dann wieder Stille. Nichts. Carlos hatte den Eindruck, etwas atmen zu hören, doch dann war da wieder das Stampfen.

Dommm! Dommm! Dommm!

»Carlos, gaanz ruhig jetzt!«, wisperte Eleeya. »Was du da hörst, ist dein kleiner Helfer, der Glühbolt.«

Ihre Stimme war kaum zu hören.

»Zwischen dem Glühbolt und dir befindet sich etwas sehr Großes«, flüsterte Eleeya.

»Es ist sehr nahe ... scchhhht!«

Carlos hatte das Gefühl, als ob die Situation, in der er sich befand, irgendwie nicht echt war. Wieder hatte Carlos den Eindruck, als ob er neben sich ein tiefes Atmen vernehmen würde. Er war in allergrößter Lebensgefahr, doch das interessierte ihn nur am Rande. Alles, was hier im Moment zählte, war nur Eleeya.

Vor seinen Augen tauchte für einen Sekundenbruchteil eine weißhaarige Gestalt mit spitzen Ohren auf, die sich von ihm entfernte und sich dann kurz nach ihm umsah. Die bezaubernden Augen, die er jemals gesehen hatte, blickten ihn an.

Carlos saß am Rand der kleinen Lichtung im Licht der Sternennacht und hob den Kopf nach oben. Das weiche Helmdisplay formte Carlos' Lächeln nach.

In sechs Metern Entfernung startete der Glühbolt erneut seine Ablenkmanöver.

DOMM-DOMM-DOMM!

»Carlos ... ruhig ...«, hauchte Eleeya. »In einer Minute bin ich bei dir!«

Plötzlich erfolgte ein lautes Knistern und Zischen, gefolgt von einem ohrenbetäubenden Brüllen. Drei Meter neben sich sah Carlos, wie sich aus dem Dickicht des Dschungels ein riesiger Körper abzeichnete.

Vier Meter hoch, massiv, mit mehreren Greifarmen bewehrt, welche in einen dichten Kokon aus Blitzen gehüllt waren. Wütend schlugen die Arme um sich, doch die Blitze züngelten weiter. Wieder erklang das Brüllen, und der Koloss setzte sich in Bewegung, um eine kleine, leuchtende Kugel zu verfolgen.

Carlos lauschte den Geräuschen des sich schnell entfernenden Objektes, das Splittern dicker Äste und das Brüllen wurden leiser.

»Carlos, ich glaube, wir haben es geschafft. In einer halben Minute ist die Sonde bei dir.«

Trotz der immensen Schmerzen zeichnete sich auf Carlos' Lippen ein Lächeln ab. Es war geschafft! Ja, sie holten ihn ab. Jetzt würde alles gut werden.

Auf Mikas Display bildete sich wie aus dem Nichts unmittelbar neben Carlos' Symbol ein grüner Kreis.

Carlos bemerkte nicht den großen Schatten, der sich geräuschlos von hinten genähert hatte. Das war genau der Moment, in dem sich 60 Zentimeter große Kieferklauen in seinen Hals gruben.

»CARLOS PASS AUF, hinter dir!«

Carlos war nicht mehr in der Lage zu schreien, so sehr war er von dem Angriff überrascht worden.

In den ersten Sekunden begannen die Kiefer, nur leicht zu mahlen und legten Carlos' Halsschlagader frei.

Das Sedativ, das sich in Carlos' Blutkreislauf mischte, ließ seine Schmerzen schnell verschwinden. Gleichzeitig stellte sich bei ihm der Wunsch ein, einfach nur so lange wie irgend möglich zu Diensten zu sein.

Der rote Kreis auf Mikas Display begann zu flackern, sein Pulsieren wurde sehr viel langsamer.

»CARLOS, rede mit mir«, schrie Eleeya.

Die Farbe des roten Kreises wechselte von Bordeaux in ein dunkles Braun.

»Eleeya, es ... ist der YAARA, er ist bei mir. Und, es ist alles anders, als ihr denkt.« Carlos' Helmdisplay zeichnete sein zufriedenes Lächeln nach. Es war mit einmal so schön, keine Schmerzen mehr zu haben. Alles war so angenehm. So ruhig. Endlose Geborgenheit machte sich breit.

»Eleeya«, hauchte er, »die Tanka-Gedichte auf Zwischenwelt. Sie, sie ... handeln ... von dir.«

Eine weitere Pause erfolgte, die Kieferklauen hielten ihn nach wie vor fest.

»Sie handelten alle von dir. Du bist das Licht am Himmel. Du ... warst es, die ganze Zeit!«

Als die Kieferscheren sich mit einem Ruck zusammenzogen, sah Carlos noch einmal Eleeyas zauberhafte Konturen vor seinem inneren Auge.

Als letzte Bewegung streckte Carlos seine Hand ihrem imaginären Bild entgegen. Noch nie in seinem Leben hatte er etwas Schöneres und Bezauberndes gesehen.

Dann war alles vorbei!

Mika und Eleeya hatten keine Kampfgeräusche gehört, der Yaara musste eine Art Tarnvorrichtung benutzt haben, sonst hätten sie ihn auf dem Display vorher gesehen. Der Schock begann sich auszubreiten.

Mika tat einfach gar nichts und ließ sich wie betäubt in den Sitz gleiten. Sein Blick blieb auf das rechte Display gehaftet, auf dem nur noch ein grüner Kreis pulsierte.

Eleeya, auf dem linken Display, riss die Augen auf. Ihre Lippen begannen zu beben, der Mund öffnete sich. Ihre riesigen Augen blickten aus dem Display hervor, ihre Lippen zitterten, als sie versuchte, ein Wort zu formen. »Carlos.«

Eleeyas Mund verzog sich zu einem Weinen. »Carlos ... CARLOOOS!«

Tränenüberfüllte Augen blickten aus dem Display. »NEIN, BITTE NICHT ...«

Ihre Augen verengten sich, dann wurde ihr Weinen lauter und ging in ein wütendes Schreien über. »NICHTS MEHR!«, schrie sie in die Dunkelheit. »Ich möchte mit euch nichts mehr zu tun haben!«

Ihre Augen verengten sich zu dünnen Schlitzen.

»NIE MEHR! Wagt ja nicht mehr, mit mir Kontakt aufzunehmen! Ich möchte nicht mehr eine von euch sein.«

Dann ging Eleeyas Stimme in ein leises Wimmern über.

»Carlos – die Antwort ...«, schluchzte sie, »ja ... ich liebe dich!«

Eleeya erkannte, dass die Sonde vor Ort angekommen war. Die Szene wirkte absolut friedlich. Kein Laut war zu hören. Ganz zaghaft zeichnete sich inzwischen das Licht des neuen Tages am Himmel ab.

Gemäß ihrem Auftrag öffnete sich die obere Hälfte der Sonde, und ein Zusammenspiel verschiedener Kräfte hob Carlos' leblosen Körper vom Dschungelboden auf und legte ihn in die vorbereitete Liegeschale.

Dann schloss sich automatisch der Deckel und der letzte Transporter beschleunigte zurück in Richtung Polarregion.

CHRA

Noch immer saß Mika mit aufgerissenen Augen vor dem Display und verfolgte den Rückflug der Sonde. Er konnte es immer noch nicht fassen. »Carlos – tot!« Er hatte sich schon öfters vorgestellt, wie es wäre, einen Freund im Gefecht zu verlieren. Doch das hier war ganz anders, als er es sich jemals gedacht hatte.

Er fragte sich, ob das hier alles echt war. War das wirklich die Realität? Es konnte alles doch nur ein böser Traum sein.

Sein Blick wanderte über seine Handschuhe, wie in Zeitlupe bewegten sich seine Hände. Sein Blick, der lange ins Leere gestiert hatte, erkannte wieder das Bild auf dem Display.

Es war Eleeya, die den gesenkten Kopf hin und herschüttelte. Ihre Schultern wurden immer noch von ihrem lautlosen Weinen bewegt.

»He, Kleine«, sagte er sanft, »du konntest nichts mehr tun. Komm, löse dich jetzt vom Typhoon.«

Eleeya hob den Kopf, riesige, glasige Augen blickten Mika entgegen. »Ja ... ja, das werde ich, doch ich befürchte, ich werde dir nicht mehr viel helfen können.«

Dann begann ihr Abbild vom Display zu verschwinden. Gleichzeitig lösten sich sämtliche holographischen Elemente innerhalb des Cockpits auf. Die bläulichen Lichter, die immer noch über die restlichen Teile der Oberfläche zuckten, verschwanden, und zurück blieb nur noch eine stumpf graue, leere Hülle.

Mika begann, aus dem Cockpit zu klettern. Er blickte

nach unten, weil er Eleeya dort zu sehen erwartete. Doch da war niemand! Mit einem Satz sprang er nach draußen. Unruhe erfasste ihn. »He, Eleeya, wo bist du?«, rief er und sah sich um.

Eine dünne Stimme erklang von der anderen Seite des Wracks: »Hier bin ich ... hier auf der anderen Seite!«

Der Schneesturm hatte sich inzwischen gelegt, nur noch vereinzelte Flocken hingen in der Luft. Es war inzwischen schon sehr dunkel geworden, bald würde man gar nichts mehr erkennen können.

Mika ging um die zerfranste Spitze des Wracks herum, wo sich früher einmal die aerodynamische Spitze befunden hatte. Im Schnee, neben der rechten Tragfläche, sah er eine Gestalt liegen.

»Eleeya!«, rief er und hastete zu ihr.

Sie lag auf dem Rücken, das war das Erste, was Mika erkannte. Mit dem, was dann deutlicher wurde, hätte er niemals gerechnet.

Mika erkannte, dass der Schnee um sie herum verfärbt war. Dunkle, rotviolette Flecken breiteten sich aus.

»ELEEYA, mein Gott«, entfuhr es ihm.

Ihr Kopf war nach links abgewandt und lag auf ihrem Oberarm. Behutsam drehte sie sich um, und was Mika sah, ließ ihm das Blut in den Adern gefrieren. Große Teile ihres linken Gesichts waren verbrannt, zeigten schwarze Bereiche, an denen keine Haut mehr war, und enthüllten helle Stellen des entblößten Wangenknochens.

»Eleeya ... Mädchen!«, stammelte Mika. Sofort ging er neben ihr auf die Knie. Zuerst wollte er sie in den Arm nehmen, einfach nur irgendetwas tun, doch dann hatte er mehr Angst, sie noch schlimmer zu verletzen.

Er sah weiter an ihrem Körper herab und erkannte erst jetzt die gewaltigen Ausmaße ihrer Verletzungen. Ihr linker Arm war teilweise von ihrem Cape verdeckt, doch auch so sah Mika, dass der Arm bereits in Höhe des Oberarms schwarz versengt war. Die mächtigen Sturmböen, die wenige Minuten zuvor über die schneebedeckte Landschaft tobten, hatten sich bereits gemäßigt, einige Böen wirbelten hin und wieder noch Schneewolken vom Boden auf – eine dieser Böen spielte mit Eleeyas Cape und entblößte einen zerfransten, blutigen Armstumpf.

Große Teile von Eleeyas linker Hüfte und ihres linken Beines wiesen ebenso stärkste Zerstörungen von Gewebe und Knochen auf.

Mika starrte auf die schweren Verletzungen, immer wieder wollte er zugreifen, einfach nur helfen, doch irgendetwas hielt ihn im letzten Moment davon ab.

Ein sanftes Lächeln formte sich auf Eleeyas Gesicht. Genau genommen zeigte nur noch die rechte Gesichtshälfte dieses Lächeln, der Rest war zu einer Grimasse verzogen. »Hi ... Felshörnchen-Ohr!«, sagte sie sanft.

Der Anflug eines Lächelns huschte über Mikas Gesicht. »Eleeya, mein Gott, warum hast du nichts gesagt? Wir ... wir müssen doch was tun! Wie kann ich dir helfen? Warte, ich schau noch mal im Typhoon nach! Vielleicht ist dort irgendwas!«

Eleeya hielt Mika sanft am Oberarm fest. »Nein, Mika ... nein, glaub mir, da ist nichts mehr. Da ist gar nichts mehr!«

Mika blickte auf ihre festhaltende Hand, dann wieder in ihr Gesicht. Trotz ihrer starken Verletzungen strahlte sie Ruhe aus. Es waren ihre Augen, die diese grenzenlose Zufriedenheit vermittelten.

»Eleeya, warum hast du nicht früher was gesagt? Uns wäre etwas anderes eingefallen!«

»Etwas anderes? Es gab nichts, was hätte warten können. Was wäre wichtiger gewesen, als Carlos zu helfen?« Wieder war ihr sanftes Lächeln zu sehen. Doch sah man nun, dass ihre katzenartigen Augen mit einem Mal glasig wurden. Erste Tränen begannen zu fließen. Ihr Lächeln blieb, doch hoben und senkten sich ihre Schultern in einem lautlosen Weinen.

Mika spürte erneut, als wollte eine unsichtbare Kraft seine Kehle zusammenschnüren. Immer noch zögerte er, doch dann streichelte seine linke Hand über Eleeyas weißes Haar, mit der rechten ergriff er ihre Hand und drückte sie sanft. Dann setzte er ein Lächeln auf, das zu Beginn etwas gequält wirkte.

»Nein, Eselsohr, du hast Recht«, versuchte er in scherzhaftem Ton, »du hast absolut Recht! Du hast getan, was du konntest. Übrigens, deine Idee mit dem Glühbolt war große Klasse«, sagte er und drückte dabei ihre Hand. »Hätte direkt von mir kommen können. Na ja, immerhin merke ich, dass du von mir lernst!«

Eleeya lachte kurz auf, zuckte dann jedoch zusammen, als heftige Schmerzen sie durchfluteten. Sie schloss langsam die Augen, ohne jedoch mit dem Lächeln aufzuhören.

Zwei Sekunden später blickte sie Mika mit sanften Augen an. »Mika«, flüsterte sie, »wir sind gescheitert. Wir haben versagt. Nein, das stimmt so nicht. Ich habe versagt! Ich war nicht stark genug, um euch zu beschützen!«

»Eleeya, so ein Quatsch! Jetzt hör aber auf!«

»Nein, lass mich«, erwiderte sie energischer, »ich muss das nun sagen. Ich muss es zumindest dir sagen.« Wieder füllten sich ihre Augen mit Tränen. Sie drückte Mikas Hand etwas fester. »Ich hätte viel mehr wissen müssen. Ich hätte nicht so blind in alles hereinstolpern dürfen. Ich bin dran schuld, dass wir den Auftrag nicht ausgeführt haben!«

»Das ist Unsinn, Eleeya. Absoluter Blödsinn!«, konterte Mika mit sanften Worten. »Und abgesehen davon, wer sagt dir denn, dass der Auftrag nicht ausgeführt wurde? Ja, genau – was ist, wenn von dem großen Superguru genau dies von dir als Wächter erwartet wurde?«

Eleeyas Augen weiteten sich. »Ja, meinst du?«

Mika erkannte, dass er von diesem Gedanken nicht mehr abweichen durfte. »Also, ich bin davon absolut überzeugt! Denk doch einfach mal nach. Deine Kumpels haben dir doch mehrmals gesagt, dass du alles weißt und kannst, was dafür notwendig ist. Und dass wir drei nur als Einheit funktionieren. Das haben wir doch, und zwar sehr gut, oder nicht?«

»Mhhhm.«

»Ich kann mich genau erinnern, dass Azrael mehrfach gesagt hat, er könne und dürfe nicht mehr erzählen. Alles liegt nun bei uns. Wir würden im richtigen Moment schon genau das Richtige tun!« Wieder wurden ihre Augen glasig, aber ihr Lächeln schien entspannter zu sein.

»Also, Eleeya, ich weiß, dass wir nicht versagt haben. Du hast nicht versagt! Das war großartig! DU warst großartig!« Mit diesen Worten sah er lange in ihre Augen.

»Danke, Mika. Das ist lieb von dir«, flüsterte sie. »Ja, so könnte es vielleicht gewesen sein.«

Doch als sie seinen strengen Blick bemerkte, korrigierte sie sich lächelnd: »Nein, ich denke, genau so war es!«

Wieder streichelte Mika über ihre unverletzte Wange. Tränen flossen über seine Hand.

Nach einer langen Pause zuckte sie heftig zusammen.

»Mika«, wisperte sie leise, »wie sagst du immer? Das war dann wohl das?«

Mika wusste nicht, was er sagen sollte, obwohl er ahnte, was sie meinte.

»Ich verstehe nicht ganz, was du meinst«, sagte er mit zittriger Stimme.

»Mika, ich gehe nun nach Hause!«, flüsterte sie lächelnd. »Ich kehre jetzt Heim. Zurück an den Ort, von dem ich gekommen bin.« Wieder zuckte sie mehrmals krampfartig zusammen.

Mika blickte sie mit großen Augen an. Auch er fühlte sich den Tränen nahe. »Eleeya, jetzt rede nicht so einen Unsinn. Wir kriegen das hin. Wir rufen Azrael, oder sonst wen ...«

»Nein, Mika, es ist keiner mehr da. Ich spüre niemanden mehr. Ich weiß nicht, was es ist, aber es ist etwas geschehen. Es antwortet keiner. Niemand ist mehr da! Es scheint, als wäre ich der Letzte. Der letzte der Wächter.« Damit drückte sie wieder Mikas Hand.

»Und auch der letzte Wächter wird nun gehen! Mika, du musst alleine zurechtkommen. Ich weiß, du kannst das. Dein Anzug hat genug Energie. Wenn du in Richtung Sonnenuntergang gehst, kommst du nach zweihundert Kilometern in ein Gebiet, in dem wieder Pflanzen wachsen. Du wirst dann etwas finden, was essbar ist.«

Wieder zuckte sie zusammen.

»Vielleicht nicht ... etwas so Tolles wie mein Hühnchen TengiTaki, aber es sollte reichen.« Eleeya versuchte zu grinsen.

»Eleeya ...«

»Ich hoffe, ich habe dich nicht zu sehr verärgert.«

Mika schüttelte stumm den Kopf. Er spürte, dass sein Blick verschwommener wurde.

»Mika«, rief Eleeya aufgeregt, »... ich ... ich werde gerufen. Vielleicht ist ja doch noch wer da!«

Mika beugte sich tiefer über Eleeya. Er wollte noch etwas sagen, brachte aber kein einziges Wort heraus. Stumm küsste er sie leicht auf ihre Stirn. Mika spürte, dass Eleeya seine Hand drückte, doch dann merkte er, dass der Druck langsam nachließ.

Das Gefühl, dass Mika befiel, war kein Schrecken. Eine Mischung aus tiefster Beklemmung und Wut stieg in ihm auf. Doch als er sich wieder aufsetzte, blickte er in Eleeyas leblose Augen, und eine tiefe Ruhe kehrte in Mika ein.

Sekunden verstrichen und wurden zu Minuten, ohne dass Mika sich bewegte. Er saß einfach nur stumm da und hielt Eleeyas Hand.

Eleeya war nach Hause gegangen.

Wie aus weiter Ferne vernahm er hinter sich ein Rauschen, das langsam lauter wurde. Schon lange war kein Tageslicht mehr vorhanden. Die schnelle Rotation des kleinen Mondes und die heftigen Aufheiz- und

Abkühlphasen sorgten für einen rasanten Wetterwechsel.

Nur noch wenige Wolken waren am Himmel zu erkennen und ließen das Licht der Sterne einfallen, welches die Landschaft der Polregion nachzeichnete.

Einige Windturbulenzen kamen auf und ließen ein paar Schneeflocken zu einem Tanz aufwirbeln.

Die Sonde, von Eleeya ausgesandt, hatte ihr automatisches Endziel erreicht und senkte sich nun langsam ab. In etwa zehn Meter sank ein tiefblau glühender Keil der Oberfläche des Mondes entgegen, und ganz langsam, als könnte etwas sehr Zerbrechliches zerstört werden, schwebte die leuchtende Sonde dem Boden entgegen.

Mika beobachtete teilnahmslos das letzte aktive Element des Typhoons.

Die Schale der Sonde sank nur wenige Zentimeter tief in den Schnee ein, ein Flackern ging durch die obere Schale, dann löste sie sich einfach auf, wobei deutlich eine liegende Gestalt sichtbar wurde.

Wie hatte Eleeya gesagt? Das war's dann? Ja, sie hatte Recht! Sie war tot. Und sein Freund war tot. Nein ... halt! Seine beiden Freunde!

Mikas Blick ging wieder zu Eleeya. Er hatte es nicht fertig gebracht, ihre Augen zu schließen, so wie man es in manchen Filmen immer wieder gesehen hatte.

Doch dies war kein Film. Dies war die Realität. Mika fühlte sich wie benommen. War sie das wirklich, die Realität?

Erst war nur ein leichtes Funkeln in Eleeyas Augen zu sehen. Als ob man tief in ihren Augen ein Feuerwerk in einer anderen Gegenwart sehen konnte. Dann breitete sich das zeitlupenartige Gleißen aus und zarte Lichtwirbel zogen über ihren ganzen Körper, immer schneller begannen sich die kleinen Elmsfeuer zu drehen.

Mika stand auf und entfernte sich einige Schritte.

Lichtbänder spannten sich zwischen Eleeya und dem Typhoon, der ebenfalls von dem Leuchten befallen wurde, und letztendlich bildeten sich leuchtende Gespinste zwischen dem Typhoon, Eleeya und der Sonde mit Mikas totem Freund.

Eine blau schimmernde Spirale begann sich über den drei toten Elementen zu formen. Immer schneller wirbelten die Bahnen, immer höher stiegen die flammenden Wirbel auf, begleitet von einem sehr hohen Singen. Mit einem Mal schien das Leuchten, das von dem Wirbel ausging, immer stärker zu werden. Und im selben Maß lösten sich der Typhoon, Eleeya und Carlos auf. Die letzten blauen Glühwürmchen schraubten sich in den Himmel, dann war alles vorbei.

Seine Freunde waren gegangen.

Er stand da und blickte auf die zurückgelassenen Eindrücke im Schnee, erst jetzt bemerkte er wieder die eisige Temperatur und schloss seinen Helm. Schmatzend begann die Flüssigkeit aus dem Kragenwulst über den Kopf zu fließen, um ihre endgültige Form zu finden.

Mika hob den Kopf und blickte in den fremden Himmel. Wie schön doch das Licht der Sterne hier erschien, doch es spendete keinen Trost. Er war allein.

NGZ0082,
vierhunderttausend Jahre früher

Auch die CHRA hatten damals den Ruf gehört.

Den Ruf, der damals die L'Amarc ereilt hatte.

Im Grunde genommen waren es noch einige andere Rassen, die in der Lage waren, den Ruf über die Grenzen der Zeit zu hören. Doch nur sehr wenige waren imstande, ihn auch zu verstehen – so wie die L'Amarc, oder auch die CHRA.

Doch schließlich wurde nur ein einziges Volk auserwählt, um in den Stand der Wächter zu treten.

Und das waren die L'Amarc!

Sie würden genau die Wächter sein, die zum Ausgleich der Grundkräfte ihr Bestes geben würden. Schließlich mussten YIN und YANG, das jedes für sich ständig im Begriff war, Oberhand zu gewinnen, ausgeglichen werden.

Es musste Harmonie bewahrt werden!

Und da war kein Platz für einen Wächter, der dies in Frage stellen würde.

So, wie es bei den CHRA bereits jetzt schon absehbar war! Außerdem schienen die CHRA nicht das ausgeglichene Bewusstsein zu besitzen, welches für diese Aufgabe notwendig gewesen wäre.

Also hatte der Rufende sich für die L'Amarc entschieden und seine Wahl getroffen. Damit war für ihn die Suche abgeschlossen und er hatte sich um eventuelle Folgen, die der Ruf verursachen könnte, nicht weiter gekümmert. Was sollte auch schon geschehen?

Doch da gab es etwas, was geschehen konnte. Etwas,

mit dem der Rufende nie gerechnet hätte.

Zwar war da schon seit Urzeiten etwas Besonderes im Schwarmleben der Insekten, was eine sehr, sehr feinfühlige Kommunikation zwischen den einzelnen Drohnen und Arbeitern bewirkte.

Wenn es um das Wohl des Staates ging, konnten viele der vierbeinigen Spinnenwesen zur selben Zeit dasselbe Gefühl teilen, die gleichen Ansichten haben und dieselben Ziele verfolgen.

Wenn ein Sturm das Nest zerstört hatte, wussten aus irgendeinem unerklärbaren Instinkt heraus alle Arbeiter gleichzeitig, was geschehen war, und begannen, das Nest zu reparieren.

Neue, unerwartete Futterquellen, die ein Einzelner entdeckte, waren im selben Moment allen Krabblern gemeinsam bekannt, und sofort machten sich, unabhängig voneinander, bestimmte Drohnen auf den Weg, um diese neuen Vorräte im Speicher zu lagern.

Durch irgendeine unsichtbare Eigenschaft war alles verbunden. Es war ein einfaches, schönes und überschaubares Leben im Staat. Man lebte und tat einfach das, was notwendig war.

Doch keine Aufzeichnung und keine Sage berichtet von dem Vorgang, der damals alles veränderte.

Manche Individuen mögen es rückwirkend als Mutation bezeichnen, doch die CHRA nennen es allgemein das ERWACHEN.

Niemand vermochte mehr zu sagen, ob sich dieser Wandel innerhalb einer Sekunde oder über mehrere zehntausend Jahre erstreckte.

Aber eines war gewiss:

ER erkannte mit einem Mal, dass er existierte!

Vorher gab es nichts, jetzt war er da. Er erkannte SICH, war sich seiner bewusst! Seiner SELBST! Es gab ihn, ja, er war DA! ER LEBTE!

Wer war er? Was war das alles um ihn herum? Ist da

noch jemand? Wer redete da? Er horchte in sich hinein – und, ja, er wusste, wer da redete. Er kannte sie!

Er kannte jeden Einzelnen von ihnen, alle fünfundzwanzig Millionen, dreihundertachtunddreißigtausend, und auch die restlichen zweihundertundachtzehn, zweihundertneunzehn, zweihundertvierundzwanzig, OHH, Schmerzen, zweihundertvier, zweihundertdrei ...! Es war ein stetig sich ändernder Prozess. Und er kannte den Namen jedes einzelnen Wesens.

Alle waren ein Teil von ihm. Das war klar. Doch wer war er? Erneut horchte er in sich hinein, doch da war keine Antwort. Wer war er? Wie wurde er genannt? WIE?

Sekunden oder Jahre vergingen, bis er erkannte, dass er keine Antwort erhalten würde. Doch das war nicht weiter schlimm, er würde sich selbst einen Namen geben.

Wie sollte er sich nennen? Die ersten hundert Jahre dachte er angestrengt darüber nach, doch dann wusste er es:

Ab dem heutigen Tag war er YAA.

Und er fühlte sich glücklich!

Das Kontinuum

»Erster«, flüsterte ich mit körperloser Stimme. Meine Stimme durchquerte den Raum, der eigentlich keine Ausdehnung hatte, so wie ihr es versteht.

Da ich flüsterte, konnte meine Stimme auch nur von denen vernommen werden, die ich ansprechen wollte. »Der Quantumsfluss der YANG-Komponenten übersteigt mittlerweile die zweiundzwanzigste Marke! Das kann doch nicht normal sein. Wie lange sollen wir denn noch zuschauen und stillhalten?«

Talan ging vor mir auf und ab und sah mir in die Augen. Für einen kurzen Bruchteil meinte er, ein Raunen vernommen zu haben, doch meine Mimik blieb unbewegt. »Nun, wir werden am Plan festhalten. Du hast schon genug Unruhe ins Spiel gebracht«, sagte er und änderte wieder seine Richtung, behielt mich aber im Auge. Er wartete nur darauf, dass er auf irgendeinen Widerstand von mir stoßen würde.

»Wir Wächter«, begann er und betonte die Worte besonders eindringlich, »wir werden den Auftrag so durchführen, wie die Vorsehung es beschreibt!«

Ein gefährliches Glitzern lag in seinen Augen. »Das meinst du doch auch, Azrael, oder?«

Obwohl meine Kiefer fest zusammengepresst waren, gelang es mir, ein Grinsen aufzusetzen.

»Erster«, flüsterte ich, »ich halte es nicht mehr aus. Ich spüre, dass irgendetwas mich gleich zerreißen wird. Ich kann nicht länger mit ansehen, wie diese ignoranten Idioten den Auftrag Wort für Wort übernehmen, ohne den eigentlichen Sinn zu erkennen, der dahinter steckt.«

»Ruhig, Azrael – bleib ganz ruhig«, war die geflüsterte Antwort. »Noch nicht, warte noch. Wir sind noch nicht in der Position, die eine endgültige Auseinandersetzung erlaubt. Warte noch, warte, bis sich der Quantenfluss auf der vierundzwanzigsten Stufe befindet. Und glaube mir, er wird es bald sein. Ich kenne Eleeya. Ich weiß, dass sie richtig handeln wird. Sie denkt, sie sei gescheitert. Wenn sie nur wüsste! Noch ahnt sie nicht einmal, dass ihr persönlicher Auftrag derzeit nicht zu Ende ist. Und es sind genau diese Schmerzen und Fehlschläge, die sie nun erleben muss, damit sie sich weiter entwickeln kann. Und dann, Azrael, dann zeigt sich das wahre TAO!«

Talan hielt vor mir an und starrte mir provozierend in die Augen, dann legte er den Kopf auf die Seite. »War da etwas?«, dachte er. »Nein, da war nichts. Wahrscheinlich war es nur das Rauschen des Windes.«

Talan ahnte noch nicht, wie Recht er damit hatte, und dass der Wind bald ein Sturm werden würde!

Vor meiner Haustür
Ging auf die Pflaumenblüte
In schönster Mondnacht –
Gern zeig ich Nacht für Nacht sie:
Ach, wie ich auf dich warte.

Ki-no-Iratsume
Manyôshû Dynastie

Früher Tanka, Vorläufer der Haikus, ca. 700 n. Chr.

Zwischenwelt

Die Felsen schienen höher zu sein, doch das täuschte, da sie nun fast komplett mit Moosen und Flechten überzogen waren. Große, alte Bäume standen um die kleine Findlingsgruppe, die ihnen damals als Feuerplatz gedient hatte. Vor kurzem waren es aber noch junge Stämme gewesen.

Das Mondlicht hüllte alles in sein weiches Licht, das viele Dinge anders erscheinen ließ, doch es war auffällig, dass etwas Bestimmtes anders war als vorher. Der Ort, der zwanzig Jahre ihre Heimat gewesen war, hatte sich verändert.

Nein, nicht verändert – er ist nur älter geworden.

Sie hatte sich verändert.

Es lag nur eine Stunde zurück, als sie mit Mika und Carlos Zwischenwelt verlassen hatte.

Wozu eigentlich?

Ach ja, da war ja ihre Berufung, der Auftrag – das, was man ihr als DIE Lebensaufgabe beschrieben hatte.

Warum war sie eigentlich nicht tot, fiel ihr jetzt erst ein, als sie sich an die letzten Ereignisse auf dem Waldmond erinnerte. Welcher grausame Scherz ging nun weiter?

Sollte das Ganze noch mal von vorne beginnen? Würde sie einen neuen Partner zugeteilt bekommen?

Ein kurzer Gedankenblitz durchhuschte sie: »Ich bin wieder hierher zurückgekommen. Würden die Wächter auch Mika hier wieder zurückführen? ... und Carlos?«

Eleeya sah sein Bild vor ihren Augen. Ein Lächeln kehrte auf ihr Gesicht zurück.

»Hi«, hörte sie seine warme Stimme, »wie geht's dir?«

Ihre Augen starrten ins Leere, ein zartes Lächeln lag auf den Lippen. Bewegungslos stand sie so da und starrte hinaus aufs Meer, warme Windböen spielten mit ihrem Haar.

Dann blinzelten ihre Augen, erst einmal, dann noch einmal, und der Blick kehrte aus der unendlichen Ferne zurück.

Das Lächeln erstarrte erst und verschwand dann ganz.

Sie wusste, es war niemand da, der mit ihr sprach.

Sie war alleine.

Eleeya schloss langsam ihre Augen und konzentrierte sich auf den mentalen Ruf, den Ruf, der sie mit Vater oder Azrael in Verbindung gesetzt hatte.

Doch da war nichts. Eleeya spürte nicht den geringsten Kontakt. Etwas stimmte nicht, irgendetwas ist geschehen! Waren die anderen Wächter tot, fragte sie sich erneut?

Was sollte sie hier tun? Wieder erschienen in ihrer Vorstellung diese dunklen braunen Augen.

»Eleeya, mein Mädchen, ich möchte bei dir sein ...«

Ein schmerzhaftes Lächeln überzog ihr Gesicht.

Sie ging über den grasbewachsenen Boden, der felsige Bereiche entblößte. Das Laub der alten Bäume bedeckte zum Teil den natürlichen Pfad, der zur östlichen Klippe führte. Noch waren die Sonnenstrahlen sehr wärmend, doch es würde nicht mehr lange dauern, bis die Bäume alle Blätter abwerfen würden und die Tage nur noch sehr kurz und kalt wären.

Nachdenklich betrachtete Eleeya die verwelkten Blumensträucher am Rande des Weges. Sie blieb kurz stehen und pflückte die letzte Blüte.

Von den ursprünglich sieben roten Blütenblättern waren bereits zwei abgefallen, die restlichen klammerten sich an den alten Fruchtstamm.

Eleeya hatte den Rand der Klippe erreicht und starrte aufs offene Meer hinaus. Einige sanfte Brisen kamen vom offenen Meer herüber. Eleeyas Augen waren glasig.

Hoch am Himmel zog ein Fischgreifer seine Kreise und stieß seine langen Schreie aus, mit denen er sich als Herr seines Territoriums erklärte.

»Am Himmel wandert
das fahle Licht des Mondes
über das Schellmaar ...«

Eleeya hob die Hand und schaute auf die Blüte. Ein weiterer Windhauch zerrte an den letzten Blütenblättern, die sich dunkelrot verfärbt hatten. Erst lösten sich zwei weitere Blätter, dann noch eines.

Eleeyas Blick wanderte hoch zum einsam am Himmel stehenden Mond. Im Hintergrund war das farbenprächtige Band des Spiralarms zu sehen.

»Du bist das Licht am Himmel.
Du warst es, die ganze Zeit!«

»Carlos«, dachte Eleeya. »Bitte vergib mir, ich habe versagt!« Erste Tränen flossen über ihre Wange.

Nachdenklich drehte Eleeya die Blume in ihrer Hand.

Das letzte Blütenblatt löste sich und wirbelte mit den Windböen davon.

»Eleeya, bitte rede mit mir, ich möchte jetzt nicht allein sein!«

Eleeya öffnete weit ihre Arme. Zum ersten Mal seit langer Zeit öffneten sich ihre hauchzarten Schwingen und schillerten im Mondlicht in allen Regenbogenfarben. Warmer Wind umspielte ihr Haar. Sie blickte auf die Wellen, die sich tief unter ihr auf der Oberfläche des Schellmaars brachen.

»Nein, Carlos, ich lasse dich nicht alleine«, sagte Eleeya, fast flüsternd.

Dann trat sie an den Rand der Klippe, die Arme weit ausgestreckt, und wie in Zeitlupe beugte sie ihren

Oberkörper nach vorne und ließ sich fallen.

Kopfüber stürzte sie der zerklüfteten Klippe entgegen. In weniger als einer halben Minute würde Eleeyas Körper den Boden erreichen.

Ihre Gedanken waren nicht mehr an diesem Ort.

»Carlos ...«

Noch während sie fiel, hörte Eleeya in ihren Gedanken Carlos' warme Stimme antworten.

NGZ0082, dreihunderttausend Jahre früher

YAA war stolz auf seine vielen Kinder und Kindeskinder. Er liebte jedes einzelne der vielen Milliarden, mochten sie noch leben oder längst von ihm wieder aufgenommen sein.

Bereits schon sehr früh hatte YAA die beiden latenten Nervenknotenzentren der CHRA untersucht und in den nächsten Generationen einige harmlose Mutationen ausgelöst. YAA erkannte, dass er seine Kinder besser anleiten konnte, wenn er vor Ort, also mitten unter ihnen war, um durch seine Präsenz über die anderen wachen zu können. Aus der Position dieser wenigen, lenkenden Individuen heraus konnte er die anderen leiten und behüten.

Also formte er den einen Nervenknotenbereich der CHRA so aus, dass es Splitter seiner selbst aufnehmen konnte. Dieser Splitter würde zwar ein eigenes Bewusstsein haben, aber als Teil von ihm immer mit ihm in Verbindung stehen.

Das zweite Nervenknotenzentrum diente nach wie vor den einfachen täglichen Routinearbeiten.

YAA wählte aus allen Stämmen jeweils ein Lebewesen aus, auf das er einen Splitter seiner selbst übertrug.

Erst jetzt konnte man davon reden, dass es in der Gemeinschaft der CHRA vereinzelte Individuen gab.

Diese Individuen würden ihre geistigen und individuellen Komponenten innerhalb des Stammes von Generation zu Generation weitergeben, währenddessen die anderen Mitglieder der Familie nur ihr Handlungshirn benutzten. Die anderen waren die geschätzten Drohnen, die den gesamten Staat am Leben hielten.

Und sollte mal ein Individuum, also ein Teil seines Selbst, frühzeitig sterben – nun, das wäre zwar sehr tragisch, ist aber einfach nur ein Teil des ewigen Kreises.

YAA würde dann einfach das Bewusstsein wieder in sich aufnehmen, um es in das nächste, leerstehende Trägergefäß des entsprechenden Stammes zu übertragen.

Das war gut so, die Kette der Individuen würde nicht abreißen.

Waldmond, Polarregion

In den nächsten Minuten stand Mika einfach nur im Schnee und starrte in den Himmel, während seine Gedanken immer wieder im Kreis trieben.

»Was mache ich hier überhaupt noch«, fragte er sich. »Selbst wenn ich die tieferen Regionen erreiche, ändert sich eigentlich nichts. Es gibt niemanden, der mich von diesem blöden Mond abholt, davon abgesehen hänge ich in irgendeinem unbekannten Winkel dieser Galaxis. Die Erde werde ich sowieso nicht mehr sehen, und selbst wenn – es gibt dort niemanden mehr, der auf mich wartet.«

Mika spürte, wie sich abermals seine Kehle zuschnürte. »Anne, ich vermisse dich. Du ahnst nicht, wie sehr du mir fehlst. Ich verspreche dir, ich werde bald bei dir sein.«

Mika tastete nach der linken Beintasche, welche im Anzug eingelassen war, und die sich durch Druck auf verschiedene Bereiche selbständig öffnete. Seine Hand glitt in die entstandene Öffnung und ertastete in einer weiteren Unterteilung eine kleine Kugel. Im selben Moment wurde ihm wieder bewusst, wie gut sein Tastsinn trotz Handschuhen funktionierte.

Er ergriff mit Daumen und Zeigefinger die kleine Kugel, zog sie aus der Tasche und betrachtete sie. Obwohl es Nacht war, erkannte er durch das Helmdisplay deutlich die glänzend rote Oberfläche der Kugel, die kaum größer war als eine Erbse, und erinnerte sich an Eleeyas eindringliche Worte: »Mika, Carlos, diese Kapsel wirkt innerhalb weniger Sekunden. Wenn ihr sie geschluckt habt, kann euch nichts mehr helfen. Sollte wider Erwarten alles fehlgeschlagen sein und euch ein qualvoller Tod bevorstehen, ist dies euer letzter Ausweg. Aber ich weiß, dazu wird es nicht kommen.«

Mikas Gesicht verzerrte sich zu einem Grinsen. »Doch, Anne, genau dazu ist es gekommen, alles, einfach alles ist schief gegangen. Und genau dieser qualvolle Tod steht mir bevor. Selbst wenn ich Wasser und Nahrung finden sollte, würden die Einsamkeit und die Sehnsucht nach dir mich vollständig zerbrechen. Ich kann nicht mehr, nein, ich möchte einfach nicht mehr.«

Seine rechte Hand berührte den metallischen Halskranz des Anzugs und er sagte nur »Helm«, woraufhin sich die Struktur des Helms verflüssigte und in das Reservoir des Halskranzes zurückfloss. Seine Haare wurden sofort vom Wind zerzaust, doch Mika bemerkte den eisigen Wind nur am Rande. Sein Blick war auf die kleine Kapsel gerichtet, die er immer noch zwischen Daumen und Zeigefinger hielt, nur wirkte sie im Licht der Sterne annähernd schwarz.

»Hey, Amigo, du denkst doch jetzt nicht etwa an Essen?«

Mika zuckte zusammen und wunderte sich, mit welcher Deutlichkeit ihm Teile eines Gesprächs mit Carlos durch den Kopf gingen, das er vor einigen Monaten mit ihm geführt hatte.

»Na, kann es endlich bald losgehen? Wir haben heute noch einiges vor uns.«

Mika musste unwillkürlich lächeln, als er an die entsprechende Situation dachte. Sein Blick ging wieder zum Himmel, und im selben Moment sah er ein paar Sternschnuppen, die kaum länger als zwei Sekunden aufglühten.

Möglicherweise waren dies sogar Reste des Yaara-Wracks, welche sich bis jetzt in einer niedrigen Umlaufbahn hatten halten können.

Wieder blitzte es auf, und Mikas Lächeln gefror, als seine Gedanken zu den Yaara zurückkehrten. Wie konnte er sie nur vergessen haben? Mika dachte zum ersten Mal wieder an die Größe der Fluchtkapsel, die kaum mehr als zwei Meter im Durchmesser betrug. Mit aller Wahrscheinlichkeit befand sich darin nur ein einziger Yaara.

»Ich geh schon mal vor. Wer zuletzt ankommt, zahlt die nächste Dönerrunde.«

Mika ging in die Hocke, verstaute die kleine Kapsel wieder an ihren Platz und berührte abermals den Auslöser des Helms. Direkt nach dem Sprachbefehl begann die Flüssigkeit, seinen Kopf zu umfließen, und formte die Helmschale. Keine zwei Sekunden später hatte sich der Helm verfestigt.

Dann dachte er: »Anne, ich habe noch etwas Wichtiges zum Abschluss zu bringen. Ich verspreche dir, es dauert nicht lange.«

Mika ließ seinen Blick über die endlos wirkende Oberfläche streifen. Im Moment gab es nichts mehr, was er als Orientierungspunkte verwenden konnte. Bevor er losging, hatte er den virtuellen Helfer aktiviert, der in seinem linken Anzugarm integriert war, doch er konnte sich nur undeutlich an die Funktionen erinnern, die Eleeya dort integriert hatte. Es war auch etwas Ähnliches wie ein Kompass dabei gewesen: »Dieses Auge schaut hoch in den Himmel zu den Sternen, sie sind seine Freunde. Sie werden euch immer den richtigen Weg weisen. Und wenn ihr irgendwo fremd seid: drückt auf diesen Knopf, dann sucht das Auge nach neuen Freunden.« erinnerte sich Mika an Eleeyas Erläuterungen.

Er musste grinsen, als er daran dachte, wie er damals die Augen verdreht hatte. Aber eigentlich war es ganz schön clever, ein Navigationsgerät zu erstellen, das sich anhand einiger Fixsterne automatisch neu justieren konnte.

Mika ließ seinen Finger über die kleine Vertiefung am linken Unterarm gleiten und sagte: »Karte!«

Über seinem linken Unterarm erschienen die leuchtenden Konturen der nördlichen Polarregion, seine

Position war als blaues Dreieck markiert. Eine rot gestrichelte Linie wies den Weg, der laut den automatischen Berechnungen der idealste war.

Mika konnte sich gar nicht mehr so genau an die geographischen Besonderheiten des Waldmondes erinnern. Umso überraschter war er, als er erkannte, dass die Polarregion in Wirklichkeit ein einziges, riesiges Hochplateau darstellte.

Das bedeutete, dass seine Wanderung in wärmere Gebiete auch gleichzeitig ein Abstieg in mehreren Etappen darstellte. Insgesamt galt es, viertausendvierhundert Höhenmeter zu überwinden.

Allein der Gedanke daran ließ ihm Zweifel aufkommen. Aber er hatte keine andere Möglichkeit, wenn er von hier weg wollte. Zum Glück hatte der Mond eine geringere Schwerkraft, was ihm eventuell die Sache erleichtern würde.

»Angst?«, hörte Mika in Gedanken Carlos' Stimme. Mika musste lächeln, als er daran dachte, wie oft ihn Carlos mit diesen Bemerkungen aus der Reserve locken wollte.

Mikas Blick ging noch mal zur Kontrolle auf die Karte. Schnell veränderte er den Vergrößerungsfaktor, um sich die erste schwierige Stelle anzuschauen. Laut der Legende war sie keine hundert Meter von ihm entfernt. Das Licht der Polarnacht war ausreichend hell, um die weiten Schnee- und Eisfelder zu erkennen, doch so sehr er sich auch anstrengte, er konnte noch nichts im Schnee erkennen, was nach einem Abstieg aussah.

Mika ging weiter. Der Helm war weiterhin geschlossen, um ihn vor den mittlerweile extremen Temperaturen zu schützen, trotzdem fror er sehr stark. Scheinbar war der Anzug doch nicht mehr so funktionsfähig wie gedacht.

Die Anzeige im Helmdisplay sprang von minus 63 auf minus 65 Grad Celsius um.

»Wie ein milder Frühlingstag in Madrid, Amigo. Ich

habe dir immer gesagt, wie du damit umgehen sollst. Irgendwann einmal wird dir das helfen«, ging Mika durch den Kopf. Wieder musste er lächeln, als er daran dachte, wie oft ihm in den letzten Minuten die Gespräche mit seinem Freund durch den Kopf gegangen waren.

Mika warf nochmals einen Blick auf die Displayanzeige. Plötzlich kam ihm eine Idee. Warum war er nicht bereits früher darauf gekommen? Er hätte es zumindest versuchen können.

»Display, taktische Ansicht!«, war Mikas Stimme zu hören. Sofort war die normale Ansicht von einer leuchtend roten Gitterstruktur überlagert. Falschfarben überlagerten den Schnee und gaben Informationen über Struktur und Dichte.

Mika machte einen großen Schritt zur Seite, als er erkannte, dass er als Nächstes direkt in eine Schneesenke gestolpert wäre. Dann erkannte er in der taktischen Ansicht die Kante, die er vorher nicht gesehen hatte. Nur noch wenige Meter trennten ihn von ihr.

Mika beschleunigte seine Schritte, dann hielt er den Atem an.

Vor ihm erstreckte sich das erste Hindernis, das in der Karte vermerkt wurde. Aus irgendeinem Grund, vielleicht war es einfach nur Müdigkeit, hatte er die Höheninformationen in der Karte falsch beurteilt.

Mika blickte auf ein tiefer gelegenes Plateau. Der Höhenunterschied zum anderen Plateau schätzte er auf etwa einhundert Meter, was auch den Informationen entsprach, die er der Karte entnommen hatte. Doch das war nicht das Schlimmste.

Ein nahezu zweitausend Meter tiefer Graben trennte die beiden Plateaus wie der Burggraben eine Ritterburg vom Umland. Nur gab es hier keine Zugbrücke.

Mika sah sich nochmals die Karte genauer an. Das konnte doch nur ein Witz sein, dass dies die einzige Stelle sein sollte. Mika spielte mit den Kontrollen der Kartenanzeige und ließ den Ausschnitt in verschiedene Richtungen wandern. Langsam richtete sich sein Blick wieder auf das tiefer gelegene Plateau.

Irgendeine irre Laune der Natur hat die Polarregion wie aus einem Block gestanzt und mehrere tausend Meter aus der umliegenden Oberfläche erhoben. An wenigen Stellen reichten die Grenzen des Plateaus an die Grenzen der benachbarten Gebirgsformationen relativ nah heran.

Und an dieser Stelle war sie am geringsten. Keine zwanzig Meter trennten dieses Massiv vom nächsten. Geradeaus gemessen!

Wieder sah Mika in die Schlucht hinab und erkannte, dass die Wände des Plateaus nicht ganz senkrecht abfielen.

Erneut warf er einen Blick auf die Karte und suchte nach anderen Darstellungsmöglichkeiten. Mika wählte eine andere Ansicht, und sofort änderte sich die Darstellung der Karte und zeigte den günstigsten Weg im Querschnitt. Links war das Massiv zu sehen, auf dem Mika im Moment stand und rechts davon das tiefer gelegene Plateau, dazwischen lag eine tiefe Kluft.

Langsam ließ Mika die Schnittstelle weiter nach links wandern. Wie in einem Computertomogramm zeigten sich jetzt die verschiedenen Querschnitte.

Mika stoppte die Bewegung und ließ den Schnitt ein Stück weiter nach rechts wandern.

Und wieder Stopp. Was er erkennen konnte, sah ganz brauchbar aus. In ziemlich steilem Winkel fiel die Wand ab und wurde weiter unten wieder sanft umgelenkt. Das Ganze erinnerte ihn an eine sehr extreme Skischanze.

»Mal überlegen«, dachte er. »Das sind sechzig Meter nach unten in einem Winkel von nahezu achtzig Grad, die Beschleunigung hier ist etwas geringer, hmm, aber dafür ist auch die Anziehungskraft selber geringer!«

Mika ging in Gedanken einige Berechnungen durch. Wenn es funktionierte, würde er am Ende der natürlichen Rampe genug Schwung bekommen, um auf die andere

Seite zu gelangen. Es waren nur zwanzig Meter.

Mika schaltete die Karte in normale Aufsicht und erkannte, dass sich der dargestellte Schnitt circa fünfzehn Meter zu seiner Rechten befand.

Langsam näherte sich Mika dieser Stelle und sah nach unten. Er spürte, wie eine eiserne Faust sich um seinen Magen legte. Gewiss, er kannte keine Höhenangst. Zumindest hatte er das bisher geglaubt, doch das hier war etwas anders. Bei allen anderen Sachen wusste er, was er tat. Selbst wenn er den Jet flog, hatte er alles im Griff und ging keine unnötigen Risiken ein.

»Ist das so, Amigo?«, hörte er wieder in Gedanken. »Topelite? Beherrscht alles im Schlaf?«

Mika konzentrierte sich wieder auf seine Anzeigen auf der Karte. Er durfte sich von seinen Gedanken nicht ablenken lassen. Aber es stimmte. Was von dem, was er für so geplant hielt, war es denn schon? Und außerdem, die andere Alternative war, hier einfach sitzen zu bleiben.

»Also los!«

Mika setzte sich an den Rand der vereisten Klippe, die schon nach einem Meter deutlich in die Tiefe ging. Langsam rutschte er mit ausgestreckten Beinen nach vorne. Beim Einerbob ging so etwas ja schließlich auch. Mit einem letzen Stoß der Arme begann die Fahrt.

Es war keine Fahrt, es war die Hölle! Schon nach wenigen Metern erkannte Mika, dass er seine Rückenposition gar nicht einhalten konnte.

Er knallte gegen ein kleines Hindernis, was für den Anzug das Signal war, den internen Schutzschild einzuschalten. Weiterhin aktivierte sich die Schutzstarre, indem sie erst die Arme und Beine, die zuvor in wildem Winkel abstanden, in eine feste, angelegte Position brachte.

Mika erkannte blitzartig, dass der Schnee an diesem abfallenden Teil nur sehr lose lag, als sich neben ihm einige staubartige Explosionen ereigneten.

Mika wollte seine Position verändern, einfach

irgendetwas tun, ihm wurde aber schnell klar, dass er dieser Schussfahrt machtlos ausgeliefert war. Mit dem Kopf voran raste er die fast senkrechte Wand hinab, während er hin und hergeschleudert wurde. Er erkannte, dass sich hinter ihm eine Lawine gelöst hatte, die sich schnell näherte. Bald würde sie ihn überholt haben.

Tausend Gedanken schossen Mika durch den Kopf.

In dem Moment, da die Lawine ihn überholen würde, wäre es um ihn geschehen. Mit aller Wahrscheinlichkeit würde sich die kleine Schneerampe in Wohlgefallen auflösen, wodurch seine Fahrt erst zweitausend Meter tiefer enden würde.

Mika spürte, dass etwas Großes gegen ihn knallte, dann wurde es dunkel um ihn.

Trotz der Schutzstarre fühlte er, wie er hin und hergeschleudert wurde, und plötzlich war es sehr ruhig.

»Das war's«, dachte Mika. »Ich stürze!«

Doch wenige Sekunden später erfolgte der Aufprall, und im selben Moment trommelten Schneemassen auf ihn nieder, die ebenfalls den Sprung über den Graben geschafft hatten.

Dann wurde es still. Im Display erkannte Mika, dass sich die Schutzstarre deaktiviert hatte, doch er konnte sich noch immer nicht bewegen. Mika spürte, dass er schräg auf dem Rücken lag. Weiterhin wurde ihm bewusst, dass der Anzug die Arme kreuzförmig über der Brust verschränkt hatte. Sein rechter Arm zeigte leicht schräg nach oben.

»O. k.«, dachte er, »dies sollte ein guter Zeitpunkt sein, zum ersten Mal die Individualwaffen, wie Eleeya sie genannt hatte, auszuprobieren.« Natürlich verfügte sein Anzug auch über die Waffen, die im Prinzip für Carlos gedacht waren.

»Katana«, rief er. Im nächsten Moment wurde er von einem Blitz geblendet. Das Display konnte nicht schnell genug den immensen Helligkeitsunterschied ausgleichen, als über zehn Kubikmeter Schnee und Eis in einer

Explosion verdampften.

Das Katana hatte eine trichterförmige Öffnung gesprengt und einen Teil der Schneemassen, die Mika unter sich begraben hatten, davongeschleudert.

Mika erkannte, dass er sich auf dem neuen Plateau befand. Er sah auf die zwanzig Meter entfernte Wand des gegenüberliegenden Plateaus, von der er gekommen war und die vor wenigen Sekunden noch eine natürliche Rampe geformt hatte. Doch davon war nun nichts mehr zu sehen. Nahezu senkrecht fiel die Wand über zweitausend Meter in die Tiefe.

»Geschafft«, ging es Mika durch den Kopf. Doch dann merkte er, dass er zu rutschen begann.

Der Trichter, den die Anzugwaffe geschaffen hatte, fiel in einer Neigung von über dreißig Grad zum Rand des Plateaus, das sich in einer Entfernung von circa fünfzehn Metern befand.

Mika versuchte, sich irgendwo festzuhalten, aber es gab nichts, das einen Widerstand bot.

»Shit«, fluchte er, als er immer schneller auf den Abhang zu rutschte. »Shit!«

Mikas Hände kratzten übers Eis, um irgendwo Halt zu finden, dann versuchte er, seine Absätze in den glasierten Schnee zu graben, doch die Innenwand des Trichters war von einer fast einen Zentimeter dicken Eisschicht ummantelt.

Nur noch acht Meter, dann würde er in die Tiefe stürzen. Mit aller Kraft riss er das rechte Bein hoch und rammte die Ferse in den Boden.

Sein Absatz durchschlug die vereiste Oberfläche des Trichters, den die Waffe geschaffen hatte, Eissplitter brachen auf, und die rasante Rutschpartie wurde deutlich verlangsamt.

Noch fünf Meter!

Mit einem weiteren Tritt schlug Mika auch seine linke Ferse ins Eis, das krachend nachgab.

Dann hörte das Rutschen auf. Mika lag auf dem Rücken und keuchte.

Es krachte nochmals unter seinen Füssen, als die Eisplatte nachgab.

»Oah!«, schrie Mika erneut, doch er rutschte nicht weiter und blieb liegen. Er hob seinen Oberkörper an und versuchte zu erkennen, wo er lag. Knapp einen Meter, bevor es zweitausend Meter senkrecht nach unten ging, hatte er Halt gefunden.

»Ich bin zu alt für diesen Mist«, keuchte er.

Vorsichtig legte er sich wieder flach auf den Rücken und blieb noch einige Sekunden liegen. Dann hob er den linken Fuß an, um ihn ein paar Zentimeter höher in den harten Schnee zu graben. Als er spürte, dass er dort einen ausreichenden Halt fand, schob er sich langsam wieder nach oben.

In kleinsten Schritten schob er sich höher, dann drehte er sich auf den Bauch und blieb liegen.

Nun konnte er auch seine Arme einsetzen, um nach oben zu klettern. Meter für Meter schaffte er es, ohne weiteres Abrutschen, über den Rand des Trichters.

Oben angekommen stand er auf und sah sich um. Die Lawine, die er auf der anderen Seite ausgelöst hatte und zusammen mit ihm den Weg auf das andere Plateau geschafft hatte, bildete einen kleinen Hügel von nahezu zwanzig Metern Höhe.

Mika aktivierte die Karte und kontrollierte nochmals den Weg, den er nun weiter einschlagen würde. Ein letztes Mal schaute er in den hinter ihm liegenden Abgrund, dann ging er weiter.

Mika ließ die taktische Ansicht im Helmdisplay weiterhin eingeschaltet, da er wenig Lust verspürte, aus Versehen in einer Felsspalte zu verschwinden oder auf etwas anderes Unvorhergesehenes zu stoßen.

Seine Gedanken gingen zurück zu den Yaara, und im selben Moment spürte er ein Brennen in seiner

Magengegend. Er kannte dieses Gefühl nur allzu gut, wie immer, wenn Rachegedanken in ihm aufzogen.

»Na, Freak, du siehst, ich komme näher. Ich weiß, dass du dich irgendwo da unten aufhältst. Vielleicht kann ich mich ja genauso an dich heranschleichen, wie du es bei Carlos getan hast. Vielleicht erkennst du dann noch in deinen letzten Sekunden, wer dich umgebracht hat. Vielleicht töte ich dich aber auch, sobald ich dich sehe. Jedoch eines ist sicher – du bist jetzt schon tot.«

Mikas Gesicht verzerrte sich zu einem schmerzhaften Grinsen, dann setzte er seinen Marsch fort.

Zwischenwelt

»Hi«, hörte sie seine warme Stimme, »wie geht's dir?«

Bewegungslos stand Eleeya da und starrte hinaus aufs Meer, Windböen spielten mit ihrem Haar. Dann blinzelten ihre Augen, erst einmal, dann noch einmal, und der Blick kehrte aus der unendlichen Ferne zurück.

»Eleeya, mein Mädchen, ich möchte bei dir sein ...«

Eleeya stand wieder am Rand der Klippe und starrte aufs offene Meer hinaus, eine sanfte Brise wehte.

Hoch am Himmel zog ein Fischgreifer seine Kreise und stieß seine langen Schreie aus.

»Werde ich jetzt langsam verrückt?«, dachte Eleeya.

Eleeya hob ihre Hand und schaute auf die Blüte, die sie immer noch in der Hand hielt. Ein weiterer Windstoß zerrte an den letzten Blütenblättern, die sich inzwischen blau verfärbt hatten. Erst lösten sich zwei weitere Blätter, dann noch eines.

Eleeyas Blick wanderte zu den hoch am Himmel stehenden Sonnen. Es war fast Mittag.

»Zwei – leuchten am Tag,
Umrahmt von weißen Strahlen.
Die Kraft ist so stark –
selbst Wolken sie nicht trüben.«

Eleeya schüttelte heftig den Kopf. Sie drückte die Hände gegen ihre Schläfen.

»Ich träume«, dachte sie. Wie unter großen Schmerzen zuckte sie erneut zusammen.

»Nein, bitte lass das alles ungeschehen sein!«, schrie sie innerlich. Ihr Gesicht war schmerzverzerrt, als sie die Augen öffnete.

»Eleeya, ich liebe dich!«

Eleeya stand am Rand der Nadel, die Hände gegen den Kopf gepresst.

»Nein«, schrie sie, »ich halte das nicht mehr aus. Bitte quält mich nicht länger! Lasst es doch endlich vorbei sein!«

Eleeya riss die Arme auseinander.

»VAAATER!«

Nichts geschah!

Der lang gezogene Schrei des Fischgreifers hallte durch die Luft.

Doch dann hörte sie, wie aus unendlicher Ferne, eine Stimme.

»Ehleeyaa ...«

Sie riss ihre Augen auf. Es war, als ob der Wind plötzlich zu reden begonnen hatte. Sie kannte diese Stimme. Sie war zwar sehr leise, kaum zu verstehen, aber Eleeya kannte sie.

»Vater?«, fragte sie ungläubig und sah sich um.

Nichts geschah.

Nach einigen Sekunden hörte sie erneut das atmosphärische Rauschen: »Hhhetwas ... geschehhn! Nichhht ... rehhden ... köhnnen, mhein Määdchenn!«

»Vater«, rief Eleeya. Freudentränen schossen in ihre Augen. »Vater, wo bist du? Was ist geschehen? Ich dachte schon, ich werde verrückt! Es war alles so furchtbar!«

Ihr Lächeln erstarb mitten im Satz: »Vater, ich habe versagt. Bitte, bitte verzeih mir! Es ist alles meine Schuld!«

»Eleehjaah ... nicht versagth! NICHT VERSAAGHT! Theil des Plans ... du nicht kennst! ... Stolz auf dhich!«

Es entstand eine Pause.

Eleeyas Gesicht zeigte Unsicherheit. »Was meinst du, Vater? Ich habe nicht versagt? Ich verstehe dich nicht richtig. Es war nicht ganz umsonst? Ja, was dann?«

»Hhneiiin, nichhht ... versagt!! Gut ... gehandelt!! Besser ... als im Plan! Sehr ... viel besser!«

Eleeya stutzte kurz. »Aber Vater, weißt du denn nicht? Carlos ist tot! Ich habe Mika allein auf der Oberfläche eines fremden Mondes zurückgelassen! Alles ist zerstört!«

Wieder schien es, als ob der Wind zu sprechen begann: »Hhnein, mmmheein Mhäädchen ... nicht alles zu spät! Mika und Carlos ... hhretten können, aber nicht jetzt ... nicht gleich! Hhheerst weiter lehrnen, weiter erkennen ... müssen!«

Eleeya stutzte. Was meinte Vater mit weiter lernen? Ihre Ausbildung war doch abgeschlossen?

»Hnneiin ... abgeschlossen ... noch lange nicht! Sehr ... lange nicht!«

Sie überlegte kurz. »Wird Azrael mich weiter unterrichten?«

»Hnneiin ... nicht gehen! Du alleine ... üben! Geist üben! Mhhhädcheen ... nichht wheiter ... rheeeden können.«

»Vater«, rief Eleeya. »Was soll ich üben? Wie lange soll ich das machen? Wer sagt mir, was zu tun ist?«

Das Rauschen nahm wieder seine Stimme an: »Du haalleine, Määdchen, du alleine! Mooohnate ... Jaaahre ... duuuh aahleine! Nichht ... wheiiiter helfen ... köhnnen! Nichht ... mehr reden!«

»Vater, was meinst du damit? Ich verstehe das alles nicht! Bin ich nun hier alleine? Warum kannst du nicht mehr mit mir reden? Was ist geschehen, Vater?«

»Khriieg ... Ehleejaaah ... Krieg!«

Das Rauschen verschwand langsam, das Brausen des Windes nahm wieder seinen vertrauten Klang an.

Dann zeugte nichts mehr von dem Gespräch von Eleeya mit dem letzten der Wächter!

Loorn9

Der Aufprall auf der Oberfläche des Waldmonds war gewaltig. Die Reste des ehemaligen Nests waren nicht mehr in der Lage gewesen, einen gedämpften Absturz zu gewährleisten. Die Hülle riss auf und Loorn9 wurde in den fremdartigen Dschungel geschleudert.

Verwirrt und benommen legte es den rechten Handlungsarm auf die Anzeigen der in den Chitinpanzer eingelassenen Kontrollinstrumente.

Loorn9 lauschte dem Gesang des Kontrollinstruments. Die Klänge der D-Moll-Ouvertüre bestätigten Loorn9s Vermutung, dass sich eine der drei Pfeilschiff-Lebensformen in unmittelbarer Nähe befand. Nur vierhundert Meter trennten Loorn9 von der abgesprengten Einheit des Pfeilschiffes.

Loorn9 spürte, dass sich sein rechter hinterer Handlungsarm in einem Wurzelgeflecht verfangen hatte. Doch dann versuchte das Geflecht, sich in den Handlungsarm festzubeißen.

Loorn9 konzentrierte sich auf den Geist des fremden Wesens und überzeugte das Geflecht einfach davon, dass es besser wäre, es nicht zu fressen. Im selben Moment zog sich das Geflecht auch schon zurück und Loorn9 bewegte sich weiter auf die fremdartige Lebensform des Pfeilschiffes zu.

Loorn9 erbebte innerlich! Wie würde wohl der erste Kontakt ablaufen? Würde es sich überhaupt verständigen können? Wo lagen die tiefen Probleme des Pfeilschiffes? Wie konnte es helfen?

Tausend Gedanken durcheilten Loorn9s Individualhirn, während das Handlungshirn den Körper gezielt auf die Absturzstelle des Pfeilschifflebewesens zusteuerte.

Die in Loorn9s Chitinhülle eingefassten Sensoren sammelten unermüdlich die verschiedensten Eindrücke der Umgebung und leiteten sie an den körpereigenen Schwarmverstärker weiter. Im selben Moment waren viele hunderttausend miteinander verschmolzene Gedankeneinheiten damit beschäftigt, die Werte zu analysieren. Und rückwirkend erkannte Loorn9, als Teil des Schwarms, die entsprechenden Auswertungen. Ein konstanter Strom an Informationen über seine unmittelbare Umgebung wurde somit Teil von Loorn9s Wissen.

Daher wusste es, dass das Pfeilschiffwesen in großer Gefahr schwebte. Außerdem schien es verletzt zu sein. Ein Wesen, sechsmal so groß, bewegte sich zielstrebig auf das verletzte zu.

Loorn9 gab seinem Handlungshirn die entsprechenden Anweisungen, sich zu beeilen. Die vier Handlungsarme, die gleichzeitig auch zur Fortbewegung benutzt wurden, beugten sich stärker und senkten dadurch seinen Körper weiter ab. Dies ermöglichte ein wesentlich effizienteres Krabbeln.

Gezielt bewegte sich Loorn9s spinnenartiger Körper durch den fremdartigen Dschungel, kletterte geschickt an querliegenden Baumriesen hinauf oder unterwanderte die Hindernisse im dichten Gestrüpp.

»Loorn9, beeile dich«, war der Inhalt der Sensorenauswertung, der direkt an das Handlungshirn weitergeleitet wurde.

Noch einhundert Meter. Loorn9 wusste über die Sensorik, dass das verletzte Wesen Laute von sich gab. Schrie es vielleicht aufgrund der Schmerzen? Ja, das wäre durchaus möglich. Aber es lenkte doch dadurch die Aufmerksamkeit des riesigen Waldbewohners auf sich. Wusste es denn dies nicht? War vielleicht die Verbindung zu seinem Schwarm unterbrochen?

Noch fünfzig Meter Entfernung.

Plötzlich erkannte Loorn9 eine energetische Erscheinung, die den großen Ureinwohner umreiste, um ihn von seinem eigentlichen Ziel fortzulocken. Doch die Aktionen waren von keinem großen Erfolg beschert. Zielstrebig bewegte sich der Riese auf sein Ziel zu.

Loorn9 war nur noch wenige Meter von dem verletzten Pfeilschiffwesen entfernt. Noch sah es nicht direkt, wo es lag! Doch Loorn9 erkannte, wie sich eine große, dunkle Kontur auf seine Beute zubewegte.

Dann war ein lautes Prasseln und Zischen zu hören. Loorn9 duckte sich instinktiv. Die Leuchterscheinung erzeugte eine große elektrische Entladung direkt auf der Haut des Ureinwohners.

Ein titanenhaftes Brüllen erfüllte den Dschungel. Loorn9 erkannte den großen Schmerz des Wesens, gefolgt von gigantischer Wut! Mit stampfenden Schritten verfolgte es sein neues Ziel und entfernte sich rasch. Langsam wurde es wieder ruhiger, nur das unablässige Zirpen und Schnalzen unzähliger kleinerer Lebewesen war zu vernehmen.

Langsam bewegte sich Loorn9 nach vorne, schob ein paar Äste zur Seite, und dann sah es die fremde Lebensform zum ersten Mal.

Sie lehnte an einem kleinen Stamm. Eine Art Schutzhülle umgab den Körper. Vier Extremitäten ragten aus dem eigentlichen Körper, doch das war auch schon die ganze Ähnlichkeit zu Loorn9.

Im ersten Moment überkam es eine große Furcht und eine Art Ekel vor etwas so Fremdartigem, so dass es leicht zusammenzuckte. Doch direkt im nächsten Moment wurden vom Schwarm beruhigende Gedanken und Gefühle übermittelt, und Loorn9 wusste unmittelbar, dass sein Volk zu ähnlich gestalteten Lebewesen bereits früher schon einmal Kontakt hatte. Sofort danach war das primäre

Wissen aus diesem Kontakt auch Eigentum von Loorn9s Individualhirn.

Das Wesen schien Loorn9 nicht zu bemerken, da es in eine andere Richtung schaute. Loorn9s Sensorik bemerkte, dass das Wesen aufgrund seiner starken Verletzungen bald sterben würde.

Sehr bald!

Loorn9 zuckte zusammen. Es musste vorher Kontakt aufnehmen. Unbedingt! Es gab keine Zeit mehr, noch länger zu warten.

Mit einem raschen Satz bewegte sich Loorn9 auf das Wesen zu. Es schien zu schwach zu sein, um fliehen zu können, doch sicherheitshalber hielt es mit den vorderen Handlungsarmen die Extremitäten der Lebensform fest.

Dann öffnete Loorn9 seine Kieferklauen und befüllte die Segmentdrüsen.

Ein kurzer Blick durch die unteren Facetten bestätigte, dass ein kleiner Teil der Schutzhülle des Wesens offen stand, so dass Loorn9 den Inhalt der Segmentdrüsen in den Blutkreislauf des Fremden injizieren konnte.

Das war der Augenblick des Kontakts. Der Moment des gedanklichen Zusammentreffens.

Loorn9 lauschte den Gesängen der äußeren und inneren Sensorik, die nun kontinuierlich einen riesigen Strom an Informationen auslesen konnten – und es lauschte den Stimmen des Schwarms, der nun über Loorn9 begonnen hatte, mit dem fremden Bewusstsein in Kontakt zu treten.

SCHMERZEN!

Eine ungeahnte Schockwelle überflutete den Schwarm, der sich mit seinen Bewusstseinselementen vollständig auf das fremde Wesen konzentrierte.

Leid, Schmerzen und Trauer! Wie furchtbar es doch leiden musste! Sofort injizierte Loorn9 ein weiteres Enzym, dessen Bausteine sich zwischen den Nervenbahnen und den Hauptknoten setzten.

Loorn9 erkannte auch die immensen Verletzungen und

sah, dass das Wesen im Sterben lag. Das fremdartige Blutversorgungssystem begann bereits, zusammenzubrechen. Aber zumindest würde es ohne Schmerzen sterben. Besser gesagt: Der fremde Körper würde ohne Schmerzen sterben!

Der Schwarm war mittlerweile über Loorn9 fest mit dem unbekannten Bewusstsein verbunden.

Die Sensoren hatten unterdessen alle Informationen der fremden DNA ausgewertet, die von Bedeutung waren, und als feste Bestandteile im Schwarm abgelegt. Es sollte daher jederzeit möglich sein, darauf wieder zurückzugreifen.

Loorn9 wusste, was zu tun war. Einerseits war es für die Aufnahme noch viel zu jung, und verletzt war es auch nicht, doch es war die einzige Möglichkeit, das fremde Bewusstsein zu retten. Der Schwarm würde sie beide aufnehmen.

Er würde das fremde Bewusstsein in seiner Gemeinschaft aufnehmen, wo es mit Millionen anderen glücklich sein würde! Doch dazu mussten die geistigen Werte von Loorn9 und dem Fremden gleichzeitig eingehen.

Das bedeutete für die Körper, gleichzeitig zu sterben!

Loorn9 wusste, dass das Wesen keine Schmerzen haben würde, und so vergrub es seine Kiefer tiefer in den Hals, um mehr Blutgefäße freilegen zu können. Dann entleerte es in einem einzigen Moment den gesamten Inhalt der mundhöhleneigenen Giftdrüsen. Die gewaltige Konzentration war selbst für Loorn9 zu hoch.

Der immense toxische Schock ließ in Millisekunden zwei Leben verlöschen!

Und zwei leblose Körper sackten auf dem Boden des Waldmondes zusammen.

YAA

Der Splitter von Loorn war wieder zu seinem ursprünglichen Bewusstsein zurückgekehrt. Er erkannte nun wieder alle Zusammenhänge, obwohl das Bewusstsein als Loorn beibehalten wurde. Das Bewusstseinsgefüge YAA war immer ein Ort des Friedens und der Harmonie gewesen, doch diesmal wurde alles von einem großen Schatten überlagert. Einem Schatten, der das Volk der CHRA fast vollkommen ausgelöscht hätte.

Es ging hierbei weniger um die vielen Milliarden einfacher Arbeiter, die nur von ihrem Handlungsgehirn angetrieben wurden und ansonsten seelenlose Hüllen waren.

Nein, es ging um die wenige tausend CHRA, die vom Schwarm als Vermittler zur Außenwelt und zur Kontrolle des Staates eingesetzt waren. Die Einzigen, deren Individualhirn ein Bewusstsein erhalten hatte.

Der Ort des Schwarms war eine körperlose Welt. Es gab kein Sehen, kein Hören, Riechen oder Schmecken ... es gab nur Gedanken. Und Gefühle!

Diesmal war etwas Neues und Fremdes aufgenommen worden, neugierig hatten sich Millionen von YAAs geistigen Fragmenten um das NEUE versammelt.

Es bewegte sich nicht, zu groß war der Schock des Übergangs und der vergangenen Eindrücke gewesen!

Es wäre für YAA ein Leichtes gewesen, in den geistigen Strukturen direkt nachzuschauen, um die gewünschten Informationen zu erhalten, das war bei den anderen Bewusstseinsinhalten nie ein Problem gewesen, da es letztendlich alles Teile seiner Selbst waren.

Doch bei den wenigen Fremden, die er bisher aufgenommen hatte, war er immer ganz behutsam vorgegangen. Nie würde er in einer Art geistigen Vergewaltigung über sie herfallen.

Aber sie mussten miteinander reden! YAA musste verstehen! Dies würde die einzige Möglichkeit sein, einen erneuten und vielleicht vernichtenden Angriff auf sein Volk abzuwehren!

Noch immer hallte das geistige Echo des Fremden aus Angst, Schmerz und Trauer durch den Raum.

Dann bewegte sich Loorn langsam auf das Fremde zu.

Behutsam stieß Loorn es mit einem geistigen Fühler an.

Carlos

Wie lange war es jetzt her? Stunden? Monate? Er wusste es einfach nicht mehr, so wenig Bedeutung hatte die Zeit an diesem Ort.

Es war so ruhig hier, so angenehm! Ach ja, dieser neue Ort! Für den Bruchteil einer Sekunde kam eine Art warnendes Gefühl auf, doch es verflüchtigte sich so schnell, wie es gekommen war.

Er war in Sicherheit. Bei Freunden. Er war zu Hause. Carlos ließ sich einfach nur treiben und genoss das Gefühl der warmen Geborgenheit. Plötzlich spürte er, wie etwas sanft seinen Arm berührte.

»Fremdes«, erklang eine milde Stimme. »Fremdes, wach auf!«

Carlos spürte das Äquivalent eines Lächelns. Spürte? Kannte er die Stimme? War da etwas, an das er sich erinnern sollte?

Erinnern? An was?

Es gab keine Vergangenheit mehr. Es war so angenehm hier.

»Fremdes, bitte wach auf!«

Die zarte Berührung an der Schulter wurde zu einem sanften Rütteln.

Das Erste, was Carlos erkannte, war, dass er gar keine Schulter mehr besaß. Sofort schien sich Panik auszubreiten, doch auch schon im selben Moment spürte Carlos eine mächtige, gütige Präsenz, die ihn beruhigte. Was ihm nun entgegenströmte, waren nicht nur Worte, es war eine Mischung aus verschiedenen Eindrücken, die seine sämtlichen Sinne ansprach.

»Fürchte dich nicht. Du bist in Sicherheit. Nichts kann dir mehr geschehen«, war die Antwort auf die erste seiner unausgesprochenen Fragen.

Wieder meldete sich die Stimme, die Carlos als Erstes vernommen hatte. »Fremdes? Bist du wach?«

Carlos erkannte, dass er gemeint war. »Ja, ich bin wach«, war seine Antwort. »Wo bin ich – mit wem spreche ich?«

Die Antwort, die Carlos erhielt, übermittelte gleichzeitig ein Gefühl der Freundschaft: »Ich bin dein Beisteher – ich bin Loorn!«

Und Loorn berichtete.

Es erzählte von seiner Rasse, von den Ursprüngen der hermaphroditen CHRA und ihrem Kastensystem. Es berichtete von dem Ruf, dem Zeitpunkt, an dem das goldene Zeitalter begann, und von der Geburt des Bewusstseins, das sich den Namen YAA gegeben hatte. Loorns Schilderungen waren sehr ausführlich. Aufmerksam hörte Carlos zu, ohne zu unterbrechen.

Loorn machte eine Pause.

Nach einer gewissen Zeit, die Carlos nicht abschätzen konnte, sagte es: »Nun weißt du, wer wir sind und was wir sind. Du kennst unsere gesamte Vergangenheit. Wir sind stolz, dass wir uns dir vorstellen durften. Doch nun, Fremdes – wie ist dein Name? Wer bist du?«

Carlos überlegte kurz, dann entgegnete er: »Ich heiße Carlos. Carlos Pablo Juan Jose Rodriguez!«

Diese Antwort fiel ihm noch relativ leicht. Das war sein alter Name. Doch dann bemerkte er, dass er nicht wusste, wer er war, woher er kam und was er gemacht hatte. Wieder kehrte ein Anflug von Panik zurück, und wieder spürte er die beruhigenden Gedanken. Er wusste nun, dass es die Gedanken der Ballung waren, die sich selbst YAA nannte. Dem eigentlichen Bewusstsein der CHRA.

»Mache dir keine Sorgen«, war das Gefühl, das Carlos

nun empfing. »Es ist alles in Ordnung. Ich habe zu deinem eigenen Schutz deine Erinnerungen vorübergehend isoliert, um dich vor einem emotionalen Schock zu schützen. Deine Erinnerungen werden nun wieder einsetzen, würdest du uns von ihnen berichten, wenn du so weit bist? Dürfen wir, bitte, mehr über dich erfahren? Wir möchten verstehen können!«

Carlos wusste nicht, wieso er Einwände haben sollte. Tief in seinem Innern erkannte er, dass dies wahrhaftig seine Freunde waren, so überwältigend ehrlich und mitfühlend. Ohne Hass, ohne Gewalt, nichts Verstelltes oder Falsches, einfach nur grenzenlose Offenheit.

»Ja, klar, gerne doch«, antwortete Carlos. »Was möchtet ihr verstehen?«

»Wir möchten verstehen, warum du uns vernichten wolltest!«

Die Worte trafen ihn wie eine Faust! Carlos glaubte im ersten Moment, sich verhört zu haben. Ungläubig richtete er seine Aufmerksamkeit auf YAA, doch nach wie vor strömten ihm nur Wellen aus Zuneigung und Geborgenheit entgegen.

Er wollte sie umbringen? War er vielleicht ein gefährlicher Mörder? Carlos' Gedanken begannen, sich zu überschlagen.

Wieder war das allgegenwärtige Gefühl da: »Bitte, sei ganz ruhig. Wir wissen, du bist nicht böse! Alles ist in Ordnung. Wir möchten nur erkennen. Wir möchten dich verstehen können. Bitte lass uns mitschauen, was geschehen ist.«

»Gerne. Ich möchte euch alles mitteilen, was ich weiß«, antwortete Carlos.

Und wieder setzte Loorns Stimme ein: »Carlos-Pablo-Juan-Jose-Rodriguez, bevor dies geschieht, möchte ich dir noch etwas erzählen. Du kennst nun unsere Vergangenheit, jetzt möchte ich dir von unserem gegenwärtigen Zustand erzählen, und von dieser Gegenwart aus führe ich dich rückwärts, bis zu einem Zeitraum, der in deiner Zeitschätzung circa vier Jahre zurückliegt. Ich denke, dass in diesem Zeitraum Ereignisse vorliegen, die auch bei dir zu einer Änderung geführt haben.«

Loorn begann zu beschreiben, bis hin zu einem Zeitpunkt, zu dem sich zum ersten Mal dieses seltsame Ungleichgewicht zu formen begann. Es beschrieb jede Einzelheit.

Und langsam setzten Carlos' gesamte Erinnerungen wieder ein. Stück für Stück kehrte alles zurück. Und wie bei einem Mosaik aus Milliarden verschiedener Teilchen formte sich aus den einzelnen Informationen ein komplettes Bild.

Alles war wieder da: die Atombombe auf Madrid, der Luftkampf, um die Gotteskrieger abzufangen, der Blitz, Zwischenwelt, die Wächter ... der Auftrag!

Loorn steuerte Informationen aus einer anderen Sichtweise hinzu, welche sich nun gegenseitig ergänzten. Es dauerte relativ lange, bis Carlos aus diesen Informationen die entsprechenden Schlussfolgerungen zog, doch schließlich erkannte er die gesamte Wahrheit, die hinter all diesen Einzelheiten steckte.

»Uns wurde so überzeugend dargestellt, dass wir gegen ein gigantisches Ungleichgewicht kämpfen müssen! Gegen eine so zerstörerische Komponente, wie es sie noch nie zuvor gegeben hatte. Wie hatte Azrael gesagt? ... der harmonische Ausgleich von YIN und YANG ist auf das Extremste gefährdet, diese neue gewaltige Kraft stört den Ausgleich des YANG so gravierend, dass sich gigantische Konsequenzen ergeben. Die Entwicklung des gesamten Universums, so wie der Plan es vorsieht, wäre gefährdet.«

Nach einiger Zeit meldete sich YAAs Stimme wieder: »Wir verstehen langsam, was geschehen ist. Wir haben unter Einbindung der neuen Erkenntnisse nochmals eine Art gedankliches Planspiel durchgeführt. Doch die gesamte Situation scheint etwas komplexer zu sein. In unserem

Planspiel scheinen sich zwei Schlussfolgerungen zu bilden. Die erste und gleichzeitig die einfachste ist: Azrael hat euch nicht angelogen. Alles, was er gesagt hat, entspricht der Wahrheit.«

Carlos spürte eine Benommenheit in seinen Gedanken, als er dies vernahm.

»Wir haben für diese Phänomene zwar andere Namen, aber benutzen wir ruhig die deinen: YIN und YANG. Das Gute und das Böse! Hitze und Kälte! Ordnung und Chaos. Das gesamte Universum befindet sich in der Tat immer im Wandel, das Eine hebt das Andere auf, die Kräfte spielen miteinander, um einen ausgewogenen Zustand zu erreichen. Wenn alles im Gleichgewicht ist, herrscht perfekte Harmonie.«

YAA erkannte, dass Carlos immer noch nicht verstand.

»Carlos, wir, die Yaa-Chra stehen für die Erneuerung, für die Erschaffung, für die uneingeschränkte Weitergabe positiver, kreativer Energie. Wir helfen, wir heilen, wir unterstützen. Das ist unser Ziel. Wir finden unsere Erfüllung, wenn wir Gutes weitergeben können.

Wir sind in deiner Beschreibung ganz YIN!

Und wir werden stärker. Das YIN wächst. Seit Jahrtausenden haben wir jeden Konflikt lösen können, indem wir lernten, denen zu helfen, denen es an irgendetwas mangelt. Durch unsere Tätigkeiten gibt es nichts, was zum Ausgleich das YANG füttert. Es gibt keinen Krieg, keine Gewalt!

Und genau das führt zu einem Ungleichgewicht. Zu einem kosmisch instabilen Zustand, der das Erreichen der wahren Harmonie stört!«

Obwohl bei Carlos ein Verstehen einsetzte, konnte er in diesen Gedankengängen nur langsam den tieferen Sinn erkennen.

»Das bedeutet also ...«, fing er an und schüttelte imaginär den Kopf, »also, ihr sollt vernichtet werden, weil es durch euch zu viel Gutes gibt? Das ist doch Irrsinn. Das macht doch überhaupt keinen Sinn.«

»Oh doch, unser Freund, es macht Sinn. Auch wir haben viele Theorien über den Bestand des Universums erstellt. Eine davon besagt, dass es eine fest vorgegebene Entwicklung gibt. Aber nur so lange, wie bestimmte Bedingungen immer wieder erfüllt werden. Je mehr sich diese Bedingungen von ihrem Ursprung entfernen, desto mehr Alternativentwicklungen entstehen.

Eine andere Theorie besagt Folgendes: Alles, was jemals erschaffen wird, fällt irgendwann wieder in seinen Ursprung zurück. Stell dir ein Feuer vor, das ganz langsam brennt. Und stell dir vor, dass es jemanden gibt, der über das Feuer wacht. Er legt ganz behutsam Holz nach, damit es weiter brennt, und er nimmt größere, trockene Teile aus der Mitte heraus, damit das Feuer sich nicht in großer Hitze zu schnell verzehrt. Es gibt nur eine begrenzte Menge an Holz. Und irgendwann ist das Feuer erloschen.

Nun, Carlos, ich denke, wir sind die Glut. Wir sind die Hitze im Universum. Und wir sollen gelöscht werden, damit das Feuer möglichst lange brennt!«

»Aber«, begann Carlos erneut, »das ist doch krank! Wie kann man so überhaupt denken? Alleine der Gedanke daran, so zu handeln, ist pervers! Das hat doch nichts Menschliches an sich!«

»Nein, Carlos, so darfst du nicht denken. Es kommt nur auf den Standpunkt an.«

»Und ihr teilt also diesen Standpunkt?«, fragte Carlos ungläubig.

»Nein, das tun wir nicht. Wenn wir bei dem Vergleich mit dem Feuer bleiben, möchte ich es so erklären.

Wir brennen, solange es uns möglich ist. Wir spenden denjenigen Wärme, die frieren. Und wir möchten das Licht für diejenigen sein, denen der Weg im Dunklen liegt.

Ja, es mag sein, dass das Universum ohne uns länger brennt. Doch wir sind der Ansicht, dass es für jedes Leben besser ist, jeden Augenblick so intensiv wie möglich zu leben, auch wenn es nur für kurze Zeit ist, anstelle in einer kalten und dunklen Höhle dahinzudämmern.«

Es entstand eine kurze Pause, dann fuhr YAA fort: »Unser Planspiel hat noch etwas anderes ergeben, Carlos. Ein Teil der Wächter, wie du sie genannt hast, scheinen auch vor dieser Frage zu stehen!«

»Wie denn das? Wir hatten einen ganz eindeutigen Auftrag, und zwar den, euch zu vernichten. Zum Glück ist unser Auftrag gescheitert.«

Carlos, wir haben ein paar Erinnerungen noch für dich zurückgehalten, um dich zu schützen. Wir denken aber, dass es an der Zeit ist, sie dir komplett zurückzugeben.

Und mit diesen Worten fegte ein Sturm über Carlos hinweg. Obwohl die Erinnerungen als Worte bereits vorher schon da waren, war es, als ob sich zum ersten Mal seit langer Zeit eine geheime Tür geöffnet hatte. Carlos wurde von einer Welle aus Gefühlen überrollt. Seine Gedanken zuckten wie wild, als er an einen Namen dachte:

»ELEEYA!«

YAA erwiderte nichts. Tiefe Wellen des Mitgefühls durchströmten Carlos, als er an das dachte, was er verloren hatte. Verloren, bevor er es überhaupt besessen hatte.

Nach langer Zeit, die nicht in Minuten und Stunden zu messen war, setzte sanft YAAs körperlose Stimme wieder ein: »Ja, Carlos, natürlich scheint es auf den ersten Blick, als ob diese Macht der Wächter versuchte, uns auszulöschen. Doch wir erkennen auch mehr dahinter. Es sieht so aus, als ob ein paar Details viel zu konstruiert sind. Viel zu offensichtlich erscheint es für uns, dass die ganze Mission, die du als Auftrag bezeichnest, gar nicht zum Erfolg führen sollte!«

Carlos konnte den Ausführungen nicht folgen. »Was soll das bedeuten?«, fragte er.

Nun, diese Wächter hätten euch doch ganz eindeutig mit mehr Informationen versorgen können.

»Nein, sie sagten, dass dies nicht gehen würde. Ihr

Wissen um die Zukunft dürften sie nicht an uns weitergeben.«

»Ja, ich weiß, was du meinst. Aber immerhin hätten sie auch eine ganze Armee schicken können mit den tödlichsten Waffen, die uns innerhalb eines einzigen Moments vernichtet hätten. Warum haben sie dies nicht? Warum waren sie dieses Mal so besessen darauf, eine der ihren zu schicken um sie erst vor Ort die richtigen Schlüsse ziehen zu lassen?«

Carlos stutzte immer noch.

»Auf Zwischenwelt vergeht die Zeit doch wesentlich langsamer als im Rest des Universums. Eleeya – sie hätte doch auf Zwischenwelt fast beliebig viel Zeit gehabt, um das Wissen zu erlangen, das notwendig gewesen wäre. Ihre Ausbildung hätte doch zig Jahre andauern können. Selbst wenn sie alleine, oder ihr zusammen viele Jahre länger ausgebildet worden wäret, wären andernorts nur wenige Minuten vergangen. Die Wächter hätten dies doch steuern können, ohne ihr geheimes Wissen preiszugeben. Warum die überhastete Eile? Wegen des Zeitstroms? Doch nicht in dieser Sphäre, die ihr Zwischenwelt nennt!

Warum also machten sie diesen Aufwand und legen alles in die Hand eines einzelnen Wesens, dem sie offensichtlich so wenige Informationen geben? Und wieso schärfen sie Eleeya immer wieder ein, dass sie vor Ort aufgrund ihrer eigenen Schlüsse entscheiden soll?

Für uns stellt sich daraus nur eine einzige Schlussfolgerung!«

Carlos lauschte dem gedanklichen Strom. »Welche?«, fragte er.

»Dieses vermeintliche Scheitern war von Anfang an geplant! Es ist Teil eines gewagten Spiels. Euer Auftrag ist noch lange nicht beendet! Wir nehmen an, dass sich in der Sphäre der Wächter zwei unterschiedliche Interessengruppen gebildet haben. Und dass ihre wahren Absichten nur durch einen lange vorbereiteten Spielzug, wie diesen hier, so lange wie möglich verschleiert werden konnten.

Euer Auftrag geht weiter!

Carlos, teile deine neuen Erkenntnisse mit deinen Gefährten! Sie müssen wissen, was du jetzt weißt.«

Wieder schwappte eine Welle verschiedenster Gefühle über Carlos hinweg, als er daran dachte, Mika wiederzusehen. »Und Eleeya!« Doch dann wurde er sich über seinen jetzigen Zustand bewusst. Seiner neuen Heimat im Schwarmgefüge. Er würde niemandem mehr gegenüberstehen!

»Das sehen wir etwas anders – wenn du möchtest, kannst du dich gerne gleich mit Loorn unterhalten, es bereitet sich ebenfalls bald vor. Aber als Erstes musst du deine Gefährten informieren! Rede mit ihnen. Ihr müsst euch unbedingt treffen!«

Waldmond

Der Tag- und Nachtrhythmus war extrem kurz. Alle sechs Stunden wechselten sich Sonnen- und Sternenlicht ab. Und alle sechs Stunden zog ein mittelschwerer Sturm über die Oberfläche.

Das Sonnenlicht war bereits verschwunden. Das Helmdisplay des Anzuges war zwar in der Lage, verborgene Gefahren auch ohne Tageslicht deutlich darzustellen, doch Mika war für die kurze Verschnaufpause recht dankbar, und so kauerte sich Mika hinter einem Felsvorsprung zusammen, um die letzte halbe Stunde des täglichen Sturms abzuwarten.

Es lagen noch Reste von Schnee auf dem kargen Felsboden, doch es würde nicht mehr lange dauern, dann würde Mika in eine tiefere Region kommen, in der laut Armdisplay schon eine dichte Flora vorherrschte.

Regen prasselte gegen den geschlossenen Helm und die Falschfarbauswertung des Helmdisplays erzeugte hellrote Schlieren der Regentropfen, die vom Sturm waagerecht über die Landschaft gepeitscht wurden. Der Orkan hatte mittlerweile seinen Höhepunkt erreicht und fegte mit über 130 km/h über den Rand der Klippe hinweg, an dem Mika seine Wanderung unterbrochen hatte.

Mikas Gedanken verweilten wieder bei seinen verlorenen Freunden. »Ich hasse Regen!«, hörte er erneut eine Stimme. Wieder sah er das Gesicht des schwarzhaarigen Spaniers vor sich. Natürlich vermisste er ihn sehr. Und er vermisste Eleeya.

Seit dem Absturz sind bisher nahezu 28 Stunden

vergangen. Am Anfang dachte Mika noch, dass seine kurzen, tagtraumartigen Visionen von Carlos auf den immensen Stress und Schock zurückzuführen sind, doch anstelle besser zu werden verschlimmerte sich dieser Zustand. Mittlerweile vergingen keine zwanzig Minuten, und erneut hörte er irgendwelche zusammenhanglose Sätze von Carlos, die er irgendwann einmal in der Vergangenheit mit ihm gewechselt hatte.

»Wenn das so weitergeht, drehe ich noch durch«, dachte Mika. »Ja, das weiß hier jeder«, war in seinen Gedanken eine Stimme zu hören.

Mika betrachtete erneut die Karte. Vor ihm lag ein weiterer Graben, wahrscheinlich der letzte, um in das üppige Flachland zu kommen. Seine Vorräte waren längst aufgebraucht, und in dieser Höhe, in der immer noch Schnee lag, wuchs nichts Essbares. Mikas Magen begann erneut zu knurren und machte ihn darauf aufmerksam, dass er vor über vierzehn Stunden das letzte Mal etwas erhalten hatte.

»Wie kannst du in so einer Situation nur ans Essen denken?«, vernahm er in seinen Gedanken. Mika atmete tief ein. Er setzte sich so gut es ging in eine Art Schneidersitz und versuchte eine Meditationsübung zu wiederholen, wie sie ihm Eleeya vor einiger Zeit beigebracht hatte. Ein kurzes Schmunzeln huschte über Mikas Gesicht. Nun, zumindest hatte es Eleeya versucht.

»Also, wie war das noch mal? Tief einatmen – und ausatmen. Ein – und aus!« Er musste irgendwie auf andere Gedanken kommen. »Vielleicht werde ich ja auch einfach nur schizophren«, dachte Mika. »Anderseits würde es auch vieles einfacher machen.«

»Für uns beide!«, vernahm er.

Mika presste die Zähne zusammen.

»EINATMEN – UND AUSATMEN!

Alles wird gut werden! Wie hat Eleeya gesagt? Die Gedanken ausschalten.« Ja, das war es, was er im Moment brauchte! »Also, einfach ausschalten«, dachte Mika. »Im Prinzip ja ganz einfach. Einfach nur zählen – nicht denken. Wenn man bemerkt, dass einen die Gedanken weiter tragen, einfach wieder von vorne zu zählen anfangen. Also: eins, zwei, drei, warum mache ich das überhaupt ...

Mist! Also, neu.

Eins, zwei, drei, vier, wie lange ich wohl zählen muss ...

Eins, zwei, drei ... vielleicht zähle ich auch zu schnell.

VERDAMMT!

Eins, zwei, drei, vier, fünf, sechs, sieben, super – ich meditiere. Na also, es geht doch. Alles nur eine Frage der Konzentration. Erst neulich hatten sie doch so etwas im Fernseher gezeigt. War das bei ›Wieso‹ oder irgendwas anderem auf Discovery? Egal! Aber eigentlich ist das Programm dort auch nicht mehr das, was es mal war. Kino war da eindeutig besser. Oder aber meine Heimanlage, die hatte immerhin ...!«

Mika erkannte nicht, wie sehr sich seine Gedanken von der ersten Sekunde an schon wieder selbständig gemacht hatten.

»Mika, wir müssen los!«

Mika zuckte zusammen, als er erkannte, dass ihn die Stimme in seiner Meditation gestört hatte.

»Auf, Amigo. Wir treffen uns am Hangar! Wer zuletzt ankommt, zahlt die nächste Dönerrunde.«

Mika presste die Kiefer zusammen und versuchte einfach, wortlos weiterzuzählen.

Drängender als je zuvor erschien die Stimme.

»Eleeya ... Mika? Wo seid ihr? Hört mich jemand?«

»Mika, wir müssen los.«

Mika lauschte auf das Prasseln des Regens und versuchte die Worte zu überhören.

»Mika, wir müssen los. Auf, Amigo! Müssen los!«

»Ich halt das nicht mehr aus«, schrie Mika. »Himmel noch mal ich werde wahnsinnig! Ist es das, was ihr wollt?«

»Auf, Amigo, wir müssen los!«

Wütend sprang Mika auf.

»ES REICHT! ICH WERDE WAHNSINNIG! Ja, warum auch nicht!«, tobte er. »Was soll's denn schon. Dann rutsche ich eben in den Graben, weil der Sturm mich mitschleudert. Ist doch eh alles besser als das hier!«

Mit großen Schritten stapfte Mika in Richtung des Felsgrabens davon und kickte fluchend einen Steinbrocken zur Seite.

Doch mit einem Schlag hatte er das Gefühl, inmitten eines Feuerballs zu stehen. Im selben Moment setzte ein ohrenbetäubendes Krachen ein und Mika wurde mehrere Meter durch die Luft geschleudert. Noch bevor er auf dem Boden aufschlug, erkannte er die Ausläufer des gewaltigen Blitzes, der in die Gesteinsgruppe geschlagen war, wo Mika eben noch gesessen hatte.

Mika knallte auf den Boden und blieb liegen. Noch immer war das Echo der grollenden Donner zu hören, kleinere Blitze zuckten über die Oberfläche seines Anzuges und verloren sich in tausend winzigen Verästelungen.

»Alles Hightech, zigfach getestet und blitzschlaggeprüft. Da kann nichts passieren.« vernahm Mika und erinnerte sich an eines der letzten Gespräche in ihrer alten Baracke in Ramstein.

Das war der Moment, in dem Mika von einem absolut verrückten Gedanken befallen wurde.

Zwischenwelt

Soweit sie sich erinnern konnte, hatte es sich bisher nur dreimal ereignet, dass in der kühlen Jahreszeit Schnee fiel. Es war ein sehr ungewöhnliches Bild, nur wenige Wolken befanden sich am Himmel, am südlichen Teil des Firmaments zeichneten sich zwei Monde ab. Ein leichter Wind wehte vom Meer herüber und bewegte die blattlosen Äste der kleinen Baumgruppe.

Der Tag hatte recht mild begonnen, doch die Temperatur war innerhalb der letzten Minuten um weit mehr als zehn Grad gefallen.

Eleeya zog den bodenlangen Mantel enger um sich und blieb stehen. Sie legte den Kopf in den Nacken und blickte nach oben. Zarte Schneeflocken fielen vom Himmel herab, es schien, als ob aus dem blau-grünen Himmel tausend weißer Blütenblätter des Yohnaa-Baums fallen würden.

Alles wirkte so ruhig, so unendlich friedlich.

Die Kapuze von Eleeyas Mantel fiel nach hinten herab und entblößte bis auf den Rücken fallendes weißes Haar.

Eleeya lächelte.

Doch es war ein nachdenkliches, trauriges Lächeln.

Sechs Jahre sind vergangen, seit sie den letzen Kontakt zu Vater hatte. Sechs lange, einsame Jahre, in denen sie ausreichend Gelegenheit hatte, über das Vergangene nachzudenken.

Über den Auftrag, über ihre Fehler, die sie gemacht hatte. Fehler, die sie nicht mehr rückgängig machen konnte.

Eleeya sog tief die kalte Luft in sich hinein.

Vater hatte ihr gesagt, dass sie sich weiter im Sinne des Auftrages vorbereiten sollte. Sie alleine hätte zu entscheiden, was sie dazu tun und lassen sollte. Vielleicht wäre es ja das Beste, einfach gar nichts zu machen.

Eleeya hatte einfach mit den Übungen weitergemacht, die Azrael damals mit ihr durchgegangen war. Die verschiedenen Elemente erkennen, welche unaufhörlich im Strom unterwegs waren, diese nach Belieben festhalten, umwandeln und wieder loslassen.

Eleeya hatte anhand dieses einfachen Prinzips, das sie immer wieder durchgegangen war, erkannt, was sie in der Vergangenheit falsch gemacht hatte.

»Nein«, korrigierte sie sich, sie hatte damals nichts falsch gemacht. Sie wusste heute nur sehr viel mehr und hatte erkannt, wie man unzählige Dinge aus ihrer heutigen Sicht besser machen konnte, doch letztendlich war alles eine Frage des Standpunktes.

Definitiv, sie würde heute sehr vieles anders machen, aber gleichzeitig wusste sie auch, dass die Beurteilung, ob es auch wirklich besser wäre, eine rein individuelle Wertung darstellte.

Die ersten Schneeflocken berührten Eleeyas Gesicht. Sie war älter geworden, doch ihre Gesichtszüge zeigten auch weitere Veränderungen – sie wirkten wesentlich härter und entschlossener als früher. Eleeyas trauriges Lächeln verzerrte sich und ein Glitzern ging durch ihre Augen.

Hätte sie doch damals nur ihr heutiges Wissen gehabt, ganz gewiss, sie würde Carlos nicht noch einmal allein lassen. Nein, so etwas würde ihr nie wieder passieren.

Eleeyas Fäuste ballten sich, sie presste die Kiefer aufeinander und sog erneut tief die Luft ein, und in ihren Augen war ein wütendes Funkeln, als sie den Blick zum Himmel richtete. Hoch oben stand Denaan, die ihr sanftes Licht ausstrahlte. Eleeya hob zum Schutz gegen die Helligkeit ihre Hand vor die Augen.

»Nie wieder«, formten ihre Gedanken.

Eleeya presste die Zähne aufeinander, so, dass es knirschte.

»Nie wieder lasse ich so etwas zu. Niemand wird mehr darüber entscheiden, was ich zu tun habe, NIEMALS WIEDER lasse ich mich zum Werkzeug von irgendjemandem machen, WEDER VON DIR, VATER, noch von irgendjemand anderem«, fauchte Eleeya.

»Wie hast du so passend gesagt? ICH habe dies alleine zu entscheiden, und ich schwöre euch allen: Genau das werde ich auch tun. Und ich pfeife auf eure Vorgaben über das Wohl des Universums und den ganzen Mist!«

Eleeya hielt ihre geballten Fäuste vor ihrem Gesicht. Dabei fiel ihr Blick auf die weißen Unterarmschoner und auf die darin eingelassenen Zeremoniendolche.

Ihr Blick starrte daraufhin ins Leere, für mehrere Sekunden stand sie einfach nur so da.

Dann ließ sie mit einem Druck auf den eingelassenen Auslöser des rechten Unterarmschoners die zehn Zentimeter lange Klinge rausschnellen. Mit beiden Händen griff sie hinter ihren Kopf und umfasste im Bereich des Nackens ihre Haare. Mit der linken Hand hielt sie das Bündel fest, während sie mit der rechten die Klinge führte. Als sie spürte, dass die Klinge im richtigen Winkel stand, zog sie den rechten Arm in einer einzigen Bewegung durch und presste den Atem geräuschvoll durch zusammengebissene Zähne.

Eleeya atmete tief durch, als sie das abgeschnittene Haar in ihrer linken Hand betrachtete.

»Carlos«, dachte sie, »ich hätte so viel tun können ...«

Eleeyas Augen begannen zu tränen, doch dann schob sie ihren Unterkiefer nach vorne und ließ das Haarbündel, das sie mit der linken Hand hielt, einfach los.

Es dauerte nicht lange, bis der Wind einzelne Strähnen davonwirbelte.

Vor ihrem inneren Auge formte sich erneut das Bild tiefer, dunkelbrauner Augen, die sie anschauten.

»Eleeya, mein Mädchen«, hörte sie eine sanfte Stimme in ihren Gedanken. Ein zartes Lächeln huschte über Eleeyas Gesicht, als sie sich an die ersten Wochen auf Zwischenwelt erinnerte, nachdem sie das letzte Mal mit Vater geredet hatte.

Sie musste oft an Carlos denken. Es war damals fast so, als ob sie mit ihm alte Dialoge wiederholen würde. Immer öfter bildeten sich in ihrem Kopf scheinbar zusammenhanglose Ausschnitte aus vergangenen Gesprächen.

Für Eleeya stand fest, dass es sich um die Auswirkungen ihrer gequälten Gefühle handelte. Aus reiner Verzweiflung gab sie zu jener Zeit der Versuchung nach und tat so, als ob sie auf die einzelnen Dialoge eingehen würde, und gab scheinbar entsprechende Antworten. Das war damals der Moment, als sie glaubte, den Verstand zu verlieren. Sie erhielt nämlich scheinbar passende Beantwortungen auf ihre Äußerungen. In gewisser Weise führte sie mit Carlos ein Gespräch. Es dauerte fast eine Stunde an, dann war alles vorbei.

Seit diesem Moment sind inzwischen sechs Jahre vergangen, und seitdem war dieses extreme, starke Gefühl nicht mehr aufgetaucht.

»Eleeya, wo bist du?«

Eleeya zuckte zusammen, so intensiv war diesmal Carlos' Stimme zu vernehmen. Unwillkürlich blickte sie sich um, weil sie erwartete, dass jemand neben ihr stehen würde. Doch da war niemand. Sie war allein.

»Eleeya, du fehlst mir. Wann kannst du bei mir sein?«

Ein eisiger Wind blies vom offenen Meer heran und zerrte an Eleeyas schwarzem Mantel.

»Eleeya, mein Mädchen, ich möchte so gerne bei dir sein. Ich bin hier, ich warte auf dich, bitte komm zu mir!«

Es ging wieder los, dachte Eleeya. Doch diesmal war es anders.

»Eleeya ...« Es war intensiver ... »Hörst du mich?« Es war stärker als jemals zuvor! »ELEEYA ... ICH LIEBE

DICH! Wo bist du?«

Erneut ging Eleeya auf das vermeintliche Spiel ein. »Ich bin hier, Carlos ... ich bin hier!«

Im Schwarm

YAA hatte Carlos erklärt, wie er mit seinen Gefährten Kontakt aufnehmen konnte. Es war weniger eine Art des Redens als einfach nur der intensive Wunsch, in Verbindung zu treten. Als YAA mit den Erläuterungen begonnen hatte, dachte Carlos im ersten Moment an so etwas wie eine telepathische Verbindung. Er stellte sich vor, er könnte in der Tat Gedanken austauschen, doch das war es nicht.

»Alle Worte, die du mit Mika oder Eleeya wechseln kannst, sind bereits Vergangenheit. Alles ist bereits vor langer Zeit geschehen.«

»Wie soll ich das verstehen?«, fragte Carlos. »Ich muss sie doch irgendwie dazu kriegen, dass sie weitermachen.«

»Nun, wie wir bereits sagten, sind alle Worte längst Vergangenheit. Du kannst dich der Worte und Gespräche bedienen, die du irgendwann einmal in der Vergangenheit mit den beiden gewechselt hast. Du musst einfach die Situationen in dir wiederholen. Achte auf die Worte, die du damals an sie gerichtet hast. Dann fokussierst du deine ganzen Empfindungen darauf. Und bei dem Rest werden wir dir helfen.«

»Aber«, begann Carlos, »aber ich weiß doch heute kaum noch, was ich gestern geredet habe! Das bekomme ich doch nie mehr zusammen! Habt ihr eine Ahnung, wie lange ich alleine brauche, um auch nur einigermaßen rauszukriegen, was ich vor einer Stunde mit euch geredet habe?«

»Oh, du glaubst also, es sind Stunden vergangen?«

Carlos wurde skeptisch. »Ja, was denn sonst? Etwa nur Sekunden?«

Eine Antwort blieb aus, und Carlos spürte zum ersten Mal seit seinem Aufenthalt in der fremden Bewusstseinssphäre etwas Ähnliches wie einen Magen in seiner körperlosen Existenz.

»... oder etwa Jahre?«, fragte er angstvoll.

»Wir sehen, dass Zeit für dich eine große Bedeutung zu haben scheint. Aber sei ganz unbesorgt. Zeit hat hier nahezu keine Bedeutung. Zumindest keine allzu relevante. Sei aber gewiss, dass du in jedem Fall genug davon haben wirst. Wir werden direkt damit beginnen, dir zu helfen, damit du dich wieder an alle Details in deinen Gesprächen erinnerst.«

Carlos war sich nicht sicher, ob er das überhaupt wollte! Das Schwarmbewusstsein erkannte den Konflikt, der sich in Carlos anbahnte.

»Carlos ... es wird nicht leicht werden. Aber – denke immer daran, wir sind bei dir. Du bist nicht alleine, wir teilen deinen Schmerz!«

In Gedanken nickte Carlos – und wartete. Gut, Zeit sollte hier nicht die Bedeutung haben, wie er sie kannte. O. k., das hatte er schon verstanden. Doch es geschah – nichts!

Carlos ließ sich in Gedanken einfach fallen und wartete. Wann würde YAA mit der Unterstützung beginnen? Würde er es überhaupt bemerken? Wahrscheinlich.

Er gab sich einfach dem Gefühl des Treibens hin. Es war angenehm. So ruhig. So unendlich friedlich! Eigentlich fehlte es hier an nichts. Und doch war da etwas, nach dem er sich sehnte wie niemals zuvor.

Carlos' Gedanken gingen zurück. Zurück an einen Ort, an dem er glücklich war ...

»Diese Augen. Waren sie noch größer als sonst?«

»Och, na ja, ich weiß nicht ...«

»Nein, im Ernst, das ist schön! Bitte, zeig mir noch eins!«

Hastig wollte er an den entsprechenden Regler tippen, doch er erkannte im selben Moment, dass sie direkt vor ihm stand. Zufällig drehte sie den Kopf und sah ihn direkt an. Er griff mit seiner rechten Hand um sie herum. Irgendetwas stimmte mit seinem Blutdruck nicht. Sein Herz raste und er spürte ein Klopfen im Hals.

Eine kurze Windböe wehte ein paar weiße Haarsträhnen in sein Gesicht.

»Das da ... das da vielleicht noch. Wenn du möchtest!«

Ein weiteres Lächeln und das sanfte Anheben des Kopfes sollten wohl Ja heißen. Wieder formten ihre Lippen die Worte, die in sanftem Gelb vom holgraphischen Display strahlten.

»Zwei – leuchten am Tag,
Umrahmt von weißen Strahlen.
Die Kraft ist so stark –
Selbst Wolken sie nicht trüben,
Wären sie nachts noch da!«

Täuschte es, oder stand sie nun noch näher?

»Ooh ... ein Gedicht über Uvellar und Denaan! Wie schön!«

»Diese Augen! So ... so unermesslich!«

»Ich wusste gar nicht, dass du so was kannst!«

Ihr zauberhaftes Lächeln wandte sich wieder an ihn.

Zwischenwelt

»Durch irgendetwas, das ich bis heute noch nicht richtig verstanden habe, wachen wir an diesem komischen Ort wieder auf.«

»Ja, ich kann es auch noch nicht verstehen! Aber ... ich bin froh, wieder deine Stimme zu hören!« Eleeya war sich darüber im Klaren, dass sie Selbstgespräche führte. Wahrscheinlich lag es an der langen Einsamkeit. Begann so Schizophrenie?

»Eleeya, ich habe schon geglaubt, ich hätte dich verloren. Ich möchte dich nie verlieren.«

»Ich dich auch nicht, Carlos. Ich dich auch nicht!«

Die Situation war auf gewisse Art und Weise sehr bizarr. Eleeya saß vor dem Lagerfeuer, an einen Stein angelehnt. Es war eine sehr warme, sternenklare Nacht.

Zwei weitere Jahre sind vergangen, seit Eleeya der Stimme in ihr erneut geantwortet hatte. Seitdem kommen die seltsamen Gespräche zu den unterschiedlichsten Zeitpunkten. Manchmal dauert es nur wenige Minuten an, ein anderes Mal redete Eleeya fast eine Stunde zu einer Stimme, die nur sie selber zu hören schien.

Noch immer war sie sich nicht sicher, ob sie nicht einfach nur das Opfer eines grausamen Streiches war. Eines Streiches, den ihr eigener Geist produzierte. Aber es war angenehm! Auch wenn es nur ein Traum war, den sie selbst produzierte, es war so schön, mit Carlos zu reden!

»Eleeya, hör bitte genau zu, ich muss dir etwas erzählen!«

»Carlos, ich habe dir nie erzählt ...«

»ELEEYA, HÖR BITTE GENAU ZU, ICH MUSS DIR ETWAS ERZÄHLEN!«

Eleeya setzte sich kerzengerade auf und stutzte. Das hatte es bisher noch nie gegeben. Seit wann wurde ihr innerer Monolog durch sie selbst unterbrochen?

»Carlos, ich wollte, ich könnte vieles ...«

»HE, CHICCA, JETZT HÖR MIR MAL GENAU ZU«, war eine wütende Stimme zu hören.

»Das ist jetzt sehr wichtig, mein Mädchen!«, war ein sanftes Flüstern zu hören.

Eleeya klappte den Mund auf. Mit einem Mal erkannte sie die verschiedenen Situationen, in denen Carlos dies gesagt hatte. War es Zufall? Am Anfang dachte sie, dass ihr die Worte einfach nur irgendwie bekannt vorkamen. Doch nun hatte sie den Eindruck, dass es sich um exakte Wiederholungen handelte. Wiederholungen der jeweiligen Situation, mit allen Regungen und Gefühlen.

Doch was wäre, wenn sie einfach nur auf den Inhalt achten würde?

»Ich höre, Carlos«, sagte sie und legte den Kopf auf die Seite.

»Es ist wichtig. – WANN KANNST DU BEI MIR SEIN? – Es ist wichtig.«

Eine längere Pause erfolgte, dann hörte sie erneut die Stimme.

»Mika, Eleeya, bitte holt mich hier raus! Eleeya, ich möchte, dass du bei mir bist!«

Eleeya hatte eine verrückte Idee. Vater hatte ja bereits angedeutet, dass sie Carlos retten kann, aber was genau bedeutete dies? Sollte es möglich sein, dass er nun wirklich mit ihr redete? Könnte dies eine Art Verbindungsaufnahme sein? Eine Verbindung aus dem Bereich der Ahnen? Ihr glasiger Blick löste sich vom Lagerfeuer. Langsam nickte sie und sprach: »Carlos? Wo bist du? Wie finde ich dich?«

»Dies ist ein Mond der Art 8, das heißt, er hat eine Atmosphäre. Sie ist für uns sogar atembar, einzig und alleine der Luftdruck ist viel höher.

Der Mond ist zu 15 % mit kleinen Seen bedeckt, der Rest ist komplett mit Pflanzen überwuchert. Dadurch ist auch der Sauerstoffgehalt wesentlich höher. Die Schwerkraft beträgt ungefähr 92 %.

Der Mond hat eine Rotationsphase von 6 Stunden, dadurch bilden sich in den Übergangsphasen oft extrem starke Temperaturschwankungen und sehr große Stürme. Die Temperatur schwankt zwischen minus 60 Grad an den Polen und plus 50 Grad in den Äquatorregionen. Ich entdecke eine sehr vielfältige Tierwelt. Das ist alles, fürs Erste.«

Eleeyas Gedanken rasten.

»Carlos, bist du auf dem Waldmond?«

»Nein, mein Mädchen ...! – Du glaubst nicht, was um mich herum im Moment abgeht! Hier sind ein paar, die mich zum Fressen gern haben! Ich will hier weg! – Bitte hol mich ab, Eleeya!«

Eleeya stand auf und ging langsam vor dem Lagerfeuer auf und ab.

»Also, noch mal, ganz langsam für mich. Du möchtest, dass ich dich abhole?«

»Ja, mein Mädchen ...!«

»Und du bist nicht auf dem Waldmond!«

»Nein, mein Mädchen ...!«

»Ich soll dich aber auf dem Waldmond abholen?«

»NEIN, CHICCA, JETZT HÖR MIR MAL GENAU ZU – ... nein, mein Mädchen. – MIKA. Es ist Mika. – Es geht weiter ... – Eleeya, Mika, wann kommt ihr mich abholen?«

Eleeyas Herz raste, ihre Gedanken fieberten. Sie blieb stehen und spreizte die Finger.

»Carlos, wenn ich dich richtig verstanden habe, soll ich Mika auf dem Waldmond abholen. Ist das so?«

»JA, GUT GEMACHT ...«

»Wir sollen auch dich abholen, aber du bist nicht auf

dem Waldmond?«

»Ja, mein Mädchen ...«

»Aber wo bist du?«

»Später, mein Mädchen ... auf dem Waldmond – Ihr werdet nicht glauben, was hier abgeht – Antwort – auf dem Waldmond! Bitte, holt mich hier ab!«

»Ich verstehe, die Antwort erhalte ich auf dem Waldmond. Aber da gibt es noch eine Kleinigkeit. Ich habe keine Ahnung, wie ich dorthin gelangen soll. Der Typhoon ist zerstört. Ich sitze hier fest.«

Das war der Moment, in dem sie sich an Vaters Worte erinnerte.

»Du bist der YIN-Part, Eleeya. Du warst mit allem verschmolzen. Du weißt, was zu tun ist. Es liegt alles in deiner Hand!«

Sie stemmte ihre Hände in die Hüfte und blickte in den klaren, sternenüberfluteten Nachthimmel. Mit einem Mal wurde ihr klar, was sie machen würde.

»Ja, ich weiß, was zu tun ist«, sagte sie und ging hinüber zu dem Ort, an dem Vater ihr zum ersten Mal gezeigt hatte, was durch die Kraft der Gedanken möglich ist.

Waldmond

Mika war inzwischen weitergewandert und hatte die vorletzte Stufe des Plateaus erreicht. Einzig und alleine der Gedanke, seinen Freund zu rächen, indem er dem Yaara dasselbe Schicksal zukommen lassen würde, ließ ihn mit dieser Geschwindigkeit weitergehen. Ihn trennten nur noch vierhundert Höhenmeter von der grün bewachsenen Ebene.

»Ich erwische dich bald, du Freak, und dann bist du reif. Genau genommen bist du schon tot, und das Schöne daran ist, du weißt es noch nicht«, ging ihm durch den Sinn.

Dann machte er sich an den Abstieg.

Es war ein diesiger Tag, inzwischen hatte ein leichter Nieselregen wieder eingesetzt und man merkte bereits die einsetzende Dunkelheit. Es würde nicht mehr lange dauern, dann herrschte wieder finstere Nacht.

Mika hatte ausgerechnet, dass er sowieso mindestens sechs bis sieben Stunden für den Abstieg benötigen würde, daher war es ihm vollkommen klar, dass ihn die Turbulenzen des schnellen Tag- und Nachtwechsels in jedem Fall mitten in der Wand erreichen würden. Aber er hätte nicht damit gerechnet, dass es so schwierig sein würde. Die Instrumente seines Anzugs hatten ihm den Weg gezeigt, stellenweise musste er mit Händen und Füßen an der steilen Wand Halt suchen und darauf achten, dass er nicht abrutschte.

Mika tastete sich gerade mit dem Rücken ans Massiv gepresst an einem schmalen Grat entlang, als ihn plötzlich eine starke Böe erfasste.

»Hoa«, schrie er auf und kämpfte mit dem Gleichgewicht. »Verdammt noch mal ...!«

Eine weitere stärkere Böe ergriff ihn. Mika stolperte zur Seite und fuchtelte mit den Armen nach einem möglichen Halt. Doch da war nichts. Mikas Augen weiteten sich, als er erkannte, dass er sich nirgends mehr festhalten konnte, als eine dritte, noch kräftigere Turbulenz ihn wieder gegen die Wand drückte.

Mika rutschte aus, seine Füße hingen bereits über dem Grat, aber im letzten Moment konnte er sich gerade noch mit den Armen abstützen und so Halt finden.

Keuchend blieb er auf der Kante des Grats sitzen und starrte geradeaus ins Leere.

»Verdammt, ich bin zu alt für diesen Mist«, fluchte er.

Doch dann glaubte er seinen Augen nicht mehr trauen zu können. Oder war es eine Fehlfunktion des Helmdisplays?

In einer Entfernung von weniger als zwanzig Metern begann plötzlich die Luft zu flimmern. Immer stärker wurde das Wabern, bis plötzlich eine Kontur erkennbar wurde.

»Na, und ich erst«, war eine unbekannte Stimme im Helm zu vernehmen.

Vor Mika begannen sich die Umrisse eines Typhoons zu bilden. Seine Gedanken überschlugen sich. Das war doch einfach nicht möglich, oder vielleicht doch?

Fünfzehn Meter vor ihm schwebte ein Typhoon. Aber nicht der, den er kannte.

»Eleeya?«

In einem tiefen Rot, fast schon Schwarz zeigte sich eine nahtlose, glänzende Oberfläche.

»Eleeya, bist du es?«

»Hmhm, ja, ich bin es. Und wie ich sehe, kann man dich für keine Minute aus den Augen lassen, ohne dass du dich in Schwierigkeiten bringst.«

»Eleeya, ich fasse es nicht«, brüllte Mika. »Hey,

Eselsohr, wie hast du denn das geschafft? Mädchen, ich bin ja so froh, dass es dir gut geht.«

»Ja, mir geht es doch genauso. Aber ich werde dich erst mal von deinem Hochsitz retten.«

»Wie willst du denn das machen? Ich kann von hier aus den Leitergriff nicht erreichen«, sagte Mika. Den Rest verschluckte er, als er bemerkte, wie seine gesamte Umgebung plötzlich zu flimmern anfing. Den Bruchteil einer Sekunde später saß er in einer sehr vertrauten Umgebung.

»Ich dachte, ich müsste erst den Leiterstutzen angreifen, damit der Typhoon mich erkennt?«

»Nun, weißt du, ich hatte reichlich Zeit, und da habe ich mir gedacht, dass ich einiges besser machen kann als vorher«, grinste ihm Eleeyas Gesicht von allen drei Displays entgegen.

Mikas Mund klappte nach unten, denn das Gesicht, das ihm entgegenblickte, war nicht das, was er erwartet hatte. Eleeyas Aussehen hatte sich verändert. Als er sie zuletzt auf dem Hochplateau sah, war sie in etwa achtzehn Jahre alt, doch nun wirkte sie wie Ende zwanzig, vielleicht schon wie Anfang dreißig. Ihr weißes Haar war wesentlich kürzer und reichte gerade mal bis an ihre Schultern.

Mika begann zu lächeln. Zugegeben, sie war älter, doch in seinen Augen wirkte sie nun wesentlich attraktiver. »Schön, dich zu sehen, Eselsohr. Gut siehst du aus!«

Mit einem verschmitzten Grinsen antwortete Eleeya: »Du hättest auch nur irgendetwas anderes sagen sollen. Immerhin hatte ich gut zehn Jahre Zeit, mich für diesen Moment zurechtzumachen.«

Mit diesen Worten zeigte sie mit beiden Händen auf sich. Nun fiel Mika auch auf, dass sie nicht mehr das silbrig schimmernde Oberteil trug. Was er sah, war ein schwarzer, eng anliegender Overall aus einer Art Leder, das, ähnlich wie die Oberfläche des neuen Typhoons, an einigen Stellen dunkelrot glänzte.

»Hoa, neues Outfit«, stellte Mika fest. »Steht dir gut!«

»Danke. Gut, dass du mich daran erinnerst, ich habe auch so etwas Ähnliches für dich.«

Mit diesen Worten spürte Mika, dass mit seiner Montur eine Veränderung vor sich ging. Den gesamten Anzug durchliefen ein paar wellenartige Bewegungen, dann war es auch schon vorbei.

»Wieso denn das? Der alte war doch noch gut«, fragte Mika und besah sich das neue, dunkelrot glänzende Material, das von einigen metallisch wirkenden Adern durchzogen wurde.

»Glaube mir, er hat ein paar eindeutige Vorzüge im Vergleich zu dem alten.«

Mika legte den Kopf leicht schief und fragte: »Vorzüge? Wozu denn? Und überhaupt, was geht hier ab?«

»Mika, ich werde uns erst einmal irgendwo dort unten absetzen«, antwortete Eleeya. »Ich glaube, ich habe da ein paar Neuigkeiten für dich!«

Und Eleeya berichtete, was sie in Erfahrung gebracht hatte.

Eleeya

Die Sonne war inzwischen seit mehreren Stunden untergegangen. Der neue Typhoon schwebte über einer kleinen Lichtung und reflektierte das Flammenspiel des kleinen Feuers, das Mika entzündet hatte. Aufmerksam hörte er Eleeyas Schilderungen zu und nickte hin und wieder.

»Ich verstehe, was du meinst«, sagte er langsam. »Ob du es glaubst oder nicht, ich hatte einen ähnlichen Verdacht.«

Eleeya stellte kurz ihre Ohren an. »Welchen?«

»Carlos. Ich meine Carlos.« Mika nickte langsam. »Er hat auch mit mir gesprochen. Nein, es war eigentlich keine richtige Unterhaltung. Es war vielmehr das Gefühl, dass er da war und dass er irgendetwas von mir wollte.«

»Aber ich habe keine Ahnung, wie es nun weitergehen soll. Ich soll dich hier abholen. Ich bin wirklich froh, dich wiederzusehen«, lächelte Eleeya. »Ich nehme an, irgendetwas wird hier geschehen. Ich habe aber nicht die leiseste Ahnung, was es sein könnte.«

Mit diesen Worten stand sie auf und ging einige Schritte auf und ab. An die lauten Geräusche des nächtlichen Dschungels hatten sie sich inzwischen gewöhnt, doch mit einem Mal wurde es deutlich leiser. Eine Sekunde später war kein einziges Geräusch mehr zu hören. Eleeya blieb stehen und lauschte der unheimlichen Stille.

Auch Mika war aufgestanden und sah sich um. »Eleeya, was geht hier vor sich?«

»Ich habe keine Ahnung!«

Mika wollte sein virtuelles Armbandgerät einschalten, doch an der neuen Kombination war keine Vertiefung zum Einschalten des Gerätes vorhanden.

»Eleeya, wie schalte ich das ein?«, flüsterte Mika.

Eleeya bemerkte, was Mika vorhatte und erwiderte nur kurz: »Oh, einfach nur daran denken!«

Im selben Moment bildete sich fünf Zentimeter über Mikas linkem Arm das holographische Display in leuchtendem Blau. Doch anstelle des bunten, flaggenartigen Zeichens, das beim Start erschien, war nun ein silbernes Apfelsymbol zu sehen.

Eleeya bemerkte Mikas Schmunzeln und erklärte kurz: »Ich habe dir ja bereits gesagt, dass ich einiges verbessert habe!«

Mika betätigte ein paar Einstellungen und bewegte den Arm nach vorne. Dann sagte er: »Da vorne ist etwas!«

Eleeya hatte ihre linke Hand gehoben und sagte mit betont ruhiger Stimme: »Ja, ich spüre es auch, da ist etwas!«

Langsam drehte sie sich wieder um und starrte auf die dunkle Blätterwand des Waldes. Eine Gänsehaut bildete sich auf ihren Armen, als sie bemerkte, wie etwas Fremdartiges nach ihr Ausschau hielt.

»Mika, Eleeya, wo seid ihr?«

Eleeya erstarrte. Das war nicht die Stimme, mit der Carlos sie gerufen hatte.

»Hast du das auch gehört, Mika?«

»Was denn?«

»Eleeyaaa ...«

Ihr Atem ging stockend. Sie kämpfte gegen die aufsteigende Angst an.

»Mika, irgendetwas ruft mich.«

»Ich erkenne ein Biosignal«, antwortete Mika mit sehr leiser Stimme. »Es ist keine dreihundert Meter entfernt. Eleeya, du wartest hier.«

»Nein, ich gehe. Du bleibst hier. Ich spüre es, es ist

meine Aufgabe. Vielleicht ist es Carlos!«

»Kommt doch gar nicht in Frage, und außerdem, es ist nicht Carlos, glaub mir.«

»Mika«, unterbrach Eleeya und hielt Mikas Unterarm fest, »bitte, vertrau mir einfach – ich gehe jetzt dort hin – und du wartest hier!«

Dann drehte sie sich um und ging langsam los. Der Waldboden in einer Entfernung von drei Metern vor ihr wurde von einem roten Licht, das aus ihrem Anzug zu kommen schien, beleuchtet. Mika sah ihr hinterher, doch bereits nach wenigen Metern wurde sie von der Dunkelheit des Waldes verschluckt.

Mika verfluchte sich, wieso er nicht wenigstens auf eine Art Funkkontakt bestanden hatte, das sollte doch kein Problem darstellen.

»Wie war das doch gleich, einfach nur daran denken?« Mika stellte sich in Gedanken vor, wie er in das Mikrofon einer Gegensprechanlage sprach. Sofort reagierte der neue Anzug auf das neuronale Kommando und öffnete einen freien Kanal: »Eleeya«, flüsterte Mika, »hörst du mich?«

Keine Antwort.

Doch dann vernahm Mika laut und deutlich: »Du lernst schnell, mit deinem neuen Spielzeug umzugehen.«

Mika musste grinsen. »Bin mal gespannt, wann ich es wieder kaputtmache. Doch im Ernst, Eleeya, rede mit mir. Ich möchte wissen, was passiert.«

»Mika, ich komme allein zurecht.«

»Wenn du nicht sofort weiter sprichst und mir sagst, was du siehst, komme ich nach.«

»Na gut. Also, da ist ein Baum. Und noch einer. Und da, oh, ein Ast ...«

»O. k., ist ja schon gut. Aber bitte melde dich, sobald irgendetwas Ungewöhnliches passiert!«, knurrte Mika leise. »Und noch etwas, Eleeya. Ich weiß nicht, was es ist, aber wie bereits gesagt, das Ding da draußen, das ist nicht Carlos.«

Zwei Minuten waren verstrichen, dann drei. Nichts war geschehen, noch immer war kein einziger Laut zu hören, so als ob sich der gesamte Dschungel vor etwas Unheimlichem duckte. Mika erkannte plötzlich auf seinem Display, wie die Anzeigen von Eleeya und dem anderen Objekt unscharf wurden.

Mika wurde nervös. Eine weitere Minute verstrich. Dann hörte Mika Eleeyas Flüstern: »Mika, ich spüre es. Vor mir ist etwas!«

Eleeya sah in den roten Lichtkegel der Anzugbeleuchtung nur relativ wenige Einzelheiten, sie spürte, wie ihre Furcht wuchs, und zwang sich zum Weitergehen.

»Eleeyaaa ...«

»Carlos? Bist du 's«, rief sie mit brüchiger Stimme.

Doch es gab keine Antwort, und sie ging weiter, Schritt für Schritt. Eleeya spürte wieder einen Schauer über ihren Rücken laufen.

Plötzlich hörte sie hinter sich ein Knacken, wirbelte um ihre Achse und sah nach hinten, doch sie konnte gerade noch ein kleines, pelziges Tier erkennen, das auf der Flucht war. Erleichtert ließ sie ihren Atem entweichen und drehte sich wieder nach vorne, um tiefer in den Wald zu gehen.

Und sie erstarrte. Es stand direkt vor ihr.

Eleeya schrie auf.

»Was ist los, Eleeya«, schrie Mika. »Antworte mir!«

Eleeya hielt die Hände vor den Mund gepresst. Etwa zwei Meter vor ihr stand eine Erscheinung, die einem Alptraum entsprungen zu sein schien. Vier spinnenartige Beine trugen einen massigen Körper, dessen großer Kopf ohne Halsbereich direkt in den Rumpf überging. Mehrere facettenartige Augenpaare blickten aus einer Höhe von zwei Metern auf sie herab, wodurch sie an eine übergroße Zecke oder Spinne erinnert wurde.

»Eleeya ... endlich ...« Das fremdartige Wesen stand regungslos vor ihr und musterte sie ganz ruhig.

Eleeya zitterte am ganzen Körper. »Nichts, Mika, es ist

alles in Ordnung«, log sie, während ihr Herz raste.

»Ruhig, mein Mädchen. Keine Angst. Keine Angst!«

Eleeya erwachte allmählich aus ihrer Starre und bewegte sich ein wenig zur Seite. Das spinnenartige Wesen drehte den Körper in ihre Richtung, dann machte es langsam einen Schritt auf Eleeya zu.

Eleeya zuckte zusammen und sofort hielt auch das fremde Wesen inne.

»Keine Angst. Ich bin froh. Eleeya ...« Wieder bewegte das Wesen sich auf Eleeya zu, ganz langsam.

»Eleeya, keine Angst. Keine Angst. Beißen ... nicht fressen. Miteinander reden. KEINE ANGST.«

Im unteren Kopfbereich der fremden Kreatur bewegten sich annähernd 60 cm lange Kieferzangen nach außen.

Eleeya war wie erstarrt vor Angst, doch andererseits spürte sie, dass dies nicht das Ende war. Sie starrte in acht unbewegliche Knopfaugen, als sich die geöffneten Kiefer ihrem Hals näherten.

Eleeya hatte den Eindruck, zu ersticken, sie roch den warmen Atem der fremdartigen Kreatur, spürte die Nähe der Kieferzangen.

»Keine Angst ... keine Angst ...«, waren die beruhigenden Worte in ihren Gedanken zu vernehmen, dann spürte sie, wie die Kieferzangen ihren Hals umschlossen.

Mit größter Sorgfalt, fast schon zärtlich, ritzte das Wesen einen winzigen Bereich ihres Halses auf, um ein verbindendes Enzym aufzutragen.

Und für Eleeya verschwand die Umgebung.

Zuerst vernahm sie nur ein Gefühl von Wärme – Wärme und Zufriedenheit. Sie schien schwerelos zu sein. An einem Ort, der ihr irgendwie vertraut vorkam.

»Vater ...?«, rief sie mit dünner Stimme.

Doch dann vernahm sie ein weiteres Gefühl. Grenzenlose Liebe strömte ihr entgegen und vor ihr tauchte schemenhaft ein Gesicht auf. Dann erkannte sie die großen, braunen Augen und sah sein Lächeln!

»Carlos ... Carlos«, mehr brachte sie nicht heraus. Sie spürte, wie sie ein Schauer packte. Tränen strömten in ihre Augen. Dann stand er komplett vor ihr und nahm sie in den Arm.

»Carlos, ich hatte so gehofft, dass du nicht tot bist!« Eleeya musste zugleich lachen und weinen.

»Langsam, mein Mädchen, langsam«, grinste Carlos und drückte sie an sich.

Eleeya war sich vollkommen darüber bewusst, dass dies kein Traum war. Es war aber auch nicht das, was sie als normale Realität kannte.

»Carlos, wo sind wir hier eigentlich?«

»Das ist eine etwas längere Geschichte. Also, zuerst einmal sind wir hier bei YAA, ich erzähle dir gleich ein wenig mehr von ihm. Meinen Freund Loorn hast du ja bereits kennen gelernt«, zwinkerte er. Eleeya blickte an sich herab und sah, dass sie wieder ihr silbernes Zeremoniengewand trug, auch ihre Haare schienen wieder lang zu sein.

»Ah, ich ahne, was du meinst. Du stehst hier mit der Erscheinung vor mir, wie ich dich in meinen Erinnerungen habe. Aber warte, ich sorge dafür, dass sich dein Abbild aus deinen Erinnerungen erstellt.«

»Nein, warte ...«

Eleeya legte die Ohren nach hinten, doch dann sah sie an sich herunter und stellte fest, dass sie wieder den schwarz-roten Overall trug, auch die Länge ihrer Haare schien wieder zu stimmen. Gleichzeitig wurde ihr klar, dass Carlos nun ihr über zehn Jahre älteres Ich sah. Sie traute sich nicht, ihren Kopf anzuheben und ihm in die Augen zu blicken.

»Carlos ... ich bin alt geworden.«

Carlos legte seine Hand auf ihre Wange, ließ sie unter ihr Kinn streicheln und hob sanft ihr Kinn an.

Eleeya traute sich kaum, ihren Blick zu heben, dann sah

sie direkt in Carlos' Augen.

Sein Lächeln wurde breiter, als er sagte: »Nun, Lady, ich kann dir nur sagen, dass du noch hübscher geworden bist. Ganz im Ernst. Aber mal abgesehen davon, auch für mich ist einige Zeit vergangen, mehr, als du ahnst. Aber YAA meint, das sei nicht wichtig, mein Erscheinungsbild würde immer so bleiben, denn einen Körper habe ich nicht mehr. Aber ich werde dir gleich alles erzählen. Also, dann hör zu, die Geschichte wird dich umhauen ...«, begann Carlos, und Eleeya erfuhr zum ersten Mal die gesamte Wahrheit.

Die Wahrheit über den Auftrag, die Wahrheit über das große Ungleichgewicht, die Wahrheit über die Yaara!

Eleeya wusste nicht, wie viel Zeit vergangen war. Trotz ihrer riesigen Freude über das Wiedersehen legte sich ein Schatten über ihr Gesicht.

»Carlos, du kannst also wirklich nicht mitkommen?«

Carlos presste die Lippen aufeinander.

»Ich meine, gibt es denn gar keine Möglichkeit, zurückzukehren? Du hast erwähnt, dass Loorn9 deine DNA analysiert und abgespeichert hat. Und das es im Prinzip kein Problem wäre, einen exakten Klon zu erstellen. Gibt es eine Möglichkeit, deinen Geist wieder dorthin zu führen, so wie es von Generation zu Generation auch mit den Yaara geschieht?«

Carlos legte den Kopf zur Seite. »Hmhm«, begann er langsam, »das ist in der Tat möglich. Der Klon ist, soweit ich weiß, bereits schon erstellt und wartet nur noch. Aber bei der Überführung des Geistes gibt es vielleicht Schwierigkeiten.«

»Welche Schwierigkeiten?«

»Nun, die Yaara waren schon immer auf gewisse Art und Weise geistig miteinander verbunden, daher funktioniert der Transfer bei ihnen problemlos«, begann er.

Man sah Eleeya an, dass ihre Gedanken in eine bestimmte Richtung gingen. Ein Blitzen fuhr durch ihre

Augen.

»Ja, ich sehe, du hast erkannt, was zu tun wäre, es würde sehr wahrscheinlich funktionieren. Aber das kann ich nicht von Mika verlangen. Es wäre ein zu großes Opfer. Andererseits habt ihr Wächter eine Menge Erfahrungen, was alternative Zeitlinien betrifft. Und soweit ich es ahne, haben sich die Wächter in zwei Fraktionen gespalten. Die Fraktion, der Azrael beiwohnt, tritt für die Unterstützung des Guten ein. Anders als die alten Wächter setzt sich die neue Vereinigung dafür ein, den Quantenstrom zu verändern, wenn dadurch etwas Gutes erreicht werden kann.«

»Was meinst du damit, wenn Gutes erreicht werden kann?«

Carlos grinste. »Lass uns nachher darüber reden, was man darunter verstehen kann. Ich erinnere mich, genau dieselbe Frage YAA gestellt zu haben, und obwohl unsere Diskussion bereits mehrere Jahrzehnte andauert, ist es schwierig, darauf eine klare Antwort zu geben. Es kommt immer auf den Standpunkt des Betrachters an. Aber ich kann dir versichern, dass wir alle auf derselben Seite stehen. Azrael ist übrigens derselben Meinung.«

»Azrael? Wann hast du das letzte Mal mit ihm geredet?«

»Wann? Da muss ich einen Moment nachdenken, warte mal, hmm, ich denke, dass es so vor ... fünfzehn bis zwanzig Minuten war.« Carlos grinste breit. »Diese Überraschung wollte ich mir bis zum Schluss aufheben.«

»AZRAEL? Hörst du mich? Wo bist du? ... Azrael? Mein Gott, was ist heute nur für ein komischer Tag.«

»Hi Schwesterchen, nach der alten Rechnung könnte heute Dienstag sein, aber du musst mich nicht Gott nennen, Azrael reicht.«

Eleeya hörte die Stimme direkt hinter sich, wirbelte herum und erkannte, wie sich eine Gestalt formte, gekleidet mit einer Mischung aus Toga und langem Kapuzenmantel, welche aus einem groben Baumwollstoff zu bestehen schien. Anders als sonst wies seine Kleidung keinerlei Verzierung oder Schmuck auf, was für Azrael eine Ausnahme darstellte. Er legte seine Arme um ihre Schultern und zog sie an sich.

»Schön, dich wiederzusehen, Eleeya.«

Fast zehn Sekunden lang drückte Azrael sie fest an sich, ohne etwas zu sagen, ging dann einen halben Schritt zurück und sah sie an: »Du kannst dich wahrscheinlich immer noch nicht an deine Zeit als Wächter erinnern, oder? Nein, ich glaube nicht. Aber immerhin entspricht dein Äußeres nun in etwa dem, wie ich dich kenne.«

Er rieb mit seiner rechten Hand ihre Schulter.

»Du wirkst endlich wieder wesentlich reifer ... und es steht dir sehr gut.«

Eleeya war verwirrt, sie lächelte und suchte nach den passenden Worten. »Reifer? Ich fasse es nicht, ich bin hier irgendwo im Nichts, und bekomme nun schon zum zweiten Mal innerhalb weniger Minuten erzählt, wie gut ich doch als alte Frau aussehe.«

Azrael ging einen Schritt zur Seite und stieß Carlos mit dem Ellbogen an. Dann legte er verschwörerisch die Hand an den Mund und zwinkerte.

»Nach deinen Begriffen ist sie nicht einmal neunundzwanzig und bezeichnet sich schon als alte Frau. Ich kenne sie ja bereits schon etwas länger. Wenn ich dir nun erzählen würde, wie alt sie wirklich ist, gäbe es für mich keinen sicheren Ort mehr. Und du bist dir sicher, dass du mehr Zeit mit ihr verbringen möchtest?«

Carlos hob die Augenbraue an. »Ich hatte einige Jahre Zeit, um darüber nachzudenken. Wenn ich es mir so richtig überlege ... ja, mehr noch als damals.«

Azrael stockte kurz, dann grinste er, schlug Carlos mit der Hand zweimal auf die Schulter und wandte sich wieder zu Eleeya.

»Carlos hat es bereits erwähnt, dass unter den Wächtern

Krieg herrscht. Niemand von uns konnte bisher mit dir Kontakt aufnehmen, das Kontinuum, so wie wir es kannten, ist zerbrochen. Für eine gewisse Zeit sah es sehr chaotisch aus, doch dann haben wir Hilfe erhalten.«

Ein Lächeln huschte über Azraels Gesicht, als er zu Carlos blickte.

»Was ist mit Vater und den anderen?«, fragte Eleeya.

»Dem Er..., Vater geht es gut. Es dauert nicht mehr lange, bis wir ein neues Kontinuum erschaffen werden, in dem sich die neue Fraktion formieren kann. Dann sollte es auch wieder möglich sein, mit euch wie gewohnt in Kontakt zu treten. Doch du wirst dir wünschen, einige Gesichter nicht mehr zu sehen. Carlos hat dir ja bereits von meinen ehemaligen Plänen erzählt. Ich konnte einfach nicht länger mitmachen und gegen meine Überzeugung den galaktischen Scharfrichter spielen.

Ich möchte mich nicht als bekehrt oder fromm geworden darstellen, aber ich kann nicht länger gegen die Werte kämpfen, die ich unterstützen möchte. Ich konnte nicht ahnen, dass es etliche Wächter gab, die genauso dachten wie ich. Sie hatten bereits seit langer Zeit eine Revolte geplant, von der ich natürlich nichts wusste, da ich immer dachte, auf eigene Faust zu handeln. Und als ich die entsprechenden Ereignisse eingeleitet hatte, konnten auch sie nicht mehr zurück. Und nach kurzer Zeit lernten wir YAA kennen.«

»Den Namen habe ich nun schon mehrmals gehört. Wer oder was ist denn YAA?«

»Ich bin alles, was euch zurzeit umgibt. Ihr alle seid im Moment ein Teil von mir, zusammen mit über drei Millionen anderen Bewusstseinsinhalten. Ich bringe Ordnung in das Chaos und fördere die Kraft, welche ihr das YIN, oder allgemein das Gute, nennt. Und, um sämtlichen Fragen vorzubeugen ... ich bin nicht euer Gott.«

Eleeya sprach kein Wort, nickte nur und blickte sich mit offenem Mund um.

»Ich fürchte, meinem Schwesterchen hat es jetzt die Sprache verschlagen. Es ist lange her, dass dies geschehen ist, ich kann mich kaum noch daran erinnern. Nun komm schon, Eleeya, YAA ist unser Freund, sag ›Hallo‹ zu ihm.«

Carlos schaltete sich ein: »Azrael, rede nicht so mit ihr, du siehst doch, wie verlegen sie ist. Ich denke, wenn sie einen richtigen Körper hätte, würde sie rot werden.«

»Blau, mein Freund, sie wird dann blau im Gesicht.«

»Hoffentlich haltet ihr beide augenblicklich den Mund, das ist ja kaum zum Aushalten«, fuhr Eleeya sie an.

»Ich grüße dich, YAA. Bist du sicher, dich mit den Richtigen verbündet zu haben?«

Erneut erfüllte die körperlose Stimme den Raum: »Nur wenige Teile meines Selbst irren sich zur selben Zeit. Ich bin sicher, dass wir gegen die Bewahrer des YANG einiges ausrichten können, denn auch sie sind im Moment noch sehr geschwächt. Doch ich befürchte, dass dies nicht mehr lange andauern wird. Daher ist es wichtig, so früh wie möglich unsere stärkste Waffe gegen sie bereitzuhalten.«

»Die Bewahrer des YANG? Meinst du damit die ehemaligen Wächter?«

»Auch du bist ein ehemaliger Wächter. Aber ich weiß, was du meinst, die Bewahrer des YANG sind der Teil der ehemaligen Wächter, die stärker als zuvor für den Ausgleich der Kräfte eintreten, ganz gleich, ob es nun das Gute oder das Böse ist. Und seit vielen hundert Jahren ist es das Gute, was sie bekämpfen, um den Ausgleich wiederherzustellen.«

»Ich verstehe. Aber welche Waffe meinst du?«

»Welche Waffe? Ich meine dich, Eleeya. Dich und deinen dualistischen Partner. Und damit kommen wir auch schon zum größten Problem – Mika.«

»Bitte rede nicht von Mika, als wenn er ein Problem wäre.«

»Nein, mein Mädchen, Mika ist kein Problem, er ist mein bester Freund«, schaltete sich Carlos ein. »Aber Mika war ursprünglich nicht Teil des Plans gewesen. Unsere Verschmelzung beim Übergang hat alles nur noch viel komplizierter gemacht. Du weißt, was Mika in den letzten Jahren alles durchgemacht hat. Aber wir, nein, ich benötige ein letztes Mal seine Hilfe, und außerdem sehen wir eine Möglichkeit, ihm zu helfen, indem wir ihn wieder zurückschicken.«

»Ich weiß, früher oder später müssen wir jeden Partner wieder zurückschicken«, erwiderte Eleeya. »Doch genauso gut könnten wir ihn gleich umbringen.«

»Nein, das meint Carlos nicht«, erwiderte Azrael. »Wir haben nicht vor, Mika zu opfern. Es gibt da eine Möglichkeit, die ihm wahrscheinlich sogar sehr zusagen würde. Du hast noch lange nicht das vollständige Wissen der Wächter erlangt, daher erkläre ich es ganz einfach. Wir haben die Fähigkeit, den Quantenstrom zu beeinflussen, das bedeutet, wir können ganz gezielt in bestimmte Entwicklungen des Zeitstroms eingreifen.

Immer wenn wir dies machen, spaltet sich das Universum in ein neues, fast identisches Duplikat auf, das aber ab diesem Zeitpunkt einen anderen Verlauf beschreitet.

Durch diese Manipulation können bereits minimale Änderungen sehr große Auswirkungen in der zukünftigen Entwicklung haben. Wenn wir Mika zurückschicken, dann möchten wir ihn in solch eine alternative Ebene zurückschicken.

Im Moment des Übergangs wird sein ursprüngliches Ich sterben, und das ist genau der Moment, in dem Carlos in die Hülle seines Klons überführt werden kann. Aber diese Entscheidung wird keiner von uns treffen, es liegt alles in Mikas Ermessen.

YAA ist der Überzeugung, dass sich die neuen Bewahrer, wie sie sich nennen, sehr bald gegen uns aktiv werden, daher ist Eile geboten.

Eleeya, du musst mit Mika nach Zwischenwelt zurückkehren, nur dort können wir Mikas und Carlos' Transfer durchführen – falls Mika überhaupt einverstanden ist. Aber in jedem Fall ist es deine Aufgabe, ihm schon einmal so weit wie möglich alles zu erklären, wir treffen uns dann alle auf Zwischenwelt und entscheiden, wie wir vorgehen werden.«

»Ja, natürlich versuche ich, es ihm zu erzählen«, erwiderte Eleeya. »Aber ihr kennt ihn ja, wie er auf meine Aufklärungen reagiert.«

»Du bist die Einzige, die mit ihm in Kontakt treten kann, außer vielleicht Loorn, aber ich denke, das wäre im Moment nicht die beste Idee. Abgesehen davon, ich bin sicher, er wird dir zuhören.«

Eleeya nickte.

»Mein Mädchen, so ungern ich es auch mache, ich werde dich jetzt zurückschicken müssen.«

»Ja, ich verstehe.« Ein breites Lächeln legte sich auf ihr Gesicht. »Aber ich bin so glücklich, dich wiederzuhaben.«

Sie sah zu Azrael herüber, der nur eine Augenbraue nach oben zog. »Nein, natürlich bin ich glücklich, euch beide wiederzuhaben.«

Das Letzte, was sie sah, war Azraels schiefes Grinsen, dann zuckte sie vor Schreck zusammen, als sie immer noch in acht schwarze Knopfaugen blickte.

Eine melodiöse Stimme sagte: »Entschuldige bitte, dass ich dich am Hals verletzt habe, aber das war die einzige Möglichkeit, um mit unserem Schwarmbewusstsein in Kontakt zu treten. Und mit Carlos. Außerdem können wir beide uns nun, nachdem du zumindest Gast unseres Schwarms bist, auch ohne weitere Hilfsmittel unterhalten. Ich bin Loorn10, doch Loorn alleine genügt.«

Sämtliche Angst war von Eleeya gewichen, die Geschichte der CHRA, wie sie sich selbst nannten, war inzwischen zu einem Teil ihrer Erinnerung geworden, und obwohl dies ihr erster Kontakt mit ihnen darstellte, waren es keine Unbekannten mehr, sondern Freunde, die sie einfach nur noch besser kennen lernen musste.

»Hallo Loorn.«

»Eleeya, antworte endlich«, war Mikas aufgeregte Stimme im Lautsprecher zu hören, »was ist bei dir los? Seit gut und gerne einer halben Minute höre ich von dir kein einziges Wort mehr, ich dachte schon, es wäre etwas Ungewöhnliches geschehen. Und außerdem, wer ist Loorn?«

»Mika, es ist alles in Ordnung. Ich komme jetzt zurück und ich soll dich von Carlos grüßen.«

»Eselsohr, verarschen kann ich mich selber.«

»Nein Mika«, lachte sie, »glaube mir, Carlos geht es gut. Aber es gibt noch sehr viel mehr zu berichten. Carlos meinte, die Neuigkeiten würden einen umhauen, ich denke, damit hat er Recht. Ich bin in fünf Minuten bei dir. Und fang nicht an, nervös zu werden, wenn du dein Display betrachtest. Das zweite Signal hier stammt von einem Freund, ich komme aber alleine zu dir rüber. Ich erzähl dir gleich alles. Du kannst schon einmal im Typhoon warten, wir werden uns als Allererstes wieder nach Zwischenwelt begeben.«

»Aber Eleeya, was ist mit Carlos ...«

»Bitte, vertrau mir einfach. In weniger als einer halben Stunde könnte sich dein Leben verändern.«

»Noch mehr verändern? Nein, da bin ich gar nicht so scharf drauf. Und wieso sollen wir wieder nach Zwischenwelt?«

»Mika, bitte, vertraue mir, wir haben dort ein kleines Date mit Carlos und Azrael ...«

Und Eleeya berichtete Mika während des Fluges nach Zwischenwelt die Ereignisse der letzten Zeit aus den verschiedenen Blickwinkeln der neuen Fraktion der Wächter und der Entität namens YAA. Sie erklärte sämtliche Einzelheiten, die nun um den ehemaligen

Auftrag der Wächter rankten, weiterhin erzählte sie die Geschichte um Azraels Revolte, dem Bündnis mit YAA und dem letzten Gespräch, das sie mit Carlos geführt hatte.

Alternate

Mika stand an der Klippe von Kyo'T Ador, der Nadel der Vereinigung, und blickte aufs Meer hinaus. Die Nadel der Vereinigung bildete einen circa elfhundert Meter hohen und wenige hundert Meter durchmessenden Monolithen, der inmitten einer gewaltigen Flussmündung stand. Die Klippe fiel nahezu einen Kilometer steil hinab, das kleine Nebenplateau, das sich in sechshundert Metern geformt hatte, war kaum erwähnenswert.

Doch das Bemerkenswerteste an der Felsformation war die durch Erosion geformte zweite Plattform mit einem Durchmesser von nicht mehr als fünfzig Metern. Wie ein zweiter, sehr dünner Monolith stand er neben der Nadel der Vereinigung in einem Abstand von nicht einmal fünfzig Metern. Obwohl beide demselben Felsen entstammten, schien es, als ob es sich um zwei getrennte Säulen handeln würde. Lediglich ein Rest der verbindenden Felselemente war stehen geblieben und formte eine natürliche Brücke von vier Metern Breite, welche die beiden Hochplateaus miteinander verband.

Die erste der beiden Sonnen berührte den Horizont, die zweite Sonne war bereits untergegangen und tauchte die vier Monde in ein fantastisches Spiel aus Licht und Farben.

Mikas Blick wanderte zu dem auffälligen Objekt, das scheinbar schwerelos in einer Höhe von drei Metern über dem kreisrunden Nebenplateau schwebte.

Der neue Typhoon schwebte über der Ebene. Obwohl seine äußere Form sich im Vergleich zum alten Typhoon nicht verändert hatte, wirkte er mit seiner neuen Oberfläche viel aggressiver und dynamischer zugleich.

Mika überlegte, an was ihn die schwarze Außenhaut erinnerte, auf der sich nun tiefrote Reflexionen bildeten. Auf gewisse Art und Weise erinnerte es an den Chitinpanzer eines riesigen Insekts oder auch an ein Schiff aus H. R. Gigers Alienreihe.

»An was denkst du gerade«, fragte Eleeya. Sie stand etwa zwei Meter neben Carlos' und Azraels halbtransparenten Abbildern.

Mika drehte sich zu ihnen um und lächelte. »Also, nur um sicherzugehen, ob ich alles richtig verstanden habe: Der Auftrag ist also nicht gescheitert, dieser vorübergehende Crash war geplant, damit ihr in Zukunft das Gute unterstützen könnt. Wie nennt ihr euch jetzt eigentlich, Wächter des Lichts? Oh man, ihr kennt nicht zufällig die Serie ›Charmed‹? Na egal, in jedem Fall soll der Auftrag weitergehen. Ich habe zwar absolut keine Lust mehr, das geht aber voll in Ordnung, da ich ursprünglich sowieso nicht eingeplant war. Carlos soll weitermachen, doch der tummelt sich im Moment als Spukgestalt in YAAs Gefilden rum und benötigt meine Hilfe, damit sein Geist in den vorbereiteten Klon übertragen werden kann. Stimmt es bis dahin?«

Azrael streckte stumm den Daumen nach oben.

»Gut. Die Sache mit dem Austausch habe ich nicht so ganz kapiert, macht aber auch nichts, denn letztendlich kommt Carlos zurück in seinen Körper und ich werde in ein Alternativuniversum geschickt, das sich, bis auf ein paar Kleinigkeiten, ähnlich wie unseres entwickelt hat, in dem jedoch der echte Mika bei einem Unfall ums Leben kam, und an dessen Stelle ich nahtlos ausgetauscht werde?«

Zwei Daumen wurden in die Höhe gestreckt.

»Also, das ist mit Abstand die bescheuertste Geschichte, die ich jemals gehört habe.«

Azrael antwortete mit einem Achselzucken und grinste.

»Nun, ich denke, das war's dann, nicht wahr?«

Azrael stand ungefähr fünf Meter vor ihm und rammte sein Schwert in den Boden. Den Kopf nach vorne gestreckt, die Schultern nach hinten zurückgezogen, bewegte er sich auf Mika zu, blieb etwa einen halben Meter vor ihm stehen und sah ihm in die Augen.

»Ja, so ist es, mein Freund. Es ist nun vorüber. Dein Auftrag ist vorbei. Ein Teil deiner Erinnerungen ist bereits für immer versiegelt. Und glaube mir, es ist nur zu deinem Schutz!«

»Und ihr beiden macht weiter?«, sah Mika zu Carlos und Eleeya herüber.

»Nein, sie machen nicht einfach weiter. Sie fangen neu an. Und zwar so, wie es von Anfang an geplant war. Sie bilden die dualistische Einheit. Zwei Individuen, ein Auftrag. Sie sind füreinander ausgewählt.«

Eleeya warf Carlos einen vieldeutigen Blick zu und nickte dann Mika zu.

»Ja, das weiß mittlerweile jeder«, grinste Mika. »Carlos, du wolltest die Kiste ja schon immer ganz alleine fliegen. Jetzt kannst du es. Du weißt doch noch, wie es geht?«

»He, Amigo, ich gehöre zur Topelite und beherrsche den Typhoon im Schlaf!«, grinste Carlos.

»Ja, das weiß ich«, antwortete Mika. »Versprich mir, dass du es für mich mit krachen lässt. Aber, wird es dir in dem 2-Mann-Cockpit nicht ein bisschen einsam?«

»Ja, weiß ich auch noch nicht so richtig. Eleeya, wo werde ich sitzen, vorne oder hinten?«

»Ja, weißt du, darüber habe ich ...«

»Aber ich weiß es«, unterbrach Azrael. Es wird nur einen Platz geben. Ganz genau so wie beim Typhoon der Single-Seater-Reihe, wie du sie nennst. Passt auf!«

Mit diesen Worten starrte Azrael nach oben und warf beide Hände nach oben. Gleichzeitig erklang ein starkes Raunen und auf seinen nach oben gerichteten Handflächen bildeten sich flackernde Lichtkugeln.

Azrael drehte die Handflächen nach innen. Es sah aus, als ob die beiden Energiekugeln Finger aus Licht bildeten, mit denen sie versuchten, sich gegenseitig zu berühren.

Das Fadengespinst zwischen den beiden Kugeln wurde stärker, bis sich schließlich eine einzige zusammengehörige Leuchterscheinung formte, die sich um ihren Kern zu drehen begann. Schneller und schneller wirbelte sie um ihr Zentrum, als das Raunen auch schon in ein singendes Seufzen überging.

Azrael drehte die Handflächen zu Boden, die Leuchterscheinung schwebte circa 10 Zentimeter unter seinen Händen.

Auf der Oberseite des Typhoons begannen rote Elmsfeuer zu tanzen, die sich schließlich im Bereich des Canopys und der Airbrake konzentrierten.

Azrael bewegte beide Hände und drückte damit die Leuchterscheinung nach unten. Im selben Augenblick ging mit dem Typhoon eine Veränderung vor sich.

Die obere Auswölbung, welche das Doppelcockpit beherbergte, begann in tiefem Rot zu glühen. Azrael bewegte die Hände nach außen und im selben Moment ging das Glühen auf den Bereich des gesamten oberen Rückenschachtes über. Wind kam auf und zerrte an Azraels tunikaähnlichem Gewand.

Das dunkelrote Glühen ging in ein helleres Leuchten über und um das gesamte Cockpit tanzten nun Tausende glühwürmchenartige Leuchterscheinungen. Es sah aus wie ein Schmelzvorgang, doch gleichzeitig konnte man spüren, dass keinerlei Hitze vom Herd der Veränderung ausging.

Der gesamte obere Rückenbereich des Typhoons begann sich zu verformen, schien regelrecht zu schmelzen. Wie unter starkem Wind begann das Material zu wogen, so als ob verschiedene Formen ausprobiert werden sollten, um sich kurz danach wieder zu glätten. Schließlich begann sich die Form zu stabilisieren, das helle Glühen wurde wieder tiefrot und verschwand schließlich ganz.

Der Typhoon hatte sich verändert. Die gesamte Form sah nun wesentlich aerodynamischer und eleganter aus. Dann war wieder alles so, als wäre nie etwas geschehen.

»Wow«, staunte Mika, »sieht ja richtig scharf aus!« Er warf Carlos mit tiefem Nicken das Daumen-nach-oben-Zeichen zu.

Carlos verzog den Mundwinkel nach oben.

Mika wurde nachdenklich. Er drehte sich zu Azrael um: »Du schickst mich also wieder zurück?«

Azrael nickte langsam. Es entstand eine kurze Pause.

»Azrael, werde ich dort drüben sterben?«

Wieder nickte Azrael und legte seine rechte Hand auf Mikas Schulter. »Ja, mein Freund, du wirst sterben.«

Mika blickte langsam zu Boden. »Ich verstehe«, sagte er nach ein paar Sekunden.

Mika sah in Azraels finstere Augen, doch plötzlich vernahm er ein schelmisches Flackern in ihnen.

»Doch nicht heute, auch nicht morgen. Wahrscheinlich irgendwann so in 40 bis 50 Jahren.« Mit diesen Worten sah er Mika grinsend an und hob seine rechte Augenbraue. »Und ich verspreche dir, bis dahin wirst du noch eine Menge Ärger haben.«

Mika verstand nicht sofort, was Azrael meinte. Er sah rüber zu Carlos und Eleeya. »Werden wir uns je wiedersehen?«

Es war Azrael, der darauf antwortete. »Kann schon sein! Und jetzt gib mir deine Hand!«

Madrid, Botanischer Garten

Vom Grund des Meeres
Schon weiße Wogen steigen:
Die fernen Berge,
Wann werd' ich sie durchschreiten,
Das Land der Liebsten sehen?

Unbekannter Dichter
Manyòshù

Zwei blonde Mädchen im Alter von fünf und sieben liefen kichernd umeinander herum und warfen sich einen kleinen Gegenstand zu.

»He, Rachel, Gabrielle, jetzt stellt euch nicht so an! Ihr seid ja schlimmer als ein Wespennest«, rief Mika und schüttelte grinsend den Kopf.

Er sah sich das Schauspiel noch zwei Sekunden lang an und verkündete dann in gespielter Verzweiflung: »Und eure Mutter ist von allen dreien die Schlimmste. Anne! Ich habe nicht den ganzen 10. Juni Zeit, um von dem wilden Haufen ein Bild zu machen. Jetzt tu doch was ...«

Die schwarzhaarige Frau mit den wilden Locken zeigte empört auf die beiden Mädchen, die immer noch um sie herumtanzten.

»Ich? Ich soll was tun? He, das sind deine verzogenen Töchter. Sag ihnen gefälligst, sie sollen auf der Stelle ihrer armen, alten Mutter ihre Mütze wiedergeben.«

Das kleinere der beiden Mädchen blieb vor Mika stehen, ging in die Knie und wedelte in Annes Richtung mit einer schwarzen Baseballmütze, die in bronzenen Buchstaben den Aufdruck GLADIATOR trug.

»Also, erstens ist das meine Mütze, und zweitens ...«, er grinste, »... verdammt, Gabrielle, gib deiner Mutter endlich meine Mütze zurück.«

Nichts tat sich.

Außer Frage, er liebte die beiden Gören über alles, und das hier hatte ihn wieder an seine Studentenzeit in München erinnert, als er Anne kennen gelernt hatte.

Er begann zu lächeln und seine Augen blickten für einen Moment ins Leere, als sich vor ihm das Bild seiner Frau vor einigen Jahren formte.

Sie hielt zwei Eintrittskarten für die Bavaria Filmstudios hoch und wedelte damit vor seiner Nase, tanzte damit um ihn herum, um sie dann grinsend hinter ihrem Rücken zu verstecken. Mikas Gedanken gingen weiter zurück, zu Anne und ihrem ersten, gemeinsamen Wochenende, das sie zusammen in München verbracht hatten.

Später hatte Anne ihm noch auf einer Filmbörse ein sehr seltenes, Filmplakat des Films »Gladiator« geschenkt und dazu außerdem noch diese passende Mütze.

»He, Tower an Mika, aufwachen«, hörte er und sah Anne winken. »Wenn du weiter rumträumst, kriegen wir nie ein Foto.« Mika lächelte und entwand mit einem schnellen Griff die Mütze aus Gabrielles Hand.

»So, das habt ihr nun davon, jetzt nehme ich sie«, sagte er und setzte die Mütze selbst auf. »Und du, kleiner Grottenolm, gehst rüber und bist brav.« Mit diesen Worten verstrubbelte er kurz die Haare der Kleinen.

»Hee«, ertönte es protestierend, »du hast mich durcheinander gemacht. Jetzt sehe ich nicht mehr schön aus. Nein, so will ich nicht aufs Foto!« Gabrielle stülpte die Unterlippe vor und zog einen Schmollmund. Die kleinen Hände verschwanden bis zu den Ellbogen in den Taschen der übergroßen Latzhose. Sie starrte auf den Boden.

Mika tat einen Schritt auf sie zu und steckte die scheckkartengroße Kamera in die Tasche. »Ho, jetzt mal langsam, mein Mädchen! Weißt du denn nicht, dass du jetzt ausschaust wie ein süßer, kleiner Hobbit aus dem Auenland?«

Sie hob langsam den Kopf wieder nach oben.

»Ehrlich?«

»Na klar. Du kennst doch die Hobbits, oder?«

»Hmmhm!«, erklang es stolz.

Anne hob grinsend den linken Daumen.

»Na, dann geh rüber zu deiner Schwester und bleibt mal einen Moment nebeneinander stehen.«

»Papa, was ist ein Grottenolm?«, fragte Rachel. Mika ahnte schon, dass er gleich wieder alles zunichte machen würde, sollte er jetzt die richtige Antwort darauf geben.

»Das ist auch ein kleines Tier aus dem Auenland«, log er.

»Und wer bin ich?«, kam es von Rachel.

»... Ja, und wer bin ich eigentlich?«, fragte Anne mit neugierigem Blick. Sie ging in die Knie und nahm die beiden Mädchen rechts und links in den Arm.

»Also, Rachel, mein Spatz, du bist eine hübsche, kleine Waldfee aus dem oberen Land.« Ein Blitzen ging durch Rachels Augen. »Ja, dies ist ein guter Moment«, dachte Mika und drückte auf den Auslöser.

Es war ein traumhaft schöner Tag hier in Madrid. Die Rosen und Hortensien standen hier im Park in voller Blütenpracht, und im Hintergrund, am anderen Ende des kleinen Sees, war die Ruine eines alten Amphitheaters zu sehen.

»Und du, Anne ...«, Mika ging in die Hocke und machte ein paar weitere Bilder. »Meine Anne ... ist eine weiße Elbe – die hübscheste, die jemals im Auenland gelebt hat.«

Anne verdrehte die Augen. »Hört sich einer diesen Aufschneider an«, lächelte sie und wurde rot.

Mika wusste, dass sie gerne von ihm Komplimente hörte, selbst jetzt noch, acht Jahre nach ihrer Hochzeit.

»So, hervorragend, das werden die besten Bilder seit

langem«, erklärte Mika. »Nun noch ein Bild mit uns allen zusammen.«

Mika drehte sich kurz um.

Sein Blick fiel auf das Pärchen, das kurz stehen geblieben war, um nicht ins Bild zu laufen.

»Scusi, perdone, per Fervore, äh ... Signore«, sprach Mika den dunkelhaarigen Mann an. »Este, äh, disponga de mi, ehm ... se lo pido mi bautizar?«

Anne brach in ein glucksendes Gelächter aus. Der Mann legte den Kopf schief und sagte dann grinsend: »Nein, tut mir furchtbar leid, aber ich kann Sie leider nicht taufen. Aber wenn sie möchten, kann ich gerne ein Foto von Ihnen und Ihrer Familie machen, Amigo!«

Mika konnte eine gewisse Verlegenheit nicht verbergen, als er dem Fremden antwortete: »Äh, ja ... das wäre ganz toll.«

Er nahm die Kamera in die Rechte und streckte sie dem Mann entgegen. Er war kleiner als er, sein Alter lag schätzungsweise so um die Anfang dreißig. Schwarze, mittellange Haare und der typische südländische Teint ließen ihn zu einem Musterbild eines Südländers werden.

Betont wurde dieses Klischee durch seine sehr modische Kleidung, ganz im Retro-Look der Hippie-Bewegung: knallrotes Hemd mit leichtem Rüschenansatz und übergroßem Kragen.

Obwohl seine Begleiterin ebenfalls mit ihrer Kleidung ganz der aktuellen Mode entsprach (blaue Batikbluse, über dem Bauch verknotet, mit sehr weiten, langen Ärmeln – darüber eine sehr kurze Fransenweste – und zerschlissene Jeans, die sich unten an den Beinen auffällig weiteten), bildete sie einen sehr extremen Kontrast zu ihm.

Sie hatte schulterlanges, sehr blondes Haar – fast schon weiß. Um den Kopf hatte sie ein Tuch als Stirnband geknotet. Das i-Tüpfelchen zu ihrem Outfit bildete eine kleine, runde Sonnenbrille in einem Metallgestell.

»Hi«, sagte Mika zu ihr, als er sich bewusst wurde, dass

er sie schon zu lange angestarrt hatte. Sie hob die linke Augenbraue, lächelte und nickte ihm zu.

»Ja ... Hi!«

Schnell heftete er den Blick wieder auf den Mann, der ihn immer noch anlächelte. Mika fehlten für einen kurzen Augenblick die Worte.

Dann überkam ihn plötzlich eine Art Déjà-vu-Erlebnis. »Warten Sie mal«, sagte er und deutete mit der rechten Hand auf den Fremden. »Kennen wir uns vielleicht? Warten Sie, sagen Sie nichts ...« Mika kratzte sich an der linken Schläfe und überlegte kurz.

»Jetzt weiß ich es. Sie waren auch mit dabei zur Umschulung der Lufthansa-Piloten auf den neuen A 390, stimmt's?«

Mika überreichte die Kamera und wartete gespannt. »Nein, ich war nie bei der Lufthansa«, entgegnete der Spanier und winkte den beiden kleinen Mädchen zu.

»Aber Sie sind auch Pilot?«, hakte Mika nach.

»Ja, das stimmt«, entgegnete der Fremde, »doch meine Maschine ist viel kleiner als die neue A 390.«

Seine Begleiterin warf ihm einen kurzen Blick zu. Sie räusperte sich kurz.

»Sie kommen aus Deutschland?«, fragte sie.

»Ja, ist wohl nicht zu überhören, nehme ich an«, antwortete Mika, immer noch ein wenig verlegen.

»Nein, nein, das eben war ja schon so weit ganz gut«, sagte der spanische Mann. »Für den Anfang, jedenfalls.« Alle fielen in ein kurzes Kichern ein. »So, wo soll ich Sie fotografieren?«

Mika sah sich kurz um und sagte dann: »Genau hier wäre ganz gut. Wir stellen uns dort drüben auf. Es wäre toll, wenn Sie die Ruine im Hintergrund mit draufkriegen würden. Kennen Sie sich mit dem Apparat aus?«

»Klar Amigo, kein Problem«, kam es grinsend zurück. »Hier klikka!«

Mika ging in die Hocke. »Rachel, komm hier her.

Gabrielle, ja, so wird das gut. Und Anne, wenn du dich vielleicht ... ja auch gut, nein, sogar besser. Ja, o. k., sagen Sie, wenn Sie bereit sind.«

»Ich bin bereit, wenn Sie es sind, Sir. Und ... alle lächeln – Klick! Und noch eins ...«

Wieder beschlich Mika für den Bruchteil einer Sekunde ein sehr vertrautes Gefühl.

»So, und noch eins. Reicht das?«

»Ja, super, vielen Dank. Hmm, Sie sagten eben, Sie seien auch ...«

»Machen Sie hier Urlaub oder sind Sie beruflich hier«, unterbrach die blonde Frau mit einem strahlenden Lächeln, wie um das Thema zu wechseln.

»Eigentlich beides. Ich bin Pilot bei der Lufthansa und habe die Route München – Madrid – Beirut und zurück nach München. Zwischen jeder Tour habe ich zwei Tage frei. Und diesmal verlängern wir bei den Eltern meiner Frau in Madrid, um die große Flugschau anlässlich des ersten Jahrestages der Union zu sehen.«

»Der Union?«, fragte der dunkelhaarige Mann. Seine Begleiterin warf ihm einen kurzen Blick zu.

»Ja, natürlich doch. Die UN-I-ON«, betonte sie langsam.

»Ah ja, sicher doch, ja. Die neue arabisch-europäische Union. Gegründet im Jahr 2002, vorerst jahrelange freundschaftliche diplomatische Beziehungen, dann schrittweiser Abbau der kulturellen und religiösen Verständigungsprobleme. Ja, sicher doch, die gute alte UN-I-ON.«

»O. k., es reicht, Carlos«, wurde der Mann von seiner weißblonden Begleiterin unterbrochen.

Plötzlich war ein leichtes Brausen zu hören. Mika blickte in den Himmel und zeigte dann mit ausgestreckter Hand in südöstliche Richtung.

»He, da kommen sie. Heute soll die arabische Typhoon-Staffel hier eintreffen. Es sollen zwanzig Maschinen sein, die zusammen mit den anderen morgen die Flugschau ausrichten. Sehen Sie?« Der Mann, der eben Carlos genannt wurde, legte die Hand über die Augen und folgte Mikas Zeigefinger.

Inzwischen war das Brausen lauter geworden. Mika zeigte aufgeregt in die Richtung der mittlerweile deutlich zu erkennenden Jets.

»Zwanzig Typhoons neuester Bauart, alle mit dem neuen Eurojet-Triebwerk mit dreifach gesteigerter Gewichts-Schub-Komponente.«

»Sie scheinen sich ja sehr gut auszukennen?«, entgegnete der Fremde und überreichte Mika den Fotoapparat.

»Auskennen ist zu viel gesagt, ich habe im Aerokurier darüber gelesen, das ist alles.«

»Ah.«

»Seht nur, ich glaube, die ziehen hier eine kleine Schau ab.«

Die zwanzig schneeweißen Typhoons befanden sich in schnellem Formationsflug, als sich simultan in ihrem Rückenschacht die Airbrakes öffneten und sie ihre Geschwindigkeit jäh verlangsamten.

Gleichzeitig kippte die Nase jedes einzelnen Kampfjets nach oben, so dass sie eine Neigung von über 20 Grad einnahmen. Mit der langsamsten Geschwindigkeit von 70 km/h schien die Staffel nahezu in der Luft zu hängen, als sie sich in einer Höhe von 400 m immer näher auf den Park zubewegte.

Plötzlich wurden auf ein unsichtbares Kommando hin bei allen 20 Maschinen mit tobendem Donnern die Nachbrenner gezündet, gleichzeitig bäumten sich die Kampfjets auf und ritten wie eine Rakete auf ihrem Strahl senkrecht nach oben.

Schienen sie im einen Moment noch schwerelos in der Luft zu hängen, zeigte sich im nächsten Moment ihre rasende Beschleunigung und sie verschwanden wenige

Sekunden später im tiefblauen Sommerhimmel.

»Wow«, rief Mika, »das war ja ein Ding. Haben Sie so was schon einmal gesehen?«

Mika drehte sich zu den Fremden um, die eben noch neben ihm gestanden hatten. »He, Anne, sie sind weg. Hast du gesehen, wo sie so schnell hingegangen sind?«

»Nein, ich habe nicht aufgepasst. Vielleicht in die Richtung?«, sagte Anne und deutete in Richtung Parkausgang. Mika sah in diese Richtung.

Unmöglich. Viel zu weit weg und ansonsten war keiner unterwegs. Er drehte den Kopf, um in die andere Richtung zu sehen.

»Doch halt, was war das?« Für einen kurzen Moment glaubte er, über dem See eine flimmernde Silhouette zu erkennen. Ein Flimmern, das die Form eines ...?

Nein, Unsinn. Mit Sicherheit hatte sich nur warme Luft über dem See gebildet. Ja, es würde ein sehr schöner Tag werden.

Plötzlich bildete sich ein sehr starker Luftwirbel, der lose Blütenblätter, altes Laub vom Vorjahr und kleine Papierschnipsel mit sich riss. Mika musste seine Mütze festhalten, damit sie nicht davonflog. Eine Sekunde später war alles vorbei.

»Ho, das war ja fast so etwas wie eine Windhose.« Mika ahnte nicht, wie nahe er der Wahrheit damit kam.

»Diese Leute waren schon irgendwie seltsam«, sagte er. »Und doch kommt mir der Kerl irgendwie bekannt vor. Oder auch nicht? Ich weiß schon gar nicht mehr richtig.«

»Der Junge war ja noch ganz normal. Aber hast du dir mal die Frau genauer angesehen?«

»Nein«, log Mika. »Wieso?«

»Na, so helle Haare hat doch keiner.«

»Garantiert gefärbt«, versuchte Mika zu entkräften.

»So? Zusammen mit Wimpern und Augenbrauen? Und hättest du mal genauer hingeschaut hättest du auch gemerkt, das ihre Haut fast einen Blaustich hatte.«

»Keine Ahnung. Du weißt doch, Maus, ich habe nur Augen für dich!« Sein Blick fiel auf ihren kleinen, herzförmigen Anhänger, den er ihr letzten Monat geschenkt hatte.

Mehrere Worte waren in den silbernen Anhänger graviert: TEMPUS FUGIT, AMOR MANET!

»Ah, geht das nun schon wieder los?«, grinste Anne. »Aber mal ehrlich, das könnte fast eine Elfe gewesen sein.«

»Elbe, meine Maus. Die heißen Elben.«

»Papa, meinst du, so was gibt's wirklich?«

»Nein, Gabrielle, die gibt es nur in Büchern. Und in Filmen. Auf geht's, wir müssen uns jetzt aber beeilen, Oma und Opa warten schon auf euch.«

Anne lächelte Mika verschmitzt an. »Und ich kann dann heute Abend eurem Papa zeigen, wo es hier den leckersten Rotwein gibt.«

Mika schlang den Arm um Anne und folgte den davoneilenden Mädchen.

»Ich bin dran ...«

»Nein, ich ...«

»Nein, ich ...«

Mika schüttelte den Kopf in gekünstelter Verzweiflung.

»Womit habe ich das nur verdient?«, stöhnte er.

Anne feixte zurück: »Weiß nicht ...?«

Abschlussbericht – dritte Varianz

Obwohl sich durch erneutes Verändern des Zeitstroms einiges grundlegend geändert hat, möchte ich mich an gewisse Regeln halten, und für unser temporales Log folgende Zusammenfassung erstellen:

In der fünften Alternative ging die Epoche auf Terra als der große Glaubenskrieg in die Geschichte ein.

Nach dem Anschlag auf die Twin-Tower fanden die Taliban Anhänger auf der ganzen Welt. Fanatische Gruppierungen, früher als El Kaida bekannt, schlossen sich zusammen und bildeten die Vereinigung der Gotteskrieger. Es dauerte nur wenige Monate, dann folgten die ersten Angriffe auf die Vereinigten Staaten.

Erfolgreich abgeschlossene Freundschaftsverträge zwischen den Vereinigten Staaten und verschiedenen islamischen Staaten leiteten ein neues Weltverständnis ein.

Doch dies hinderte die neu geschaffene terroristische Front nicht daran, ihre Ziele weiter zu verfolgen, von denen sich der islamische Freundschaftspakt weit distanzierte.

Die Attacken wurden an den unterschiedlichsten Fronten gleichzeitig ausgetragen.

Zuerst erfolgte der Einsatz verschiedener Computerviren, die innerhalb der letzten Jahre konstanten Verbesserungen unterzogen wurden.

Wesentliche Grundkomponenten des Virus wurden im eigentlichen Betriebssystem als harmlose Bestandteile integriert, wobei es gleichgültig war, ob es sich um Linux, Windows oder OS/2 handelte, denn die Bausteine wurden von gläubigen Mitarbeitern in jedes System sorgfältig eingebettet.

Die anderen Komponenten waren in kleinen, kostenlosen Spielen (wie z. B. Sumpfhuhn), Suchmaschinen, E-Mail-Programmen oder sonstigen nützlichen kleinen Helfern versteckt. Durch die große Beliebtheit der kleinen Tools war bald der größte Teil aller Computersysteme mit der zweiten, fehlenden Komponente infiziert.

Die unterschiedlichsten Virenschutzprogramme versagten, weil das eigentliche Virus sich erst zu einem bestimmten Zeitpunkt selbständig zusammensetzte.

Die wichtigsten Knotenportale wie Google waren sofort tot. Kaskadenartig breitete sich das selbstanpassende Virus auf die verschiedenen Welthandelsbanken aus. Die gesamte Börse kollabierte in nicht vorstellbarer Weise innerhalb weniger Minuten.

Das so mächtig geglaubte Internet brach innerhalb 25 Minuten komplett zusammen, die Folgen waren so katastrophal, wie es in keinem Planspiel jemals beschrieben wurde.

Dann folgte die zweite Stufe des Virus, nachdem die gesamte Kommunikation unterbrochen war.

In kleinen, für sich betrachteten harmlosen Schritten, setzte es sein Zerstörungsspiel fort.

Seine eigentliche Aufgabe war ganz einfach: Suche nach Verbündeten, schließe dich mit ihnen zusammen, finde deine neue Bestimmung!

Und die fand das neue Virus! Es folgte der komplette, landesweite Zusammenbruch der Energieversorgung, wie er vor wenigen Jahren stichprobenartig schon einmal angetestet wurde.

Doch das waren erst die Vorboten für die eigentliche Zerstörungswelle. Es erfolgten die Zündungen gewaltiger EMP-Bomben in großer Höhe, die einzig und alleine den Sinn hatten, durch den riesigen elektromagnetischen Impuls sämtliche elektronischen Geräte, die noch mit Hilfe einer eigenen Energieversorgung arbeiteten, zu zerstören.

Innerhalb von Minuten war das gesamte Land blind, taub und stumm.

Als ob es nicht genug wäre, wurden nun die ersten Atombomben eingesetzt. Es handelte sich in der Regel um relativ kleine Bomben, die aufgrund ihrer Größe sogar in einem Rucksack transportiert werden konnten.

In erster Linie galten sie rein taktischen Zielen, um die Verteidigungsstreitkräfte zu lähmen.

In einer weiteren Welle gingen die ersten größeren A-Bomben auf Silicon Valley, L. A., Washington und New York nieder, und es wurde klar, dass es sich um einen Krieg handelte, der verloren war, bevor er überhaupt begonnen hatte.

Es gab keinen greifbaren Gegner.

Gegen wen sollte man sich wehren?

Das Verteidigungssystem der Vereinigten Staaten war bis auf wenige Stützpunkte im Ausland zerstört.

Frankfurt, Paris, Rom, Hongkong und Tokio fielen als die nächsten Städte. Man konnte keinen festen Gegner erkennen, es gab Tausende Splitterzellen der Gotteskrieger auf der ganzen Welt.

Deutschland, Frankreich Spanien, Italien, China und Japan schlossen sich zur Neuen Allianz zusammen. In einem Kampf gegen einen unsichtbaren Gegner.

Doch plötzlich wurde der Gegner sichtbar.

Und vom letzten großen Stützpunkt in Ramstein machte sich eine Staffel zur Verteidigung auf den Weg.

Doch das ist nur eine Alternativentwicklung, die sich auf diesem Planeten zugetragen hat.

Und eine neue Alternativebene entstand, nachdem wir in den Zeitstrom eingegriffen hatten. Eine ähnliche Welt, wie es sie schon zuvor gegeben hatte, formte sich. Es spaltete sich an dieser Stelle, hier und jetzt, der Weg in eine weitere Zukunft. Ein neues Universum entstand.

Woher ich das alles wissen will?

Nun, das ist ganz einfach – weil ich nämlich die Umstände für die Veränderungen eingeleitet und auch durchgeführt habe.

Ich bin in gewisser Weise dafür verantwortlich.

Ich, ehemaliger erster Destruktor der Wächter, oberster Liquidator der Stufe A.

Alles ...
bleibt, wie es ist!
Nichts ändert sich wirklich.

Wer das sagt? Ich, Azrael, nun Bewahrer des Lichts. Erster Erschaffer. Schützer des Tao.

Denn wo es viel Licht gibt, gibt es auch viel Schatten!

Über den Autor

Als Ralf Oswald vor Jahren aus dem Werbe- und Medienbereich zum europäischen Luft- und Raumfahrtunternehmen EADS (European Aeronautic Defence and Space Company) wechselte, ahnte er noch nicht, dass dieser Job einmal die Grundidee zu einer ungewöhnlichen Geschichte hervorbringen könnte.

Er arbeitet dort im Bereich von Ausbildungs- und Trainingssystemen für einen modernen Kampfjet bzw. im Bereich Virtual Reality Trainer für experimentelle, bemannte Flugkörper der nächsten Generation. Also alles sehr technisch gehalten.

Im privaten Bereich beschäftigte er sich sehr intensiv mit ZEN, mit Vorliebe für die Bereiche Ikebana, Kalligraphie und Schwert. Am Anfang war dies für ihn sehr unverständlich, verwirrend, teilweise sogar etwas mystisch. Und dann hatte er folgende Idee:

Was wäre, wenn man diese beiden Komplexe zusammenbringen würde? Welche Schwierigkeiten würden entstehen, wenn diese äußerst unterschiedlichen Bereiche zusammenprallen? Welche Probleme könnten entstehen, wenn unsere Hightech-Welt auf eine fiktive, mythische, geistig geprägte Zivilisation trifft?

Welche Bedeutung hätten dann Begriffe wie Gut und Böse, so wie wir sie kennen? In jedem Fall würde sich schnell zeigen, dass intensivere, tiefere Beobachtungen und Erkenntnisse zu einem neuen Verständnis der Wahrheit führen.

Je stärker das
Bewusstsein verfeinert wird,
desto größer wird die Übereinstimmung
mit der natürlichen Welt.

Der XIV. Dalai Lama

ALLES ist eine Frage des Beobachters und des Standpunktes – genau dies ist die Kernaussage seiner Geschichte.

Sehr oft ist ihm in den letzten Jahren bei Freunden und Bekannten in diesem Zusammenhang etwas aufgefallen. So unterschiedlich die verschiedenen Menschen auch waren, gab es da eine besondere Art der Sehnsucht mit all diesen unterschiedlichen Fragen:

»Ist denn dies schon alles?«

»Ich gäbe was darum, wenn ich wüsste, was ich jetzt tun soll.«

»Da muss es doch irgendeinen höheren Sinn dahinter geben!«

»Ist die Antwort wirklich 42? (Nein, das natürlich nicht.)«

Aber im Prinzip soll es einfach nur eine spannende Geschichte sein.

Ausschnitte aus dem ursprünglich geplanten Manga "Eleeya - Die Wächter"

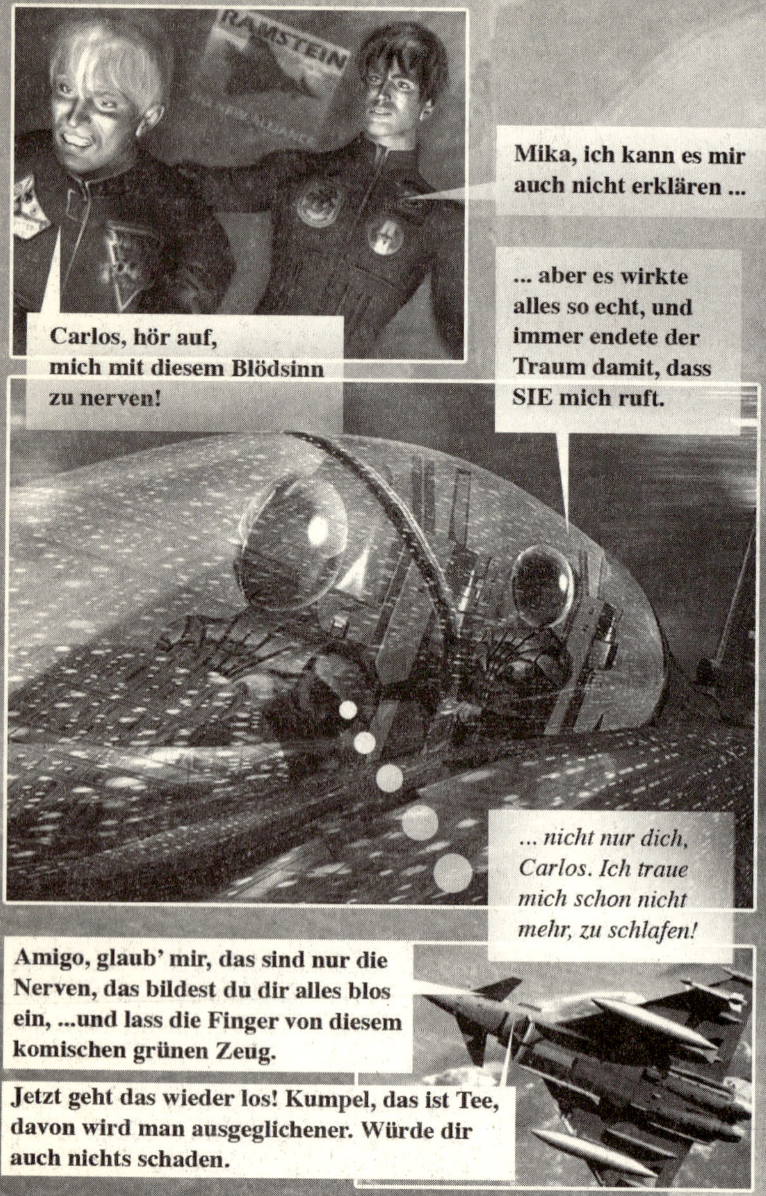

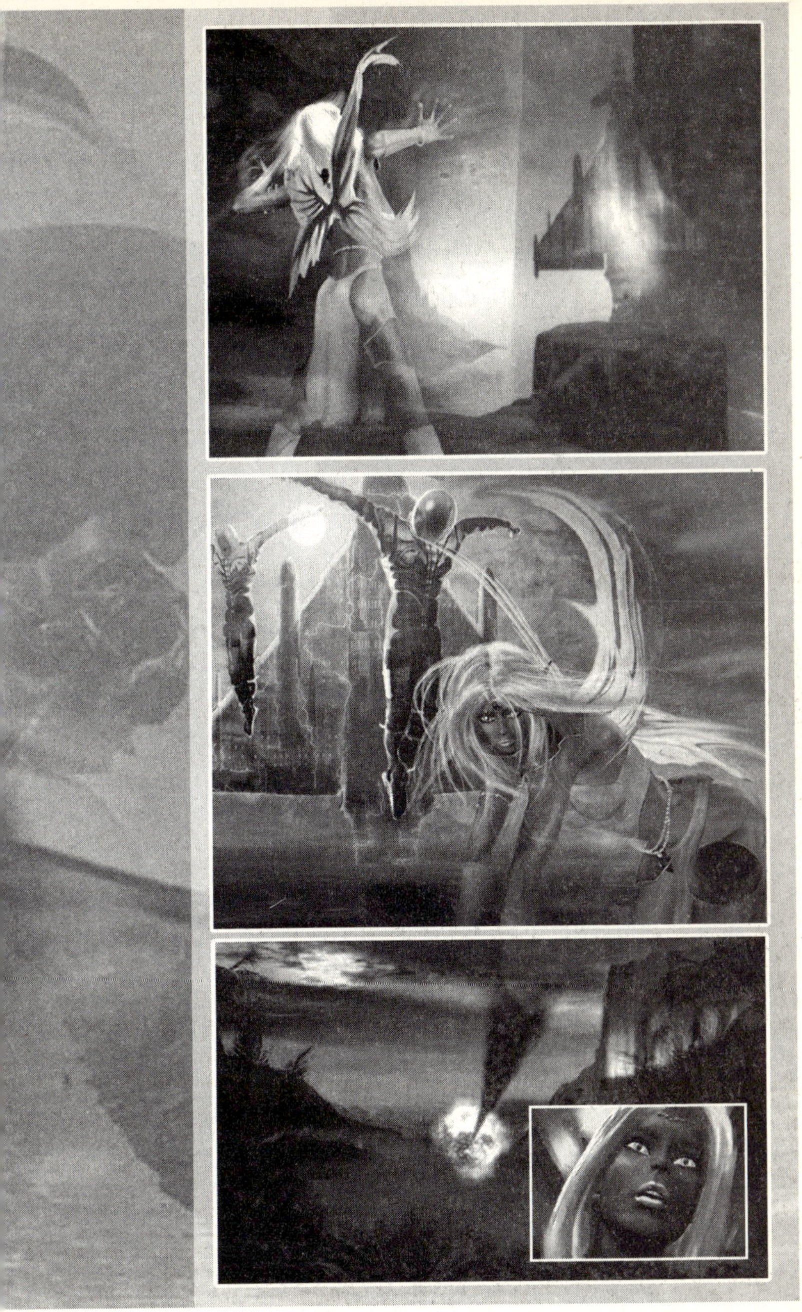

Wir schreiben die zwanziger Jahre. In der Sternenwarte Michigan wird die tägliche Routine unterbrochen, als sich ein mysteriöses Objekt gigantischen Ausmaßes der Erde nähert.
Nicht nur in der Weltmetropole New York herrscht Panik. Mit unheilvollen Nachrichten wird bald die ganze Welt in Angst und Schrecken versetzt; die Börse wird manipuliert.

Wissenschaftler versuchen, alle Kräfte gegen die dunklen Machenschaften derjenigen zu mobilisieren, die die Erde in ihre Gewalt bringen möchten.

PANIK erschien erstmals im Jahr 1922 in deutscher Sprache und wurde auch in andere Sprachen übersetzt. Mit der Neuauflage macht der Celero Verlag diesen SF-Klassiker wieder einer deutschsprachigen Leserschaft zugänglich.

»Reinhold Eichacker ist unbestreibar ein Genie ...«
(Brandenburger Zeitung)

»... dichterische Vollendung und Meisterschaft.«
(Börsen- und Handelszeitung, Berlin)

Science-Fiction-Roman
Taschenbuch, 160 Seiten, 7,80
Celero Verlag
ISBN 3-9808998-0-2
ISBN 978-3-9808998-0-2

Das Abenteuer geht weiter...

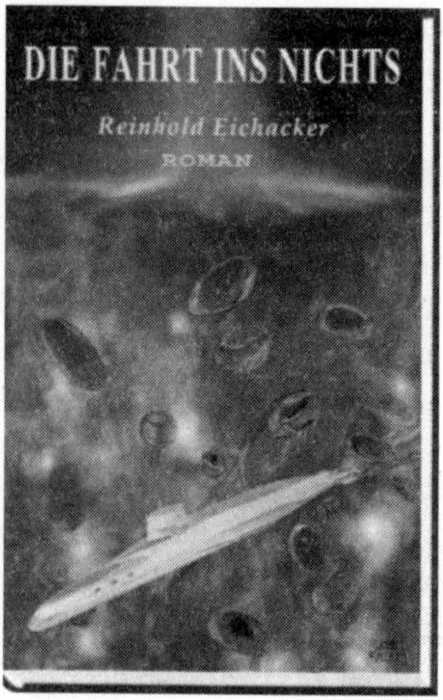

Ein geheimnisvoller Meteor, dessen Erscheinen die Welt in Panik versetzte, stürzt in der Nähe von Japan in die tiefen und unsicheren Wasser des Ozeans und löst überall Angst und Neugier aus.

In der zauberhaften Atmosphäre des indischen Subkontinents richten die berühmtesten Wissenschaftler der Welt ein Laboratorium ein.

Wird es ihnen gelingen, mit den vorhandenen Steinproben die Rätsel um den Meteor zu lösen? Oder ist eine Reise von 10 000 Metern in die Tiefen des Ozeans unvermeidbar?

Wieder geht es um die Rettung der Menschheit. Wieder sind der Chemiker Walter Werndt und seine genialen Ideen gefordert. Dazu müssen jedoch nicht nur die Rätsel um den dunklen Meteor überwunden werden, sondern auch die mysteriöse Herrscherin Indiens.

DIE FAHRT INS NICHTS ist der in sich abgeschlossene Fortsetzungsroman des Science-Fiction-Klassikers *PANIK* von Reinhold Eichacker.

Science-Fiction-Roman
Taschenbuch, 216 Seiten, 8,90
Celero Verlag
ISBN 3-9808998-1-0
ISBN 978-3-98089981-9

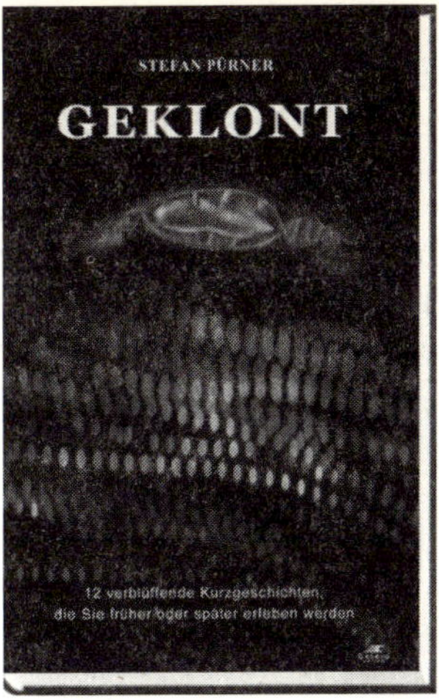

„Spannende Kurzgeschichten über eine Zukunft, die schon längst begonnen hat..." *(Nürnberger Nachrichten)*
8,90
„Pürner beweist nicht nur ein respektables handwerkliches Können, sondern auch eine beachtliche Weitsicht, gewürzt mit einer Prise Phantasie. Prädikat: Höchst lesenswert!" *(Netzmagazin (CH) Nr. 143, April 2006)*

„Geschrieben in einem Stil, der die heiklen Themen eher unterkühlt analytisch darstellt. Stanislaw Lem wird wohl einen gewissen Einfluss gehabt haben." *(Rocktimes April 2006)*

„Diese Kurzgeschichtensammlung ist SF so wie sie sein sollte: Warnung und Mahnung vor den Folgen des bereits Machbaren..." *(Roland Rosenbauer, selbst erfolgreicher SF-Autor, u.a. des im Heyne-Verlag erschienenen SF Bands „Computerspiele")*

„Und Sie glauben wirklich, das macht man nur mit Schafen? Leser von SF, auch Fans der Rockmusik und Juristen, die rechtliche Fragestellungen einmal in einem unterhaltsamen Umfeld sehen wollen, werden begeistert sein." *(Xzine April 2006)*

Science-Fiction-Kurzgeschichten
Taschenbuch, 156 Seiten, 8,90
Celero Verlag
ISBN 3-9808998-2-9
ISBN 978-3-9808998-2-6

Ein Fest für alle, die schöne Düfte lieben

Sie verzaubern die Sinne, verwandeln die Stimmung und tun Geist und Gesundheit gut:

In allen Kulturen lassen sich Menschen seit alters her von ätherischen Duftölen verwöhnen, in Ägypten, Arabien, Indien, Europa ...

Lassen Sie die Seele baumeln, stärken Sie Ihre Abwehrkräfte, verbringen Sie schöne Stunden zu Zweit - Duftlampen-Düfte zeigt, wie Sie natürliche Essenzen gezielt und wirksam nutzen.

Zusätzliche Tipps helfen im Haushalt und gegen kleine Plagegeister. Viel Freude beim Experimentieren und Probieren!

Susanne Schulz, Fotografin und Grafikerin mit Schwerpunkt Buchgestaltung, experimentiert seit Jahren mit natürlichen Duft-Ölen.

Das Ergebnis ihrer Leidenschaft ist dieses liebevoll illustrierte Büchlein, das einfach verzaubert!

gebunden mit Schutzumschlag
durchgehend farbig illustriert
48 Seiten, 7,00
Constans Verlag
ISBN 978-3-939152-00-2

Das Geschenkbuch für Tierfreunde

Die beiden Autorinnen Heidegund Leithe und Katrin Weber sprechen seit vielen Jahren mit Tieren.

Sie haben die Sprüche und Fotos der Tiere gesammelt und in diesem herzerfrischenden Buch zusammengestellt.

Telepathie ist der Ausgangspunkt für jede Sprache. Jedem gesprochenen Wort liegt ein Gedanke, eine Idee ein Gefühl oder ein Bild zugrunde. Alle Lebewesen kommunizieren auf telepathischem Weg miteinander. Das ist kein Insider-Wissen mehr, sondern Allgemeingut geworden durch bekannte Tierkommunikatoren.

Labrador Rex:
"Telepathische Kommunikation ist das schnellste Verkehrsmittel zwischen zwei Seelen."

Kater Maxi:
"Wir empfangen eure Gedanken, Gefühle, Worte und reagieren darauf. Wenn ihr das Gleiche wollt, lasst euch drauf ein. Es ist ein wunderbares Spiel, das Spiel des Lebens, das genau jetzt und überall stattfindet, ob ihr es wahrnehmt oder nicht."

Das Geschenkbuch für Tierfreunde
Kartoniert, 135 Seiten mit 65 Farbfotos, 242g, 12,50
Constans Verlag
ISBN 978-3-9808707-0-2